CUALQUIER OTRO DÍA

Dennis Lehane

CUALQUIER OTRO DÍA

Traducción de Carlos Milla e Isabel Ferrer

RBA

Título original: *The Given Day*

© Dennis Lehane Ltd 2008
© de la traducción: Carlos Milla e Isabel Ferrer, 2010
© de esta edición: RBA Libros, S.A., 2010
Pérez Galdós, 36 - 08012 Barcelona
rba-libros@rba.es / www.rbalibros.com

Primera edición: enero de 2010

Ref.: OAFI371 / ISBN: 978-84-9867-694-5
Composición: Víctor Igual, S.L.
Impreso por Liberdúplex
Depósito legal: B- 47.141-2009

Para Angie,
mi hogar

«Cuando venga Jesús a llamarnos, dijo ella,
vendrá en tren desde el otro lado de la montaña.»

JOSH RITTER, «Wings»

Lista de personajes

Luther Laurence: criado, deportista
Lila Waters Laurence: esposa de Luther

Aiden Coughlin, alias Danny: agente de la policía de Boston
Capitán Thomas Coughlin: padre de Danny
Connor Coughlin: hermano de Danny, ayudante del fiscal del condado de Suffolk
Joe Coughlin: hermano menor de Danny
Ellen Coughlin: madre de Danny
Teniente Eddie McKenna: padrino de Danny
Nora O'Shea: criada de la familia Coughlin
Avery Wallace: criado de la familia Coughlin

Babe Ruth: jugador de béisbol de los Red Sox de Boston
Stuffy McInnis: compañero de equipo de Ruth
Johnny Igoe: representante de Ruth
Harry Frazee: propietario de los Red Sox de Boston

Steve Coyle: compañero de patrulla de Danny Coughlin
Claude Mesplede: concejal de la Sexta Pedanía
Patrick Donnegan: delegado de la Sexta Pedanía

Isaiah e Yvette Giddreaux: jefes de la delegación de la ANPPC
«Viejo» Byron Jackson: jefe del sindicato de botones, hotel Tulsa
Diácono Skinner Broscious: gánster de Tulsa
Dandy y Smoke: esbirros del Diácono Broscious

Clarence Jessup Tell, alias «Jessie»: vendedor de lotería, amigo de Luther, Tulsa

Clayton Tomes: criado, amigo de Luther, Boston

Señora DiMassi: casera de Danny Coughlin

Federico y Tessa Abruzze: vecinos de Danny

Louis Fraina: dirigente de la Sociedad de Obreros Letones

Mark Denton: agente del Departamento de Policía de Boston, sindicalista

Rayme Finch: agente del Buró de Investigación

John Hoover: abogado del Departamento de Justicia

Samuel Gompers: presidente de la Federación Americana del Trabajo

Andrew J. Peters: alcalde de Boston

Calvin Coolidge: gobernador de Massachusetts

Stephen O'Meara: comisario de la policía de Boston hasta diciembre de 1918

Edwin Upton Curtis: sucesor de O'Meara en el cargo de comisario de la policía de Boston

Mitchell Palmer: fiscal general de Estados Unidos

James Jackson Storrow: mediador de Boston, antiguo presidente de General Motors

BABE RUTH EN OHIO

Prólogo

Debido a las restricciones para viajar impuestas por el Departamento de la Guerra a la primera división de béisbol, la Serie Mundial de 1918 se jugó en septiembre y se repartió en dos estadios. Los Cubs de Chicago fueron el equipo anfitrión en los tres primeros encuentros, y los cuatro últimos se celebrarían en Boston. El 7 de septiembre, tras perder los Cubs el tercer partido, los dos equipos subieron juntos a un tren de la compañía Michigan Central Railroad para emprender un viaje de veintisiete horas, y Babe Ruth se emborrachó y empezó a robar sombreros.

Ya de buen comienzo habían tenido que llevarlo a rastras al tren. Al acabar el encuentro, se había ido a un establecimiento a unas manzanas de Wabash, al este, donde uno podía encontrar una timba, suministro ininterrumpido de alcohol y una o dos mujeres, y si Stuffy McInnis no hubiera sabido dónde buscarlo, habría perdido el tren de regreso a Boston.

Así las cosas, vomitó desde la plataforma exterior del furgón de cola cuando el tren abandonaba la Estación Central poco después de las ocho de la noche y dejaba atrás los apartaderos de ganado. En el aire flotaba un humo espeso como la lana y el hedor de las vacas sacrificadas, y Ruth no veía una sola estrella en el cielo negro. Echó un trago de su petaca y, gargareando, se enjuagó el vómito de la boca con whisky de centeno. Escupió por encima de la barandilla de hierro y, mientras se alejaban, contempló los destellos del perfil urbano de Chicago elevarse ante él. Como tantas veces cuando se marchaba de un lugar y le pesaban las piernas a causa del alcohol, se sentía gordo y huérfano.

Bebió más whisky. A sus veintitrés años, empezaba a convertirse por fin en uno de los bateadores más temidos del campeonato. En un año en que se había contabilizado un total de noventa y seis *home runs* en la Liga Americana, Ruth se había anotado once. Casi el doce por ciento, ahí es nada. Aun cuando alguien se acordara del bajón de tres semanas que tuvo en junio, los lanzadores lo trataban ya con respeto. También los bateadores contrarios, porque esa temporada Ruth había llevado a la victoria a los Sox con sus lanzamientos en trece ocasiones. Además, había comenzado cincuenta y nueve partidos como exterior izquierdo y trece como primer base.

Pero era incapaz de pegarle a una bola lanzada por un zurdo. Ése era su punto débil. Pese a que las plantillas de todos los equipos estaban muy mermadas porque gran número de jugadores se había incorporado a filas, Ruth tenía un talón de Aquiles que los mánagers rivales empezaban a explotar.

Que se jodan.

Lo dijo al viento y tomó otro trago de la petaca, regalo de Harry Frazee, el dueño del club. Ruth había dejado el equipo en julio para ir a jugar con el de los Astilleros Chester, en Pennsylvania, porque el entrenador Barrow valoraba más sus lanzamientos que su bateo, y Ruth estaba cansado de lanzar. Eliminas a los tres bateadores en una entrada y te aplauden. Anotas un *home run* y el público entra en erupción. El problema era que el equipo de los Astilleros Chester también prefería sus lanzamientos. Cuando Frazee amenazó con entablar una demanda, el club de los astilleros devolvió a Ruth.

Frazee había ido a recoger a Ruth y lo había guiado hasta el asiento trasero de su cupé Rauch & Lang Electric Opera. El coche era granate con guarnición negra, y a Ruth siempre le maravillaba ver su reflejo en el metal, a cualquier hora del día, lloviera o luciera el sol. Preguntó a Frazee cuánto costaba un buga como ése y Frazee acarició despreocupadamente la tapicería gris mientras el chófer se incorporaba al tráfico en Atlantic Avenue.

—Más que usted, señor Ruth —contestó, e hizo entrega a Ruth de la petaca.

La inscripción grabada en el peltre rezaba:

RUTH, G.H.
CHESTER, PENNA.
1/7/18-7/7/18

Ahora, en el tren, recorrió el contorno con el dedo y bebió otro trago, mientras en el aire el untuoso tufo de la sangre de vaca se mezclaba con el olor metálico de los polígonos industriales y los raíles calientes de la vía. Soy Babe Ruth, deseó gritar desde el tren. Y cuando no estoy en un furgón de cola, solo y borracho, soy alguien a quien tener en cuenta. Una rueda en el engranaje, sí, lo sé de sobra, pero una rueda con diamantes incrustados. La rueda más grande de todas las ruedas. Algún día...

Ruth levantó la petaca y brindó a la salud de Harry Frazee y todos los Harry Frazee del mundo con una sarta de epítetos obscenos y una sonrisa radiante. A continuación, echó otro trago, y éste se le subió a los párpados y se los cerró a tirones.

—Y ahora me voy a dormir, vieja puta —dijo Ruth en un susurro a la noche, al horizonte, al olor de la carne sacrificada.

Y a los oscuros campos del Medio Oeste que se extendían al frente. A las cenicientas localidades fabriles desde allí hasta Governor's Square. Al cielo tiznado de humo y sin estrellas.

Entró a trompicones en el camarote que compartía con Jones, Scott y McInnis, y cuando despertó a las seis de la mañana, todavía vestido, estaba en Ohio. Desayunó en el vagón restaurante, vaciando dos cafeteras, mientras contemplaba las chimeneas humeantes de las fundiciones y las plantas siderúrgicas enclavadas en las colinas negras. Le dolía la cabeza. Añadió al café un par de chorros de la petaca y se le pasó el dolor. Jugó un rato a la canasta con Everett Scott, y luego el tren hizo una parada larga en Summerford, otra población industrial, y salieron a estirar las piernas por un campo justo detrás de la estación. Fue entonces cuando oyó por primera vez la palabra huelga.

Harry Hooper, capitán y *fielder* derecho de los Sox, y Dave Shean, segundo base del equipo, charlaban con dos jugadores de los Cubs, Leslie Mann y Bill Killefer, *fielder* izquierdo y *catcher*, respectivamente. Según McInnis, los cuatro habían estado a partir un piñón durante todo el viaje.

—¿Y qué se traen entre manos? —preguntó Ruth, no muy seguro de que realmente le importara.

—No lo sé —contestó Stuffy—. ¿Querrán vender el partido, quizás? ¿Hacer tongo?

Hooper cruzó el campo en dirección a ellos.

—Vamos a la huelga, chicos.

—Estás borracho —replicó Stuffy McInnis.

Hooper negó con la cabeza.

—Chicos, nos están jodiendo.

—¿Quiénes?

—La Comisión, ¿quién va a ser? Heydler, Hermann, Johnson. Ellos.

Stuffy McInnis esparció unas hebras de tabaco en un papel de liar y lamió el borde con delicadeza a la vez que retorcía las puntas.

—¿Y eso cómo es?

Stuffy encendió el cigarrillo y Ruth, mirando hacia una hilera de árboles al otro lado del campo bajo el cielo azul, tomó un sorbo de la petaca.

—Han cambiado el reparto de taquillaje para la Serie Mundial. El porcentaje sobre la venta de entradas. Lo decidieron el invierno pasado, pero no nos lo han dicho hasta ahora.

—Un momento —dijo McInnis—. Nos dan el sesenta por ciento de la taquilla de las cuatro primeras puertas.

Harry Hooper negó con la cabeza, y a Ruth todo aquello empezaba a entrarle por un oído y salirle por el otro. Se fijó en los cables del telégrafo tendidos en el borde del campo y se preguntó si los oiría zumbar al acercarse. Taquillaje, reparto. A Ruth le apetecía otro plato de huevos, un poco más de beicon.

—Nos *daban* el sesenta por ciento —corrigió Harry—. Ahora nos dan el cincuenta y cinco. La asistencia ha bajado. Por la guerra, ya sabes. Y es nuestro deber patriótico renunciar al cinco por ciento.

McInnis se encogió de hombros.

—Pues será nuestro...

—Luego tenemos que ceder el cuarenta por ciento de esa cantidad a Cleveland, Washington y Chicago.

—¿Por qué? —preguntó Stuffy—. ¿Por mandarlos a patadas al segundo, tercer y cuarto puestos?

—Y luego otro diez por ciento a las organizaciones benéficas relacionadas con la guerra. ¿Lo vas entendiendo?

Stuffy frunció el entrecejo. Parecía dispuesto a asestar un puntapié a alguien, a alguien pequeño a quien pudiera darle una buena.

18

Babe lanzó el sombrero al aire y lo atrapó por detrás. Cogió una piedra y la lanzó al cielo. Volvió a lanzar el sombrero.

—Todo se arreglará —dijo.

Hooper lo miró.

—¿Qué se arreglará?

—Lo que sea —contestó Babe—. Volverá a ser como antes.

—¿Cómo, Gidge? Explícamelo. ¿Cómo?

—De un modo u otro.

Empezaba a dolerle otra vez la cabeza. Hablar de dinero le daba dolor de cabeza. El mundo entero le daba dolor de cabeza: los bolcheviques derrocando al zar, el káiser arrasando Europa sin contemplaciones, las bombas anarquistas estallando en las calles del país, en desfiles y buzones. La gente estaba indignada, la gente vociferaba, la gente moría en las trincheras y se manifestaba delante de las fábricas. Y todo tenía que ver con el dinero. Hasta ahí el Bambino llegaba. Pero detestaba pensar en ello. Le gustaba el dinero, le gustaba como al que más, y sabía que ganaba una pasta e iba camino de ganar más. Le gustaba su nueva motocicleta y le gustaba comprar buenos puros y alojarse en hoteles de lujo con tupidas cortinas en las habitaciones y pagar rondas en el bar. Pero detestaba pensar en el dinero o hablar de dinero. Sólo quería llegar a Boston. Quería batear una bola, correrse una juerga. Governor's Square era un hervidero de burdeles y buenas tabernas. Se acercaba el invierno; quería disfrutarlo mientras pudiera, antes de la llegada de las nieves, del frío. Antes de quedarse aislado en Sudbury con Helen y el olor a caballo.

Dio una palmada a Harry en el hombro y repitió su dictamen:

—De un modo u otro, todo acabará bien. Ya lo verás.

Harry Hooper se miró el hombro. Miró hacia el campo. Miró otra vez a Ruth. Ruth sonrió.

—Sé un buen Bambino —dijo Harry Hooper— y deja hablar a los mayores.

Harry Hooper le dio la espalda. Llevaba un canotier, ligeramente echado hacia atrás. Ruth detestaba los canotiers; tenía la cara demasiado redonda, demasiado carnosa, y le quedaban mal. Con un canotier puesto, parecía un niño disfrazado. Imaginó que le quitaba a Harry el canotier y lo lanzaba al techo del tren.

Harry, con el mentón inclinado, se alejó por el campo llevándose a Stuffy McInnis sujeto del codo.

Babe cogió una piedra y fijó la mirada en la espalda de Harry Hooper, en su chaqueta de sirsaca; imaginó allí el guante de un *catcher*, imaginó el sonido seco del golpe, una pedrada contra un espinazo. Pero en ese momento otro sonido seco sustituyó al que tenía en la cabeza, un chasquido lejano similar al ruido de un leño al partirse en una chimenea. Miró hacia el este, donde el campo lindaba con una pequeña arboleda. Oyó el susurro del vapor del tren a sus espaldas y voces perdidas de otros jugadores y el murmullo del campo. Dos maquinistas pasaron por detrás de él hablando de la pestaña rota de una rueda, diciendo que iban a tardar dos horas, incluso tres, en repararla, y Ruth pensó: ¿dos horas aquí en el culo del mundo? Y entonces volvió a oírlo: el chasquido seco y lejano, y supo que detrás de aquellos árboles alguien jugaba al béisbol.

Atravesó el campo él solo, sin que nadie lo viera, y oyó más cerca los sonidos del juego: el sonsonete de los silbidos, el roce áspero de los pies en la hierba al perseguir la bola, el golpe sordo y húmedo de la bola al morir en el guante de un jugador en el extracampo. Cruzó la arboleda y, acalorado, se quitó la chaqueta. Cuando dejó atrás los árboles, los equipos cambiaban de lado: unos hombres corrían hacia una franja de tierra junto a la línea de la primera base y otro grupo salía corriendo de una franja de tierra junto a la tercera.

Hombres de color.

Se detuvo y saludó con la cabeza al *fielder* central, que trotaba hacia su posición a unos metros de Babe. El jugador le devolvió el saludo con un gesto parco y luego pareció escrutar los árboles para ver si tenían previsto ese día dar a luz a algún otro blanco. Acto seguido, volvió la espalda a Babe y, doblándose por la cintura, apoyó la mano enguantada en la rodilla. Era una mole, ancho de hombros como el Bambino, aunque no tan grueso de cintura, ni (debía admitir Babe) de culo.

El lanzador no perdió el tiempo. Sin apenas preparación, con el simple movimiento de sus larguísimos brazos, lanzó con el derecho como si arrojara una piedra con una honda destinada a cruzar un océano, y Babe, incluso desde donde se hallaba, supo que la bola llegó a la meta echando chispas. El bateador blandió el palo limpiamente y, aun así, falló casi por un palmo.

Pero sí le dio a la siguiente, le dio de pleno, con un chasquido tan sonoro que sólo podía proceder de un bate roto, y la bola se elevó en vertical y perdió fuerza en el cielo azul, como un pato que decidiese de pronto nadar estilo espalda, y el central movió un pie y abrió el guante y la bola cayó, como si sintiese alivio, justo en medio del cuero.

Ruth nunca había ido a examinarse la vista. Se había negado. Desde pequeño, leía los indicadores de las calles, incluso los que estaban pintados en las esquinas de los edificios, a mayor distancia que nadie. Distinguía la textura de las plumas de un halcón a cien metros por encima de él, en el momento de abatirse sobre la presa, surcando el aire como una flecha. A sus ojos, las bolas eran gordas y se movían despacio. Cuando lanzaba él, el guante del *catcher* parecía una almohada de hotel.

Así que incluso a esa distancia supo que el siguiente bateador tenía la cara hecha un cromo. Menudo, flaco como un palo de escoba, pero sin duda con algún problema en la cara, unos verdugones rojos o tejido cicatricial sobre un fondo de piel color café con leche. En el cajón era pura energía, un continuo rebote de pies y caderas, como un muelle sobre la meta, esforzándose por no reventar. Y cuando dio a la bola después de dos *strikes*, Ruth supo que ese negro iba a volar, pero ni siquiera él estaba preparado para semejante velocidad.

Cuando la bola trazaba aún un arco hacia los pies del *fielder* derecho (Ruth supo antes que él que no la atraparía), el muelle doblaba ya en la primera. Después de caer la bola en la hierba, el *fielder* derecho, sin guante, la cogió y, tras dar apenas medio paso, se plantó y la lanzó; la bola salió de su mano como si aquel hombre la hubiese pillado en la cama con su hija, y en un visto y no visto llegó al guante del segundo base. Pero el muelle estaba ya en la segunda. Allí de pie, bien erguido. Sin resbalón final, sin necesidad de arrojarse. Se había posado en ella como si recogiese el periódico de la mañana, y miraba hacia el central, hasta que Ruth cayó en la cuenta de que en realidad lo miraba a él. Así que lo saludó llevándose una mano al sombrero y el chico le dirigió una sonrisa achulada y adusta.

Ruth decidió no perderlo de vista, adivinando que lo que hiciera a continuación, fuera lo que fuese, tendría un toque especial.

El corredor situado en la segunda base había jugado con los Mudhawks de Wrightville. Se llamaba Luther Laurence, y los Mudhawks lo habían despachado en junio, después de una pelea con Jefferson Reese, el mánager y primer base del equipo, un negrito risueño y dentudo que se comportaba como un perrito faldero en presencia de los blancos y hablaba mal de los de su propia raza en la casa donde trabajaba, en las afueras de Columbus. Luther conoció los detalles una noche por una muchacha con la que se veía de vez en cuando, una buena chica llamada Lila, muy guapa ella, que trabajaba en la misma casa que Jefferson Reese. Lila le contó que una noche, mientras Reese servía la sopa en el comedor, los blancos despotricaban, dale que te dale, contra los negros con ínfulas de Chicago, quejándose de cómo se paseaban por las calles con tal descaro que ni siquiera bajaban la vista al cruzarse con una mujer blanca. El bueno de Reese aprovechó para meter baza: «Sí, es una vergüenza, señores, y que lo digan. Los negros de Chicago no son más que chimpancés colgados de una liana. No tienen tiempo para ir a la iglesia. El viernes se emborrachan, el sábado juegan al póquer y se pasan el domingo entero con la mujer de otro hombre».

—¿Eso dijo? —preguntó Luther a Lila en la bañera del hotel Dixon, sólo para negros.

Consiguió formar espuma en el agua, empujó el agua jabonosa hacia los pechos pequeños y turgentes de Lila, recreándose en la imagen de las burbujas en su piel, una piel del color del oro sin bruñir.

—Dijo cosas aún peores —afirmó Lila—. Pero a ti ni se te ocurra meterte con ese hombre, eh, cielo. Es muy cruel.

Cuando Luther, a pesar de la advertencia, se metió con él en la caseta del campo del Inkwell, Reese dejó de sonreír al instante y en sus ojos apareció cierta expresión, una expresión dura, ancestral, en la que se adivinaba que aún no había dejado del todo atrás el tormento del sol en las plantaciones, y Luther pensó «uy uy uy», pero para entonces Reese ya se había abalanzado sobre él, y sus puños eran como la punta de un bate en la cara de Luther. Éste intentó responder, pero Jefferson Reese, que le doblaba la edad y llevaba diez años de criado negro en una casa, guardaba dentro de sí una furia tan honda que cuando por fin le dio rienda suelta, salió aún más enconada y más dura por el hecho mismo de haberla reprimido durante tanto tiempo. Tumbó a Luther a golpes, a golpes rápidos y brutales, a golpes y más golpes hasta que su sangre corrió y se mezcló con la tierra y el yeso y el polvo del campo.

Cuando Luther estaba ingresado en la sala de beneficencia del St. John, su amigo Aeneus James le dijo:

—Joder, chaval, con lo rápido que eres, ¿por qué no saliste corriendo al ver semejante mirada en los ojos de ese viejo chiflado?

Luther había dispuesto de un largo verano para reflexionar acerca de esa pregunta, y aún no tenía la respuesta. Con lo rápido que era, y no había conocido a nadie más rápido que él, se preguntó si sencillamente estaba hastiado de tanto correr.

Pero ahora, al ver a aquel gordo que se daba un aire a Babe Ruth mirarlo desde los árboles, Luther no pudo menos que pensar: ¿te crees que sabes lo que es correr, blanco? Pues no. Espera y verás. Podrás contárselo a tus nietos.

Y salió disparado de la segunda base justo cuando Sticky Joe Beam lanzaba con aquel movimiento suyo de pulpo. Pero antes dedicó una milésima de segundo a ver cómo se le desorbitaban los ojos al gordo blanco, sobresaliéndole tanto como la barriga, y movió los pies a tal velocidad que más que correr él sobre la tierra, la tierra corría bajo él. De hecho, la sentía moverse como un río al llegar la primavera, y se imaginó a Tyrell Hawke plantado en la tercera, tembloroso porque se había pasado toda la noche bebiendo, y Luther contaba con ello, porque ese día no iba a conformarse con la tercera, ni hablar, y pensó: exacto, ve haciéndote a la idea de que el béisbol es un deporte de velocidad y yo soy el hijo de puta más veloz que verás en la vida, y cuando levantó la cabeza, lo primero que vio fue el guante de Tyrell al lado de la oreja. Lo siguiente, a su izquierda, fue la bola, una estrella fugaz en trayectoria oblicua y echando humo. Luther gritó «¡Bu!», y su voz sonó aguda y fuerte, y efectivamente, el guante de Tyrell, con la sacudida, se elevó ocho centímetros. Luther se agachó, y la bola pasó zumbando por debajo del guante de Tyrell y le rozó a él el vello de la nuca, afilada como la navaja de la barbería de Moby en Meridian Avenue, y Luther tocó la bolsa que marcaba la tercera base con las puntas de los dedos del pie derecho y continuó a todo correr por la línea, deslizándose la tierra a tal velocidad bajo sus pies que tenía la sensación de que iba a acabársele el suelo, de que iba a caerse por el borde de un precipicio, quizá por el borde del mismísimo mundo. Oyó al *catcher*, Ransom Boynton, pedir la bola a gritos: «¡Aquí! ¡Aquí!». Luther alzó la vista, vio a Ransom a unos metros por delante, vio la bola aparecer en su línea de visión, la sintió en la tensión de las rótulas, y tomó una bocanada de aire del tamaño de un bloque de hielo y convirtió sus pantorrillas en muelles y sus pies en percutores de pistola. Embistió a Ransom con tal fuerza que apenas lo notó, simplemente lo arrolló y vio la bola dar en la cerca de madera, detrás de la meta, en el preciso momento en que él la cruzaba, superponiéndose los dos sonidos, uno duro y limpio, el otro arrastrado y polvoriento. Y pensó: soy más rápido de lo que ninguno de vosotros podría siquiera soñar.

Paró por fin al topar contra los pechos de sus compañeros de equipo. En medio de las palmadas y vítores de los demás, se volvió para ver la expresión en la cara del gordo blanco, pero ya no estaba junto a los árboles. No, estaba casi en la segunda base, cruzando el campo a toda prisa hacia Luther, con aquella cara de bebé temblorosa y risueña, los ojos rodándole en las cuencas como si acabara de cumplir cinco años y, después de decirle alguien que iba a regalarle un poni, le fuera imposible controlar su cuerpo, como si, de pura felicidad, sólo pudiera sacudirse y saltar y correr.

Y Luther miró bien aquella cara y pensó: no.

Pero en ese momento Ransom Boynton se acercó a él y lo dijo en voz alta:

—No os lo vais a creer, pero ese de ahí, el que viene corriendo hacia nosotros como un puto tren de carga, es Babe Ruth.

—¿Puedo jugar?

Nadie podía dar crédito a lo que acababan de oír. Esto lo dijo después de correr hasta Luther y levantarlo en volandas, sostenerlo en alto ante su cara y exclamar: «Caray, he visto correr a gente en mi vida, pero nunca, y digo nunca, he visto correr a nadie como tú». Luego abrazó a Luther, le dio palmadas en la espalda y añadió: «¡Madre de Dios, qué espectáculo!».

Y lo dijo después de confirmarse que era realmente Babe Ruth.

Éste se sorprendió de que tantos de ellos lo conocieran. Pero Sticky Joe lo había visto una vez en Chicago, y Ransom dos veces en Cleveland, bateando y jugando en el lado izquierdo. Los demás habían leído sobre él en las páginas de deportes de los periódicos y en *Baseball Magazine*, y Ruth enarcó las cejas al oírlo, como si no acabara de creerse que había negritos en el planeta que sabían leer.

—¿Querréis unos autógrafos, pues? —preguntó Ruth.

Ninguno pareció muy interesado, y Ruth fue quedándose cada vez más boquiabierto mientras los otros encontraban motivos para mirarse los zapatos y escrutar el cielo.

Luther pensó en decirle a Ruth que ante él tenía a un puñado de grandes jugadores. Auténticas leyendas. Ese hombre con el brazo de pulpo, por ejemplo. El año anterior consiguió un 32-2 con los Millersport King Horns en la Liga de Trabajadores de Ohio: 32-2 con un promedio de carreras por entrada de 1,78. Chúpate esa. Y Andy Hughes, el que jugaba ahora de medio en el equipo contrario, en ese partido improvisado, había obtenido un promedio de 0,390 golpes buenos en el Downtown Sugar Shacks de Grandview Heights. Además, los autógrafos eran cosa de blancos. ¿Qué era un autógrafo, si no un garabato de alguien en un pedazo de papel?

Luther abrió la boca para explicarlo, pero, al fijarse en la cara de Ruth, vio que daba igual: aquel hombre era un niño. Un niño trémulo del tamaño de un hipopótamo, con los muslos tan gruesos que uno casi esperaba que les brotasen ramas, pero niño al fin y al cabo. Tenía unos ojos enormes. Luther nunca había visto unos ojos tan grandes. Los recordaría durante años, viéndolos cambiar en los periódicos con el paso del tiempo, cada vez más pequeños y sombríos en las fotografías. Pero por aquel entonces, en un campo de Ohio, Ruth tenía los ojos de un niño gordo en el patio del colegio, rebosantes de esperanza y miedo y desesperación.

—¿Puedo jugar? —Abrió sus zarpas de San Bernardo—. ¿Con vosotros?

Eso ya casi fue el colmo para ellos, y algunos, mofándose, se doblaron de la risa. Luther, en cambio, permaneció impasible.

—Bueno... —Miró a los demás y luego, con calma, se volvió otra vez hacia Ruth—. Depende. ¿Conoce usted bien este deporte?

Al oírlo, Reggie Polk se revolcó por el suelo. Otros varios jugadores se carcajearon, hicieron aspavientos. Ruth, no obstante, sorprendió a Luther. Aquellos ojos grandes se volvieron pequeños y transparentes como el cielo, y Luther lo entendió de inmediato: con un bate en la mano, tenía la misma edad que ellos.

Ruth se llevó un puro apagado a la boca y se aflojó el nudo de la corbata.

—He aprendido un par de cosas en mis viajes, señor...

—Laurence. Luther Laurence.

Luther seguía sin inmutarse.

Ruth lo rodeó con un brazo. Un brazo del tamaño de la cama de Luther.

—¿En qué posición juegas, Luther?

—Central.

—Pues en ese caso no debes preocuparte de nada más que de echar atrás la cabeza.

—¿Echar atrás la cabeza? ¿Qué quiere usted decir con eso?

—Y ver pasar la bola por el cielo cuando yo le pegue.

Luther no pudo evitarlo: una sonrisa se dibujó en su cara.

—Y no me hables de usted, ¿vale, Luther? Aquí somos todos jugadores de béisbol.

La primera vez que Sticky Joe lo eliminó fue algo digno de verse. Tres *strikes*, uno detrás de otro como el hilo que sigue la aguja, sin que el gordo rozara siquiera el cuero.

Después del último, Ruth se echó a reír, señaló a Sticky Joe con el bate y movió la cabeza en un gesto de admiración.

—Pero te estoy tomando el pulso, chico; te estoy tomando el pulso con la misma atención que un médico en una consulta.

Nadie quiso dejarlo lanzar, así que en cada entrada sustituyó a un jugador, ocupando las distintas posiciones. A nadie le importaba quedarse en el banquillo durante una entrada. Dios, aquél era nada menos que Babe Ruth. Puede que no quisieran una triste firma, pero contar aquella historia les valdría no pocas copas durante mucho tiempo.

En una entrada jugó a la izquierda, Luther ocupó el centro, y Reggie Polk, el lanzador de su equipo en esos momentos, se lo tomaba con mucha calma entre bola y bola, como era su costumbre. Así que Ruth aprovechó para preguntar:

—¿Y a qué te dedicas, Luther, cuando no juegas al béisbol?

Luther le habló un poco de su empleo en una fábrica de munición en las afueras de Columbus; comentó que la guerra era espantosa pero desde luego iba bien para el bolsillo, y Ruth contestó:

—Eso sí que es cierto.

Pero Luther tuvo la impresión de que lo dijo por decir algo, no porque lo entendiera de verdad. Después Ruth preguntó a Luther qué le había pasado en la cara.

—Un cactus, señor Ruth.

Oyeron el golpe del bate, y Ruth, moviéndose de puntillas como una bailarina con sus pies cortos y desproporcionadamente pequeños, persiguió una bola floja y la lanzó al segundo base.

—No sabía que hubiera cactus en Ohio. ¿Hay muchos?

Luther sonrió.

—En realidad, señor Ruth, aquí los llamamos «cactos» cuando hablamos de más de uno. Y sí, hay campos enteros por todo el estado. Hay cactos para dar y vender.

—¿Y qué te pasó? ¿Te caíste en uno de esos campos?

—Sí, y fue una buena caída.

—Parece que te caíste de un avión.

Luther negó con la cabeza muy despacio.

—De un zepelín, señor Ruth.

Los dos prorrumpieron en una larga y queda risotada, y Luther se reía aún cuando levantó el guante y arrebató del mismísimo cielo la bola de Rube Gray.

Durante la siguiente entrada, salieron de entre los árboles más hombres blancos, y reconocieron a algunos de inmediato: Stuffy McInnis, ahí es nada; Everett Scott, Dios bendito; y luego un par de los Cubs, Virgen santa, Flack, Mann, y un tercero a quien nadie reconoció y que debía de jugar en uno de los dos equipos. Se acercaron por la derecha del campo y al cabo de un momento estaban detrás del precario y viejo banquillo junto a la línea de la primera base, trajeados y con corbatas y sombreros pese al calor, fumando puros y gritando de vez en cuando a un tal «Gidge», para confusión de Luther, hasta que cayó en la cuenta de que llamaban así a Ruth. Cuando Luther volvió a mirarlos, vio que se habían añadido otros tres: Whiteman de los Sox y Hollocher, el medio de los Cubs, y un chico flaco con la cara roja y un colgajo de piel bajo el mentón a quien nadie reconoció, y a Luther no le gustó el número: ocho además de Ruth, o sea, un equipo completo.

Durante una entrada o poco más, todo fue bien, y los blancos básicamente se mantuvieron al margen. Un par de ellos profirieron sonidos simiescos y otros gritaron cosas como «¡Atrapa esa bola, tizón, que está chupada!», o «Tendrías que haberte colocado debajo, charol», pero bueno, Luther había oído cosas peores, mucho peores. Lo que no le gustaba era que cada vez que los miraba, los ocho parecían haberse acercado medio palmo más a la línea de la primera base, y pronto empezó a ser difícil correr en esa dirección o batear una bola con los blancos a tu derecha, tan cerca que les olías la colonia. Y de repente, entre dos entradas, uno de ellos propuso:

—¿Por qué no nos dejáis probar a alguno de nosotros?

Luther advirtió que Ruth no sabía dónde meterse.

—¿Tú qué dices, Gidge? ¿Crees que a tus nuevos amigos les importaría que juegue un rato uno de nosotros? He oído hablar de lo buenos que son estos negritos. Según cuentan, corren más que un trozo de mantequilla en un porche en pleno julio.

El hombre tendió las manos hacia Babe. Era uno de los pocos a quienes nadie reconoció: debía de pasarse la vida calentando el banquillo. Pero tenía las manos grandes, la nariz chata y los hombros rectos como hachas, cuadrado todo él, y unos ojos que Luther había visto antes en los blancos pobres, en gente que se alimentaba de ira en lugar de comida, que desarrollaba un gusto por la ira que ya no perdería aunque comiera regularmente durante el resto de sus días.

Sonrió a Luther como si le leyera el pensamiento.

—¿Y tú qué dices, chico? ¿Dejarías que alguno de nosotros le pegue a la bola un par de veces?

Rube Gray se ofreció a sentarse a descansar un rato y los blancos eligieron a Stuffy McInnis como traspaso de última hora a la Liga Negra del Sur de Ohio, riéndose con esos rebuznos propios de muchos blancos grandullones, pero Luther tuvo que reconocer que no le importaba: Stuffy McInnis era un jugador de primera. Luther había seguido su trayectoria desde que se estrenó con el Filadelfia allá por el año 1909.

Pero después de eliminar al último bateador de la entrada, Luther se acercó a paso rápido desde el centro y se encontró con que los blancos estaban en fila junto a la meta, y el cabecilla, Flack de Chicago, tenía un bate apoyado en el hombro.

Babe lo intentó, al menos por un momento, eso Luther debía reconocerlo.

—Vamos, chicos —dijo—, estábamos jugando un partido.

Flack le dirigió una sonrisa amplia y radiante.

—Ahora el partido será mejor. Veamos cómo se desenvuelven estos chicos contra la flor y nata de la Liga Nacional y la Liga Americana.

—¿De las ligas blancas, querrá decir? —preguntó Sticky Joe Beam—. ¿Es eso?

Todos fijaron la mirada en él.

—¿Qué has dicho, chico?

Sticky Joe Beam tenía cuarenta y dos años y parecía una loncha de beicon quemada. Apretó los labios, bajó la vista al suelo y, al levantarla, la dirigió a la fila de blancos de tal manera que Luther se temió una pelea.

—He dicho que a ver cómo se les da. —Los miró fijamente—. Mmm... señores.

Luther se volvió hacia Ruth, cruzó una mirada con él, y el gordo enorme con cara de niño amagó una sonrisa vacilante. Luther recordó una frase de la Biblia que su abuela le repetía a menudo cuando era pequeño, sobre la voluntad del corazón y la debilidad de la carne.

¿Así eres tú, Babe?, deseó preguntar. ¿Así eres?

Babe empezó a beber en cuanto los negros eligieron a sus nueve jugadores. Notaba algo fuera de sitio pero no sabía qué; aquello era sólo un partido de béisbol, y sin embargo se sentía triste y avergonzado. No entendía nada. Era sólo un partido. Un poco de diversión veraniega mientras esperaban a que reparasen el tren. Nada más. Aun así, como la tristeza y la vergüenza no lo abandonaban, desenroscó el tapón de la petaca y echó un buen trago.

Buscó una excusa para no lanzar. Dijo que aún le dolía el codo desde el primer partido de Chicago. Añadió que tenía que pensar en el récord de la Serie Mundial, el récord al lanzador con mayor número de entradas sin puntuación para el equipo contrario, y no iba a arriesgarlo por un partido improvisado de quinta categoría en el culo del mundo.

Por tanto, lanzó Ebby Wilson. Ebby era un bocazas, un mal bicho de los montes Ozark que jugaba en Boston desde julio. Sonrió cuando le pusieron la bola en las manos.

—Bien, chicos. Acabaremos con estos negros, y no nos habremos ni enterado, ni nosotros ni ellos.

Y se echó a reír pese a que nadie le rió la gracia.

Con unas cuantas bolas de alta velocidad, Ebby fulminó a los mejores bateadores del equipo contrario en un periquete. A continuación, se acercó al montículo Sticky Joe, y ese negro no conocía más marcha que la directa: cuando soltaba la bola con aquel movimiento tentacular y elástico del brazo, sólo Dios sabía lo que se te echaba encima. Lanzaba unas bolas rápidas que se volvían invisibles, bolas con rosca que tenían ojos, que en cuanto veían un bate, lo esquivaban y encima te guiñaban el ojo; bolas con efecto capaces de circundar un neumático; bolas rompedoras que estallaban diez centímetros antes de la meta. Eliminó a Mann. Eliminó a Scott. Y para poner fin a la entrada echó del campo a McInnis, que respondió a su lanzamiento con un globo directo a las manos del segundo base.

Durante varias entradas fue un duelo entre lanzadores, sin apenas movimiento fuera del montículo, y Ruth empezó a bostezar en la izquierda, dándole a la petaca cada vez con mayor insistencia. Aun así, los negros se anotaron una carrera en la segunda entrada, y otra en la tercera, cuando Luther Laurence convirtió una carrera de la primera a la segunda base en una carrera de la primera hasta la meta, cruzando el diamante a toda pastilla, tan deprisa que Hollocher, cogido por sorpresa, recibió mal el pase desde el centro y cuando dejó de entretener la pelota, Luther Laurence cruzaba ya la meta.

Lo que había empezado como un simple juego dio paso primero a un respeto asombrado («Nunca he visto a nadie echar pimienta a una bola como ese negrito. Ni siquiera tú, Gidge. Joder, ni siquiera Walter Johnson. Ese tipo es un prodigio»), luego a comentarios jocosos con cierto nerviosismo («¿Creéis que nos anotaremos una carrera antes de volver... ya sabéis, a la puta Serie Mundial?»), y por último al enfado («Estos cabrones de negros juegan en casa. Ahí está el problema. Ya me gustaría verlos jugar en Wrigley. Ya me gustaría verlos jugar en Fenway. Mierda»).

Esos negros sabían dejar muerta la bola, Dios santo, que si sabían: la bola caía a quince centímetros de la meta, tan inmóvil como si le hubieran pegado un tiro. Y sabían correr. Sabían robar bases como si todo se redujese a decidir si preferían estar en la segunda o en la primera. Y sabían conseguir un sencillo. Hacia el final de la quinta entrada, daba la impresión de que eran capaces de conseguir sencillos uno tras otro de la mañana a la noche, que no tenían más que dar un paso y arrancarle un sencillo más al diamante, hasta que de pronto Whiteman se acercó al montículo desde la primera base y cruzó unas palabras con Ebby Wilson, y a partir de ese momento Ebby se dejó de florituras y ocurrencias y se limitó a soltar trallazos como si no le importara pasarse el invierno con el brazo en cabestrillo.

Al principio de la sexta, los negros ganaban 6-3. Stuffy McInnis le pegó a una bola rápida en el primer lanzamiento de Sticky Joe Beam y la envió tan lejos por encima de los árboles que Luther Laurence ni siquiera se molestó en ir a buscarla. Sacaron otra bola de la bolsa de lona colocada junto al banquillo, y Whiteman, ahora al bate, consiguió un golpe largo y se plantó en la segunda base; por último, Flack encajó dos *strikes,* neutralizó otras seis bolas con *fouls* y luego hizo un sencillo devolviendo la bola a la izquierda muy cerca de la meta. Con eso, iban ya 6-4, y tenían hombres en la primera y la tercera, y ninguno eliminado.

Babe lo sintió cuando limpió el bate con un trapo. Sintió correr la sangre por las venas de todos ellos cuando se acercó al lugar de bateo y escarbó la tierra con el zapato. Ese momento, ese sol, ese cielo, esa madera y ese cuero y los miembros y los dedos y el suplicio de la espera para ver qué ocurriría, todo eso junto era hermoso. Más hermoso que las mujeres o las palabras o incluso la risa.

La bola de Sticky Joe le pasó de refilón. Era un lanzamiento duro y con efecto, alto pero dentro de la zona de *strike,* y se habría llevado la dentadura de Babe de viaje por el sur de Ohio si no hubiese apartado la cabeza. Dirigió el bate hacia Sticky Joe y miró por encima de él como si apuntara con un rifle. Vio el regocijo en los ojos oscuros del viejo y sonrió, y el viejo le devolvió la sonrisa, y los dos asintieron y Ruth deseó plantarle un beso en aquella frente llena de bultos.

—¿Estáis todos de acuerdo en que es una bola buena? —preguntó Babe a voz en grito, y vio que incluso Luther, a lo lejos, en el centro del extracampo, se reía.

Dios, qué bien se lo estaba pasando. Pero, eh, uy, ahí viene, una bola rompedora como un escopetazo, y Ruth fijó la vista en la costura, vio descender de pronto la línea roja e inició el golpe por debajo, muy por debajo de la trayectoria de la bola en ese momento, pero sabiendo dónde acabaría exactamente la condenada, y por sus muertos que iba a pegarle, y le pegó, mandó la puta bola a otro espacio, a otro tiempo, vio aquella bola trepar hacia el cielo como si tuviera manos y rodillas.

Ruth se echó a correr por la línea y vio a Flack salir de la primera, y fue entonces cuando supo que la bola no llegaría tan lejos como preveía. No era una bola inalcanzable. Gritó: «¡Alto!», pero Flack ya había empezado a correr. Whiteman estaba a unos pasos de la tercera, pero conservaba la posición, con los brazos extendidos a los lados mientras Luther retrocedía hacia la hilera de árboles, y Ruth vio aparecer la pelota en el mismo cielo en el que había desaparecido y caer delante de los árboles directamente en el guante de Luther.

Flack ya reculaba desde la segunda, y era rápido, y en cuanto Luther lanzó la bola hacia el primer base, Whiteman volvió a tocar la tercera. Y Flack, sí, desde luego Flack era muy rápido, pero Luther tenía dentro de aquel cuerpo flaco suyo un cañón o algo parecido, y la bola zumbó por encima del campo verde, y Flack avanzó como una diligencia y de pronto saltó por el aire al mismo tiempo que la bola golpeaba el guante de Aeneus James, y Aeneus, el grandullón que Ruth había encontrado al principio jugando de central, bajó el largo brazo mientras Flack aterrizaba y resbalaba de bruces hacia la primera base, y antes de tocar la almohadilla, notó el contacto de la mano de Aeneus en el hombro.

A continuación, Aeneus tendió la mano libre a Flack, pero éste la despreció y se puso en pie.

Aeneus entregó la bola a Sticky Joe.

Flack se limpió el polvo de los pantalones y se colocó sobre la almohadilla de la primera base. Apoyó las manos en las rodillas y adelantó el pie derecho hacia la segunda.

Sticky Joe lo miró desde el montículo.

—Oiga, ¿qué hace? —preguntó Aeneus.

—¿Cómo dices? —replicó Flack con un tono quizá más animado de lo que correspondía.

—Sólo me preguntaba por qué sigue usted aquí —dijo Aeneus.

—Es donde se pone uno cuando ocupa la primera base, muchacho —contestó Flack.

De pronto Aeneus James parecía agotado, como si acabara de llegar a casa de una jornada de trabajo de catorce horas y descubriera que alguien le había robado el sofá.

Ruth pensó: no, por Dios.

—Está eliminado, señor.

—Pero ¿de qué me hablas, muchacho? Ya estaba salvado.

—Ya estaba salvado, negro —intervino Ebby Wilson, que de repente apareció al lado de Ruth—. Se ha visto a la legua.

Entonces se acercaron unos cuantos jugadores de color, preguntando a qué venía la interrupción.

—Dice este hombre que ya estaba salvado —explicó Aeneus.

—¿Cómo? —Cameron Morgan se aproximó parsimoniosamente desde la segunda base—. ¿No lo dirán en serio?

—Vigila ese tono, muchacho.

—Vigilo lo que me da la gana.

—¿Ah, sí?

—Sí, eso creo.

—Estaba salvado. De largo.

—No había llegado —musitó Sticky Joe—. Sin faltarle al respeto, señor Flack, pero usted no había llegado.

Flack cruzó las manos detrás de la espalda y se acercó a Sticky Joe. Inclinando la cabeza hacia el otro hombre, más bajo que él, olfateó el aire por alguna razón.

—¿Te crees que estoy en la primera base por que me he confundido? ¿Es eso?

—No, señor Flack, no es eso.

33

—Entonces, ¿qué es lo que crees, muchacho?

—Creo que no había llegado.

A esas alturas se habían reunido todos en torno a la primera base: los nueve jugadores de cada equipo y los nueve negros que se habían sentado en el banquillo al empezar el nuevo partido.

Ruth oyó «no había llegado». Oyó «estaba salvado». Una y otra vez. Oyó «muchacho» y «negro» y «charol» y «esclavo». Y luego oyó que alguien lo llamaba.

Al volverse, vio que Stuffy McInnis lo miraba a él y señalaba la almohadilla.

—Gidge, tú eres el que estaba más cerca. Flack dice que había llegado. Ebby estaba bien situado y dice lo mismo. Dinos, Babe, ¿es verdad o no?

Babe nunca había visto tantos rostros de color indignados tan de cerca. Dieciocho. Enormes narices chatas, músculos como tubos de plomo en brazos y piernas, gotas de sudor en el pelo apretado. Le había gustado todo lo que había visto en esos hombres, y a la vez no le gustaba esa manera de mirar suya, como si supieran algo de ti que no iban a contar. Esa manera de examinarte rápidamente y luego bajar la vista y desviarla.

Seis años antes, la primera división de béisbol había ido a la huelga por primera vez. Los Tigers de Detroit se negaron a jugar hasta que Ban Johnson retiró la suspensión a Ty Cobb por dar una paliza a un hincha en las gradas. El hincha era un lisiado, con muñones en lugar de brazos, sin manos para defenderse, pero Cobb siguió golpeándolo mucho después de caer al suelo, pisando al pobre desgraciado con los tacos de las botas en las costillas y la cara. Aun así, los compañeros de equipo de Cobb se pusieron de su lado y fueron a la huelga en apoyo de un tipo por el que ninguno de ellos sentía la menor simpatía. De hecho, todos lo detestaban, pero no era ésa la cuestión. La cuestión era que el hincha había llamado a Cobb «medio negro», y no había insulto peor para un blanco excepto quizás «hijo de negro» o sencillamente «negro».

Ruth estaba aún en el reformatorio cuando se enteró, pero comprendió la postura de los otros jugadores de los Tigers, la tuvo clarísima. Uno podía charlar con un hombre de color, incluso reír o bromear, tal vez en Navidad dar un aguinaldo a aquellos con los que más se reía. Pero ésta seguía siendo una sociedad de blancos, un lugar construido sobre los conceptos de familia y trabajo honrado (¿Y en cualquier caso qué hacía allí en horas de trabajo esa gente de color, en un campo, jugando un partido cuando probablemente sus seres queridos pasaban hambre en casa?). A la hora de la verdad, siempre convenía más hacer piña con los tuyos, con quienes tenías que convivir y comer y trabajar el resto de tu vida.

Ruth mantuvo la vista fija en la almohadilla. No quería saber dónde estaba Luther, arriesgarse a alzar los ojos y encontrarse accidentalmente con su mirada en medio de aquel grupo de caras negras.

—Había llegado —dijo Ruth.

Los jugadores de color enloquecieron. Vociferaron y señalaron la almohadilla y exclamaron «¡Y una mierda!», y así siguió la cosa por un rato, y de pronto, como si hubieran oído un silbato para perros que ninguno de los blancos podía oír, callaron. Ya sin vigor, hundieron los hombros y traspasaron a Ruth con la mirada, como si pudieran ver a través de su cabeza, y Sticky Joe Beam dijo:

—Vale, vale. Así que jugamos a eso, pues juguemos a eso.

—A eso jugamos, sí —dijo McInnis.

—Muy bien, señor —respondió Sticky Joe—. Ahora ya está claro.

Y todos volvieron a sus posiciones.

Babe se sentó en el banquillo y bebió y se sintió sucio y se dio cuenta de que deseaba retorcerle el pescuezo a Ebby Wilson, arrancarle la cabeza y tirarla a una pila al lado de la de Flack. No podía explicarlo: había cumplido con su deber para con su equipo y, sin embargo, se sentía así.

Cuanto más bebía, peor se sentía, y hacia la octava entrada se planteó qué pasaría si en su siguiente turno de bateo la pifiaba a propósito. En ese punto, había cambiado de puesto con Whiteman y jugaba de primer base. Luther Laurence esperaba su turno de bateo mientras Tyrell Hawke ocupaba el cajón, y Luther lo miró como si fuera un blanco más, con esa mirada vacía que uno veía en los conserjes y los limpiabotas y los botones, y Babe sintió un estremecimiento.

Incluso con otros dos contactos discutibles (y hasta un niño adivinaría quién ganó la discusión) y una bola larga que salió fuera pero los jugadores de primera división consideraron *home run*, éstos seguían teniendo el marcador en contra con un 9-6 en la segunda mitad de la novena entrada, y entonces la flor y nata de las Ligas Nacional y Americana empezó a jugar como la flor y nata de las Ligas Nacional y Americana.

Hollocher mandó una bola rasante junto a la línea de la primera base. Luego Scott le pegó bien y el trallazo pasó justo por encima de la cabeza del tercer base. Flack quedó eliminado en su turno de bateo. Pero McInnis hizo una cortada y la bola quedó muy cerca de la meta, y con eso ya tenían ocupadas las tres bases, con un solo bateador eliminado, George Whiteman a punto de batear y Ruth en espera. Ahora la táctica de los locales apuntaba a conseguir una doble eliminación, y Sticky Joe Beam no tiraba ni una sola bola a la que George pudiera responder en condiciones, y Babe, sin querer, empezó a rezar por algo por lo que nunca en la vida había rezado: una doble eliminación para no tener que batear.

Whiteman se recreó con una bola rápida y descendente que tardó demasiado en bajar, y la bola salió despedida hacia el espacio y luego dio un giro a la derecha en algún lugar poco más allá del diamante, un giro brusco y rápido, y la bola acabó fuera. Claramente fuera. Luego Sticky Joe Beam lo eliminó en dos *strikes* con las bolas rápidas más virulentas que Ruth había visto jamás.

Babe se acercó a la meta. Calculó cuántas de sus seis carreras habían ganado con juego limpio: eran tres. Tres. Frente a aquellos negros que nadie conocía, allí en un mísero campo en aquel agujero de Ohio, los mejores jugadores del mundo conocido no se habían anotado más que tres tristes carreras. Hasta el mismísimo Ruth devolvía sólo una de cada tres. Y eso que lo había intentado. Y no eran sólo los lanzamientos de Beam. No. La consigna de Babe Ruth y sus compañeros era: mándalas hacia donde no haya nadie. Pero esos negritos estaban en todas partes. En cuanto creías que había un hueco, el hueco desaparecía. En cuanto golpeabas una bola que ningún mortal podía atrapar, uno de esos chicos la tenía ya en el guante y ni siquiera le faltaba el aliento.

Si no hubiesen hecho trampa, ése habría sido uno de los grandes momentos en la vida de Ruth: enfrentado a algunos de los mejores jugadores que había conocido, con el partido en sus manos, al final de la novena entrada, dos bateadores eliminados, tres en el campo. Un buen golpe de bate, y la victoria podía ser suya.

Y la victoria podía ser suya. Llevaba un rato observando a Sticky Joe. Lo notaba cansado, y había visto todos sus lanzamientos. Si no hubiesen hecho trampa, el aire que Ruth inhalaba ahora por la nariz sería pura cocaína.

El primer lanzamiento de Sticky Joe fue demasiado flojo y previsible, y Ruth tuvo que sincronizar bien el bateo para fallar. Falló a todas luces, intentando que fuera convincente, e incluso Sticky Joe pareció sorprenderse. El siguiente fue más duro, con un poco de rosca, y Ruth la mandó fuera. Después Sticky lanzó la bola directamente al suelo, y la otra le pasó a Ruth a la altura de la barbilla.

Sticky Joe cogió otra vez la bola y se apartó un momento del montículo y Ruth sintió todas las miradas puestas en él. Veía los árboles a espaldas de Luther Laurence y veía a Hollocher, Scott y McInnis en las bases, y pensó en lo bonito que habría sido si hubiesen jugado limpio, si el siguiente lanzamiento fuera uno que él, con la conciencia tranquila, pudiese enviar hacia Dios en los cielos. Y quizá...

Levantó una mano y salió del cajón.

No era más que un juego, ¿no? Eso se había dicho al plantearse pifiarla a propósito. Sólo un juego. ¿Qué más daba si perdía un ridículo partido?

Pero lo contrario también era cierto. ¿Qué más daba si ganaba? ¿Tendría alguna importancia al día siguiente? Claro que no. No afectaría a la vida de nadie. En ese momento, en ese preciso momento, la cosa estaba así: dos eliminados, tres en el campo, segunda mitad de la novena entrada.

Si me la sirve en bandeja, decidió Ruth cuando volvió al cajón, no voy a hacerle ascos. ¿Cómo voy a resistirme? Con esos hombres en las bases, el bate en la mano, el olor a tierra y hierba y sol.

Es una bola. Es un bate. Es un equipo de nueve hombres. Es un momento. No la eternidad. Sólo un momento.

Y allí estaba la bola, acercándose más despacio de lo que debería, y Ruth lo vio en la cara del viejo negro. Lo supo en cuanto la bola salió de su mano: era un lanzamiento previsible.

Babe se planteó pinchar, darle de refilón, hacer lo correcto. Entonces sonó el silbato del tren, sonó fuerte, estridente, a través del cielo, y Ruth pensó, eso es una señal, y plantó el pie y bateó y oyó decir al *catcher* «Mierda», y luego el chasquido, ese exquisito chasquido de la madera contra el cuero, y la bola desapareció en el cielo.

Ruth trotó unos cuantos metros por la línea y se detuvo porque sabía que el jugador contrario estaba justo debajo de la bola.

Miró y vio que Luther Laurence lo miraba a él, apenas una décima de segundo, y percibió lo que Luther sabía: que su intención había sido conseguir un *home run*, un *grand slam*. Que su intención había sido robar el partido, un encuentro dominado por el juego sucio, a quienes habían jugado limpio.

Luther apartó los ojos de la cara de Ruth, retiró la mirada de tal manera que Ruth supo que nunca más volvería a sentirla. Luther alzó la vista a la vez que se colocaba en posición bajo la bola. Afirmó los pies. Levantó el guante por encima de la cabeza. Y ahí se acabó, ahí se decidía el partido, porque Luther estaba justo debajo de la bola.

Pero Luther se alejó.

Luther bajó el guante y se encaminó hacia el diamante y eso mismo hicieron el *fielder* derecho y el *fielder* izquierdo y la bola cayó en la hierba detrás de todos ellos y ni siquiera se volvieron para mirarla, simplemente siguieron caminando, y Hollocher cruzó la meta, pero no lo esperaba el *catcher*. El *catcher* iba hacia el banquillo junto a la tercera base, y también iba el tercer base.

Scott llegó a la meta, pero McInnis dejó de correr en la tercera y se quedó allí inmóvil, mirando cómo los negros se dirigían parsimoniosamente hacia su banquillo como si fuera el final de la segunda entrada en lugar del final de la novena. Se reunieron allí y guardaron los bates y los guantes en dos bolsas de lona distintas, actuando como si los blancos ni siquiera estuviesen presentes. Ruth deseó cruzar el campo y acercarse a Luther, decir algo, pero Luther no se volvió. A continuación todos se marcharon hacia el camino de tierra al fondo del campo, y perdió de vista a Luther en medio del mar de negros, no supo si era el que iba delante o a la izquierda y Luther no volvió la vista atrás en ningún momento.

El silbato sonó de nuevo, y ninguno de los blancos había movido un dedo, y aunque había dado la impresión de que los negros andaban despacio, casi todos habían abandonado ya el campo.

Excepto Sticky Joe Beam. Se aproximó y cogió el bate empleado por Babe. Se lo apoyó en el hombro y miró a Babe a la cara.

Babe le tendió la mano.

—Un buen partido, señor Beam.

Sticky Joe Beam no dio señales de ver la mano de Babe.

—Creo que ése es su tren, señor —dijo, y se marchó del campo.

Babe regresó al tren. Tomó una copa en el bar.

El tren partió de Ohio y atravesó Pennsylvania a toda marcha. Sentado a solas, Ruth bebió y contempló Pennsylvania, aquella amalgama de montes y polvo. Pensó en su padre, que había muerto hacía dos semanas en Baltimore en una pelea con el hermano de su segunda mujer, Benjie Sipes. El padre de Babe asestó dos puñetazos y Sipes sólo uno, pero fue éste el que contó, porque su padre se dio de cabeza contra el bordillo y murió en el Hospital Universitario unas horas después.

Los periódicos le dieron mucho bombo durante un par de días. Le preguntaron qué opinaba, qué sentía. Babe contestó que lamentaba su muerte. Era una pena.

Su padre lo había abandonado en el reformatorio cuando tenía ocho años. Dijo que debía aprender modales. Dijo que estaba harto de intentar enseñarle a obedecerles a su madre y a él. Dijo que una temporada en el Saint Mary le vendría bien. Dijo que él tenía una taberna de la que ocuparse. Iría a recogerlo cuando hubiese aprendido a obedecer.

Su madre murió mientras él estaba allí.

Era una pena, había dicho a la prensa. Una pena.

Aún esperaba sentir algo. Llevaba dos semanas esperando.

En general, sólo experimentaba algún sentimiento, a excepción hecha de la autocompasión que lo invadía al excederse con el alcohol, cuando golpeaba una bola. No cuando la lanzaba. No cuando la atrapaba. Sólo cuando la golpeaba. Cuando la madera entraba en contacto con el cuero y sentía el giro de la cadera, la torsión de los hombros, la contracción de la musculatura de los muslos y las pantorrillas y, después, la expansión del cuerpo al detenerse el bate negro y elevarse la bola blanca a más altura y con mayor rapidez que cualquier cosa en el planeta. Por eso aquella tarde había cambiado de idea y respondido al lanzamiento, porque se había sentido obligado a hacerlo. Era una bola demasiado previsible, demasiado limpia, a su alcance. Por eso lo había hecho. No había otra explicación. Así de simple.

Se apuntó a una partida de póquer con McInnis, Jones, Mann y Hollocher, pero los únicos temas de conversación eran la huelga y la guerra (nadie mencionó el partido; era como si se hubieran puesto todos de acuerdo en que no se había jugado), así que echó una larguísima siesta, y cuando se levantó, ya casi habían dejado atrás Nueva York. Tomó unas cuantas copas más para sacudirse la modorra, y le quitó el sombrero a Harry Hooper de la cabeza mientras dormía y traspasó la copa de un puñetazo y volvió a ponérselo, y uno se rió y otro dijo: «Gidge, ¿es que no respetas nada?». Así que cogió otro sombrero, esta vez el de Stu Springer, jefe del departamento comercial de los Cubs, y lo agujereó también de un golpe de puño y pronto la mitad del vagón le lanzaba sombreros y lo incitaba, y él se subió a un asiento y saltó de uno a otro aullando como un mono y experimentando un orgullo repentino e inexplicable que le subió por las piernas y los brazos como espigas de trigo creciendo enloquecidamente, y gritó: «¡Soy el hombre mono! Soy el Puto Babe Ruth. ¡Os voy a comer!».

Algunos intentaron obligarlo a bajar, otros intentaron tranquilizarlo, pero él saltó desde los respaldos y bailó una jiga en el pasillo central y cogió unos cuantos sombreros más y lanzó unos al aire y agujereó otros, y la gente aplaudía, la gente vitoreaba y silbaba. Batió palmas como un mono de feria y se rascó el culo y siguió con sus aullidos, y a los demás les encantó, les encantó.

Al final se le acabaron los sombreros. Miró el pasillo. El suelo estaba cubierto. Colgaban de los portaequipajes. En unas cuantas ventanas se habían adherido trozos de paja. Ruth sintió aquel desperdigamiento en la columna vertebral, justo en la base del cerebro. Se sintió confuso y eufórico y dispuesto a seguir con las corbatas. Los trajes. Las maletas.

Ebby Wilson le apoyó una mano en el pecho para detenerlo. Ruth ni siquiera sabía de dónde había salido. Vio a Stuffy de pie en su asiento, levantando un vaso de algo en dirección a él, vociferando y sonriendo, y Ruth lo saludó con la mano.

—Hazme uno nuevo —dijo Ebby Wilson.

Ruth lo miró.

—¿Cómo?

Ebby abrió las palmas de las manos, procurando mostrarse razonable.

—Hazme un sombrero nuevo. Los has roto, así que ahora hazme otro.

Alguien silbó.

Ruth le arregló a Wilson los hombros de la chaqueta.

—Te invito a una copa.

—No quiero una copa. Quiero mi sombrero.

Cuando Ruth estaba a punto de decir «A la mierda el sombrero», Ebby Wilson lo empujó. No fue un empujón muy fuerte, pero en ese momento el tren cogió una curva, y Ruth notó la sacudida, y sonrió a Wilson, y de pronto decidió atizarle en lugar de insultarlo. Lanzó el puño, lo vio reflejado en los ojos de Ebby Wilson, ya menos seguro de sí mismo, menos preocupado por su sombrero, pero el tren se sacudió otra vez, y el tren vibró, y Ruth notó que erraba el golpe, notó todo su cuerpo lanzado a la derecha, notó una voz en el corazón que le decía: «Tú no eres así, Gidge. Tú no eres así».

El puño fue a dar en la ventana. Lo sintió en el codo, lo sintió en el hombro y a un lado del cuello y en el hueco justo debajo de la oreja. Sintió el vaivén de su barriga como un espectáculo público y volvió a sentirse gordo y huérfano. Se dejó caer en el asiento vacío y aspiró el aire entre los dientes y se acunó la mano.

Probablemente en ese momento Luther Laurence y Sticky Joe y Aeneus James estaban sentados en un porche, sintiendo el calor de la noche, pasándose una jarra. Tal vez hablaban de él, de la expresión en su cara cuando vio a Luther alejarse de aquella bola mientras caía. Tal vez se reían, reviviendo un golpe bueno, un lanzamiento, una carrera.

Y él estaba aquí, en el mundo.

He dormido hasta pasado Nueva York, pensó Babe mientras esperaba a que le trajeran una cubitera para meter la mano en el hielo. Pero entonces se acordó de que el tren no pasaba por Manhattan, sino por

Albany; aun así, sintió que se había perdido algo. Lo había visto un centenar de veces, pero le encantaba contemplarlo, las luces, los ríos oscuros que lo circundaban como un suelo enmoquetado, las torres de piedra caliza tan blancas en contraste con la noche.

Sacó la mano del hielo y se la miró. La mano de lanzar. La tenía roja e hinchada y no podía cerrar el puño.

—Gidge —gritó alguien desde el fondo del vagón—. ¿Qué tienes contra los sombreros?

Babe no contestó. Miró por la ventana, la llanura de matorrales de Springfield, Massachusetts. Apoyó la frente en el cristal para refrescársela y vio su reflejo y el reflejo del paisaje, ambos entretejidos.

Acercó la mano hinchada al cristal y el paisaje se deslizó también por ella, e imaginó que le curaba los nudillos doloridos y esperó no habérselos roto. Por algo tan absurdo como unos cuantos sombreros.

Imaginó que se encontraba con Luther en una calle polvorienta de un pueblo polvoriento, lo invitaba a un trago y le pedía disculpas, y Luther le decía: «No se preocupe usted, señor Ruth», y le contaba otra historia sobre los cactos de Ohio.

Pero entonces Ruth se representó los ojos de Luther, sin transmitir nada aparte de la sensación de que veía en su interior y no aprobaba lo que había dentro, y Ruth pensó: Vete a la mierda, chico, tú y tu aprobación. No la necesito. ¿Me has oído?

No la necesito.

No había hecho más que empezar. Estaba listo para irrumpir y llegar a lo más alto. Lo presentía. Grandes cosas. Se avecinaban grandes cosas. Que saldrían de él. De todas partes. Esa sensación tenía últimamente, como si el mundo entero, él incluido, hubiese estado encerrado en una cuadra. Pero pronto, muy pronto, irrumpiría y se propagaría por todas partes.

Mantuvo la cabeza contra el cristal y cerró los ojos, y notó los campos deslizarse por su cara aun mientras empezaba a roncar.

UNA CUESTIÓN DE RUTINA

1

Una noche lluviosa de verano, Danny Coughlin, agente de la policía de Boston, se enfrentaba en un combate de boxeo a cuatro asaltos con otro policía, Johnny Green, en el Mechanics Hall, justo a un paso de Copley Square. La pelea entre Coughlin y Green era la última de un torneo sólo para policías a quince combates, dividido en pesos mosca, welter, semipesados y pesados. Danny Coughlin, de uno ochenta y cinco y cien kilos, era un peso pesado. Un gancho de izquierda sospechoso y un juego de pies al que le faltaba sólo un poco de gas le impedían ser un púgil profesional, pero su golpe corto de izquierda, letal como un cuchillo de trinchar, combinado con un explosivo cruzado de derecha, capaz de mandar la mandíbula del contrincante por correo a Georgia, eclipsaba las aptitudes de casi todos los demás semiprofesionales de la Costa Este.

El maratón pugilístico se titulaba Boxeo & Placas: Puños por là Esperanza. La recaudación se repartiría al cincuenta por ciento entre el Hospicio para Huérfanos Inválidos y la propia hermandad de los policías, llamada Club Social de Boston, organización que destinaba los donativos a un fondo de asistencia sanitaria para policías heridos y a costear los uniformes y el material, gastos que el departamento se negaba a cubrir. Si bien habían pegado octavillas en postes y escaparates de los barrios respetables para anunciar el acontecimiento y obtener así donativos de personas sin la menor intención de acudir al acto, también habían saturado de octavillas lo peor de los bajos fondos de Boston, donde más probabilidades había de encontrar la flor y nata de la delincuencia: gorilas, matones, rompehuesos y, por supuesto, los Gusties, las banda callejera más poderosa y desquiciada de Boston, radicada en la zona sur pero con tentáculos por toda la ciudad.

La lógica era elemental:

Lo único que a los delincuentes les gustaba casi tanto como moler a palos a un policía era ver a unos cuantos policías molerse a palos entre ellos.

Unos cuantos policías iban a molerse a palos en el Mechanics Hall con motivo de Boxeo & Placas: Puños por la Esperanza.

Luego: los delincuentes se congregarían en el Mechanics Hall para verlos en esa tesitura.

El padrino de Danny Coughlin, el teniente Eddie McKenna, había decidido explotar esta teoría al máximo en beneficio del Departamento de Policía de Boston en general y de la División de Brigadas Especiales en particular, de la que era dueño y señor. Los hombres de la brigada de Eddie McKenna habían pasado el día mezclándose entre la muchedumbre, ejecutando una orden de busca y captura pendiente tras otra con una eficacia asombrosamente incruenta. Esperaban a que un incauto abandonara el pabellón principal, normalmente para ir al lavabo, y entonces le daban en la cabeza con una porra y se lo llevaban a un furgón policial que aguardaba en el callejón. Cuando Danny saltó a la lona, la mayoría de los matones con órdenes de busca y captura pendientes habían sido retirados o se habían escabullido por la parte de atrás, pero unos cuantos —memos y casos perdidos del primero al último— pululaban aún por el pabellón, cargado de humo y con el suelo pegajoso de cerveza derramada.

El segundo de Danny era Steve Coyle. Steve también era su compañero de patrulla en la Comisaría Cero-Uno del North End. Hacían la ronda en Hanover Street, de punta a punta, de Constitution Wharf al hotel Crawford House, y desde que la hacían juntos, Danny boxeaba y Steve era su segundo y su cuidador.

Danny, superviviente del atentado del año 1916 en la comisaría de Salutation Street, estaba muy bien considerado desde su primer año en el puesto. Era ancho de hombros, moreno y de ojos oscuros; de vez en cuando alguna mujer le echaba el ojo abiertamente, y no sólo las inmigrantes o aquellas que fumaban en público. Steve, por su parte, era bajo y rechoncho como una campana de iglesia, con una gran bombilla rosa por cara y andar encorvado. A principios de ese mismo año había entrado a formar parte de un cuarteto de cantantes a fin de despertar el interés del bello sexo, decisión que había dado fruto esa primavera pasada, si bien las perspectivas parecían menguar conforme se acercaba el otoño.

Steve, según decían, hablaba tanto que daba dolor de cabeza a la mismísima aspirina en polvo. Huérfano desde muy joven, se había incorporado al departamento sin contactos ni influencias. Después de nueve años en el puesto, seguía pateando calles. Danny, en cambio, hijo del capitán Thomas Coughlin del Distrito Doce del sur de Boston y ahijado de Eddie McKenna, teniente de las Brigadas Especiales, pertenecía a la aristocracia del Departamento de Policía de Boston. Danny llevaba en el puesto menos de cinco años, pero todos los policías de la ciudad sabían que no vestiría ya por mucho tiempo el uniforme.

—¿Por qué coño tarda tanto ese tío?

Steve, ataviado de tal modo que difícilmente pasaría inadvertido, recorrió con la mirada el fondo del pabellón. Según decía, había leído en algún sitio que los escoceses eran los segundos más temidos del mundo del boxeo. Por eso mismo, en las veladas pugilísticas, Steve subía al cuadrilátero vestido con un kilt. Un kilt auténtico de tartán rojo, calcetines de rombos rojos y negros, chaqueta de tweed de color carbón y chaleco a juego de cinco botones, corbata de gala plateada, los auténticos zapatos escoceses y una holgada boina en la cabeza. Lo sorprendente no era lo cómodo que se lo veía con ese disfraz, sino el hecho de que ni siquiera era escocés.

En la última hora había ido en aumento la agitación del público, enrojecido y ebrio, desencadenándose cada vez más auténticas peleas entre las programadas. Danny se apoyó en las cuerdas y bostezó. El Mechanics Hall apestaba a sudor y alcohol. El humo, denso y húmedo, se enroscaba en torno a sus brazos. Según las normas, debería haber vuelto a su vestuario, pero en realidad no tenía vestuario, sino sólo un banco en la sala de mantenimiento, a donde Woods, de la Cero-Nueve, había ido a buscarlo hacía cinco minutos para anunciarle que era hora de subir al ring.

Allí estaba, pues, en el cuadrilátero vacío esperando a Johnny Green, en medio del bullicio de la multitud, cada vez más estridente, más tumultuoso. En la octava fila, un hombre golpeó a otro con una silla plegable. El agresor estaba tan borracho que se desplomó sobre la víctima. Un agente se dirigió hacia allí, abriéndose paso con el casco abombado en una mano y la porra en la otra.

—¿Por qué no vas a ver a qué se debe el retraso de Green? —preguntó Danny a Steve.

—¿Por qué no te metes debajo de mi kilt y me besas el culo? —Steve señaló la multitud con la barbilla—. Esa chusma está muy nerviosa. Son capaces de romperme el kilt o rozarme los zapatos.

—¡Cielos! —exclamó Danny—. Y tú sin la caja de betún. —De espaldas contra las cuerdas, rebotó en ellas unas cuantas veces. Estiró el cuello, flexionó las muñecas—. Ya llega la fruta.

—¿Qué? —preguntó Steve, y dio un paso atrás cuando una lechuga parduzca trazó un arco por encima de las cuerdas y cayó ruidosamente en el centro del ring.

—Me equivocaba —dijo Danny—. Es la verdura.

—Da igual —señaló Steve—. Ahí viene el aspirante. Justo a tiempo.

Danny miró hacia el pasillo central y vio a Johnny Green enmarcado por el rectángulo blanco y oblicuo de la puerta. El público intuyó su presencia y se volvió. Green bajó por el pasillo con su preparador, a quien Danny reconoció: era el sargento de revista de la Uno-Cinco, pero no recordaba su nombre. Hacia la fila quince, uno de los hombres de la Brigadas Especiales de Eddie McKenna, un tal Hamilton, levantó a un tipo por la nariz y lo llevó a rastras pasillo arriba; al parecer, los vaqueros de las Brigadas Especiales habían llegado a la conclusión de que ya no hacía falta andarse con tapujos ahora que estaba a punto de empezar el último combate.

Carl Mills, el portavoz del Departamento de Policía de Boston llamó a Steve desde el otro lado de las cuerdas. Steve hincó una rodilla en el suelo para hablar con él. Danny observó a Johnny Green acercarse y vio algo en su mirada que no le gustó, algo desconectado. Johnny Green miró al público, miró el ring, miró a Danny, pero no vio nada. De hecho, lo miraba todo y a la vez miraba más allá de todo. Era una mirada que Danny ya había visto antes, particularmente en las caras de individuos borrachos como cubas o de víctimas de una violación.

Steve se acercó a él por detrás y le cogió el codo.

—Mills acaba de decirme que ésta es su tercera pelea en veinticuatro horas.

—¿Cómo? ¿De quién?

—¿De quién? De Green. Anoche tuvo una en el Crown de Somerville, esta mañana ha disputado otra en los apartaderos de Brighton, y ahora aquí lo tienes.

—¿Cuántos asaltos?

—Por lo que sabe Mills, anoche fueron trece como mínimo. Y perdió por KO.

—¿Qué hace aquí, pues?

—El alquiler —contestó Steve—. Dos hijos, una mujer encinta.

—¿Por el puto alquiler?

El público se había puesto en pie: las paredes temblaban, las vigas vibraban. Si el techo salía disparado hacia el cielo, Danny no se sorprendería. Johnny Green accedió al cuadrilátero sin bata. Se detuvo en su rincón y golpeó un guante contra el otro, con la mirada fija en algo dentro de su cráneo.

—Ni siquiera sabe dónde está —observó Danny.

—Sí, sí que lo sabe —contestó Steve—, y ya viene hacia el centro.

—Steve, por el amor de Dios.

—Ni amor de Dios ni nada. Tú ve ahí.

En el centro del ring, el árbitro, el inspector Bilky Neal, él mismo ex boxeador, apoyó las manos en los hombros de los dos contendientes.

—Quiero una pelea limpia. En su defecto, quiero que parezca limpia. ¿Alguna pregunta?

—Este tipo ni ve —dijo Danny.

Green se miraba las botas.

—Veo más que suficiente para arrancarte la cabeza de un puñetazo.

—Si me quito los guantes, ¿serías capaz de contarme los dedos?

Green levantó la cabeza y escupió a Danny en el pecho.

Danny dio un paso atrás.

—Pero ¿qué coño...?

Se limpió la saliva con el guante y se limpió el guante en el calzón.

Gritos del público. Botellas de cerveza fueron a dar contra la base del ring.

Green y él cruzaron una mirada. A Green le oscilaban los ojos como algo a bordo de un barco.

—Si quieres abandonar, abandona. Pero en público, para que yo me lleve la pasta. No tienes más que coger el megáfono y abandonar.

—No voy a abandonar.

—Pues lucha.

Bilky Neal les dirigió una sonrisa nerviosa e iracunda a la vez.

—Esa gente está poniéndose nerviosa, caballeros.

Danny señaló con un guante.

—Mírelo, Neal. Mírelo.

—Yo lo veo bien.

—Y una mierda. Yo...

Green alcanzó a Danny en el mentón con un golpe corto. Bilky Neal retrocedió al instante y agitó el brazo. Sonó el gong. El público rugió. Green asestó otro golpe corto a Danny en la garganta.

El público enloqueció.

Danny evitó el siguiente puñetazo echándose sobre Green y rodeándolo con los brazos. Mientras Johnny le asestaba media docena de golpes en la nuca, Danny dijo:

—Tira la toalla, ¿vale?

—Vete a la mierda. Necesito... Necesito...

Danny sintió un líquido tibio correrle por la espalda. Se separó.

Johnny ladeó la cabeza a la vez que una espumilla rosada le resbalaba hacia el mentón desde el labio inferior. Se quedó así, inmóvil, durante cinco segundos, una eternidad en el ring, con los brazos caídos a los lados. Danny se fijó en la expresión infantil de su rostro, como si acabara de salir del cascarón.

De pronto entornó los ojos. Contrajo los hombros. Levantó las manos. Más tarde el médico explicaría a Danny (cuando cometió la estupidez de preguntar) que un cuerpo sometido a una gran tensión responde a menudo con un acto reflejo. De haberlo sabido Danny en ese momento, tal vez habrían cambiado las cosas, aunque le costaba ver cómo. Lanzar la mano en un cuadrilátero rara vez significaba algo distinto de lo que uno lógicamente presuponía. El puño izquierdo de Green penetró en el espacio entre sus dos cuerpos; Danny contrajo el hombro y asestó un golpe cruzado de derecha a Johnny Green a un lado de la cabeza.

Instinto. Sólo eso.

No quedaba mucho de Johnny a la hora de la cuenta atrás. Tumbado en la lona, pataleaba, escupía espumarajos blancos y gotas rosadas. Balanceaba la cabeza de izquierda a derecha. Besaba el aire como un pez besa el aire.

¿Tres combates en el mismo día?, pensó Danny. Joder, imposible.

Jonhny sobrevivió. Johnny se recuperó bien. Nunca volvió a combatir, claro está, pero al cabo de un mes podía hablar con claridad. Al cabo de dos, ya no cojeaba y había recobrado la movilidad en el lado izquierdo de la boca.

Muy distinto fue el caso de Danny. No era que se sintiese responsable... bueno, a veces sí se sentía, pero en general sabía que Johnny Green ya estaba en las garras de la apoplejía antes de que Danny contraatacara con su puño. No, era una cuestión de equilibrio: en dos años escasos, Danny había pasado del atentado en Salutation Street a perder a la única mujer a quien había querido: Nora O'Shea, una irlandesa que trabajaba de criada en casa de sus padres. La relación estaba condenada al fracaso desde el principio, y fue Danny quien le puso fin, pero desde que ella salió de su vida, a él no se le ocurría ninguna buena razón para vivir. Ahora había estado a punto de matar a Johnny Green en el cuadrilátero del Mechanics Hall. Todo esto en veintiún meses. Veintiún meses que hubieran inducido a cualquiera a preguntarse si Dios la tenía tomada con él.

—Su mujer se ha largado —dijo Steve a Danny dos meses después.

Era principios de septiembre, y Danny y Steve hacían la ronda en el North End de Boston. El North End era predominantemente italiano y pobre, un lugar donde había ratas del tamaño de los antebrazos de un carnicero y muchos niños morían antes de dar sus primeros pasos. Apenas se hablaba en inglés; rara vez se veía un automóvil. Así y todo, Danny y Steve le tenían tanto afecto al barrio que vivían en su mismísimo centro, en distintas plantas de una pensión de Salem Street a pocas manzanas de la Comisaría Cero-Uno, en Hanover.

—¿La mujer de quién?

—Ahora no te sientas culpable —dijo Steve—. La de Johnny Green.

—¿Por qué lo ha dejado?

—Llega el otoño. Los han desahuciado.

—Pero él ha vuelto a trabajar —dijo Danny—. En una mesa, vale, pero ha vuelto a trabajar.

Steve asintió.

—Con eso no cubre los dos meses de baja.

Danny se detuvo y miró a su compañero.

—¿No le han pagado? Combatía en un torneo patrocinado por el departamento.

—¿De verdad quieres saberlo?

—Sí.

—Porque, para serte sincero, estos últimos dos meses a todo aquel que ha sacado a la conversación el nombre de Johnny Green en tu presencia le has cerrado la boca como quien pone un cinturón de castidad.

—Quiero saberlo —insistió Danny.

Steve se encogió de hombros.

—Era un torneo patrocinado por el Club Social de Boston. Por tanto, en rigor, se lesionó cuando estaba fuera de servicio. Así que... —Volvió a encogerse de hombros—. No le correspondía el subsidio por enfermedad.

Danny calló. Miró alrededor en busca de consuelo. El North End había sido su barrio hasta los siete años, antes de que los irlandeses, que habían trazado sus calles, y los judíos, que habían llegado después de ellos, fueran desplazados por los italianos, que ahora lo poblaban tan densamente que si se tomaba una fotografía de Nápoles y otra de Hanover Street, muchos tendrían serias dudas a la hora de identificar cuál de las dos era de Estados Unidos. Danny había vuelto allí a los veinte años y tenía la intención de quedarse para siempre.

Danny y Steve hicieron su ronda en medio de un aire cortante que olía a humo de chimenea y manteca de cocinar. Las ancianas salían a las calles con su andar oscilante. Carretas y caballos avanzaban por los adoquines. Se oían toses por las ventanas abiertas. Los bebés berreaban con un timbre tan agudo que Danny imaginaba sus caras rojas. En la mayoría de las casas de vecindad, las gallinas se paseaban por los rellanos, las cabras cagaban en las escaleras, y las cerdas, envueltas en un hervor mortecino de moscas, se acurrucaban entre papeles rotos de periódico. Si a esto se añadía una arraigada desconfianza por todo aquello que no era italiano, la lengua inglesa inclusive, teníamos una sociedad que ningún americano comprendería jamás.

No sorprendía a nadie, pues, que el North End fuese la zona de reclutamiento por excelencia de las principales organizaciones anarquistas, bolcheviques, radicales y subversivas del litoral este. Y debido precisamente a eso, por algún retorcido motivo Danny le tenía aún más cariño. Dijeran lo que dijeran sobre las personas que allí vivían —y muchos lo decían, en voz bien alta y en tono blasfemo—, su pasión no podía ponerse en duda. Con arreglo a la Ley sobre el Espionaje de 1917, era posible detener y deportar a la mayoría de ellos por criticar al Gobierno. En muchas ciudades, ése habría sido su destino, pero en el North End detener a alguien por defender el derrocamiento del Gobierno de Estados Unidos sería como detener a gente por permitir que sus caballos cagaran en la calle: no habría sido difícil encontrarlos, pero más valía tener un buen furgón.

Danny y Steve entraron en una cafetería de Richmond Street. Las paredes estaban cubiertas de crucifijos negros de lana, tres docenas como mínimo, en su mayor parte del tamaño de la cabeza de un hombre. La mujer del dueño llevaba tejiéndolos desde que Estados Unidos entró en guerra. Danny y Steve pidieron café exprés. El dueño puso sus tazas en el mostrador de cristal, acompañadas de un tazón con terrones de azúcar moreno, y los dejó solos. Su mujer entraba y salía de la trastienda con bandejas de pan y las dejaba en los estantes bajo el mostrador, hasta que el cristal se empañó bajo sus codos.

—Pronto acabará la guerra, ¿eh? —dijo la mujer a Danny.

—Eso parece.

—Buena cosa —dijo ella—. Haré una cruz más. Puede que ayude.

Con una sonrisa vacilante, inclinó de cabeza y regresó a la parte de atrás.

Se tomaron el café, y cuando salieron del establecimiento, el sol, ahora más luminoso, deslumbró a Danny. El hollín de las chimeneas del muelle flotaba en el aire y se posaba en los adoquines. El barrio estaba en silencio salvo por el ruido de la persiana de alguna que otra tienda al

53

levantarse y los chirridos y el chacoloteo de un carromato de reparto de leña tirado por un caballo. Danny deseó que aquello continuara así todo el día, pero pronto las calles se llenarían de vendedores ambulantes y animales y niños haciendo novillos y bolcheviques y anarquistas dando discursos desde tribunas improvisadas. Después algunos hombres visitarían las tabernas para un desayuno tardío y algunos músicos se plantarían en las esquinas no ocupadas por los oradores improvisados y alguien pegaría a una esposa o a un marido o a un bolchevique.

En cuanto hubieran lidiado con quienes pegaban a esposas, a maridos y a bolcheviques, vendrían los robos de los carteristas, los timos de la estampita, las partidas de dados encima de mantas, las partidas de naipes en las trastiendas de cafeterías y barberías, y los miembros de la Mano Negra que vendían seguros para la prevención de todo, desde incendios hasta la peste, pero sobre todo para la prevención de la propia Mano Negra.

—Esta noche hay otra reunión —anunció Steve—. Grandes proyectos.

—¿Una reunión del CSB, el Club Social de Boston? —Danny cabeceó—. «Grandes proyectos.» ¿No lo dirás en serio?

Steve dio vueltas a la porra sujetándola por la correa.

—¿Te has parado a pensar que si te dejaras ver en las reuniones del sindicato, tal vez a estas alturas te habrían destinado ya a la División de Investigación, a todos nos habrían subido la paga y Johnny Green tendría aún a su mujer y sus hijos?

Danny alzó la vista al cielo, ahora resplandeciente pero sin sol a la vista.

—Es un club social.

—Es un sindicato —replicó Steve.

—¿Y entonces por qué se llama Club Social de Boston? —inquirió Danny.

Bostezó mirando el cielo de cuero blanco.

—Buena pregunta. La pregunta clave, a decir verdad. Ésa es una de las cosas que intentamos cambiar.

—Por mucho que lo cambiéis, será un sindicato sólo nominalmente. Somos policías, Steve: no tenemos derechos. El CSB... ¿qué es? Nada más que un club de niños, una puta cabaña en un árbol.

—Estamos preparando una reunión con Gompers, Dan. De la Federación Americana del Trabajo.

Danny se detuvo. Si se lo contaba a su padre o a Eddie McKenna, le concederían una placa de oro y lo ascenderían al día siguiente y no tendría que volver a hacer la ronda.

—La FAT es un sindicato nacional. ¿Estáis locos? No permitirán afiliarse a los policías.

—¿Quiénes? ¿El alcalde? ¿El gobernador? ¿O'Meara?

—O'Meara —respondió Danny—. Es el único que cuenta.

El comisario Stephen O'Meara tenía la firme convicción de que el puesto de un policía era el más elevado de todos los puestos municipales y, por consiguiente, el honor debía reflejarse tanto interna como externamente. Cuando O'Meara asumió su cargo al frente del Departamento de Policía de Boston, el DPB, cada barrio era un feudo, el coto privado del delegado de pedanía o el concejal que metía el hocico en el abrevadero más deprisa y más hondo que sus rivales. Los agentes de policía tenían un aspecto de mierda, llevaban unos uniformes de mierda y les importaba todo una mierda.

O'Meara limpió buena parte de eso. No todo, bien lo sabía Dios, pero había quemado la paja y había hecho lo posible para presentar cargos contra los delegados de pedanía y concejales más desfachatados. Había enderezado un sistema podrido y luego le había dado un empujón con la esperanza de derribarlo. Eso no ocurrió, pero se tambaleaba de vez en cuando. Lo suficiente para permitirle reincorporar a un gran número de policías a sus comunidades a fin de que conocieran a los ciudadanos a quienes servían. Y eso era lo que uno hacía en el DPB de O'Meara si era un agente de a pie listo (con contactos limitados): servir a los ciudadanos. No a los delegados de pedanía ni a los reyezuelos con sus lingotes de oro. Uno tenía aspecto de policía y se comportaba como un policía y no se hacía a un lado para dejar paso a nadie ni infringía el principio básico: él era la ley.

Pero ni siquiera O'Meara, al parecer, había conseguido doblegar al ayuntamiento en la reciente disputa por un aumento de paga. No habían recibido ni uno solo desde hacía seis años, y ese último, exigido insistentemente por el propio O'Meara, había llegado después de ocho años de estancamiento. Así las cosas, ahora Danny y los demás hombres del cuerpo cobraban lo que habría sido un sueldo justo en 1905. Y el alcalde, en su última reunión con el CSB, había dicho que eso era lo máximo a que podían aspirar durante un tiempo.

Veintinueve centavos la hora por una semana de setenta y tres horas. Sin horas extra. Y eso para los agentes como Danny y Steve Coyle, que tenían el turno de día, una bicoca. Los pobres desdichados con el turno de noche cobraban sólo veinticinco miserables centavos la hora y trabajaban ochenta y tres horas semanales. Danny lo habría considerado escandaloso si no hubiese formado parte de una verdad que él había aceptado desde que empezó a andar: el sistema jodía al trabajador. La única decisión realista que podía tomar un hombre era si rebelarse contra el sistema y morirse de hambre, o seguirle el juego con tal convicción y tal ardor que al final él personalmente no sería ya víctima de ninguna de sus injusticias.

—O'Meara —dijo Steve—, claro. Yo también aprecio a ese viejo, de verdad. Lo aprecio, Dan. Pero no nos está dando lo que nos prometió.

—Puede que sea cierto que no tienen el dinero.

—Eso es lo que dijeron el año pasado. Dijeron que esperáramos a que acabara la guerra y entonces nos recompensarían por nuestra lealtad. —Steve abrió las manos—. Yo miro y no veo ninguna recompensa.

—La guerra aún no ha terminado.

Steve Coyle hizo una mueca.

—A efectos prácticos, sí.

—Bueno, pues reiniciad las negociaciones.

—Ya lo hemos hecho. La semana pasada. Y nos dieron otra vez con la puerta en las narices. Y el coste de la vida ha subido sin parar desde junio. Joder, Dan, nos estamos muriendo de hambre. Lo sabrías si tuvieses hijos.

—Tú no tienes hijos.

—La viuda de mi hermano, que en paz descanse, tiene dos. Es como si yo mismo estuviera casado. Esa mujer se piensa que soy los almacenes Gilchrist el día de venta a crédito.

Danny sabía que Steve había empezado a ayudar a la viuda Coyle un mes o dos después del entierro de su hermano. Rory Coyle se había cortado la arteria femoral con unas tijeras de ganado en los apartaderos de Brighton y desangrado en el suelo rodeado de trabajadores atónitos y vacas indiferentes. Cuando la dirección del apartadero se negó a pagar siquiera una mínima indemnización por defunción a la familia, los trabajadores utilizaron la muerte de Rory Coyle como consigna de llamamiento a la sindicación, pero su huelga sólo duró tres días, hasta que el Departamento de Policía de Brighton, los agentes de la Pinkerton y unos bateadores llegados de fuera de la ciudad arremetieron, y rápidamente Rory Joseph Coyle pasó a ser «Quién Coño es Ese Rory».

En la acera de enfrente, un anarquista, con el gorro y el gran bigote de guías enroscadas de rigor, colocó su caja de embalaje bajo una farola y consultó un cuaderno que llevaba bajo el brazo. Se subió a la caja. Por un momento despertó en Danny una extraña compasión. Se preguntó si tendría hijos, mujer.

—La FAT es de ámbito nacional —repitió—. El departamento no lo permitirá nunca, nunca jamás.

Steve apoyó una mano en su brazo y sus ojos perdieron por un momento su habitual expresión luminosa y risueña.

—Ven a una reunión, Dan. En Fay Hall. Los martes y jueves.

—¿Para qué? —preguntó Danny cuando en la otra acera el anarquista empezó a vociferar en italiano.

—Tú ven —insistió Steve.

Después de su turno, Danny cenó solo y se tomó unas copas de más en Costello's, una taberna del puerto muy frecuentada por policías. A cada copa, Johnny Green se volvía más pequeño, Johnny Green y sus tres combates en un día, los espumarajos de su boca, su trabajo de mesa y su orden de desahucio. Al marcharse, Danny se llevó la petaca llena y paseó por el North End. Al día siguiente libraba por primera vez en veinte días, y como solía suceder por algún retorcido motivo, con el agotamiento entraba en un estado de alerta e inquietud. En la creciente oscuridad de la noche, las calles volvían a estar tranquilas. En la esquina de Hanover y Salutation, se apoyó en una farola y contempló la comisaría tapiada. Las ventanas del sótano, a ras de acera, seguían ennegrecidas, pero por lo demás habría sido difícil adivinar que allí había tenido lugar algo violento.

La Policía Portuaria había decidido trasladarse a otro edificio a unas cuantas manzanas, en Atlantic. Habían dicho a la prensa que el traslado estaba previsto desde hacía más de un año, pero nadie se lo tragó. Salutation Street había dejado de ser un edificio donde la gente se sentía a salvo. Y la ilusión de seguridad era lo mínimo que los ciudadanos exigían a una comisaría.

Una semana antes de la Navidad de 1916, una infección de garganta dejó a Steve fuera de servicio. Danny, trabajando solo, detuvo a un ladrón que salía de un barco atracado entre los trozos de hielo y el oleaje gris del muelle de Battery. Eso lo convertía en asunto de la Policía Portuaria y en papeleo para la Policía Portuaria; lo único que tenía que hacer Danny era entregarlo.

Fue una captura fácil. Cuando el ladrón bajaba tranquilamente por la pasarela con un saco de arpillera al hombro, el contenido tintineó. Danny, bostezando al final de su turno, advirtió que el individuo no tenía ni las manos, ni los zapatos, ni los andares de un estibador ni de un transportista. Le dio el alto. El ladrón hizo un gesto de indiferencia y bajó el saco. El barco en el que acababa de robar estaba a punto de zarpar con comida y medicamentos para los niños hambrientos de Bélgica. Cuando unos transeúntes vieron las latas de comida desparramadas por la cubierta, hicieron correr la voz, y justo cuando Danny lo esposaba, empezó a congregarse una multitud al final del muelle. Ese mes, con los periódicos a rebosar de las atrocidades de los alemanes contra los flamencos inocentes y temerosos de Dios, los niños hambrientos de Bélgica acaparaban toda la atención. Danny tuvo que sacar la porra y sostenerla por encima del hombro para abrirse paso entre la muchedumbre con el ladrón a rastras y encaminarse por Hanover hacia Salutation Street.

Era un domingo frío y las calles adyacentes a los muelles estaban tranquilas, retirada ya la nieve que llevaba cayendo toda la mañana en copos pequeños y secos como la ceniza. El ladrón estaba de pie junto a Danny ante la mesa de ingresos de Salutation Street, enseñándole la piel agrietada de las manos mientras le decía que, con semejante frío, unas cuantas noches en el trullo podían ser el remedio para que volviese a circularle la sangre, cuando de pronto diecisiete cartuchos de dinamita detonaron en el sótano.

La naturaleza exacta de la explosión fue motivo de debate en el barrio durante semanas. Si precedieron al estallido dos estampidos sordos o tres. Si el edificio se sacudió antes de que las puertas saltaran de los goznes o después. Todas las ventanas del otro lado de la calle se rompieron, desde la planta baja hasta el cuarto piso, de una punta a otra de la manzana, y eso por sí solo ya causó bastante estruendo, imposible de distinguir de la explosión inicial. Pero para quienes se hallaban dentro de la comisaría, los diecisiete cartuchos de dinamita produjeron un sonido muy claro, distinto de todos los que se oirían después cuando las paredes se agrietaron y los suelos se hundieron.

Lo que oyó Danny fue un trueno. No forzosamente el trueno más sonoro que había oído en la vida, pero sí el más grave, como el bostezo grande y lúgubre de un dios grande y ancho. No se le habría ocurrido poner en duda que era un trueno si no se hubiese dado cuenta al instante de que procedía de debajo de él. Semejante al aullido de un barítono, movió las paredes e hizo vibrar los suelos. Todo en menos de un segundo. Tiempo de sobra para que el ladrón mirase a Danny y Danny mirase al sargento de guardia y el sargento de guardia mirase a los dos agentes que hablaban de la guerra en Bélgica en el rincón. Acto seguido, el retumbo y el estremecimiento del edificio se hicieron más profundos. Una llovizna de escayola se desprendió de la pared detrás del sargento. Parecía leche en polvo o jabonaduras. Danny quiso hacérselo notar al sargento para que le echara un vistazo, pero el sargento desapareció, simplemente se hundió al otro lado de la mesa como un ahorcado al caer por la trampilla de un cadalso. Las ventanas estallaron. Danny miró por ellas y vio una lámina de cielo gris. A continuación, el suelo cedió bajo sus pies.

Entre el trueno y el hundimiento, quizá diez segundos. Danny, al abrir los ojos al cabo de un par de minutos, oyó las alarmas de incendios. Otro ruido resonaba también en su oído izquierdo, algo más agudo, aunque no tan fuerte. El silbido continuo de un hervidor. El sargento de guardia yacía de espaldas frente a él, con un tablero de mesa sobre las rodillas, los ojos cerrados, la nariz rota, también unos cuantos dientes. Algo afilado se le hincaba a Danny en la espalda. Tenía arañazos en las manos y los brazos. Sangraba por un agujero en el cuello; sacó un pañuelo del bolsillo y se lo llevó a la herida. El abrigo y el uniforme se le habían roto por varios sitios. El casco abombado había desaparecido. Hombres en ropa interior, hombres que minutos antes dormían en literas entre turno y turno, yacían ahora sobre los escombros. Uno tenía un ojo abierto y miraba a Danny como si éste pudiese explicarle por qué se había despertado en medio de aquello.

Fuera, sirenas. El golpeteo pesado de las ruedas de los coches de bomberos. Silbatos.

El hombre en ropa interior tenía sangre en la cara. Levantó una mano manchada de yeso y se la enjugó un poco.

—Putos anarquistas —dijo.

También ése había sido el primer pensamiento de Danny. Wilson acababa de ser reelegido con la promesa de que los mantendría al margen de todos los asuntos belgas, de todos los asuntos franceses y alemanes. Pero, por lo visto, se había producido un cambio de idea en los pasillos del poder. De pronto se consideró necesario que Estados Unidos se sumase al esfuerzo bélico. Así lo dijo Rockefeller. Así lo dijo J. P. Morgan. Últimamente lo decía también la prensa. Estaban tratando mal a los niños belgas. Matándolos de hambre. Los teutones eran famosos por su afición a las atrocidades: bombardear los hospitales franceses, matar de hambre a los niños belgas. Siempre los niños, había observado Danny. A todo el país eso le olía a chamusquina, pero fueron los radicales quienes empezaron a armar alboroto. Dos semanas antes hubo una manifestación a unas manzanas de allí, anarquistas y socialistas y Trabajadores Industriales del Mundo. La policía —tanto la municipal como la portuaria— la disolvió, practicó detenciones, partió unas cuantas cabezas. Los anarquistas enviaron por correo amenazas anónimas a los periódicos, prometieron represalias.

—Putos anarquistas —repitió el policía en ropa interior—. Putos terroristas italianos.

Danny probó a mover la pierna izquierda y después la derecha. Cuando tuvo la relativa certeza de que lo sostendrían, se puso en pie. Miró los agujeros del techo. Agujeros del tamaño de toneles de cerveza. Desde allí, nada menos que desde el sótano, veía el cielo.

Alguien gimió a su izquierda, y vio el pelo rojo del ladrón asomar de debajo de una pila de argamasa y madera y un trozo de puerta de una de las celdas del pasillo. Apartó un tablón ennegrecido de la espalda de aquel hombre, le retiró un ladrillo del cuello y se arrodilló a su lado. El ladrón le dirigió una tensa sonrisa de agradecimiento.

—¿Cómo te llamas? —preguntó Danny, porque de pronto se le antojó importante.

Pero la vida resbaló de las pupilas del ladrón como si cayese del borde de una cornisa. Danny habría esperado que esa vida se levantara. Que huyera hacia arriba. En cambio, se hundió en sí misma, un animal escondiéndose en su madriguera hasta desaparecer por completo. Allí sólo quedaba algo que no era del todo un hombre donde antes yació un hombre, una cosa remota, que empezaba a enfriarse. Se apretó el pañuelo con más fuerza contra el cuello, cerró los párpados al ladrón con el pulgar y sintió una agitación inexplicable por no saber cómo se llamaba.

En el Hospital General de Massachusetts, un médico extrajo a Danny del cuello esquirlas de metal con unas pinzas. El metal procedía de un trozo del somier que golpeó a Danny antes de incrustarse en una pared. El médico dijo a Danny que el pedazo de metal se había acercado tanto a la carótida que debería haberla cercenado. Examinó el recorrido durante un minuto o más y dictaminó que, de hecho, no había tocado la arteria por una milésima de milímetro escasamente. Le explicó que eso era una aberración estadística comparable a toparse de cabeza con una vaca voladora. A continuación le recomendó que en el futuro no pasara mucho tiempo en la clase de edificios donde los anarquistas tendían a poner sus bombas.

Pocos meses después de salir del hospital, Danny inició su funesto amorío con Nora O'Shea. Un día, durante su relación secreta, ella le besó la cicatriz en el cuello y le dijo que Dios lo había protegido.

—Si Dios me protegió a mí —contestó él—, ¿por qué no al ladrón?

—Porque no eras tú.

Eso ocurrió en la habitación del hotel Tidewater de Hull, con vistas al paseo de Nantasket Beach. Habían ido en vapor desde el centro y pasado el día en Paragon Park, montando en el tiovivo y en las tazas giratorias. Comieron caramelo y almejas fritas tan calientes que tuvieron que enfriarlas con la brisa marina antes de llevárselas a la boca.

Nora lo venció en la caseta de tiro. Tuvo suerte, cierto, pero dio en la diana, y el feriante, con una sonrisa burlona, entregó a Danny el oso de peluche. Era un muñeco patético, que escupía ya el relleno marrón claro y el serrín por las costuras abiertas. Después, en la habitación, ella lo utilizó para defenderse en una pelea de almohadas, y eso puso fin a la vida del oso. Recogieron el serrín y el relleno con las manos. Danny, de rodillas, encontró uno de los ojos del difunto oso bajo la cama metálica y se lo metió en el bolsillo. No tenía la intención de guardarlo más allá de ese día, pero ahora, pasado un año, rara vez salía de la pensión sin él.

La relación entre Danny y Nora había empezado en abril de 1917, el mismo mes que Estados Unidos entró en guerra con Alemania. Hacía un calor inusitado. Las plantas florecieron antes de lo previsto; cerca de fin de mes su aroma se elevaba hasta las ventanas más altas, muy por encima de las calles. Acostado con ella entre el olor de las flores y la amenaza constante de una lluvia que nunca llegaba, mientras los barcos zarpaban hacia Europa, mientras los patriotas se concentraban en las calles, mientras un mundo nuevo parecía brotar bajo ellos más deprisa incluso que las flores, Danny sabía que la relación estaba condenada al fracaso. Eso fue incluso antes de que él conociera los secretos más sombríos de Nora, cuando la propia relación no era aún más que un tierno retoño. Sentía una impotencia que se negaba a abandonarlo desde que despertó en el suelo del sótano de Salutation Street. No era sólo Salutation (aunque eso desempeñaría un importante papel en sus reflexiones durante el resto de su vida); era el mundo entero. La manera en que se aceleraba día a día. La manera en que cuanto más rápido iba, mayor era la impresión de que navegaba sin timón, sin que lo guiara constelación alguna. La manera en que seguía avanzando a toda vela, ajeno a él.

Danny se alejó del edificio ruinoso y tapiado de Salutation y atravesó la ciudad con su petaca. Poco antes del alba subió al puente de Dover Street y se quedó allí contemplando el horizonte, las nubes bajas en rápido movimiento sobre la ciudad atrapada entre la oscuridad nocturna y la claridad del día. Era todo piedra caliza y ladrillo y cristal, con las luces apagadas para contribuir al esfuerzo bélico, una colección de bancos y tabernas, restaurantes y librerías, joyerías y tinglados y grandes almacenes y pensiones, pero sentía la ciudad acurrucada en el hueco entre la noche anterior y la mañana siguiente, como si no hubiera sido capaz de seducir a ninguna de las dos. Al amanecer, una ciudad se mostraba sin galas, sin maquillaje ni perfume. Era serrín en el suelo, el vaso volcado, el zapato solitario con la tira rota.

—Estoy borracho —dijo al agua, y su propia cara envuelta en bruma le devolvió la mirada desde un ruedo de luz en el agua gris, reflejo de la única farola encendida bajo el puente—. Muy borracho.

Escupió a su reflejo, pero falló.

Oyó voces a su derecha y se volvió y los vio. Era la primera migración matutina procedente de South Boston, camino hacia el puente: mujeres y niños que entraban en la ciudad propiamente dicha para trabajar.

Abandonó el puente y encontró un umbral de un almacén mayorista de fruta en estado ruinoso. Los observó acercarse, primero en corrillos y luego en tropel. Las mujeres y los niños siempre primero, pues empezaban los turnos una o dos horas antes que los hombres para poder regresar a casa a tiempo de preparar la cena. Algunas parloteaban alegremente a voz en cuello; otras iban en silencio o adormiladas. Las mayores caminaban con la palma de la mano en los riñones o en la cadera o en cualquier otro foco de dolor. Muchas vestían la ropa tosca de los obreros de las fábricas, en tanto que otras lucían los uniformes blancos y negros, muy almidonados, de las empleadas del hogar y los servicios de limpieza de los hoteles.

Tomó un sorbo de la petaca en el umbral a oscuras, con la esperanza de que ella estuviese entre el grupo y con la esperanza de que no estuviese.

Unos cuantos niños avanzaban Dover arriba guiados por dos ancianas que los reñían por llorar, por arrastrar los pies, por entorpecer la marcha de los demás, y Danny se preguntó si eran los mayores de sus familias, enviados a trabajar a una edad muy temprana para seguir la tradición familiar, o si eran los más pequeños, y ya no quedaba dinero para la escuela.

En ese momento vio a Nora. Un pañuelo anudado en la nuca le cubría el pelo, pero él sabía que lo tenía rizado e indomable, así que lo llevaba siempre corto. Sabía por sus ojeras que no había dormido bien. Sabía que tenía una mancha en la base de la columna, una mancha en forma de campanilla de un rojo escarlata que contrastaba con su piel blanca. Sabía que se avergonzaba de su acento irlandés de Donegal y que intentaba eliminarlo desde que un día de Nochebuena, hacía cinco años, el padre de Danny la encontró famélica y aterida de frío en los muelles de Northern Avenue y la llevó a la casa de los Coughlin.

Ella y otra chica bajaron del bordillo para adelantar a los niños más lentos, y Danny sonrió cuando la otra chica entregó furtivamente un cigarrillo a Nora y ésta, protegiéndolo con la mano ahuecada, dio una calada rápida.

Pensó en salir del umbral y llamarla. Se imaginó a sí mismo reflejado en los ojos de ella, sus propios ojos anegados en el alcohol y la incertidumbre. Allí donde otros veían valor, ella vería cobardía.

Y tendría razón.

Allí donde otros veían a un hombre alto y fuerte, ella vería a un niño débil.

Y tendría razón.

Se quedó, pues, en el umbral. Se quedó allí y jugueteó con el ojo del oso en el bolsillo del pantalón hasta que ella se perdió de vista entre el gentío que se alejaba por Dover Street. Y se aborreció a sí mismo y la aborreció también a ella, por haberse arruinado mutuamente la existencia.

2

Luther perdió su empleo en la fábrica de municiones en septiembre. Llegó un día dispuesto a iniciar su jornada y encontró un papel amarillo pegado a su banco de trabajo. Era un miércoles, y como tenía por costumbre entre semana, había dejado la bolsa de las herramientas debajo del banco la noche anterior, todas bien envueltas en hule y colocadas una al lado de la otra. Las herramientas eran de él, no de la empresa, regalo de su viejo tío Cornelius, que se quedó ciego antes de tiempo. Cuando Luther era pequeño, Cornelius se sentaba en el porche y sacaba un frasco de aceite del mono que llevaba puesto tanto si hacía cuarenta grados a la sombra como si la escarcha cubría la leña apilada y limpiaba su juego de herramientas, reconociendo cada una por el tacto y explicando a Luther que aquello no era una llave sueca, chico, sino una llave inglesa, no te equivoques, y cualquier hombre incapaz de distinguirla por el tacto sólo debía usar la llave inglesa, porque no sabía lo que tenía entre manos. Enseñó a Luther a identificar las herramientas de la misma manera que él. Le vendaba los ojos a Luther y el niño se reía en el porche caliente. Luego le entregaba un tornillo y le pedía que lo encajara en los ángulos de la llave; se lo pedía una y otra vez, hasta que al niño la venda ya no le divertía, hasta que le escocían los ojos por el sudor. Pero con el tiempo las manos de Luther empezaron a ver y oler y paladear las cosas hasta el punto de que a veces sospechaba que sus dedos veían los colores antes que sus ojos. Probablemente por eso nunca había fallado al recibir una bola de béisbol.

En el trabajo tampoco se había lastimado nunca. Nunca se había aplastado el pulgar trabajando en la prensa de taladrar, nunca se había cortado con la pala de una hélice por cogerla del revés al levantarla. Y a la vez tenía la mirada en otra parte: observaba las paredes de latón, olía el mundo al otro lado, sabía que algún día saldría a él, se perdería en él, y que sería un mundo ancho.

El papel amarillo decía: «Ve a ver a Bill», nada más. Pero Luther, al leer esas palabras, presintió algo que lo indujo a alargar el brazo bajo su banco y coger la bolsa de herramientas de cuero gastado y llevársela al cruzar la planta en dirección al despacho del supervisor del turno. La tenía en la mano cuando se detuvo ante el escritorio de Bill Hackman, y Bill, un hombre de mirada triste que suspiraba continuamente, y no mala persona para ser blanco, dijo:

—Luther, tenemos que despedirte.

Luther se sintió desaparecer, encogerse dentro de su cuerpo como si fuese la punta de una aguja sin el resto de la aguja, un punto de algo casi reducido a aire que flotaba en lo más hondo de su cráneo, y mientras observaba a su propio cuerpo allí de pie, delante de la mesa de Bill, esperó a que esa punta de aguja le dijera que volviera a moverse.

Era lo que se hacía ante los blancos cuando te hablaban directamente, con los ojos fijos en ti. Porque nunca lo hacían a menos que fingieran que iban a pedirte algo que de todos modos pensaban quitarte o, como en ese momento, cuando daban una mala noticia.

—De acuerdo —dijo Luther.

—No ha sido decisión mía —explicó Bill—. Pronto todos esos chicos volverán de la guerra y necesitarán trabajo.

—La guerra aún no ha acabado —dijo Luther.

Bill le dirigió una sonrisa triste, como la que uno esbozaría ante un perro por el que sentía cariño pero al que no podía enseñar a sentarse o hacer la rueda.

—La guerra prácticamente puede darse por terminada. Créeme, lo sabemos.

Con ese «sabemos», Luther entendió que se refería a la empresa, y supuso que si alguien lo sabía, sería la empresa, porque había estado pagando a Luther un salario con regularidad por ayudarlos a fabricar armas desde 1915, cuando se suponía que Estados Unidos no iba a intervenir en esa guerra.

—De acuerdo —repitió Luther.

—Y sí, bueno, aquí has trabajado bien, y te aseguro que hemos intentado encontrarte un puesto, algo para que te quedaras, pero esos chicos van a volver a montones, y se han dejado la piel luchando allí, y el Tío Sam quiere darles las gracias.

—De acuerdo.

—Oye —dijo Bill, en apariencia un tanto frustrado, como si Luther buscara pelea—, lo entiendes, ¿verdad? No querrías que dejáramos a esos chicos en la calle, a esos patriotas. Es decir, ¿cómo quedaría eso, Luther? No quedaría bien, ya te lo digo. Tú mismo serías incapaz de ir por la calle con la cabeza en alto si vieras pasar por tu lado a uno de esos chicos buscando trabajo mientras tú te embolsabas una buena paga.

Luther calló. No mencionó que muchos de esos patriotas que habían arriesgado su vida por el país eran chicos de color, y estaba convencido de que no serían ellos quienes le quitaran el trabajo. Seguro que si regresaba a la fábrica al cabo de un año, las únicas caras de color que vería serían las de los empleados de la limpieza, los que vaciaban las papeleras de los despachos y barrían las virutas de metal. Y no se preguntó en voz alta cuántos de esos blancos que ocuparían el lugar de los negros habían servido realmente en Europa o recibido los galones por escribir a máquina o algo parecido en Georgia o en algún lugar de Kansas.

Luther no abrió la boca. La mantuvo tan cerrada como todo él hasta que Bill se cansó de discutir consigo mismo e indicó a Luther dónde tenía que recoger la paga.

En ésas estaba Luther, pues, atento a toda posibilidad. Un día oyó que quizá, sólo quizás, hubiera trabajo en Youngstown, y alguien había oído hablar de posibles contrataciones en una mina de las afueras de Ravenswood, al otro lado del río, en Virginia Occidental. Pero la economía empezaba a ir de capa caída otra vez, a decir de todos. De capa caída para los negros.

Y de pronto un día Lila empezó a hablar de una tía suya que vivía en Greenwood.

—Ese lugar no me suena de nada —dijo Luther.

—No está en Ohio, cariño. Tampoco está en Virginia Occidental ni en Kentucky.

—¿Entonces dónde está?

—En Tulsa.

—¿Oklahoma?

—Ajá —contestó ella con un susurro, como si llevara un tiempo planeándolo y deseara abordar el tema con sutileza para que Luther pensara que la idea era de él.

—Ni hablar, mujer. —Luther le deslizó las manos por los brazos—. No pienso ir a Oklahoma.

—¿Y adónde vas a ir? ¿A la vuelta de la esquina?

—¿Qué hay a la vuelta de la esquina?

Miró hacia allí.

—A la vuelta de la esquina no hay trabajo. Eso es lo único que sé.

Luther se detuvo a pensar en ello, con la sensación de que Lila daba vueltas en torno a él, como si fuera varios pasos por delante.

—Cariño —dijo ella—, Ohio sólo nos ha servido para seguir en la pobreza.

—No nos ha hecho pobres.

—Tampoco va a hacernos ricos.

Estaban sentados en el balancín construido por él mismo en lo que quedaba del porche donde Cornelius le había enseñado lo que acabaría siendo su oficio. Dos terceras partes del porche se las había llevado el agua en las inundaciones del año 1913, y Luther siempre había querido reconstruirlo, pero en los últimos años, entre el béisbol y el trabajo, no había encontrado el momento. Y de pronto cayó en la cuenta: tenía dinero. No le duraría para siempre, por supuesto, pero sí había apartado unos ahorros por primera vez en su vida. En cualquier caso, lo suficiente para trasladarse.

Lila le gustaba. No tanto como para ir al altar y tirar por la borda toda su juventud; por Dios, sólo tenía veintitrés años. Pero sin duda le gustaba olerla y hablar con ella y le gustaba cómo se acoplaba a sus huesos cuando se hacía un ovillo junto a él en el balancín del porche.

—¿Qué hay en Greenwood además de tu tía?

—Trabajo. Hay trabajo por todas partes. Un barrio grande y lleno de vida donde sólo hay negros, y a todos les van bien las cosas, cariño. Tienen sus propios médicos y abogados, y los hombres van en sus propios automóviles y las chicas se ponen guapas los domingos y todos viven en sus propias casas.

Él le dio un beso en la coronilla porque no se lo creía, pero lo que le gustaba de Lila era que deseaba las cosas con tanta fuerza que al final se convencía a sí misma de que podían hacerse realidad.

—¿Ah, sí? —Se rió—. ¿Y también tienen a blancos que les trabajan la tierra?

Ella alargó el brazo y le dio una palmada en la frente; luego le mordió la muñeca.

—Maldita sea, mujer, ésa es la mano de lanzar. Ve con cuidado.

Ella le cogió la muñeca y se la besó. Luego, poniéndosela entre los pechos, dijo:

—Tócame la barriga, cariño.

—No llego.

Ella se deslizó sobre Luther, y la mano de él quedó en su vientre. Luther intentó bajarla, pero ella le agarró la muñeca.

—Tócala.

—Ya la estoy tocando.

—Eso también nos espera en Greenwood.

—¿Tu barriga?

Lila le besó el mentón.

—No, tonto. Tu hijo.

Cogieron el tren en Columbus el primero de octubre, atravesaron mil trescientos kilómetros de campo donde las tierras de labranza habían trocado el oro estival por surcos de escarcha nocturna que al amanecer se fundía y se dispersaba como el baño de un pastel. El cielo era de ese azul del metal recién salido de la prensa. Balas de heno salpicaban los campos de color parduzco, y en Missouri Luther vio una manada de caballos galopar casi dos kilómetros, sus cuerpos tan grises como su aliento condensado. Y el tren lo atravesaba todo, haciendo temblar la tierra, clamando al cielo, y Luther echó el aliento al cristal y, con el dedo, dibujó bolas de béisbol, dibujó bates, dibujó un niño con una cabeza desproporcionada.

Lila lo miró y se rió.

—¿Así será nuestro niño? ¿Cabezón como el papá? ¿Flaco y larguirucho?

—Qué va —contestó Luther—. Se parecerá a ti.

Y añadió al niño unos pechos del tamaño de globos de circo, y Lila, ahogando una risita, le dio una palmada en la mano y borró al niño de la ventana.

El viaje duró dos días, y Luther perdió dinero en una partida de cartas con unos mozos la primera noche, y Lila estuvo enfadada por eso hasta bien entrada la mañana. Por lo demás, Luther no habría sabido encontrar un momento de su vida más preciado. Recordaba alguna que otra jugada en el diamante, y una vez, a los diecisiete años, había ido a Memphis con su primo, Sweet George, y habían pasado algunos ratos en Beale Street que nunca olvidaría; pero allí en aquel vagón de tren con Lila, sabiendo que su hijo vivía dentro del cuerpo de ella —ese cuerpo no era ya una vida individual, sino más bien una vida y media— y que estaban saliendo al mundo, como tan a menudo había soñado, ebrio por la velocidad de la marcha, experimentó una disminución de la palpitante ansiedad que anidaba en su pecho desde niño. Nunca había sabido de dónde venía esa ansiedad, pero siempre había estado ahí. Había intentado ahogarla por todos los medios, trabajando, jugando, bebiendo, follando y durmiendo. Ahora, en cambio, sentado en el asiento con los pies en aquel suelo atornillado a un armazón de acero unido a las ruedas que se ceñían a los raíles y avanzaban vertiginosamente a través del tiempo y la distancia como si el tiempo y la distancia no fuesen nada, amó su vida y amó a Lila y amó a su hijo y supo, como siempre había sabido, que amaba la velocidad, porque todo aquello que la poseía no se dejaba amarrar y, por tanto, no se podía vender.

Llegaron a Tulsa, al apartadero de Santa Fe, a las nueve de la mañana. Los esperaban Marta, la tía de Lila, y su marido, James. James era tan grande como pequeña era Marta, los dos de un negro oscuro que no podía ser más oscuro, de piel tan tirante sobre los huesos que Luther se preguntó cómo respiraban. Pese a la estatura de James, y era tan alto como algunos hombres lo son sólo a lomos de un caballo, sin duda era Marta quien llevaba la voz cantante.

Cuatro o como mucho cinco segundos después de iniciarse las presentaciones, Marta dijo:

—James, cielo, coge los bultos, ¿quieres? ¿Vas a dejar que esta pobre chica siga allí de pie y se desmaye de tanto peso?

70

—Estoy bien, tía, yo... —dijo Lila.

—¿James? —La tía Marta chasqueó los dedos a la altura de la cadera de James y éste dio un brinco. A continuación ella, otra vez la mujercita menuda y encantadora, sonrió y dijo—: Chica, estás más guapa que nunca, alabado sea el Señor.

Lila entregó los bultos al tío James y contestó:

—Tía, te presento a Luther Laurence, el joven del que te hablé en mis cartas.

Aunque tenía que haberlo supuesto, Luther se sorprendió al darse cuenta de que su nombre había sido plasmado en papel y atravesado las fronteras de cuatro estados para acabar en manos de la tía Marta, que quizá lo había rozado, aunque sólo fuera por casualidad, con su diminuto pulgar.

La tía Marta le dirigió una sonrisa mucho menos cálida que la que había dedicado a su sobrina. Le cogió la mano con las suyas. Lo miró a los ojos.

—Encantada de conocerte, Luther Laurence. Aquí en Greenwood vamos a la iglesia. ¿Tú vas a la iglesia?

—Sí, señora, claro.

—Siendo así, nos entenderemos, espero —dijo ella, y le dio un lento apretón de manos con las palmas húmedas.

—Sí, señora.

Luther se esperaba una larga caminata a través de la ciudad desde la estación hasta la casa de Marta y James, pero James los llevó a un Oldsmobile Reo tan rojo y brillante como una manzana recién sacada de un cubo de agua. Tenía ruedas con rayos de madera y una capota negra que James bajó y enganchó detrás. Apilaron el equipaje en el asiento trasero, colocado junto a Marta y Lila, que parloteaban ya las dos a una legua por minuto, y Luther se sentó delante con James y salieron del aparcamiento. Luther pensó que en Columbus un negro al volante de un coche como aquél se buscaba que le pegaran un tiro por ladrón, pero en la estación de tren de Tulsa ni siquiera los blancos parecían fijarse en ellos.

James explicó que el Oldsmobile tenía un motor V8 de válvulas laterales y sesenta caballos y, desplegando una amplia sonrisa, puso la tercera.

—¿A qué se dedica? —preguntó Luther.

—Soy dueño de dos talleres —contestó James—. Tengo cuatro empleados. Me encantaría darte trabajo, hijo, aunque ahora mismo ya dispongo de toda la ayuda que puedo permitirme. Pero tú no te preocupes: si hay algo que abunda en Tulsa, es trabajo. Hay trabajo de sobra. Estás en la tierra del petróleo, hijo. La ciudad entera brotó de la noche a la mañana gracias al crudo negro. Zas. Aquí no había nada hace veinticinco años. Entonces no era más que una parada de postas. ¿No te parece increíble?

Luther contempló el centro de la ciudad por la ventanilla, vio edificios más grandes que ninguno de los que había visto en Memphis, grandes como los que había visto sólo en fotografías de Chicago y Nueva York, y las calles estaban llenas de coches, y también de gente, y pensó que lo normal habría sido que un sitio así tardase un siglo en construirse, pero ese país simplemente ya no tenía tiempo para esperar, ni interés en ser paciente, ni motivo alguno para serlo.

Miró al frente cuanto llegaron a Greenwood. James saludó con la mano a unos hombres que construían una casa, y ellos le devolvieron el saludo, y él tocó el claxon. Marta explicó que estaban a punto de llegar a la zona de Greenwood Avenue conocida como la calle del Muro Negro, mira, fíjate...

Y Luther vio un banco para negros y una heladería llena de adolescentes negros y una barbería y un salón de billar y una tienda de alimentación enorme y antigua y unos grandes almacenes aún mayores y un bufete y la consulta de un médico y un periódico, todos ocupados por gente de color. Y después pasaron frente al cine, con grandes bombillas en torno a una descomunal marquesina blanca, y Luther miró por encima de la marquesina para ver el nombre del local —El País de los Sueños— y pensó: ahí es a donde hemos llegado. Porque todo aquello no podía ser si no un sueño.

Cuando recorrieron Detroit Avenue, donde estaba la casa de James y Marta Hollaway, Luther empezó a sentir el estómago revuelto. Las casas de Detroit Avenue eran de ladrillo rojo o de piedra de color chocolate con leche y tan grandes como las de los blancos. Y no de blancos que iban tirando a duras penas, sino de blancos que vivían bien. El césped de los jardines, de un verde brillante, estaba recién cortado, y varias de las viviendas tenían porches en las cuatro fachadas y toldos de vivos colores.

Entraron por el camino de acceso de una casa marrón oscuro de estilo Tudor y James detuvo el coche, y menos mal, porque Luther estaba tan mareado que temía vomitar.

—Ay, Luther, ¿no es para morirse? —exclamó Lila.

Sí, pensó Luther, ésa es una posibilidad.

A la mañana siguiente Luther, sin saber cómo, acabó casado antes del desayuno. En los años posteriores, cuando alguien le preguntaba cómo había llegado al matrimonio, Luther siempre respondía:

—Que me aspen si lo sé.

Esa mañana despertó en el sótano. Marta había dejado muy claro la noche anterior que en su casa un hombre y una mujer que no estaban casados no dormían en la misma planta, y mucho menos en la misma habitación. Por tanto, Lila ocupó un precioso cuarto con una preciosa cama en la primera planta y Luther ocupó un sofá roto cubierto con una sábana en el sótano. El sofá olía a perro (antes tenían uno, muerto hacía tiempo) y a puro. En cuanto a esto último, el culpable era el tío James. Cada noche, después de cenar, fumaba su caliqueño en el sótano porque la tía Marta no se lo permitía en la casa.

Eran muchas las cosas que la tía Marta no permitía en la casa —las blasfemias, el alcohol, pronunciar el nombre del Señor en vano, los juegos de cartas, la gente de baja ralea, los gatos—, y Luther tenía la sensación de que eso sólo había atisbado la superficie de la lista.

Así que se fue a dormir al sótano y despertó con tortícolis y envuelto en los olores de un perro muerto hacía tiempo y de tabaco demasiado reciente. Al instante oyó grandes voces en el piso de arriba. Voces de mujer. Luther se había criado con su madre y su hermana mayor, ambas fallecidas de fiebres en 1914, y cuando se permitía recordarlas, el dolor le cortaba la respiración, porque habían sido mujeres fuertes y orgullosas, de risa sonora, que lo querían intensamente.

Pero esas dos mujeres se peleaban con la misma intensidad. En opinión de Luther, no había nada en el mundo por lo que mereciese la pena entrar en una habitación donde dos mujeres se enseñaban las uñas.

Así y todo, subió sigilosamente por la escalera para oír mejor lo que decían y, al oírlo, deseó estar en la piel del perro de los Hollaway.

—Es sólo que no me encuentro del todo bien, tía.

—A mí no me mientas, jovencita. ¡No me mientas! Sé lo que son las náuseas matutinas en cuanto las veo. ¿De cuánto estás?

—No estoy embarazada.

—Lila, eres la hija de mi hermana pequeña, eh. Mi ahijada, eh. Pero te lo advierto, jovencita: te arrancaré la piel a tiras de la cabeza a los pies si vuelves a mentirme. ¿Te enteras?

Luther oyó a Lila prorrumpir en nuevos sollozos, y se avergonzó de imaginársela.

—¡James! —vociferó Marta, y Luther oyó los pasos del hombre corpulento acercarse a la cocina, y se preguntó si habría cogido la escopeta para la ocasión.

—Trae al chico.

Luther abrió la puerta antes que James, y Marta lo traspasó con la mirada antes de que él cruzara el umbral.

—Míralo, he aquí al Gran Hombre. Te dije que en esta casa vamos a la iglesia, ¿o no, Gran Hombre?

Luther pensó que más le valía no despegar los labios.

—Cristianos, eso somos. Y no consentimos el menor pecado bajo este techo. ¿No es así, James?

—Amén —dijo James, y Luther vio la Biblia en su mano y le asustó mucho más que la escopeta que había imaginado.

—Has dejado encinta a esta pobre e inocente muchacha, ¿y ahora qué esperas? Te hablo a ti, joven. ¿Qué me dices?

Luther inclinó la cabeza y lanzó una cauta mirada a aquella mujer menuda. Vio en ella tal furia que temió que fuera a morderlo.

—Bueno, en realidad no habíamos...

—En realidad no habíais... A mí no me vengas con ésas. —Y Marta dio un zapatazo en el suelo de la cocina con el pie izquierdo—. Si has pensado por un instante que en Greenwood alguna persona respetable va a alquilarte una casa, estás muy equivocado. Y bajo mi techo no vas a quedarte ni un segundo más. Ni hablar. ¿Te piensas que vas a hacerle un hijo a mi única sobrina y luego irte de picos pardos a tu antojo? Aquí estoy yo para decirte que eso no va a suceder ni en sueños.

Luther sorprendió a Lila mirándolo en un mar de lágrimas.

—¿Qué vamos a hacer, Luther? —preguntó.

Y James, que, además de ser hombre de negocios y mecánico, era, como se vio, pastor ordenado y juez de paz, levantó la Biblia y declaró:

—Creo que tenemos una solución para vuestro dilema.

3

El día que los Red Sox jugaron el primer partido en casa de la Serie Mundial contra los Cubs, el sargento de guardia de la comisaría del Distrito Uno, George Strivakis, llamó a Danny y a Steve a su despacho y les preguntó si se mareaban.

—¿Perdón?

—Si se marean en barco. Lo que quiero saber es si pueden acompañar a un par de agentes de la Policía Portuaria a visitar un barco en nuestro nombre.

Danny y Steve cruzaron una mirada y se encogieron de hombros.

—Les seré sincero —dijo Strivakis—: a bordo hay unos cuantos soldados enfermos. El capitán Meadows ha recibido la orden del subjefe que a su vez ha recibido del mismísimo O'Meara la orden de ocuparse de esto con la mayor discreción posible.

—¿Están muy enfermos? —preguntó Steve.

Strivakis se encogió de hombros.

Steve resopló.

—¿Están muy enfermos, sargento?

Otro encogimiento de hombros, gesto que puso más nervioso a Danny que cualquier otra cosa, porque indicaba que George Strivakis no quería dar la menor señal de que sabía más de lo que aparentaba.

—¿Por qué nosotros? —preguntó Danny.

—Porque ya lo han rechazado otros diez hombres. Ustedes son los números once y doce.

—Ah —dijo Steve.

Strivakis se encorvó.

—Lo que queremos es que dos buenos agentes representen dignamente al Departamento de Policía de la gran ciudad de Boston. Deben subirse a ese barco, evaluar la situación y tomar una decisión en función de los intereses del prójimo. Si completan la misión con éxito, se les recompensará con medio día libre y el eterno agradecimiento de su preciado departamento.

—Queremos más que eso —contestó Danny. Miró al sargento de guardia por encima de la mesa—. Con el debido respeto a nuestro preciado departamento, claro está.

Al final llegaron a un acuerdo: días de baja pagados si contraían la enfermedad que tenían los soldados, fuera la que fuese, los dos sábados siguientes libres y los siguientes tres recibos por la limpieza de sus uniformes a cargo del departamento.

—Mercenarios, eso son ustedes dos —reprochó Strivakis, y a continuación les estrechó la mano para cerrar el trato.

El *McKinley*, buque de la armada estadounidense, acababa de llegar de Francia. Transportaba a soldados que volvían de combatir en lugares con nombres como Saint-Mihiel y Pont-à-Mousson y Verdún. En algún lugar entre Marsella y Boston, varios soldados habían enfermado. El estado de tres de ellos se consideraba ahora tan grave que los médicos de a bordo se habían puesto en contacto con el acantonamiento de Camp Devens para comunicar al coronel al mando que si no evacuaban a esos hombres a un hospital militar, morirían antes de ponerse el sol. Así que una agradable tarde de septiembre, cuando habrían podido estar cumpliendo una plácida misión en un partido de la Serie Mundial, Danny y Steve se reunieron con dos agentes de la Policía Portuaria en el muelle de Commercial mientras las gaviotas perseguían la niebla mar adentro y los oscuros ladrillos del puerto despedían vapor.

Uno de los agentes de la Policía Portuaria, un inglés llamado Ethan Gray, dio a Steve y Danny las mascarillas de quirófano y los guantes blancos de algodón.

—Dicen que sirven de algo.

Dirigió una sonrisa hacia el sol radiante.

—¿Quiénes lo dicen?

Danny se puso la mascarilla pasándosela por la cabeza y se la dejó colgando alrededor del cuello.

Ethan Gray hizo un gesto de indiferencia.

—Los que tienen ojos en todas partes.

—Ah, ésos —dijo Steve—. Nunca me han caído bien.

Danny se guardó los guantes en el bolsillo trasero y observó a Steve hacer lo mismo.

El otro agente de la Policía Portuaria no había abierto la boca desde su llegada al muelle. Bajo, delgado y pálido, un flequillo húmedo le caía sobre la frente salpicada de granos. Le asomaban marcas de quemaduras por debajo de las mangas. Al mirarlo con mayor detenimiento, Danny advirtió que le faltaba la mitad inferior de la oreja izquierda.

Salutation Street, pues.

Un superviviente del destello blanco y la llamarada amarilla, los suelos hundidos y la lluvia de yeso. Danny no recordaba haberlo visto durante la explosión, pero lo cierto era que apenas recordaba nada después del estallido de la bomba.

Reclinado contra un bolardo negro, con las largas piernas estiradas ante él, eludía la mirada de Danny. Eso era algo que compartían todos los supervivientes de Salutation Street: les violentaba reconocerse.

La lancha se acercó al muelle. Ethan Gray ofreció un cigarrillo a Danny. Él lo aceptó con un gesto de agradecimiento. Gray señaló el paquete a Steve, pero éste negó con la cabeza.

—¿Y qué instrucciones les ha dado su sargento, agentes?

—Muy sencillas. —Danny se inclinó hacia Gray mientras éste le encendía el cigarrillo—. Debemos asegurarnos de que todos los soldados permanecen en el barco hasta que digamos lo contrario.

Gray asintió mientras expulsaba una nube de humo.

—Esas mismas nos han dado a nosotros.

—También nos han dicho que si pretenden sortearnos con alguna idiotez, como que cumplen órdenes del Gobierno federal en tiempos de guerra, debemos dejar bien claro que aunque éste sea su país, la ciudad es nuestra y el puerto de ustedes.

Gray se quitó una hebra de tabaco de la lengua y la lanzó a la brisa marina.

—Usted es el hijo del capitán Tommy Coughlin, ¿verdad?

Danny asintió.

—¿Cómo lo ha sabido?

—Bueno, para empezar, rara vez he conocido a un agente de su edad tan seguro de sí mismo. —Gray señaló a Danny al pecho—. Y el nombre en la placa ha sido de ayuda.

Danny desprendió la ceniza del cigarrillo con un ligero golpe cuando la lancha apagó el motor. Giró sobre su eje hasta que la popa estuvo donde antes estaba la proa y la borda de estribor rebotó contra el muro del muelle. Salió un cabo del ejército y lanzó una amarra al compañero de Gray. Éste la ató mientras Danny y Gray acababan sus cigarrillos. Después se acercaron al cabo.

—Tiene que ponerse una mascarilla —dijo Steve Coyle.

El cabo asintió varias veces y sacó una mascarilla del bolsillo trasero. Saludó dos veces. Ethan Gray, Steve Coyle y Danny le devolvieron el primer saludo.

—¿Cuántos más hay a bordo de esta lancha? —preguntó Gray.

—Sólo yo, un médico y el piloto —contestó el cabo con un medio saludo, y dejó caer la mano.

Danny se subió la mascarilla y se tapó la boca. Se arrepintió de haberse fumado el cigarrillo. El olor, atrapado en la mascarilla, le invadió la nariz y le impregnó los labios y el mentón.

Se reunieron con el médico en el camarote principal a la vez que la lancha se apartaba del muelle. Era un hombre mayor, medio calvo, con un ruedo de pelo blanco erizado como un seto. No llevaba mascarilla, y señaló las de ellos.

—Pueden quitárselas. Nosotros no estamos contagiados.

—¿Cómo lo sabe? —preguntó Danny.

El viejo médico se encogió de hombros.

—¿Cuestión de fe, quizá?

Les pareció ridículo quedarse allí plantados con sus uniformes y mascarillas, intentando habituarse al movimiento del barco para no marearse mientras la lancha se balanceaba en su avance por las aguas encrespadas. Absurdo, ciertamente. Danny y Steve se quitaron las mascarillas. Gray los imitó. Pero el compañero de Gray se dejó la suya y miró a los otros tres policías como si estuvieran locos.

—Peter, exageras —dijo Gray.

Peter negó con la cabeza mirando el suelo y se dejó la mascarilla.

Danny, Steve y Gray se sentaron a una mesa pequeña enfrente del médico.

—¿Qué órdenes traen? —preguntó el médico.

Danny se lo explicó.

El médico se pellizcó el caballete de la nariz donde las gafas habían dejado una señal.

—Eso suponía. ¿Sus superiores tendrían algún inconveniente si trasladamos a los enfermos por tierra en vehículos militares?

—Trasladarlos ¿adónde? —preguntó Danny.

—A Camp Devens.

Danny miró a Gray.

Gray sonrió.

—En cuanto salgan del puerto, ya no estarán en mi jurisdicción.

—Nuestros superiores querrían saber a qué nos enfrentamos —dijo Danny al médico.

—No lo tenemos muy claro. Podría tratarse de algo parecido a una cepa de gripe que vimos en Europa. Podría ser eso o cualquier otra cosa.

—¿Y esa gripe fue muy grave en Europa? —preguntó Danny.

—Mucho —contestó el médico en voz baja con mirada cristalina—. Creemos que la cepa puede estar relacionada con una que apareció por primera vez en Fort Riley, Kansas, hace unos ocho meses.

—Y si me permite preguntarlo —intervino Gray—, ¿qué efectos tuvo esa cepa, doctor?

—En dos semanas mató al ochenta por ciento de los hombres contagiados.

Steve dejó escapar un silbido.

—La cosa fue seria, pues.

—Y luego ¿qué? —preguntó Danny.

—No sé si lo entiendo.

—Esos hombres murieron, ¿y luego qué pasó?

El médico esbozó una sonrisa irónica y chasqueó los dedos.

—La enfermedad se esfumó.

—Pero ha vuelto —afirmó Steve Coyle.

—Es muy probable —contestó el médico. Volvió a pellizcarse el caballete de la nariz—. En ese barco hay cada vez más enfermos. Así, hacinados como están, es el peor entorno para prevenir el contagio. Esta noche morirán cinco si no los trasladamos.

—¿Cinco? —preguntó Ethan Gray—. Nos habían dicho que eran tres.

El médico negó con la cabeza y desplegó cinco dedos.

Ya a bordo del *McKinley*, se reunieron con un grupo de médicos y comandantes en el saliente de popa. El cielo se había encapotado. Eran unas nubes robustas y de color gris piedra, como esculturas de brazos y piernas, y se desplazaban lentamente por encima del agua hacia la ciudad de cristal y ladrillo rojo.

—¿Por qué han enviado a simples policías? —preguntó un tal comandante Gideon, señalando a Danny y Steve—. Ustedes no tienen autoridad para tomar decisiones relativas a la sanidad pública.

Danny y Steve callaron.

—¿Por qué han enviado a simples policías? —repitió Gideon.

—Ningún capitán se ha ofrecido para la misión —dijo Danny.

—¿Usted le ve mucha gracia a esto? —preguntó Gideon—. Mis hombres están enfermos. Han luchado en una guerra en la que ustedes no se tomaron la molestia de intervenir, y ahora están muriendo.

—No lo he dicho en broma. —Danny señaló a Steve Coyle, a Ethan Gray, a Peter con sus quemaduras—. Es una misión voluntaria, comandante. Nadie ha querido venir excepto nosotros. Y por cierto, sí tenemos autoridad. Hemos recibido órdenes claras acerca de lo que es aceptable e inaceptable en esta situación.

—¿Y qué es aceptable? —preguntó uno de los médicos.

—En cuanto al puerto —dijo Ethan Gray—, están autorizados a transportar a sus hombres en lancha, y sólo en lancha, hasta el muelle de Commonwealth. A partir de ahí quedarán bajo la jurisdicción del Departamento de Policía de Boston.

Miraron a Danny y Steve.

—El gobernador, el alcalde y todos los cuerpos de seguridad del estado tienen el mayor interés en que no cunda el pánico —dijo Danny—. Así las cosas, aprovechando la oscuridad de la noche, deben tener vehículos militares de transporte esperándolos en el muelle de Commonwealth. Allí pueden desembarcar a los enfermos y llevarlos directamente a Devens. No pueden detenerse en el camino. Un coche de policía los acompañará con la sirena apagada. —Danny sostuvo la mirada al comandante Gideon—. ¿Le parece bien?

Al final, Gideon asintió.

—La Milicia del Estado está sobre aviso —explicó Steve Coyle—. Van a instalar un puesto de avanzada en Camp Devens y colaborar con su policía militar para que nadie salga de la base hasta que la situación quede bajo control. Eso es por orden del gobernador.

—¿Cuánto tardará en quedar bajo control? —preguntó Ethan Gray a los médicos.

—No tenemos ni idea —respondió uno de ellos, un hombre alto y de pelo rubio muy claro—. Mata a quien mata y después desaparece. Podría acabar en una semana o prolongarse nueve meses.

—Mientras no se propague a la población civil, nuestros jefes aceptarán las condiciones —dijo Danny.

El hombre rubio se rió.

—La guerra pronto terminará. Los hombres están volviendo por turno en gran número desde hace varias semanas. Esto es una epidemia, caballeros, y muy virulenta. ¿Se han planteado la posibilidad de que un portador haya llegado ya a la ciudad? —Los miró—. ¿Qué ya sea tarde, caballeros? ¿Demasiado tarde?

Danny observó la lenta marcha de aquellas robustas nubes tierra adentro. El resto del cielo se había despejado. Volvía a brillar el sol, alto e intenso. Un día precioso, de esos con los que uno sueña durante un largo invierno.

Los cinco soldados en estado grave regresaron con ellos en la lancha a pesar de que aún faltaban horas para el anochecer. Danny, Steve, Ethan Gray, Peter y dos médicos se quedaron en el camarote principal mientras los soldados enfermos yacían en la cubierta de babor asistidos por otros dos médicos. Danny había visto cómo los descendían a la lancha mediante cuerdas y poleas. Con la cara contraída y las mejillas hundidas, el pelo empapado en sudor y una costra de vómito en los labios, parecían ya muertos. Tres de los cinco tenían un tono azulado en la piel, la boca entreabierta en una mueca, los ojos brillantes y la mirada fija. Tenían la respiración anhelante.

Los cuatro agentes de policía permanecieron en el camarote. En su trabajo habían aprendido que muchos peligros podían prevenirse: si no quieres recibir un tiro o una puñalada, no trates con gente que juega con pistolas y navajas; si no quieres que te atraquen, no salgas de una taberna ciego de alcohol; si no quieres perder dinero, no lo apuestes.

Pero esto era algo muy distinto. Podría sucederle a cualquiera de ellos. Podría sucederles a todos.

De vuelta en la comisaría, Danny y Steve dieron el parte al sargento Strivakis y se fueron cada uno por su lado. Steve se marchó en busca de la viuda de su hermano y Danny se marchó en busca de una copa. Pasado un año, Steve tal vez aún podría ir a por la viuda Coyle, pero para Danny encontrar una copa sería mucho más complicado. Mientras la Costa Este y la Costa Oeste se preocupaban por la recesión y la guerra, los teléfonos y el béisbol, los anarquistas y sus bombas, habían entrado en escena, procedentes del sur y el Medio Oeste, el Partido Progresista y sus correligionarios de toda la vida. Danny no conocía a nadie que se hubiera tomado en serio los anteproyectos de ley de la Prohibición, ni siquiera cuando llegaron al Congreso. Con tanto cambio en el tejido del país, parecía imposible que aquellos «puretas», aquellos moralistas y mojigatos, tuvieran la menor oportunidad. Pero una buena mañana el país, al despertar, se dio cuenta de que los idiotas no sólo tenían una oportunidad, sino también un notable apoyo. Obtenido mientras todo el mundo tenía la atención puesta en lo que parecía más importante. Ahora el derecho al consumo de alcohol de todo adulto dependía de un estado: Nebraska. En el plazo de dos meses su voto de ratificación a la ley Volstead decidiría si todo un país aficionado a la bebida debía pasar por el aro.

Nebraska. Cuando Danny oía el nombre, las únicas imágenes que le acudían a la mente eran campos de maíz, silos de grano, cielos de un color azul crepuscular. También trigo, gavillas y gavillas. ¿Allí bebían? ¿Tenían tabernas? ¿O únicamente silos?

Tenían iglesias, de eso estaba casi seguro. Predicadores que asestaban puñetazos al aire y despotricaban contra el noreste impío, inundado de cerveza, inmigrantes morenos y fornicación pagana.

Nebraska. Dios santo.

Danny pidió dos lingotazos de whisky irlandés y una jarra de cerveza fría. Se quitó la camisa, que llevaba desabotonada encima de la camiseta. Se apoyó en la barra cuando el camarero le servía la bebida.

El camarero se llamaba Alfonse y, según se rumoreaba, hacía buenas migas con los vándalos y los matones del lado este de la ciudad, pero Danny no conocía a ningún poli capaz de acusarle de nada en concreto. Aunque, claro, cuando el sospechoso en cuestión era un camarero conocido por su generosa mano, ¿quién iba a hacer grandes esfuerzos en esa dirección?

—¿Es verdad que ha dejado el boxeo?

—No lo sé —contestó Danny.

—En su última pelea, perdí dinero. Se suponía que tenían que llegar al tercer asalto.

Danny levantó las manos con las palmas abiertas.

—Al muy cabrón le dio una apoplejía.

—¿Tuvo usted la culpa? También a él lo vi lanzar el puño.

—¿Ah, sí? —Danny apuró un whisky—. Pues entonces no hay problema.

—¿Lo echa de menos?

—Todavía no.

—Mala señal. —Alfonse se llevó de la barra el vaso vacío de Danny—. Uno no echa de menos lo que ya ha olvidado que amó.

—Caray —exclamó Danny—. ¿Cuánto cobra por la sabiduría?

Alfonse escupió en un vaso alto y lo llevó al otro extremo de la barra. Tal vez su teoría tenía algo de cierto. En esos momentos Danny no sentía el menor amor por dar golpes. Amaba la tranquilidad y el olor del puerto. Amaba la bebida. Si se tomaba unas cuantas copas más, amaría también otras cosas: las chicas y los pies de cerdo que tenía Alfonse al final de la barra. El viento de finales de verano, naturalmente, y la música melancólica que tocaban los italianos en los callejones todas las noches, un viaje de manzana en manzana conforme la flauta daba paso al violín que daba paso al clarinete o la mandolina. En cuanto se hubiera emborrachado lo suficiente, amaría todo eso, el mundo entero.

Una mano carnosa le dio una palmada en la espalda. Al volver la cabeza, vio a Steve detrás de él, que lo miraba con una ceja enarcada.

—Aún aceptas compañía, espero.

—Aún.

—¿Aún pagas la primera ronda?

—La primera. —Danny atrajo la mirada de ojos oscuros de Alfonse y señaló la superficie de la barra—. ¿Dónde está la viuda Coyle?

Steve se quitó la chaqueta y se sentó.

—Rezando. Encendiendo velas.

—¿Por qué?

—Por ninguna razón en particular. ¿Por amor, tal vez?

—Se lo has dicho —afirmó Danny.

—Se lo he dicho.

Alfonse sirvió a Steve un whisky de centeno y una jarra grande de cerveza. En cuanto se alejó, Danny preguntó:

—¿Qué le has contado exactamente? ¿Lo de la gripe en el barco?

—Algo.

—Algo. —Danny se echó el segundo lingotazo entre pecho y espalda—. Hemos jurado silencio a las autoridades estatales, federales y marítimas. ¿Y tú vas y se lo cuentas a la viuda?

—No ha sido así.

—¿Cómo ha sido?

—De acuerdo, ha sido así. —Steve apuró su vaso—. Pero ha cogido a los niños y se ha ido corriendo a la iglesia. Sólo se lo dirá a Dios.

—Y al pastor. Y a los dos sacerdotes. Y a unas cuantas monjas. Y a sus hijos.

—En todo caso, no puede mantenerse oculto durante mucho tiempo —adujo Steve.

Danny levantó la jarra.

—Bueno, de todos modos no pretendías llegar a inspector.

—Salud.

Steve acercó la suya y los dos bebieron mientras Alfonse les rellenaba los vasos de whisky y volvía a dejarlos solos.

Danny se miró las manos. El médico de la lancha había dicho que a veces la gripe se manifestaba allí, incluso cuando no se advertían otros síntomas en la garganta o la cabeza. La piel amarilleaba en los nudillos, les explicó el médico, las yemas de los dedos se hinchaban y las articulaciones palpitaban.

—¿Cómo tienes la garganta? —preguntó Steve.

Danny apartó las manos de la barra.

—Yo bien. ¿Y tú?

—De maravilla. ¿Cuánto tiempo vas a seguir con esto?

—¿Con qué? —preguntó Danny—. ¿Con la bebida?

—Poniendo en peligro nuestras vidas por menos de lo que cobra un conductor de tranvía.

—Los conductores de tranvía son importantes. —Danny levantó el vaso—. Vitales para los intereses del ayuntamiento.

—¿Y los estibadores?

—También.

—Coughlin —dijo Steve. Empleó un tono cordial, pero Danny sabía que Steve sólo lo llamaba por su apellido cuando se enfadaba—. Coughlin, te necesitamos. Necesitamos tu voz. Demonios, hasta tu glamour.

—¿Mi glamour?

—No jodas, ya sabes a qué me refiero. La falsa modestia no nos sirve para una mierda ahora mismo, y ésa es la pura verdad.

—¿Servirle a quién?

Steve suspiró.

—Somos nosotros contra ellos. Nos matarán si pueden.

—Déjate de voces. —Danny puso los ojos en blanco—. Vosotros no necesitáis a nadie que cante, lo que necesitáis es una compañía entera de gente que actúe.

—Nos han mandado a ese barco sin nada, Dan.

Danny frunció el entrecejo.

—Nos han dado licencia para los dos próximos sábados. Nos han dado...

—Eso mata, joder. ¿Y por qué hemos ido allí?

—¿Por el sentido del deber?

—Por el sentido del deber.

Steve volvió la cabeza.

Danny se rió. Cualquier cosa con tal de aligerar el ambiente, que de pronto había adquirido un cariz muy serio.

—¿Quién iba a ponernos en peligro, Steve? Por Dios, ¿quién? ¿Con tu historial de detenciones? ¿Con mi padre? ¿Mi tío? ¿Quién iba a ponernos en peligro?

—Ellos.

—¿Por qué?

—Porque ni siquiera se les ha pasado por la cabeza que no podían hacerlo.

Danny respondió a eso con otra risotada cáustica, si bien de repente se sintió desorientado, como intentando recoger monedas en una corriente de aguas rápidas.

—¿Te has fijado alguna vez en que cuando nos necesitan, hablan del deber, pero cuando nosotros los necesitamos a ellos, hablan de presupuestos? —preguntó Steve. Entrechocó su vaso contra el de Danny con un leve tintineo—. Imagínate que morimos por lo que hemos hecho hoy, Dan, y que dejamos atrás una familia. No recibirían un puto centavo.

Danny dejó escapar una carcajada de hastío sobre la barra vacía.

—¿Y qué se supone que tenemos que hacer al respecto?

—Luchar —respondió Steve.

Danny movió la cabeza en un gesto de negación.

—Ahora mismo todo el mundo está luchando. Francia, la puta Bélgica... ¿Cuántos muertos? Nadie sabe siquiera la cantidad. ¿Ves en eso algún avance?

Steve negó con la cabeza.

—¿Y? —A Danny le entraron ganas de romper algo. Algo grande, algo que se hiciera añicos—. Así es el mundo, Steve. Así es este condenado mundo.

Steve Coyle cabeceó.

—Así es determinado mundo.

—A la mierda. —Danny intentó sacudirse la sensación que tenía últimamente de formar parte de un lienzo mayor, de un delito más grande—. Déjame que te invite a otra.

—El mundo de ellos —añadió Steve.

4

Un domingo por la tarde Danny fue a casa de su padre en South Boston para una reunión con los Ancianos. Una cena dominical en casa de los Coughlin era un acto político, e invitándolo a él a reunirse con ellos después de cenar, los Ancianos, a su manera, lo ungían. Danny abrigaba la esperanza de que una placa de inspector —insinuada tanto por su padre como por su tío Eddie en los últimos meses— formase parte del sacramento. A sus veintisiete años, sería el inspector más joven en la historia del DPB.

Su padre lo había telefoneado la noche anterior y le había dicho:

—Dicen que el viejo Georgie Strivakis está perdiendo facultades.

—Yo no le he notado —repuso Danny.

—Te envió a una misión, ¿no es así? —dijo su padre.

—Me ofreció la misión y yo la acepté.

—A un barco lleno de militares apestados.

—Yo no lo llamaría peste.

—¿Cómo lo llamarías, hijo?

—Casos graves de pulmonía, tal vez. La verdad, padre, hablar de «peste» me parece un poco exagerado.

Su padre suspiró.

—No sé qué tienes en la cabeza.

—¿Acaso Steve tenía que haber ido solo?

—De ser necesario, sí.

—Su vida vale menos que la mía, pues.

—Es un Coyle, no un Coughlin. No voy a disculparme por proteger a los míos.

—Alguien tenía que hacerlo, padre.

—No un Coughlin —replicó su padre—. No tú. No se te crió para presentarte de voluntario a misiones suicidas.

—«Proteger y servir» —recordó Danny.

Un ligero resoplido, apenas audible.

—Mañana aquí a la hora de la cena. A las cuatro en punto. ¿O quizás eso es demasiado saludable para ti?

Danny sonrió.

—Me las arreglaré —contestó, pero su padre ya había colgado.

La tarde del día siguiente, pues, avanzaba por la calle K cuando la luz del sol decaía ya en las paredes de ladrillo pardo y rojo y un olor a col hervida, patatas hervidas y jamón hervido con su hueso emanaba de las ventanas abiertas. Su hermano Joe, que jugaba en la calle con otros niños, lo vio y se le iluminó el rostro y se acercó corriendo por la acera.

Joe vestía de domingo: un traje marrón chocolate con pantalón bombacho de bajos abotonados a la altura de la rodilla, camisa blanca y corbata azul, una gorra de golf sesgada en la cabeza a juego con el traje. Danny estaba presente cuando se lo compró su madre, mientras Joe jugueteaba nerviosamente, y su madre y Nora le decían que parecía todo un hombrecito, que estaba muy guapo, con ese traje, de auténtico cachemir de Oregón, que a su padre le habría encantado tener un traje así a su edad, y entre tanto Joe miraba a Danny como si de algún modo pudiera ayudarlo a escapar.

Danny cogió a Joe cuando saltó del suelo y lo abrazó, apretando la suave mejilla contra la de su hermano mayor, hincándole los brazos en el cuello, y a Danny le sorprendió olvidarse tan a menudo de lo mucho que lo quería su hermanito.

Joe tenía once años y era bajo para su edad, aunque Danny sabía que lo compensaba siendo uno de los niños más duros en un barrio de niños duros. Rodeó con las piernas la cadera de Danny, se echó hacia atrás y sonrió.

—He oído que has dejado el boxeo.

—Eso dicen.

Joe le tocó el cuello del uniforme.

—¿Y eso?

—He pensado en entrenarte a ti —contestó Danny—. El primer truco es enseñarte a bailar.

—Nadie baila.

—Claro que sí. Todos los grandes boxeadores van a clases de baile.

Avanzó unos cuantos pasos por la acera con su hermano y después giró, y Joe, dándole palmadas en la espalda, dijo:

—Para, para.

Danny trazó otro círculo.

—¿Te da vergüenza?

—Para.

Joe rió y volvió a darle palmadas en el hombro.

—¿Delante de todos tus amigos?

Joe le tiró de las orejas.

—Corta ya.

En la calle, los niños miraban a Danny como si no supieran si tenerle miedo o no, y Danny dijo:

—¿Alguien más quiere bailar?

Apartó a Joe, haciéndole cosquillas hasta dejarlo en la calle, y en ese momento Nora abrió la puerta en lo alto de la escalinata y Danny quiso salir corriendo.

—Joey —dijo Nora—, tu madre quiere que entres ya. Dice que debes asearte.

—Estoy limpio.

Nora enarcó una ceja.

—No te le estoy preguntando, chiquillo.

Joe, compungido, se despidió de sus amigos y subió despacio por la escalinata. Nora le alborotó el pelo, y él le dio un manotazo y pasó de largo. Nora se apoyó en la jamba y examinó a Danny. Ella y Avery Wallace, un viejo de color, constituían el servicio doméstico de los Coughlin, si bien la verdadera posición de Nora era mucho más imprecisa que la de Avery. Había llegado a la casa por azar o por la divina providencia hacía cinco años en Nochebuena. Era una refugiada aterida, temblorosa y cenicienta, procedente de la costa septentrional de Irlanda. Nadie imaginaba de qué huía, pero desde que el padre de Danny la envolvió en su abrigo y se la llevó a casa, congelada y mugrienta, se había convertido en parte del tejido esencial de los Coughlin.

No exactamente como si fuera de la familia, eso nunca lo fue, al menos para Danny, pero sí integrada y congraciada con todos.

—¿Qué te trae por aquí? —preguntó Nora.

—Los Ancianos —contestó él.

—Conque andan con sus planes y conspiraciones, ¿eh, Aiden? ¿Y qué pintas tú en eso?

Él se inclinó un poco.

—Ya sólo mi madre me llama Aiden.

Ella se echó hacia atrás.

—Ahora me ves como tu madre, ¿eh?

—Ni mucho menos, aunque serías una buena madre.

—Hay que ver lo bien que sabes regalar el oído.

—Y lo bien que tú regalas la vista.

Los ojos de ella destellaron al oírlo, sólo por un instante. Ojos claros del color de la albahaca.

—Tendrás que ir al confesionario por eso.

—Yo no necesito confesar nada a nadie. Ve tú.

—¿Y por qué habría de ir yo?

Él se encogió de hombros.

Ella se inclinó hacia delante, aspiró la brisa de la tarde, con una expresión en los ojos tan afligida e inescrutable como siempre. Él deseó estrecharla entre sus brazos hasta quedarse sin fuerzas.

—¿Qué le has dicho a Joe?

Ella se apartó de la puerta y se cruzó de brazos.

—¿Sobre qué?

—Sobre lo mío con el boxeo.

Ella esbozó una sonrisa triste.

—Le he dicho que no volverías a boxear. Así de sencillo.

—Sencillo, ¿eh?

—Lo veo en tu cara, Danny. Ya no te apasiona.

Estuvo a punto de asentir pero se contuvo, porque ella tenía razón y él no soportaba que ella le leyera el pensamiento tan fácilmente. Siempre lo había hecho. Siempre lo haría, de eso estaba seguro. Y le parecía espantoso. A veces se paraba a contemplar su pasado, los trozos de sí mismo que había dejado desperdigados a lo largo de su vida, los otros Dannys: Danny el niño y Danny el que en otro tiempo había

91

querido llegar a presidente y Danny el que había aspirado a ir a la universidad y Danny el que había descubierto demasiado tarde que estaba enamorado de Nora. Pedazos fundamentales de él, desparramados, y aun así, ella poseía el pedazo esencial y lo poseía como quien no quiere la cosa, como si estuviera en el fondo de su bolso junto con las motas blancas de talco y la calderilla.

—¿Entras, pues? —dijo ella.

—Sí.

Nora se hizo a un lado.

—En ese caso, no te demores más.

Los Ancianos salieron del gabinete para cenar: hombres rubicundos, aficionados a guiñar el ojo, hombres que trataban a su madre y a Nora con una cortesía propia del Viejo Mundo que Danny, en sus adentros, encontraba irritante.

Los primeros en tomar asiento fueron Claude Mesplede y Patrick Donnegan, concejal y delegado de la Sexta Pedanía, respectivamente, tan unidos y reservados como un viejo matrimonio jugando al bridge.

Delante de ellos se sentó Silas Pendergast, fiscal de Suffolk County y jefe del hermano de Danny, Connor. Silas tenía un don para aparentar respetabilidad y rectitud moral, pero era, de hecho, un eterno adulador de la maquinaria institucional de las pedanías, que le habían pagado los estudios de derecho y mantenido dócil y ligeramente borracho desde entonces.

Casi en la cabecera de la mesa, junto a su padre, estaba Bill Madigan, subjefe de policía y, según algunos, mano derecha del comisario O'Meara.

Al lado de Madigan, se sentaba un tal Charles Steedman, un hombre al que Danny no conocía, alto y callado y el único que lucía un corte de pelo de tres dólares en una sala donde nadie pagaba al barbero más de cincuenta centavos. Steedman vestía traje blanco, corbata blanca y polainas de dos colores. Dijo a la madre de Danny, cuando ella se lo preguntó, que era, entre otras cosas, vicepresidente de la Asociación de Hoteles y Restaurantes de Nueva Inglaterra y presidente del Sindicato de Seguridad Fiduciaria de Suffolk County.

A juzgar por la expresión de desconcierto en los ojos y la sonrisa vacilante de su madre, Danny dedujo que no tenía ni idea de qué demonios acababa de decir Steedman, pero asintió de todos modos.

—¿Eso es un sindicato como Trabajadores Industriales del Mundo? —preguntó Danny.

—Esa gente de Trabajadores Industriales del Mundo es una pandilla de delincuentes —intervino su padre—, de subversivos.

Charles Steedman levantó una mano y sonrió a Danny, sus ojos diáfanos como el cristal.

—El nuestro es un sindicato un poco distinto de Trabajadores Industriales del Mundo, Danny. Soy banquero.

—¡Ah, banquero! —exclamó la madre de Danny—. ¡Qué bien!

El último en sentarse a la mesa, ocupando una silla entre los hermanos de Danny, Connor y Joe, fue el tío Eddie McKenna, no un tío consanguíneo, pero en todo caso sí de la familia, el mejor amigo de su padre desde que en la adolescencia corrían por las calles de su nuevo país. El padre de Danny y él sin duda formaban una pareja imponente dentro del DPB. Mientras que Thomas Coughlin era la viva imagen de la pulcritud —cabello bien cortado, cuerpo esbelto, lenguaje comedido—, Eddie McKenna tenía apetito y carne y afición por las exageraciones más que de sobra. Supervisaba las Brigadas Especiales, una unidad que se ocupaba de la seguridad en los desfiles y las visitas de dignatarios, así como de las huelgas de obreros, los disturbios y el malestar civil de cualquier índole. Bajo la dirección del tío Eddie, la unidad se había vuelto más poderosa y su función más imprecisa, un departamento en la sombra dentro del departamento que mantenía la delincuencia a raya, se decía, «yendo a la raíz del mal antes de que el mal se desarrollase». Aquella unidad de policías-vaqueros en continuo movimiento —la clase de policías que el comisario O'Meara se había propuesto erradicar del cuerpo— desarticulaba bandas callejeras cuando iban de camino a los atracos, vapuleaba a los ex presidiarios a cinco pasos del Centro Penitenciario de Charlestown y disponía de una red de informantes, timadores y espías callejeros tan inmensa que McKenna habría hecho un favor a los policías de la ciudad si hubiese hecho públicos los nombres y el historial de interacciones con dichos nombres.

Miró a Danny por encima de la mesa y le apuntó al pecho con el tenedor.

—¿Te has enterado de lo que ocurrió ayer mientras estabas en el puerto haciendo obras de caridad?

Danny cabeceó con cautela. Se había pasado la mañana durmiendo la borrachera que Steve Coyle y él habían pillado codo con codo la noche anterior. Nora llevó el segundo plato, judías verdes con ajo, aún humeantes cuando las colocó en la mesa.

—Hicieron huelga —dijo Eddie McKenna.

—¿Quiénes? —preguntó Danny, perplejo.

—Los Sox y los Cubs —respondió Connor—. Nosotros estábamos allí, Joe y yo.

—Habría que enviarlos a luchar contra el káiser —afirmó Eddie McKenna—, a ese hatajo de vagos y bolcheviques.

Connor se rió.

—¿Te lo puedes creer, Dan? La gente estaba que trinaba.

Danny sonrió, intentando imaginárselo.

—¿No me estaréis tomando el pelo?

—Qué va, fue así, como lo oyes —contestó Joe cada vez más airado—. Estaban enfadados con los propietarios y se negaron a salir a jugar, y la gente empezó a tirar cosas y a gritar.

—Así que tuvieron que mandar a Honey Fitz para que calmara al público —explicó Connor—. Y en el partido estaba el alcalde, ¿sabes? Y también el gobernador.

—Calvin Coolidge. —Su padre cabeceó como cada vez que se mencionaba el nombre del gobernador—. Un republicano de Vermont al frente del estado de Massachusetts, tradicionalmente democrático. —Suspiró—. Que Dios se apiade de nosotros.

—Así que estaban todos en el partido —prosiguió Connor—. Pero a Peters, por alcalde que sea, nadie le hace ni caso. En la tribuna estaban también Curley y Honey Fitz, dos ex alcaldes muchísimo más populares, así que mandan a Honey con el megáfono e impide el altercado incluso antes de que empiece. De todos modos, la gente tira cosas, arranca los asientos de las gradas, en fin, ya te imaginas. Hasta que al final los jugadores salieron al terreno de juego, pero, chico, no se oyó ni un solo aplauso.

Eddie McKenna se dio unas palmadas en la barriga y tomó aire por la nariz.

—Pues espero que a esos bolcheviques les retiren las medallas de campeones de la Serie. El solo hecho de que les den «medallas» por jugar un partido me revuelve el estómago. Pero bueno, en cualquier caso, a mi manera de ver, el béisbol ha muerto. Ese hatajo de vagos sin agallas para luchar por su país... Y Ruth es el peor de todos. ¿Te has enterado de que ahora quiere batear, Dan? Lo he leído en el diario esta mañana; ya no quiere lanzar. Dice que va a quedarse en el banquillo si no le pagan más y ya no lo hacen jugar desde el montículo. ¿Te lo puedes creer?

—Hay que ver cómo está el mundo.

Su padre tomó un sorbo de Burdeos.

—Ya —dijo Danny, mirando alrededor—, ¿y cuál era la queja?

—¿Mmm?

—La queja de los jugadores. No irían a la huelga porque sí.

—Según ellos, los propietarios cambiaron el acuerdo —respondió Joe. Danny vio que se quedaba abstraído, intentando recordar los detalles. Joe era un fanático del béisbol y la fuente más fidedigna en la mesa en todo lo referente a ese deporte—. Y dejaron de darles un dinero que les habían prometido y que los demás equipos habían recibido en otras temporadas. Así que se declararon en huelga.

Se encogió de hombros, como si para él aquello tuviera todo el sentido del mundo, y acto seguido miró el plato y cortó un trozo de pavo.

—Estoy de acuerdo con Eddie —intervino su padre—. El béisbol ha muerto. Nunca volverá.

—Sí que volverá —afirmó Joe con desesperación—. Volverá.

—En este país —dijo su padre con una de las muchas sonrisas de su colección, esta vez la irónica— a todo el mundo le parece muy bien firmar un contrato para trabajar, y luego se sientan de brazos cruzados cuando resulta que el trabajo es muy duro.

Connor y él salieron a tomar el café y fumar un cigarrillo en el porche de atrás, y Joe los siguió. Trepó al árbol del jardín porque sabía que no debía y que sus hermanos no le llamarían la atención por ello.

Connor y Danny se parecían tan poco que cuando decían que eran hermanos la gente los tomaba a broma. Mientras que Danny era alto, moreno y ancho de hombros, Connor era rubio, delgado y bajo, como su padre. Pero Danny había heredado los ojos azules del viejo, y el malicioso sentido del humor, en tanto que los ojos castaños y el carácter de Connor —una afabilidad contenida que ocultaba un corazón obstinado— eran totalmente de su madre.

—Papá ha dicho que ayer subiste a bordo de un buque de guerra.

Danny asintió.

—Así fue.

—Según he oído, por unos soldados enfermos.

Danny dejó escapar un suspiro.

—En esta casa hay más filtraciones que en una mina vieja.

—Bueno, piensa que trabajo en la fiscalía.

Danny se echó a reír.

—Un hombre con contactos, ¿eh, Con?

Connor arrugó la frente.

—¿Estaban muy mal, esos soldados?

Danny miró el cigarrillo y lo hizo rodar entre el pulgar y el índice.

—Bastante.

—¿Qué tienen?

—Si quieres que te diga la verdad, no lo sé. Podría ser gripe, pulmonía o algo que nadie conoce. —Danny se encogió de hombros—. Esperemos que no se extienda al resto de la población.

Connor se apoyó en la barandilla.

—Dicen que está a punto de terminar.

—¿La guerra? —Danny asintió—. Sí.

Por un momento Connor pareció incómodo. Estrella naciente en la fiscalía, también había sido un firme defensor de la entrada de Estados Unidos en la guerra. Sin embargo, de algún modo se había librado del reclutamiento, y ambos hermanos sabían quién solía ser el responsable en la familia de esos «de algún modo».

—Eh, vosotros —gritó Joe, y los dos, al alzar la vista, vieron que su hermano menor había llegado a la penúltima rama.

—Te partirás la crisma —advirtió Connor—. Mamá te va a matar.

—No me partiré la crisma —replicó Joe—, y mamá no tiene armas.

—Usará la de papá.

96

Joe se quedó donde estaba, como si contemplara esa posibilidad.

—¿Cómo está Nora? —preguntó Danny, intentando mantener un tono desenfadado.

Connor señaló la noche con el cigarrillo.

—Pregúntaselo tú mismo. Es un bicho raro. Delante de papá y mamá es de lo más comedida. Pero ¿se ha puesto alguna vez en plan bolchevique contigo?

—¿Bolchevique? —Danny sonrió—. Pues no.

—Tendrías que oírla, Dan, cuando habla de los derechos de los trabajadores y del sufragio femenino y de los hijos de los inmigrantes pobres en las fábricas y bla, bla, bla. Al viejo le daría un ataque si la oyera a veces. Pero te aseguro que eso va a cambiar.

—¿Ah, sí? —Danny se rió ante la idea de que Nora pudiera cambiar, Nora, tan testaruda que moriría de sed si uno le ordenase beber—. ¿Y eso por qué?

Connor se volvió con mirada risueña.

—¿No te has enterado?

—Trabajo ochenta horas semanales. Por lo visto, me he perdido un chisme.

—Voy a casarme con ella.

A Danny se le secó la boca. Se aclaró la garganta.

—¿Se lo has pedido?

—Todavía no. Pero sí he hablado con papá.

—Has hablado con papá pero no con ella.

Connor se encogió de hombros y le dirigió otra amplia sonrisa.

—¿Por qué te sorprendes tanto, hermano? Es guapa, vamos al cine y al teatro juntos, mamá le enseñó a cocinar. Nos lo pasamos en grande. Será una esposa estupenda.

—Con... —empezó a decir Danny, pero su hermano menor levantó una mano.

—Dan, Dan, sé que algo... ocurrió entre vosotros. No estoy ciego. Lo sabe toda la familia.

Eso era nuevo para Danny. Por encima de él, Joe saltaba de rama en rama como una ardilla. Había refrescado, y la oscuridad se posaba suavemente en las casas adosadas del vecindario.

—Oye, Dan, por eso te lo digo. Quiero saber si te incomoda.

Danny se apoyó en la barandilla.

—¿Qué crees tú que «ocurrió» entre Nora y yo?

—Pues no lo sé.

Danny asintió, pensando: nunca se casará con él.

—¿Y si te dice que no?

—¿Por qué habría de negarse?

Connor levantó las manos ante idea tan absurda.

—Con esos bolcheviques, nunca se sabe.

Connor soltó una carcajada.

—Como te he dicho, eso pronto cambiará. ¿Por qué no iba a aceptar? Pasamos juntos todo nuestro tiempo libre. Vamos...

—Al cine, ya lo has dicho. Alguien con quien ir a ver una película... eso no es lo mismo.

—¿Lo mismo que qué?

—Que el amor.

Connor entrecerró los ojos.

—Eso es amor. —Dirigió un gesto de desaprobación a Danny—. ¿Por qué siempre complicas tanto las cosas, Dan? Un hombre conoce a una mujer, comparten principios, un patrimonio común. Se casan, crean una familia, inculcan esos principios a sus hijos. Eso es civilización. Eso es amor.

Danny hizo un gesto de indiferencia. El enfado de Connor crecía junto con su perplejidad, una combinación peligrosa, sobre todo si Connor estaba en un bar. Tal vez Danny fuera el hijo boxeador, pero Connor era el auténtico pendenciero de la familia.

Connor tenía diez meses menos que Danny. Eso los convertía en «gemelos irlandeses», pero consanguineidad aparte, nunca habían tenido gran cosa en común. Se graduaron en el instituto el mismo día, Danny por los pelos, Connor con un año de adelanto y mención honorífica. Danny se había incorporado de inmediato al cuerpo de policía, en tanto que Connor había aceptado una beca en la Universidad Católica de Boston, en el South End. Después de hacer en dos años los cuatro cursos del ciclo inicial, se graduó suma cum laude y entró en la Facultad de Derecho de Suffolk. Nunca se había puesto en duda dónde trabajaría una vez obtenido el título. Le esperaba una plaza en la fiscalía desde que trabajó allí de botones en la adolescencia. Ahora, después de cuatro años en el puesto, empezaba a ocuparse de casos más importantes, de procesos de mayor envergadura.

—¿Cómo va el trabajo? —preguntó Danny.

Connor encendió otro cigarrillo.

—Hay gente muy mala por ahí suelta.

—A mí me lo vas a contar.

—No hablo de los Gusties ni los vulgares matones, hermano. Hablo de radicales, terroristas.

Danny ladeó la cabeza y se señaló la herida en el cuello a causa de la esquirla de metal.

Connor se echó a reír.

—Vale, vale. A quién he ido a hablar. Supongo que nunca me había imaginado lo... lo... condenadamente mala que es esa gente. Ahora mismo tenemos a un tipo... vamos a deportarlo en cuanto ganemos, y ha llegado a amenazar con volar el Senado.

—¿Todo palabras? —preguntó Danny.

Connor cabeceó en un gesto de irritación.

—Ni mucho menos. La semana pasada fui a un ahorcamiento.

—¿Fuiste a...? —dijo Danny.

Connor asintió.

—A veces forma parte del trabajo. Silas quiere que los ciudadanos del estado sepan que los representamos hasta el final.

—No parece que eso pegue con ese traje tan bonito tuyo. ¿Qué color es ése? ¿Amarillo?

Connor se pasó una mano por la cabeza.

—Lo llaman crema.

—Ah. Crema.

—No fue divertido, la verdad. —Connor contempló el jardín—. El ahorcamiento. —Esbozó una parca sonrisa—. Pero en la oficina dicen que te acostumbras.

Permanecieron en silencio durante un rato. Danny percibía el tenebroso manto del mundo, con sus ahorcamientos y enfermedades, sus bombas y su pobreza, posarse sobre ese pequeño mundo suyo.

—Así que vas a casarte con Nora —dijo por fin.

—Ésa es la intención.

Connor enarcó las cejas por un momento.

Danny apoyó la mano en el hombro de Connor.

—Te deseo suerte, Con.

—Gracias. —Connor sonrió—. Por cierto, me he enterado de que acabas de mudarte a una casa nueva.

—No es una casa nueva —contestó Danny—. Sólo he cambiado de planta. Ahora tengo mejor vista.

—¿Hace mucho?

—Cosa de un mes —respondió Danny—. Veo que no todas las noticias vuelan.

—Eso es porque no visitas a tu madre.

Danny se llevó la mano al corazón y habló con marcado acento irlandés.

—Ay, este mal hijo, sí, este hijo que no visita a su querida y anciana madre todos los días de la semana.

Connor soltó una carcajada.

—¿Sigues en el North End, pues?

—Es mi casa.

—Es un cagadero.

—Tú te criaste allí —repuso Joe, descolgándose de pronto de la rama más baja.

—Así es —admitió Connor—, y papá nos sacó de allí en cuanto pudo.

—Cambió una barriada por otra —terció Danny.

—Pero ésta es una barriada irlandesa —matizó Connor—. No vayas a comparar con una italiana.

Joe saltó al suelo.

—Esto no es una barriada.

—No lo es aquí, en la calle K, no.

—Ni en ninguna otra parte. —Joe subió al porche—. Yo conozco las barriadas —dijo con total aplomo, y abrió la puerta y entró.

En el gabinete de su padre, encendieron puros y ofrecieron uno a Danny. Lo rechazó pero se lió un cigarrillo y se sentó al lado del escritorio junto al subjefe Madigan. Mesplede y Donnegan, ante las licoreras, se servían generosas copas de las bebidas de su padre, y Charles Steedman, frente a la ventana alta detrás del escritorio, se encendía un puro.

Su padre y Eddie McKenna, de pie en un rincón, al fondo, cerca de la puerta, conversaban con Silas Pendergast. El fiscal asentía mucho, sin apenas abrir la boca, mientras el capitán Thomas Coughlin y el teniente Eddie McKenna hablaban, ambos con la mano en la barbilla y la frente inclinada. Silas Pendergast asintió una última vez, descolgó el sombrero de la percha y se despidió de los presentes.

—Es un buen hombre —comentó su padre al mismo tiempo que rodeaba el escritorio—. Se interesa por el bien común.

Su padre sacó un puro del humidificador, cortó el extremo y, enarcando las cejas, sonrió a los demás. Los otros le devolvieron la sonrisa porque el estado de ánimo de su padre era así de contagioso, incluso si uno no entendía la causa.

—Thomas —dijo el subjefe de policía con el tono de deferencia empleado por un superior al dirigirse a un hombre varios rangos por debajo—, supongo que le has dejado clara la cadena de mando.

El padre de Danny encendió un puro sujetándolo entre las muelas hasta que tiró.

—Le he dicho que el hombre que está en la parte de atrás de la carreta no necesita verle la cara al caballo. Confío en que haya entendido lo que he querido decir.

Claude Mesplede circundó la silla de Danny y le dio una palmada en el hombro.

—Sigue siendo un gran comunicador, este padre tuyo.

Su padre lanzó una ojeada a Claude mientas Charles Steedman se sentaba en la banqueta empotrada bajo la ventana y Eddie McKenna ocupaba una silla a la izquierda de Danny. Dos políticos, un banquero, tres policías. Interesante.

—¿Sabéis por qué tendrán tantos problemas en Chicago después de la ley Volstead? ¿Por qué su índice de delincuencia se pondrá por las nubes?

Los demás esperaron y su padre dio una calada al puro, mirando la copa de coñac, en la mesa junto al codo, como si se plantease tomar un sorbo, pero no la levantó.

—Porque Chicago es una ciudad nueva, caballeros. El fuego la arrasó y la dejó sin historia, sin valores. Y Nueva York tiene demasiados habitantes, se ha extendido más de la cuenta y está plagada de extranjeros. No pueden mantener el orden, y menos con lo que se avecina. En cambio Boston... —Cogió la copa y tomó un sorbo de coñac, reflejándose la luz en el cristal—. Boston es una ciudad pequeña y no se ha visto contaminada por las nuevas formas de vida. Boston se preocupa por el bien común, por la marcha de las cosas. —Levantó la copa—. ¡Por nuestra hermosa ciudad, caballeros, un lugar magnífico!

Brindaron entrechocando las copas y Danny sorprendió a su padre mirándolo con una sonrisa, quizá no dibujada en los labios pero sí en los ojos. Thomas Coughlin alternaba entre diversas actitudes, y todas aparecían y desaparecían con la velocidad de un caballo asustado, hasta el punto de que uno olvidaba que eran distintas facetas de un hombre convencido de que hacía el bien. Thomas Coughlin estaba a su servicio, al servicio del bien. Era quien lo vendía, quien dirigía sus desfiles, quien contenía a los perros que intentaban morderle los tobillos, quien portaba el féretro de sus amigos caídos, quien persuadía a sus aliados indecisos.

La duda seguía siendo, como lo había sido durante toda la vida de Danny, qué era exactamente el bien. Tenía algo que ver con la lealtad y algo que ver con la primacía del honor de un hombre. Estaba ligado al deber y suponía la comprensión tácita de todo aquello en torno al bien de lo que no era necesario hablar en voz alta. Por pura necesidad, se mostraba en apariencia conciliador con los capitostes bostonianos a la vez que en el fondo se mantenía firmemente antiprotestante. Era contrario a los negros, ya que se daba por sentado que los irlandeses, pese a todas sus pugnas y esfuerzos del pasado y todas las que aún estaban por venir, eran del norte de Europa e incuestionablemente blancos, blancos como la luna de la noche anterior, y su objetivo nunca había sido sentar a la mesa a todas las razas para luego tener que asegurarse que la última silla se reservaría a un hibernés antes de que se cerrasen las puertas de la sala. Estaba sobre todo comprometido, tal como Danny lo entendía, con la idea de que aquellos que ejemplificaban el bien en público tenían derecho a ciertas exenciones en cuanto a su comportamiento en privado.

—¿Has oído hablar de la Sociedad de Obreros Letones de Roxbury? —preguntó su padre.

—¿Los letones? —De pronto Danny advirtió que Charles Steedman lo observaba desde la ventana—. Un grupo de obreros socialistas, compuesto principalmente de emigrantes rusos y letones.

—¿Y qué me decís del Partido Obrero del Pueblo? —dijo Eddie McKenna.

Danny asintió.

—Están en Mattapan. Comunistas.

—¿Y la Unión por la Justicia Social?

—¿Qué es esto? ¿Un examen? —preguntó Danny.

Todos permanecieron en silencio, limitándose a mirarlo, muy serios y atentos.

Danny dejó escapar un suspiro.

—La Unión por la Justicia Social la forman, según creo, intelectuales de salón europeos, antibelicistas.

—Antitodo —añadió Eddie McKenna—. En especial antiamericanos. Son todas fachadas bolcheviques, todas sin excepción, financiadas por el mismísimo Lenin para promover la agitación en nuestra ciudad.

—No nos gusta la agitación —dijo el padre de Danny.

—¿Y los galleanistas? —preguntó el subjefe Madigan—. ¿Has oído hablar de ellos?

Danny sintió de nuevo que todos los presentes lo observaban.

—Los galleanistas —contestó, procurando que la irritación no se trasluciera en su voz— son seguidores de Luigi Galleani, anarquistas empeñados en desmantelar toda forma de gobierno y de propiedad.

—¿Qué piensas de ellos? —preguntó Claude Mesplede.

—¿De los militantes galleanistas? ¿Los que ponen bombas? —dijo Danny—. Son terroristas.

—No sólo los galleanistas —precisó Eddie McKenna—. Todos los radicales.

Danny se encogió de hombros.

—Los rojos no me preocupan demasiado. En general, parecen inofensivos. Publican sus periodicuchos propagandísticos y beben demasiado por la noche, y acaban molestando a sus vecinos cuando empiezan a entonar a voz en cuello canciones sobre Trotski y la Madre Rusia.

—Puede que últimamente las cosas hayan cambiado —comentó Eddie—. Nos han llegado rumores.

—¿Sobre qué?

—Un acto sedicioso de violencia a gran escala.

—¿Cuándo? ¿De qué tipo?

Su padre negó con la cabeza.

—Esa información es para quienes están en rangos donde es necesario saber, y para ti aún no es necesario.

—A su debido tiempo, Dan. —Eddie McKenna desplegó una amplia sonrisa—. A su debido tiempo.

—«El objetivo del terrorismo es sembrar el terror» —citó su padre—. ¿Sabes quién lo dijo?

Danny asintió.

—Lenin.

—Lee los periódicos —comentó su padre con un pequeño guiño a los demás.

McKenna se inclinó hacia Danny.

—Estamos preparando una operación para contrarrestar los planes de los radicales, Dan. Y necesitamos saber exactamente de qué lado se decantan tus simpatías.

—Ya —dijo Danny, sin ver todavía por dónde iban los tiros.

Thomas Coughlin se había reclinado en la silla para apartarse de la luz y el puro se le había apagado entre los dedos.

—Necesitamos que nos digas qué está pasando en el club social.

—¿Qué club social?

Thomas Coughlin frunció el entrecejo.

—¿El Club Social de Boston? —Danny miró a Eddie McKenna—. ¿Nuestro sindicato?

—No es un sindicato —dijo Eddie McKenna—. Sólo pretende serlo.

—Y eso no podemos tolerarlo —añadió su padre—. Somos policías, Aiden, no trabajadores corrientes. Hay unos principios que defender.

—¿Qué principios? —preguntó Danny—. ¿Joder al obrero? —Danny volvió a recorrer con la mirada a los presentes, a aquellos hombres allí reunidos una inocente tarde de domingo. La posó en Steedman—. ¿Y cuáles son sus intereses en esto?

—¿Intereses? —repitió Steedman con una cordial sonrisa.

Danny asintió y dijo:

NEW ROCHELLE PUBLIC
LIBRARY
RENEWALS

Date due: 11/15/2011,23:
59
Title: Cualquier otro día
Item ID: 31019154966074

—Intento entender qué hace usted aquí.

Steedman se sonrojó y miró su puro, apretando la mandíbula.

—Aiden —reprendió Thomas Coughlin—, no hables a tus mayores con ese tono. No...

—Estoy aquí —interrumpió Steedman, apartando la vista del puro— porque los obreros de este país han olvidado su lugar. Han olvidado, joven señor Coughlin, que sirven al arbitrio de quienes les pagan el sueldo y dan de comer a sus familias. ¿Sabe lo que puede provocar una huelga de diez días? Sólo diez días.

Danny se encogió de hombros.

—Puede llevar a una empresa mediana a incumplir el pago de sus préstamos. Cuando hay impagos de préstamos, la bolsa se desploma. Los inversores pierden dinero. Mucho dinero. Y tienen que introducir recortes en sus negocios. Entonces el banco ha de intervenir y eso a veces implica que la única solución es el embargo. El banco pierde dinero, los inversores pierden dinero, sus empresas pierden dinero, la empresa original se hunde y además los trabajadores pierden su empleo. Así, aunque la idea de los sindicatos es, en apariencia, reconfortante, también es inconcebible que hombres razonables hablen siquiera de ellos en la buena sociedad. —Bebió un sorbo de coñac—. ¿He contestado a su pregunta, hijo?

—No sé muy bien cómo se aplica su lógica al sector público.

—Por triplicado —dijo Steedman.

Danny le dirigió una sonrisa tensa y se volvió hacia McKenna.

—¿Las Brigadas Especiales van a por los sindicatos, Eddie?

—Vamos a por los subversivos. A por las amenazas contra esta nación. —Hizo un gesto de indiferencia con sus grandes hombros—. Necesito que perfecciones tus aptitudes en algún sitio. Bien podríamos empezar a nivel local.

—En nuestro sindicato.

—Así lo llamas tú.

—¿Y esto qué tiene que ver con un acto sedicioso de violencia?

—Es una cuestión de rutina —dijo McKenna—. Ayúdanos a averiguar quién mueve los hilos ahí dentro, quiénes son las cabezas pensantes, etcétera, y aumentará nuestra confianza en ti de cara a misiones de más envergadura.

Danny asintió.

—¿Y qué recibiré a cambio?

Su padre ladeó la cabeza al oírlo y entornó los ojos, que quedaron reducidos a ranuras.

—Bueno, no sé si se trata... —dijo el subjefe Madigan.

—¿Qué recibirás a cambio? —repitió su padre—. ¿Si sales airoso con el asunto del CSB y luego con los bolcheviques?

—Sí.

—Una placa de oro. —Su padre sonrió—. Eso es lo que querías que dijéramos, ¿no? Contabas con ello, ¿verdad?

En un impulso, Danny apretó los dientes.

—Está en la mesa o no lo está.

—En el caso de que nos digas lo que necesitamos saber sobre la infraestructura de ese supuesto sindicato de policías, y en el caso de que después te infiltres en un grupo radical elegido por nosotros y vuelvas con la información necesaria para impedir cualquier acto de violencia coordinada —Thomas Coughlin miró al subjefe Madigan y luego otra vez a Danny—, te pondremos el primero de la lista.

—No quiero ser el primero de la lista. Quiero la placa de oro. Ya me habéis tentado con ella tiempo más que suficiente.

Los demás cruzaron miradas, como si no hubieran contado con esa reacción desde el principio.

Al cabo de un rato, su padre dijo:

—En fin, el chico sabe lo que quiere, ¿no?

—Así es —contestó Claude Mesplede.

—Eso está claro como el agua —coincidió Patrick Donnegan.

Al otro lado de la puerta, Danny oyó la voz de su madre en la cocina, y sus palabras, aunque indescifrables, arrancaron una carcajada a Nora, y ese sonido llevó a Danny representarse la garganta de Nora, la piel de su cuello.

Su padre encendió el puro.

—Una placa de oro para el hombre que quita del medio a unos cuantos radicales y además nos permite saber qué pretende el Club Social de Boston.

Danny sostuvo la mirada a su padre. Sacó un cigarrillo del paquete de Murads y lo golpeteó en el borde de la suela de su zapato antes de encenderlo.

—Por escrito.

Eddie McKenna ahogó una risotada. Claude Pesplede, Patrick Donnegan y el subjefe Madigan fijaron la mirada en sus pies, en la alfombra. Chales Steedman bostezó.

El padre de Daniel enarcó una ceja. Fue un gesto lento, para insinuar que admiraba a Danny. Pero Danny sabía que si bien Thomas Coughlin tenía una asombrosa diversidad de rasgos de personalidad, la capacidad de admiración no se contaba entre ellos.

—¿Ésta es la prueba con la que te propones definir tu vida? —Al final su padre se echó hacia delante, y una expresión de lo que muchos confundirían con satisfacción iluminó su rostro—. ¿No preferirías dejarlo para otro día?

Danny no contestó.

Su padre volvió a mirar alrededor. Al final, hizo un gesto de indiferencia y miró a su hijo a los ojos.

—Trato hecho.

Cuando Danny se marchó del gabinete, su madre y Joe ya se habían acostado y la casa estaba a oscuras. Salió a la escalinata porque sentía que la casa le pesaba en los hombros y se le caían las paredes encima y se sentó en los peldaños para decidir qué hacer a continuación. En la calle K no había luz en ninguna ventana y el barrio estaba tan tranquilo que oía el quedo chapoteo del agua en la bahía a unas manzanas de allí.

—¿Y qué trabajo sucio te han encargado esta vez?

Nora estaba de espaldas a la puerta.

Danny se volvió. Le dolía mirarla, pero no podía contenerse.

—No es demasiado sucio.

—Ya, tampoco demasiado limpio.

—¿Adónde quieres ir a parar?

—¿Adónde quiero ir a parar? —Suspiró—. No se te ve feliz desde hace una eternidad.

—¿Qué quiere decir feliz? —preguntó él.

Se rodeó el cuerpo con los brazos para protegerse del frío de la noche.

—Lo contrario de lo que tú eres.

Habían pasado más de cinco años desde la Nochebuena en que el padre de Danny entró por la puerta con Nora O'Shea en brazos como si fuera leña. Pese a que él tenía el rostro enrojecido por el frío, ella presentaba un color gris y le castañeteaban los dientes, sueltos a causa de la desnutrición. Thomas Coughlin dijo a la familia que la había encontrado en los muelles de Northern Avenue: la acosaban unos rufianes cuando el tío Eddie y él intervinieron con sus porras como si fueran dos jóvenes en su primer año de ronda. ¡Y había que ver a la pobre desvalida, muerta de hambre, sin apenas carne en los huesos! Y cuando el tío Eddie le recordó que era Nochebuena y la pobre muchacha consiguió articular un débil «Gracias, señores, gracias» con voz ronca, exactamente igual que la de su querida y difunta madre, que Dios la tuviera en su gloria, ¿no era acaso una señal del mismísimo Jesucristo en la víspera de su propio nacimiento?

Ni siquiera Joe, que entonces contaba sólo seis años y todavía estaba subyugado por la encantadora grandilocuencia de su padre, se tragó la historia, pero creó un ambiente familiar exageradamente cristiano, y Connor fue a llenar la bañera mientras la madre de Danny ofrecía una taza de té a la muchacha cenicienta de ojos grandes y hundidos. Ella observó a los Coughlin desde detrás de la taza con los hombros desnudos y sucios asomando de debajo del abrigo como piedras mojadas.

De pronto vio a Danny y, antes de apartar la mirada, apareció en sus ojos una pequeña luz que a él le resultó incómodamente familiar. En ese momento, un momento al que Danny daría vueltas docenas de veces en los años posteriores, tuvo la certeza de que acababa de ver su propio corazón embozado mirarle desde los ojos de una muchacha famélica.

Tonterías, se dijo. Tonterías.

Rápidamente descubriría lo deprisa que cambiaban aquellos ojos, que aquella luz que parecía un espejo de sus propios pensamientos podía, en un instante, volverse mortecina y extraña o falsamente alegre. Aun así, sabiendo que la luz estaba ahí, esperando una nueva ocasión para asomar, Danny empezó a ser cada vez más adicto a la remota posibilidad de desencadenarla a voluntad.

Ahora ella lo miraba con cautela, en silencio.

—¿Dónde está Connor? —preguntó Danny.

—Se ha ido al bar —respondió ella—. Ha dicho que estaría en el bar de Henry si lo buscabas.

Tenía el pelo rizado del color de la arena y los bucles le caían en torno a la cabeza hasta justo por debajo de las orejas. No era alta ni baja, y a veces parecía moverse sin cesar bajo la piel, como si le faltara una capa de epidermis y uno, al mirarla de cerca, pudiera ver su torrente sanguíneo.

—Sois novios, he oído decir.

—No sigas.

—Eso he oído.

—Connor es un crío.

—Tiene veintiséis años —replicó Danny—. Es mayor que tú.

Ella se encogió de hombros.

—Aun así, es un crío.

—¿Sois novios?

Danny lanzó el cigarrillo a la calle y la miró.

—No sé qué somos, Danny. —Parecía cansada, más de él que de la jornada. Él se sintió como un niño, malhumorado y muy susceptible—. ¿Querrías que dijera que no siento lealtad hacia esta familia, el peso de la deuda que siempre tendré con tu padre? ¿Que sé con toda seguridad que no me casaré con tu hermano?

—Sí —contestó Danny—. Eso es lo que me gustaría oír.

—Pues no puedo decirlo.

—¿Te casarías por gratitud?

Nora dejó escapar un suspiro y cerró los ojos.

—No sé qué haría.

Danny sintió un nudo en la garganta, como si sus paredes internas fueran a desplomarse sobre sí mismas.

—Y cuando finalmente Connor se entere de que dejaste atrás a un marido...

—Está muerto —dijo ella entre dientes.

—Para ti. Pero eso no es lo mismo que muerto, ¿no te parece?

Nora lo miró con fuego en los ojos.

—¿A qué viene eso? Dime.

—¿Cómo crees que va a tomarse la noticia?

—Espero que al menos se lo tome mejor que tú —respondió ella, de nuevo con tono de hastío.

Danny permaneció callado por un momento y ambos salvaron con la mirada la escasa distancia que los separaba, los ojos de él, o eso esperó, tan implacables como los de ella.

—No cuentes con ello —dijo Danny, y bajó por la escalinata adentrándose en el silencio de la noche.

5

Una semana después de que Luther se convirtiera en esposo, Lila y él encontraron una casa a un paso de Archer Street, en Elwood, una vivienda pequeña de una sola habitación con agua corriente, y Luther habló con unos chicos de la bolera Gold Goose en Greenwood Avenue, que le dijeron que el sitio adonde ir en busca de trabajo era el hotel Tulsa, al otro lado de la vía de ferrocarril de Santa Fe, en el Tulsa blanco. «Allí el dinero cae de los árboles, Rústico», le explicaron. De momento a Luther no le importaba que lo llamaran «Rústico», siempre y cuando no se acostumbraran. Fue al hotel y habló con el hombre a quien, según ellos, debía ver, un tal Byron Jackson. El Viejo Byron (todo el mundo lo llamaba «Viejo Byron», incluso sus mayores) era el máximo representante del Sindicato de Botones. Dijo que daría una primera oportunidad a Luther como ascensorista y a partir de ahí ya se vería cómo le iban las cosas.

Luther empezó, pues, en los ascensores, e incluso eso era una mina de oro, ya que la gente le daba de propina un par de monedas prácticamente cada vez que giraba la manivela o abría el ascensor. ¡Tulsa nadaba en la abundancia gracias al petróleo! La gente tenía los automóviles más grandes y llevaba los sombreros más grandes y lucía las mejores ropas y los hombres fumaban puros tan gruesos como palos de billar y las mujeres olían a perfume y talco. En Tulsa la gente caminaba deprisa. Comía deprisa de platos enormes y bebían deprisa de vasos altos. Los hombres se daban palmadas en la espalda y se hablaban en susurros al oído y luego prorrumpían en carcajadas.

Y al final de la jornada los botones y los ascensoristas y los porteros volvían todos a Greenwood con adrenalina en las venas aún suficiente para visitar los salones de billar y las tabernas de la Primera Avenida y

Admiral, y allí bebían y bailaban y se peleaban. Algunos se emborrachaban a base de *choctaw* —la cerveza india de cebada y tabaco— y whisky de centeno; otros volaban como cometas con el opio o, cada vez más, la heroína.

Luther frecuentaba esa compañía desde hacía sólo un par de semanas cuando alguien le preguntó si, siendo tan rápido como era, quería sacarse un pequeño sobresueldo. Y tan pronto como le hicieron la pregunta, estaba ya vendiendo números de la lotería clandestina al servicio de Skinner Broscious, alias el Diácono, llamado así porque tenía fama de vigilar atentamente a su grey e invocar la cólera del Todopoderoso si alguno se descarriaba. El Diácono Broscious había sido en su día tahúr en Louisiana, según contaban, y se había embolsado una buena suma en una partida la misma noche que mató a un hombre, ambos incidentes no forzosamente inconexos. Había llegado a Greenwood con el bolsillo lleno y unas cuantas chicas que de inmediato ofreció en alquiler. Cuando las chicas de la primera tanda estuvieron en condiciones de ascender al rango de socias, les propuso trabajar a comisión y las distribuyó aquí y allá en busca de una nueva remesa de chicas más jóvenes y recién llegadas, sin aptitudes para asociarse con nadie. Luego el Diácono Broscious se diversificó, introduciéndose en otros negocios, las tabernas y la lotería clandestina y la *choctaw* y la heroína y el opio, y todo hombre que fornicaba, se pinchaba, empinaba el codo o apostaba en Greenwood tenía trato cercano con el Diácono o con alguien que trabajaba para él.

El Diácono Broscious pesaba algo más de doscientos kilos, sin exagerar. Si salía a tomar el aire por las noches en Admiral y la calle Uno, lo hacía casi siempre en una enorme mecedora de madera a la que alguien había acoplado unas ruedas. Tenía a su servicio a un par de hijos de puta, los dos flacos como palos de escoba, huesudos, amarillentos y de pómulos salientes; se llamaban Dandy y Smoke, y empujaban esa mecedora de un lado al otro de la ciudad a todas horas de la noche. A menudo al Diácono le daba por cantar. Tenía una voz hermosa, dulce, sonora y vibrante, y entonaba espirituales y canciones de esclavos e incluso interpretaba una versión de *I'm a Twelve O'Clock Fella in a Nine O'Clock Town*, que era mucho mejor que la versión blanca de Byron Harlan en el disco. Así que allí estaba él, en la calle Uno, arriba y abajo, cantando con una voz tan hermosa que, a decir de algunos, Dios había privado de ella a sus ángeles favoritos para no suscitar envidias entre los suyos, y el Diácono Broscious batía palmas, y gotas de sudor le humedecían la cara, y su sonrisa era grande y brillante como la de una trucha, y la gente olvidaba por un momento quién era, hasta que alguien se acordaba porque tenía alguna deuda con él, y ese alguien veía más allá del sudor y la sonrisa y el canto y lo que veía dejaba huella en él y en los hijos que aún no había engendrado.

Según contó Jessie Tell a Luther, la última vez que un hombre se la había jugado al Diácono Broscious —«Me refiero a una de esas jugadas con una falta de respeto total», aclaró Jessie—, el Diácono se levantó y se sentó encima del desgraciado. Se revolvió sobre él hasta que dejó de oír los gritos, bajó la vista y vio que aquel negro estúpido había exhalado el alma, que yacía allí en el suelo con la mirada vacía, la boca abierta, un brazo estirado como si intentara coger algo.

—Podrías habérmelo dicho antes de aceptar el trabajo —protestó Luther.

—Estás vendiendo números, Rústico. ¿Te crees que algo así se hace para un buen hombre?

—Te he dicho que no vuelvas a llamarme Rústico —se quejó Luther.

Estaban en el Gold Goose, relajándose después de sonreír durante todo el día a los blancos al otro lado de la vía, y Luther notaba que el alcohol alcanzaba en su sangre ese agradable nivel en que todo se movía a un ritmo más lento y se le afinaba la vista y tenía la sensación de que nada era imposible.

Luther pronto dispondría de tiempo de sobra para plantearse cómo había acabado vendiendo números para el Diácono, y tardaría en darse cuenta de que no tenía nada que ver con el dinero... Pero si sólo con las propinas que se sacaba en el hotel Tulsa ganaba casi el doble que en la fábrica de munición. Y no era que esperara labrarse un porvenir en el mundo del hampa. Había visto en Columbus a muchos hombres que se creían capaces de llegar alto en ese mundo; normalmente cuando caían, caían gritando. Entonces, ¿por qué? Era por la casa de Elwood, suponía, por cómo lo asfixiaba hasta el punto de tener la sensación de que se le caían las paredes encima. Y era por Lila, pese a lo mucho que la quería, y a veces le sorprendía descubrir cuánto la quería, cómo le sacudía el corazón ver su parpadeo al despertar por las mañanas con la cara contra la almohada. Pero antes de que Luther pudiese siquiera asimilar ese amor, quizá disfrutarlo un poco, Lila esperaba ya un hijo, teniendo ella sólo veinte años y Luther veintitrés. Un hijo. Una responsabilidad para toda la vida. Algo que se hacía más grande mientras tú te hacías más viejo. Algo a lo que le daba igual si estabas cansado, le daba igual si intentabas concentrarte en otra cosa, le daba igual si querías hacer el amor. Un hijo simplemente estaba ahí, plantado justo en el centro de tu vida, berreando como un poseso. Y a Luther, que no había conocido en realidad a su padre, no le cabía la menor duda de que estaría a la altura de sus responsabilidades, le gustara o no, pero hasta entonces quería vivir esta vida a toda vela, con un poco de peligro para darle salsa, algo que recordar cuando se sentase en su mecedora y jugase con sus nietos. Éstos verían a un viejo sonreír como un tonto mientras recordaba al joven negro que deambulaba por la noche de Tulsa con Jessie y se apartaba de la ley justo lo suficiente para poder decir que no se sometía a ella.

Jessie fue el primer y mejor amigo que tuvo Luther en Greenwood, y eso se convertiría pronto en un problema. Su primer nombre era Clarence, pero el segundo era Jessup, así que todo el mundo lo llamaba Jessie cuando no lo llamaban Jessie Tell, y tenía algo que atraía tanto a hombres como a mujeres. Era botones y suplente de ascensorista en el hotel Tulsa, y poseía el don de mantener el ánimo de todos tan alto como el suyo y así, en su compañía, las horas pasaban volando. Jessie tenía un par de apodos, pero no dejaba de ser justo, ya que él había motejado a cuanta gente conocía (era Jessie quien, en el Gold Goose, había llamado «Rústico» a Luther por primera vez), y esos sobrenombres salían de su lengua con tal presteza y tal acierto que normalmente uno empezaba a oírse llamar por el apodo de Jessie por más que a lo largo de su vida lo hubieran llamado de otro modo. Jessie atravesaba el vestíbulo del hotel Tulsa empujando un carro de latón o acarreando maletas y vociferando: «¿Cómo va, Flaco?» y «Sabes que es verdad, Tifón», seguido de un suave «je je, bien», y antes de la cena la gente llamaba Flaco a Bobby y Tifón a Gerald y la mayoría se sentía a gusto con el cambio.

Luther y Jessie Tell hacían a veces carreras de ascensores en momentos de poco trabajo y apostaban sobre el número total de maletas los días que les tocaba ocuparse de los equipajes. Corrían como locos con grandes sonrisas para los blancos que los llamaban George a los dos pese a que llevaban placas de latón con el nombre claro como el agua. Y cuando volvían a cruzar la vía del ferrocarril de San Francisco de regreso a Greenwood y se retiraban a las tabernas o los salones de billar en los alrededores de Admiral, seguían a todo tren, porque los dos eran de lengua rápida y pies rápidos. Luther tenía la sensación de que entre ellos existía una afinidad que había echado de menos, la que había dejado atrás en Columbus, la que lo unía a Sticky Joe Beam y Aeneus James y algunos de los otros con los que jugaba al béisbol y bebía y, en tiempos anteriores a Lila, perseguía a mujeres. La vida —la vida de verdad— se vivía allí, en el Greenwood que florecía de noche con los chasquidos de las bolas de billar y el son de las guitarras de tres cuerdas y los saxofones y la bebida y los hombres distendiéndose después de muchas horas de oírse llamar George, hijo, muchacho, o lo que quiera que se les antojase a los blancos. Y no sólo había que disculpar a un hombre por eso, sino que cabía esperar que se distendiera con otros hombres después de semejantes días, diciendo «Sí, señor» y «¿Cómo está usted?» y «Cómo no».

Jessie Tell era muy rápido —tanto Luther como él vendían números en el mismo territorio y los vendían deprisa—, pero también era corpulento. No tanto ni remotamente como el Diácono Broscious, pero sí un hombre de amplia cintura, y le gustaba darle a la heroína. Le gustaba el pollo y el whisky y las mujeres de culo gordo y el palique y el *choctaw* y las canciones, pero la heroína... en fin, eso estaba por encima de todo lo demás.

—Joder —decía—, un negro como yo ha de tomarse algo que lo calme, o si no, los blancos lo liquidarían antes de que se comiese el mundo. Di que tengo razón, Rústico. Dilo. Porque es así y tú lo sabes.

El problema era que un hábito como el de Jessie —y su hábito, como todo en él, era grande— salía caro, y aunque se embolsaba más propinas que nadie en el hotel Tulsa, eso no significaba nada porque las propinas iban a un fondo común y luego, al final del turno, se repartían entre todos a partes iguales. Y a pesar de que vendía números para el Diácono, y ése era desde luego un trabajo bien remunerado, correspondiendo a los vendedores dos centavos por cada dólar que perdían los clientes, y los clientes de Greenwood perdían casi tanto como jugaban y jugaban a un nivel temible, Jessie no podía mantener su ritmo de vida jugando limpio.

Por tanto, sisaba.

El sistema de números en la ciudad del Diácono Broscious era muy sencillo: el crédito no existía. Si uno quería apostar diez centavos a un número, le daba once al vendedor antes de que éste se fuera de su casa, y ese centavo extra se dedicaba a cubrir gastos. Si uno apostaba cincuenta centavos, pagaba cincuenta y cinco. Y así sucesivamente.

El Diácono Broscious no era partidario de ir tras los negros pueblerinos para que pagaran el dichoso centavo después de haber perdido, simplemente no le veía sentido. Tenía auténticos recaudadores para las deudas auténticas; no andaba rompiendo las piernas a los negros por unas monedas. Así y todo, con esos centavos, si se juntaban, podían llenarse unas cuantas sacas de correo; caramba, podía llenarse hasta un granero aquellos días especiales en que la gente creía que la suerte estaba en el aire.

Como los corredores llevaban el dinero encima, lo lógico era suponer que el Diácono elegía a chicos de confianza, pero el Diácono no llegó a ser quien era por confiar en la gente, así que Luther siempre había sospechado que lo vigilaban. No todos los días, no, sólo uno de cada tres, más o menos. En realidad nunca había visto a nadie montando guardia, pero desde luego no le haría daño partir de esa suposición.

—Sobrevaloras al Diácono, muchacho —decía Jessie—. Ese hombre no puede tener ojos en todas partes. Además, aunque los tuviera, esos ojos son humanos. No pueden saber si entraste en la casa y sólo jugó el papá o si jugaron también la mamá y el abuelo y el tío Jim. Y naturalmente no te quedas con los dólares de los cuatro. Pero ¿y si te quedas con los de uno? ¿Quién va a enterarse? ¿Dios? Quizá Él sí si está mirando. Pero el Diácono no es Dios.

No lo era, eso por supuesto. Era otra cosa muy distinta.

Jessie apuntó a la bola seis y falló de pleno. Dirigió a Luther un perezoso gesto de indiferencia. Por sus ojos amarillentos, Luther supo que se había pinchado, probablemente hacía un rato, en el callejón, mientras Luther iba al baño.

Luther metió en la tronera la bola doce.

Jessie se apoyó en el palo para sostenerse en pie y luego buscó a tientas la silla detrás de él. Cuando se aseguró de que la había encontrado y se la colocó bajo el culo, se sentó lentamente. Se relamió los labios e intentó humedecerse aquella gran lengua suya.

Luther no pudo contenerse.

—Esa mierda va a acabar contigo, chico.

Jessie sonrió y blandió un dedo en dirección a él.

—Ahora mismo lo único que va a hacer es ponerme a tono, así que cierra la boca y tira.

Ése era el problema con Jessie: él se permitía decir cualquier cosa a los demás, pero no consentía que nadie le dijera nada a él. Había algo en Jessie —su esencia, muy probablemente— que se irritaba sobremanera ante todo razonamiento. El sentido común lo insultaba.

—Por el simple hecho de que la mayoría de la gente haga determinada cosa —dijo a Luther en cierta ocasión— no significa que esa cosa sea la repanocha, ¿no te parece?

—Tampoco significa que sea algo malo.

Jessie le dedicó aquella sonrisa que con tanta frecuencia le procuraba mujeres y copas gratis.

—Claro que sí, Rústico, claro que sí.

Las mujeres lo adoraban, eso desde luego. Los perros se revolcaban al verlo y se meaban encima, y los niños lo seguían cuando paseaba por Greenwood Avenue, como si de pronto fueran a saltar muñecos chapados en oro de los dobladillos de su pantalón por efecto de un resorte.

Porque había algo intacto en aquel hombre. Y la gente lo seguía, quizá sólo para ver si se rompía.

Luther metió la bola seis y luego la cinco, y cuando alzó la vista otra vez, Jessie estaba traspuesto, con un hilillo de baba resbalándole de la comisura de los labios, y brazos y piernas alrededor del palo de billar como si hubiese decidido que sería una buena esposa.

En el salón de billar ya cuidarían de él. Tal vez lo llevaran a la habitación del fondo si el local se llenaba. Si no, lo dejarían allí sentado sin más. De modo que Luther dejó el palo en el soporte, cogió el sombrero de la pared y salió a la oscuridad de Greenwood. Pensó en buscarse una timba, jugar sólo unas cuantas manos. Había una en marcha en ese momento encima de la gasolinera de Po, en la habitación del fondo, y sólo de pensarlo le entró el gusanillo. Pero ya había jugado demasiadas partidas durante su breve estancia en Greenwood y, pese al dinero de las propinas y la venta de números para el Diácono, ya no sabía cómo hacer para evitar que Lila sospechara siquiera cuánto había perdido.

Lila. Le había prometido volver a casa antes de ponerse el sol y era ya entrada la noche; el cielo estaba de un intenso azul oscuro y el río Arkansas plateado y negro, y si bien era el último de sus deseos, viéndose envuelto por la noche con su música y sus alegres y sonoros silbidos y todo lo demás, Luther respiró hondo y se encaminó hacia casa para ejercer de marido.

A Lila no le hacía mucha gracia Jessie, como era de suponer, ni él ni ningún otro amigo de Luther, ni sus noches en la ciudad, ni sus horas extra para el Diácono Broscious, así que a él la casita de Elwood Avenue se le había ido quedando cada día más pequeña.

Una semana atrás, Luther había dicho: «¿De dónde va a salir el dinero?». Lila contestó que ella también buscaría trabajo. Luther se echó a reír, sabiendo que ningún blanco aceptaría que una mujer de color embarazada le restregara los cazos y le fregara el suelo porque las mujeres blancas no querrían que sus maridos se detuvieran a pensar cómo había llegado ese niño hasta ese vientre y los hombres blancos tampoco querrían detenerse a pensarlo. Tal vez tendrían que explicar a sus hijos por qué nunca habían visto una cigüeña negra.

Esa noche, después de la cena, Lila dijo:

—Ya eres un hombre, Luther. Un marido. Tienes responsabilidades.

—Y las cumplo, ¿no? —replicó Luther—. ¿O no es así?

—Bueno, sí, debo admitirlo.

—Entonces no hay problema.

—Aun así, cariño, podrías pasar alguna noche en casa. Tienes que arreglar todas esas cosas que dijiste.

—¿Qué cosas?

Lila recogió la mesa y Luther se levantó, se acercó al abrigo que había colgado al llegar y sacó el tabaco.

—Cosas —contestó Lila—. Dijiste que harías una cuna para el bebé y arreglarías el peldaño combado y...

—Y, y, y —interrumpió Luther—. Joder, mujer, me mato a trabajar todo el día.

—Lo sé.

—¿Ah, sí?

Había hablado con más dureza de la que pretendía.

—¿Por qué estás siempre de tan mal humor? —preguntó Lila.

Luther detestaba esas conversaciones. Tenía la impresión de que ya no hablaban de otra cosa. Encendió un cigarrillo.

—No estoy de mal humor —repuso, aunque sí lo estaba.

—Siempre estás de mal humor.

Lila se frotó la barriga, que empezaba ya a notársele.

—Joder, ¿y cómo no voy a estarlo? —exclamó Luther. No tenía intención de usar ese vocabulario delante de ella, pero sentía los efectos del alcohol, que bebía casi sin darse cuenta cuando estaba con Jessie, porque al lado de Jessie y su heroína un poco de whisky se le antojaba casi tan inocuo como una limonada—. Hace dos meses no era un futuro padre.

—¿Y?

—¿Cómo que «y»?

—¿Y eso qué significa?

Lila dejó los platos en el fregadero y regresó a la pequeña sala de estar.

—Que esto es una mierda, eso significa —replicó Luther—. Hace un mes...

—¿Qué?

Ella lo miró fijamente, esperando.

—Hace un mes no estaba en Tulsa ni me había casado a punta de pistola, ni vivía en una casita de mierda en una calleja de mierda en un poblacho de mierda, Lila. ¿Es verdad o no?

—Esto no es un poblacho de mierda. —Lila se irguió al mismo tiempo que levantaba la voz—. Y nadie te casó a punta de pistola.

—No pero casi.

Se plantó ante él, mirándolo con los ojos como ascuas y los puños apretados.

—¿No me quieres a tu lado? ¿No quieres a tu hijo?

—Quiero tener elección, joder —contestó Luther.

—Tienes elección, y esa elección es irte por ahí cada noche. Nunca vuelves a casa como corresponde a un hombre, y cuando vienes, estás borracho o drogado o las dos cosas.

—Forzosamente —dijo Luther.

—¿Y eso por qué? —preguntó Lila con labios trémulos.

—Porque es la única manera de soportar... —Se interrumpió, pero ya era tarde.

—Soportar ¿qué, Luther? ¿A mí?

—Me voy.

Ella lo cogió del brazo.

—¿A mí, Luther? ¿Es eso?

—Anda, vete a casa de tu tía —dijo Luther—. Podéis hablar de lo poco cristiano que soy, de cómo reformarme.

—¿A mí? —repitió ella por tercera vez, ahora con voz débil y afligida.

Luther se marchó antes de que le entraran ganas de romper algo.

Pasaban los domingos en la magnífica casa de la tía Marta y el tío James en Detroit Avenue, en lo que Luther acabó considerando el segundo Greenwood.

Nadie más quería verlo así, pero Luther sabía que existían dos Greenwoods, igual que existían dos Tulsas. Estabas en uno u otro en función de si te encontrabas al norte o al sur de la vía de San Francisco. Tenía la certeza de que también la Tulsa blanca escondía distintas Tulsas bajo la superficie, pero él no conocía ninguna de ellas, ya que sus interacciones con ese lado de la ciudad nunca iban mucho más allá de «¿A qué piso, señora?».

Pero en Greenwood la división se había vuelto mucho más nítida. Estaba el Greenwood «malo», formado por los callejones que daban a Greenwood Avenue, muy al norte del cruce con Archer, y por unas cuantas manzanas en las inmediaciones de la calle Uno y Admiral, donde los viernes por la noche se oían tiros y los domingos por la mañana flotaba en el aire el olor a opio.

Pero el Greenwood «bueno», quería creer la gente, constituía el otro noventa y nueve por ciento de la comunidad. Era Standpipe Hill y Detroit Avenue y la céntrica zona comercial de Greenwood Avenue. Era la Primera Iglesia Baptista, el restaurante Bell & Little y el cine Dreamland, donde uno veía a Charlot o a la Novia de América pasearse por la pantalla a cambio de una entrada de quince centavos. Era el *Tulsa Star* y un ayudante del sheriff negro patrullando por las calles con una placa lustrosa. Era el doctor Lewis T. Weldon y Lionel A. Garrity, abogado, y John y Loula Williams, dueños de la confitería Williams y el taller rápido Williams y el propio Dreamland. Era O. W. Gurley, dueño de la tienda de alimentación, la tienda de artículos diversos y, además, el hotel Gurley. Era los oficios dominicales y las cenas del domingo con la porcelana buena y la mantelería más blanca y una delicada música clásica sonando en el gramófono, como los sonidos de un pasado que era ajeno a todos ellos.

Ése era el elemento del otro Greenwood que más desquiciaba a Luther: esa música. Bastaba con oír unos pocos acordes para saber que era blanca. Chopin, Beethoven, Brahms. Luther se los imaginaba perfectamente: sentados ante sus pianos, tocando en una gran sala de suelos abrillantados y ventanas altas mientras los sirvientes se movían de puntillas alrededor. Era una música creada por y para hombres que azotaban a sus mozos de cuadra y se follaban a sus criadas e iban de cacería los fines de semana para matar a animales pequeños que nunca se comerían. Hombres a quienes les gustaban los aullidos de los sabuesos y la huida repentina de la presa. Volvían a casa, hastiados de una vida sin trabajo, y componían o escuchaban música como ésa, miraban los cuadros de antepasados tan faltos de esperanza y tan vacíos como ellos, y sermoneaban a sus hijos sobre el bien y el mal.

El tío Cornelius se había pasado la vida trabajando para hombres así antes de quedarse ciego, y el propio Luther había conocido en su día a unos cuantos, y de buena gana se apartaba de su camino y los dejaba a su aire. Pero no soportaba ver allí, en las caras morenas de las personas reunidas en el comedor de la casa de James y Marta Hollaway en Detroit Avenue, el deseo de beber, comer y enriquecerse como blancos.

Antes prefería estar en los alrededores de la calle Uno y Admiral con los botones y los criados y los hombres que acarreaban cajas de limpiabotas y de herramientas. Hombres que ponían el mismo empeño en el trabajo que en el juego. Hombres que no deseaban nada más, como solía decirse, que un poco de whisky, una partida de dados y un coñete para hacer la vida agradable.

Como solía decirse, pero no en Detroit Avenue. No, por Dios. Allí usaban más bien frases del tipo «El Señor no consiente...» y «El Señor no...» y «El Señor no permitirá...» y «El Señor no tolerará a...». Dando la impresión de que Dios era un amo irascible, presto a utilizar el látigo.

Sentado a la gran mesa con Lila, Luther los escuchaba hablar sobre el hombre blanco como si pronto éste y los suyos fueran a reunirse allí con ellos los domingos.

—El señor Paul Stewart en persona vino a mi taller el otro día con su Daimler —explicaba James—, y va y dice: «Oiga, James, no confío en nadie al otro lado de la vía como confío en usted por lo que se refiere a este coche».

Lionel Garrity, abogado, intervino poco después diciendo:

—Sólo es cuestión de tiempo para que la gente entienda lo que hicieron nuestros chicos en la guerra y diga: ha llegado el momento. El momento de dejar atrás todas esas tonterías. Todos somos personas. Todos nos desangramos, todos pensamos.

Y Luther veía a Lila sonreír y asentir con la cabeza y deseaba sacar el disco del gramófono y partirlo contra la rodilla.

Porque lo que Luther más detestaba era que detrás de todo eso —todo ese refinamiento, esa nobleza recién descubierta, los cuellos de camisa de frac y los sermones y los muebles elegantes y el césped recién cortado y los coches de lujo— se escondía el miedo. El terror.

Si sigo el juego, preguntaban, ¿me dejaréis en paz?

Luther se acordó del verano anterior, de Babe Ruth y aquellos chicos de Boston y Chicago y quiso decir: no. No os dejarán en paz. Llegado el momento, cuando quieran algo, lo cogerán sólo para daros una lección.

E imaginó a Marta y James y al doctor Weldon y a Lionel A. Garrity, abogado, mirándolo, boquiabiertos y con las palmas de las manos extendidas, en actitud de súplica: ¿Qué lección?

Cuál es vuestro lugar.

6

Danny conoció a Tessa Abruzze la misma semana que empezó a propagarse la enfermedad. Al principio, los periódicos sostuvieron que sólo afectaba a los soldados de Camp Devens, pero de pronto murieron en un solo día dos civiles en las calles de Quincy, y los habitantes de Boston comenzaron a quedarse en sus casas.

En la pensión, Danny subió por la estrecha escalera hasta su planta cargado de paquetes. Contenían su ropa recién lavada, envuelta en papel marrón y atada con cinta por una lavandera de Prince Street, una viuda que hacía doce coladas al día en el fregadero de su cocina. Trató de introducir la llave en la cerradura de la puerta con los paquetes entre los brazos, pero, tras un par de intentos fallidos, dio un paso atrás y los dejó en el suelo. Justo entonces, en el extremo opuesto del rellano, una joven salió de su habitación y lanzó un grito.

—*Signore, signore*—dijo a continuación con voz vacilante, como si no se considerara digna de que alguien se tomara la menor molestia por ella.

Apoyó una mano en la pared y un líquido rosa le corrió por las piernas.

Danny no entendió cómo era posible que no la hubiera visto nunca antes. Se preguntó si la muchacha tendría la gripe. De pronto advirtió que estaba embarazada. Por fin se abrió el cerrojo, y Danny empujó la puerta y metió los paquetes en la habitación con el pie, porque en el North End si uno dejaba algo abandonado en un rellano, no duraba mucho. Cerró la puerta, se dirigió hacia la mujer y vio que tenía empapada la parte inferior del vestido.

Aún apoyada en la pared, la joven agachó la cabeza y el cabello oscuro le cayó ante la cara. Tenía los dientes apretados, en una mueca que Danny había visto antes en algunos muertos.

—*Dio aiutami. Dio aiutami.*

—¿Dónde está su marido? —preguntó Danny—. ¿Dónde está la comadrona?

Le cogió la mano libre, y ella le apretó tanto que él sintió una punzada de dolor hasta el codo. Volviéndose con los ojos en blanco, la muchacha dijo algo en italiano, tan atropelladamente que Danny no entendió nada y cayó entonces en la cuenta de que la joven no sabía una palabra de inglés.

—Señora DiMassi. —El aullido de Danny resonó escalera abajo—. ¡Señora DiMassi!

La mujer le apretó aún más la mano y gritó entre dientes.

—*Dove e il vostro marito?* —preguntó Danny.

La mujer negó con la cabeza varias veces, pero Danny no supo si quiso decir que no tenía marido o que no estaba allí.

—La... —Danny rebuscó en su memoria cómo se decía «comadrona». Le acarició el dorso de la mano y musitó—: Chist. Tranquila. —La miró a los ojos, grandes y enloquecidos—. Esto... esto... la... ¡la *ostetrica*! —En su entusiasmo por haberse acordado de la palabra, volvió otra vez al inglés sin querer—. ¿Sí? ¿Dónde está...? *Dove e? Dove e la ostetrica?*

La mujer dio un puñetazo en la pared. Hundió los dedos en la palma de la mano de Danny y lanzó tal alarido que él, a su vez, llamó a la señora DiMassi a voz en cuello, sintiendo un pánico que no experimentaba desde su primer día en la policía, cuando tomó conciencia de que el resto del mundo lo veía como la respuesta a todos los problemas.

De pronto, la mujer acercó la cara a la de él y exclamó:

—*Faccia qualcosa, uomo insensato! Mi aiuti!*

Danny no lo entendió del todo, pero sí reconoció las palabras «*insensato*» y «*aiuti*», así que tiró de ella hacia la escalera.

Sin retirar la mano de la suya, la muchacha se rodeó el abdomen con el brazo y, pegada a su espalda, lo siguió escalera abajo hasta la calle. El Hospital General de Massachusetts estaba demasiado lejos para llegar a pie, y Danny no veía en la calle ningún taxi, ni siquiera camiones, sino sólo personas, una multitud porque era día de mercado. Danny pensó que, siendo día de mercado, debería haber cerca un puto camión, pero no, sólo ríos de gente y fruta y verdura y cerdos nerviosos resoplando entre la paja en el adoquinado.

—El centro benéfico de Haymarket —dijo Danny—. Es lo que está más cerca. ¿Me entiende?

Ella asintió de inmediato, y él supo que en realidad había respondido a su tono de voz. Se abrieron paso a empujones entre la muchedumbre y la gente empezó a apartarse. Danny, vociferando, repitió varias veces: «*Cerco un'ostetrica! Un'ostetrica! Cé qualcuno che conosce un'ostetrica?*». Pero no recibió más que compasivos gestos de negación.

Cuando atravesaron la multitud, la mujer arqueó la espalda y dejó escapar un gemido agudo, y Danny pensó que iba a parir allí mismo, en la calle, a dos manzanas del centro benéfico de Haymarket, pero en lugar de eso se desplomó contra él. Danny la cogió en brazos y empezó a caminar a trompicones, ya que si bien la mujer no pesaba mucho, se revolvía y lanzaba zarpazos al aire y le golpeaba el pecho.

Recorrieron varias manzanas, tiempo suficiente para que Danny la encontrara hermosa en su sufrimiento. No sabía si a pesar del sufrimiento o debido a él, pero hermosa en cualquier caso. En la última manzana, ella le rodeó el cuello con los brazos, apretándoselo con fuerza, y le susurró al oído «*Dio, aiutami. Dio, aiutami*», una y otra vez.

En el centro benéfico, Danny irrumpió por la primera puerta que vio y fueron a dar a un corredor marrón con el suelo de roble oscuro, tenues luces amarillas y un único banco. Un médico, sentado en el banco con las piernas cruzadas, fumaba un cigarrillo. Los miró mientras se acercaban por el corredor.

—¿Qué hacen aquí?

Danny, con la mujer todavía en brazos, contestó:

—¿Lo dice en serio?

—Se han equivocado de puerta. —El médico apagó el cigarrillo en el cenicero y se puso en pie. Miró con detenimiento a la mujer—. ¿Cuánto hace que ha empezado el parto?

—Ha roto aguas hace unos diez minutos. No sé nada más.

El médico apoyó una mano bajo el vientre de la mujer y otra en su cabeza. Dirigió una mirada a Danny, serena e impenetrable.

—Esta mujer está de parto.

—Lo sé.

—En sus brazos —añadió el médico, y Danny casi la soltó—. Espere aquí.

Cruzó una puerta de dos hojas situada hacia la mitad del pasillo. Se oyó un golpe al otro lado y el médico volvió a salir empujando una camilla de hierro con una rueda herrumbrosa y chirriante.

Danny dejó a la mujer en la camilla. Ahora ella tenía los ojos cerrados, respiraba aún con resoplidos entrecortados, y Danny bajó la vista y vio la humedad que venía sintiendo en los brazos y la cintura, una humedad que hasta ese momento había pensado que era básicamente agua. De pronto descubrió que era sangre y enseñó los brazos al médico. El médico asintió y preguntó:

—¿Cómo se llama esta mujer?

—No lo sé —contestó Danny.

El médico arrugó la frente al oírlo y, empujando la camilla, dejó atrás a Danny y atravesó de nuevo la puerta. Danny lo oyó llamar a una enfermera.

Encontró un aseo al final del corredor. Se lavó las manos y los brazos con un jabón marrón y contempló el remolino rosado de sangre en el lavabo. El rostro de la muchacha seguía flotando en su mente. Tenía la nariz ligeramente torcida, con una pequeña prominencia a medio camino del puente, el labio superior más grueso que el inferior y un pequeño lunar debajo de la mandíbula, apenas visible porque su tez era muy morena, casi tanto como el pelo. Danny oyó su voz resonarle contra el pecho y sintió sus muslos y la parte baja de su espalda en las manos, vio la curvatura de su cuello mientras hundía la cabeza en la camilla.

Encontró la sala de espera al final del corredor. Entró por detrás del mostrador de recepción y se sentó entre pacientes vendados y enfermos con la nariz goteando. Un hombre se quitó un bombín negro y vomitó en él. Se limpió la boca con un pañuelo. Echó un vistazo dentro del bombín y luego miró a las otras personas presentes en la sala de espera. Parecía abochornado. Con cuidado, colocó el bombín debajo del banco de madera, volvió a limpiarse la boca con el pañuelo, se reclinó y cerró los ojos. Unos cuantos llevaban mascarillas de quirófano, y cuando tosían, la tos era blanda. La enfermera de recepción también llevaba mascarilla. Nadie hablaba en inglés excepto un camionero a quien una carreta había pisado un pie. Explicó a Danny que el accidente se había producido justo enfrente, o de lo contrario se habría ido a un hospital de verdad, uno digno de un americano. Se le fueron los ojos repetidamente hacia las manchas de sangre seca en el cinturón y la entrepierna de Danny, pero no le preguntó a qué se debía.

Entró una mujer con su hija adolescente. La mujer era morena y de cintura ancha, mientras que su hija era delgada, casi amarilla y tosía sin parar, con un sonido como el chirrido de un engranaje metálico bajo el agua. El camionero fue el primero en pedir una mascarilla a la enfermera, pero cuando la señora DiMassi encontró a Danny en la sala de espera, también él llevaba una puesta, sintiéndose cohibido y avergonzado, pese que aún se oía la tos de la muchacha, ese engranaje chirriante, en otro pasillo y detrás de otra puerta de dos hojas.

—¿Por qué se ha puesto eso, agente Danny?

La señora DiMassi se sentó a su lado.

Danny se la quitó.

—Ha pasado por aquí una chica muy enferma.

—Hoy hay mucha gente enferma —dijo ella—. Mi consejo es aire fresco. Mi consejo es subir a las azoteas. Todos dicen que estoy loca. Se quedan dentro.

—Ya sabe lo de...

—Tessa, sí.

—¿Tessa?

La señora DiMassi asintió.

—Tessa Abruzze. ¿La ha traído usted aquí?

Danny movió la cabeza en un gesto de asentimiento.

La señora DiMassi soltó una risotada.

—Es usted la comidilla del barrio. Dicen que no es tan fuerte como parece.

Danny sonrió.

—¿Ah, sí?

—Pues sí. Según dicen, le flaqueaban las rodillas, y Tessa no pesa mucho.

—¿Ha avisado a su marido?

—Bah. —La señora DiMassi dio un manotazo al aire—. No tiene marido. Sólo padre. El padre es un buen hombre. La hija...

Dio otro manotazo al aire.

—No tiene usted muy buen concepto de ella, veo —dedujo Danny.

—Escupiría —contestó ella—, pero este suelo está limpio.

—¿Por qué ha venido, pues?

—Es mi inquilina —respondió sin más.

Danny apoyó una mano en la espalda de la anciana menuda y ella se meció, balanceando los pies por encima del suelo.

Cuando el médico apareció en la sala de espera, Danny había vuelto a ponerse la mascarilla y la señora DiMassi también llevaba una. Esta vez había sido un hombre, de alrededor de veinticinco años, un empleado de la estación de mercancías, a juzgar por su indumentaria. Hincó una rodilla ante el mostrador de recepción. Levantó una mano como para decir que se encontraba bien, se encontraba bien. No tosía, pero tenía amoratados los labios y la piel bajo la mandíbula. Permaneció en esa postura, con la respiración estertórea, hasta que la enfermera se acercó. Lo ayudó a levantarse. El hombre se tambaleó entre las manos de ella. Con los ojos enrojecidos y húmedos, no veía el mundo ante él.

Danny volvió, pues, a ponerse la mascarilla y fue a coger unas cuantas detrás del mostrador de recepción, una para la señora DiMassi y las otras para los demás presentes en la sala de espera. Las repartió y volvió a sentarse, sintiendo presión en los labios y la nariz cada vez que exhalaba.

—Dicen los periódicos que sólo la cogen los soldados —comentó la señora DiMassi.

—Los soldados respiran el mismo aire que nosotros —respondió Danny.

—¿Y usted la ha pillado?

Danny le dio una palmada en la mano.

—De momento, no.

Hizo ademán de retirar la mano, pero ella se la cubrió con la suya.

—Nada puede con usted, eh.

—Bueno...

—Pues yo me arrimo a usted.

La señora DiMassi se acercó a él hasta que las piernas de los dos se rozaron.

El médico apareció en la sala de espera y, aunque también él llevaba una, se sorprendió al ver todas aquellas mascarillas.

—Es niño —dijo, y se agachó delante de ellos—. Un niño sano.

—¿Cómo está Tessa? —preguntó la señora DiMassi.

—¿Se llama así?

La señora DiMassi asintió.

—Ha habido una complicación —comentó el médico—. Una hemorragia que me tiene preocupado. ¿Es usted su madre?

La señora DiMassi negó con la cabeza.

—Es su casera —contestó Danny.

—Ah —dijo el médico—. ¿Tiene familia?

—El padre —respondió Danny—. Ya lo están buscando.

—No puedo permitir que la vea nadie salvo su familia más inmediata. Espero que lo entiendan.

—¿Es grave, doctor? —preguntó Danny, aparentando despreocupación.

El médico tenía en los ojos una expresión de cansancio.

—Hacemos lo que podemos, agente.

Danny asintió.

—Pero si no la hubiese traído —dijo el médico—, puede estar seguro de que ahora el mundo pesaría cincuenta y cinco kilos menos. Véalo de esa manera.

—Ya.

El médico dirigió a la señora DiMassi un cortés gesto de despedida y se irguió.

—Doctor... —dijo Danny.

—Rosen —se presentó el médico.

—Doctor Rosen —continuó Danny—, en su opinión, ¿cuánto tiempo vamos a tener que llevar mascarillas?

El doctor Rosen echó una lenta mirada alrededor.

—Hasta que acabe.

—¿Y no está acabando?

—No ha hecho más que empezar —contestó el médico, y los dejó allí.

Esa noche el padre de Tessa, Federico Abruzze, encontró a Danny en la azotea del edificio. Al salir del hospital, la señora DiMassi había reprendido y arengado a todos sus inquilinos para que subieran sus colchones a la azotea no mucho después de ponerse el sol. Se reunieron, pues, a una altura de cuatro pisos por encima del North End, bajo las estrellas y el espeso humo de la central cárnica Portland y las empalagosas bocanadas del depósito de melaza de la compañía Alcohol Industrial de Estados Unidos.

La señora DiMassi llevó a su mejor amiga, Denise Ruddy-Cugini, de Prince Street. Llevó también a su sobrina, Arabella, y al marido de Arabella, Adam, un albañil recién llegado de Palermo sin pasaporte. A ellos se unieron Claudio y Sophia Mosca y sus tres hijos, el mayor de sólo cinco años y Sophia embarazada ya del cuarto. Poco después, Lou y Patricia Imbriano subieron a rastras sus colchones por la escalera de incendios, seguidos de los recién casados Joseph y Concetta Limone y, por último, de Steve Coyle.

Danny, Claudio, Adam y Steve Coyle jugaban al crap sobre la capa de alquitrán negro, con la espalda apoyada contra el antepecho, y a cada tirada pasaba mejor el vino casero de Claudio. Danny oía toses y gritos febriles procedentes de las calles y los edificios, pero oía también a madres que llamaban a sus hijos y el chirrido de las poleas de los tendederos colgados entre los edificios y las carcajadas repentinas y penetrantes de un hombre y la música de un organillo en un callejón, un tanto desafinado en el aire cálido de la noche.

En la azotea no había aún nadie enfermo. Nadie tosía ni sentía sofocos ni náuseas. Nadie sufría lo que, según los rumores, eran los primeros síntomas delatores de la infección —jaquecas o dolor en las piernas—, aunque la mayoría de los hombres estaban agotados después de jornadas de doce horas y no sabían hasta qué punto sus cuerpos notarían la diferencia. Joe Limone, un ayudante de panadero, trabajaba quince horas al día y se mofaba de los perezosos con jornadas de doce horas, y Concetta Limone, en un visible esfuerzo por mantenerse a la altura de su marido, se presentaba a trabajar en Patriot Wool a las cinco de la mañana y se marchaba a las seis y media de la tarde. Su primera noche en la azotea fue como las noches en las Fiestas de los Santos, cuando Hanover Street se engalanaba con luces y flores, los sacerdotes encabezaban procesiones por la calle y el aire olía a incienso y a salsa de tomate. Claudio había hecho una cometa para su hijo, Bernardo Thomas, y el chico estaba con otros niños en el centro de la azotea y la cometa amarilla parecía una aleta recortándose contra el cielo azul oscuro.

Danny reconoció a Federico en cuanto salió a la azotea. Se había cruzado con él en la escalera una vez que iba cargado de cajas: un hombre cortés, ya entrado en años, con un traje de hilo tostado. Tenía blancos el pelo y el fino bigote, ambos muy cortos, y empuñaba un bastón igual que un terrateniente, no para ayudarse a andar, sino como tótem. Se quitó el sombrero de fieltro al hablar con la señora DiMassi y luego dirigió la mirada hacia Danny, sentado contra el antepecho con los otros hombres. Danny se levantó cuando Federico Abruzze se acercó a él.

—¿Señor Coughlin? —dijo con una leve inclinación de cabeza en un inglés perfecto.

—Señor Abruzze —contestó Danny, y le tendió la mano—. ¿Cómo está su hija?

Federico le estrechó la mano con las dos suyas y movió la cabeza en un gesto parco.

—Está bien. Muchas gracias por interesarse.

—¿Y su nieto?

—Está fuerte —respondió Federico—. ¿Puedo hablar un momento con usted?

Danny pasó por encima de los dados y las monedas sueltas y Federico y él se aproximaron al borde este de la azotea. Federico sacó un pañuelo blanco del bolsillo y lo extendió sobre el antepecho.

—Siéntese, por favor —dijo.

Danny tomó asiento encima del pañuelo, sintiendo el puerto a sus espaldas y el vino en la sangre.

—Una noche hermosa —comentó Federico—. Pese a tantas toses.

—Sí.

—¡Cuántas estrellas!

Danny alzó la vista hacia el rutilante despliegue. Volvió a mirar a Federico Abruzze y tuvo la impresión de hallarse ante un jefe tribal. Un alcalde de pueblo, tal vez, un hombre que compartía su sabiduría en la *piazza* las noches de verano.

—Es usted muy conocido en el barrio —dijo Federico.

—¿Ah, sí?

Federico asintió.

—Dicen que es un policía irlandés sin prejuicios contra los italianos. Dicen que se crió aquí e incluso después de estallar una bomba en su comisaría, incluso después de haber trabajado en estas calles y visto lo peor de esta gente, trata a todos como a hermanos. Y ahora le ha salvado la vida a mi hija y a mi nieto. Le doy las gracias.

—No hay de qué —respondió Danny.

Federico se llevó un cigarrillo a los labios, prendió una cerilla con la uña del pulgar y lo encendió, mirando fijamente a Danny a través de la llama. En el resplandor, de pronto pareció más joven, con el rostro terso, y Danny le echó cincuenta y tantos años, diez menos de lo que aparentaba de lejos.

Federico señaló la noche con el cigarrillo.

—Nunca dejo de pagar una deuda.

—Usted no está en deuda conmigo —dijo Danny.

—Sí lo estoy —replicó—. Lo estoy. —Hablaba con voz suave y armoniosa—. Pero el coste de inmigrar a este país ha mermado mis recursos. ¿Permitiría al menos que mi hija y yo le preparemos una cena? —Puso la mano a Danny en el hombro—. Cuando ella se haya repuesto, claro está.

Danny escrutó la sonrisa del hombre y sintió curiosidad por el marido desaparecido de Tessa. ¿Habría muerto? ¿Había existido siquiera? Por lo que Danny sabía de las costumbres italianas, no se imaginaba que un hombre de la talla y la educación de Federico permitiera tener en su presencia y menos aún en su casa a una hija soltera embarazada. Y ahora parecía que el hombre intentaba urdir un noviazgo entre Danny y Tessa.

Era raro.

—Sería un honor para mí.

—Hecho, pues. —Federico se inclinó hacia atrás—. Y el honor será mío. Se lo diré a Tessa en cuanto mejore.

—Lo esperaré con impaciencia.

Federico y Danny volvieron a cruzar la azotea en dirección a la escalera de incendios.

—Esta enfermedad. —Federico abarcó las azoteas circundantes con un ademán del brazo—. ¿Pasará?

—Eso espero.

—Yo también. Tanta esperanza en este país, tantas posibilidades... Sería una tragedia que tuviese que aprender a sufrir como ha sufrido Europa. —Se volvió hacia la escalera de incendios y cogió a Danny por los hombros—. Gracias otra vez. Buenas noches.

—Buenas noches —se despidió Danny.

Federico descendió entre los hierros negros de la escalera, con el bastón bajo el brazo, sus movimientos ágiles y seguros, como si se hubiera criado cerca de montañas, de peñascos que escalar. Cuando se fue, Danny siguió mirando hacia abajo sin darse cuenta, intentando definir la extraña sensación de que había sucedido algo más entre ellos, algo que quedaba disuelto en el vino que le corría en la sangre. Tal vez era la manera en que había dicho «deuda» o «sufrir», como si las palabras tuvieran otro significado en italiano. Danny intentó tirar de ese hilo, pero el vino le pesaba demasiado; la idea se esfumó con la brisa y, renunciando a atraparla, volvió a la partida de crap.

Poco después volvieron a lanzar la cometa por insistencia de Bernardo Thomas, pero el cordel escapó de los dedos del niño. Antes de echarse a llorar su hijo, Claudio prorrumpió en una exclamación de triunfo, como si el objetivo de toda cometa fuera dejarla al final en libertad. El niño, poco convencido en un primer momento, la miró alejarse con la barbilla trémula, y los otros adultos lo rodearon al borde de la azotea. Levantaron los puños y gritaron. Bernardo Thomas empezó a reír y aplaudir, y los demás niños se sumaron a él, y pronto todos participaban en la celebración y animaban a la cometa amarilla a subir hacia el cielo profundo y oscuro.

A finales de esa semana las funerarias habían contratado a hombres para vigilar los ataúdes. Eran hombres de aspecto diverso —algunos procedían de empresas de seguridad privadas y sabían asearse y afeitarse, otros tenían el aspecto de futbolistas o boxeadores fracasados, en el North End incluso había miembros de bajo rango de la Mano Negra—, pero todos iban armados con escopetas o rifles. Entre los aquejados por la enfermedad había carpinteros, y aun cuando hubieran estado sanos, difícilmente habrían podido atender la demanda. En Camp Devens, la gripe segó la vida de sesenta y tres soldados en un día. Se propagó por las casas de vecindad del North End y South Boston y por las pensiones de Scollay Square y causó estragos en los astilleros de Quincy y Weymouth. Luego siguió avanzando por la ruta del ferrocarril, y los periódicos informaron de brotes en Hartford y la ciudad de Nueva York.

Llegó a Filadelfia un soleado fin de semana. La gente salió a las calles para asistir a los desfiles en apoyo a las tropas y a favor de la adquisición de bonos de guerra, la Toma de Conciencia de Estados Unidos y el fortalecimiento de la pureza moral y la entereza tan bien representados por los Boy Scouts. La semana siguiente los carromatos de la muerte rondaban por las calles en busca de cuerpos abandonados en los porches la noche anterior y por todo el este de Pennsylvania y el oeste de Nueva Jersey aparecieron tiendas de campaña empleadas como depósitos de cadáveres. En Chicago se adueñó primero del sur, luego del este, y el ferrocarril la llevó al otro lado de las Llanuras.

Corrieron rumores. De una vacuna inminente. De un submarino alemán avistado a tres millas del puerto de Boston en agosto; algunos afirmaron haberlo visto salir del mar y despedir una columna de humo anaranjado que el viento había llevado hacia la costa. Los predicadores citaron pasajes del Apocalipsis y Ezequiel que profetizaban un envenenamiento transmitido por el aire como castigo por la promiscuidad y las costumbres y convenciones de los inmigrantes en un siglo nuevo. Había llegado el fin del mundo, decían.

Entre las clases bajas se propagó la idea de que la única curación era el ajo. O la trementina sobre un terrón de azúcar. O en su defecto, el queroseno sobre un terrón de azúcar. Por tanto, las casas de vecindad apestaban. Apestaban a sudor y a emanaciones corporales y a muertos y a moribundos y a ajo y a trementina. A Danny el hedor le impregnaba la garganta y le quemaba la nariz, y a veces, aturdido por los efluvios del queroseno y harto del ajo, con las amígdalas en carne viva, pensaba que por fin la había contraído. Pero no. Había visto caer a médicos y enfermeras y forenses y conductores de ambulancia y dos policías del Distrito Uno y Seis más de otras comisarías. Y aunque el mal había abierto un boquete en el barrio que Danny amaba con una pasión que ni siquiera él mismo podía explicarse, sabía que no se contagiaría.

La muerte no se lo había llevado en Salutation Street, y ahora daba vueltas alrededor de él y le guiñaba el ojo, pero al final acababa cebándose en otros. Así que entraba en las casas de vecindad a las que los demás se negaban a ir, y entraba en las pensiones y casas de huéspedes y proporcionaba el consuelo que podía a todos aquellos con la piel amarilla y gris por la enfermedad, aquellos cuyo sudor oscurecía los colchones.

En la comisaría se acabaron los días libres. Los pulmones vibraban como paredes de hojalata sacudidas por el viento y el vómito era verde oscuro, y en las barriadas del North End les dio por pintar un aspa en las puertas de los contagiados, y cada vez dormía más gente en las azoteas. Algunas mañanas Danny y los otros policías de la Cero-Uno apilaban los cadáveres en las aceras como tuberías en un astillero y, bajo el sol de la tarde, esperaban la llegada de los carromatos de transporte de carne. Siguió llevando la mascarilla, pero sólo porque era ilegal no ponérsela. Las mascarillas eran inútiles. Mucha gente que nunca se la quitaba contrajo la gripe de todos modos y murió con la cabeza ardiendo.

Steve Coyle y él y otra media docena de policías acudieron a Portland Street por un aviso de un presunto asesinato. Cuando Steve llamó a la puerta, Danny vio destellar la adrenalina en los ojos de los otros agentes en el rellano. El hombre que al final abrió la puerta llevaba mascarilla, pero tenía los ojos enrojecidos por el mal y la respiración líquida. Steve y Danny se quedaron durante unos segundos con la mirada fija en la empuñadura del cuchillo que sobresalía del centro de su pecho antes de asimilar lo que veían.

—¿Para qué coño vienen a molestarme? —preguntó el hombre.

Steve tenía los dedos en torno al revólver pero no lo había desenfundado. Tendió la mano abierta para obligarlo a retroceder.

—¿Quién lo ha apuñalado?

—Yo mismo —contestó el hombre.

Al oírlo, los demás policías se desplegaron a espaldas de Danny y Steve en el rellano.

—¿Se ha apuñalado a sí mismo?

El hombre asintió, y Danny vio a una mujer sentada en el sofá detrás del hombre. También ella llevaba mascarilla, y tenía la piel del color azul propio de los afectados y un corte en la garganta.

El hombre se apoyó en la puerta, y al moverse se le oscureció más la mancha de la camisa.

—Enséñeme las manos —ordenó Steve.

El hombre levantó las manos y emitió un estertor por el esfuerzo.

—¿Podría alguno de ustedes arrancarme esto del pecho?

—Apártese de la puerta —dijo Steve.

El hombre se hizo a un lado, cayó sentado y se quedó mirándose los muslos. Entraron. Como nadie quería tocarlo, Steve lo mantuvo encañonado con el revólver.

El hombre se llevó las manos a la empuñadura del cuchillo y tiró, pero la hoja no se desprendió.

—Baje las manos —ordenó Steve.

Dirigió a Steve una sonrisa vacilante. Bajó las manos y suspiró.

Danny miró a la mujer muerta.

—¿Ha matado usted a su esposa?

Movió la cabeza en un leve gesto de negación.

—La he curado. No podía hacer nada más, chicos. Con una cosa así...

Leo West gritó desde la parte atrás del apartamento.

—Aquí hay niños.

—¿Vivos? —preguntó Steve.

El hombre sentado en el suelo negó con la cabeza.

—También los he curado a ellos.

—Son tres —informó Leo West—. Dios santo. —Pálido, volvió de la habitación con el cuello de la camisa desabrochado—. Dios santo —repitió—. Joder.

—Necesitamos una ambulancia —dijo Danny.

Al oírlo, Rusty Aborn rió con amargura.

—Sí, claro, Dan. ¿Cuánto tardan en llegar estos días? ¿Cinco, seis horas?

Steve se aclaró la garganta.

—Este hombre acaba de abandonar el País de las Ambulancias.

Tocó con el pie delicadamente el hombro del cadáver y lo hizo caer al suelo.

Al cabo de dos días, Danny sacó el bebé de Tessa de su apartamento envuelto en una toalla. Federico no estaba, y la señora DiMassi se quedó haciendo compañía a Tessa, que yacía en la cama con una toalla húmeda en la frente y la mirada fija en el techo. Tenía la piel amarilla por la enfermedad, pero estaba consciente. Danny sostenía al niño mientras ella los miraba alternativamente a él y al bulto entre sus brazos, el pequeño con la piel del color y la textura de la piedra. Luego volvió a dirigir la vista hacia el techo y Danny se llevó al niño escalera abajo hasta la calle, igual que Steve Coyle y él habían sacado el cadáver de Claudio el día anterior.

Danny procuraba llamar a sus padres casi todas las noches y consiguió ir de visita a su casa una vez durante la epidemia. Sentados todos, incluida Nora, en el salón de la calle K, tomaron el té, deslizando el borde de la taza por debajo de las mascarillas que, por exigencia de Ellen Coughlin, debían llevar puesta siempre excepto en la intimidad de sus habitaciones. Nora sirvió el té. Normalmente esa tarea la habría realizado Avery Wallace, pero hacía tres días que no se presentaba a trabajar. La había pillado fuerte, según dijo a su padre por teléfono, la había pillado de verdad. Danny conocía a Avery desde que Connor y él eran niños, y sólo en ese momento cayó en la cuenta de que nunca había visitado su casa ni conocido a su familia. ¿Acaso porque era negro?

Sí, en efecto.

Porque era negro.

Apartó la vista de la taza para mirar al resto de la familia, y Connor y él, al verlos allí a todos —anormalmente callados y levantándose las mascarillas con gestos tensos para beber el té—, pensaron simultáneamente que aquello era absurdo. Fue como cuando, siendo aún monaguillos, ayudaban a misa en Las Puertas del Cielo y bastaba con una mirada de uno de ellos para que el otro hermano se echara a reír en el momento más inoportuno. Por muchos azotes en el trasero que recibieran del viejo, no podían evitarlo. Tanto se excedieron que se tomó la decisión de separarlos, y a partir del sexto curso, no volvieron a ayudar a misa juntos.

Ese mismo sentimiento se apoderó de ellos ahora, y fue Danny el primero que prorrumpió en carcajadas y Connor no tardó en imitarlo. Enseguida sucumbieron por completo y, dejando las tazas en el suelo, se abandonaron a la risa.

—¿Qué pasa? —preguntó su padre—. ¿Qué os hace tanta gracia?

—Nada —consiguió decir Connor, y la mascarilla ahogó su voz, motivo por el cual Danny se rió aún con más ganas.

Su madre, aparentemente enojada y perpleja, dijo:

—¿Qué pasa? ¿Qué pasa?

—Caramba, Dan, míralo, no te lo pierdas.

Danny supo que se refería a Joe. Hizo el esfuerzo de no volverse hacia el pequeño, lo consiguió, pero al final miró y lo vio sentado en una silla tan grande que los pies apenas le llegaban al borde del asiento. Joe, allí sentado con sus ojos enormes y la ridícula mascarilla y la taza de té apoyada en el regazo de los bombachos a cuadros, mirando a sus hermanos como si esperara una respuesta de ellos. Pero no había respuesta. Era todo muy tonto y ridículo, y Danny se fijó en los calcetines de rombos de su hermano menor y se le empañaron los ojos a la vez que se desternillaba aún más.

Joe decidió sumarse a la risa y Nora lo siguió, al principio los dos vacilantes pero con creciente fuerza, porque Danny siempre había tenido una risa muy contagiosa y ninguno de los dos recordaba la última vez que habían visto a Connor reír tan a sus anchas o de manera tan incontenible, y de pronto Connor estornudó y todos dejaron de reír.

Un salpicón de puntos rojos manchó el interior de la mascarilla y la traspasó.

—¡Virgen santa! —exclamó la madre, y se santiguó.

—¿Qué pasa? —preguntó Connor—. Ha sido un estornudo.

—Connor —dijo Nora—. Dios mío, Connor, querido.

—¿Qué pasa?

—Con —dijo Danny, y se levantó de la silla—, quítate la mascarilla.

—Oh no, oh no, oh no —musitó la madre.

Connor se quitó la mascarilla, y tras mirarla detenidamente, asintió y respiró hondo.

—Vamos tú y yo a echar un vistazo en el cuarto de baño —propuso Danny.

Al principio nadie más se movió, y Danny acompañó a Connor al baño y echó el pestillo de la puerta mientras oían al resto de la familia levantarse y reunirse en el pasillo.

—Echa atrás la cabeza —indicó Danny.

Connor obedeció.

—Dan.

—Calla. Déjame ver.

Alguien accionó el picaporte desde fuera y su padre dijo:

—Abrid.

—Un momento, por favor.

—Dan —repitió Connor, y le temblaba aún la voz por la risa.

—Hazme el favor de no mover la cabeza. No tiene gracia.

—Es que estás mirándome dentro de la nariz.

—Ya lo sé. Cállate.

—¿Ves algún moco?

—Más de uno.

Danny sintió en los músculos faciales la presión de una sonrisa intentando asomar. Así era Connor: serio como una tumba un día normal y ahora, posiblemente a un paso de la tumba, no podía estar serio.

Alguien volvió a sacudir la puerta y llamó con los nudillos.

—Me he estado hurgando —explicó Connor.

—¿Qué dices?

—Justo antes de que mamá nos llamara para el té. He estado aquí. Me he metido media mano en la nariz, Dan. Tenía uno de esos mocos secos como una piedra, ¿sabes?

Danny dejó de mirar por la nariz de su hermano.

—¿Qué dices?

—Me he hurgado —repitió Connor—. Supongo que necesito cortarme las uñas.

Danny lo miró y Connor se echó a reír. Danny le dio un sopapo a un lado de la cabeza y Connor le lanzó una colleja. Cuando abrieron la puerta al resto de la familia, todos pálidos e indignados en el pasillo, se reían otra vez como monaguillos traviesos.

—Está bien.

—Estoy bien. Simplemente me sangra la nariz. Mira, mamá, ya ha parado.

—Ve a buscar una mascarilla limpia a la cocina —ordenó su padre, y regresó al salón con un gesto de enojo.

Danny sorprendió a Joe mirándolos con algo parecido al asombro.

—Le sangraba la nariz —dijo a Joe, alargando la última palabra.

—No hace gracia —reprendió la madre con voz quebradiza.

—Lo sé, mamá —se disculpó Connor—; lo sé.

—Yo también —dijo Danny, detectando una mirada en Nora casi comparable a la de su madre y recordando de pronto que había llamado a su hermano «querido».

¿Cuándo empezó eso?

—No, no lo sabéis —replicó su madre—. No tenéis ni idea. Ninguno de los dos lo habéis sabido en ningún momento.

Y se marchó a su habitación y cerró la puerta.

Cuando le llegó la noticia a Danny, Steve Coyle llevaba cinco horas enfermo. Había despertado esa mañana con rigidez en los muslos, los tobillos hinchados, calambres en las pantorrillas, palpitaciones en la cabeza. No perdió tiempo fingiendo que era otra cosa. Abandonó sigilosamente el dormitorio que había compartido la noche anterior con la viuda Coyle, cogió la ropa y salió a la calle. Sin detenerse un solo instante, a pesar del estado de sus piernas, que parecían ir a rastras, como si de pronto pudieran decidir dejar de moverse mientras el resto del cuerpo seguía adelante. Al cabo de unas manzanas, según contó después a Danny, las putas piernas protestaban tanto que tenía la impresión de que no eran suyas. Más que protestar, gemían, a cada paso. Había intentado llegar hasta la parada del tranvía, pero de pronto cayó en la cuenta de que podía contagiar a los pasajeros. Recordó entonces que de todos modos el servicio de tranvías se había interrumpido por completo. A caminar, pues. Once manzanas desde el apartamento sin agua caliente de la viuda Coyle en lo alto de la cuesta de Mission Hill hasta el hospital Peter Bent Brigham. Cuando llegó, prácticamente reptaba, doblado como una cerilla rota, con calambres en el estómago, el pecho, la garganta. Y qué calambres, por Dios. Y la cabeza, santo cielo. Cuando llegó al mostrador de recepción, era como si le hubieran clavado tubos en los ojos a martillazos.

Contó todo esto a Danny desde detrás de unas cortinas de muselina en la sala de enfermedades contagiosas de la unidad de cuidados intensivos del Peter Bent. La tarde que Danny fue a verlo no había nadie más en la sala, sólo el bulto informe de un cuerpo bajo una sábana al otro lado del pasillo. El resto de las camas estaban vacías y las cortinas descorridas. Por alguna razón eso causaba una impresión peor.

Habían entregado a Danny una mascarilla y unos guantes: los guantes se los había guardado en el bolsillo del abrigo, la mascarilla le colgaba del cuello. Y sin embargo dejó la cortina de muselina entre Steve y él. No le daba miedo contagiarse. En esas últimas semanas, si uno no había hecho las paces con el Creador, era porque dudaba que hubiera sido creado por alguien. Pero ver cómo el mal consumía a Steve hasta dejarlo reducido a algo que no era ni la sombra de sí mismo, eso era muy distinto, y Danny habría prescindido de ello a no ser por Steve. No de la muerte en sí, sino de presenciarla.

Steve hablaba como si al mismo tiempo intentase hacer gárgaras. Las palabras salían a través de la flema y el final de las frases quedaba ahogado.

—No sé nada de la viuda. ¿Te lo puedes creer?

Danny calló. Sólo había visto a la viuda Coyle una vez, y le había dejado una impresión de nerviosismo y angustiado ensimismamiento.

—No te veo.

Steve se aclaró la garganta.

—Yo sí te veo a ti, chico —contestó Danny.

—Descorre la cortina, ¿quieres?

Por un momento Danny no se movió.

—¿Te da miedo? No te culpo. Déjalo.

Danny se echó adelante varias veces. Se tiró de las perneras del pantalón. Volvió a echarse hacia delante y descorrió la cortina.

Su amigo estaba recostado, con la almohada oscurecida por el su-

141

dor de la cabeza. Tenía la cara hinchada y esquelética al mismo tiempo, como las docenas de afectados, vivos y muertos, con los que Danny y él se habían cruzado en el último mes. Los ojos se le salían de las órbitas, como si intentaran escapar, y rezumaban una película lechosa que se acumulaba en las comisuras. Pero no estaba amoratado. Ni negro. No echaba los pulmones por la boca a fuerza de toser ni defecaba en la cama. Así que, en conjunto, no estaba tan enfermo como cabía temer. Al menos, de momento.

Miró a Danny con una ceja enarcada y una mueca de agotamiento.

—¿Recuerdas a esas chicas que cortejé el verano pasado?

Danny asintió.

—Con alguna hiciste algo más que cortejarla.

Steve tosió. Sólo un poco, en el puño cerrado.

—Compuse una canción. En la cabeza. «Chicas de verano.»

De pronto Danny sintió el calor que desprendía su amigo. Si se inclinaba a dos palmos de él, las ondas le llegaban a la cara.

—Conque «Chicas de verano», ¿eh?

—«Chicas de verano.» —Steve cerró los ojos—. Algún día te la cantaré.

Danny encontró un cubo de agua en la mesilla. Hundió la mano, sacó un paño y lo escurrió. Se lo colocó a Steve en la frente. Su amigo le lanzó una mirada, mezcla de desesperación y gratitud. Danny retiró la mano de la frente y le enjugó también las mejillas. Volvió a hundir el paño caliente en el agua, más fresca, y lo escurrió de nuevo. Le humedeció las orejas, los lados del cuello, la garganta y el mentón.

—Dan.

—¿Sí?

Steve hizo una mueca.

—Es como si tuviera un caballo sentado en el pecho.

Danny no permitió que se le empañaran los ojos. No apartó la mirada del rostro de Steve cuando volvió a dejar el paño en el cubo.

—¿Es muy fuerte?

—Sí. Mucho.

—¿Puedes respirar?

—No muy bien.

—En ese caso, tal vez deba llamar a un médico.

Steve parpadeó ante la sugerencia.

Danny le dio unas palmadas en la mano y llamó al médico.

—Quédate —dijo Steve. Tenía los labios blancos.

Danny sonrió y asintió con la cabeza. Giró sobre el taburete que le habían acercado a la cama cuando llegó. Volvió a llamar al médico.

Avery Wallace, criado de la familia Coughlin desde hacía diecisiete años, sucumbió a la gripe y fue enterrado en el cementerio de Cedar Grove, en una parcela adquirida por Thomas Coughlin una década antes. Sólo asistieron al breve funeral Thomas, Danny y Nora. Nadie más.

—Su mujer murió hace veinte años —dijo Thomas—. Los hijos están por ahí dispersos, la mayoría en Chicago, uno en Canadá. Nunca le escribían. Él les perdió el rastro. Era un buen hombre. Difícil de conocer, pero un buen hombre.

A Danny le sorprendió percibir dolor en la voz de su padre, un dolor leve, atenuado.

Su padre cogió un puñado de tierra cuando bajaron el ataúd de Avery Wallace al interior de la tumba. Echó la tierra sobre la madera.

—Que Dios se apiade de tu alma.

Nora mantenía la cabeza agachada, pero las lágrimas le caían desde la barbilla. Danny estaba perplejo. ¿Cómo era posible que hubiese conocido a ese hombre durante la mayor parte de su vida y que nunca lo hubiese visto realmente?

Echó también él un puñado de tierra sobre el ataúd.

Porque era negro. Por eso.

Steve salió por su propio pie del hospital Peter Bent Brigham diez días después de haber ingresado. Como otros miles de contagiados en la ciudad, había sobrevivido, mientras la gripe seguía atravesando con paso firme el resto del país, hasta penetrar en California y Nuevo México el mismo fin de semana que Steve cogía un taxi acompañado por Danny.

Caminaba con bastón. Lo necesitaría siempre, aseguraron los médicos. La gripe le había debilitado el corazón y dañado el cerebro. Las jaquecas nunca lo abandonarían. A veces incluso le costaría hablar, y probablemente el menor esfuerzo acabaría con su vida. Una semana antes había bromeado acerca de eso, pero aquel día estaba callado.

La parada de taxis se hallaba a corta distancia, pero tardaron un rato en llegar.

—Ni siquiera un trabajo de mesa —se quejó cuando llegaron al primer taxi de la fila.

—Lo sé —dijo Danny—. Lo siento.

—«Demasiado esfuerzo», han dicho.

Steve se subió con dificultad al taxi. Danny le entregó el bastón, rodeó el vehículo y entró por el otro lado.

—¿Adónde? —preguntó el taxista.

Steve miró a Danny. Danny lo miró a él, esperando.

—¿Es que están sordos? ¿Adónde vamos?

—Tranquilo, hombre. —Steve le dio las señas de la pensión en Salem Street. Cuando el taxista arrancó, Steve miró a Danny—. ¿Me ayudas a recoger mis cosas en la habitación?

—No es necesario que te marches.

—No puedo pagarlo. No tengo trabajo.

—¿Y la viuda Coyle? —preguntó Danny.

Steve se encogió de hombros.

—No he vuelto a verla desde que pillé la gripe.

—¿Adónde vas a ir?

Se encogió de hombros otra vez.

—Tiene que haber alguien dispuesto a contratar a un lisiado con el corazón débil.

Danny permaneció callado por un momento. Avanzaron por Huntington con un continuo traqueteo.

—Tiene que haber una manera de...

Steve apoyó una mano en su brazo.

—Coughlin, te aprecio mucho, pero no siempre hay «una manera». Para la mayoría de la gente, cuando tropieza, no hay red. Nada. Simplemente nos caemos.

—¿Adónde?

Steve guardó silencio. Miró por la ventanilla. Apretó los labios.

—Donde acaba la gente que no tiene red. Ahí.

7

Luther jugaba solo al billar en el Gold Goose cuando Jessie se acercó a decirle que el Diácono quería verlos. El Goose estaba vacío porque todo Greenwood estaba vacío, toda Tulsa, llegando la gripe como una tormenta de polvo hasta que al menos un miembro de casi todas las familias la había contraído y la mitad de ellos había muerto. En ese momento estaba prohibido salir sin mascarilla, y la mayoría de los locales en el barrio de los pecadores de Greenwood había cerrado sus puertas; así y todo, el viejo Calvin, el dueño del Goose, se empeñó en mantener abierto pasara lo que pasara, diciendo que si el Señor quería llevarse aquel viejo y cansado culo suyo, ya podía bajar a buscarlo porque de poco le serviría. De modo que Luther se dejaba caer por allí y se ejercitaba en el billar, disfrutando del nítido chasquido de las bolas en medio de aquel silencio.

El hotel Tulsa permanecería cerrado hasta que la gente dejara de ponerse azul, y nadie compraba números de lotería, así que por el momento no había dinero que ganar. Luther prohibió a Lila salir a la calle, aduciendo que no podía correr el riesgo ni por ella ni por el bebé, pero por eso mismo se esperaba de él que se quedase también en casa. Así lo había hecho, y por lo general las cosas fueron mejor de lo que él imaginaba. Arreglaron alguna que otra cosa en la casa, dieron una mano de pintura a las habitaciones y colgaron las cortinas, regalo de boda de la tía Marta. Encontraron tiempo para hacer el amor casi todas las tardes, más despacio que nunca antes, con más delicadeza, y los gruñidos y quejas del verano dieron paso a sonrisas tiernas. Durante aquellas semanas recordó lo mucho que amaba a esa mujer, y que el hecho mismo de amarla y de que ella a su vez lo amara a él lo convertía en un hombre digno. Construyeron sueños para el futuro, el suyo propio y el de su hijo, y Luther, por primera vez, consiguió imaginar una vida en Greenwood, concibió a grandes rasgos un plan para los siguientes diez años, en los que trabajaría con el mayor ahínco y ahorraría dinero con la idea de abrir su propio negocio, quizás un taller de carpintería, quizás un taller de reparaciones de los numerosos artefactos que parecían surgir a diario del corazón de aquel país. Luther sabía que si se construía algo mecánico, tarde o temprano se averiaba, y cuando eso ocurría, la mayoría de la gente era incapaz de arreglarlo, pero un hombre con la habilidad de Luther podía devolverlo a su propietario como nuevo al final del día.

Sí, durante un par de semanas lo vio con toda claridad, pero al final las paredes de la casa empezaron a caérsele encima otra vez y esos sueños se empañaron cuando se imaginó envejeciendo en una casa de Detroit Avenue, rodeado de personas como la tía Martha y compañía, yendo a la iglesia, dejando el alcohol y los bolos y la diversión hasta que de pronto un día despertase, ya sin ímpetu, con el pelo salpicado de canas, sin haber hecho nada salvo perseguir la idea que otros tenían de la vida.

Así pues, se fue al Goose para evitar que la comezón en la cabeza le saliera por los ojos, y cuando Jessie llegó, esa comezón se desplegó a lo ancho de su cara en forma de cálida sonrisa porque, caray, cuánto había echado de menos los ratos en su compañía —habían pasado sólo dos semanas, pero parecían dos años— cuando todo el mundo cruzaba en tropel la vía desde la Ciudad Blanca, buscando diversión, y se lo pasaba en grande.

—He pasado por tu casa —dijo Jessie a la vez que se quitaba la mascarilla.

—¿Por qué coño te la quitas? —preguntó Luther.

Jessie miró primero a Calvin y luego a Luther.

—Si vosotros dos la lleváis, ¿por qué habría de preocuparme yo?

Luther se limitó a mirarlo fijamente. Por una vez tenía algo de sentido lo que decía, y le molestó no haberlo pensado él antes.

—Lila me ha dicho que quizás estarías aquí —dijo Jessie—. Sospecho que no le caigo bien a esa mujer, Rústico.

—¿Llevabas la mascarilla?

—¿Cómo?

—Cuando has hablado con mi mujer, ¿llevabas la mascarilla puesta?

—Sí, claro, muchacho.

—Vale, pues.

Jessie tomó un sorbo de su petaca.

—El Diácono quiere vernos.

—¿A nosotros?

Jessie asintió.

—¿Para qué?

Jessie se encogió de hombros.

—¿Cuándo?

—Hará media hora.

—Mierda —exclamó Luther—. ¿Por qué no has venido antes?

—Porque primero he pasado por tu casa.

Luther dejó el palo en el soporte.

—¿Estamos metidos en un lío?

—Qué va. Nada de eso. Sólo quiere vernos.

—¿Para qué?

—Ya te lo he dicho —contestó Jessie—: no lo sé.

—¿Y entonces cómo sabes que no es nada malo? —preguntó Luther al salir del local.

Jessie lo miró al tiempo que se ataba la mascarilla detrás de la cabeza.

—Apriétate el corsé, mujer. Muestra agallas.

—Métete las agallas por el culo.

—Es más fácil decirlo que hacerlo, negro —dijo Jessie, y meneó el enorme culo mientras recorrían la calle vacía a paso rápido.

—Venid aquí a tomar asiento —dijo el Diácono Broscious cuando entraron en el club Almighty—. A mi lado, aquí mismo, chicos. Venga.

Lucía una ancha sonrisa y un traje blanco sobre una camisa blanca y una corbata roja del mismo color que el sombrero de terciopelo. Sentado a una mesa redonda al fondo del club, junto al escenario, les hizo señas para que se acercaran en la tenue iluminación al mismo tiempo que Smoke corría bruscamente el pestillo de la puerta detrás de ellos. Luther sintió vibrar ese chasquido en la nuez de Adán. Nunca había visitado el

147

club estando cerrado al público, y al mediodía sus reservados de piel de color tostado, las paredes rojas y las banquetas de madera de cerezo parecían menos pecaminosos pero más amenazadores.

El Diácono siguió haciendo señas con el brazo hasta que Luther se sentó frente a él en la silla de la izquierda y Jessie en la de la derecha, y el Diácono les sirvió whisky canadiense incautado antes de la guerra en sendos vasos altos, se los plantó delante deslizándolos por encima de la mesa y dijo:

—Mis chicos. Sí, desde luego. ¿Cómo os van las cosas?

—Muy bien, señor —contestó Jessie.

—Estupendamente, señor, gracias por su interés —consiguió responder Luther.

El Diácono no llevaba mascarilla, aunque sí Smoke y Dandy, y tenía una sonrisa ancha y blanca.

—Vaya, eso es música para mis oídos, os lo aseguro. —Alargó el brazo por encima de la mesa y dio una palmada a cada uno en el hombro—. Estáis ganando dinero, ¿eh? Je je je je. Sí. Os gusta, ¿eh?, embolsaros vuestros buenos billetes verdes...

—Eso intentamos, señor —dijo Jessie.

—Y un huevo, lo intentáis. Lo conseguís, es un hecho. Lo veo con mis propios ojos. Sois mis mejores vendedores.

—Gracias, señor. Últimamente no hemos ido muy sobrados por culpa de la gripe. Con tanto enfermo, ahora mismo la gente no está para loterías.

El Diácono le restó importancia con un gesto.

—La gente se pone enferma. ¿Qué le vamos a hacer? ¿Tengo razón o no? La gente enferma y se mueren sus seres queridos... Bendito sea Dios, santo cielo, te llega al corazón ver tanto sufrimiento. Todo el mundo por las calles con mascarilla, las funerarias no dan abasto. Ay, Señor. En tiempos como éstos, dejas de lado las apuestas. Las aparcas en la estantería y rezas para que acaben las desgracias. ¿Y qué pasa cuando acaban? Cuando acaban, vuelves derecho a las apuestas. Claro que sí. Pero no antes. —Los señaló con el dedo—. ¿Decís «amén» a eso, hermanos míos?

—Amén —dijo Jessie, y levantándose la mascarilla, se llevó el vaso a los labios y se lo bebió de un trago.

—Amén —repitió Luther, y tomó un sorbo de whisky.

—¡Joder, chico! —exclamó el Diácono—. Se supone que eso es para bebértelo, no para hacerle la corte.

Jessie se rió y cruzó las piernas, poniéndose cómodo.

—Sí, claro, señor —dijo Luther, y apuró el whisky.

El Diácono les volvió a llenar los vasos, y Luther, aunque no los había oído acercarse, se dio cuenta de que Dandy y Smoke estaban ahora detrás de ellos, a no más de un paso.

El Diácono tomó un trago largo y lento de su propio vaso y dijo:

—Ahhh. —Se relamió los labios. Cruzó las manos y se inclinó sobre la mesa—. Jessie.

—¿Sí, señor?

—Clarence Jessup Tell —dijo el Diácono Broscious, convirtiendo las palabras en una canción.

—Aquí presente, señor.

La sonrisa del Diácono volvió a asomar, más radiante que nunca.

—Jessie, déjame preguntarte una cosa. ¿Cuál es el momento más memorable de tu vida?

—¿Cómo dice, señor?

El Diácono enarcó las cejas.

—¿No tienes ninguno?

—No sé si acabo de entenderlo, señor.

—El momento más memorable de tu vida —repitió el Diácono.

Luther sintió que el sudor le bañaba los muslos.

—Todos tenemos alguno —insistió el Diácono—. Podría ser una experiencia feliz, o triste. Podría ser una noche con una chica. ¿Me equivoco? ¿Me equivoco? —Se echó a reír, y la nariz desapareció entre los pliegues de la cara por el esfuerzo—. Podría ser una noche con un chico. ¿Te gustan los chicos, Jessie? En mi profesión, no ponemos reparos a lo que yo llamo gustos específicos.

—No, señor.

—No, señor, ¿qué?

—No, señor, no me gustan los chicos —dijo Jessie—. No, señor.

El Diácono les enseñó las palmas en ademán de disculpa.

—Una chica, pues, ¿eh? Pero joven, ¿me equivoco? Nunca las olvidas cuando eres joven y ellas también lo son. Un buen trozo de chocolate con un culo que podrías vapulear toda la noche y ni por esas perdería la forma.

—No, señor.

—¿No, señor, no te gustan los culos de las jóvenes guapas?

—No, señor, no es ése mi momento más memorable.

Jessie tosió y tomó otro trago de whisky.

—Joder, chico, ¿y cuál es, pues?

Jessie apartó la mirada de la mesa, y Luther advirtió que hacía esfuerzos por recobrar la serenidad.

—¿Mi momento más memorable, señor?

El Diácono dio una palmada en la mesa.

—El más memorable de todos —repitió con voz atronadora, y luego guiñó un ojo a Luther, como si, fuera cual fuese la broma, Luther estuviese en el ajo.

Jessie se levantó la mascarilla y bebió otra vez.

—La noche que murió mi padre, señor.

El rostro del Diácono se tensó por el peso de la compasión. Se enjugó la cara con una servilleta. Sorbió aire entre los labios apretados y se le agrandaron los ojos.

—No sabes cuánto lo siento, Jessie. ¿Cómo falleció el buen hombre?

Jessie fijó la mirada en la mesa y luego la dirigió de nuevo hacia el Diácono.

—Unos chicos blancos de Missouri, señor, donde me crié.

—Sigue, hijo.

—Dijeron que mi padre había entrado a robar en su granja y matado a su mula. Según ellos, se proponía descuartizarla para comer la carne pero lo pillaron con las manos en la masa y escapó. Esos chicos se presentaron en nuestra casa al día siguiente y sacaron a mi padre a rastras y le dieron una paliza brutal, todo delante de mi madre y mis dos hermanas. —Jessie apuró el vaso y, lloroso, tomó una gran bocanada de aire—. Joder...

—¿Lincharon a tu padre?

—No, señor. Lo dejaron allí tirado y murió en casa dos días después de una fractura de cráneo. Yo tenía diez años.

Jessie agachó la cabeza.

El Diácono Broscious alargó el brazo por encima de la mesa y le dio unas palmadas en la mano.

—Dios santo —musitó el Diácono—. Dios santísimo.

Cogió la botella y volvió a llenarle el vaso a Jessie y dirigió a Luther una sonrisa triste.

—En mi experiencia —dijo el Diácono—, el momento más memorable en la vida de un hombre rara vez es agradable. El placer no nos enseña nada salvo que el placer es placentero. ¡Y ya me dirás tú qué lección, eso lo sabe hasta un mono sacudiéndosela! En fin —dijo—. ¿Sabéis cuál es la esencia del aprendizaje, hermanos míos? El dolor. Pensadlo bien. Por ejemplo, rara vez nos damos cuenta de lo felices que somos de niños hasta que nos arrebatan la infancia. Normalmente no reconocemos el amor verdadero hasta que ha quedado atrás. Y entonces, entonces decimos: anda, pero si era eso. Ése era el auténtico. Pero ¿en su momento? —Encogió los enormes hombros y se enjugó la frente con el pañuelo—. Lo que nos moldea es lo que nos mutila. Un alto precio, estoy de acuerdo. Pero... —extendió los brazos y les dedicó su sonrisa más apoteósica—... la lección que aprendemos de eso no tiene precio.

Luther no vio moverse a Dandy y Smoke, pero cuando oyó el gruñido de Jessie y se volvió, ya le habían inmovilizado las muñecas sobre la mesa y Smoke tenía su cabeza firmemente sujeta entre las manos.

—Eh, un momento... —dijo Luther.

El Diácono asestó una bofetada a Luther que le alcanzó en el pómulo y el dolor se propagó por los dientes y la nariz y los ojos como las esquirlas de una tubería rota. A continuación, en lugar de retirar la mano, el Diácono lo agarró por el pelo y le sujetó la cabeza mientras Dandy sacaba una navaja y rajaba a Jessie en la mandíbula desde el mentón hasta la base de la oreja.

Jessie soltó un chillido mucho después de que la navaja se separara de su carne. La sangre brotó de la herida a borbotones como si llevase toda la vida esperando para hacerlo, y Jessie aulló desde detrás de la mascarilla. Dandy y Smoke le sujetaron la cabeza mientras la sangre se derramaba sobre la mesa, y el Diácono Broscious, tirándole a Luther del pelo, le decía:

—Como cierres los ojos, Rústico, te los arranco y me los quedo.

Luther parpadeó por el sudor, pero no cerró los ojos, y vio la sangre manar por el borde de la herida y resbalar por la piel de Jessie y manchar la mesa. Al lanzar una mirada fugaz a su amigo, vio en sus ojos que ya no le preocupaba la herida en la mandíbula porque empezaba a tomar conciencia de que aquéllos podían ser los primeros segundos de un largo y último día en la tierra.

—Dadle una toalla a ese gallina —ordenó el Diácono, y apartó la cabeza de Luther de un empujón.

Dandy echó una toalla en la mesa delante de Jessie, y a continuación Smoke y él retrocedieron. Jessie cogió la toalla y se apretó con ella el mentón. Aspiró aire entre los dientes apretados y, sollozando calladamente, se meció en la silla, con la mascarilla teñida de rojo en el lado izquierdo. Y así siguieron las cosas durante un rato, sin que nadie hablara, adoptando el Diácono una expresión de aburrimiento, y cuando la toalla estaba más roja que el sombrero del Diácono, Smoke entregó a Jessie otra para sustituirla y tiró la ensangrentada al suelo detrás de él.

—¿Así que mataron al ladrón de tu padre? —dijo el Diácono—. Pues ahora ése es el segundo momento más memorable de tu vida, negro.

Jessie cerró los ojos apretando los párpados y se presionó tanto la mandíbula con la toalla que Luther vio que los dedos se le volvían blancos.

—¿Puedes decir «amén» a eso, hermano?

Jessie abrió los ojos y lo miró fijamente.

El Diácono repitió la pregunta.

—Amén —susurró Jessie.

—Amén —dijo el Diácono, y dio una palmada—. Por lo que he deducido, vienes sisándome diez dólares por semana desde hace dos años. ¿A cuánto asciende eso, Smoke?

—A mil cuarenta dólares, Diácono.

—Mil cuarenta. —El Diácono dirigió la mirada hacia Luther—. Y tú, Rústico, o estabas metido o lo has sabido y no me lo has dicho, por lo que la deuda también es tuya.

Luther, sin saber qué hacer, asintió.

—No tienes que mover la cabeza como si confirmases algo. A mí no me estás confirmando una mierda. Si yo digo que una cosa es así, es así. —Bebió un trago de whisky—. Y ahora, Jessie Tell, ¿puedes devolverme mi dinero o te lo has metido todo en la vena?

—Puedo conseguirlo, señor, puedo conseguirlo —dijo Jessie entre dientes.

—Conseguir ¿qué?

—Sus mil cuarenta dólares, señor.

El Diácono, con los ojos como platos, miró a Smoke y Dandy, y los tres se echaron a reír al mismo tiempo. La risa se interrumpió tan pronto como había empezado.

—No lo entiendes, ¿eh que no, pedazo de tarado? La única razón por la que estás vivo es porque yo, en mi bondad, he decidido amablemente llamar «préstamo» a lo que te has quedado. Te he prestado mil cuarenta. No los has robado. Si hubiese decidido que los has robado, ahora tendrías esa navaja clavada en la garganta, y la polla metida en la boca. Así que dilo.

—¿Qué he de decir, señor?

—Di que ha sido un préstamo.

—Ha sido un préstamo, señor.

—Exacto —dijo el Diácono—. Pues bien, en cuanto a las condiciones de dicho préstamo, permíteme que te ilustre. Smoke, ¿qué intereses cobramos semanalmente?

Luther sintió que la cabeza le daba vueltas y tragó saliva para no vomitar.

—El cinco por ciento —contestó Smoke.

—El cinco por ciento —repitió el Diácono a Jessie—. Interés compuesto semanal.

Jessie, que había cerrado los párpados por el dolor, los abrió de golpe.

—¿A cuánto ascienden los intereses semanales correspondientes a mil cuarenta? —preguntó el Diácono.

—Creo que son cincuenta y dos dólares, Diácono.

—Cincuenta y dos dólares —repitió lentamente el Diácono—. No parece gran cosa.

—No, Diácono, no lo es.

El Diácono se acarició la barbilla.

—Pero un momento, joder, ¿a cuánto sube eso al cabo de un mes?

—Doscientos ocho, señor —apuntó Dandy.

El Diácono desplegó su sonrisa auténtica, una sonrisa minúscula. Ahora sí estaba divirtiéndose.

—¿Y al año?

—Dos mil cuatrocientos noventa y seis —calculó Smoke.

—¿Y duplicado?

—Ah —dijo Dandy, como si deseara ganar el juego a toda costa—, eso sería, mmm, sería...

—Cuatro mil novecientos noventa y dos —se adelantó Luther, sin siquiera saber si estaba hablando o por qué hasta que las palabras salieron de su boca.

Dandy le dio un pescozón.

—Lo tenía en la punta de la lengua, negro.

El Diácono miró de frente a Luther, y Luther vio allí su tumba, oyó las paladas de tierra.

—No eres nada tonto, Rústico. Lo supe la primera vez que te vi. Supe que no te volverías tonto a menos que anduvieras con cretinos como éste que está desangrándose encima de mi mesa. El error fue mío por permitirte confraternizar con el susodicho, y lo lamentaré eternamente. —Dejó escapar un suspiro y se desperezó estirando su descomunal mole en la silla—. Pero a lo hecho pecho. Así que cuatro mil novecientos noventa y dos más el capital inicial suman...

Levantó una mano para que nadie contestase y señaló a Luther.

—Seis mil treinta y dos.

El Diácono golpeó la mesa con la palma de la mano.

—Correcto. Caray. Y antes de que penséis que soy un hombre despiadado, tendréis que pensar que incluso en esto he sido más que benévolo porque debéis tener en cuenta lo que me deberíais si, como Dandy y Smoke han sugerido, yo hubiese sumado los intereses al capital todas las semanas al hacer mis cálculos. ¿Lo entendéis?

Nadie despegó los labios.

—He preguntado si lo entendéis —repitió el Diácono.

—Sí, señor —dijo Luther.

—Sí, señor —dijo Jessie.

El Diácono movió la cabeza en un gesto de asentimiento.

—Y ahora decidme: ¿vais a devolverme los seis mil treinta y dos dólares que me pertenecen?

—De una manera u otra los... —empezó a decir Jessie.

—¿Los qué? —El Diácono soltó una carcajada—. ¿Vais a atracar un banco?

Jessie no contestó.

—¿Iréis a la Ciudad de los Blancos y asaltaréis a uno de cada tres hombres que veáis día y noche?

Jessie no contestó. Luther no contestó.

—Imposible —dijo el Diácono en voz baja con las manos extendidas sobre la mesa—. Sencillamente imposible. Ya podéis soñar si queréis, pero algunas cosas no están en el reino de lo factible. No, chicos, no hay forma de que reunáis mis... anda, ya empieza otra semana, joder, casi me había olvidado... mis seis mil ochenta y cuatro dólares.

Jessie desvió la mirada a un lado y luego se obligó a centrarla de nuevo.

—Señor, necesito un médico, creo.

—Lo que tú necesitas es una funeraria, a menos que encontremos una manera para que salgáis de este lío, así que cierra la puta boca.

—Señor, díganos qué quiere que hagamos y le aseguro que lo haremos —intervino Luther.

Esta vez fue Smoke quien le dio un pescozón, pero el Diácono levantó la mano.

—Vale, Rústico. Vale. Vas al grano, chico, y yo eso lo respeto. Así que te respetaré como mereces.

Se arregló las solapas de la chaqueta blanca y se inclinó sobre la mesa.

—Por ahí hay unos cuantos que me deben una pasta. Algunos están fuera de la ciudad, otros están aquí mismo. Smoke, dame la lista.

Smoke rodeó la mesa y le entregó una hoja. El Diácono la miró y la dejó en la mesa para que Luther y Jessie la vieran.

—En esa lista hay cinco nombres. Cada uno de esos individuos está en deuda conmigo por quinientos semanales como mínimo. Tenéis que ir a recaudarlos hoy mismo. Y ya sé qué están diciendo esas vocecillas quejumbrosas dentro de vuestras cabezas. Están diciendo: pero Diácono, nosotros no somos matones. Se supone que de los casos complicados se ocupan Smoke y Dandy. ¿Es eso lo que estás pensando, Rústico?

Luther asintió.

—Bueno, normalmente sí se ocuparían de esto Smoke, Dandy o algún otro cabrón con la cabeza dura y un par de huevos. Pero no corren tiempos normales. Todos los nombres de esa lista tienen a alguien en casa con gripe. Y no estoy dispuesto a perder a negros importantes como Smoke y Dandy por esta plaga.

—Pero dos negros insignificantes como nosotros... —dijo Luther.

El Diácono echó atrás la cabeza.

—Este chico ha recuperado la voz. No me equivocaba contigo, Rústico: tienes talento. —Se echó a reír y bebió más whisky—. Así que se trata de eso. Tenéis que ir a recaudar el dinero de esos cinco. Si no lo reunís todo, más vale que compenséis la diferencia. Tenéis que traérmelo y volver a salir y traérmelo hasta que se acabe la gripe. Y entonces os reduciré la deuda al capital. ¿Y bien? —dijo con una ancha sonrisa—. ¿Qué os parece?

—Señor, esa gripe mata en un solo día —dijo Jessie.

—Eso es verdad —corroboró el Diácono—. O sea que si la pillas, mañana a esta hora estarás muerto. Pero si no me consigues el dinero, negro, no te quepa duda que estarás muerto esta noche.

El Diácono les dio el nombre de un médico que visitaba en la trastienda de una sala de billar a un paso de la Segunda y fueron allí después de vomitar en el callejón detrás del club del Diácono. El médico, un viejo borracho de piel amarillenta con el pelo teñido de color óxido, le cosió la mandíbula a Jessie mientras éste tragaba aire y las lágrimas le resbalaban silenciosamente por la cara.

En la calle, Jessie dijo:

—Necesito algo para el dolor.

—Como pienses siquiera en la aguja, te mataré yo mismo.

—Vale —dijo Jessie—. Pero con este dolor no puedo pensar. ¿Qué propones, pues?

Entraron por la parte de atrás de una farmacia de la Segunda, y

Luther se hizo con una bolsa de cocaína. Preparó dos rayas para él a fin de infundirse valor y cuatro para Jessie. Éste esnifó las suyas una detrás de otra y bebió un trago de whisky.

—Vamos a necesitar armas —dijo Luther.

—Yo tengo armas —contestó Jessie—. Joder.

Regresaron a su apartamento y Jessie entregó a Luther la 38 de cañón largo; él se metió el Colt 45 bajo la cintura del pantalón, en la espalda, y preguntó:

—¿Sabes usarla?

Luther negó con la cabeza.

—Sé que si un negro intenta echarme a patadas de su casa, le apuntaré con esto a la cara.

—¿Y si eso no basta para detenerlo?

—No tengo intención de morir hoy —respondió Luther.

—Entonces quiero oírlo.

—¿Oír qué?

—Si eso no basta para detenerlo, ¿qué harás?

Luther se guardó la 38 en el bolsillo de la chaqueta.

—Le pegaré un tiro al muy cabrón.

—Pues pongámonos en marcha, negro, joder —dijo Jessie, hablando todavía con los dientes apretados, aunque ahora probablemente más por la cocaína que por el dolor.

Daba miedo verlos. Luther tuvo que reconocerlo al ver su reflejo en la ventana de la sala de estar de Arthur Smalley mientras subían por la escalinata de su casa: dos negros crispados, con mascarillas en la cara, uno de ellos con una línea de puntos negros en la mandíbula sobresaliendo como una cerca de estacas. En otro momento esa apariencia habría bastado para arrancarle el dinero de puro pánico a cualquier vecino de Greenwood temeroso de Dios, pero ahora no era nada del otro mundo: la mayoría de la gente daba miedo. Había aspas blancas pintadas en las ventanas altas de la pequeña casa, pero Luther y Jessie no tenían más remedio que plantarse ante la puerta del viejo porche y tocar el timbre.

A juzgar por el aspecto del lugar, en alguna época de su vida Arthur Smalley había intentado dedicarse a la agricultura. A la izquierda, Luther vio un granero necesitado de una capa de pintura y un campo por donde deambulaban un caballo esquelético y un par de vacas en los huesos. Pero allí no se había sembrado ni cosechado nada en mucho tiempo, y ya demediado el otoño, las malas hierbas estaban muy crecidas.

Jessie llamó otra vez al timbre y, al abrirse la puerta, vieron a través de la mosquitera a un hombre aproximadamente de la misma estatura de Luther pero que casi le doblaba la edad. Llevaba tirantes encima de una camiseta amarillenta a causa del sudor acumulado; también la mascarilla amarilleaba por esa misma razón, y tenía los ojos enrojecidos debido al agotamiento o la aflicción o la gripe.

—¿Quiénes sois? —preguntó, y las palabras salieron de su boca sin aliento, como si le diera igual la respuesta.

—¿Es usted Arthur Smalley? —dijo Luther.

El hombre se metió los pulgares bajo los tirantes.

—¿Y tú qué crees?

—Puestos a adivinar, diría que sí —contestó Luther.

—Entonces acertarías, muchacho. —Se apoyó en la mosquitera—. ¿Qué queréis?

—Nos envía el Diácono —informó Jessie.

—¿No me digas?

Detrás de él, dentro de la casa, alguien gimió, y a Luther le llegó cierto tufo del otro lado de la puerta. Acre y penetrante al mismo tiempo, como si se hubiesen dejado los huevos, la leche y la carne fuera de la nevera desde julio.

Arthur Smalley vio en los ojos de Luther que había percibido el olor y abrió la mosquitera de par en par.

—¿Queréis entrar? ¿Tal vez echar un conjuro?

—No, señor —dijo Jessie—. ¿Por qué no nos trae el dinero del Diácono y ya está?

—¿El dinero, eh? —Se palpó los bolsillos—. Sí, algo tengo. Lo he sacado esta mañana del pozo del dinero. Aún está un poco húmedo, pero...

—Oiga, no estamos de broma —atajó Jessie, y se echó atrás el sombrero, descubriéndose la frente.

Arthur Smalley se inclinó hacia el umbral y los dos dieron un paso atrás.

—¿Tengo aspecto de haber estado trabajando últimamente?

—No, no lo tiene.

—No, no lo tengo —confirmó Arthur Smalley—. ¿Sabéis qué he estado haciendo?

Susurró las palabras, y Luther retrocedió otro medio paso para alejarse de su siseo porque algo en ese sonido le resultó repulsivo.

—Anteanoche enterré a mi hija pequeña en el jardín —musitó Arthur Smalley, estirando el cuello—. Al pie de un olmo. A ella le gustaba ese árbol, así que... —Se encogió de hombros—. Tenía trece años. Mi otra hija... está enferma en cama. Y mi mujer... no se despierta desde hace dos días. Tiene la cabeza tan caliente como un hervidor recién sacado del fuego. Va a morir —dijo, y movió la cabeza en un gesto de asentimiento—. Probablemente esta noche. O si no, mañana. ¿Seguro que no queréis entrar?

Luther y Jessie negaron con la cabeza.

—Tengo por lavar unas cuantas sábanas llenas de sudor y mierda. No me vendría mal un poco de ayuda.

—El dinero, señor Smalley.

Luther quería alejarse de aquel porche y de aquella enfermedad y detestaba a Arthur Smalley por no lavarse la camiseta.

—No...

—El dinero —lo interrumpió Jessie, y el 45 pendía ya de su mano, junto a la pierna—. Basta ya monsergas, viejales. Traiga el puto dinero.

Otro gemido procedente del interior, este grave y largo y anhelante, y Arthur Smalley se quedó mirándolos, inmóvil, durante tanto tiempo que Luther pensó que había entrado en trance o algo así.

—¿Es que no tenéis el menor sentido de la decencia? —preguntó, y miró primero a Jessie y luego a Luther.

Y Luther dijo la verdad:

—No.

Arthur Smalley abrió los ojos desorbitadamente.

—Mi mujer y mi hija están...

—Al Diácono no le importan sus responsabilidades domésticas —atajó Jessie.

—¿Y a vosotros? ¿Qué os importa?

Luther no miró a Jessie y supo que Jessie no lo miraba a él. Luther sacó la 38 y apuntó a la frente a Arthur Smalley.

—Nos importa el dinero —contestó.

Arthur Smalley miró el cañón y luego miró a Luther a los ojos.

—Chico, ¿cómo puede tu madre ir por la calle sabiendo que ha traído al mundo a semejante criatura?

—El dinero —insistió Jessie.

—¿O qué? —repuso Arthur, que era precisamente lo que Luther temía que dijese—. ¿O me pegaréis un tiro? Joder, eso ya me vendría bien. ¿Queréis matar a tiros a mi familia? Me haréis un favor. Hacedlo, os lo ruego. No vais a...

—Lo obligaré a desenterrarla —dijo Jessie.

—¿Qué?

—Ya me ha oído.

Arthur Smalley se desplomó contra la jamba de la puerta.

—No puede ser que hayas dicho eso.

—Claro que lo he dicho, viejo —afirmó Jessie—. Te haré sacar a tu hija de la tumba. O bien te ataré y te obligaré a mirar mientras lo hago yo. Y luego llenaré el hoyo y a ella la dejaré tendida al lado, para que tengas que enterrarla otra vez.

Iremos al infierno, pensó Luther. Los primeros de la fila.

—¿Qué te parece eso, viejo?

Jessie volvió a guardarse el 45 al cinto en la espalda.

A Arthur Smalley se le anegaron los ojos y Luther rezó para que no le resbalaran las lágrimas por el rostro. Que no llore, pensó. Por favor, que no llore.

—No tengo dinero —insistió Arthur, y Luther supo que ya no le quedaban fuerzas para seguir luchando.

—¿Entonces qué tienes? —preguntó Jessie.

Sentado al volante del Hudson de Arthur Smalley, Luther salió de detrás del establo y pasó ante la casa, seguido por Jessie en su Modelo T, mientras el hombre los observaba de pie en el porche. Luther puso la segunda y apretó el acelerador al cruzar la pequeña cerca al final del patio, y quiso convencerse de que no había visto la tierra recién removida al pie del olmo. No vio la pala hincada en el suelo del montículo de color marrón oscuro. Ni la cruz hecha de tablones de pino y pintada de un blanco mate.

Para cuando acabaron con los hombres de la lista, tenían varias joyas, mil cuatrocientos dólares en efectivo y un baúl de caoba con ajuar atado a la parte de atrás de lo que en su día fue el coche de Arthur Smalley.

Habían visto a un niño quedarse azul como el crepúsculo y a una mujer en un porche, no mayor que Lila, tendida en un camastro con los huesos y los dientes y los ojos sobresaliendo hacia el cielo. Habían visto a un hombre muerto en el suelo, recostado contra la pared de un establo, muy negro, todo lo negro que puede llegar a ser un negro, como si le hubiera caído un rayo en el cráneo, con la carne surcada de verdugones abultados.

El Día del Juicio Final, Luther lo sabía. Se acercaba para todos ellos. Y Jessie y él tendrían que presentarse ante el Señor y rendir cuentas por lo que habían hecho ese día. Y no habría justificación posible para aquello. Ni siquiera en diez vidas.

—Vamos a devolverlo —propuso después de la tercera casa.

—¿Cómo?

—Devolvámoslo y huyamos.

—¿Y pasar el resto de nuestra puta y corta vida mirando atrás por si aparecen Dandy o Smoke o algún otro negro en la miseria con una pistola y nada que perder? ¿Dónde crees que nos esconderíamos, Rústico? ¿Dos negros fugitivos?

Luther sabía que tenía razón, pero también sabía que aquello le reconcomía a Jessie tanto como a él.

—Ya nos preocuparemos de eso más tarde. Ya...

Jessie soltó una carcajada, y fue la carcajada más desagradable que Luther le había oído jamás.

—Hacemos esto o somos hombres muertos, Rústico. —Encogió sus anchos hombros y abrió los brazos—. Y tú lo sabes. A menos que quieras matar a esa ballena, y entonces firmas tu pena de muerte y la de tu mujer al mismo tiempo.

Luther se subió al coche.

El último de la lista, Owen Tice, les pagó en efectivo, dijo que de todos modos no estaría allí para gastarlo. En cuanto su Bess falleciese, cogería la escopeta y la acompañaría en su viaje. Le dolía la garganta desde el mediodía y ahora empezaba a arderle, y sin Bess nada tenía mucho sentido. Les deseó lo mejor. Lo entendía perfectamente, dijo. De verdad. Un hombre tenía que ganarse la vida. No había por qué avergonzarse de eso.

Toda su puta familia, dijo. ¿Se lo pueden creer? Hace una semana estábamos aquí tan campantes, cenando a la mesa: mi hijo y mi nuera, mi hija y mi yerno, tres nietos y Bess. Sentados, comiendo y charlando. Y de pronto, de pronto, fue como si el mismísimo Dios metiese la mano por el tejado de la casa, cerrase la mano en torno a la familia y apretase.

Como si fuéramos moscas en la mesa, dijo. Tal cual.

Recorrieron Greenwood Avenue, vacía a medianoche, y Luther contó veinticuatro ventanas marcadas con aspas. Aparcaron los coches en el callejón detrás del club Almighty. No se veía luz en ninguno de los edificios del callejón y las escaleras de incendios estaban suspendidas por encima de ellos, y Luther se preguntó si quedaba algo del mundo o si todo se había vuelto negro y azul en las garras de la gripe.

Jessie apoyó el pie en el estribo del Modelo T, encendió un cigarrillo y sopló el humo hacia la puerta trasera del club Almighty, moviendo la cabeza de vez en cuando como si oyese una música que Luther no percibía y luego miró a Luther y dijo:

—Yo voy a pie.

—¿Tú vas a pie?

—Sí —dijo Jessie—. Yo voy a pie y el camino es largo y el Señor no está conmigo. Tampoco está contigo, Luther.

Desde que se conocían, Jessie nunca, ni una sola vez, había llamado a Luther por su nombre de pila.

—Vamos a descargar esta mierda —dijo Luther—. ¿Vale, Jessie? —Tendió la mano hacia las correas que sujetaban el baúl con el ajuar de Tug y Ervina Irvine en la parte de atrás del coche de Arthur Smalley—. Venga. Acabemos con esto de una vez.

—No está conmigo —repitió Jessie—. No está contigo. No está en este callejón. Creo que ha abandonado este mundo. Ha encontrado otro que le interesaba más. —Se rió y dio una larga calada al cigarrillo—. ¿Qué edad crees que tenía ese niño azul?

—Dos años —contestó Luther.

—Eso mismo me ha parecido a mí —dijo Jessie—. Pero nos hemos llevado las joyas de su madre, ¿eh? Tengo su alianza de boda aquí en el bolsillo. —Se dio una palmada en el pecho y añadió—: Ja, ja.

—¿Por qué no...?

—Te diré lo que haremos —propuso Jessie, y se arregló la chaqueta y luego se tiró de los puños—. Te diré lo que haremos —repitió, y señaló la puerta de atrás del club—: si esa puerta está abierta, puedes olvidarte de lo que he dicho. Si esa puerta se abre, Dios está en este callejón. Sí, desde luego que sí.

Y se encaminó hacia ella y accionó el picaporte y la puerta se abrió.

—Eso no quiere decir una mierda, Jessie. Sólo quiere decir que alguien se ha olvidado de cerrar la puerta con llave.

—Eso lo dices tú —replicó Jessie—. Eso lo dices tú. Permíteme una pregunta: ¿crees que habría obligado a aquel hombre a desenterrar a su hija?

—Claro que no. Estábamos nerviosos. Nerviosos y asustados. Hemos perdido la cabeza.

—Deja las correas, hermano —dijo Jessie—. De momento no vamos a mover nada de ahí.

Luther se apartó del coche.

—Jessie —dijo Luther.

Jessie alargó el brazo tan deprisa que podría haberle arrancado la cabeza del cuello a Luther con la mano, pero en lugar de eso la acercó suavemente a la oreja, apenas tocándola.

—Eres buena gente, Rústico.

Y Jessie entró en el club Almighty. Luther lo siguió, y recorrieron un pasillo trasero que apestaba a orina y, tras cruzar una cortina negra de terciopelo, salieron cerca del escenario. El Diácono Broscious seguía sentado a la mesa donde lo habían dejado, al pie del escenario. Bebía un té con leche de un vaso transparente y les dirigió una sonrisa que indujo a Luther a pensar que en el té había algo más que leche.

—Las doce en punto —dijo el Diácono, y abarcó con un gesto la oscuridad circundante—. Habéis llegado a las doce en punto. ¿Debo ponerme la mascarilla?

—No, señor —contestó Jessie—. No tiene por qué preocuparse.

El Diácono alargó el brazo, como si buscara la mascarilla de todos modos, con movimientos torpes e inconexos. Al fin, descartó la idea con un amplio ademán y les sonrió, su rostro salpicado de gotas de sudor como granizo.

—Caray, negros —dijo—, qué cansados se os ve.

—Lo estamos —confirmó Jessie.

—Pues venid a sentaros aquí. Contadle al Diácono vuestras penalidades.

Dandy salió de entre las sombras, a la izquierda del Diácono, con una tetera en una bandeja y la mascarilla agitándose por el ventilador del techo. Después de echarles una mirada, dijo:

—¿Por qué habéis entrado por la puerta de atrás?

—Es por donde nos han llevado los pies, señor Dandy —contestó Jessie.

Acto seguido, sacó el 45 del cinto y descerrajó un tiro a Dandy en la mascarilla, y la cara de Dandy desapareció en medio de una nube roja.

Luther se agachó y exclamó:

—¡Espera!

Y el Diácono levantó las manos y dijo:

—¡Pero qué...!

Jessie disparó, y los dedos se desprendieron de la mano izquierda del Diácono y fueron a dar contra la pared a sus espaldas. El Diácono gritó algo que Luther no entendió y luego dijo:

—Un momento, ¿vale?

Jessie volvió a disparar y por un instante pareció que el Diácono no reaccionaba. Luther pensó que la bala se había incrustado en la pared, hasta que vio ensancharse la corbata roja del Diácono. La sangre se propagó por la camisa blanca, y el propio Diácono le echó un vistazo y exhaló un único aliento húmedo.

Jessie se volvió hacia Luther y le dirigió aquella amplia sonrisa suya y dijo:

—Joder. Es divertido, ¿no?

Luther vio algo que apenas supo que veía, algo que se movía desde el escenario, y se dispuso a decir «Jessie», pero la palabra no había salido aún de sus labios cuando Smoke apareció entre la batería y el atril del bajo con el brazo extendido. Jessie se había vuelto sólo parcialmente hacia él cuando sonó un estampido acompañado de un fogonazo blanco y un destello amarillo y rojo, y Smoke le metió a Jessie dos balas en la cabeza y otra en la garganta. Jessie se sacudió.

Tambaleante, topó contra el hombro de Luther, y Luther tendió la mano hacia él pero, en lugar de sostenerlo, cogió el arma. Smoke siguió disparando, y Luther, con un brazo ante el rostro como si así pudiese detener las balas, abrió fuego con el 45 de Jessie y notó el revólver brincar en su mano. De pronto vio a todos los cadáveres ennegrecidos y azules de aquel día, oyó su propia voz gritar «No, por favor, no», imaginó una bala perforándole cada ojo. Entonces oyó un alarido —agudo, de sorpresa—, dejó de disparar y apartó el brazo de la cara.

Miró con los ojos entornados y vio a Smoke hecho un ovillo en el escenario. Se había llevado los brazos al estómago y tenía la boca muy abierta. Gargareaba. Le temblaba el pie izquierdo.

Luther, entre los cuatro cuerpos, se examinó en busca de heridas. Tenía sangre en el hombro. Sin embargo, tras desabrocharse la camisa y palparse, llegó a la conclusión de que la sangre era de Jessie. Se notó un corte debajo del ojo, pero era superficial y supuso que lo que le había dado de rebote en la mejilla no había sido una bala. No obstante, se sentía como si su cuerpo no fuera suyo. Parecía un cuerpo prestado, un cuerpo en el que él no debería estar, y quien quiera que fuese su dueño sin duda no tenía que haber entrado por la parte de atrás del club Almighty.

Miró a Jessie y sintió que una parte de él sólo quería llorar; otra parte, en cambio, no sentía absolutamente nada, ni siquiera alivio por seguir vivo. Daba la impresión de que la cabeza de Jessie, vista desde atrás, había sido mordisqueada por un animal, y el agujero de su garganta aún manaba sangre. Luther se arrodilló en el suelo, donde aún no había llegado la sangre, y ladeó la cabeza para mirar a su amigo a los ojos. Advirtió en ellos cierta expresión de sorpresa, como si el Viejo Byron acabara de decirle que el bote de esa noche había sido mayor de lo previsto.

—Ay, Jessie —susurró Luther, y le cerró los ojos con el pulgar. Luego le tocó la mejilla con la mano. La piel empezaba a enfriarse, y Luther rogó a Dios que perdonase a su amigo por los actos de ese día porque había obrado movido por la desesperación, por el peligro, pero en el fondo era, Señor, un buen hombre que nunca había causado dolor a nadie más que a sí mismo.

—Puedes... enmendar... esto.

Luther se volvió al oír esa voz.

—Un ch-chico listo... como tú. —El Diácono aspiraba el aire ruidosamente—. Chico listo...

Luther se levantó con la pistola en la mano. Se acercó a la mesa y la rodeó hasta detenerse a la derecha del Diácono, obligando a aquel gordo imbécil a volver la enorme cabeza para mirarlo.

—Ve a buscar al médico... que... que habéis visitado esta tarde. —El Diácono volvió a tomar aire y el pecho le silbó—. Ve a buscarlo.

—Ya, y usted perdonará y olvidará, ¿eh que sí? —dijo Luther.

—A... a Dios pongo por testigo.

Luther se quitó la mascarilla y tosió tres veces en la cara del Diácono.

—¿Y qué le parece si le toso encima hasta que veamos si hoy he pillado la gripe?

El Diácono tendió la mano ilesa hacia el brazo de Luther, pero éste la apartó.

—No me toque, demonio.

—Por favor...

—Por favor, ¿qué?

El Diácono resolló y el pecho volvió a silbarle. Se humedeció los labios con la lengua.

—Por favor —repitió.

—Por favor, ¿qué?

—Enmienda... esto.

—Vale —dijo Luther, y acercó la pistola a los pliegues de la papada del Diácono y apretó el gatillo mientras el hombre le miraba a los ojos.

—¿Está ya contento? —vociferó Luther, y observó al Diácono ladearse hacia la izquierda y deslizarse por el respaldo del reservado—.

¿Después de matar a mi amigo? —dijo Luther, y volvió a disparar, aunque sabía que estaba muerto.

—¡Joder! —exclamó Luther mirando al techo, y se llevó las manos a la cabeza sin soltar la pistola y repitió la exclamación.

Advirtió entonces que Smoke intentaba desplazarse a rastras por el escenario en medio de su propia sangre. Luther apartó una silla de una patada y cruzó el escenario con el brazo extendido. Smoke volvió la cabeza y se quedó allí inmóvil con la vista fija en Luther, sin más vida que Jessie en los ojos.

Durante lo que pareció una hora —y Luther nunca sabría cuánto tiempo estuvo allí exactamente—, se miraron el uno al otro.

De pronto Luther oyó decir a una nueva versión de sí mismo que ni siquiera sabía si le gustaba:

—Si vives, tendrás que venir a matarme, eso está claro como el agua.

Smoke parpadeó una vez, muy despacio, en un gesto de asentimiento.

Luther lo miró por encima del cañón del revólver. Vio todas esas bolas rápidas que había lanzado en Columbus, vio la cartera negra de su tío Cornelius, vio la lluvia que caía, cálida y suave como el sopor del sueño, la tarde que él se sentó en su porche, deseando que su padre llegara a casa cuando su padre estaba ya a años luz y nunca más volvería. Bajó la pistola.

Vio asomar una expresión de sorpresa en las pupilas de Smoke. Éste puso los ojos en blanco y escupió una bocanada de sangre que le resbaló por el mentón y le salpicó la camisa. Se dejó caer de espaldas en el escenario y la sangre salió a chorros de su estómago.

Luther levantó la pistola otra vez. Debería haber sido más fácil, ahora que el hombre ya no lo miraba, ahora que probablemente cruzaba el río y trepaba por la orilla oscura hacia el otro mundo. Bastaría con apretar el gatillo una vez más para asegurarse. No había vacilado con el Diácono. ¿Por qué ahora sí?

El revólver le temblaba en la mano. Volvió a bajarlo.

La gente cercana al Diácono no tardaría en atar cabos, en situarlo en ese local. Tanto si Smoke vivía como si moría, los días de Luther y Lila en Tulsa se habían acabado.

Aun así...

Volvió a levantar el revólver, se sujetó el antebrazo para contener el temblor y miró a Smoke por encima del cañón. Permaneció así un minuto largo antes de asumir por fin el hecho de que no apretaría el gatillo ni aun quedándose allí de pie una hora.

—No has sido tú —dijo.

Luther miró la sangre que seguía manando de aquel hombre. Echó un último vistazo a Jessie. Suspiró. Pasó por encima del cadáver de Dandy.

—No sois más que unos cabrones —dijo Luther camino de la puerta—. Vosotros os lo habéis buscado.

8

Cuando pasó la epidemia de gripe, Danny volvió a hacer la ronda de día; por las noches, estudiaba para encarnar el papel de un radical. Para esto último, Eddie McKenna le dejaba paquetes ante la puerta al menos una vez por semana. Al desenvolverlos, Danny encontraba pilas de publicaciones recientes con propaganda socialista y comunista, así como ejemplares de *El capital* y *El manifiesto comunista*, discursos de Jack Reed, Emma Goldman, Big Bill Haywood, Jim Larkin, Joe Hill y Pancho Villa. Leyó mamotretos de propaganda tan densos en su retórica que bien podrían haber sido manuales de ingeniería estructural por lo inaccesibles que resultaban al hombre corriente. Ciertas palabras se repetían tan a menudo —«tiranía», «imperialismo», «opresión capitalista», «fraternidad», «insurrección»— que, sospechaba Danny, se habían visto en la necesidad de crear un vocabulario estereotipado a fin de proporcionar una jerga común a todos los obreros del mundo. Pero las palabras, al perder su individualidad, perdieron asimismo su fuerza y, gradualmente, su significado. Una vez desaparecido el significado, se preguntaba Danny, ¿cómo iban esos cabezas de alcornoque —y entre los autores de la literatura bolchevique y anarquista no había encontrado aún a ninguno que no fuese un cabeza de alcornoque—, no ya a derrocar un gobierno, sino siquiera a cruzar una calle como organismo unificado?

Cuando no leía discursos, leía misivas de lo que, por lo común, llamaban «el frente de la revolución obrera». Leía sobre mineros del carbón en huelga quemados en sus casas junto con sus familias, obreros de Trabajadores Industriales del Mundo embreados y emplumados, organizadores sindicales asesinados en calles oscuras de pequeños pueblos, sindicatos disgregados, sindicatos declarados ilegales, trabajadores encarcelados, apaleados y deportados. Y siempre era a ellos a quienes pintaban como enemigos de la gran forma de vida americana.

Para su sorpresa, Danny sentía a veces algún que otro asomo de empatía. No por todos, claro está: siempre había pensado que los anarquistas eran imbéciles, que sólo ofrecían al mundo una acerada sed de sangre, y sus lecturas no lo ayudaron a cambiar de opinión. También los comunistas se le antojaron irremediablemente ingenuos, obstinados en una utopía que no tomaba en cuenta el rasgo más elemental del animal humano: la codicia. Los bolcheviques creían que ésta podía curarse como una enfermedad, pero Danny sabía que la avaricia era un órgano, como el corazón, y retirarla sería la muerte del organismo completo. Los socialistas eran los más listos —reconocían la existencia de la avaricia—, pero su mensaje se entretejía continuamente con el de los comunistas y era imposible, al menos en ese país, que llegara a oírse por encima del estruendo rojo.

Pero a Danny le era imposible entender por qué la mayoría de los sindicatos ilegalizados o convertidos en blanco de las autoridades merecían correr esa suerte. Una y otra vez lo que se denunciaba como retórica traicionera no era más que un hombre de pie ante una multitud exigiendo que se lo tratara como a un hombre.

Mencionó este hecho a McKenna mientras tomaban un café en el South End una noche y McKenna lo señaló blandiendo un dedo.

—No es por esos hombres que debes preocuparte, joven protegido. Más bien debes preguntarte: «¿Quién financia a esos hombres? ¿Y con qué fin?».

Danny bostezó, ahora siempre cansado, incapaz de recordar la última vez que había dormido toda una noche.

—Permíteme que lo adivine: los bolcheviques.

—Has dado en la diana. Los de la mismísima Madre Rusia. —Miró a Danny abriendo los ojos—. Crees que esto tiene algo de divertido, ¿eh? El propio Lenin dijo que el pueblo de Rusia no cejará hasta que todos los pueblos del mundo se hayan sumado a la revolución. Esa gente no habla por hablar, chico. Eso es una clarísima amenaza a estas tierras. —Golpeó la mesa con el índice—. Mis tierras.

Danny reprimió otro bostezo tapándose la boca con el puño.

—¿Cómo va mi tapadera?

—Ya casi está lista —contestó McKenna—. ¿Ya te has afiliado a eso que llaman sindicato de policías?

—Iré a una reunión el martes.

—¿Por qué has tardado tanto?

—Si Danny Coughlin, el hijo del capitán Coughlin y no ajeno él mismo a los actos egoístas, de intención política, solicitara de repente el ingreso en el Club Social de Boston, quizá la gente recelaría un poco.

—Ahí tienes razón, sí.

—¿Recuerdas a Steve Coyle, mi antiguo compañero?

—El que cogió la gripe, sí. Una lástima.

—Era un miembro muy activo del sindicato. Estoy dejando que pase un tiempo para dar la impresión de que he atravesado una etapa de noches oscuras del alma a causa de su enfermedad. Al final, mi conciencia ha hecho mella y no me ha quedado más remedio que asistir a una reunión. Que piensen que soy blando de corazón.

McKenna encendió la punta ennegrecida de un puro.

—Siempre has sido blando de corazón, hijo. Lo que pasa es que lo escondes mejor que la mayoría de la gente.

Danny se encogió de hombros.

—Pues supongo que el primero a quien se lo escondo es a mí mismo.

—Siempre está ese peligro, claro. —McKenna asintió con la cabeza, como si conociera ese dilema de primera mano—. Hasta que un día ya no te acuerdas de dónde has dejado todos esos trozos a los que tanto te aferrabas. O por qué pusiste tanto empeño en aferrarte a ellos.

Danny cenó con Tessa y su padre una noche en que el aire fresco olía a hojas quemadas. Vivían en un apartamento más grande que el de Danny. En tanto que el suyo contaba sólo con un calientaplatos encima de la nevera, el de los Abruzze tenía una cocina pequeña con un fogón Raven. Cocinó Tessa, con el pelo largo y oscuro recogido en la nuca, lacio y brillante por el calor. Federico descorchó el vino que Danny había llevado y lo dejó respirar en el alféizar mientras Danny y él, sentados a la pequeña mesa de la sala, bebían anís.

171

—Últimamente no lo he visto por el edificio —observó Federico.

—Trabajo mucho —contestó Danny.

—¿Incluso ahora que se ha acabado la gripe?

Danny asintió. Ésa era una más de las quejas que los agentes planteaban al departamento. Un policía de Boston tenía un día libre por cada veinte trabajados. En ese día libre no se le permitía salir de los límites municipales por si surgía una emergencia. Por consiguiente, los solteros vivían en pensiones cerca de sus comisarías, pues ¿qué sentido tenía instalarse cómodamente en una casa si de todos modos había que estar en el trabajo al cabo de unas horas? Para colmo, tres noches por semana debían dormir en la comisaría, en las apestosas camas del piso de arriba, plagadas de piojos y bichos, donde acababa de dormir un pobre desdichado que tomaba el relevo en el siguiente turno.

—Trabaja demasiado, creo.

—¿Por qué no se lo dice a mi jefe?

Federico sonrió, y fue una sonrisa extraordinaria, de las que caldean un salón en invierno. Danny pensó que una de las razones por las que esa sonrisa causaba tal impresión era que escondía una gran pesadumbre. Tal vez fuera eso lo que Danny había intentado definir aquella noche en la azotea: el hecho de que la sonrisa de Federico no disimulaba el gran dolor que sin duda había dejado atrás en su pasado; lo contenía. Y en eso, en su capacidad para contenerlo, residía su triunfo. Una versión atenuada de esa sonrisa permaneció en sus labios cuando se inclinó y, en un susurro, dio las gracias a Danny por «ese desafortunado suceso», refiriéndose a cuando se llevó del apartamento al hijo muerto de Tessa. Le aseguró a Danny que de no haber sido por su trabajo, lo habrían invitado a cenar tan pronto como Tessa se recuperó de la gripe.

Danny se volvió hacia Tessa, y la sorprendió mirándolo. Ella agachó la cabeza y un mechón de pelo escapó de detrás de su oreja y quedó suspendido ante el ojo. No era una chica americana, se recordó Danny, una para quien el sexo con un hombre prácticamente desconocido podía ser complicado pero no descartable por completo. Era italiana. Del Viejo Mundo. Debía cuidar sus modales.

Danny volvió a mirar al padre.

—¿A qué se dedica?

—Háblame de tú —dijo el hombre de mayor edad, y le dio una palmada en la mano—. Bebemos anís, nos partimos el pan, debes hablarme de tú.

Danny respondió alzando la copa.

—¿A qué te dedicas?

—Acerco el aliento de los ángeles a los simples mortales.

Federico señaló a sus espaldas como un presentador teatral. Adosado a la pared, entre dos ventanas, había un mueble gramófono. A Danny le había parecido fuera de lugar en cuanto entró. Era de caoba de veta fina, decorado con recargadas tallas que recordaron a Danny la realeza europea. La tapa abierta dejaba a la vista el plato, sobre un forro de terciopelo púrpura incrustado en la madera, y debajo un armario de dos puertas, aparentemente tallado a mano, con nueve estantes, suficientes para contener varias docenas de discos.

La manivela de metal estaba chapada en oro, y mientras sonaba el disco, el ruido del motor quedaba prácticamente ahogado. Producía un sonido vibrante que no se parecía en nada a todo lo que había oído Danny antes. Estaban escuchando el intermezzo de *Cavalleria Rusticana* de Mascagni, y Danny supo que si hubiese estado ciego al entrar en el apartamento, habría creído que la soprano se hallaba en la sala con ellos. Dirigió otra mirada al mueble y calculó que valía tres o cuatro veces más que el fogón.

—El Silvertone B-Doce —dijo Federico, y de pronto su voz, siempre melodiosa, lo pareció aún más—. Los vendo. Vendo también el B-Once, pero prefiero el Doce por su aspecto. El mueble Luis XVI es muy superior en diseño al estilo Luis XV. ¿No te parece?

—Desde luego —contestó Danny, aunque si le hubiesen dicho que era Luis III o Iván VIII, tendría que habérselo creído igualmente.

—Ningún otro gramófono es comparable —explicó Federico con el brillo en los ojos de un evangelista—. Ningún otro gramófono puede reproducir toda clase de discos: Edison, Pathé, Victor, Columbia y Silverstone. No, amigo mío, éste es el único capaz. Pagas ocho dólares por el modelo de sobremesa porque es más barato —arrugó la nariz— y más ligero, ¡bah! Más práctico, ¡bah! Ocupa poco espacio. Pero ¿sonará así? ¿Oirás a los ángeles? Difícilmente. Y luego la aguja barata se desgastará y los discos se rayarán y pronto oirás una crepitación y un susurro. ¿Y en qué situación estarás entonces? ¿Aparte de tener ocho dólares menos en el bolsillo? —Volvió a extender el brazo hacia el muelle gramófono, tan orgulloso como un padre primerizo—. A veces la calidad tiene un precio. Es lo lógico.

Danny reprimió una risa ante el ferviente capitalismo del hombrecillo de mayor edad.

—Papá —dijo Tessa desde el fogón—, no te pongas tan... —agitó las manos, buscando la palabra—... *eccitato*.

—Exaltado —dijo Danny.

Ella lo miró frunciendo el ceño.

—¿Es... al... tado...?

—Ex —dijo él—. Ex-al-ta-do.

—Exaltado.

—Eso ya está mejor.

Ella levantó la cuchara de madera.

—¡Este bendito idioma! —clamó al techo.

Danny imaginó el sabor de su cuello, de piel dorada como la miel. Mujeres: su debilidad desde que tenía edad para fijarse en ellas y ver que ellas, a su vez, se fijaban en él. Al mirarle el cuello a Tessa, la garganta, se sintió fascinado. La terrible y deliciosa necesidad de poseer. De ser dueño —durante una noche— de los ojos, el sudor, los latidos de otra persona. Y allí, justo delante de su padre. ¡Dios santo!

Se volvió hacia el viejo, que escuchaba la música con los ojos entornados, ajeno a todo. Feliz y ajeno a los hábitos del Nuevo Mundo.

—Adoro la música —explicó Federico, y abrió los ojos—. Cuando era niño, juglares y trobadores visitaban nuestra aldea desde la primavera hasta finales del verano. Yo me quedaba a verlos hasta que mi madre me echaba de la plaza, a veces con una vara. Aquellos sonidos... ¡Ay, qué sonidos! El lenguaje es un sucedáneo tan pobre. ¿Se da cuenta?

Danny negó con la cabeza.

—No estoy muy seguro.

Federico acercó su silla aún más a la mesa y se inclinó.

—La lengua del hombre se desdobla en el momento del nacimiento. Siempre ha sido así. El pájaro no miente. El león es cazador, y temible, sí, pero es fiel a su naturaleza. El árbol y la roca también lo son: son un árbol y una roca, nada más, pero tampoco menos. Pero el hombre, la única criatura capaz de producir palabras, usa su gran don para traicionar a la verdad, para traicionarse a sí mismo, para traicionar a la naturaleza y a Dios. Señala un árbol y dice que no es un árbol, se planta ante tu cadáver y te dice que no te ha matado. Verás, las palabras hablan para el cerebro, y el cerebro es una máquina. La música...

—desplegó su magnífica sonrisa y levantó el índice—... la música habla para el alma porque las palabras son demasiado pequeñas.

—Nunca lo había visto de ese modo.

Federico señaló su preciada posesión.

—Es de madera. Es un árbol pero no es un árbol. Y la madera es madera, sí, pero ¿qué efecto ejerce en la música que sale de ella? ¿Qué efecto es ése? ¿Disponemos de una palabra para esa clase de madera? ¿Para esa clase de árbol?

Danny hizo un leve gesto de indiferencia, sospechando que el viejo estaba un poco achispado.

Federico volvió a cerrar los ojos y movió las manos a la altura de la cabeza, como si él mismo dirigiera la orquesta y, por un acto de voluntad, pudiera materializarla en la habitación.

Danny sorprendió otra vez a Tessa mirándolo, y en esta ocasión la muchacha no bajó la vista. Él le dedicó su mejor sonrisa, la ligeramente confusa, ligeramente avergonzada, la sonrisa de niño. A ella se le vio un asomo de rubor en el cuello; así y todo, no desvió la mirada.

Danny miró de nuevo a su padre. Éste, aún con los ojos cerrados, seguía moviendo las manos como un director de orquesta, a pesar de que el disco se había acabado y la aguja recorría una y otra vez los surcos centrales.

Steve Coyle desplegó una amplia sonrisa cuando vio a Danny entrar en Fay Hall, el lugar de reunión del Club Social de Boston. Se abrió paso entre dos hileras de sillas plegables, arrastrando perceptiblemente una pierna. Le estrechó la mano a Danny.

—Gracias por venir.

Danny no había contado con eso. Se sintió doblemente culpable por infiltrarse en el CSB con falsas intenciones mientras su antiguo compañero, enfermo y sin trabajo, acudía para apoyar una lucha de la que ya ni siquiera formaba parte.

Consiguió sonreír.

—No esperaba verte aquí.

Steve miró por encima del hombro a los que montaban el escenario.

—Me dejan echar una mano. Soy el vivo ejemplo de lo que sucede cuando no tienes un sindicato con poder negociador, ya me entiendes. —Dio una palmada a Danny en el hombro—. ¿Y tú cómo estás?

—Bien —contestó Danny. Durante cinco años había conocido hasta el último detalle de la vida de su compañero, a menudo minuto a minuto. De pronto le resultó extraño darse cuenta de que no había ido a ver a Steve en dos semanas. Extraño y vergonzoso—. ¿Y tú? ¿Cómo te encuentras?

Steve se encogió de hombros.

—Me quejaría, pero ¿quién iba a escucharme?

Soltó una sonora carcajada y dio otra palmada en el hombro a Danny. Llevaba un par de días sin afeitarse y el asomo de barba era cano. Parecía perdido dentro de aquel cuerpo recién incapacitado, como si lo hubieran vuelto del revés y sacudido.

—Tienes buen aspecto —dijo Danny.

—Embustero. —De nuevo la carcajada incómoda seguida de una incómoda solemnidad, marcada por el llanto contenido—. Me alegro mucho de que hayas venido, de verdad.

—No tiene importancia.

—Al final conseguiremos convertirte en un sindicalista —dijo Steve.

—Yo no apostaría por ello.

Steve le dio una tercera palmada en la espalda y lo presentó a unos cuantos. Danny conocía superficialmente poco más o menos a la mitad de aquellos hombres, habiéndose cruzado sus caminos en varias misiones a lo largo de los años. Todos parecían tensos en presencia de Steve, como si tuviesen la esperanza de que se llevase aquello que lo afligía a otro sindicato de policías de otra ciudad. Como si la mala suerte fuese tan contagiosa como la gripe. Danny lo vio en sus rostros cuando estrechaban la mano a Steve: lo habrían preferido muerto. La muerte permitía una ilusión de heroísmo. Los tullidos convertían esa ilusión en un olor molesto.

El presidente del CSB, un agente llamado Mark Denton, se dirigió al escenario. Era un hombre alto, casi tanto como Danny, y flaco como un palillo. Tenía la piel pálida, tersa y brillante como las teclas de un piano, y el pelo peinado hacia atrás, muy tirante.

Danny y los demás tomaron asiento cuando Mark Denton cruzó el escenario y apoyó las manos en los bordes del atril. Dirigió a la concurrencia una sonrisa cansina.

—El alcalde Peters ha suspendido la reunión que habíamos programado a finales de esta semana.

En la sala se oyeron protestas y unos cuantos silbidos.

Denton alzó una mano para acallarlos.

—Corren rumores de una huelga de conductores de tranvía, y el alcalde cree que ahora mismo eso es prioritario. Tenemos que ponernos al final de la cola.

—Tal vez deberíamos ir a la huelga —propuso alguien.

Asomó un destello a los ojos oscuros de Denton.

—Nosotros no hablamos de huelgas. Eso es lo que ellos quieren. ¿Sabes el jugo que le sacarían en la prensa, Timmy? ¿De verdad quieres darles esa clase de munición?

—No, Mark, pero ¿qué alternativas tenemos? Nos estamos muriendo de hambre, joder.

Denton lo admitió con un firme gesto de asentimiento.

—Ya lo sé. Pero la palabra «huelga» aun dicha en susurros es una herejía. Ustedes lo saben y yo lo sé. Ahora mismo nuestra mejor opción es aparentar paciencia e iniciar conversaciones con Samuel Gompers y la Federación Americana del Trabajo.

—¿Ésa es una posibilidad real? —preguntó alguien detrás de Danny.

Denton asintió.

—De hecho, pensaba presentar una moción a la sala. Dentro de un rato, esta misma noche, pero ya que estamos, ¿para qué esperar? —Se encogió de hombros—. Los que estén a favor de que el CSB inicie conversaciones para incorporarse como sección a la Federación Americana del Trabajo que digan «sí».

Danny lo percibió en ese momento: una efervescencia de la sangre casi táctil en toda la sala, una sensación de finalidad colectiva. Tuvo que reconocer que su propia sangre se aceleró junto con la de los de-

177

más. Una sección en el seno del sindicato más poderoso del país. Dios santo.

—Sí —gritó la multitud.

—¿En contra?

Nadie respondió.

—Moción aprobada —declaró Denton.

¿Era realmente posible? Ningún departamento de policía de la nación había conseguido algo así. Pocos se habían atrevido a intentarlo. Y ahora ellos podían ser los primeros. Podían, literalmente, cambiar el curso de la historia.

Danny se recordó que él no formaba parte de aquello.

Porque aquello era absurdo. Esos hombres eran un puñado de ingenuos, con excesiva propensión al teatro, convencidos de que con palabras podían doblegar el mundo a sus necesidades. Las cosas no funcionaban así, podía haberles dicho Danny. Funcionaban de una manera muy distinta.

Después de hablar Denton, desfilaron por el escenario los policías afectados por la gripe. Se presentaron como hombres afortunados; a diferencia de otros nueve agentes de las dieciocho comisarías de la ciudad, habían sobrevivido. De los veinte en el escenario, doce habían vuelto al servicio activo. Ocho nunca volverían. Danny bajó la mirada cuando Steve se colocó ante el atril. Steve, que hacía sólo dos meses cantaba en el cuarteto, tenía ahora problemas para articular las palabras. Tartamudeaba. Les pidió que no se olvidaran de él, ni de la gripe. Pidió que recordaran la obligación de compañerismo y fraternidad para con todos aquellos a quienes habían jurado proteger y servir.

Él y los otros diecinueve supervivientes abandonaron el escenario en medio de un clamoroso aplauso.

Los hombres formaron corrillos junto a las cafeteras y las petacas corrieron de mano en mano. Danny no tardó en percibir el desglose básico de personalidades entre los miembros del club. Estaban los Locuaces, hombres ruidosos, como Roper de la Cero-Siete, que ensartaba datos estadísticos sin cesar y luego entablaba acaloradas discusiones por cuestiones de semántica y detalles intrascendentes. Estaban también los Bolcheviques y los Socialistas, como Coogan de la Uno-Tres y Shaw, que trabajaba en jefatura, en la división de Órdenes Judiciales, no muy distintos de todos los radicales y supuestos radicales sobre los que Danny había estado leyendo últimamente, siempre prestos a esgrimir la retórica en boga, a recurrir a la consigna insustancial. Estaban asimismo los Emotivos, hombres como Hannity de la Uno-Uno, que ya para empezar nunca habían aguantado bien la bebida y cuyos ojos se empañaban demasiado pronto ante la mención de palabras como «compañerismo» o «justicia». Así pues, en su gran mayoría, eran lo que el profesor de lengua de Danny en el instituto, el padre Twohy, llamaba hombres de «mucho hablar y poco hacer».

Pero también había hombres como Don Slatterly, un inspector de Robos, Kevin McRae, un policía de a pie de la Cero-Seis, y Emmett Strack, un veterano de la Cero-Tres con veinticinco años de servicio, que hablaba muy poco pero observaba —y lo veía— todo. Se movían entre los presentes y pronunciaban palabras de cautela o contención aquí, frases de esperanza allá, pero por lo general se limitaban a escuchar y evaluar. Los demás los seguían con la mirada de la misma manera que los perros fijan la mirada en el espacio que acaban de dejar sus amos. Serían esos hombres y otros pocos como ellos, decidió Danny, por quienes debían preocuparse los altos mandos de la policía si deseaban evitar una huelga.

Junto a las cafeteras, Mark Denton apareció de pronto a su lado y le tendió la mano.

—El hijo de Tommy Coughlin, ¿no?

—Danny.

Estrechó la mano a Denton.

—Tú estabas en Salutation cuando la bomba, ¿no?

Danny asintió con la cabeza.

—Pero eso es de la División Portuaria.

Denton removió el azúcar en su café.

—El accidente de mi vida —explicó Danny—. Había pescado a un ladrón en el muelle e ido a dejarlo en Salutation cuando, en fin, ya sabes...

—No voy a mentirte, Coughlin: eres bastante conocido en el departamento. Dicen que lo único que el capitán Tommy no controla es a su propio hijo. Eso te convierte en una persona muy popular, diría yo. Nos vendrían bien hombres como tú.

—Gracias. Me lo pensaré.

Denton recorrió la sala con la mirada. Se inclinó hacia él.

—Piénsatelo deprisa, ¿quieres?

A Tessa le gustaba salir a la escalinata las noches templadas cuando su padre estaba de viaje vendiendo sus Silvertone B-Doce. Fumaba unos cigarrillos negros pequeños de un olor tan áspero como su aspecto, y algunas noches Danny se sentaba con ella. Algo en Tessa le ponía nervioso. En su presencia, Danny tenía la sensación de que le pesaban las extremidades, como si no encontrase una posición de descanso natural. Hablaban del tiempo y hablaban de comida y hablaban de tabaco, pero nunca hablaban de la gripe ni del hijo de ella ni del día que Danny la llevó al centro benéfico de Haymarket.

Pronto cambiaron la escalinata por la azotea. Nadie subía allí.

Supo que Tessa tenía veinte años. Que se había criado en la aldea siciliana de Altofonte. A los dieciséis años, un hombre poderoso llamado Primo Alieveri la vio pasar en bicicleta por delante del café donde estaba sentado con sus adláteres. Hizo averiguaciones y luego concertó una cita con su padre. Federico daba clases de música en la aldea, y era famoso por hablar tres idiomas pero también se decía que estaba volviéndose *pazzo* por haberse casado a una edad tan tardía. La madre de Tessa había muerto cuando ella tenía diez años, y su padre la crió solo, sin hermanos ni dinero para protegerla. Así pues, llegaron a un acuerdo.

Tessa y su padre hicieron el viaje a Collesano, en la costa tirrena, al pie de los montes Madonie, y llegaron al día siguiente del decimoséptimo cumpleaños de Tessa. Federico había contratado a unos guardias para proteger la dote de Tessa, en su mayor parte joyas y monedas heredadas de la familia de su madre, y la primera noche en la casa de invitados en la finca de Primo Alieveri, los guardias fueron degollados mientras dormían en el establo y les robaron la dote. Primo Alieveri se llevó un gran disgusto. Rastreó la aldea en busca de los bandidos. Al anochecer, ante una buena cena en la sala principal, aseguró a sus invitados que sus hombres y él estrechaban el cerco en torno a los sospechosos. La dote sería devuelta y la boda se celebraría, según lo previsto, ese fin de semana.

Cuando Federico perdió el conocimiento en la mesa, con una sonrisa de ensoñación en la cara, los hombres de Primo lo llevaron a la casa de invitados, y Primo violó a Tessa en la mesa y otra vez en el suelo de piedra junto a la chimenea. La mandó a la casa de invitados, donde ella intentó despertar a Federico, pero él seguía durmiendo el sueño de los justos. Se tendió en el suelo junto a la cama con la sangre pegajosa entre los muslos y al final se durmió.

Por la mañana los despertó un alboroto en el patio y la voz de Primo llamándolos. Al salir de la casa de invitados, encontraron allí a Primo y dos de sus hombres, con las escopetas al hombro. Los caballos y la carreta de Tessa y su padre estaban en el patio de piedra. Primo los miró con ira.

—Un gran amigo mío de vuestro pueblo ha escrito para informarme de que tu hija no es virgen. Es una *puttana* y no es una novia apta para un hombre de mi talla. Desaparece de mi vista, hombrecillo.

Federico se sacudía aún el sueño de los ojos y tardó un rato en despejarse del todo. Parecía perplejo.

Entonces advirtió la sangre que había manchado el elegante vestido blanco de su hija mientras dormían. Tessa no alcanzó a ver cómo su padre se hizo con el látigo, si procedía de su propia montura o de un gancho en el patio, pero cuando lo chasqueó, alcanzó a uno de los hombres de Primo Alieveri en los ojos y espantó a los caballos. Cuando el segundo hombre se inclinaba hacia su compañero, la yegua de Tessa, una alazana cansada, se le escapó de las manos y coceó al hombre en el pecho. Las riendas se le escurrieron entre los dedos y el animal huyó del patio. Tessa habría ido tras ella, pero estaba pasmada viendo a su padre, su tierno y amable padre, un poco *pazzo*, derribar a Primo Alieveri a golpes de látigo y seguir azotándolo hasta que quedaron en el suelo trozos de carne. Con la ayuda de uno de los acompañantes de Alieveri (y su escopeta), Federico recuperó la dote. El baúl se encontraba a la vista en el dormitorio principal, y desde allí Tessa y él siguieron el rastro a la yegua y abandonaron la aldea antes de oscurecer.

Dos días más tarde, después de gastarse en sobornos la mitad de la dote, subieron a bordo de un barco en Cefalú y se marcharon a América.

Danny oyó la historia en un inglés entrecortado, no porque Tessa no dominara aún el idioma, sino porque intentaba hablar con precisión.

Danny se echó a reír.

—Así que ese día que te llevé en brazos, ese día en que me volví loco intentando hablar en mi italiano macarrónico, ¿entendías lo que te decía?

Tessa esbozó una sonrisa con las cejas enarcadas.

—Ese día no entendía nada salvo el dolor. ¿Te crees que iba a acordarme del inglés? Este... idioma disparatado vuestro. Usáis cuatro palabras cuando bastaría con una. Siempre es así. ¿Recordar el inglés ese día? —Lo señaló con la mano—. Chico tonto.

—¿Chico? —repitió Danny—. Tengo unos cuantos años más que tú, monada.

—Sí, claro. —Tessa encendió uno de sus cigarrillos—. Pero eres un crío. Éste es un país de críos. Y crías. Todavía no habéis crecido. Os divertís demasiado, me parece a mí.

—Divertirnos ¿con qué?

—Con esto. —Señaló el cielo—. Este país grande y absurdo. Vosotros, los americanos, no tenéis historia. Aquí sólo existe el ahora. Ahora, ahora, ahora. Quiero esto ahora. Quiero aquello ahora.

Danny sintió una repentina irritación.

—Y sin embargo, por lo que se ve, todo el mundo tiene mucha prisa en marcharse de su país para venir aquí.

—Ah, claro. Las calles asfaltadas con oro. La gran América donde todo hombre puede amasar fortuna. Pero ¿y qué pasa con quienes no pueden? ¿Qué pasa con los trabajadores, agente Danny? ¿Eh? No hacen más que trabajar y trabajar y trabajar, y si enferman de tanto trabajar, la empresa dice: «Bah, vete a casa y no vuelvas». ¿Y si se hacen daño en el trabajo? Pues lo mismo. Vosotros los americanos habláis de vuestra libertad, pero yo veo esclavos que se creen libres. Yo veo empresas que utilizan a los niños y a las familias como a cerdos y...

Danny restó importancia a sus palabras con un gesto.

—Y sin embargo, aquí estás.

Ella lo observó con sus grandes ojos oscuros. Fue una mirada atenta, a la que él se había acostumbrado. Tessa nunca hacía nada descuidadamente. Afrontaba cada nuevo día como si requiriera un estudio antes de formarse una idea de lo que le depararía la jornada.

—Tienes razón. —Desprendió la ceniza del cigarrillo dándole

182

unos golpecitos contra el antepecho—. El vuestro es un país mucho más... *abbondante* que Italia. Tenéis esas ciudades tan... uf... tan grandes. Tenéis más automóviles en una sola manzana que en todo Palermo. Pero sois un país muy joven, agente Danny. Sois como el niño que se cree más listo que su padre o sus tíos que vinieron antes que él.

Danny se encogió de hombros. Sorprendió a Tessa mirándolo, tan serena y cauta como siempre. Apartó bruscamente la rodilla de la suya y contempló la noche.

Una noche, en Fay Hall, se sentó al fondo de la sala antes del comienzo de otra reunión del sindicato y cayó en la cuenta de que tenía ya toda la información que su padre, Eddie McKenna y los Ancianos podían esperar de él. Sabía que Mark Denton, como líder del CSB, era exactamente como se temían: listo, tranquilo, audaz y prudente. Sabía que sus hombres de confianza —Emmet Strack, Kevin McRae, Don Slatterly y Stephen Kearns— estaban cortados por el mismo patrón. Y sabía también quiénes eran los inútiles y fantoches, aquellos a quienes era más fácil poner en una situación comprometida, inducir a cambiar de camisa y sobornar.

En ese momento, mientras Mark Denton cruzaba una vez más el escenario para dar comienzo a la reunión, Danny comprendió que ya sabía todo lo que necesitaba saber desde su primera reunión, y ésa era la séptima.

Ahora ya sólo tenía que sentarse con McKenna o su padre para transmitir sus impresiones y entregar las notas que había tomado junto con una lista de los dirigentes del Club Social de Boston. Entonces estaría a medio camino de su placa de oro. Quizás incluso más cerca. Tal vez la tendría al alcance de los dedos.

Siendo así, ¿por qué continuaba yendo?

Ésa era la pregunta del mes.

—Caballeros —dijo Mike Denton con voz más baja que de costumbre, casi en un susurro—. Caballeros, si me conceden su atención.

Había algo en su voz ahogada que llegaba a todos los concurrentes. El público se fue callando de fila en fila hasta que el silencio llegó al fondo. Mark Denton dio las gracias con un gesto. Les dirigió una sonrisa débil y parpadeó varias veces.

—Como ya saben muchos de ustedes —dijo—, este trabajo me lo enseñó John Temple, de la Comisaría Cero-Nueve. Decía que si podía hacer de mí un poli, no habría razón para no contratar a señoritas.

Las risas recorrieron la sala mientras Denton agachaba un momento la cabeza.

—El agente John Temple ha fallecido esta tarde a causa de complicaciones relacionadas con la gripe. Tenía cincuenta y un años.

Todos los que llevaban sombrero se lo quitaron. Un millar de hombres bajaron la cabeza en la sala cargada de humo. Denton volvió a hablar:

—Si les parece, presentemos también nuestros respetos al agente Marvin Tarleton de la Uno-Cinco, que murió anoche por la misma causa.

—¿Marvin ha muerto? —preguntó alguien, levantando la voz—. Pero si estaba mejor.

Denton negó con la cabeza.

—Su corazón se rindió anoche a las once. —Se inclinó hacia el atril—. El dictamen preliminar del departamento es que las familias de estos hombres no recibirán ayudas por defunción, porque el ayuntamiento ya ha desechado antes reclamaciones parecidas...

El estruendo de abucheos y sillas volcadas ahogó momentáneamente su voz.

—... porque... —gritó—... porque, porque...

Varios hombres fueron obligados a sentarse por sus compañeros. Otros callaron.

—... porque —prosiguió Mark Denton—, según el ayuntamiento, esos hombres no murieron en acto de servicio.

—¿Y cómo pillaron la puta gripe, pues? —preguntó Bob Reming a voz en cuello—. ¿Se la contagiaron sus perros?

—El ayuntamiento diría que sí: que se la contagiaron sus perros. Los perros son ellos —contestó Denton—. El ayuntamiento cree que tuvieron sobradas ocasiones para contraer la gripe fuera del trabajo. Conclusión: no murieron en acto de servicio. No necesitamos saber nada más. Eso es lo que quieren que apelemos.

Se apartó del atril al ver volar por el aire una silla. Al cabo de unos instantes estalló la primera pelea a puñetazos. Después la segunda.

Una tercera se inició delante de Danny y él se echó atrás mientras el vocerío invadía la sala y el edificio se sacudía por la rabia y la desesperación.

—¿Están ustedes furiosos? —preguntó Mark Denton a pleno pulmón.

Danny observó a Kevin McRae adentrarse entre la muchedumbre y poner fin a una de las peleas agarrando a los dos hombres por el pelo y levantándolos del suelo.

—¿Están ustedes furiosos? —repitió Denton—. Adelante, péguense.

La sala empezó a calmarse. La mitad de los hombres se volvieron hacia el escenario.

—Eso es lo que ellos quieren que hagan —gritó Denton—. Muélanse a palos. Adelante. El alcalde, el gobernador, los concejales... todos se ríen de ustedes.

Los últimos hombres dejaron de pelearse. Se sentaron.

—¿Están tan furiosos como para hacer algo? —preguntó Mark Denton.

Nadie habló.

—¿Lo están? —repitió Denton.

—¡Sí! —respondió a voz en grito un millar de hombres.

—Somos un sindicato, caballeros. Eso significa que actuaremos unidos como un solo hombre con un solo propósito, y con éste nos plantaremos delante de sus puertas. Y exigiremos nuestros derechos como hombres. Si alguno de ustedes quiere quedarse de brazos cruzados, quédese de brazos cruzados. En cuanto a los demás, demuéstrenme lo que somos.

Se levantaron todos a una, mil hombres, algunos con los rostros ensangrentados, algunos con lágrimas de rabia en los ojos. Y Danny se levantó, también él, sin ser ya un Judas.

Se reunió con su padre cuando éste salía de la Cero-Seis en el sur de Boston.

—Lo dejo.

Su padre se detuvo en la escalinata de la comisaría.

—¿Qué dejas?

185

—La misión de infiltrado en el sindicato. Los radicales, todo eso.

Su padre bajó por la escalera y se acercó a él.

—Gracias a esos radicales, podrían nombrarte capitán antes de los cuarenta, hijo.

—Me da igual.

—¿Te da igual? —Su padre le dirigió una sonrisa apagada—. Si desaprovechas esta oportunidad, no tendrás otra para conseguir esa placa de oro en cinco años, si es que vuelves a tenerla.

El miedo a esa posibilidad asaltó a Danny, pero hundió las manos en los bolsillos y negó con la cabeza.

—No delataré a mis propios compañeros.

—Son subversivos, Aiden, subversivos dentro de nuestro propio departamento.

—Son policías, papá. Y por cierto, ¿qué clase de padre eres tú para encomendarme una misión así? ¿No podías buscar a otro?

Su padre palideció.

—Es el precio del billete.

—¿Qué billete?

—Del tren que nunca descarrila. —Se frotó la frente con la base de la mano—. Tus nietos habrían viajado en él.

Danny hizo un gesto de indiferencia.

—Me voy a casa, padre.

—Tú casa está aquí, Aiden.

Danny alzó la mirada y contempló el edificio de piedra caliza blanca con sus columnas griegas.

—Es tu casa.

Esa noche se presentó ante la puerta de Tessa. Llamó con suavidad, mirando a uno y otro lado del pasillo, pero ella no abrió. Así pues, dio media vuelta y se encaminó hacia su habitación, sintiéndose como un niño con comida robada oculta bajo el abrigo. Justo cuando llegaba a su puerta, oyó descorrerse el cerrojo en la de ella.

Se volvió, y ella se acercaba ya por el pasillo con un abrigo encima de la combinación, descalza, con una expresión de alarma y curiosidad. Cuando llegó hasta Danny, él buscó algo que decir.

—Me apetecía charlar —dijo él.

Ella le devolvió la mirada, con los ojos grandes y oscuros.

—¿Más historias del Viejo País?

Danny se la imaginó en el suelo del gran salón de Primo Alieveri, el color de su piel contra el mármol mientras la luz del fuego se reflejaba en su pelo. Era vergonzoso, sin duda, que una imagen así despertara la lujuria.

—No —dijo él—. No esa clase de historias.

—¿Otras nuevas, pues?

Danny abrió la puerta. Fue un acto reflejo, pero miró a Tessa a los ojos y vio que ella lo había interpretado como cualquier cosa menos un gesto espontáneo.

—¿Quieres entrar a hablar? —preguntó él.

Ella permaneció allí, con el abrigo y la combinación blanca y raída, mirándolo durante largo rato. Él le veía el cuerpo debajo de la combinación. Una ligera capa de sudor se extendía por la piel morena debajo del hueco de su garganta.

—Quiero entrar —dijo ella.

9

La primera vez que Lila posó la mirada en Luther fue durante una merienda en un prado verde a orillas del río Big Walnut, en las afueras de Minerva Park. En principio, era sólo para quienes trabajaban en la mansión de Columbus al servicio de la familia Buchanan, mientras los señores estaban de vacaciones en Saginaw Bay. Pero alguien se lo había comentado a alguien, y ese alguien se lo había comentado a otro alguien, y para cuando llegó Lila a última hora de la mañana de ese caluroso día de agosto, había al menos sesenta personas dispuestas a pasárselo en grande junto al río. Había pasado un mes desde la matanza de negros en East St. Louis, y ese mes había sido lento y crudo como el invierno entre los trabajadores de la casa de los Buchanan, llegando un goteo de habladurías que contradecían la versión de los periódicos y, naturalmente, las conversaciones de los blancos en torno a la mesa de los Buchanan. Oír esas historias —mujeres blancas apuñalando a mujeres de color con cuchillos de cocina mientras hombres blancos incendiaban el barrio entero y colgaban sus cuerdas y mataban a tiros a los negros— era razón más que suficiente para que un nubarrón flotara en la cabeza de todos los conocidos de Lila, pero cuatro semanas después daba la impresión de que la gente hubiese decidido apartar esa nube por un día, para divertirse mientras fuera posible.

Unos hombres habían cortado por la mitad un tonel de aceite y cubierto las dos partes con alambre de espino para hacer una barbacoa, y la gente había traído mesas y sillas, y las mesas se llenaron de bandejas de bagre frito y ensalada de patatas cremosa y muslos muy tostados y gruesas uvas moradas y pilas de hortalizas. Los niños corrían y los adultos bailaban y unos cuantos hombres jugaban al béisbol en la hierba agostada. Dos hombres, con sus guitarras, improvisaban melodías compitiendo entre sí como si estuvieran en una esquina de Helena, y el sonido de aquellas guitarras era tan nítido como el cielo.

Lila se sentó con sus amigas, todas criadas —Ginia y CC y Darla Blue—, y bebieron té con azúcar y miraron à los hombres y a los niños jugar. Era fácil distinguir a los solteros, porque actuaban de manera más infantil que los niños, haciendo cabriolas y peleándose en broma y hablando a voces. Recordaban a Lila a ponis antes de una carrera, piafando y alzando la cabeza.

Darla Blue, que tenía el mismo sentido común que una puerta de establo, dijo:

—A mí me gusta ése.

Todas miraron. Todas chillaron.

—¿El dentudo con un erizo por cabeza?

—Es mono.

—Lo sería si fuera un perro.

—No, es...

—Fíjate en esa barriga enorme y colgante —observó Ginia—. Le llega hasta las rodillas. Y ese culo... parece cincuenta kilos de caramelo blando.

—Me gustan los hombres un poco redondos.

—Pues entonces ése será tu verdadero amor, porque más redondo imposible. Redondo como una luna llena. En ese hombre no hay nada duro... ni nada que vaya a ponerse duro.

Chillaron otra vez, se dieron palmadas en los muslos, y CC dijo:

—¿Y tú qué, señorita Lila Waters? ¿Ves a tu Hombre Ideal?

Lila negó con la cabeza, pero las chicas no se lo tragaron.

Por más que chillaron e insistieron, no se lo sonsacaron; mantuvo la boca cerrada, sin desviar la mirada hacia él porque lo había visto, sin duda lo había visto, lo veía en ese mismo momento con el rabillo del ojo mientras él se desplazaba por la hierba como la misma brisa y atrapaba una bola en el aire manejando el guante con tal soltura que casi hacía daño verlo. Un hombre esbelto. Parecía poseer sangre felina por la manera de moverse, como si allí donde otros hombres tenían articulaciones, él tuviera resortes. Y los tenía perfectamente engrasados. Incluso cuando lanzaba la bola, lo que se veía no era tanto su brazo, la parte de él que había ejecutado el movimiento, como cada centímetro cuadrado de su cuerpo moverse al unísono.

Música, decidió Lila. El cuerpo de aquel hombre era música, ni más ni menos.

Había oído a los otros llamarlo por su nombre: Luther. Cuando llegado su turno de bateo se acercó corriendo, un niño corrió junto a él por la hierba y tropezó al llegar a la zona de tierra. El niño cayó de bruces golpeándose la barbilla y abrió la boca para gimotear, pero Luther, sin perder el paso, lo cogió en volandas y dijo:

—Vamos, niño, en sábado no se llora.

El niño se quedó con la boca abierta, y Luther le sonrió de oreja a oreja. El niño dejó escapar un grito y luego se echó a reír como si no fuera a parar nunca. Luther meció al niño en el aire y luego miró fijamente a Lila, que sintió que se le cortaba la respiración ante la intensidad de su mirada.

—¿Es suyo, señora?

Lila aguantó su mirada sin pestañear.

—No tengo hijos.

—Todavía —añadió CC, y soltó una carcajada, atajando lo que fuese que él se disponía a decir.

Luther dejó al niño de pie en el suelo. Apartó la vista de ella y sonrió al aire, con la mandíbula ladeada a la derecha. A continuación, se volvió hacia ella y la miró otra vez fijamente, tan tranquilo.

—Pues eso sí es una noticia magnífica —dijo—. Sí, señor. Magnífica como el día que hace hoy.

Se despidió tocándose la gorra y se marchó a coger su bate.

Al final del día, Lila rezaba. Apoyada en el pecho de Luther bajo un roble a cien metros de la fiesta río arriba, con las aguas oscuras y chispeantes del Big Walnut delante de ellos, dijo al Señor que temía llegar a amar demasiado a aquel hombre algún día. Incluso si se quedaba ciega mientras dormía, ella lo reconocería en medio de una muchedumbre por la voz, por el olor, por la forma en que se separaba el aire alrededor de él. Sabía que tenía un corazón salvaje e impetuoso, pero un alma tierna. Mientras él le recorría la cara interior del brazo con el pulgar, ella pidió al Señor que le perdonara todo lo que estaba a punto de hacer. Porque por ese hombre salvaje y tierno, estaba dispuesta a hacer lo que fuese necesario para que él siguiera ardiendo dentro de ella.

El Señor, pues, en su providencia, la perdonó o la condenó, ella nunca lo sabría con certeza, porque al final le concedió a Luther Laurence. Se lo concedió, durante el primer año de su relación, un par de veces al mes. Y el resto del tiempo ella trabajaba en casa de los Buchanan, y Luther en la fábrica de munición, avanzando por la vida como si tuviera el tiempo cronometrado.

Y salvaje lo era, eso desde luego. Sin embargo, a diferencia de muchos hombres, para Luther eso no era una elección, y en él no había malas intenciones. Se habría enmendado si alguien le hubiera explicado cómo hacerlo. Pero era como explicarle la esencia de la piedra al agua, la esencia de la arena al aire. Luther trabajaba en la fábrica, y cuando no trabajaba jugaba al béisbol, y cuando no jugaba al béisbol arreglaba algo, y cuando no arreglaba algo deambulaba con sus amigos por la noche de Columbus, y cuando no hacía eso estaba con Lila, y ella disfrutaba de su plena atención porque si Luther se concentraba en algo, se concentraba en ello excluyendo todo lo demás, de modo que cuando era Lila, se mostraba encantador, la hacía reír, ponía todo su ser, y ella sentía que nada, ni siquiera el calor del Señor, proyectaba semejante luz.

Hasta el día en que Jefferson Reese le dio la paliza que lo llevó al hospital una semana y le arrebató algo. No podía precisarse qué era ese algo, pero se notaba su ausencia. Lila no soportaba imaginar a su hombre hecho un ovillo en el polvo intentando protegerse mientras Reese descargaba en él puñetazos y patadas y daba rienda suelta a toda su brutalidad reprimida durante tanto tiempo. Ella había intentado prevenir a Luther respecto a Reese, pero Luther no había escuchado porque parte de él necesitaba embestir. Lo que había averiguado, allí tendido en el suelo mientras esos puños y pies caían sobre él, era que si uno embestía contra ciertas cosas —las cosas malas—, éstas no sólo te devolvían la embestida. No, no, no les bastaba con eso. Te aplastaban y seguían aplastándote y la única manera de escapar vivo era por pura suerte, nada más. Las cosas malas de este mundo daban una única lección: somos peores de lo que habías imaginado.

Ella amaba a Luther porque en él no había esa clase de maldad.

Amaba a Luther porque su lado salvaje se debía a lo mismo que su bondad: Luther amaba el mundo. Lo amaba de la misma manera que se ama una manzana tan dulce que uno no puede dejar de dar un bocado tras otro. Amaba el mundo tanto si éste le correspondía como si no.

Pero en Greenwood ese amor y esa luz de Luther habían empezado a apagarse. Ella al principio no lo entendía. Sí, había maneras mejores de casarse que la de ellos, y la casa de Archer era pequeña, y luego había llegado la epidemia a la ciudad, y todo eso en sólo ocho semanas; aun así, estaban en el paraíso. Estaban en uno de los pocos lugares del mundo donde un hombre y una mujer negros caminaban con la cabeza bien alta. Los blancos no sólo los dejaban en paz, sino que los respetaban, y Lila estaba de acuerdo con el hermano Garrity cuando declaró que Greenwood sería un modelo para el resto del país y que pasados diez o veinte años habría Greenwoods en Mobile y Columbus y Chicago y Nueva Orleans y Detroit. Porque los negros y los blancos habían encontrado la manera de convivir armoniosamente en Tulsa, y la paz y prosperidad resultantes de ello serían demasiado buenas para que el resto del país no se irguiese y prestase atención.

Pero Luther veía allí algo más. Algo que corroía su delicadeza y su luz, y Lila empezó a temer que su hijo no llegara al mundo a tiempo de salvar a su padre. Pues en sus días más optimistas, sabía que eso era lo único que hacía falta: que Luther cogiera en brazos a su hijo y se diera cuenta de una vez por todas de que había llegado la hora de ser hombre.

Se acarició la barriga y dijo al niño que creciese más deprisa, más deprisa. Oyó cerrarse la puerta de un coche y, por el ruido, supo que era el coche de aquel necio, Jessie Tell. Luther debía de haberlo invitado a casa, probablemente los dos tan entonados que no sabían ni por dónde andaban. Se levantó y se puso la mascarilla, y estaba atándosela en la nuca cuando Luther cruzó la puerta.

No fue la sangre lo primero que vio, aunque tenía la camisa manchada y un salpicón en el cuello. Lo primero que vio fue su semblante torcido. Luther no habitaba ya detrás de esa cara, no el que ella había conocido en el campo de béisbol, no el que le había sonreído y apartado el pelo mientras la penetraba una noche fría en Ohio, ni el que le había hecho cosquillas hasta quedarse ronca de tanto gritar, ni el que había dibujado a su hijo en la ventana de un tren a toda velocidad. Ese hombre no habitaba ya en aquel cuerpo.

Vio entonces la sangre y, acercándose a él, dijo:

—Luther, cariño, necesitas un médico. ¿Qué ha ocurrido? ¿Qué ha ocurrido?

Luther la detuvo. La cogió por los hombros como si fuera una silla a la que debía encontrarle un sitio y, mirando alrededor, dijo:

—Tienes que hacer las maletas.

—¿Cómo?

—La sangre no es mía. No estoy herido. Tienes que hacer las maletas.

—Luther, Luther. Mírame, Luther.

Él la miró.

—¿Qué ha ocurrido?

—Jessie está muerto. Jessie está muerto y Dandy también.

—¿Quién es Dandy?

—Trabajaba para el Diácono. El Diácono está muerto. Los sesos del Diácono han quedado esparcidos por una pared.

Ella se apartó de él. Se llevó las manos a la garganta porque no sabía dónde ponerlas.

—¿Qué has hecho? —preguntó.

—Tienes que hacer las maletas —contestó Luther—. Tenemos que huir.

—Yo no voy a ninguna parte —replicó ella.

—¿Cómo?

Luther la miró con la cabeza ladeada, a apenas un palmo de distancia, pero ella se sentía como si estuviera a mil kilómetros en la otra punta del mundo.

—Yo no me marcho de aquí —repitió Lila.

—Sí, vas a marcharte, mujer.

—Ni hablar.

—Lila, lo digo en serio. Haz las maletas de una puta vez.

Ella movió la cabeza en un gesto de negación.

Luther cerró los puños y entornó los ojos. Cruzó la sala y traspasó de un puñetazo el reloj colgado encima del sofá.

—Nos vamos de aquí.

Ella vio caer el cristal encima del sofá, vio que el segundero seguía moviéndose. Ya lo arreglaría. Sabía hacerlo.

—Jessie ha muerto —dijo ella—. ¿Eso has venido a decirme? Ha conseguido que lo maten, y casi ha conseguido que te maten a ti, ¿y esperas que te diga que eres mi hombre y que haga las maletas a toda prisa y abandone mi casa porque te amo?

—Sí —contestó él, y volvió a cogerla por los hombros—. Sí.

—Pues no pienso hacerlo —dijo ella—. Eres un imbécil. Ya te avisé cómo acabarías si andabas con ese chico y si andabas con el Diácono, y ahora te presentas aquí con las huellas de tu pecado, manchado con la sangre de otros hombres, ¿y qué dices que quieres?

—Quiero que vengas conmigo.

—¿Has matado a alguien esta noche, Luther?

—He matado al Diácono —contestó en un susurro con la mirada perdida—. Le he pegado un tiro en la cabeza.

—¿Por qué? —preguntó ella, ahora su voz también un susurro.

—Porque Jessie ha muerto por su culpa.

—¿Y a quién ha matado Jessie?

—Jessie ha matado a Dandy, Smoke ha matado a Jessie, y yo he disparado a Smoke. Probablemente también muera.

Lila sintió la rabia crecer dentro de ella, llevándose el miedo y la compasión y el amor.

—¿Así que Jessie Tell mata a un hombre y luego un hombre le dispara y luego tú disparas a ese hombre y luego matas al Diácono? ¿Es eso lo que estás diciéndome?

—Sí. Y ahora...

—¿Es eso lo que estás diciéndome? —gritó ella, y le golpeó los hombros y el pecho con los puños y luego lo abofeteó con fuerza, y habría seguido haciéndolo si él no le hubiese sujetado las muñecas.

—Lila, escúchame...

—Sal de mi casa. Sal de mi casa. Has quitado vidas. Eres vil a los ojos del Señor, Luther. Y te castigará.

Luther se apartó de ella.

Lila se quedó donde estaba y sintió que su hijo daba una patada en su vientre. No fue una patada muy fuerte, sino débil, vacilante.

—Tengo que cambiarme y hacer la maleta.

—Pues hazlo —dijo ella, y le dio la espalda.

Mientras sujetaba sus pertenencias a la parte de atrás del coche de Jessie, ella se quedó dentro de la casa, escuchándolo trajinar fuera y pensando que un amor como el suyo no podía acabar de ninguna otra manera, porque siempre había ardido con demasiada intensidad. Y pidió perdón al Señor por lo que ahora veía claramente como su mayor pecado: habían buscado el cielo en este mundo. Una búsqueda así rebosaba orgullo, el peor de los siete pecados capitales. Peor que la avaricia, peor que la ira.

Cuando Luther volvió, Lila seguía sentada en su lado de la cama.

—¿Esto es el final? —musitó él.

—Supongo que sí.

—¿Se ha acabado?

—Creo que sí.

—Yo... —Tendió la mano.

—¿Qué?

—Te quiero, mujer.

Ella asintió con la cabeza.

—He dicho que te quiero.

Ella volvió a asentir.

—Ya lo sé. Pero amas más otras cosas.

Él cabeceó, dejando la mano suspendida en el aire, esperando a que ella la cogiese.

—Sí, es así. Eres un niño, Luther. Y ahora este derramamiento de sangre es consecuencia de tus juegos. La culpa ha sido tuya, Luther. No de Jessie, no del Diácono. Ha sido tuya. Toda tuya. Tuya. Tuya, con tu hijo en mi vientre.

Luther bajó la mano. Permaneció en el umbral largo rato. Varias veces abrió la boca como para decir algo, pero no le salieron las palabras.

—Te quiero —repitió, ahora con voz ronca.

—Yo también te quiero —dijo ella, aunque en ese momento no lo sentía de corazón—. Pero debes marcharte antes de que vengan a buscarte.

Luther salió por la puerta tan deprisa que ella no habría sido capaz de decir si lo había visto moverse. De pronto estaba allí y al cabo de un instante sus pisadas sonaban fuera, en el suelo de tablas, y ella oyó el motor arrancar y el coche al ralentí durante unos segundos.

Cuando Luther retiró el freno de mano y puso la primera, el coche emitió un ruidoso traqueteo y ella se levantó pero no se acercó a la puerta. Cuando por fin salió al porche, él ya no estaba. Miró hacia la calle en busca de las luces traseras, y apenas las distinguió, a lo lejos, entre el polvo que levantaban los neumáticos en la noche.

Luther dejó las llaves del coche de Arthur Smalley en su porche delantero sobre una nota donde se leía «callejón del club Almighty». Dejó otra nota con la misma indicación para que los Irvine supieran dónde encontrar su baúl, y depositó las joyas y el dinero y casi todo lo demás que se habían llevado en los porches de los enfermos. Cuando llegó a la casa de Owen Tice, vio al hombre a través de la mosquitera, sentado a la mesa, muerto. Después de apretar el gatillo, la escopeta había caído de nuevo contra él. Ahora permanecía recta entre sus muslos, sujeta aún entre sus manos.

Luther regresó en el coche a través de la decreciente oscuridad de la madrugada y entró en la casa de Elwood. Se quedó en la sala de estar y observó a su mujer dormir en la butaca donde la había dejado. Entró en el dormitorio y levantó el colchón. Colocó la mayor parte del dinero de Owen Tice debajo y luego volvió a la sala y, allí de pie, contempló a su esposa un rato más. Ella roncaba suavemente. Gimió una vez y encogió las rodillas un poco más contra el vientre.

No le había faltado razón en nada de lo que había dicho.

Pero con qué frialdad había actuado. Se había propuesto romperle el corazón tanto como él, ahora lo veía, se lo había roto a ella durante esos últimos meses. En ese momento habría deseado rodear con sus brazos esa misma casa que había temido y lo había irritado y cargarla en el coche de Jessie para llevársela consigo a dondequiera que fuese.

—De verdad te quiero, Lila Waters Laurence —dijo, y se besó la punta del dedo índice y le tocó la frente.

Ella no se movió, así que Luther se inclinó y le besó el vientre. Luego abandonó la casa, regresó al coche de Jessie y se encaminó hacia el norte con el sol elevándose sobre Tulsa y los pájaros despertando de su sueño.

10

Durante dos semanas, si su padre no estaba en casa, Tessa se presentaba ante la puerta de Danny. Rara vez dormían, pero Danny no habría dicho que aquello era hacer el amor. Era demasiado descarnado para eso. En varias ocasiones ella dio las órdenes: más despacio, más deprisa, más fuerte, ponla ahí, así no, date la vuelta, de pie, túmbate. A Danny le parecían actos de desesperación, esa manera de arañarse y morderse y estrujarse los huesos. Y sin embargo él siempre volvía a por más. A veces, mientras hacía la ronda, deseaba sin querer que el uniforme no fuese tan áspero; le rozaba en partes de la piel ya casi en carne viva. Esas noches su habitación semejaba una guarida. Entraban y se destrozaban mutuamente. Y aunque les llegaban los sonidos del barrio —algún que otro bocinazo, los gritos de los niños pateando un balón en alguna calleja, los relinchos y resoplidos procedentes de las cuadras detrás del edificio, incluso el ruido metálico de las pisadas en la escalera de incendios de algún inquilino que había descubierto la atracción de la azotea que Tessa y él habían abandonado—, parecían los sonidos de una vida ajena a ellos.

Pese a tanto abandono en el dormitorio, Tessa se retraía después del sexo. Volvía furtivamente a su habitación sin decir una palabra y ni una sola vez se quedó dormida en la cama de Danny. A él no le importaba. De hecho, lo prefería así: con fogosidad y frialdad a la vez. Se preguntaba si su papel en el desencadenamiento de esa furia indescriptible guardaba relación con lo que sentía por Nora, su deseo de castigarla por amarlo y abandonarlo y seguir viviendo.

No existía el menor peligro de que se enamorase de Tessa. Ni ella de él. En aquel entrelazarse como serpientes, él percibía desprecio por encima de todo, no sólo de ella hacia él, o de él hacia ella, sino de los dos por su adicción estéril a ese acto. Una vez, cuando ella estaba encima, clavando los dedos en el pecho de Danny, susurró «Tan joven», como una condena.

Cuando Federico estaba en la ciudad, invitaba a Danny a tomar anís en su apartamento y escuchaban ópera en el Silvertone mientras Tessa, sentada en el sofá, estudiaba inglés con cuadernos que Federico traía de sus viajes por Nueva Inglaterra y Nueva York. Al principio, Danny temió que Federico percibiera la intimidad entre su compañero de copas y su hija, pero Tessa se quedaba sentada en el sofá, una desconocida, con las piernas encogidas bajo la enagua, el cuello de la blusa de crepé ciñéndole la garganta, y cada vez que su mirada se cruzaba con la de Danny, en su expresión no se advertía más que curiosidad lingüística.

—Define «avaricia» —dijo una vez con su acento italiano.

Esas noches Danny volvía a su apartamento sintiéndose traidor y traicionado a la vez, y se sentaba junto a la ventana y hasta entrada la noche leía textos de las pilas del material entregado por Eddie McKenna.

Fue a otra reunión del CSB, y a otra más, pero apenas había cambiado nada en la situación y las perspectivas de sus miembros. El alcalde seguía negándose a reunirse con ellos, en tanto que Samuel Gompers y la Federación Americana del Trabajo parecían tener sus dudas acerca de la posibilidad de formar una sección.

—No hay que perder la fe —oyó decir una noche Danny a Mark Denton, que hablaba con un agente de a pie—. Roma no se hizo en un día.

—Pero se hizo —replicó el otro hombre.

Y una noche, cuando regresó a casa después de dos días seguidos de servicio, encontró a la señora DiMassi llevándose a rastras escalera abajo la alfombra de Tessa y Federico. Danny intentó ayudarla, pero la anciana rehusó el ofrecimiento con un gesto y soltó la alfombra en el vestíbulo con un sonoro suspiro antes de mirarlo.

—Se ha ido —dijo la anciana, y Danny se dio cuenta de que ella sabía lo que Tessa y él se traían entre manos y que eso incidiría en su concepto de Danny mientras viviera allí—. Se han ido sin decir ni pío. Encima me deben el alquiler. Si la busca, no la encontrará, me temo. Las mujeres de su pueblo son famosas por su corazón negro. ¿Entiende? Brujas, piensan algunos. Tessa tiene el corazón negro. Desde la muerte del bebé, más negro aún. Y usted... —añadió al pasar ante él en dirección a su apartamento—... usted probablemente lo ha vuelto más negro aún.

Abrió la puerta de su apartamento y volvió a mirarlo.

—Están esperándolo.

—¿Quiénes?

—Unos hombres en su habitación —respondió, y entró.

Danny se desabrochó la pistolera de cuero mientras subía, parte de él pensando todavía en Tessa, en que quizá no fuera tarde aún para encontrarla si el rastro no se había enfriado demasiado. Le pareció que le debía una explicación. Estaba convencido de que la había.

En lo alto de la escalera, oyó la voz de su padre procedente de su apartamento y volvió a abrocharse la pistolera. Pero en lugar de dirigirse hacia la voz, fue al apartamento de Tessa y Federico. Encontró la puerta entornada. La abrió de un empujón. Salvo por la alfombra, la sala estaba igual. Sin embargo, al pasearse por ella, vio que habían retirado todas las fotografías. En el dormitorio, los armarios estaban vacíos y el colchón desnudo. No había nada en la superficie del tocador donde Tessa tenía antes sus perfumes y polvos. En el perchero del rincón sobresalían los colgadores vacíos. Regresó a la sala y sintió que una gota de sudor frío le resbalaba por detrás de la oreja y después por la nuca: habían dejado el Silvertone.

Vio tapa levantada y se acercó. De pronto percibió el olor. Alguien había vertido ácido en el plato, y el forro de terciopelo púrpura había quedado consumido por completo. Al abrir el armario, encontró los preciados discos de Federico hechos pedazos. Lo primero que pensó fue que los habían asesinado; el viejo jamás habría dejado aquello ni permitido que nadie lo destrozara de una manera tan indecente.

Vio entonces la nota, pegada a la puerta derecha del armario. La letra era de Federico, idéntica a la de la nota que había dejado para invitarlo a cenar aquella primera noche. De repente Danny sintió náuseas.

Policía:
¿Es esta madera todavía un árbol?
Federico

—Aiden —dijo su padre desde la puerta—. Me alegro de verte, hijo.

Danny lo miró.

—¿Qué demonios pasa?

Su padre entró en el apartamento.

—Los demás inquilinos dicen que parecía un viejo encantador. Es también tu opinión, supongo.

Danny se encogió de hombros. Se sentía aturdido.

—Pues no es ni encantador ni viejo. ¿Qué significa esa nota que te ha dejado?

—Una broma entre nosotros —contestó Danny.

Su padre arrugó la frente.

—En este asunto nada puede quedar entre vosotros —dijo.

—¿Por qué no me cuentas qué está pasando?

Su padre sonrió.

—Encontrarás la explicación en tu cuarto.

Danny lo siguió por el pasillo y encontró a dos hombres esperando en su apartamento. Llevaban pajaritas y gruesos trajes de raya diplomática oscura sobre fondo de color óxido. Tenían el pelo pegado al cráneo con vaselina y peinado con raya al medio. Los zapatos, bien lustrados, eran de un marrón mate. El Departamento de Justicia. No habría sido más obvio si hubiesen llevado las placas colgadas de la frente.

El más alto lo miró. El más bajo estaba sentado en el borde de la mesita de centro de Danny.

—¿Agente Coughlin? —preguntó el alto.

—¿Quién es usted?

—Yo he preguntado primero —dijo el alto.

—Me da igual —repuso Danny—. Ésta es mi casa.

El padre de Danny cruzó los brazos y se recostó contra la ventana, contentándose con presenciar el espectáculo.

El alto miró por encima del hombro a su compañero y luego otra vez a Danny.

—Me llamo Finch. Rayme Finch. No Raymond. Sólo Rayme. Puede llamarme agente Finch.

Hombre de extremidades flexibles y huesos grandes, tenía el aspecto de un atleta.

Danny encendió un cigarrillo y se apoyó en el umbral de la puerta.

—¿Tiene placa?

—Ya se la he enseñado a su padre.

Danny hizo un gesto de indiferencia.

—Pero a mí no.

Cuando Finch se llevó la mano al bolsillo, Danny sorprendió al hombrecillo sentado en la mesa de centro observándolo con esa clase de desdén indolente que uno relacionaría con obispos o cabareteras. Calculó que tenía unos años menos que él —no debía pasar de los veintitrés— y como mínimo diez menos que el agente Finch, pero bajo sus ojos protuberantes colgaban unas bolsas oscuras como las de un hombre que le doblara la edad. Cruzó las piernas y se quitó una mota invisible de la rodilla.

Finch sacó su placa y un carnet federal con el sello del Gobierno de Estados Unidos: Buró de Investigación.

Danny le echó un vistazo.

—¿Son del BI?

—Procure decirlo sin esa mueca.

Danny señaló al otro individuo con el pulgar.

—¿Y ése quién es?

Finch abrió la boca, pero el otro hombre se limpió la mano con un pañuelo antes de ofrecérsela a Danny.

—John Hoover, señor Coughlin —contestó el hombre, y Danny, al retirar la mano, la notó húmeda de sudor—. Trabajo en el Departamento Antirradical de Justicia. Usted no simpatiza con los radicales, ¿verdad que no, señor Coughlin?

—No hay alemanes en el edificio. ¿No es de eso de lo que se ocupa Justicia? —Volvió a mirar a Finch—. Y el BI se dedica esencialmente a las quiebras fraudulentas, ¿o no?

El bulto pálido sentado en la mesa de centro miró a Danny como si quisiera morderle la punta de la nariz.

—Nuestras competencias se han ampliado un poco desde el comienzo de la guerra, agente Coughlin.

Danny asintió.

—Pues les deseo suerte. —Cruzó el umbral—. Y ahora háganme el puto favor de salir de mi apartamento.

—También nos ocupamos de los prófugos del servicio militar —dijo el agente Finch—, los agitadores, los sediciosos, la gente dispuesta a entrar en guerra contra Estados Unidos.

—Es una forma de vida.

—Y vaya forma de vida. En especial la de los anarquistas —dijo Finch—. Esos canallas son los primeros de la lista. Ya sabe, agente Coughlin, los que ponen bombas. Como esa mujer a la que usted se follaba.

Danny cuadró los hombros ante Finch.

—¿A quién dice que me follo?

Esta vez fue el agente Finch quien se apoyó en el umbral.

—Se follaba. A Tessa Abruzze. Al menos así se hacía llamar. ¿Me equivoco?

—Conozco a la señorita Abruzze. ¿Qué pasa?

Finch le dirigió una parca sonrisa.

—No sabe usted un carajo de ella.

—Su padre vende gramófonos —dijo Danny—. Tuvieron ciertos problemas en Italia pero...

—Su padre es su marido —dijo Finch. Enarcó las cejas—. Sí, ha oído bien. Y los gramófonos le importan una mierda. Ni siquiera se llama Federico Abruzze. Es anarquista, en concreto galleanista. ¿Conoce el término o necesita una aclaración?

—Lo conozco —respondió Danny.

—En realidad se llama Federico Ficara, ¿y sabe qué hacía mientras usted se follaba a su mujer? Bombas.

—¿Dónde? —preguntó Danny.

—Aquí mismo.

Rayme Finch señaló el pasillo con el pulgar.

John Hoover puso una mano encima de la otra y apoyó las dos en la hebilla de su cinturón.

—Repito la pregunta, agente Coughlin: ¿es usted la clase hombre que simpatiza con radicales?

—Creo que mi hijo ya ha contestado a esa pregunta —terció Thomas Coughlin.

John Hoover movió la cabeza en un gesto de negación.

—Pues yo no lo he oído.

Danny lo miró. Hoover tenía la piel como pan sacado del horno antes de tiempo y unas pupilas tan diminutas y oscuras que parecían corresponder a la cabeza de otro animal.

—La razón por la que pregunto es que vamos a cerrar la puerta del establo. Después de salir los caballos, eso se lo aseguro, pero antes de que el establo quede reducido a cenizas. ¿Quiere que le diga qué nos ha demostrado la guerra? Que el enemigo no sólo está en Alemania. El enemigo vino en barcos y se benefició de nuestra política de inmigración laxa y montó aquí el tenderete. Adoctrina a los mineros y a los obreros de las fábricas y se hace pasar por amigo del trabajador y el oprimido. Pero ¿qué es en realidad? En realidad es un embustero, un engatusador, una plaga extranjera, un hombre decidido a destruir nuestra democracia. Debe ser reducido a polvo. —Hoover se enjugó la nuca con el pañuelo; tenía el borde del cuello de la camisa oscurecido por el sudor—. Así que se lo pregunto por tercera vez: ¿congenia usted con elementos radicales? ¿Es usted, de hecho, enemigo de mi Tío Samuel?

—¿Habla en serio? —preguntó Danny.

—Sí, muy en serio —contestó Finch.

—Ha dicho que se llama John, ¿no?

El hombre redondo asintió con un gesto nimio.

—¿Ha combatido usted en la guerra?

Hoover negó con su enorme cabeza.

—No he tenido el honor.

—El honor —repitió Danny—. Pues yo tampoco he tenido el honor, pero es porque me declararon miembro del personal esencial en retaguardia. ¿Cuál es su excusa?

Hoover se sonrojó y se guardó el pañuelo en el bolsillo.

—Hay muchas maneras de servir a la patria, señor Coughlin.

—Sí, las hay —coincidió Danny—. Tengo un agujero en el cuello por servir a la mía. Así que si vuelve a poner en duda mi patriotismo, John, le pediré a mi padre que se agache y a usted lo tiraré por esa puta ventana.

El padre de Danny agitó una mano ante el pecho y se apartó de la ventana.

Pero Hoover le devolvió la mirada a Danny con el azul acerado de quien no somete a examen su conciencia. Era la entereza moral de un niño pequeño que juega a la guerra con palos. Que se hace mayor, pero no crece.

Finch se aclaró la garganta.

—El asunto que nos atañe, caballeros, son las bombas. ¿Podríamos volver a eso?

—¿Cómo se han enterado de mi relación con Tessa? —preguntó Danny—. ¿Me seguían?

Finch negó con la cabeza.

—A usted no, a ella. Ella y su marido, Federico, fueron vistos por última vez hace diez meses en Oregón. Dieron una paliza de muerte a un inspector ferroviario que intentó mirar en el bolso de Tessa. Se vieron obligados a saltar del tren en plena marcha. El caso es que tuvieron que dejar allí la bolsa. El Departamento de Policía de Portland acudió a recibir el tren y encontró detonadores, dinamita y un par de pistolas. La caja de herramientas de un auténtico anarquista. Aquel inspector desconfiado murió a causa de las heridas, el pobre.

—Todavía no ha contestado a mi pregunta —dijo Danny.

—Les seguimos el rastro hasta Boston hace un mes. Al fin y al cabo, Galleani tiene aquí su base. Habíamos oído rumores de que ella estaba embarazada. Pero entonces la gripe era el foco de atención, y eso nos retrasó. Anoche, un individuo, digamos que colaborador nuestro en el medio anarquista clandestino, nos facilitó la dirección de Tessa. Pero ella debió de enterarse, porque se largó antes de que nosotros llegáramos. ¿Y en cuanto a usted? Eso fue fácil. Preguntamos a todos los inquilinos del edificio si Tessa había actuado de manera sospechosa últimamente. Todos contestaron como un solo hombre: «¿Aparte de follarse al poli de la quinta planta? Pues no».

—¿Tessa, una terrorista? —Danny cabeceó—. No me lo trago.

—¿Ah, no? —dijo Finch—. Hace una hora John ha encontrado en su habitación limaduras en las grietas del suelo y marcas que sólo pueden proceder de un ácido. ¿Quiere echar un vistazo? Fabrican bombas, agente Coughlin. No, mejor dicho: han fabricado bombas. Seguramente han utilizado el manual que escribió el propio Galleani.

Danny fue a la ventana y la abrió. Aspiró el aire frío y contempló las luces del puerto. Luigi Galleani era el padre del anarquismo en Estados Unidos, consagrado públicamente a derrocar al Gobierno federal. En los últimos cinco años no había un solo acto terrorista importante que no se le hubiera atribuido.

—En cuanto a su amiguita —prosiguió Finch—, es verdad que se llama Tessa, pero probablemente es lo único cierto que sabe usted de ella. —Finch se acercó a Danny y su padre, ambos junto a la ventana. Sacó un pañuelo doblado y lo desplegó—. ¿Ven esto?

Danny miró el pañuelo y vio polvo blanco.

—Esto es fulminante de mercurio. Parece sal de mesa, ¿verdad? Pero si la ponemos en una roca y damos un martillazo en la roca, estallarán tanto la roca como el martillo. Y seguramente también nuestro brazo. Su amiguita nació en Nápoles, con el nombre de Tessa Valparo. Se crió en los bajos fondos, perdió a sus padres por el cólera y empezó a trabajar en un burdel a los doce años. Mató a un cliente cuando tenía trece con una cuchilla de afeitar y una imaginación impresionante. Se enamoró de Federico poco después y vinieron aquí.

—Donde enseguida conocieron a Luigi Galleani, en Lynn, poco más al norte de aquí —añadió Hoover—. Le ayudaron a planificar atentados en Nueva York y Chicago y ofrecieron el hombro para llorar a todos los obreros desvalidos desde Cape Cod hasta Seattle. Colaboraron además en ese deshonroso periodicucho propagandista, el *Cronaca Sovversiva*. ¿Le suena de algo?

—Para alguien que trabaja en el North End, es imposible no conocerlo —dijo Danny—. Aquí la gente envuelve el pescado con él.

—Así y todo, es ilegal —puntualizó Hoover.

—Bueno, es ilegal distribuirlo por correo —precisó Rayme Finch—. De hecho, yo soy el culpable de que sea así. Organicé una redada en la redacción. He detenido a Galleani dos veces. Lo deportaré antes de que acabe el año, eso se lo garantizo.

—¿Por qué no lo ha deportado ya?

—Por ahora la ley favorece a los subversivos —afirmó Hoover—. Por ahora.

Danny se rió.

—Eugene Debs está en la cárcel por pronunciar un puto discurso.

—Un discurso de apología de la violencia —matizó Hoover con voz alta y tensa—, contra este país.

Danny miró a aquel rechoncho pavo real con cara de hastío.

—Lo que quiero decir es que si se puede meter en la cárcel a un antiguo candidato presidencial por pronunciar un discurso, ¿por qué no pueden deportar al anarquista más peligroso del país?

Finch dejó escapar un suspiro.

—Tiene hijos americanos y una mujer americana. Eso es lo que le valió el voto de simpatía la última vez. Pero se irá. Créame. La próxima vez se irá.

—Se irán todos —añadió Hoover—. Hasta el último de esos desarrapados.

Danny se volvió hacia su padre.

—Di algo.

—¿Qué voy a decir? —preguntó su padre con tono conciliador.

—Di por qué estás aquí.

—Ya te lo he dicho —explicó su padre—: estos caballeros me han informado de que mi propio hijo se estaba tirando a una subversiva. A una mujer que fabrica bombas, Aiden.

—Danny.

Su padre sacó un paquete de Black Jack del bolsillo y ofreció a los presentes. John Hoover cogió uno, pero no Danny ni Finch. Su padre y Hoover desenvolvieron los chicles y se los llevaron a la boca.

Su padre suspiró.

—Si llegara a los periódicos, Danny, que mi hijo aceptaba los favores de una, digamos, una radical violenta mientras su marido construía bombas bajo sus narices, ¿qué imagen daría eso de mi querido departamento?

Danny se volvió hacia Finch.

—Pues encuéntrelos y depórtelos. Ése es el plan, ¿no?

—Puede estar seguro. Pero de aquí a que los encuentre y se vayan —dijo Finch—, se proponen armar mucho alboroto. Ahora sabemos que tienen algo previsto para mayo. Por lo que sé, su padre ya le ha informado a ese respecto. Ignoramos dónde van a atentar o contra quién. Barajamos alguna que otra posibilidad, pero los radicales son imprevisibles. Van detrás de la habitual lista de jueces y políticos, pero son los objetivos industriales los más difíciles de proteger. ¿Qué industria elegirán? ¿El carbón, el hierro, el plomo, el azúcar, el acero, el caucho, el sector textil? ¿Atentarán contra una fábrica? ¿O contra una destilería? ¿O contra una torre de perforación petrolífera? No lo sabemos. Pero sí sabemos que van a atentar contra algo grande justo aquí, en esta ciudad.

—¿Cuándo?

—Podría ser mañana. Podría ser dentro de tres meses. —Finch se encogió de hombros—. O puede que esperen hasta mayo. No sabría decirle.

—Pero le aseguramos —intervino Hoover— que su acto sedicioso será sonado.

Finch se llevó la mano al bolsillo, desplegó un papel y se lo entregó a Danny.

—Hemos encontrado esto en el armario de esa mujer. Creo que es un borrador.

Danny cogió el papel. La nota estaba compuesta con letras recortadas del periódico y pegadas a la hoja.

¡ADELANTE!
¡DEPORTADNOS! NOSOTROS OS DINAMITAREMOS.

Danny le devolvió la nota.

—Es un comunicado de prensa —explicó Finch—. Me juego lo que sea. Sólo que no lo han enviado todavía. Pero cuando llegue a la calle, puede estar seguro de que seguirá una explosión.

—¿Y por qué me cuenta todo esto? —preguntó Danny.

—Para ver si tiene interés en detenerlos.

—Mi hijo es un hombre orgulloso —declaró Thomas Coughlin—. No soportaría que algo así se difundiera y empañara su buen nombre.

Danny no le hizo el menor caso.

—Cualquiera en su sano juicio querría detenerlos.

—Pero usted no es cualquiera —dijo Hoover—. Galleani ya intentó hacerlo volar por los aires una vez.

—¿Cómo? —preguntó Danny.

—¿Quién cree que ordenó el atentado de Salutation Street? —dijo Finch—. ¿Cree que fue casualidad? Fue en venganza por la detención de tres de los suyos en una manifestación antibelicista el mes anterior. ¿Quién cree que estaba detrás de la muerte de esos diez policías en una explosión en Chicago el año pasado? Galleani, él estaba detrás. Y sus secuaces. Han intentado asesinar a Rockefeller. Han intentado asesinar a jueces. Han cometido atentados en desfiles. Joder, hasta han puesto una bomba en la catedral de San Patricio. Galleani y sus galleanistas. A principios de siglo, gente de esa misma filosofía asesinó al presidente McKinley, al presidente de Francia, al primer ministro de España, a la emperatriz de Austria y al rey de Italia. Todo en un período de seis años. De vez en cuando a alguno de ellos le explota una de sus bombas en las manos, pero no tienen nada de cómicos. Son asesinos. Y estaban fabricando bombas aquí mismo, delante de sus narices, mientras usted se follaba a una de ellos. Ah, no, permítame corregirlo: mientras ella se lo follaba a usted. Así pues, ¿tiene que ser este asunto aún más personal para que abra los ojos, señor Coughlin?

Danny pensó en Tessa en su cama, en los sonidos guturales que emitían, en sus ojos muy abiertos cuando la penetraba, en sus uñas arañándole la piel, en su boca ensanchándose en una sonrisa, y fuera el ruido metálico de las pisadas en la escalera de incendios cuando la gente subía y bajaba.

—Usted los ha visto de cerca —prosiguió Finch—. Si vuelve a verlos, tendría uno o dos segundos de ventaja sobre cualquiera sin más referencia que una fotografía descolorida.

—Aquí me es imposible encontrarlos —dijo Danny—. Imposible. Soy americano.

—Esto es Estados Unidos —dijo Hoover.

Danny señaló el suelo y negó con la cabeza.

—Esto es Italia.

—Pero ¿y si conseguimos acercárselos?

—¿Cómo?

Finch entregó una fotografía a Danny. La calidad era mala, como si se hubiese reproducido varias veces. El hombre del retrato, de nariz delgada y aristocrática, con los ojos entrecerrados, aparentaba unos treinta años. Iba recién afeitado. Era rubio, y parecía pálido, aunque eso no era más que una conjetura por parte de Danny.

—No parece un bolchevique con carnet del partido.

—Y sin embargo lo es —afirmó Finch.

Danny le devolvió la fotografía.

—¿Quién es?

—Se llama Nathan Bishop. Es una auténtica joya. Un médico inglés y radical. De vez en cuando estos terroristas se vuelan una mano por accidente o acaban heridos en unos disturbios, y como no pueden presentarse en una sala de urgencias, van a ver a este amigo nuestro. Nathan Bishop es el matasanos de la empresa al servicio del movimiento radical de Massachusetts. Los radicales no suelen confraternizar fuera de sus células independientes, pero Nathan es el tejido conjuntivo. Conoce a todos los protagonistas.

—Y bebe —agregó Hoover—. En abundancia.

—Pues mande a uno de sus hombres a congraciarse con él.

Finch movió la cabeza en un gesto de negación.

—No será posible.

—¿Por qué?

—¿Quiere que le sea franco? No tenemos presupuesto. —Finch pareció abochornado—. Por eso hemos acudido a su padre, y él nos ha contado que usted ya ha empezado a preparar el terreno para ir tras una célula radical. Queremos que usted ronde de aquí para allá dentro del movimiento, que consiga números de matrícula, cuentas de los miembros. Al mismo tiempo debe estar atento para cuando aparezca Bishop. Tarde o temprano sus caminos se cruzarán. Usted acérquese a él, acérquese a todos esos cabrones. ¿Ha oído hablar de la Sociedad de Obreros Letones de Roxbury?

Danny asintió.

—Por aquí los llaman simplemente letones.

Finch ladeó la cabeza, como si aquello fuese nuevo para él.

—Por alguna absurda razón sentimental, son el grupo preferido de Bishop. Es amigo del cabecilla, un judío, un tal Louis Fraina que tiene vínculos demostrados con la Madre Rusia. Nos han llegado rumores de que Fraina podría ser el principal autor de todo esto.

—¿De todo qué? —quiso saber Danny—. Sólo me han dado la información que necesitaba saber.

Finch miró a Thomas Coughlin. El padre de Danny levantó las manos, con las palmas abiertas, y se encogió de hombros.

—Es posible que planeen algo sonado para la primavera.

—¿Qué exactamente?

—Una revuelta nacional el Primero de Mayo.

Danny se echó a reír. Nadie lo secundó.

—No hablan en serio.

Su padre asintió con la cabeza.

—Una campaña de atentados seguida de una revuelta armada, coordinada entre todas las células radicales en las principales ciudades del país.

—¿Con qué fin? Tampoco es que puedan asaltar Washington.

—Eso mismo fue lo que dijo Nicolás sobre San Petersburgo —repuso Finch.

Danny se quitó el abrigo y la chaqueta azul. Allí en camiseta, se desabrochó el cinto del arma y lo colgó de la puerta del armario. Se sirvió un vaso de whisky de centeno y no ofreció a nadie la botella.

—¿Ese tal Bishop tiene lazos con los letones, pues?

Finch asintió.

—A veces. Los letones no tienen ningún lazo visible con los galleanistas, pero todos son radicales, y por tanto Bishop tiene lazos con unos y otros.

—Los bolcheviques por un lado —dijo Danny—, los anarquistas por otro.

—Y Nathan Bishop es la conexión entre ambos.

—Es decir, yo debo infiltrarme entre los letones y ver si fabrican bombas para el Primero de Mayo o si no... ¿qué?... si tienen algún tipo de relación con Galleani.

—Si no con él, con sus seguidores —respondió Hoover.

—¿Y si no la tienen? —preguntó Danny.

—Consiga su lista de direcciones.

Danny se sirvió otra copa.

—¿Cómo dice?

—Su lista de direcciones. Es la clave para desactivar cualquier grupo subversivo. En la redada del *Cronaca* el año pasado, acababan de sacar el último número. Conseguí el nombre de todas las personas a quienes lo enviaban. A partir de esa lista, el Departamento de Justicia deportó a sesenta.

—Ya. Según he oído, Justicia deportó una vez a un hombre por llamar soplapollas a Wilson.

—Lo intentamos —admitió Hoover—. Por desgracia, el juez decidió que la cárcel era una pena más apropiada.

Incluso el padre de Danny lo miró con incredulidad.

—¿Por llamar soplapollas a alguien?

—Por llamar soplapollas al presidente de Estados Unidos —aclaró Finch.

—¿Y si veo a Tessa o a Federico?

De pronto Danny percibió un resto del aroma de Tessa en el aire.

—Pégueles un tiro en la cara —contestó Finch—. Y luego diga «Alto».

—Aquí se me escapa algo —dijo Danny.

—No, ya lo has entendido bien —aseguró su padre.

—Los bolcheviques son charlatanes. Los galleanistas son terroristas. Pero lo uno no es por fuerza lo mismo que lo otro.

—Tampoco se excluyen mutuamente —repuso Hoover.

—Pero aunque sea así, son...

—Oiga —interrumpió Finch con aspereza, su mirada demasiado transparente—. Habla de los bolcheviques o los comunistas como si hubiera matices que los demás, en nuestra torpeza, no percibimos. No son distintos: unos y otros son putos terroristas. Del primero al último. A este país le espera una verdadera batalla campal, agente. Creemos que esa batalla campal tendrá lugar el Primero de Mayo. Que será imposible agarrar a un gato por la cola y lanzarlo sin que vaya a caer en un revolucionario con una bomba o un rifle. Y si eso ocurre, este país se vendrá abajo. Imagíneselo: los cuerpos de americanos inocentes tirados por las calles. Miles de niños, madres, trabajadores. ¿Y para qué? Porque esos soplapollas odian nuestra forma de vida. Porque es mejor que la de ellos. Porque somos mejores que ellos. Somos más ricos, somos más libres, tenemos una gran proporción de los mejores bienes raíces de un mundo que en su mayor parte es desierto o mar de agua no potable. Pero nosotros no acaparamos, compartimos. ¿Y acaso nos dan las gracias por compartirlo? ¿Por acogerlos en nuestras costas? No. Intentan matarnos. Intentan echar abajo nuestro Gobierno como si fuéramos los putos Romanov. Pues bien, no somos los putos Romanov. Somos la única democracia que funciona en el mundo. Y ya estamos hartos de pedir disculpas por eso.

Danny aguardó un momento y aplaudió.

Hoover pareció otra vez a punto de morderlo, pero Finch hizo una reverencia.

Danny volvió a ver Salutation Street, la pared transformada en una llovizna blanca, el suelo que desaparecía bajo sus pies. Nunca le había hablado de eso a nadie, ni siquiera a Nora. ¿Cómo podía expresarse con palabras la impotencia? No se podía. Era imposible. Al caer desde la planta baja derecho hasta el sótano, se apoderó de él la total certidumbre de que nunca volvería a comer, a pasear por una calle, a sentir la almohada en la mejilla.

Me tienen en sus manos, había pensado en aquel momento, dirigiéndose a Dios, al azar, a su propia sensación de impotencia.

—Lo haré —dijo Danny.

—¿Por patriotismo o por orgullo? —preguntó Finch, enarcando una ceja.

—Una de las dos —contestó Danny.

Después de marcharse Finch y Hoover, Danny y su padre se sentaron a la pequeña mesa y se fueron pasando la botella de whisky.

—¿Desde cuándo permites que la policía federal interfiera en asuntos del Departamento de Policía de Boston?

—Desde que la guerra cambió este país. —Su padre le dirigió una sonrisa remota y tomó un sorbo de la botella—. Si hubiéramos perdido, tal vez seguiríamos igual, pero no es el caso. Volstead lo cambiará aún más. —Levantó la botella y suspiró—. Lo encogerá, me temo. El futuro es federal, no local.

—¿Tu futuro?

—¿El mío? —Su padre rió—. Yo soy un viejo de una época aún más vieja. No, no es mi futuro.

—¿El de Con?

Su padre asintió.

—Y el tuyo. Si eres capaz de guardarte el pene en su sitio. —Tapó la botella y la deslizó hacia Danny—. ¿Cuánto tiempo tardará en crecerte una barba propia de un rojo?

Danny se señaló el espeso vello que asomaba ya de sus mejillas.

—Adivina.

Su padre se levantó de la mesa.

—Cepilla bien el uniforme antes de guardarlo. No lo necesitarás por un tiempo.

—¿Estás diciendo que soy inspector?

—¿Tú qué crees?

—Dilo, padre.

Su padre lo miró desde el otro extremo de la habitación con semblante inexpresivo. Al final asintió.

—Haz esto y tendrás tu placa de oro.

—De acuerdo.

—Me he enterado de que fuiste a una reunión del CSB la otra noche. Después de decirme que no delatarías a los tuyos.

Danny asintió.

—¿Así que ahora eres sindicalista?

Danny negó con la cabeza.

—Sólo me gusta su café.

Su padre, con la mano en el picaporte, miró a su hijo por un momento.

—Quizá quieras quitar esas sábanas y darles un buen lavado.

Dirigió a Danny un firme gesto de despedida y se marchó.

Danny se quedó junto a la mesa y destapó el whisky. Bebió un trago mientras los pasos de su padre se alejaban por la escalera. Miró la cama deshecha y tomó otro trago.

11

El coche de Jessie sólo llevó a Luther hasta el centro de Missouri, donde reventó una rueda poco más allá de Waynesville. Había viajado por carreteras de segundo orden, de noche siempre que le era posible, pero el neumático reventó casi al amanecer. Jessie, naturalmente, no tenía rueda de repuesto, y a Luther no le quedó más remedio que seguir adelante. Avanzó lentamente por el arcén en primera, sin superar en ningún momento la velocidad de un arado tirado por un buey, y justo cuando el sol empezaba a iluminar el valle, encontró una estación de servicio y entró.

Dos hombres blancos salieron del taller mecánico, uno de ellos limpiándose las manos en un trapo, el otro echando un trago de una botella de aguardiente de sasafrás. Éste fue el que dijo que era un buen coche y preguntó a Luther cómo lo había conseguido.

Luther los observó separarse a ambos lados del capó, y el del trapo escupió una mascada de tabaco al suelo.

—Me lo compré con mis ahorros —dijo Luther.

—¿Con tus ahorros? —preguntó el de la botella. Era flaco y desgarbado y llevaba un abrigo de borreguillo para protegerse del frío. Tenía una espesa mata de pelo rojo, con una calva del tamaño de un puño en la coronilla—. ¿En qué trabajas? —Su voz era agradable.

—En una fábrica de munición para el esfuerzo bélico —contestó Luther.

—Ajá. —El hombre rodeó el coche, echándole un buen vistazo, agachándose de vez en cuando en busca de abolladuras en la chapa que habrían podido reparar a golpe de martillo y pintado—. Tú estuviste en una guerra, ¿no, Bernard?

Bernard volvió a escupir, se limpió la boca y deslizó los dedos cortos y gruesos por el contorno del capó en busca del cierre.

—Así es —respondió Bernard—. En Haití. —Miró a Luther por primera vez—. Nos dejaron en un pueblo y nos dijeron que matáramos a todos los nativos que nos miraran de manera extraña.

—¿Y te miraron muchos de manera extraña? —preguntó el pelirrojo.

Bernard levantó el capó.

—No en cuanto empezamos a disparar.

—¿Cómo te llamas? —preguntó el otro hombre a Luther.

—Sólo he venido a reparar este neumático.

—Vaya un nombre tan largo, ¿no te parece, Bernard?

Bernard asomó la cabeza desde detrás del capó.

—Una barbaridad.

—Yo me llamo Cully —dijo el hombre, y tendió la mano.

Luther se la estrechó.

—Jessie.

—Encantado de conocerte, Jessie. —Cully se dirigió hacia la parte de atrás del coche y se recogió el pantalón para agacharse junto a la rueda—. Ah, ya, aquí lo tenemos, Jessie. ¿Quieres echarle un vistazo?

Luther se acercó y, siguiendo con la mirada el dedo de Cully, vio un desgarrón irregular del diámetro de una moneda en la goma, justo al lado del borde.

—Probablemente ha sido sólo una piedra afilada —comentó Cully.

—¿Puede arreglarla?

—Sí, podemos arreglarla. ¿Cuánto tiempo has conducido con la rueda pinchada?

—Un par de kilómetros —contestó Luther—, pero muy despacio.

Cully miró detenidamente la rueda y asintió.

—El contorno no parece dañado. ¿De dónde vienes, Jessie?

Durante todo el viaje Luther había pensado una y otra vez que necesitaba inventarse una historia, pero tan pronto como lo intentaba, lo asaltaban imágenes de Jessie en el suelo sobre su sangre o del Diácono con la mano tendida hacia su brazo o de Arthur Smalley invitándolos a entrar en su casa o de Lila mirándolo en la sala de estar con el corazón cerrado a él.

—De Columbus, Ohio —contestó, porque no podía decir Tulsa.

—Pero venías del este —observó Cully.

Luther sintió el viento frío y cortante en las orejas y alargó el brazo para coger el abrigo del asiento delantero.

—Fui a visitar a un amigo en Waynesville —explicó Luther—. Ahora voy camino de regreso.

—Te has dado un considerable paseo desde Columbus hasta Waynesville con este frío —dijo Cully mientras Bernard cerraba el capó de un sonoro golpe.

—Son cosas que uno hace —comentó Bernard, rodeando el coche y acercándose—. Un abrigo bonito.

Luther se lo miró. Había sido de Jessie, un excelente abrigo de cheviot con el cuello reversible. Muy aficionado a la ropa, había estado más orgulloso de ese abrigo que de cualquier otra de sus pertenencias.

—Gracias —dijo Luther.

—Un tanto cumplido —observó Bernard.

—¿Cumplido? ¿Qué quiere decir?

—Que te queda un poco grande, sólo eso —respondió Cully con una sonrisa amable mientras se erguía—. ¿Qué te parece, Bern? ¿Podemos repararle el neumático?

—No veo por qué no.

—¿Cómo anda ese motor?

—Este hombre cuida su coche —contestó Bernard—. Debajo de ese capó todo está a la perfección. Sin duda.

Cully asintió con la cabeza.

—Pues en ese caso, Jessie, te atenderemos con mucho gusto. Estarás otra vez en marcha en un santiamén. —Rodeó de nuevo el coche—. Pero en este condado tenemos unas leyes un tanto raras. Según una de ellas, antes de reparar el coche de un negro tengo que asegurarme de que coinciden el nombre del permiso de conducir y el de los papeles del coche. ¿Tienes permiso?

El hombre sonrió, todo él amabilidad y lógica.

—Lo he perdido.

Cully lanzó una mirada a Bernard, luego hacia la carretera vacía, y por último otra vez a Luther.

—Lástima.

—Sólo es un pinchazo.

—Ya lo sé, Jessie, lo sé. Joder, si por mí fuera, lo tendrías ya resuelto desde el martes pasado. Puedes estar seguro. Si por mí fuera, te soy sincero, habría muchas menos leyes. Pero aquí tienen su manera de hacer las cosas y yo no soy quién para decirles que las hagan de otra. Te propongo lo siguiente. Hoy hay poco trabajo. ¿Por qué no dejamos a Bernard arreglando el coche y yo te llevo al juzgado del condado para que rellenes una solicitud y a ver si Ethel te hace un permiso nuevo en el acto?

Bernard pasó el trapo por el capó.

—¿Este coche ha sufrido algún accidente?

—No, señor —contestó Luther.

—Es la primera vez que dices señor —observó Bernard—. ¿Te has fijado?

—Sí que me ha llamado la atención —contestó Cully. Mirando a Luther, abrió las palmas de las manos—. Tranquilo, Jessie. Lo que pasa es que estamos acostumbrados a que nuestros negros de Missouri nos muestren un poco más de respeto. Aunque a mí me trae sin cuidado, como comprenderás. Sencillamente así son las cosas.

—Sí, señor.

—¡Y ya van dos! —exclamó Bernard.

—¿Por qué no coges tus cosas y nos ponemos en marcha? —propuso Cully.

Luther sacó la maleta del asiento trasero y poco después iban en dirección oeste en la furgoneta de Cully.

Al cabo de unos diez minutos en silencio, Cully dijo:

—Yo luché en la guerra, ¿sabes? ¿Y tú?

Luther movió la cabeza en un gesto de negación.

—Es increíble, Jessie, pero aún ahora sería incapaz de decirte por qué combatíamos exactamente. Parece que allá por el catorce, aquel serbio le pegó un tiro a aquel austriaco. Y de la noche a la mañana, en cuestión de minutos, Alemania amenazaba a Bélgica, y Francia decía, pues no podéis amenazar a Bélgica, y luego Rusia... ¿te acuerdas de cuando se metieron los rusos? Pues van y dicen que los otros no pueden amenazar a Francia y, de la noche a la mañana, se lían todos a tiros. En fin, y ahora tú me dices que trabajas en una fábrica de munición. Y mi duda es: ¿a ti te explicaron a qué venía esa guerra?

—No —respondió Luther—. A ellos, creo, sólo les importaba la munición.

—Demonios —exclamó Cully, y soltó una sincera carcajada—, quizá fuera sólo eso lo importante para todos nosotros. Quizá sólo eso. ¿No sería asombroso?

Se echó a reír otra vez y golpeó a Luther en el muslo con el puño, y Luther expresó su asentimiento con una sonrisa, porque si en el mundo todo era así de estúpido, desde luego era asombroso.

—Sí, señor —corroboró.

—Leo mucho —comentó Cully—. Sé que en Versalles van a obligar a Alemania a entregar algo así como el quince por ciento de su producción de carbón y casi el cincuenta por ciento de su acero. ¡El cincuenta por ciento! ¿Y cómo se supone que va a poder levantarse otra vez ese ridículo país? ¿Tú no te lo preguntas, Jessie?

—Ahora sí me lo pregunto —respondió, y Cully se rió.

—Se supone que deben renunciar al quince por ciento de su territorio, o algo así. Y todo eso por respaldar a un amigo. Todo eso. Y la cuestión es: ¿quiénes de nosotros elegimos a nuestros amigos?

Luther se acordó de Jessie y se preguntó de quién se acordaba Cully al mirar por la ventanilla con una expresión nostálgica o atribulada en los ojos. Luther no tenía la menor idea.

—Nadie —contestó Luther.

—Exacto. Uno no elige a los amigos. Los encuentra. Y en mi opinión todo aquel que no respalda a un amigo renuncia al derecho de considerarse hombre. Y entiendo que uno tenga que pagar si ha respaldado una mala jugada de un amigo, pero ¿es necesario llegar al punto de arrastrarse por el polvo? No lo creo. Pero por lo visto el mundo no lo ve así.

Se reclinó en el asiento, sujetando el volante relajadamente con una mano, y Luther se preguntó si debía decir algo.

—Cuando estuve en la guerra —prosiguió Cully—, un día pasó un avión por encima de un campo lanzando granadas. Uf, ésa es una imagen que intento olvidar. Las granadas cayeron en las trincheras y todos salieron escopeteados, y entonces los alemanes empezaron a disparar desde sus trincheras, y te lo aseguro, Jessie, ese día no había manera de diferenciar un infierno de otro. ¿Tú qué habrías hecho?

—¿Cómo, señor?

Cully tenía los dedos apoyados suavemente en el volante. Miró a Luther.

—¿Te habrías quedado en la trinchera con las granadas cayendo sobre ti o habrías salido al campo donde te disparaban los otros?

—No consigo imaginarlo, señor.

—No me extraña. Horrendo, la verdad, los gritos de los muchachos cuando mueren. Realmente horrendo. —Cully se estremeció y bostezó al mismo tiempo—. Sí, señor. A veces la vida sólo te da a elegir entre lo malo y lo peor. En momentos así, uno no puede perder el tiempo pensando. Simplemente tiene que actuar.

Cully bostezó otra vez y se quedó en silencio, y así siguieron durante otros quince kilómetros, entre las llanuras que se extendían a ambos lados, heladas bajo un cielo blanco y crudo. El frío confería a todo el aspecto del metal restregado con lana de acero. Volutas grises de escarcha se arremolinaban en los arcenes de la carretera y se elevaban ante la calandra. Llegaron a un paso a nivel y Cully detuvo la furgoneta en las vías. El motor emitió un suave resoplido cuando Cully se volvió en su asiento y miró a Luther. Olía a tabaco, aunque Luther no lo había visto fumar, y pequeñas venas rosadas confluían en las comisuras de sus ojos.

—Aquí cuelgan a los negros, Jessie, por mucho menos que robar un coche.

—Yo no lo he robado —repuso Luther, y de inmediato pensó en la pistola que llevaba en la maleta.

—Los cuelgan sólo por conducir un coche. Estás en Missouri, hijo. —Hablaba con tono amable, sin levantar la voz. Cambió de posición en el asiento y apoyó un brazo en el respaldo—. Por lo visto, muchas cosas tienen que ver con las leyes, Jessie. Puede que me gusten, y puede que no. Pero me gusten o no, no soy quién para decirlo. Me limito a seguir la corriente. ¿Lo entiendes?

Luther guardó silencio.

—¿Ves esa torre?

Luther siguió con la mirada el movimiento del mentón de Cully. Vio un depósito de agua a unos doscientos metros junto a la vía.

—Sí.

—Otra vez prescindes del «señor» —observó Cully, enarcando un poco las cejas—. Así me gusta. Pues verás, chico, dentro de unos tres minutos pasará por esta vía un tren de mercancías. Parará y cargará agua durante un par de minutos. Luego seguirá hacia St. Louis. Te aconsejo que lo cojas.

Luther sintió la misma frialdad que había sentido al apoyar el cañón de la pistola bajo la barbilla del Diácono Broscious. Se sintió dispuesto a morir en la furgoneta de Cully si podía llevarse a aquel hombre consigo.

—El coche es mío —afirmó Luther—. Soy el dueño.

Cully se echó a reír.

—En Missouri, no. Quizás en Columbus o de dondequiera que vengas. Pero no en Missouri, chico. ¿Sabes qué ha hecho Bernard en cuanto hemos salido de la estación de servicio?

Luther, con la maleta en el regazo, acercó los pulgares a los cierres.

—Se ha puesto al teléfono y ha empezado a llamar a unos y a otros para hablar del negro que hemos conocido. Un hombre al volante de un coche demasiado caro para él. Un hombre con un buen abrigo que le viene grande. El bueno de Bernard mató a más de un negrito en su día y le gustaría matar a alguno más, y ahora mismo está organizando una partida. Una partida en la que tú no tienes la menor opción de ganar, Jessie. Ahora bien, yo no soy Bernard. No voy a pelearme contigo y nunca he visto linchar a un hombre ni quiero verlo. Eso deja huella en el corazón, sospecho.

—El coche es mío —insistió Luther—. Es mío.

Cully prosiguió como si Luther no hubiera hablado.

—Por tanto, puedes beneficiarte de mi bondad, o puedes comportarte como un idiota y quedarte por aquí. Pero lo que...

—Es mío...

—... lo que no puedes hacer, Jessie —continuó Cully, levantando de pronto la voz—, lo que no puedes hacer es quedarte en mi furgoneta ni un solo segundo más.

Luther lo miró a los ojos, unos ojos inexpresivos, sin el menor parpadeo.

—Así que sal, chico.

Luther sonrió.

—Usted sólo es un buen hombre que roba coches, ¿no, señor Cully?

Cully también sonrió.

—Hoy no habrá un segundo tren, Jessie. Prueba en el tercer vagón empezando por atrás. ¿Me oyes?

Alargó el brazo por encima de Luther y abrió la puerta.

—¿Tiene usted familia? —preguntó Luther—. ¿Hijos?

Cully echó atrás la cabeza y soltó una risotada.

—Eh, no me provoques, chico. —Señaló con la mano—. Sal de mi furgoneta.

Luther se quedó un momento más allí. Cully volvió la cabeza y miró por el parabrisas, y un cuervo graznó en algún lugar por encima de ellos. Luther alargó la mano hacia el tirador de la puerta.

Se apeó en la gravilla y posó la mirada en unos árboles oscuros al otro lado de la vía, deshojados por el invierno; la pálida luz de la mañana pasaba entre los troncos. Cully se inclinó hacia un lado y cerró la puerta de un tirón. Luther lo miró mientras la furgoneta daba la vuelta entre los crujidos de la grava. Cully se despidió con un gesto a través de la ventanilla y se marchó por donde habían venido.

El tren dejó atrás St. Louis, cruzó el Misisipi y entró en Illinois. Resultó ser el primer golpe de suerte que había tenido Luther en mucho tiempo: desde el principio su intención era ir a East St. Louis. Allí vivía el hermano de su padre, Hollis, y Luther contaba con vender el coche en la ciudad y quedarse, quizás, un tiempo llevando una vida discreta.

El padre de Luther, un hombre a quien no recordaba, había abandonado a la familia para marcharse a East St. Louis cuando Luther tenía dos años. Se había fugado con una mujer llamada Velma Standish, y los dos se habían instalado allí. Con el tiempo, Timon Laurence había montado una tienda de venta y reparación de relojes. En su día hubo tres hermanos Laurence: Cornelius, el mayor, después Hollis y, por último, Timon. El tío Cornelius solía decir a Luther que no se había perdido gran cosa criándose sin la presencia de Tim, que su hermano menor era un hombre irresponsable, con debilidad por las mujeres y la bebida desde que descubrió lo uno y lo otro. Despreció a una mujer excelente como la madre de Luther por aquella pelandusca de tres al cuarto. (El tío Cornelius había suspirado por la madre de Luther durante años con un amor tan casto y paciente que inevitablemente acabó dándose por sentado y convirtiéndose en algo carente de interés. Como él mismo dijo a Luther no mucho después de perder la vista por completo, ése era su destino: vivir con un corazón que nadie quería salvo hecho pedazos, nunca entero, en tanto que su hermano menor, un hombre sin principios definidos, atraía el amor tan fácilmente como si cayera de las nubes.)

Luther se crió con una única fotografía de su padre sobre una placa estañada. La había tocado tantas veces con los pulgares que los rasgos de su padre se habían desvaído y desdibujado. Para cuando Luther llegó a la edad adulta, era imposible saber si sus propias facciones guardaban algún parecido con la cara de su padre. Nunca había dicho a nadie, ni a su madre ni a su hermana, ni siquiera a Lila, lo mucho que le dolió criarse sabiendo que su padre nunca pensaba en él. Que su padre echó una ojeada a aquel niño que había traído al mundo y se dijo: estoy mejor sin él. Luther imaginaba desde hacía tiempo que un día, siendo ya un joven orgulloso y prometedor, lo encontraría, se plantaría ante él y vería pesar en su rostro. Pero las cosas no habían salido así.

Su padre había muerto hacía dieciséis meses, junto con casi un centenar de negros, mientras East St. Louis ardía alrededor de ellos. Luther se enteró por Hollis. Sus apretadas letras mayúsculas en el papel amarillo destilaban dolor:

A tu papá lo mataron a tiros los blancos. Lamento decírtelo.

Luther salió del apartadero y se dirigió hacia el centro de la ciudad cuando el cielo empezaba a oscurecer. Tenía el sobre en el que el tío Hollis le había mandado la carta con la dirección escrita al dorso, y lo sacó del bolsillo para llevarlo en la mano mientras caminaba. Cuanto más se adentraba en el barrio negro, más le costaba creer lo que veía. Las calles estaban vacías, y la razón, como Luther sabía, era en buena parte la gripe, pero también se debía a que no tenía mucho sentido pasear por calles donde todos los edificios se hallaban ennegrecidos o ruinosos o se habían perdido para siempre entre los escombros y las cenizas. Aquel paisaje recordó a Luther la boca de un viejo, sin apenas dientes, con un par rotos por la mitad, y otros pocos tan torcidos que no le servían de nada. Manzanas enteras no eran más que ceniza, grandes montañas de ceniza que la brisa del atardecer arrastraba de una acera a otra, simplemente cambiándola de sitio. Era tanta la ceniza que ni siquiera un tornado se la habría llevado toda. Un año después de arder el barrio, aquellas pilas seguían igual de altas. En esas calles arrasadas, Luther tuvo la sensación de que era el último hombre vivo, y se imaginó que si el káiser hubiera conseguido mandar a su ejército al otro lado del mar, con todos sus aviones y sus bombas y sus fusiles, difícilmente habrían causado más destrozos o daños.

Los puestos de trabajo habían sido la causa de todo aquello, como Luther sabía. Los trabajadores blancos fueron convenciéndose de que eran pobres porque los trabajadores negros les robaban los empleos y la comida de sus mesas. Al final se presentaron allí, hombres, mujeres y niños blancos, y arremetieron primero contra los hombres de color, disparándoles y linchándolos y prendiéndoles fuego, incluso echando a varios al río Cahokia y lapidándolos cuando intentaban volver a nado, tarea que dejaron básicamente en manos de los niños. Las mujeres blancas obligaron a las mujeres negras a bajarse de los tranvías y las apedrearon y apuñalaron con cuchillos de cocina, y cuando llegó la Guardia Nacional, se limitó a quedarse mirando de brazos cruzados.

Dos de julio de 1917.

—Tu padre intentaba proteger esa tienducha suya que nunca le dio un centavo —contó el tío Hollis. Luther había aparecido hacía un rato ante la puerta de su taberna, y el tío Hollis, tras llevarlo a su despacho, le había servido una copa—. Le prendieron fuego al local y lo llamaron para que saliera. Al ver que las cuatro paredes ardían, Velma y él obedecieron. Alguien le pegó un tiro en la rodilla, y él se quedó allí tirado en la calle durante un rato. Entregaron a Velma a un grupo de mujeres, que la apalearon con rodillos. Le dieron de golpes en la cabeza y la cara y la cadera, y la desdichada murió después de refugiarse a rastras en un callejón, como un perro debajo de un porche. Alguien se acercó a tu padre, y por lo que me contaron, intentó ponerse de rodi-

223

llas, pero ni siquiera eso podía hacer, y se tambaleaba y suplicaba y al final un par de blancos se plantaron ante él y lo tirotearon hasta que se quedaron sin balas.

—¿Dónde está enterrado? —preguntó Luther.

El tío Hollis cabeceó.

—No quedó nada que enterrar, hijo. Cuando acabaron de disparar, lo cogieron, uno por cada extremo, y volvieron a lanzarlo al interior de la tienda.

Luther se levantó de la mesa, se acercó a un pequeño fregadero y vomitó. Siguió así durante un rato, y tuvo la sensación de que arrojaba hollín y fuego amarillo y cenizas. En su cabeza se arremolinaban las imágenes fugaces de mujeres blancas golpeando con rodillos cabezas negras y de caras blancas gritando de júbilo y rabia, seguidas del Diácono cantando en su mecedora con ruedas y de su padre intentando arrodillarse en la calle y de la tía Marta y el honorable Lionel A. Garrity, abogado, aplaudiendo y desplegando radiantes sonrisas y de alguien entonando «¡Alabado sea Jesús! ¡Alabado sea Jesús!» y del mundo entero ardiendo hasta quedar por fin el cielo azul medio pintado de negro y ocultarse el sol blanco detrás del humo.

Cuando acabó, se enjuagó la boca y, con una toalla pequeña que le dio Hollis, se secó los labios y el sudor de la frente.

—Estás jodido, chico.

—No, ya estoy bien.

El tío Hollis volvió a cabecear lentamente y le sirvió otra copa.

—No, quiero decir que estás metido en un lío. Te buscan, han hecho correr la voz de punta a punta del Medio Oeste. ¿Es verdad que has matado a unos negros en un garito de Tulsa? ¿Que has matado al Diácono Broscious? ¿Es que estás loco de remate?

—¿Cómo te has enterado?

—Joder, lo saben hasta las gallinas.

—¿La policía?

El tío Hollis negó con la cabeza.

—La policía se piensa que fue otro idiota, Clarence no sé cuántos.

—Tell —dijo Luther—. Clarence Tell.

—Eso. —El tío Hollis lo miró por encima de la mesa, resoplando por la nariz chata—. Según parece, dejaste a uno vivo, un tal Smoke.

Luther asintió.

—Está en el hospital. Nadie sabe si se recuperará o no, pero se lo ha contado a otros. Te señaló a ti. Hay pistoleros de aquí a Nueva York detrás de tu cabeza.

—¿Qué precio le han puesto?

—Ese tal Smoke dice que pagará quinientos dólares por una fotografía de tu cadáver.

—¿Y si Smoke muere?

El tío Hollis hizo un gesto de indiferencia.

—Quienquiera que se quede con el negocio del Diácono tendrá que asegurarse de que has muerto.

—No tengo adónde ir —dijo Luther.

—Debes irte al este, chico, porque aquí no puedes quedarte. Y ni se te ocurra poner los pies en Harlem, eso desde luego. Oye, conozco a una persona en Boston que puede acogerte.

—¿En Boston?

Luther se detuvo a pensarlo y enseguida comprendió que no tenía sentido darle vueltas porque no había elección. Si Boston era el único lugar «seguro» del país, Boston tendría que ser.

—¿Y tú? —preguntó—. ¿Vas a quedarte aquí?

—¿Yo? —dijo el tío Hollis—. Yo no he matado a nadie.

—Ya, pero ¿qué queda aquí? Lo han quemado todo. He oído decir que todos los negros están marchándose o al menos intentándolo.

—¿Para ir adónde? El problema con nuestra gente, Luther, es que se aferran a una esperanza y ya no la sueltan en su vida. ¿Crees que otro lugar será mejor que éste? No son más que jaulas distintas, chico. Algunas más bonitas que otras, pero jaulas a fin de cuentas. —Suspiró—. Carajo, soy demasiado viejo para moverme y esto, esto de aquí, es lo más parecido a un hogar que conozco.

Sentados en silencio, terminaron sus copas.

El tío Hollis echó atrás su silla y estiró los brazos por encima de la cabeza.

—Bueno, tengo una habitación arriba. Te acomodaremos durante una noche mientras yo hago unas cuantas llamadas. Por la mañana... —Se encogió de hombros.

—Boston —dijo Luther.

El tío Hollis asintió.

—Boston. Es lo máximo que puedo hacer.

En el vagón de carga, con el excelente abrigo de Jessie cubierto de heno para protegerse del frío, Luther juró a Dios que expiaría sus pecados. No más timbas. No más whisky ni cocaína. No más trato con tahúres, ni con gánsteres, ni con nadie a quien se le pasase siquiera por la cabeza la posibilidad de tomar heroína. No se abandonaría más a las emociones de la noche. Mantendría la cabeza gacha, sin llamar la atención, en espera de que aquello quedara atrás. Y si alguna vez llegaba a saber que podía regresar a Tulsa, volvería siendo un hombre nuevo. Un humilde penitente.

Luther nunca se había considerado religioso, pero eso no tenía tanto que ver con sus sentimientos sobre Dios como con sus sentimientos sobre la religión. Tanto su abuela como su madre habían intentado inculcarle la fe baptista, y él había hecho lo posible por complacerlas, por aparentar que era creyente, pero aquello no había tenido mayor repercusión en él que ninguna de las tareas del colegio que afirmaba hacer. En Tulsa había sentido aún menos interés por Jesucristo, aunque sólo fuera porque era tanto el tiempo que la tía Marta y el tío James y todos los amigos del matrimonio dedicaban a alabar al Señor que Luther llegó a pensar que si Jesús realmente oía todas esas voces, sin duda preferiría un poco de silencio de vez en cuando, y quizás echarse una cabezada.

Y Luther había pasado por delante de muchas iglesias de blancos en su día, los había oído entonar sus himnos y sus «Amén» y los había visto congregarse después en algún que otro porche con su limonada y su devoción, pero sabía que si alguna vez él se presentaba ante su puerta, hambriento o herido, la única respuesta que recibiría al ruego de bondad humana sería el «Amén» de una escopeta apuntada a la cara.

Así pues, el acuerdo de Luther con el Señor era desde hacía tiempo algo así como tú ve por tu camino y yo iré por el mío. Pero en el vagón algo se apoderó de él, la necesidad de darle sentido a su vida, de darle un significado por miedo a abandonar la faz de la tierra sin dejar atrás una huella más profunda que la de un escarabajo.

Cruzó en tren el Medio Oeste y de nuevo Ohio y siguió hasta el noreste. Aunque los compañeros que encontró en los vagones no eran tan hostiles ni peligrosos como a menudo había oído contar y los vigilantes del ferrocarril en ningún momento los acosaron ni maltrataron, no pudo evitar acordarse del viaje en tren a Tulsa con Lila, y se entristeció hasta el punto de que el pesar se hinchó dentro de él, sin dejar espacio para nada más dentro de su cuerpo. Se mantuvo aislado de todos en los rincones de los vagones, y rara vez se prestaba a hablar a menos que alguno de los otros hombres se lo pidiera de buenas maneras.

No era el único en el tren que huía de algo. Otros huían de comparecencias en los juzgados y policías y deudas y mujeres. Algunos huían hacia las mismas cosas. Otros sencillamente necesitaban un cambio. Todos necesitaban empleo. Pero de un tiempo a esa parte los periódicos auguraban una nueva recesión. Las vacas gordas se habían terminado, decían. Las industrias relacionadas con la guerra se cerraban y siete millones de hombres estaban a punto de quedarse en la calle. Otros cuatro millones regresaban de la guerra. Once millones iban a entrar en un mercado laboral ya saturado.

Uno de esos once millones, un blanco enorme llamado BB, con una mano izquierda aplastada por un taladro y convertida en una masa de carne inútil, despertó a Luther la última mañana en el tren cuando descorrió la puerta y el viento le dio en la cara. Luther abrió los ojos y vio a BB de pie junto a la puerta abierta mientras el paisaje se deslizaba ante él. Amanecía, y la luna flotaba aún en el cielo como un espectro de sí misma.

—Una vista encantadora, ¿no? —comentó BB, ladeando la cabeza enorme hacia la luna.

Luther asintió y bostezó tapándose la boca con el puño. Se sacudió el sueño de las piernas y se reunió con BB ante la puerta. El cielo, despejado, estaba azul y nítido. El aire era frío pero olía tan a limpio que Luther deseó poder ponerlo en un plato y comérselo. La escarcha cubría los campos y los árboles estaban en su mayoría deshojados, y daba la sensación de que BB y él hubiesen sorprendido al mundo dormido, como si nadie más, en ningún lugar, fuese testigo de aquel amanecer. Contra aquel cielo nítido y azul, de un azul que Luther nunca había visto, todo semejaba tan hermoso que quiso enseñárselo a Lila. Rodearle el vientre con los brazos, apoyar el mentón en su hombro y preguntarle si alguna vez había visto algo tan azul. ¿En toda tu vida, Lila? ¿Alguna vez?

Se apartó de la puerta.

Lo he perdido todo, pensó. Lo he perdido todo.

Encontró la luna desdibujada en el cielo y mantuvo la vista en ella. Mantuvo la vista en ella hasta que se desvaneció por completo y el viento frío le traspasó el abrigo.

BABE RUTH Y LA REVOLUCIÓN OBRERA

12

El Bambino pasó la mañana repartiendo caramelos y pelotas de béisbol en la Escuela Industrial para Niños Inválidos y Deformes del South End. Un niño, cubierto de escayola desde los tobillos hasta el cuello, le pidió un autógrafo en el yeso, así que Babe plasmó su firma en los dos brazos y las dos piernas y por último respiró hondo ruidosamente y garabateó su nombre en el torso del niño desde la cadera derecha hasta el hombro izquierdo mientras los demás chicos reían, y también las enfermeras e incluso unas cuantas hermanas de la caridad. El niño enyesado dijo a Ruth que se llamaba Wilbur Connelly. Trabajaba en la central lanera de Shefferton, en Dedham, y un día se derramaron unas sustancias químicas cerca de él y, al prenderse los vapores por efecto de las chispas de una esquiladora, resultó abrasado por el fuego. Babe aseguró a Wilbur que se pondría bien. Que algún día se haría mayor y anotaría un *home run* en la Serie Mundial. ¿Y no se pondrían entonces verdes de envidia sus antiguos jefes en Shefferton? Wilbur Connelly, ya soñoliento, apenas consiguió esbozar una sonrisa, pero los otros niños se echaron a reír y le llevaron a Babe más cosas para firmar: una fotografía arrancada de las páginas deportivas de *The Standard*, un par de muletas pequeñas, una camisa de dormir amarillenta.

Cuando se marchó con su agente, Johnny Igoe, éste propuso pasar por el Orfanato de San Vicente, a unas manzanas de allí. Un poco de prensa favorable, dijo Johnny, no le haría ningún daño, y quizá daría a Babe cierta ventaja en la última ronda de negociaciones con Harry Frazee. Pero Babe estaba ya cansado: cansado de negociaciones, cansado de los chasquidos de las cámaras ante la cara, cansado de huérfanos. Le encantaban los niños, y los huérfanos en particular, pero, Dios santo, los chavales de esa mañana, todos cojos y maltrechos y quemados, realmente lo habían desbordado. A los que habían perdido los dedos ya no les saldrían otros, y los que tenían llagas en la cara nunca descubrirían, al mirarse un día en el espejo, que las cicatrices habían desaparecido, y los que iban en silla de ruedas no despertarían una mañana y caminarían. Así y todo, en algún momento los sacarían al mundo para que hicieran su vida, y esa mañana la sola idea había abrumado a Babe, lo había dejado hundido.

Así pues, se quitó a Johnny de encima con el pretexto de que tenía que ir a comprar un regalo a Helen porque su mujercita estaba otra vez enfadada con él. Eso era verdad en parte: Helen tenía una rabieta, pero no pensaba comprarle un regalo, al menos en una tienda. Por tanto, se dirigió hacia el hotel Castle Square. La cruda brisa de noviembre escupía al azar cortantes gotas de lluvia, pero él, con su abrigo largo de armiño, iba bien protegido y mantenía la cabeza gacha para que no le entraran las gotas en los ojos, disfrutando del silencio y el anonimato que le brindaban las calles desiertas. En el hotel, cruzó el vestíbulo y encontró el bar casi tan vacío como las calles. Ocupó el primer taburete junto a la puerta, se quitó el abrigo y lo colocó en el asiento contiguo. El camarero, en el otro extremo de la barra, hablaba con un par de clientes, así que Ruth encendió un puro y, contemplando las vigas de nogal oscuro, aspiró el olor a cuero y se preguntó cómo iba a seguir adelante el país con un mínimo de dignidad ahora que la Prohibición parecía un hecho inapelable. Los enemigos de la diversión y los partidarios de la represión ganaban la guerra, y por más que se hicieran llamar progresistas, Ruth no veía el menor progreso en negarle a un hombre una copa o cerrarle un acogedor establecimiento decorado con piel y madera. Demonios, si uno se mataba a trabajar ochenta horas semanales por una paga de mierda, lo mínimo que podía pedir era que el mundo le diera una jarra de cerveza y una copa de whisky. Si bien Ruth no había trabajado ochenta horas semanales en la vida, el principio era válido igualmente.

El camarero, un hombre corpulento de grueso bigote con las guías apuntadas hacia arriba, tan afiladas que podrían haberse colgado sombreros en ellas, se acercó desde el otro lado de la barra.

—¿Qué le pongo?

Sintiendo todavía el rescoldo de la afinidad con la clase obrera,

Ruth pidió dos cervezas y un whisky, doble, y el camarero colocó las jarras ante él y luego sirvió un generoso vaso de whisky.

Ruth bebió un poco de cerveza.

—Busco a un tal Dominick.

—Servidor.

—Tengo entendido que tiene un camión grande, que se dedica al transporte.

—Así es.

En la otra punta, uno de los clientes dio unos golpes en la superficie de la barra con el canto de una moneda.

—Un momento —dijo el camarero—. Tenemos aquí algún que otro caballero sediento.

Se alejó por detrás de la barra y escuchó a los otros dos hombres por un momento, asintiendo con su enorme cabeza. Luego se acercó primero a los surtidores y después a las botellas. Ruth tuvo la sensación de que los dos hombres lo observaban, y él también los observó a ellos.

El de la izquierda, alto y robusto, tenía el pelo y los ojos oscuros y destilaba tal glamour (fue la primera palabra que a Babe le vino a la cabeza) que Babe se preguntó si lo había visto en el cine o en las páginas de los periódicos dedicadas a los héroes recién llegados de la guerra. Incluso desde el extremo opuesto de una barra larga, sus gestos más sencillos —llevarse un vaso a los labios, golpetear un cigarrillo apagado en la madera— mostraban una desenvoltura que Ruth asociaba con autores de hazañas épicas.

El hombre que lo acompañaba era mucho más bajo y más corriente. De tez blanquecina y rostro adusto, tenía el pelo de color marrón rata y un flequillo que le caía una y otra vez ante la frente, y él se lo apartaba con una impaciencia que a Ruth se le antojó femenina. Con sus ojos pequeños y manos pequeñas, ofrecía un aspecto de agravio perpetuo.

El glamuroso levantó su copa.

—Soy un gran admirador de sus aptitudes deportivas, señor Ruth.

Ruth alzó la suya y expresó su agradecimiento con un gesto. El del pelo de rata no se sumó.

El hombre fornido dio una palmada en la espalda a su amigo.

—Venga, Gene, bebe —instó con una voz grave propia de un gran actor teatral, de esas que llegan hasta la última fila.

Dominick colocó una segunda ronda delante de ellos y siguieron con su conversación. Regresó junto a Ruth y le rellenó el whisky. Luego se apoyó en la caja registradora.

—¿Necesita transportar algo, pues?

Babe tomó un sorbo de whisky.

—Sí.

—¿Y qué es, señor Ruth?

Babe bebió otro sorbo.

—Un piano.

Dominick cruzó los brazos.

—Un piano. Bueno, eso no es muy...

—Desde el fondo de un lago.

Dominick guardó silencio un momento. Apretó los labios. Miró por encima de Ruth y pareció escuchar el eco de un sonido desconocido.

—Tiene usted un piano en un lago —dijo.

Ruth asintió.

—En realidad es más bien un estanque.

—Un estanque.

—Sí.

—A ver, señor Ruth, ¿qué es exactamente? ¿Un estanque o un lago?

—Un estanque —contestó Babe al cabo de un momento.

Dominick asintió como dando a entender que tenía ya experiencia con problemas de esa clase, y Babe sintió una sacudida de esperanza en el pecho.

—¿Cómo ha acabado un piano sumergido en un estanque?

Ruth jugueteó con el vaso de whisky.

—Verá, fue en una fiesta. Para niños. Huérfanos. Mi mujer y yo la organizamos el invierno pasado. Verá, como teníamos la casa en obras, alquilamos un chalet a orillas de un lago no muy lejos.

—A orillas de un estanque, querrá decir.

—De un estanque, sí.

Dominick se sirvió un poco de whisky y lo apuró.

—El caso es que —continuó Babe— todo el mundo se lo pasaba en grande, y habíamos comprado patines para los críos y ellos andaban a trompicones de un lado al otro por el estanque..., que estaba helado.

—Sí, ya lo suponía.

—Y... mmm, bueno, a mí me encanta tocar el piano. Y a Helen también.

—¿Helen es su mujer?

—Sí.

—Tomo nota —dijo Dominick—. Siga, siga.

—Así que unos cuantos amigos y yo decidimos ir a buscar el piano de la sala y bajarlo por la pendiente hasta el hielo.

—Una idea excelente en su momento, no lo dudo.

—Y eso hicimos.

Babe se recostó en el taburete y volvió a encender el puro. Aspiró hasta que prendió y luego bebió un sorbo de whisky. Dominick puso otra cerveza ante él, y Babe le dio las gracias con un gesto. Ambos permanecieron callados durante un momento y oyeron a los dos hombres en el otro extremo de la barra conversar sobre el trabajo alienado y las oligarquías capitalistas. Era tan poco lo que Babe entendía que bien habrían podido hablar en egipcio.

—Ahora viene la parte que no acabo de ver —dijo Dominick.

Babe resistió el impulso de encogerse en el taburete.

—Dígame.

—Lo colocaron en el hielo. ¿Y el hielo se agrietó, llevándose consigo a todos esos chiquillos con patines?

—No.

—No —musitó Dominick—. Supongo que eso lo habría leído en los diarios. Mi pregunta es, pues, la siguiente: ¿cómo atravesó el hielo ese piano?

—El hielo se fundió —se apresuró a decir Ruth.

—¿Cuándo?

Babe respiró hondo.

—En marzo, creo.

—Pero ¿la fiesta...?

235

—Fue en enero.

—Así que el piano estuvo en el hielo dos meses antes de hundirse.

—Tenía la intención de ir a por él —explicó Babe.

—Le creo. —Dominick se atusó el bigote—. El dueño...

—Ah, se puso hecho una furia —dijo Babe—. Estaba que daba brincos. Pero se lo pagué.

Dominick tamborileó en la barra con sus dedos gruesos.

—Así que está pagado...

De buena gana Babe habría salido corriendo del bar. Ésa era la parte que aún no había acabado de resolver en su cabeza. Había instalado pianos nuevos tanto en el chalet de alquiler como en la casa reformada de Dutton Road, pero cada vez que Helen veía ese piano nuevo, miraba a Ruth de tal modo que él se sentía igual de atractivo que un cerdo revolcándose en su inmundicia. Desde que ese piano nuevo estaba en la casa, ninguno de los dos había tocado ni una sola vez.

—He pensado —dijo Ruth— que si pudiera sacar el piano del lago...

—El estanque.

—El estanque. Si pudiera recuperar el piano y, ya sabe, restaurarlo, sería un excelente regalo de aniversario para mi mujer.

Dominick asintió.

—¿Y qué aniversario es?

—El quinto.

—¿No se regala madera?

Babe, sin contestar, se detuvo a pensar por un momento.

—Bueno, el piano es de madera.

—En eso tiene usted razón.

—Y hay tiempo —dijo Ruth—. Aún faltan seis meses, para el aniversario.

Dominick sirvió sendos vasos y levantó el suyo en un brindis.

—Por su optimismo ilimitado, señor Ruth. Gracias a eso, este país ha llegado a donde está ahora.

Bebieron.

—¿Alguna vez ha visto el efecto del agua en la madera? ¿En las teclas de marfil y en las cuerdas y todas esas partes tan pequeñas y delicadas de un piano?

Babe asintió.

—Sé que no será fácil.

—¿Fácil? No tengo muy claro que sea posible. —Se inclinó sobre la barra—. Tengo un primo. Se dedica a los dragados. Ha trabajado en el mar casi toda su vida. Si localizásemos al menos el piano, la profundidad exacta del lago...

—El estanque.

—El estanque. Si supiésemos eso, tendríamos por dónde empezar, señor Ruth.

Ruth reflexionó y asintió.

—¿Cuánto me costará?

—No sabría decirlo sin consultar con mi primo, pero podría ser un poco más que un piano nuevo. Quizás algo menos. —Se encogió de hombros y enseñó a Ruth las palmas de las manos—. Aunque no puedo asegurarle el coste final.

—Claro.

Dominick cogió un papel, anotó un número de teléfono y se lo dio a Ruth.

—Éste es el número del bar. Trabajo aquí todos los días de doce de la mañana a diez de la noche. Llámeme el jueves y le informaré.

—Gracias.

Ruth se guardó el número en el bolsillo mientras Dominick volvía a alejarse hacia la otra punta de la barra.

Siguió bebiendo y fumando el puro mientras entraban unos cuantos hombres más para reunirse con los otros dos en el extremo opuesto de la barra. Pidieron más rondas y brindaron por el hombre alto, el glamuroso, que por lo visto pronto iba a pronunciar una especie de discurso en la iglesia baptista Tremont Temple. Al parecer, el hombre alto era famoso por algo, pero Ruth seguía sin identificarlo. Daba igual, allí se sentía a gusto, acogido. Prefería los bares con iluminación tenue, madera oscura y asientos forrados de piel suave. Los niños de esa mañana se alejaron hasta que tuvo la impresión de que quedaban a varias semanas en el pasado, y si en la calle hacía frío, sólo podía imaginarse, porque desde luego no se sentía.

Para él, ese período del año, desde mediados del otoño hasta el invierno, era una época dura. Nunca sabía qué hacer, nunca podía adivinar qué se esperaba de él cuando no había bolas que batear, ni compañeros de equipo con quienes charlar. Cada mañana tenía que enfrentarse a decisiones: cómo complacer a Helen, qué comer, adónde ir, cómo llenar el tiempo, qué ponerse. Llegada la primavera, tenía la maleta lista con su ropa de viaje y por lo general le bastaba con plantarse ante la taquilla para saber qué iba a ponerse. Allí estaba colgado el uniforme, recién salido de la lavandería del club. Tenía el día entero programado: ya fuera un partido o un entrenamiento, o Bumpy Jordan, el secretario de viajes de los Sox, le señalaba la fila de taxis que lo llevaría al tren que lo trasladaría a la ciudad donde jugarían el siguiente encuentro. No debía pensar en comidas, porque todas estaban previstas. Ni se planteaba dónde iba a dormir: su nombre constaba ya en el registro de un hotel, un botones aguardaba para acarrear sus maletas. Y por la noche los muchachos esperaban en el bar y la primavera se filtraba sin quejarse en el verano y el verano se desplegaba en vivos amarillos y nítidos verdes y el aire olía tan bien que a uno le entraban ganas de llorar.

Ruth no sabía cómo se las arreglaban los demás hombres con eso de la felicidad, pero sí sabía dónde residía la suya: en tener los días programados, como los programaba el hermano Matthias para él y todos los chicos del St. Mary. En cambio, al enfrentarse a la rutina desconocida de una vida doméstica normal, Ruth se sentía inquieto y un tanto asustado.

Pero no allí, pensó, mientras en el bar los hombres empezaron a desplegarse alrededor y un par de manos grandes le dieron unas palmadas en los hombros. Al volver la cabeza, vio detrás al tipo alto que antes estaba al final de la barra. Le sonreía.

—¿Me permite que lo invite a una copa, señor Ruth?

El hombre se colocó a su lado, y Ruth volvió a percibir en él cierto aire heroico, una sensación de magnitud que no podía contenerse en algo tan pequeño como una sala.

—Claro —contestó Ruth—. ¿Es usted seguidor de los Red Sox, pues?

El hombre negó con la cabeza y levantó tres dedos en dirección a Dominick. Su amigo más bajo se reunió con ellos junto a la barra, acercó un taburete y se dejó caer en él con la pesadez de un hombre el doble de grande.

—No especialmente. Me gusta el deporte pero no me entusiasma la idea de seguir fielmente a un equipo.

—Entonces, ¿con quién se pone cuando va a un partido?

—¿Me pongo? —preguntó el hombre cuando llegaron las copas.

—¿A quién apoya? —aclaró Ruth.

El hombre exhibió una sonrisa radiante.

—Pues apoyo el logro personal, señor Ruth. La pureza de una sola jugada, una sola exhibición de destreza atlética y coordinación. El equipo es maravilloso como concepto, sin duda. Refleja la fraternidad entre los hombres y la unidad ante un mismo objetivo. Pero si mira detrás del velo, verá que los intereses corporativistas se han apropiado de todo eso para vender un ideal que es la antítesis de lo que este país pretende representar.

Ruth había perdido el hilo a medio discurso, pero levantó su whisky, movió la cabeza en un gesto de asentimiento, con la esperanza de aparentar comprensión, y bebió un trago.

El del pelo de rata se apoyó en la barra y, mirando a Ruth por delante de su amigo, imitó su gesto. Inclinó su propio vaso.

—No tiene ni pajolera idea de qué le estás contando, Jack.

Jack dejó el vaso en la barra.

—Le pido disculpas en nombre de Gene, señor Ruth. Perdió los buenos modales en el Village.

—¿El Village? —preguntó Ruth.

Gene soltó una risa burlona.

Jack dirigió una amable sonrisa a Ruth.

—Greenwich Village, señor Ruth.

—Está en Nueva York —aclaró Gene.

—Oiga, ya sé dónde está —dijo Ruth, y supo que Jack, pese a su considerable estatura, no sería rival para Babe en cuanto a fuerza si éste decidía apartarlo de un empujón y arrancarle a su amigo aquel pelo de rata de la cabeza.

—Vaya —dijo Gene—, el emperador Jones se ha enfadado.

—¿Cómo ha dicho?

—Caballeros —intervino Jack—, recordemos que todos somos hermanos. Nuestra lucha es una lucha común. Señor Ruth, Babe, soy una especie de viajante. Diga usted cualquier país del mundo, y probablemente yo tenga un adhesivo de allí en mi maleta.

—¿Es usted vendedor?

Babe cogió un huevo en salazón de un tarro y se lo metió en la boca.

A Jack se le iluminó la mirada.

—Podría decirse así.

—¿De verdad no tiene idea de con quién está hablando? —preguntó Gene.

—Claro que lo sé, amigo. —Babe palmeó para limpiarse las manos—. Él es Jack. Usted es Jill.

—Gene —corrigió el del pelo de rata—. Gene O'Neill, de hecho. Y éste con el que está hablando es Jack Reed.

Babe mantuvo la vista fija en el del pelo de rata.

—Yo prefiero llamarlo «Jill».

Jack se echó a reír y dio sendas palmadas a los dos en la espalda.

—Como le he dicho, Babe, he viajado mucho. He visto enfrentamientos deportivos en Grecia, Finlandia, Italia y Francia. Una vez vi un partido de polo en Rusia donde no pocos participantes fueron pisoteados por sus propios caballos. No hay nada más puro ni mejor fuente de inspiración, a decir verdad, que ver competir por algo a un grupo de hombres. Pero, como la mayoría de las cosas puras, acaba empañado por el dinero y los negocios a lo grande y al servicio de fines más viles.

Babe sonrió. Le gustaba cómo hablaba Reed, aunque no lo entendía.

Otro hombre, uno delgado de perfil ávido y afilado, se unió a ellos y preguntó:

—¿Éste es el bateador?

—El mismo —respondió Jack—. Babe Ruth en persona.

—Jim Larkin —se presentó el hombre, estrechando la mano a Babe—. Perdóneme, pero no soy aficionado a su deporte.

—No necesita disculparse, Jim.

Babe le dio un fuerte apretón.

—Lo que quiere decir mi compatriota —dijo Jim— es que en el futuro el opio de las masas no será la religión, señor Ruth, será el espectáculo.

—¿Ah, sí?

Ruth se preguntó si Stuffy McInnis estaría en casa en ese momento, si contestaría al teléfono, y quizá podía quedar con él en alguna parte de la ciudad para comer un filete y hablar de béisbol y mujeres.

—¿Sabe por qué aparecen por todo el país ligas de béisbol como setas? ¿Y en cada fábrica y en cada astillero? ¿Por qué prácticamente todas las empresas tienen un equipo de trabajadores?

—Claro —contestó Ruth—. Porque es divertido.

—Sí, lo es —convino Jack—. Lo admito. Pero si hilamos más fino, vemos que a las empresas les gusta alinear equipos de béisbol porque fomenta la unidad en la empresa.

—Eso no tiene nada de malo —observó Babe, y Gene dejó escapar otro resoplido.

Larkin volvió a inclinarse hacia él y Babe deseó apartarse de su aliento a ginebra.

—Y fomenta la «americanización», a falta de una palabra mejor, entre los obreros inmigrantes.

—Pero además —añadió Jack—, y sobre todo, si uno trabaja setenta y cinco horas semanales y juega al béisbol otras quince o veinte, está demasiado cansado... adivine para qué.

Babe se encogió de hombros.

—Para ir a la huelga, señor Ruth —dijo Larkin—. Uno está demasiado cansado para ir a la huelga o siquiera para pensar en sus derechos como obrero.

Babe se frotó la barbilla para dar la impresión se que se detenía a pensar en ello. Pero la verdad era que estaba deseando que se marcharan.

—¡Por el obrero! —exclamó Jack, levantando su vaso.

Los otros —y Ruth advirtió que ahora eran nueve o diez— alzaron sus vasos y brindaron a gritos:

—¡Por el obrero!

Todos bebieron un largo trago, incluido Ruth.

—¡Por la revolución! —vociferó Larkin.

—Vamos, vamos, caballeros —reprendió Dominick, pero su voz se perdió entre el clamor mientras los hombres se levantaban de sus asientos.

—¡Por la revolución!

—¡Por el nuevo proletariado!

Más voces y vítores, y Dominick desistió en su intento de imponer orden y se apresuró a rellenar las copas.

Siguieron ruidosos brindis por los camaradas de Rusia y Alemania y Grecia, por Debs, Haywood, Joe Hill, por el pueblo, por los obreros unidos del mundo.

Mientras se enardecían en un autocomplaciente frenesí, Babe alargó el brazo hacia su abrigo, pero Larkin, al levantar su vaso y prorrumpir en un nuevo brindis, se interpuso entre él y el taburete. Ruth observó sus rostros, cubiertos de una pátina de sudor y determinación, y quizás algo más allá de la determinación, algo que no conseguía identificar plenamente. Larkin volvió la cadera hacia la derecha y Babe vio un resquicio, vio los bordes de su abrigo y alargó de nuevo el brazo cuando Jack clamó:

—¡Abajo el capitalismo! ¡Abajo las oligarquías!

Y Babe llegó a tocar la piel del abrigo, pero Larkin, sin querer, le apartó el brazo y Babe, después de un suspiro, lo intentó otra vez.

En ese momento entraron de la calle seis hombres. Iban trajeados, y quizá cualquier otro día habrían parecido respetables. Pero ese día apestaban a alcohol e ira. A Babe le bastó con mirarlos a los ojos para saber que la mierda iba a empezar a salpicar de un momento a otro y la única manera de salir limpio de allí sería agachándose.

Ese día Connor Coughlin no estaba de humor para subversivos. En realidad, no estaba de humor para nada, pero menos aún para subversivos. Acababan de dales un varapalo en el juzgado por culpa de uno de esos individuos. Una investigación de nueve meses, más de doscientas declaraciones, un juicio de seis semanas, y todo para deportar a un galleanista confeso llamado Vittorio Scalone, que había anunciado a todo aquel a su alcance que volaría el edificio de la Asamblea Legislativa durante una sesión del Senado.

Sin embargo, el juez había considerado que eso no bastaba para deportar a un hombre. Mirando desde el estrado al fiscal Silas Pendergast, al ayudante del fiscal Connor Coughlin, al ayudante del fiscal Peter Wald, y a los otros seis ayudantes del fiscal y cuatro inspectores de policía presentes en la sala entre el público, dictaminó: «Si bien la cuestión de si el Estado tiene derecho a imponer una deportación a nivel de condado es, para algunos, discutible, no es ésa la cuestión que atañe a este tribunal. —Se había quitado las gafas y miraba fríamente al jefe de Connor—. Por mucho que el fiscal Pendergast haya intentado que fuera así. No, la cuestión aquí es si el acusado ha cometido algún acto de traición. Y yo no veo prueba alguna de ello, aparte de unas amenazas ociosas cuando se hallaba bajo los efectos del alcohol. —Se había vuelto de cara a Scalone—. Lo cual, según la Ley de Espionaje, sigue siendo un delito grave, joven, por lo que lo condeno a dos años en la Penitenciaría de Charlestown, habiéndose cumplido ya seis meses.»

Un año y medio. Por traición. En la escalinata del juzgado, Silas Pendergast había dirigido a todos sus ayudantes una mirada de decepción tan demoledora que Connor supo que volverían a asignarles a todos delitos menores y no verían más casos como aquél en una eternidad. Habían vagado por la ciudad, desanimados, de bar en bar, hasta llegar tambaleantes al hotel Castle Square y, al entrar, se encontraron con aquello. Con... aquella mierda.

Las conversaciones cesaron al advertirse su presencia. Los recibieron con sonrisas nerviosas y condescendientes, y Connor y Pete Wald se acercaron a la barra y pidieron una botella y cinco vasos. El camarero dispuso la botella y los vasos sobre la barra, y todos seguían callados. A Connor le encantó: ese espeso silencio hinchándose en el aire antes de una pelea. Era un silencio único, un silencio palpitante. Sus compañeros de la fiscalía se reunieron con ellos junto a la barra y se llenaron los vasos. Se oyó el chirrido de un taburete. Pete levantó el vaso, recorrió con la mirada las caras junto a la barra y brindó:

—Por el fiscal general de Estados Unidos.

—¡Eso! ¡Eso! —exclamó Connor, y apuraron los vasos y los rellenaron.

—¡Por la deportación de los indeseables! —propuso Connor, y los otros hombres se sumaron en un coro de voces.

—¡Por la muerte de Vlad Lenin! —gritó Harry Block.

Se unieron a él mientras el otro grupo empezaba a abuchearlos y a silbar.

Un hombre alto de pelo moreno y la presencia física de un actor de cine apareció de pronto junto a Connor.

—Hola —saludó.

—Vete a la mierda —replicó Connor, y se bebió la copa de un trago entre las risas de los demás ayudantes del fiscal.

—Seamos razonables —dijo el hombre—. Hablemos del asunto, ¿eh? Le sorprendería lo mucho que coinciden nuestros puntos de vista.

Connor mantuvo la mirada fija en la superficie de la barra.

—Ajá.

—Todos queremos lo mismo —continuó el guapito de cara, y apoyó una mano en el hombro de Connor.

Connor esperó a que el hombre retirara la mano.

Se sirvió otra copa y se volvió de cara a él. Se acordó del juez. Del traidor Vittorio Scalone saliendo del juzgado con una sonrisa burlona en los ojos. Pensó en intentar explicar a Nora su frustración y su sentimiento de injusticia, y en que ella podía reaccionar de dos maneras muy distintas. Podía mostrarse comprensiva. Podía mostrarse distante, no pronunciarse. Con ella nunca se sabía. A veces parecía amarlo, pero otras lo miraba como si fuera Joe, merecedor sólo de una palmada en la cabeza o un seco beso de buenas noches en la mejilla. En ese momento veía sus ojos, inescrutables. Inasequibles. Nunca del todo sinceros. Sin verlo a él, sin verlo realmente. De hecho, a él o a cualquiera. Reservándose siempre algo. Excepto, claro está, cuando dirigía la mirada hacia...

Danny.

De pronto se dio cuenta, pero al mismo tiempo lo llevaba dentro desde hacía mucho, tanto que no podía creerse que acababa de tomar conciencia de ello. Se le encogió el estómago y tuvo la sensación de que una cuchilla de afeitar le atravesaba los globos oculares.

Se volvió con una sonrisa hacia el guapito de cara, vació su vaso en aquel fino pelo negro y le dio un cabezazo en pleno rostro.

En cuanto el irlandés de cabello claro y pecas a juego vació el vaso en la cabeza de Jack y le asestó un testarazo en el rostro, Babe intentó coger el abrigo del taburete y marcharse a toda prisa. Pero sabía tan bien como cualquiera que la regla principal en una reyerta de bar era pegar primero al más grande, y allí el más grande era, casualmente, él. Así que no tuvo nada de raro que un taburete le golpeara por detrás en la cabeza, dos grandes brazos le rodearan los hombros y dos piernas le envolvieran las caderas. Babe soltó el abrigo y empezó a girar con el individuo en la espalda. De pronto recibió otro golpe de taburete en la cintura, éste asestado por un tipo que lo miró de manera extraña y dijo:

—Joder, te pareces a Babe Ruth.

Al oírlo, el que llevaba colgado a la espalda aflojó un poco los brazos, y Ruth se abalanzó hacia la barra, paró en seco, y el tipo salió volando de su espalda por encima de la barra y fue a estamparse contra las botellas detrás de la caja registradora con gran estrépito.

Babe encajó un puñetazo al que tenía más cerca, advirtiendo demasiado tarde pero con gran satisfacción que era el capullo del pelo de rata. Gene giró sobre los talones, tropezó con un taburete y, agitando las manos, se cayó de culo al suelo. Debía de haber diez bolcheviques en el local, y varios de ellos de buen tamaño, pero los otros tenían de su lado una rabia contra la que los bolcheviques nada podían hacer. Babe vio al pecoso derribar a Larkin de un solo puñetazo en plena cara y, tras pasar por encima de él, alcanzar a otro en el cuello con el canto de la mano. De pronto recordó el único consejo que su padre le había dado en la vida: nunca pelees cuerpo a cuerpo con un irlandés en un bar.

Otro bolchevique se lanzó sobre Babe desde lo alto de la barra, y Babe lo esquivó como habría esquivado el contacto de un jugador contrario, y el bolchevique fue a parar encima de una mesa que se estremeció por un segundo antes de hundirse bajo su peso.

—¡Lo eres! —exclamó alguien, y Babe, al volverse, vio al fulano que le había pegado con el taburete. Tenía los labios manchados de sangre—. Eres el puto Babe Ruth.

—Siempre nos confunden —dijo Babe.

Le asestó un puñetazo en la cabeza, recogió su abrigo del suelo y salió corriendo del bar.

LA CLASE OBRERA

13

A finales de otoño de 1918, Danny Coughlin abandonó la ronda en las calles de Boston, se dejó una poblada barba y volvió a nacer con el nombre de Daniel Sante, un veterano de la huelga de 1916 en las Minas de Plomo Thomson, en el oeste de Pennsylvania. El verdadero Daniel Sante había sido un hombre también de pelo oscuro y poco más o menos de la estatura de Danny. No había dejado familia al incorporarse a filas para combatir en la Primera Guerra Mundial. Poco después de llegar a Bélgica contrajo la gripe y murió en un hospital de campaña sin disparar un solo tiro.

Cinco de los mineros de esa huelga del año 1916 fueron condenados a cadena perpetua, acusados, aunque sólo con pruebas circunstanciales, de la explosión de una bomba en casa del presidente de Thomson Hierro & Plomo, E. James McLeish. McLeish estaba dándose su baño matutino cuando su criado le llevó el correo. El criado, al tropezar en el umbral de la puerta, agitó sin querer una caja de cartón envuelta en papel marrón normal y corriente. Su brazo izquierdo apareció más tarde en el comedor. El resto de su cuerpo se quedó en el vestíbulo. Otros cincuenta huelguistas fueron condenados a penas menores o apaleados de tal manera por la policía y los agentes de Pinkerton que ya no irían a ninguna parte durante varios años, en tanto que los demás padecieron el destino del huelguista medio en el Cinturón de Acero: perdieron sus empleos y acabaron cruzando la frontera de Ohio con la esperanza de ser contratados por empresas que no hubieran visto la lista negra de Thomson Hierro & Plomo.

Eran unos buenos antecedentes para consolidar las credenciales de Danny en la revolución obrera internacional, porque ninguna organización sindical conocida —ni siquiera los Trabajadores Industriales del Mundo (TIM), siempre rápidos en sus movilizaciones— participó en la huelga. La organizaron los propios mineros con tal celeridad que probablemente fueron los primeros en sorprenderse. Para cuando los miembros de TIM por fin llegaron, la bomba ya había estallado y las palizas se habían iniciado. No quedaba nada por hacer más que visitar a los hombres en el hospital mientras la empresa contrataba a nuevos empleados entre los parados que se congregaban a la entrada del recinto todos los días a primera hora de la mañana.

Así pues, cabía esperar que la tapadera de Danny bajo el nombre de Daniel Sante aguantara bien el escrutinio de los diversos movimientos radicales a los que se acercase. Y así fue. Ni una sola persona, por lo que él observó, puso en tela de juicio su identidad. El problema era que aunque creyeran su historia, ésta no le permitía destacar.

Acudía a las reuniones y nadie se fijaba en él. Después iba a los bares y lo dejaban solo. Cuando intentaba entablar conversación, se encontraba con un cortés asentimiento a todo lo que decía y, con igual cortesía, lo dejaban de lado. Había alquilado una habitación en un edificio de Roxbury, y allí, durante el día, examinaba sus publicaciones radicales: *The Revolutionary Age, Cronaca Sovversiva, Proletariat* y *The Worker*. Releyó a Marx y Engels, a Reed y Larkin, y los discursos de Bill Haywood, Emma Goldman, Trotski, Lenin y el propio Galleani, hasta que fue capaz de recitar la mayor parte de los textos palabra por palabra. Los lunes y los miércoles tocaba reunión con los letones de Roxbury, seguida de una sesión alcohólica en la taberna Sowbelly. Se pasaba las noches con ellos y las mañanas con una resaca de padre y muy señor mío, ya que los letones no se andaban con frivolidades, ni siquiera en las borracheras. Un hatajo de Serguéis y Boris y Josefs, con algún que otro Peter o Piotr por medio, los letones se pasaban la noche enardecidos con el vodka y las consignas y la cerveza caliente en grandes baldes de madera. Golpeando las mesas rayadas con las jarras y citando a Marx, citando a Engels, citando a Lenin y Emma Goldman y predicando a gritos sobre los derechos del trabajador, a la vez que trataban a la camarera a patadas.

Rebuznaban sobre Debs, relinchaban sobre Bill Haywood, estampaban sus vasos de whisky contra las mesas y juraban venganza por los miembros de TIM emplumados en Tulsa, a pesar de que el emplumamiento había tenido lugar dos años antes y no daba la impresión de que ninguno de ellos fuera a tomar cartas en el asunto. Se tiraban del gorro de lana y echaban bocanadas de humo de tabaco y despotricaban contra Wilson, Palmer, Rockefeller, Morgan y Oliver Wendell Holmes. Graznaban acerca de Jack Reed y Jim Larkin y la caída de la casa de Nicolás II.

Bla, bla, bla, bla, bla, bla.

Danny se preguntaba si las resacas se debían al alcohol o a las idioteces. Dios santo, aquellos rojos parloteaban hasta dejarlo a uno bizco. Hasta que uno soñaba con el sonido áspero y cortante de las consonantes rusas y el zumbido nasal y arrastrado de las vocales letonas. Dos noches por semana con ellos, y sólo había visto a Louis Fraina una vez, cuando dio un discurso y desapareció rodeado de fuertes medidas de seguridad.

Había recorrido todo el estado buscando a Nathan Bishop. En ferias de empleo, bares de sediciosos, actos marxistas de recaudación de fondos. Había asistido a asambleas de sindicatos, concentraciones radicales y reuniones de utopistas tan borrachos que sus ideas eran un insulto a la madurez. Anotaba los nombres de los oradores y desaparecía en el anonimato, pero siempre se presentaba como «Daniel Sante», para que la persona a quien estrechaba la mano respondiera igual: «Andy Thurston» en lugar de sólo «Andy», «camarada Gahn» en lugar de «Phil». Cuando surgía la oportunidad, robaba una o dos páginas del registro de asistencia. Si veía coches aparcados delante de los lugares de reunión, apuntaba las matrículas.

En las ciudades, los encuentros se celebraban en boleras, salones de billar, clubes de boxeo, tabernas y cafeterías. En South Shore, los grupos se reunían en tiendas de campaña, salones de baile o recintos feriales abandonados hasta el verano. En North Shore y el valle del Merrimack, preferían los apartaderos del ferrocarril y las curtidurías, junto a cauces cuyas aguas bullían de residuos y dejaban una espuma rojiza adherida a las orillas. En los Berkshires, concertaban sus encuentros en huertos.

Si uno iba a una reunión, se enteraba de cuándo serían las siguientes. Los pescadores de Gloucester hablaban de solidaridad para con sus hermanos de New Bedford, los comunistas de Roxbury para con sus camaradas de Lynn. Nunca oyó mencionar bombas ni planes concretos para derrocar al Gobierno. Todo eran vagas generalizaciones. Estridentes, jactanciosas, tan inútiles como las de un niño terco. Lo mismo sucedía en lo referente al sabotaje contra empresas. Sí hablaban del Primero de Mayo, pero sólo refiriéndose a otras ciudades y otras células. Los camaradas de Nueva York harían tambalearse la ciudad hasta los cimientos. Los camaradas de Pittsburgh encenderían la primera cerilla que prendería la revolución.

Las reuniones de anarquistas tenían lugar normalmente en North Shore y contaban con escasa asistencia. Quienes usaban el megáfono hablaban con sequedad, a menudo leyendo en voz alta en un inglés macarrónico fragmentos del último tratado de Galleani o Tommasino DiPeppe o el encarcelado Leone Scribano, cuyas reflexiones salían furtivamente de una cárcel del sur de Milán. Nadie levantaba la voz ni hablaba con demasiada emoción o fanatismo, motivo por el que resultaban más inquietantes. Danny enseguida tuvo la sensación de que sabían que él no era uno de ellos: demasiado alto, demasiado bien alimentado, demasiados dientes.

Tras una reunión al fondo de un cementerio de Gloucester, tres hombres se separaron de la muchedumbre para seguirlo. Caminaban a un paso lo bastante lento para no reducir la distancia y lo bastante rápido para impedir que aumentara. Aparentemente les traía sin cuidado que él advirtiese su presencia. En un momento dado, uno de ellos se dirigió a él a voz en grito en italiano. Quería saber si Danny estaba circuncidado.

Danny bordeó el cementerio y cruzó una extensión de dunas de color hueso por detrás de un molino de piedra caliza. Los hombres, ahora a unos treinta metros, empezaron a silbar entre dientes con estridencia.

—Ay, cariño —parecía decir uno de ellos—. Ay, cariño.

Las dunas de piedra caliza recordaron a Danny sueños que había tenido, sueños que había olvidado hasta ese momento. Sueños en los que había atravesado en la mayor desesperanza vastos desiertos iluminados por la luna, sin saber cómo había llegado hasta allí, sin saber cómo encontraría el camino de regreso a casa. Y a cada paso le pesaba más el creciente miedo de que su casa ya no existiese. De que su familia y toda la gente que conocía hubiese muerto hacía tiempo. Y sólo él sobrevivía para vagar por tierras dejadas de la mano de Dios. Escaló la duna más baja, escarbando y arañando en el silencio invernal.

—Ay, cariño.

Llegó a lo alto de la duna. Al otro lado había un cielo negro como la tinta. Por debajo, unas cuantas vallas con las cancelas abiertas.

En una calle de adoquines levantados se topó con un lazareto. Encima de la puerta, el cartel lo identificaba como el sanatorio Cape Ann. Abrió la puerta y entró. Pasó apresuradamente por la recepción. Una enfermera lo llamó. Lo llamó por segunda vez.

Al llegar a una escalera, se volvió hacia el vestíbulo y vio a los tres hombres allí inmóviles, uno de ellos señalando el cartel. Seguramente habían perdido a algún miembro de sus familias a causa de alguna de las enfermedades que aguardaba en los pisos superiores: tuberculosis, viruela, polio, cólera. Por su agitada gesticulación, Danny dedujo que ninguno se atrevía a entrar. Encontró una puerta trasera y salió.

No había luna, y el aire era tan cortante que le dolían las encías. Volvió a atravesar a toda prisa las dunas de gravilla blanca y el cementerio. Encontró su coche donde lo había dejado junto al muelle. Se sentó en él y jugueteó con el botón en su bolsillo. Mientras recorría con el pulgar la suave superficie, acudió a su mente la imagen de Nora lanzándole el oso en la habitación frente al mar, con las almohadas esparcidas por el suelo, sus ojos iluminados por un fuego claro. Danny cerró los ojos y la olió. Volvió a la ciudad con el parabrisas sucio de salitre y su propio miedo secándose en las raíces del pelo.

Una mañana, sentado en una cafetería a un paso de Harrison Avenue con el suelo ajedrezado de baldosas y un polvoriento ventilador de techo que emitía un chasquido a cada revolución, Danny bebía café solo mientras esperaba a Eddie McKenna. Un afilador empujaba ruidosamente su carrito por los adoquines al otro lado de la cristalera, y las hojas de los cuchillos expuestos se balanceaban suspendidas de las cuerdas y reflejaban el sol. Dardos de luz hirieron las pupilas de Danny y las paredes de la cafetería. Se volvió en el reservado y abrió la tapa del reloj y consiguió que dejara de brincarle en la mano el tiempo suficiente para darse cuenta de que McKenna llegaba tarde, aunque eso no era sorprendente. Después echó otra ojeada alrededor para ver si alguien le prestaba demasiada atención o demasiado poca. Cuando se quedó convencido de que sólo había allí la habitual concurrencia de pequeños comerciantes, mozos de color y secretarias del edificio Statler, prosiguió con su café, casi seguro de que incluso con resaca era capaz de darse cuenta de si lo seguían.

McKenna llenó el umbral de la puerta con su enorme humanidad y su obstinado optimismo, aquel sentido de la misión casi beatífico que Danny había visto en él toda su vida, desde que Eddie pesaba cincuenta kilos menos e iba a visitar a su padre cuando los Coughlin vivían en el North End, siempre con palos de regaliz para Danny y Connor. Incluso entonces, cuando era sólo un agente de a pie y hacía la ronda en el puerto de Charlestown, con sus tabernas consideradas las peores de la ciudad y una población de ratas tan prodigiosa que los índices de tifus y polio triplicaban los de cualquier otro distrito, la resplandeciente aureola de aquel hombre era igual de visible. Entre las leyendas del departamento, corría la de que, muy al principio de su carrera, le habían vaticinado que nunca trabajaría como topo debido a su pura presencia. El jefe de entonces le había dicho: «Eres el único hombre que conozco que entra en una habitación cinco minutos antes de llegar».

Colgó el abrigo y se deslizó en el asiento delante de Danny. Captó la mirada de la camarera y dibujó la palabra «café» con los labios.

—Virgen santa —dijo a Danny—. Hueles como el armenio que se comió la cabra borracha.

Danny se encogió de hombros y bebió un poco más de café.

—Y luego se vomitó encima —prosiguió McKenna.

—Eso viniendo de ti es todo un elogio.

McKenna encendió la colilla de un puro y el hedor fue derecho al estómago de Danny. La camarera llevó una taza de café a la mesa y llenó otra vez la de Danny. McKenna le miró el culo mientras se alejaba. Sacó una petaca y se la ofreció a Danny.

—Sírvete.

Danny echó unas gotas en el café y se la devolvió.

McKenna lanzó una libreta sobre la mesa y colocó al lado un lápiz grueso y tan corto como la colilla del puro.

—Vengo de reunirme con algunos de los otros chicos. Dime que has avanzado más que ellos.

Los «otros chicos» de la brigada habían sido elegidos, hasta cierto punto, por su inteligencia, pero en su mayoría porque su físico les permitía confundirse con las etnias. No había judíos ni italianos en el DPB, pero Harold Christian y Larry Benzie eran lo bastante morenos para pasar por griegos o italianos. Paul Wascon, bajo y de ojos oscuros, se había criado en el Lower East Side de Nueva York. Hablaba un yiddish aceptable y se había infiltrado en una célula del Ala Izquierda Socialista de Jack Reed y Jim Larkin que operaba desde un sótano del West End.

Ninguno de ellos había querido la misión. Implicaba largas jornadas de trabajo sin sobresueldo, sin horas extras y sin recompensa alguna, porque, según la política oficial del departamento, las células terroristas eran un problema de Nueva York, un problema de Chicago, un problema de San Francisco. Así que, incluso si la brigada tenía éxito, nunca se le reconocería el mérito, y desde luego no cobrarían sobresueldos.

Pero McKenna los había sacado de sus unidades con la habitual combinación de sobornos, amenazas y extorsiones. Danny había entrado por la puerta de atrás a causa de Tessa; a saber qué habrían prometido a Christian y Benzie, y a Wascon lo habían pillado con las manos en la masa en agosto, así que estaba en deuda con McKenna de por vida.

Danny le entregó sus anotaciones a McKenna.

—Matrículas de coches de la reunión en Woods Hole de la Fraternidad de Pescadores. Registro de asistencia del Sindicato de Techadores de West Roxbury, otro del Club Socialista de North Shore. Las actas de todas las reuniones a las que he asistido esta semana, incluidas dos de los letones de Roxbury.

McKenna cogió las notas y se las guardó en la cartera.

—Bien, bien. ¿Qué más?

—Nada más.

—¿Qué quieres decir?

—Quiero decir que no tengo nada más —contestó Danny.

McKenna dejó el lápiz y suspiró.

—Dios bendito.

—¿Qué? —preguntó Danny, sintiéndose un poco mejor con el whisky en el café—. Los radicales extranjeros, oh sorpresa, desconfían de los americanos. Y en su paranoia, contemplan como mínimo la posibilidad de que yo sea un topo, por sólida que pueda ser la tapadera de Sante. Y aun cuando cuele la tapadera, Danny Sante sigue sin ser candidato a los cuadros directivos. Al menos en lo que se refiere a los letones. Todavía me están tanteando.

—¿Has visto a Louis Fraina?

Danny asintió.

—Lo vi dar un discurso. Pero no me lo han presentado. Se mantiene al margen de los militantes de a pie, se rodea de los mandamases y matones.

—¿Has visto a tu vieja amiga?

Danny hizo una mueca.

—Si la hubiera visto, ya estaría en la cárcel.

McKenna tomó un sorbo de su petaca.

—¿La has buscado?

—He recorrido el puñetero estado de punta a punta. Incluso he ido a Connectitcut unas cuantas veces.

—¿Y aquí en la ciudad?

—Los de Justicia están peinando el North End en busca de Tessa y Federico. Así que el barrio entero está nervioso. Los vecinos se han cerrado en banda. Nadie querrá hablar conmigo. Nadie querrá hablar con ningún americano.

McKenna dejó escapar un suspiro y se frotó la cara con la base de las manos.

—Bueno, yo ya sabía que no sería fácil.

—No.

—Tú sigue hurgando.

Cielo santo, pensó Danny. ¿Aquello... aquello... era trabajo de inspector? ¿Pescar sin red?

—Te conseguiré algo.

—¿Además de una resaca?

Danny le dirigió una parca sonrisa.

McKenna volvió a frotarse la cara y bostezó.

—Santo Dios, putos terroristas. —Volvió a bostezar—. Ah, y no te has cruzado con Nathan Bishop, ¿verdad? El médico.

—No.

McKenna guiñó el ojo.

—Eso es porque acaba de cumplir treinta días en los calabozos de borrachos de Chelsea. Lo soltaron hace un par de días. Pregunté a un celador si lo conocía y me dijo que frecuenta la taberna Capitol. Según parece, le mandan el correo allí.

—La taberna Capitol —repitió Danny—. ¿El sótano en el West End?

—Esa misma. —McKenna asintió—. Tal vez puedas pillarte una buena resaca allí y de paso servir a tu país.

Danny visitó tres noches la taberna Capitol hasta que Nathan Bishop le habló. Había visto a Bishop de inmediato, nada más cruzar la puerta la primera noche y tomar asiento junto a la barra. Bishop estaba solo en una mesa iluminada únicamente por una vela pequeña colgada de la pared. La primera noche leía un librito y las otras dos una pila de periódicos. Bebía whisky, con la botella en la mesa al lado del vaso, pero las primeras noches entretenía la copa, sin que bajara visiblemente el nivel de la botella, y se marchaba con el paso tan firme como cuando había entrado. Danny empezó a preguntarse si el retrato ofrecido por Finch y Hoover era correcto.

Pero la tercera noche enseguida apartó los periódicos y empezó a tomar tragos más largos del vaso y a fumar un pitillo tras otro. Al principio mantenía la vista fija en el humo del cigarrillo, con expresión dispersa y distante. Poco a poco el resto del bar cobró vida ante sus ojos y una sonrisa asomó a su rostro, como si alguien se la hubiera emplastado allí precipitadamente.

Cuando Danny lo oyó cantar por primera vez, le costó relacionar la voz con aquel hombre. Bishop era menudo, fibroso, un hombre delicado con rasgos delicados y huesos delicados. En cambio, su voz era atronadora, retumbante, como el rugido de un tren.

—Ya empezamos.

El camarero dejó escapar un suspiro pero no pareció descontento.

Para su primera interpretación de la noche, Nathan Bishop eligió

257

una canción de Joe Hill, «El predicador y el esclavo», y con su voz grave de barítono dio a la canción protesta un claro aire celta que armonizaba bien tanto con la chimenea alta y la iluminación tenue de la taberna Capitol, como con el aullido sordo de las sirenas de los remolcadores en el puerto.

—«Predicadores de largos cabellos salen cada noche —entonó—. Pretenden decirte lo que está bien y lo que está mal. Pero cuando se les pide algo para comer, contestan con voz muy dulce: "Ya comerás, Dios mediante, en esa gloriosa tierra allá arriba en lo alto, más allá del cielo. Ora y labora, vive del heno, ya tendrás pastel en el cielo cuando mueras". Eso es mentira, es mentira, es mentira...»

Desplegó una dulce sonrisa, con los ojos a media asta, cuando los pocos clientes del bar aplaudieron sin mucho entusiasmo. Fue Danny quien siguió batiendo palmas. Se levantó del taburete y alzó el vaso y cantó:

—«Santones y evangelizadores salen a la calle y aúllan y brincan y vociferan. "Dad vuestro dinero a Jesús", dicen. "Hoy curará todas las enfermedades".»

Danny rodeó con el brazo al hombre que tenía al lado, un deshollinador con la cadera lisiada, y éste levantó su copa. Nathan Bishop salió como pudo de detrás de su mesa, sin olvidarse la botella de whisky ni el vaso, y se unió a ellos junto a la barra al mismo tiempo que dos marinos mercantes sumaban sus voces, estridentes y muy desafinadas, cosa que traía a todos sin cuidado mientras balanceaban los codos y las copas.

> Si te dejas la piel por los hijos y la mujer,
> procura sacarle algo bueno a esta vida;
> eres un pecador y un mal hombre, dicen,
> seguro que cuando mueras que irás al infierno.

Cantaron el último verso en medio de gritos y carcajadas, y entonces el camarero tocó la campana detrás de la barra y prometió una ronda gratis.

—¡Cantamos a cambio de nuestra cena, muchachos! —exclamó uno de los marinos mercantes.

—¡La copa gratis es para que dejéis de cantar! —contestó el camarero haciéndose oír por encima de las risas—. Ésa es la condición, y no otra.

Tan borrachos estaban todos que lo aplaudieron y se arrimaron a la barra en busca de sus copas gratis y todos se dieron la mano: Daniel Sante, te presento a Abe Rowley; Abe Rowley, te presento a Terrance Bonn y Gus Sweet; Terrance Bon y Gus Sweet, os presento a Nathan Bishop; Nathan Bishop te presento a Daniel Sante.

—Vaya una voz, Nathan.

—Gracias. La tuya tampoco está mal, Daniel.

—¿Es una costumbre tuya, eso de ponerte a cantar en los bares?

—Al otro lado del charco, de donde yo vengo, es lo más habitual. Esto estaba un poco apagado hasta que he tomado cartas en el asunto, ¿no te parece?

—No lo niego.

—Salud, pues.

—Salud.

Entrechocaron los vasos y los apuraron.

Siete copas y cuatro canciones más tarde, comieron el estofado que el camarero llevaba todo el día guisando en la chimenea. Era espantoso: la carne, marrón e inidentificable; las patatas, grises y gomosas. Puestos a adivinar, Danny habría dicho que la arenilla que dejaba en los dientes era serrín. Pero les llenó el estómago. Después se quedaron allí sentados y bebieron, y Danny contó sus mentiras de Daniel Sante sobre el oeste de Pennsylvania y la mina de plomo Thomson.

—Así son las cosas, ¿no? —comentó Nathan, liándose un cigarrillo con el tabaco de una bolsa sobre el regazo—. Pides cualquier cosa en este mundo y la respuesta siempre es no. Luego te ves obligado a cogérselo a aquellos que lo cogieron antes que tú... y en porciones mucho mayores, podría añadir... y se atreven a llamarte ladrón. Es absurdo.

Ofreció a Danny el cigarrillo que acababa de liar.

Danny levantó una mano.

—No, gracias. Los compro en paquetes.

Sacó su cajetilla de Murad del bolsillo de la camisa y la puso en la mesa.

Nathan encendió su cigarrillo.

—¿Cómo te hiciste esa cicatriz?

—¿Ésta? —Danny se señaló el cuello—. Una explosión de metano.

—¿En la mina?

Danny asintió con la cabeza.

—Mi padre era minero —dijo Nathan—. No aquí.

—¿Al otro lado del charco?

—Sí. —Sonrió—. Justo en las afueras de Manchester, al norte. Allí me crié.

—Una tierra difícil, por lo que he oído.

—Sí, lo es. Y deprimente hasta más no poder. Una gama de grises y algún que otro marrón. Mi padre murió allí. En una mina. ¿Te lo imaginas?

—¿Morir en una mina? —preguntó Danny—. Sí.

—Era un hombre fuerte, mi padre. Eso es lo más triste de esa sórdida historia. ¿Entiendes lo que quiero decir?

Danny negó con la cabeza.

—Pues mírame a mí, por ejemplo. Físicamente soy una nulidad. No coordino, se me dan mal los deportes, soy corto de vista, patizambo y asmático.

Danny se echó a reír.

—¿No te dejas nada?

Nathan soltó una carcajada y levantó una mano.

—Varias cosas, pero a eso iba. Con un físico tan débil como el mío, si se desplomara un túnel y yo tuviera varios cientos de kilos de tierra encima, quizás incluida una viga de madera de media tonelada, una provisión de oxígeno muy limitada... en fin, simplemente sucumbiría. Moriría como un buen inglés, callado y sin quejarme.

—En cambio, tu padre... —dijo Danny.

—Se arrastró —continuó Nathan—. Encontraron sus zapatos en el lugar donde se habían desplomado las paredes encima de él, a cien metros de donde apareció el cadáver. Se arrastró. Con la espalda rota, a través de cientos, si no miles, de kilos de tierra y piedra mientras la compañía minera esperaba dos días para iniciar la excavación. Les preocupaba que los intentos de rescate hicieran peligrar las paredes del túnel principal. Si mi padre lo hubiese sabido, ¿habría dejado de arrastrarse antes o habría recorrido otros veinte metros?

Permanecieron un rato en silencio, oyendo los silbidos y chasquidos de la leña todavía húmeda. Nathan Bishop echó otro trago y luego ladeó la botella sobre el vaso de Danny para servirle con la misma generosidad.

—Está mal —dijo.

—¿Qué está mal?

—Lo que los hombres con recursos exigen a los hombres sin ellos. Y luego esperan que los pobres les agradezcan las migajas. Tienen la desfachatez de hacerse los ofendidos, los moralmente ofendidos, si los pobres no les siguen el juego. Habría que quemarlos a todos en la hoguera.

Danny sintió en la cabeza la turbiedad del alcohol.

—¿A quiénes?

—A los ricos. —Dirigió una sonrisa perezosa a Danny—. Quemarlos a todos.

Danny se encontró de nuevo en Fay Hall para otra reunión del CSB. La agenda de esa noche incluía el insistente rechazo del departamento a admitir que las enfermedades relacionadas con la gripe entre los hombres eran resultado de su trabajo. Steve Coyle, algo más borracho de lo que habría cabido esperar, habló de su permanente lucha por recibir algún tipo de pago por invalidez del departamento en el que había servido doce años.

Una vez agotado el tema de la gripe, pasaron a la propuesta preliminar para que el departamento asumiera parte del coste de renovación de los uniformes estropeados o muy gastados.

—Es la salva más inocua que podemos lanzar —explicó Mark Denton—. Si la rechazan, después podremos exhibirla para ponerlos en evidencia por su negativa a hacer la menor concesión.

—Exhibirla ¿ante quién? —preguntó Adrian Melkins.

—Ante la prensa —contestó Mark Denton—. Tarde o temprano esta lucha saltará a los periódicos. Los quiero de nuestro lado.

Después de la reunión, mientras los hombres pululaban junto a las cafeteras o se pasaban las petacas, Danny, sin darse cuenta, pensó en su padre y después en el de Nathan Bishop.

—Una buena barba —comentó Mark Denton—. ¿Crías gatos ahí dentro?

—Trabajo de infiltrado —dijo Danny. Imaginó al padre de Bishop avanzando a rastras por una mina hundida. Imaginó a su hijo intentando apartarlo de su mente a fuerza de alcohol—. ¿Qué necesitáis?

—¿Cómo?

—De mí —aclaró Danny.

Mark dio un paso atrás y lo examinó.

—Desde el día que te presentaste aquí, he estado preguntándome si eres un topo.

—¿Quién iba a enviarme como topo?

Denton se echó a reír.

—Ésa sí que es buena. El ahijado de Eddie McKenna, el hijo de Tommy Coughlin. ¿Quién iba a mandarte? Cómico, francamente cómico.

—Si soy un topo, ¿por qué me pediste ayuda?

—Para ver cuánta prisa te dabas en aceptar. He de reconocer que el hecho de que no te apresuraras me tranquilizó. Pero ahora aquí estás, preguntándome cómo puedes echar una mano.

—Así es.

—Supongo que ahora me toca a mí decir que me lo pensaré —dijo Denton.

Eddie McKenna a veces celebraba reuniones de trabajo en la azotea de su casa, una construcción estilo Reina Ana en lo alto de Telegraph Hill en South Boston. La vista —de Thomas Park, Dorchester Heights, el perfil urbano del centro de la ciudad, el canal Fort Point y el puerto—, era, como todo en él, expansiva. La azotea estaba alquitranada y era lisa como metal laminado; Eddie tenía allí una mesa pequeña y dos sillas, junto con un cobertizo metálico donde guardaba sus herramientas y las que su mujer, Mary Pat, empleaba en el diminuto jardín de la parte trasera. Él se complacía en decir que tenía aquella excelente vista y tenía aquella azotea y tenía el amor de una buena mujer, así que no podía reprocharle a Dios que no le hubiera dado un jardín como era debido.

Como en casi todo lo que decía Eddie McKenna, había en eso tanto de verdad como de palabrería hueca. Sí, según había comentado Thomas Coughlin en su día a Danny, el sótano de Eddie, en efecto, apenas disponía de espacio para guardar el cargamento de carbón, y sí, su jardín admitía una tomatera, una mata de albahaca y posiblemente un rosal pequeño, pero desde luego ninguna de las herramientas necesarias para trabajar en él. No obstante, eso carecía de importancia, porque Eddie McKenna no sólo guardaba herramientas en el cobertizo.

—¿Qué más tiene allí? —había preguntado Danny.

Thomas blandió un dedo en dirección a él.

—No estoy tan borracho como para eso, muchacho.

Esa noche Danny, en compañía de su padrino junto al cobertizo, disfrutaba de un vaso de whisky irlandés y uno de los excelentes puros que Eddie recibía mensualmente de un amigo suyo en el Departamento de Policía de Tampa. El aire olía a humedad y humo, igual que en medio de una espesa niebla, pero el cielo estaba despejado. Danny había ofrecido a Eddie su informe sobre el encuentro con Nathan Bishop, incluido el comentario de Bishop sobre lo que debería hacerse con los ricos, y Eddie apenas había dado acuse de recibo.

Pero cuando Danny entregó otra lista —esta vez la mitad eran nombres y la otra mitad matrículas, correspondientes a una reunión de la Coalición de Amigos del Pueblo de la Italia Meridional—, de pronto Eddie salió de su letargo. Cogió la lista de la mano de Danny y se apresuró a examinarla. Abrió la puerta del cobertizo, sacó la cartera de piel agrietada que llevaba a todas partes y guardó la hoja. Volvió a dejar la cartera en el cobertizo y cerró la puerta.

—¿Sin candado? —preguntó Danny.

Eddie ladeó la cabeza.

—¿Para unas cuantas herramientas?

—Y carteras.

Eddie sonrió.

—¿Quién en su sano juicio se acercaría a esta morada con malas intenciones?

Danny respondió a eso con una sonrisa, una sonrisa de cumplido. Dio una calada al puro y, contemplando la ciudad, aspiró el olor del puerto.

—¿Qué estamos haciendo aquí, Eddie?

—Es una noche agradable.

—No, me refiero a la investigación.

—Perseguimos radicales. Protegemos y servimos a esta gran nación.

—¿Elaborando listas?

—Te noto inapetente.

—¿Por qué lo dices?

—No eres el mismo de siempre. ¿Duermes bien últimamente?

—Nadie habla del Primero de Mayo. O al menos no como vosotros esperabais.

—Bueno, tampoco van a ir pregonándolo por ahí, anunciando a gritos sus viles fines desde las azoteas, ¿no? Apenas llevas un mes con ellos.

—Son unos charlatanes, todos. Pero sólo eso.

—¿Los anarquistas?

—No —contestó Danny—. Ésos son putos terroristas. Pero ¿los demás? Me has mandado a espiar a sindicatos de fontaneros, de carpinteros, hasta el último grupo de calceta con orientación socialista que pueda existir. ¿Para qué? ¿Por los nombres? No lo entiendo.

—¿Vamos a esperar a que nos vuelen a todos por los aires antes de decidir que debemos tomarlos en serio?

—¿A quiénes? ¿A los fontaneros?

—Déjate de bromas.

—¿Los bolcheviques? —insistió Danny—. ¿Los socialistas? Dudo mucho que puedan hacer explotar algo aparte de la dinamita que llevan dentro de su propio pecho.

—Son terroristas.

—Son disidentes.

—Quizá necesites un descanso.

—Quizá necesite una idea más clara de qué demonios estamos haciendo aquí exactamente.

Eddie le rodeó el hombro con el brazo y lo llevó al borde de la azotea. Contemplaron la ciudad: sus parques y calles grises, sus edificios de ladrillo, los tejados negros, las luces del centro reflejadas en el agua oscura que la atravesaba.

—Esto es lo que protegemos, Danny. No otra cosa. Eso hacemos.

—Dio una calada al puro—. Nuestra casa y nuestro hogar. Ni más ni menos.

Otra noche en la taberna Capitol, en compañía de Nathan Bishop, que permaneció taciturno hasta que le hizo efecto la tercera copa, y entonces:

—¿Te han pegado alguna vez?

—¿Cómo?

Bishop levantó los puños.

—Ya sabes.

—Claro. Antes boxeaba —contestó. Y añadió—: En Pennsylvania.

—Pero ¿alguna vez te han apartado de un empujón?

—¿Apartado de un empujón? —Danny negó con la cabeza—. No que yo recuerde. ¿Por qué?

—No sé si te das cuenta de lo excepcional que es eso. Ir por este mundo sin miedo a otros hombres.

Danny nunca se lo había planteado desde ese punto de vista. De pronto se avergonzó de haber vivido siempre confiado en que las cosas saldrían conforme a sus intereses. Y en general así había sido.

—Eso debe de estar bien —comentó Nathan—. Sólo eso.

—¿A qué te dedicas? —preguntó Danny.

—¿Y tú?

—Busco trabajo. Pero ¿y tú qué? No tienes manos de trabajador. Ni vistes como tal.

Nathan se tocó la solapa de la chaqueta.

—Esto no es ropa cara.

—Tampoco son harapos. Hace juego con los zapatos.

Nathan Bishop respondió con una media sonrisa.

—Una observación interesante. ¿Eres policía?

—Sí —respondió Danny, y encendió un cigarrillo.

—Yo soy médico.

—Un poli y un médico. Puedes curar a todo aquel a quien yo le pegue un tiro.

—Hablo en serio.

—Y yo.

—No es verdad.

—De acuerdo, no soy policía. ¿Tú sí eres médico?

—Lo era. —Bishop apagó el cigarrillo. Tomó un lento trago.

—¿Puede uno dejar de ser médico?

—Uno puede dejar cualquier cosa. —Bishop volvió a beber y dejó

265

escapar un largo suspiro—. Antes era cirujano. La mayoría de las personas a quienes salvé no merecían ser salvadas.

—¿Eran ricos?

Danny advirtió una exasperación en el rostro de Bishop que empezaba a resultarle familiar. Significaba que Bishop iba camino de dejarse dominar por la ira, y llegado a ese punto sería imposible tranquilizarlo hasta que se agotase por sí solo.

—Eran indiferentes a todo —dijo, impregnando las palabras de desprecio—. Si les decías: «Muere gente a diario. En el North End, en el West End, en South Boston, en Chelsea. Y a todos los mata lo mismo: la pobreza. Sólo eso. Así de simple». —Se lió otro cigarrillo e, inclinándose sobre la mesa, bebió del vaso sin apartar las manos del regazo—. ¿Sabes qué contesta la gente cuando se lo dices? Contestan: «¿Y yo qué puedo hacer?». Como si eso fuese una respuesta. ¿Qué puedes hacer? Bien, puedes echar una mano, joder. Eso es lo que puedes hacer, burgués de mierda. ¿Qué puedes hacer? ¿Qué no puedes hacer? Remangarte, joder, mover ese culo gordo y mover el culo aún más gordo de tu mujer, e irte a donde están tus congéneres, joder, tus hermanos, los otros seres humanos, irte a donde se mueren de hambre realmente. Y hacer lo que sea necesario para ayudarlos. Eso, joder, es lo que puedes hacer, joder.

Nathan Bishop apuró el resto de la copa. Dejó caer el vaso en la mesa rayada y echó un vistazo alrededor, con una mirada penetrante en los ojos enrojecidos.

En el espeso aire que a menudo seguía a las diatribas de Nathan, Danny guardó silencio. Percibió que los hombres de la mesa contigua, incómodos, cambiaban de posición en sus sillas. De pronto uno de ellos empezó a hablar de Ruth, de los últimos rumores sobre el traspaso. Nathan tomó aire por la nariz ruidosamente a la vez que alargaba el brazo hacia la botella y se ponía el cigarrillo entre los labios. Cogió la botella con mano trémula. Se sirvió un vaso más. Reclinándose en la silla, rascó una cerilla con la uña del pulgar y encendió el cigarrillo.

—Eso es lo que puedes hacer —susurró.

En la taberna Sowbelly, Danny intentó ver entre el tumulto de letones de Roxbury la mesa, al fondo, que esa noche ocupaba Louis Fraina, vestido con un traje oscuro y una delgada corbata negra. Tomaba a sorbos una bebida de color ámbar de un vaso pequeño. Sólo la intensidad de su mirada detrás de unas gafas pequeñas de montura redonda lo delataban como algo distinto de un profesor universitario que se había equivocado de bar. Eso, y la deferencia que los demás le mostraban al colocar la copa con cuidado en la mesa delante de él, al hacerle preguntas levantando el mentón como niños impacientes, al comprobar si él los escuchaba cuando exponían algo. Se decía que Fraina, nacido en Italia, hablaba ruso con toda la fluidez que podía exigírsele a alguien que no se había criado en la madre patria, juicio que, según se rumoreaba, había expresado por primera vez el mismísimo Trotski. Fraina tenía un cuaderno negro de piel de topo abierto en la mesa ante él, y de vez en cuando anotaba algo a lápiz o lo hojeaba. Rara vez alzaba la vista, y cuando lo hacía, era sólo para asentir a un comentario de su interlocutor con un mínimo parpadeo. Danny y él no llegaron a cruzar una sola mirada.

En cambio, los otros letones por fin habían dejado de tratar a Danny con la risueña cortesía que uno reserva a los niños y los débiles mentales. No se habría atrevido a decir aún que les inspiraba confianza, pero empezaban a acostumbrarse a su presencia.

Aun así, hablaban con un acento tan pronunciado que pronto se cansaban de conversar con él y cambiaban de idioma en cuanto otro letón interrumpía en su lengua materna. Esa noche, eran tantos los problemas y las soluciones incluidos en el orden del día que habían proseguido la asamblea en el bar.

Problema: Estados Unidos había iniciado una guerra encubierta contra el Gobierno bolchevique provisional de la nueva Rusia. Wilson había autorizado el envío del 339 Regimiento, que se había unido a las fuerzas británicas y tomado el puerto ruso de Arcángel en el mar Blanco. Aunque tenían la esperanza de interceptar el aprovisionamiento de Lenin y Trotski y matarlos de hambre durante el largo invierno, las fuerzas estadounidenses y británicas se encontraron con heladas invernales prematuras y, según rumores, quedaron a merced de sus aliados, los rusos blancos, un grupo corrupto de caciques y bandidos tribales. Este vergonzoso cenagal fue sólo una muestra más de los intentos del capitalismo occidental para aplastar la voluntad del gran movimiento popular.

Solución: Los trabajadores de todas partes debían unirse y participar en la agitación civil hasta que estadounidenses y británicos retiraran sus tropas.

Problema: Los policías y bomberos oprimidos de Montreal se veían violentamente infravalorados por el Estado y despojados de sus derechos.

Solución: Mientras el Gobierno canadiense no capitulase ante la policía y los bomberos y les pagase un salario justo, los trabajadores de todas partes debían unirse en la agitación civil.

Problema: En Hungría, Baviera y Grecia e incluso Francia se respiraba la revolución en el ambiente. En Alemania, los espartaquistas marchaban sobre Berlín. En Nueva York, los miembros del Sindicato de Trabajadores Portuarios se habían negado a acudir a sus puestos de trabajo, y en todo el país los sindicatos anunciaban la convocatoria de sentadas bajo la consigna «No hay cerveza, no hay trabajo» si la Prohibición se convertía en ley.

Solución: En apoyo a todos estos camaradas, los trabajadores del mundo debían unirse en la agitación civil.

Debían.

Podían.

Quizá lo harían.

Por lo que Danny oía, ningún plan real de revolución, ninguna maquinación concreta de actos insurgentes.

Sólo más alcohol. Más palique que acababa en vocerío ebrio y taburetes rotos. Y esa noche no sólo los hombres rompían taburetes y vociferaban, sino también las mujeres, aunque a menudo costaba diferenciarlos. La revolución obrera no tenía cabida para el sistema de castas sexista de los Estados Unidos Capitalistas de América, pero la mayoría de las mujeres del bar eran de facciones duras y un color gris industrial, tan asexuadas en su tosca indumentaria y sus toscos acentos como los hombres a quienes llamaban camaradas. Carecían de sentido del humor (un mal común entre los letones) y, peor aún, se oponían a él políticamente: el sentido del humor era una enfermedad sentimental, un subproducto del romanticismo, y las ideas románticas no eran más que otro opio utilizado por la clase dominante para ocultar la verdad a las masas.

—Reíd cuanto queráis —dijo esa noche Hetta Losivich—. Reíd hasta que parezcáis necios, hienas. Y los patronos se reirán de vosotros porque os tendrán exactamente como os quieren. Impotentes. Muertos de risa, pero impotentes.

Un estonio fornido llamado Piotr Glaviach dio una palmada en el hombro a Danny.

—¿Panfuletos, sí? ¿Mañana, sí?

Danny lo miró.

—No sé de qué demonios me hablas.

Glaviach tenía una barba tan alborotada que daba la impresión de que lo hubieran interrumpido a medio tragarse un mapache. Le tembló al echar la cabeza atrás y prorrumpir en carcajadas. Era uno de los contados letones que reían, como para compensar la escasez de risa entre los suyos. Con todo, no era una risa que inspirara especial confianza a Danny, ya que, según contaban, Piotr Glaviach había sido miembro fundador de los letones originales, hombres que se habían agrupado en 1912 para organizar las primeras escaramuzas guerrilleras contra Nicolás II. Esos primeros letones habían librado una campaña de golpes rápidos contra el ejército zarista, superior a ellos en número en una proporción de ochenta contra uno. Vivían a la intemperie durante el invierno ruso alimentándose de patatas medio congeladas y exterminaban a aldeas enteras si sospechaban que vivía allí un solo simpatizante de los Romanov.

—Mañana saldremos a repartir panfuletos —explicó Piotr Glaviach—. Para los trabajadores, ¿sí? ¿Entiendes?

Danny no lo entendió. Movió la cabeza en un gesto de negación.

—Panfu ¿qué?

Piotr Glaviach batió palmas en señal de impaciencia.

—Panfuletos, burro. Panfuletos.

—No...

—Octavillas —aclaró un hombre detrás de Danny—. Creo que se refiere a octavillas.

Danny se dio la vuelta en su reservado. A sus espaldas se hallaba Nathan Bishop, acodado en el respaldo del asiento de Danny.

—Eso, eso —dijo Piotr Glaviach—. Repartiremos octavillas. Haremos correr la noticia.

—Dile «vale» —indicó Nathan Bishop—. Le encanta esa palabra.

—Vale —dijo Danny a Glaviach, y levantó el pulgar.

—¡Vale! ¡Vale! Quedamos aquí —propuso Glaviach. También él levantó el pulgar con entusiasmo—. A las ocho.

Danny suspiró.

—Aquí estaré.

—Nos divertiremos —aseguró Glaviach, y dio una palmada a Danny en la espalda—. Quizá conozcamos a alguna mujer guapa.

Soltó otra ruidosa carcajada y, tambaleante, se marchó.

Bishop se acomodó en el reservado y le entregó una jarra de cerveza.

—La única manera de conocer a mujeres guapas en este movimiento es secuestrando a las hijas de nuestros enemigos.

—¿Qué haces aquí? —preguntó Danny.

—¿Cómo que qué hago?

—¿Eres letón?

—¿Y tú?

—Espero serlo.

Nathan se encogió de hombros.

—Yo diría que no pertenezco a ninguna organización. Echo una mano. Conozco a Lou desde hace mucho tiempo.

—¿Lou?

—El camarada Fraina —aclaró Nathan, y señaló con el mentón—. ¿Te gustaría conocerlo algún día?

—¿Me lo dices en serio? Sería un honor.

Bishop esbozó aquella sonrisa suya, breve, íntima.

—¿Tienes algún talento digno de mención?

—Escribo.

—¿Bien?

—Eso espero.

—Dame alguna muestra, y veré qué puedo hacer. —Echó una ojeada alrededor—. Dios mío, qué deprimente.

—¿Qué? ¿Presentarme al camarada Fraina?

—¿Cómo? Ah, no. Es que Glaviach me ha dado qué pensar. Realmente no hay ni una sola mujer guapa en ninguna de estas organizaciones. Ni una... miento, sí hay una.

—¿Hay una?

Asintió con la cabeza.

—¿Cómo he podido olvidarme? Sí, hay una. —Silbó—. Y además es una verdadera monada.

—¿Está aquí?

Se echó a reír.

—Si estuviera aquí, te habrías dado cuenta.

—¿Cómo se llama?

Bishop movió la cabeza con tal rapidez que Danny temió haberse delatado. El médico lo miró a los ojos y pareció escrutar su semblante.

Danny tomó un sorbo de cerveza.

Bishop volvió a observar a la concurrencia.

—Tiene muchos nombres.

14

Luther se apeó del tren de mercancías en Boston y una vez allí, orientándose por el plano que le había garabateado el tío Hollis, encontró Dover Street sin mayor problema. Recorrió la calle hasta Columbus Avenue y luego siguió por ésta, atravesando el núcleo del South End. Cuando localizó St. Botolph Street, avanzó por la alfombra de hojas húmedas de la acera, ante una hilera de casas adosadas de obra vista, hasta llegar al número 121, donde subió por la escalera y llamó al timbre.

El hombre que vivía en el 121 era Isaiah Giddreaux, el padre de la segunda esposa de Hollis, Brenda. Hollis se había casado cuatro veces. La primera y la tercera lo habían abandonado, Brenda había muerto de tifus, y hacía unos cinco años Hollis y la cuarta se habían perdido mutuamente, por decirlo de algún modo. Hollis había contado a Luther que si bien echaba de menos a Brenda, y eso que había días que le pesaba muchísimo su ausencia, a veces echaba de menos a su suegro tanto como a ella. Isaiah Giddreaux se había mudado al este allá por 1905 para unirse al Movimiento Niágara del doctor Du Bois, pero Hollis y él habían permanecido en contacto.

Abrió la puerta un hombre esbelto y menudo con un traje oscuro de lana, de tres piezas, y una corbata azul con topos blancos. También tenía el pelo salpicado de blanco, cortado al cepillo, y llevaba unas gafas de montura redonda que revelaban tras las lentes unos ojos serenos y claros.

Le tendió la mano.

—Usted debe de ser Luther Laurence.

Luther se la estrechó.

—¿Isaiah?

—Señor Giddreaux, si no le importa, joven —corrigió Isaiah.

—Sí, por supuesto, señor Giddreaux.

Para ser un hombre menudo, Isaiah parecía alto. Luther nunca había visto a nadie mantenerse tan erguido como él, con las manos cruzadas ante la hebilla del cinturón, los ojos tan claros que era imposible escrutarlos. Podrían haber sido los ojos de un cordero tumbado al sol un atardecer de verano en los últimos momentos de luz. O los de un león, esperando a que el cordero se dejase vencer por el sueño.

—¿Su tío Hollis está bien? Hizo pasar a Luther al vestíbulo.

—Sí —contestó Luther.

—¿Cómo va ese reuma suyo?

—Las rodillas le duelen de mala manera por las tardes, pero aparte de eso está en plena forma.

Isaiah miró por encima del hombro mientras lo precedía por una escalera ancha.

—Ya ha renunciado al matrimonio, espero.

—Eso creo.

Luther nunca había visto una casa adosada de aquéllas por dentro. Su amplitud lo sorprendió. Desde la calle jamás habría adivinado la profundidad de las habitaciones ni la altura de los techos. La decoración estaba tan cuidada como la de cualquier vivienda de Detroit Avenue, con pesadas arañas de luces y vigas oscuras de madera de gomero y sofás y sillones franceses. Los Giddreaux tenían la habitación de matrimonio en el piso de arriba, y en la primera planta había otros tres dormitorios, a uno de los cuales Isaiah llevó a Luther. Abrió la puerta lo justo para permitirle dejar la maleta en el suelo. Luther alcanzó a ver una buena cama de latón y una cómoda de nogal con una palangana de porcelana encima antes de que Isaiah lo obligase a seguirlo. Isaiah y su mujer, Ivette, eran dueños de toda la vivienda, una casa de tres plantas con una galería exterior en lo alto que dominaba todo el barrio. El South End, dedujo Luther por la descripción de Isaiah, era un Greenwood en ciernes, el lugar donde los negros se habían labrado un espacio para ellos con restaurantes que servían sus platos y clubes que tocaban su música. Isaiah explicó a Luther que el barrio había nacido por la necesidad de alojamiento para los criados, aquellos que atendían las necesidades de las antiguas familias ricas de Beacon Hill y

Back Bay, y las casas eran tan bonitas —todas viviendas adosadas de obra vista o de piedra marrón chocolate con miradores— porque los criados se habían esforzado en vivir imitando el estilo de vida de sus jefes.

Bajaron otra vez al salón, donde los esperaba un té.

—Su tío habla muy bien de usted, señor Laurence.

—¿Ah, sí?

Isaiah asintió.

—Dice que tiene hormiguillo pero espera sinceramente que algún día siente la cabeza y encuentre paz suficiente para ser un hombre de provecho.

Luther no supo qué contestar.

Isaiah cogió la tetera y, tras servir una taza para cada uno, dio a Luther la suya. Isaiah echó una sola gota de leche en su taza y la revolvió lentamente.

—¿Su tío le ha hablado mucho de mí?

—Sólo me ha dicho que era usted el padre de su mujer y que está en el Movimiento Niágara con Du Bois.

—El doctor Du Bois. Así es.

—¿Lo conoce? —preguntó Luther—. ¿Al doctor Du Bois?

Isaiah asintió.

—Lo conozco bien. Cuando la Asociación Nacional para el Progreso de la Población Negra decidió abrir una delegación aquí en Boston, el doctor Du Bois me pidió que me pusiera al frente.

—Eso es todo un honor, señor Giddreaux.

Isaiah asintió con una parca inclinación de cabeza. Echó un terrón de azúcar en la taza y removió.

—Hábleme de Tulsa.

Luther se sirvió un poco de leche en el té y tomó un sorbo.

—¿Cómo?

—Cometió un delito, ¿no? —Se acercó la taza a los labios—. Hollis no se dignó decir qué crimen en concreto.

—Pues con el debido respeto, señor Giddreaux, yo... tampoco voy a dignarme.

Isaiah cambió de posición y se tiró de la pernera del pantalón hacia abajo para cubrirse el calcetín.

—He oído hablar de un tiroteo en un club de mala fama de Greenwood. No sabrá usted algo de eso, ¿verdad?

Luther sostuvo la mirada al señor Giddreaux. No dijo nada.

Isaiah bebió otro sorbo de té.

—¿Pensó que tenía otra opción?

Luther bajó la vista a la alfombra.

—¿Repito mi pregunta?

Luther mantuvo la mirada fija en la alfombra. Era azul y roja y amarilla, y los colores se arremolinaban. Supuso que era cara. Por los remolinos.

—¿Pensó que tenía otra opción?

La voz de Isaiah permanecía tan en calma como su taza de té.

Luther alzó la vista, pero siguió sin contestar.

—Y sin embargo mató usted a congéneres.

—Al mal le traen sin cuidado los congéneres —respondió Luther. Le tembló la mano cuando dejó la taza en la mesita de centro—. El mal simplemente lo alborota todo hasta que cada cosa va por su lado.

—¿Ésa es su definición del mal?

Luther miró alrededor, fijándose en aquella sala tan refinada como cualquiera en las refinadas casas de Detroit Avenue.

—Uno lo reconoce en cuanto lo ve.

Isaiah tomó un sorbo de té.

—Para algunos, un asesino representaría el mal. ¿Coincidiría usted?

—Coincidiría en que para algunos así es.

—Usted ha cometido un asesinato.

Luther calló.

—Por tanto...

Isaiah le mostró la palma de la mano.

—Con el debido respeto, yo no he dicho que haya cometido nada, señor Giddreaux.

Permanecieron un rato en silencio. Luther oyó el tictac del reloj a sus espaldas, el débil pitido de una bocina a unas cuantas manzanas. Isaiah terminó el té y dejó la taza en la bandeja.

—Después le presentaré a mi esposa, Yvette. Acabamos de comprar un edificio para instalar las oficinas de la nueva delegación de la ANPPN. Trabajará usted allí como voluntario.

—¿Cómo dice?

—Trabajará usted allí como voluntario. Me ha comentado Hollis que se le dan bien los trabajos manuales, y el edificio necesita reformas antes de ocuparlo. Tendrá que arrimar el hombro, Luther.

Arrimar el hombro. Y una mierda. ¿Qué sabría ese viejo de arrimar el hombro si seguramente el mayor esfuerzo que había hecho en años era levantar una taza de té? Aquello parecía la misma mierda que Luther había dejado atrás en Tulsa: negros adinerados actuando como si el dinero les diera derecho a dar órdenes al prójimo. Y ese viejo idiota comportándose como si pudiera ver en el interior de Luther, hablando del mal como si fuera capaz de reconocerlo si se sentaba a su lado y lo invitaba a una copa. Probablemente estaba a un paso de sacarle una Biblia. Pero se recordó a sí mismo el juramento que había hecho en el tren, crear a un Nuevo Luther, el Luther reformado, y prometió que no se formaría una opinión precipitada sobre Isaiah Giddreaux. Ese hombre trabajaba con W. E. B. Du Bois, y Du Bois era uno de los únicos dos hombres de ese país que Luther consideraba dignos de admiración. El otro era, por supuesto, Jack Johnson. Jack no aceptaba gilipolleces de nadie, ni blanco ni negro.

—Conozco a una familia blanca que necesita un criado. ¿Podría usted hacer ese trabajo?

—No veo por qué no.

—Es buena gente para lo que corre entre los blancos. —Abrió las manos—. Tengo que hacerle una advertencia: el cabeza de la familia en cuestión es capitán de la policía. Si emplease un alias, sospecho que él lo descubriría.

—No será necesario —contestó Luther—. La clave está en no mencionar Tulsa. Soy simplemente Luther Laurence, llegado de Columbus. —Luther deseó sentir algo aparte de su propio cansancio. Habían empezado a reventar puntos en el aire entre Isaiah y él—. Gracias, señor Giddreaux.

Isaiah asintió.

—Lo acompañaré arriba. Lo despertaremos a la hora de la cena.

Luther soñó que jugaba al béisbol en las aguas de un río desbordado. A los jugadores exteriores se los había llevado la corriente. Él intentaba batear por encima del agua y los demás se reían cada vez que la punta del bate golpeaba el agua lodosa que le llegaba por encima de la cintura, hasta las costillas, mientras Babe Ruth y Cully pasaban volando en un avión fumigador, lanzando granadas que no estallaban.

Lo despertó el ruido del agua caliente que vertía una mujer de cierta edad en la palangana de la cómoda. Lo miró por encima del hombro, y por un momento Luther creyó que era su madre. Eran de la misma estatura, con la misma tez clara y pecas oscuras en los pómulos. Pero esta mujer era más delgada que su madre y tenía el pelo gris. No obstante, poseía la misma calidez que su madre, la misma bondad habitaba en su cuerpo, como si su alma fuera demasiado buena para albergarla bajo la piel.

—Tú debes de ser Luther.

Luther se incorporó.

—Sí, señora.

—Menos mal. Sería espantoso si algún otro hombre se hubiera colado aquí furtivamente y ocupado tu lugar. —Dejó una cuchilla, un tubo de crema de afeitar, una brocha y un cuenco al lado de la palangana—. El señor Giddreaux espera que un hombre, en la cena, se siente a la mesa recién afeitado. Y la cena casi está servida. Ya nos ocuparemos después del resto de tu aseo. ¿Te parece bien?

Luther apoyó los pies en el suelo y reprimió un bostezo.

—Sí, señora.

Ella le tendió una mano delicada, tan pequeña que habría podido ser de una muñeca.

—Soy Yvette Giddreaux, Luther. Bienvenido a mi casa.

Mientras esperaban la respuesta del capitán de policía, Luther acompañó a Yvette Giddreaux a las futuras oficinas de la ANPPN en Shawmut Avenue. El edificio era de estilo Segundo Imperio, un monstruo barroco revestido de piedra color chocolate con mansardas en el tejado. Era la primera vez que Luther veía una construcción así fuera de un libro. Se aproximó y levantó la vista mientras avanzaba por la acera. Era un edificio de líneas rectas, sin partes curvas ni salientes. La estructura se había ladeado por su propio peso, pero no más de lo que cabía esperar de un edificio que se remontaba, calculó Luther, a los años

1830 o algo así. Examinó con detenimiento la inclinación de las esquinas y decidió que los cimientos no se habían movido y, por tanto, el armazón debía de permanecer en buen estado. Se bajó de la acera y caminó por el lado opuesto de la calle, mirando el tejado.

—¿Señora Giddreaux?

—Sí, Luther.

—Parece que falta una parte del tejado.

La miró. La mujer, con el bolso firmemente sujeto ante el pecho, le dirigió una mirada de tal inocencia que sólo podía ser una pose.

—Ya, creo que algo he oído algo al respecto, sí —dijo.

Luther recorrió el caballete del tejado con la mirada desde el punto donde había detectado la brecha y vio una depresión justo donde albergaba la esperanza de que no la hubiera: en el centro mismo de la lomera. La señora Giddreaux lo miraba aún con los ojos muy abiertos y cara de inocencia, y él la cogió con delicadeza por el codo y la llevó al interior.

La mayor parte del techo de la planta baja había desaparecido. Lo que quedaba tenía goteras. La escalera, a la derecha, estaba ennegrecida. En las paredes el yeso se había desprendido por completo en media docena de sitios, quedando a la vista montantes y travesaños; en otra media docena estaban chamuscadas. El fuego y el agua habían consumido el suelo hasta tal punto que incluso la base se veía dañada. Todas las ventanas estaban tapiadas.

Luther dejó escapar un silbido.

—¿Han comprado esto en una subasta?

—Algo así —respondió ella—. ¿Qué opinas?

—¿Hay alguna posibilidad de recuperar el dinero?

Ella le dio una palmada en el codo. Fue la primera vez, pero Luther supo que no sería la última. Contuvo el impulso de abrazarla, tal como hacía con su madre y su hermana, encantado de que se resistieran, de que, al abrazarlas, siempre acabara ganándose un codazo en las costillas o la cadera.

—A ver si adivino —dijo Luther—. George Washington no durmió aquí, pero su lacayo sí.

Ella le enseñó los dientes, plantando los puños en las estrechas caderas.

—¿Puedes arreglarlo?

Luther se echó a reír y oyó el eco entre el goteo del agua del edificio.

—No.

Lo miró. Tenía el rostro imperturbable, la mirada alegre.

—Pero ¿por inutilidad de quién, Luther? ¿Del edificio o tuya?

—Nadie puede arreglar esto. Lo que me extraña es que el ayuntamiento no lo haya declarado en estado ruinoso.

—Lo intentaron.

Luther la miró y dejó escapar un suspiro.

—¿Sabe usted cuánto costará convertir este edificio en un lugar habitable?

—No te preocupes por el dinero. ¿Puedes arreglarlo?

—Sinceramente, no lo sé. —Volvió a silbar, evaluando la situación, calculando los meses de trabajo, si no años—. ¿Supongo que no recibiré mucha ayuda?

—Reclutaremos a algún que otro voluntario de vez en cuando, y todo lo que necesites lo anotas en una lista, así de sencillo. No puedo prometer que vayamos a conseguírtelo todo, ni que todo llegue en el momento en que lo necesites, pero lo intentaremos.

Luther asintió y contempló la expresión bondadosa de su cara.

—¿Se hace cargo, señora, de que esto requerirá un esfuerzo bíblico?

Otra palmada en el codo.

—Mejor será que te pongas manos a la obra, pues.

Luther suspiró.

—Sí, señora.

El capitán Thomas Coughlin abrió la puerta de su gabinete y dirigió a Luther una sonrisa amplia y cálida.

—Usted debe de ser el señor Laurence.

—Sí, señor, capitán Coughlin.

—Nora, ya puedes irte.

—Sí, señor —contestó la chica irlandesa que Luther acababa de conocer—. Mucho gusto, señor Luther.

—Igualmente, señorita O'Shea.

Nora inclinó la cabeza y se marchó.

—Pase, pase.

El capitán Coughlin abrió la puerta de par en par, y Luther entró en un gabinete que olía a buen tabaco, fuego reciente en la chimenea y el final del otoño. El capitán Coughlin lo acompañó hasta una butaca de piel y, tras rodear un gran escritorio de caoba, ocupó su asiento junto a la ventana.

—Dice Isaiah Giddreaux que es usted de Ohio.

—Sí, amo.

—Antes ha dicho «señor».

—¿Cómo dice?

—Hace un momento. Cuando nos hemos saludado. —Le brillaron los ojos azules—. Ha dicho «señor», no amo. ¿Cómo va a llamarme, hijo?

—¿Qué prefiere, capitán?

El capitán Coughlin respondió agitando un puro apagado.

—Lo que a usted le resulte más cómodo, señor Laurence.

—Sí, señor.

Otra sonrisa, ésta, más que cálida, complacida.

—Conque Columbus, ¿eh?

—Sí, señor.

—¿Y allí qué hacía?

—Trabajaba para el Corporación de Armamento Anderson, señor.

—¿Y antes de eso?

—Trabajos de carpintería, algo de albañilería, fontanería, un poco de todo, señor.

El capitán Coughlin se reclinó en la silla y apoyó los pies en el escritorio. Encendió el puro y miró a Luther desde detrás de la llama y el humo hasta que el ascua brilló con un resplandor rojo.

—Pero nunca ha trabajado en el servicio doméstico.

—No, señor, nunca.

El capitán Coughlin echó la cabeza atrás y expulsó anillos de humo hacia el techo.

—Pero aprendo deprisa, señor —afirmó Luther—. Y no hay nada que no sepa arreglar. Además, la librea y los guantes blancos me quedan muy bien.

El capitán Coughlin se echó a reír.

—Un hombre ingenioso. Lo celebro por usted. De verdad. —Se pasó la mano por la nuca—. El empleo que ofrecemos no es a jornada completa. Tampoco incluimos el alojamiento.

—Lo entiendo, señor.

—Trabajaría aproximadamente cuarenta horas semanales, y la mayor parte del tiempo el empleo consistiría en llevar a la señora Coughlin a misa, limpiar, ocuparse de las tareas de mantenimiento y servir las comidas. ¿Sabe guisar?

—Si hace falta, sí, señor.

—No es problema. En general Nora se ocupa de eso. —El capitán Coughlin volvió a agitar el puro—. Es la muchacha a la que acaba de conocer. Vive con nosotros. También hace algunas tareas, pero está fuera la mayor parte del día; trabaja en una fábrica. Pronto conocerá a la señora Coughlin —dijo, y volvieron a brillarle los ojos—. Puede que yo sea el cabeza de familia, pero a Dios se le pasó por alto decírselo a ella. ¿Entiende lo que quiero decir? Cualquier cosa que le pida, obedezca de inmediato.

—Sí, señor.

—Quédese en el lado este del barrio.

—¿Cómo dice?

El capitán Coughlin retiró los pies del escritorio.

—En el lado este, señor Laurence. El lado oeste tiene triste fama por su intolerancia a las personas de color.

—Sí, señor.

—Aunque, claro, correrá la voz de que trabaja para mí y eso sin duda servirá de advertencia a la mayoría de los rufianes, incluso los del lado oeste, pero nunca está de más andarse con cuidado.

—Gracias por el consejo, señor.

El capitán volvió a posar los ojos en él a través del humo. Esta vez formaban parte del humo, giraban en él, se arremolinaban en él, flotaban en torno a Luther, escrutando sus ojos, su corazón, su alma. Luther había visto ya antes indicios de esa facultad en policías —no en balde los llamaban ojos de policía—, pero la mirada del capitán Coughlin alcanzaba un nivel de intromisión que Luther nunca había advertido en nadie. Y esperaba no volver a ver en nadie más.

—¿Quién le enseñó a leer? —preguntó el capitán en voz baja.

—Una tal señora Murtrey, señor. En el colegio Hamilton, en las afueras de Columbus.

—¿Qué más le enseñó?

—¿Cómo dice?

—¿Qué más, Luther?

El capitán Coughlin dio una lenta calada al puro.

—No entiendo la pregunta, señor.

—¿Qué más? —repitió el capitán por tercera vez.

—Señor, no le sigo.

—Se crió en la pobreza, supongo.

El capitán se inclinó hacia él muy ligeramente, y Luther resistió el impulso de echar atrás la silla.

Luther asintió.

—Sí, señor.

—¿Aprendió las labores de campo?

—Yo no mucho, señor. Pero mis padres sí.

El capitán Coughlin asintió con los labios apretados y una mueca de aflicción.

—Yo nací en la miseria. Una chabola de dos habitaciones con el techo de paja que compartíamos con las moscas y los ratones de campo, ésa era mi casa. No era lugar para un niño. Desde luego no era lugar para un niño inteligente. ¿Sabe usted lo que aprende un niño en esas circunstancias, señor Laurence?

—No, señor.

—Sí, joven, sí lo sabe. —El capitán Coughlin sonrió por tercera vez desde que Luther lo conoció, y esa sonrisa serpenteó en el aire como la mirada del capitán y trazó un círculo en torno a Luther—. Conmigo no se haga el tonto, joven.

—Es que no sé muy bien a qué atenerme, señor.

En respuesta, el capitán Coughlin ladeó la cabeza y luego asintió.

—Un niño inteligente nacido en un entorno tan poco propicio, Luther, aprende a engatusar. —Tendió la mano por encima del escritorio, contrayendo los dedos a través del humo—. Aprende a esconderse detrás de sus encantos de manera que nadie ve nunca lo que piensa en realidad. O lo que siente.

Se acercó a una licorera detrás de su escritorio y sirvió un líquido ambarino en dos anchos vasos de cristal. Rodeó el escritorio con las bebidas y entregó una a Luther. Era la primera vez que un hombre blanco le daba un vaso.

—Luther, voy a contratarlo, porque usted me intriga. —El capitán se sentó en el borde del escritorio y entrechocó el vaso con el de Luther. Echó una mano hacia atrás y cogió un sobre. Se lo tendió—. Avery Wallace dejó esto para su sustituto. Verá que el sello sigue intacto.

Luther vio un sello de cera granate en el dorso del sobre. Le dio la vuelta y vio que iba dirigido a: MI SUSTITUTO. DE AVERY WALLACE.

Luther tomó un trago de whisky. Tan bueno como el mejor que había probado.

—Gracias, señor.

El capitán Coughlin asintió.

—Respeté la intimidad de Avery. Respetaré la suya también. Pero nunca piense, joven, que no lo conozco. Lo conozco a usted como conozco mi imagen en el espejo.

—Sí, señor.

—«Sí, señor», ¿qué más?

—Sí, señor, usted me conoce.

—¿Y qué sé?

—Que soy más listo de lo que aparento.

—¿Y qué más? —preguntó el capitán.

Luther lo miró a los ojos.

—Que no soy tan listo como usted.

Una cuarta sonrisa. Sesgada a la derecha y segura. Otro tintineo de vasos.

—Bienvenido a mi casa, Luther Laurence.

Luther leyó la nota de Avery Wallace en el tranvía de regreso a casa de los Giddreaux.

A mi sustituto:

Si estás leyendo esto, es que estoy muerto. Si estás leyendo esto, también eres negro, como lo era yo, porque los blancos de las calles K, L y M sólo contratan a criados negros. La familia Coughlin no está mal para lo que son los blancos. Con el capitán, no puede uno andarse con tonterías, pero siempre te tratará justamente si no lo contrarías. Sus hijos son por lo general buena gente. El señor Connor te soltará alguna coz de vez en cuando. Joe no es más que un niño y es capaz de dejarte sordo de tanto hablar. Danny es como si no fuera de la familia. Es muy suyo, desde luego. Pero, igual que el capitán, te tratará justamente y como un hombre. Nora también tiene ideas raras, pero no esconde nada. Puedes confiar en ella. Ten cuidado con la señora Coughlin. Haz lo que te pida y nunca pongas en duda sus palabras. Manténte alejado del amigo del capitán, el teniente McKenna. El Señor tenía que haber prescindido de él. Suerte.

Atentamente,

AVERY WALLACE

Luther apartó la vista de la carta cuando el tranvía cruzaba el puente de Broadway sobre las aguas del canal de Fort Point, plateadas y turbulentas.

Así que ésa era su nueva vida. Así que ésa era su nueva ciudad.

Cada mañana a las siete menos diez en punto, la señora Ellen Coughlin salía de su residencia en el número 221 de la calle K y bajaba por la escalera, donde esperaba Luther junto al coche de la familia, un Auburn de seis cilindros. La señora Coughlin lo saludaba con un gesto a la vez que aceptaba su mano y ocupaba el asiento del acompañante. Una vez acomodada, Luther cerraba la puerta con tanta delicadeza como le había ordenado el capitán Coughlin y llevaba a la señora Coughlin a misa de siete en la iglesia de Las Puertas del Cielo, a unas pocas travesías. Él se quedaba fuera del coche durante la misa y a menudo charlaba con otro criado, Clayton Tomes, que trabajaba para la señora Amy Wagenfeld, una viuda que vivía en la calle M, la más prestigiosa de South Boston, en una casa adosada con vistas al parque de Independence Square.

La señora Ellen Coughlin y la señora Amy Wagenfeld no eran amigas —por lo que Luther y Clayton sabían, las ancianas blancas no tenían amigas—, pero entre sus sirvientes sí surgieron lazos. Los dos eran del Medio Oeste —Clayton se crió en Indiana, no lejos de French

Lick— y ambos servían a familias que les habrían encontrado poca utilidad si hubieran puesto un pie en el siglo xx. La primera tarea de Luther después de devolver a la señora Coughlin a su casa cada mañana era cortar leña para el fogón, en tanto que la de Clayton era subir el carbón del sótano.

—En estos tiempos —dijo Clayton— el país entero, por poco que pueda permitírselo, se pasa a la electricidad, pero la señora Wagenfeld no quiere saber nada de eso.

—La señora Coughlin tampoco —contestó Luther—. En esa casa hay queroseno suficiente para quemar toda la manzana, me paso el día limpiando el hollín de las paredes, pero según el capitán ella no quiere ni oír hablar del tema. Dice que tardó cinco años en convencerla para instalar tuberías en el interior de la casa y dejar de usar el excusado en el jardín trasero.

—Ay, las mujeres blancas —dijo Clayton, y luego lo repitió con un suspiro—: Las mujeres blancas.

Cuando Luther llevaba a la señora Coughlin de vuelta a la calle K y le abría la puerta, ella le decía en voz baja «Gracias, Luther», y después, una vez servido el desayuno, ya apenas volvía a verla durante el resto del día. Al cabo de un mes, sus interacciones se reducían únicamente al «gracias» de ella y al «no hay de qué, señora» de él. Ella nunca le preguntó dónde vivía, si tenía familia, ni de dónde era, y Luther había deducido lo suficiente sobre la relación amo-criado para saber que él no era quién para entablar conversación con ella.

—Es una persona difícil de conocer —dijo Nora un día cuando iban a hacer la compra semanal en Haymarket Square—. Llevo cinco años en esa casa, nada menos, y no sé si podría decir mucho más de ella ahora que la noche que llegué.

—Mientras no ponga reparos a mi trabajo, puede quedarse tan callada como una piedra.

Nora echó una docena de patatas en la bolsa de la compra.

—¿Se lleva usted bien con todos los demás?

Luther asintió.

—Parece una familia agradable.

Ella hizo un gesto de asentimiento, pero Luther no supo si le daba la razón a él o si acababa de tomar una decisión acerca de la manzana que estaba examinando.

—El pequeño Joe le ha cogido cariño, eso desde luego.

Joe se enteró de que Luther en sus buenos tiempos había jugado al béisbol, y a partir de ese día, por las tardes, después de clase, iban al pequeño jardín trasero de los Coughlin a lanzar y recoger la bola y practicar las tácticas de juego. Luther acababa su jornada al anochecer, así que dedicaba sus últimas tres horas del día casi íntegramente a jugar, situación que el capitán Coughlin había aprobado de inmediato.

—Si así el chico no saca de quicio a su madre, le permitiré que entrene a todo un equipo, señor Laurence.

Joe no tenía aptitudes para el deporte, pero ponía empeño y escuchaba con atención para un niño de su edad. Luther le enseñó a hincar la rodilla en tierra cuando recibía bolas rasantes y a seguir la jugada tanto después de lanzar como después de batear. Le enseñó a separar los pies y plantarlos firmemente para atrapar una bola en globo, con la mano siempre por encima de la cabeza. Intentó enseñarle a lanzar, pero el chico no tenía fuerza suficiente en el brazo, ni paciencia. Sólo quería batear y batear a lo grande. Así que Luther encontró algo más de qué culpar a Babe Ruth: convertir ese deporte en una cuestión de pelotazos, un espectáculo de circo, inducir a pensar a todos los niños blancos de Boston que el béisbol tenía que ver con los aaay y los uuuy y la exaltación barata de un *home run* mal calculado.

Salvo por la primera hora de la mañana con la señora Coughlin y las últimas del día con Joe, Luther pasaba la mayor parte de la jornada en compañía de Nora O'Shea.

—¿Y por ahora se encuentra usted a gusto aquí?

—No parece que haya mucho trabajo para mí.

—¿Le gustaría parte del mío, pues?

—¿En serio? Sí. Llevo a la señora a la iglesia y de vuelta a casa. Le sirvo el desayuno. Saco brillo al coche. Lustro los zapatos del capitán y el señor Connor. Les cepillo los trajes. A veces lustro las medallas del capitán para las ceremonias de gala. Los domingos sirvo las bebidas al capitán y sus amigos en el gabinete. El resto del tiempo quito el polvo que no hay, ordeno lo que ya está ordenado, y barro un montón de suelos limpios. Corto un poco de leña, paleo un poco de carbón, mantengo encendida una pequeña caldera. ¿Cuánto tiempo puede llevarme eso? ¿Dos horas? El resto del día lo paso intentando aparentar que estoy ocupado, hasta que llegan a casa usted o el señorito Joe. Ni siquiera sé para qué me contrataron.

Ella apoyó la mano en su brazo con suavidad.

—Todas las mejores familias tienen uno.

—¿Un negro?

Nora asintió con un brillo en los ojos.

—En esta parte del barrio, sí. Si los Coughlin no lo contrataran, tendrían que dar explicaciones.

—¿Qué explicaciones? ¿De por qué no se han pasado a la electricidad?

—De por qué no pueden mantener las apariencias. —Subieron por East Broadway hacia City Point—. Los irlandeses de aquí me recuerdan a los ingleses de mi tierra. Cortinas de encaje en las ventanas y pantalones remetidos en las botas, claro, como si supieran lo que es trabajar.

—Aquí tal vez —dijo Luther—. Pero en el resto del barrio...

—¿Qué?

Luther se encogió de hombros.

—No, dígame, ¿qué?

Ella le tiró del brazo. Luther le miró la mano.

—Eso que está usted haciendo ahora... No vuelva a hacerlo nunca en el resto del barrio. Por favor.

—Ah.

—Podría costarnos la vida a los dos. En eso no hay cortinas de encaje que valgan, se lo aseguro.

Cada noche escribía a Lila, y cada pocos días le llegaban las cartas devueltas sin abrir.

Estaba a punto de venirse abajo —por su silencio, por estar en una ciudad desconocida, por sentirse él mismo tan inquieto, en un estado indescriptible, como nunca antes— cuando Yvette le llevó el correo a la mesa una mañana y dejó otras dos cartas devueltas junto a su codo.

—¿Tu mujer?

Tomó asiento. Luther asintió.

—Debes de haberte portado muy mal con ella.

—Así es, señora, así es.

—No habrá sido otra mujer, ¿eh?

—No.

—Entonces te perdono.

Le dio una palmada en la mano, y Luther sintió su calidez en la sangre.

—Gracias —dijo.

—No te preocupes. Aún te quiere.

Él negó con la cabeza, consumido por la pérdida.

—No, señora.

Yvette cabeceó lentamente, con una débil sonrisa en los labios.

—Los hombres sirven para muchas cosas, Luther, pero no saben ni el abecé sobre el corazón de una mujer.

—Ahí está la cuestión —coincidió Luther—, ella ya no quiere que la conozca el corazón.

—Que «le» conozcas.

—¿Cómo?

—Ella no quiere que «le» conozcas el corazón.

—Ah, sí.

Luther deseaba desaparecer. Tierra trágame, pensó.

—Permíteme que discrepe, hijo. —La señora Giddreaux levantó una de las cartas para que él viera el dorso del sobre—. ¿Qué ves en el borde de la solapa?

Luther miró: no vio nada.

La señora Giddreaux recorrió con el dedo la solapa.

—¿Ves esa nube en los bordes? ¿Notas que el papel está más blando por debajo?

Ahora Luther sí lo advirtió.

—Sí.

—Eso es vapor, hijo. Vapor.

Luther cogió el sobre y lo examinó.

—Está abriendo tus cartas, Luther, y luego te las devuelve como si no las hubiese leído. No sé si llamaría amor a eso —le apretó el brazo—, pero desde luego no es indiferencia.

15

El otoño dio paso al invierno con una sucesión de temporales de lluvia que sacudieron todo el litoral oriental, y la lista de nombres de Danny creció. Si algo revelaba dicha lista —la lista o cualquiera de las personas con las que había hablado— sobre las probabilidades de una revuelta el Primero de Mayo, para Danny era un misterio. Básicamente no contenía más que nombres de obreros puteados que pretendían sindicarse y de románticos ilusos sinceramente convencidos de que al mundo no le vendría mal un cambio.

Así y todo, Danny empezó a sospechar que entre los letones de Roxbury y el CSB, se había vuelto adicto a algo de lo más extraño: las reuniones. Los letones, con su charla y su copeo, sólo daban pie a más charla y más copeo. Sin embargo, las noches en que no había reunión, ni las horas posteriores en la taberna, se sentía perdido. Sentado a oscuras en su piso franco, bebía y frotaba el botón entre el pulgar y el índice con tal desasosiego que, en retrospectiva, le parecía un milagro que no se hubiera partido. Así que acababa en otra reunión del Club Social de Boston en Fay Hall, en Roxbury. Y después otra más.

No eran muy distintas de las reuniones de los letones. Retórica, ira, impotencia. Danny no podía evitar asombrarse ante semejante ironía: esos hombres que habían disuelto huelgas ahora se veían acorralados de la misma manera que los obreros a quienes habían maltratado o vapuleado delante de las fábricas.

Una noche más, otro bar, y más charla sobre los derechos de los trabajadores, pero esta vez con el CSB: hermanos policías, agentes motorizados, guardias de a pie, vigilantes nocturnos rebosantes de la ira contenida de los arrinconados a perpetuidad. Seguía sin haber negociaciones, seguía sin haber conversaciones aceptables sobre horarios aceptables y sueldos aceptables, seguía sin haber aumentos salariales. Y corría la voz de que al otro lado de la frontera, en Montreal, sólo a quinientos kilómetros al norte, se habían roto las conversaciones entre, por un lado, el ayuntamiento y, por otro, la policía y los bomberos, y la huelga era ya inevitable.

¿Y por qué no?, decían los hombres en el bar. Se mueren de hambre. Puteados, en la miseria, atados a un empleo que no nos da dinero para alimentar a nuestras familias ni tiempo para verlas.

—Mi hijo pequeño —contó Francie Deegan—, el pequeño, chicos, lleva la ropa que heredó de sus hermanos y me sorprendo cuando descubro que los mayores ya no se la ponen, porque trabajo tanto que creo que están aún en segundo curso cuando en realidad están ya en quinto. Creo que me llegan por la cintura, chicos, y resulta que me llegan al pecho, joder.

Y cuando volvió a sentarse entre las exclamaciones de conformidad de sus compañeros, intervino Sean Gale.

—Los putos estibadores, chicos, ganan tres veces más que nosotros, que los arrestamos por ebriedad y alteración del orden los viernes por la noche. Así que más vale que alguien empiece a plantearse cómo pagarnos un salario justo.

Más exclamaciones de conformidad. Alguien dio un codazo a alguien, y ése a su vez dio un codazo a otro, y todos miraron hacia la barra y vieron allí de pie al comisario Stephen O'Meara, esperando su pinta. En cuanto le llenaron la jarra y se impuso el silencio en el bar, el gran hombre aguardó a que el camarero retirara la espuma con una navaja de afeitar. Pagó la pinta y esperó el cambio, de espaldas al resto del local. El camarero marcó la venta en la caja registradora y le devolvió unas monedas. O'Meara dejó una en la barra, se metió las otras en el bolsillo y se volvió hacia los presentes.

Deegan y Gale bajaron la cabeza, esperando la ejecución.

O'Meara se abrió paso con cuidado entre los hombres, sosteniendo en alto la jarra para que no se derramara, y fue a sentarse junto a la chimenea entre Marty Leary y Denny Toole. Recorrió a todos los presentes con una mirada benévola antes de tomar un sorbo de cerveza. La espuma se le adhirió al bigote como un gusano de seda.

—Ahí fuera hace frío. —Bebió otro sorbo de cerveza y los leños crepitaron detrás de él—. Pero aquí hay un buen fuego. —Asintió una sola vez, pero pareció abarcarlos a todos con el gesto—. No tengo respuesta para ustedes. No se les paga bien, eso es un hecho.

Nadie despegó los labios. Los hombres que poco antes hablaban de manera más estridente y blasfema, los que se mostraban más iracundos y públicamente indignados, desviaron la mirada.

O'Meara dirigió a todos una lúgubre sonrisa e incluso tocó la rodilla a Denny Toole con la suya.

—Es una situación delicada, ¿no? —Volvió a recorrerlos con la mirada, buscando algo o a alguien—. ¿Es usted el que se esconde bajo esa barba, joven Coughlin?

Danny vio aquella mirada benévola puesta en él y sintió una opresión en el pecho.

—Sí, señor.

—Deduzco que está trabajando en una misión encubierta.

—Sí, señor.

—¿Se hace pasar por oso?

Todos prorrumpieron en carcajadas.

—No exactamente, señor. Pero casi.

La expresión de O'Meara se suavizó. La suya era una mirada tan despojada de orgullo que Danny tuvo la sensación de que eran los dos únicos hombres en el local.

—Conozco a su padre desde hace mucho tiempo, joven. ¿Cómo está su madre?

—Bien, señor.

Danny sintió que era el centro de las miradas.

—No conozco mujer más cortés que ella. Dele saludos de mi parte, por favor.

—Se los daré, señor.

—¿Cuál es su postura respecto a este atolladero económico, si me permite preguntárselo?

Los hombres se volvieron hacia él mientras O'Meara tomaba otro sorbo de cerveza sin apartar los ojos de Danny.

—Entiendo... —empezó a decir Danny, y se le secó la garganta.

Deseó que se apagaran las luces, que quedara todo a oscuras, para dejar de sentir las miradas de los demás.

Bebió un sorbo de cerveza y volvió a intentarlo.

—Entiendo, señor, que el ayuntamiento sufre los efectos del alto coste de la vida y anda escaso de fondos. Eso lo entiendo.

O'Meara asintió con la cabeza.

—Y también entiendo, señor, que no somos ciudadanos civiles sino funcionarios públicos, que hemos jurado cumplir con nuestro deber. Y que no hay misión más elevada que la del servicio público.

—No la hay —convino O'Meara.

Danny movió la cabeza en un gesto de asentimiento.

O'Meara lo observó. Los demás lo observaron.

—Pero...

—Danny mantuvo la voz serena—. Se nos hizo una promesa, señor. La promesa de que nos congelarían los sueldos hasta el final de la guerra, pero después nos recompensarían por nuestra paciencia con un aumento de doscientos anuales en cuanto la guerra acabase.

Danny se atrevió por fin a echar una ojeada alrededor, a todos aquellos ojos fijos en él. Esperaba que no vieran el temblor en sus piernas.

—Lo comprendo —dijo O'Meara—. De verdad, agente Coughlin. Pero ese aumento del coste de la vida es un hecho muy real. Y el ayuntamiento está a dos velas. No es sencillo. Ojalá lo fuese.

Danny asintió. Al hacer ademán de sentarse, descubrió que no podía. Las piernas no le obedecieron. Volvió a mirar a O'Meara y percibió la honradez en aquel hombre como si fuera un órgano vital. Miró a Mark Denton a los ojos, y Denton movió la cabeza en un gesto de asentimiento.

—Señor —prosiguió Danny—, no dudamos que lo comprende. Nadie lo duda. Y sabemos que el ayuntamiento pasa apuros. Sí. Sí. —Danny respiró hondo—. Pero una promesa, señor, es una promesa. Quizás en definitiva todo se reduzca a eso. Y usted ha dicho que no es sencillo, pero sí lo es, señor. Con el debido respeto, afirmo que sí lo es. No es fácil. Es bastante difícil. Pero es sencillo. Muchos hombres buenos y valientes no llegan a fin de mes. Y una promesa es una promesa.

Nadie habló. Nadie se movió. Era como si hubieran lanzado una granada al centro del bar y no hubiera estallado.

O'Meara se puso de pie. Los hombres se apresuraron a abrirle paso cuando cruzó el local por delante de la chimenea en dirección a Danny. Tendió la mano. Danny tuvo que dejar la cerveza en la repisa y, tembloroso, estrechó la mano al hombre de mayor edad.

El viejo le dio un fuerte apretón, sin mover el brazo.

—Una promesa es una promesa —dijo O'Meara.

—Sí, señor —consiguió articular Danny.

O'Meara asintió con la cabeza, le soltó la mano y se volvió hacia los demás. Danny tuvo la sensación de que el tiempo se detenía, como si los dioses hubiesen tejido ese instante en el mural de la historia: Danny Coughlin y el Gran Hombre codo con codo, y el fuego crepitando a sus espaldas.

O'Meara levantó la jarra.

—Son ustedes el orgullo de esta gran ciudad. Y me enorgullezco de considerarme uno de ustedes. Y una promesa es una promesa.

Danny sintió el calor del fuego en la espalda. Sintió la mano de O'Meara en la columna vertebral.

—¿Confían en mí? —preguntó O'Meara—. ¿Tienen fe en mí?

—¡Sí, señor! —contestaron los hombres a coro.

—No los dejaré en la estacada. Se lo aseguro.

Danny lo vio aparecer en sus caras: amor. Sencillamente eso.

—Un poco más de paciencia, señores. Es lo único que les pido. Sé que es mucho pedir, lo sé. Pero ¿concederán ese deseo a un viejo durante un poco más de tiempo?

—¡Sí, señor!

O'Meara respiró hondo por la nariz y levantó aún más la jarra.

—Por los hombres del Departamento de Policía de Boston, sin par en esta nación.

O'Meara apuró la pinta de un largo trago. Los hombres prorrumpieron en vítores y lo imitaron. Marty Leary pidió otra ronda, y Danny advirtió que de algún modo se habían convertido otra vez en niños, muchachos, incondicionales en su fraternidad.

O'Meara se inclinó hacia Danny.

—Usted no es como su padre, joven.

Danny lo miró, vacilante.

—Tiene el corazón más puro que él.

Danny se quedó mudo.

O'Meara le apretó el brazo justo por encima del codo.

—No renuncie a eso, joven. Después ya no podrá recuperarlo en el mismo estado.

—Sí, señor.

O'Meara mantuvo la mirada puesta en él aún por un momento, hasta que Mark Denton les entregó sendas jarras y O'Meara soltó el brazo a Danny.

Después de acabar su segunda pinta, O'Meara se despidió de los hombres y Danny y Mark Denton lo acompañaron hasta la calle. Caía un aguacero del cielo negro.

Su chófer, el sargento Reid Harper, salió del coche y cubrió a su jefe con un paraguas. Saludó a Danny y Denton con un gesto a la vez que abría a O'Meara la puerta de atrás. El comisario apoyó un brazo en la puerta y se volvió hacia ellos.

—Hablaré con el alcalde Peters mañana a primera hora. Le transmitiré mi sensación de urgencia y concertaré una reunión en el ayuntamiento para iniciar las negociaciones con el Club Social de Boston. ¿Tienen ustedes algún inconveniente en representar al resto de los hombres en esa reunión?

Danny miró a Denton, preguntándose si O'Meara oía el martilleo de sus corazones.

—No, señor.

—No, señor.

—Bien, pues. —O'Meara tendió la mano—. Permítanme darles las gracias a los dos. Muy sinceramente.

Los dos le estrecharon la mano.

—Ustedes son el futuro del sindicato de policías de Boston, caballeros. —Les dirigió una amable sonrisa—. Confío en que estén a la altura de esa labor. Ahora vayan a protegerse de la lluvia.

Subió al coche.

—A casa, Reid, o mi señora pensará que me he convertido en un bala perdida.

Reid Harper arrancó mientras O'Meara se despedía con un parco gesto a través de la ventanilla.

La lluvia les empapaba el pelo y les resbalaba por la nuca.

—Dios santo —dijo Mark Denton—. Dios santo, Coughlin.

—Lo sé.

—¿Lo sabes? ¿Eres consciente de lo que acabas de hacer ahí dentro? Nos has salvado.

—Yo no...

Denton le dio un fuerte abrazo y lo levantó de la acera.

—¡Nos has salvado, joder!

Dio vueltas a Danny en la acera y lanzó un silbido. Danny forcejeó para soltarse pero ahora también él reía, los dos reían como locos en la calle mientras a Danny le caía la lluvia en los ojos y se preguntaba si alguna vez, en toda su vida, se había sentido tan bien.

Una noche se reunió con Eddie McKenna en Governor's Square, en el bar del hotel Buckminster.

—¿Qué me traes?

—Estoy acercándome a Bishop. Pero no suelta prenda.

McKenna abrió los brazos en el reservado.

—¿Sospechan que eres un topo, crees tú?

—Como ya te he dicho, no hay duda de que se les ha pasado por la cabeza.

—¿Alguna idea?

Danny asintió.

—Una. Es arriesgada.

—¿Hasta qué punto?

Sacó un cuaderno de piel de topo, idéntico al que había visto usar a Fraina. Había ido a cuatro papelerías hasta encontrarlo. Se lo entregó a McKenna.

—Llevo trabajando en eso dos semanas.

McKenna lo hojeó, enarcando las cejas alguna que otra vez.

—Manché de café unas cuantas hojas, incluso quemé una con un cigarrillo.

McKenna dejó escapar un leve silbido.

—Ya me he dado cuenta.

—Son las reflexiones políticas de Daniel Sante. ¿Qué te parece?

McKenna pasó las hojas.

—Abordas lo de Montreal y lo de los espartaquistas. Estupendo. Vaya, Seattle y Ole Hanson. Bien, bien. ¿Has incluido Arcángel?

295

—Claro.

—¿La conferencia de Versalles?

—¿Te refieres a la conspiración para dominar el mundo? —Danny puso los ojos en blanco—. ¿Te crees que pasaría por alto una cosa así?

—Ten cuidado —advirtió Eddie sin alzar la mirada—. Pasarse de listo puede ser perjudicial para un agente encubierto.

—No he conseguido nada desde hace semanas, Eddie. ¿Cómo podría pasarme de listo? Tengo el cuaderno y Bishop se prestó a enseñárselo a Fraina, sin prometer nada. Eso es todo.

Eddie se lo devolvió.

—Es un buen material. Casi da la impresión de que te lo crees de verdad.

Danny pasó por alto el comentario y se metió el cuaderno en el bolsillo del abrigo.

Eddie abrió la tapa de su reloj.

—No aparezcas por las reuniones del sindicato durante un tiempo.

—Imposible.

Eddie cerró el reloj y volvió a guardárselo en el chaleco.

—Ah, es verdad. Ahora eres el mismísimo CSB.

—Tonterías.

—Después de tu encuentro con O'Meara la otra noche, ése es el rumor que corre, créeme. —Esbozó una leve sonrisa—. Llevo casi treinta años en este cuerpo y seguro que nuestro querido comisario ni siquiera sabe cómo me llamo.

—Supongo que es cuestión de estar en el lugar y el momento oportunos.

—El lugar equivocado. —Arrugó la frente—. Más vale que te andes con ojo, muchacho. Porque otros han empezado a vigilarte. Déjate aconsejar por el tío Eddie: retírate. Amenaza tormenta por todas partes. Por todas partes. En las calles, en los patios de las fábricas, y ahora en nuestro propio departamento. ¿El poder? Eso es efímero, Danny. Y ahora más que nunca. Tú no asomes la cabeza.

—Ya la he asomado.

Eddie dio una palmada en la mesa.

Danny se echó atrás. Nunca había visto a Eddie McKenna perder aquella escurridiza calma suya.

—¿Y si sale tu cara en el periódico por la reunión con el comisario? ¿Con el alcalde? ¿Te has planteado qué consecuencias tendría eso para mi investigación? No puedo utilizarte si Daniel Sante, aprendiz de bolchevique, se convierte en Aiden Coughlin, representante del CSB. Necesito la lista de correo de Fraina.

Danny se quedó mirando a ese hombre al que conocía desde niño. Vio una nueva faceta de él, una faceta cuya existencia ya sospechaba desde siempre pero nunca había visto con sus propios ojos.

—¿Por qué las listas de correo, Eddie? Pensaba que buscábamos pruebas de planes de alzamiento para el Primero de Mayo.

—Buscamos lo uno y lo otro —repuso Eddie—. Pero si se lo tienen tan callado como dices, Dan, y si tu capacidad para la investigación es algo menor de lo que yo esperaba, entonces consígueme sólo esa lista de correo antes de que tu cara aparezca en primera plana. ¿Podrías hacer eso por tu tío, chico? —Salió del reservado, se puso el abrigo y echó unas monedas sobre la mesa—. Con eso bastará.

—Acabamos de llegar —dijo Danny.

Eddie compuso otra vez en su semblante la máscara que siempre exhibía en presencia de Danny: pícara y benévola.

—La ciudad nunca duerme, muchacho. Tengo un asunto pendiente en Brighton.

—¿En Brighton?

Eddie asintió.

—Los apartaderos de ganado. Detesto ese lugar.

Danny siguió a Eddie hacia la puerta.

—¿Conque ahora te dedicas a mantener a raya a las vacas, Eddie?

—Mejor que eso. —Eddie abrió la puerta para salir al frío—. A los negros. Esos tizones están reunidos en este preciso momento, al final de la jornada, para hablar de sus derechos. ¿Puedes creértelo? ¿Adónde vamos a ir a parar? Ya sólo falta que los chinos tomen como rehenes nuestras coladas.

El chófer de Eddie arrimó el Hudson negro al bordillo de la acera.

—¿Te llevo a algún sitio? —preguntó Eddie.

—Iré a pie.

—Para sacudirte la borrachera. Buena idea —dijo—. Por cierto, ¿conoces a alguien que se llame Finn?

297

Eddie tenía una expresión risueña, franca.

Danny lo imitó.

—¿En Brighton?

Eddie frunció el entrecejo.

—Ya te he dicho que iba a Brighton para una cacería de negros. ¿Te parece que «Finn» es apellido de negro?

—Suena irlandés.

—En efecto. ¿Conoces a alguien con ese nombre?

—No. ¿Por qué?

—Simple curiosidad —contestó Eddie—. ¿Estás seguro?

—Sí, Eddie, ya te lo he dicho. —Danny se levantó el cuello para protegerse del viento—. No conozco a ningún Finn.

Eddie asintió y tendió la mano hacia la puerta del coche.

—¿Qué ha hecho? —preguntó Danny.

—¿Eh?

—Ese Finn que andas buscando —aclaró Danny—. ¿Qué ha hecho?

Eddie fijó la mirada largo rato en su rostro.

—Buenas noches, Dan.

—Buenas noches, Eddie.

El coche de Eddie se alejó por Beacon Street, y Danny se planteó volver a entrar y llamar a Nora desde la cabina de teléfono en el vestíbulo del hotel. Informarla de que McKenna estaba husmeando en su vida. Pero a continuación se la imaginó con Connor —cogiéndolo de la mano, besándolo, quizá sentada en su regazo cuando no había nadie más en la casa—, y decidió que había muchos Finns en el mundo. Y la mitad de ellos estaban en Irlanda o en Boston. McKenna podía referirse a cualquiera. A cualquiera.

16

Lo primero que tenía que hacer Luther en el edificio de Shawmut Avenue era reparar las goteras. Eso implicaba empezar por el tejado. Una magnífica obra de pizarra, caída en desgracia y en el mayor abandono. Una mañana fría y despejada, con olor a humo de fábrica en el aire y el cielo limpio y azul como una cuchilla, Luther se subió a la lomera. Recogió los fragmentos de pizarra que las hachas de los bomberos habían mandado a los canalones y los juntó con los que había recuperado abajo en el suelo. Arrancó la madera empapada o chamuscada de los montantes, clavó tablones de roble nuevos en su lugar y lo cubrió todo con la pizarra rescatada. Cuando se le acabó, utilizó la pizarra que la señora Giddreaux le había procurado, a saber cómo, a través de una empresa de Cleveland. Empezó a trabajar un sábado al amanecer y acabó a última hora de la tarde del domingo. Sentado en el caballete del tejado, sudoroso a pesar del frío, se enjugó la frente y alzó la vista al cielo limpio. Volvió la cabeza y contempló la ciudad que se extendía alrededor. Olió el inminente anochecer en el aire, pese a que aún no se veía la menor prueba de él. En cuanto olor, no obstante, pocos eran más agradables.

El horario de Luther entre semana era tal que cuando los Coughlin se sentaban a cenar, Luther, que había puesto la mesa y ayudado a Nora a preparar la comida, ya se había marchado. Pero en domingo el día entero giraba en torno a la cena, lo que a Luther le recordaba a veces las cenas dominicales en casa de la tía Marta y el tío James en Standpipe Hill. Algo en las misas recientes y las galas dominicales inducía por alguna razón a las declaraciones solemnes, advirtió Luther, tanto en blancos como en negros.

Cuando servía las copas en el gabinete del capitán, a veces tenía la sensación de que ellos hacían esas declaraciones de cara a él. Sorprendía a algún amigo del capitán lanzándole miradas de reojo mientras pontificaba sobre la eugenesia o las diferencias intelectuales demostradas entre las razas o alguna de esas bobadas que sólo las personas ociosas tenían tiempo de plantearse.

Quien menos hablaba pero más fuego tenía en la mirada era aquel contra el que Avery Wallace le había prevenido, la mano derecha del capitán, el teniente Eddie McKenna. Hombre grueso, propenso a respirar sonoramente por la nariz llena de pelo, poseía una sonrisa tan radiante como la luna llena reflejada en la superficie de un río, y una de esas personalidades ruidosas y joviales de las que, pensaba Luther, uno nunca podía fiarse. Los hombres como aquél siempre ocultaban la parte de sí que no sonreía, y la ocultaban tan profundamente que ésta se volvía cada vez más voraz, como un oso recién salido de la hibernación, abandonando pesadamente la cueva con un rastro en la nariz tan fijo que era imposible hacerlo entrar en razón.

De todos los hombres que se reunían con el capitán en el gabinete aquellos domingos —y la lista cambiaba de una semana a otra—, era McKenna quien más atención prestaba a Luther. A simple vista, parecía bien intencionada. Siempre daba las gracias a Luther cuando éste le servía una copa o se la rellenaba, en tanto que la mayoría de los demás se limitaban a actuar como si merecieran su servicio y rara vez reconocían siquiera su presencia. Al entrar en el gabinete, McKenna solía interesarse por la salud de Luther, por su semana, por cómo se adaptaba al frío. «Si alguna vez necesitas otro abrigo, hijo, dínoslo. Siempre tenemos unos cuantos de reserva en la comisaría. Aunque no puedo prometerte que vaya a oler muy bien.» Y daba una palmada a Luther en la espalda.

Al parecer, presuponía que Luther era del sur, y él no vio ninguna razón para hacerlo cambiar de idea hasta que salió el tema un domingo en la cena.

—¿Kentucky? —preguntó McKenna.

Al principio Luther no advirtió que se dirigía a él. Estaba de pie junto al aparador, llenando de terrones un pequeño azucarero.

—Louisville, me atrevería a decir. ¿Me equivoco? —McKenna lo miró abiertamente mientras se llevaba un trozo de cerdo a la boca.

—¿Me pregunta de dónde soy, señor?

Un brillo asomó a los ojos de McKenna.

—Ésa es la pregunta, sí.

El capitán tomó un sorbo de vino.

—El teniente se enorgullece de su buen oído para los acentos.

—Pero no pierde el suyo, ¿eh? —señaló Danny.

Connor y Joe se echaron a reír. McKenna blandió el tenedor en dirección a Danny.

—Éste ha sido un sabiondo desde que iba en pañales. —Volvió la cabeza—. ¿De dónde eres, pues, Luther?

Antes de que Luther pudiera contestar, el capitán Coughlin levantó una mano para interrumpirlo.

—Déjelo que adivine, señor Laurence.

—Ya lo he dicho, Tom.

—Pero te has equivocado.

—Ah. —Eddie McKenna se limpió los labios con la servilleta—. ¿No eres de Louisville, pues?

Luther negó con la cabeza.

—No, señor.

—¿Lexington?

Luther volvió a negar, sintiéndose blanco de todas las miradas.

McKenna se reclinó en la silla, acariciándose el vientre con una mano.

—Veamos, pues. No tienes un dejo tan marcado como para ser de Misisipi, eso desde luego. Y Georgia queda descartado. Pero sí es demasiado marcado para Virginia, y demasiado rápido, creo, para Alabama.

—Yo diría que es de las Bermudas —dijo Danny.

Luther cruzó una mirada con él y sonrió. De todos los Coughlin, Danny era al que menos había tratado, pero Avery estaba en lo cierto: no se advertía en aquel hombre la menor falsedad.

—Cuba —dijo Luther a Danny.

—Demasiado al sur —contestó Danny.

Los dos se rieron.

El espíritu lúdico desapareció de la mirada de McKenna. Se sonrojó.

301

—Vaya, los jóvenes quieren divertirse un poco. —Sonrió a Ellen Coughlin, sentada en el extremo opuesto de la mesa—. Divertirse un poco —repitió, y cortó un trozo de cerdo asado.

—Bien, pues, ¿no lo adivinas, Eddie?

El capitán Coughlin ensartó un pedazo de patata.

Eddie McKenna alzó la vista.

—Tendré que prestar un poco más de atención al señor Laurence antes de arriesgarme a sacar nuevas conjeturas ociosas al respecto.

Luther se volvió otra vez hacia la bandeja del café, pero no antes de cruzar una última mirada con Danny. En sus ojos advirtió una expresión no del todo agradable, teñida por un asomo de compasión.

Luther se puso el abrigo mientras salía a la escalinata y vio a Danny apoyado en el capó de un Oakland 49 marrón. Danny levantó una botella de algo en dirección a Luther, y cuando éste llegó a la calle vio que era whisky, del bueno, de antes de la guerra.

—¿Un trago, señor Laurence?

Luther cogió la botella y se la llevó a los labios. Se detuvo y miró a Danny, para asegurarse de que realmente quería compartir una botella con un negro. Danny enarcó las cejas en actitud burlona, y Luther inclinó la botella hacia sus labios y bebió.

Cuando Luther se la devolvió, aquel corpulento policía, sin limpiarla con la manga, se la acercó a los labios y echó también él un largo trago. A continuación comentó:

—Un buen caldo, ¿eh?

Luther se acordó de que, según Avery Wallace, ese Coughlin no parecía de la familia y era muy suyo. Asintió con la cabeza.

—Una noche agradable.

—Sí.

Fría pero sin viento, el aire un poco cargado de polvo por las hojas caídas.

—¿Otro?

Danny le pasó de nuevo la botella.

Luther bebió, examinando a aquel blanco grande y fornido, su rostro atractivo y franco. Un galán, supuso Luther, pero no de los que convertían eso en la obra de su vida. Algo detrás de aquellos ojos indicó a Luther que ese hombre oía una música que otros no oían, que se guiaba a saber por qué estrellas.

—¿Le gusta trabajar aquí?

Luther asintió.

—Sí. La suya es una buena familia, señor.

Danny puso los ojos en blanco y bebió otro trago.

—¿Cree usted que podrá dejarse de tanto «señor» esto y «señor» lo otro conmigo, señor Laurence? ¿Le parece posible?

Luther dio un paso atrás.

—¿Cómo quiere que lo llame, pues?

—¿Aquí fuera? Con Danny me basta. ¿Ahí dentro? —Señaló la casa con el mentón—. Señor Coughlin, supongo.

—¿Qué tiene contra que lo llame «señor»?

Danny hizo un gesto de indiferencia.

—Me parece una estupidez.

—De acuerdo. En ese caso, tú llámame Luther.

Danny asintió.

—Brindemos por eso.

Luther soltó una risotada mientras levantaba la botella.

—Avery ya me advirtió que eras distinto.

—¿Avery ha vuelto de la tumba para decirte que yo era distinto?

Luther negó con la cabeza.

—Escribió una nota a su «sustituto».

—Ah. —Danny volvió a coger la botella—. ¿Qué opinas de mi tío Eddie?

—Parece simpático.

—No, no lo parece —dijo Danny en voz baja.

Luther se apoyó en el coche al lado de Danny.

—No, no lo parece.

—¿Has notado cómo te acorralaba ahí dentro?

—Lo he notado.

—¿Tienes un pasado impecable, Luther?

—Tan impecable como cualquiera, supongo.

—Eso no es muy impecable.

Luther sonrió.

—Bien observado.

Danny volvió a pasarle la botella.

—Mi tío Eddie... ése cala mejor a la gente que cualquier hombre vivo. Penetra en tu cabeza con la mirada y ve lo que sea que escondes al mundo. Cuando tienen en una comisaría a un sospechoso que se resiste a hablar, llaman a mí tío. Siempre arranca una confesión. También hay que decir que emplea cualquier medio para conseguirlo.

Luther hizo girar la botella entre las palmas de las manos.

—¿Por qué me dices eso?

—Ha olido algo en ti que no le ha gustado... se lo veo en los ojos... y nos hemos excedido con la broma hasta incomodarlo. Ha pensado que nos reíamos de él, y eso no es bueno.

—Gracias por la bebida. —Luther se apartó del coche—. Nunca había compartido una botella con un blanco. —Se encogió de hombros—. Pero lo mejor será que me vaya a casa.

—No pretendo engatusarte.

—¿Ah, no? —Luther lo miró—. ¿Y eso cómo lo sé?

Danny abrió las palmas de las manos.

—En este mundo hay sólo dos clases de hombres de los que merece la pena hablar: el hombre que es lo que parece y el del otro tipo. ¿A cuál de las dos clases crees tú que pertenezco?

Luther sintió fluir el whisky bajo su piel.

—Eres de la clase más extraña que he visto en esta ciudad.

Danny echó un trago y contempló las estrellas.

—Eddie sería capaz de cercarte durante un año, incluso dos. Se tomará todo el tiempo del mundo, créeme. Pero cuando por fin vaya a por ti, no te dejará escapatoria. —Miró a Luther a los ojos—. Me he conciliado con lo que sea que hagan Eddie y mi padre para conseguir sus propósitos con los matones, timadores y pistoleros, pero no me gusta cuando se ceban en ciudadanos corrientes. ¿Me entiendes?

Sintiendo que el aire frío se oscurecía y bajaba aún más la temperatura, Luther hundió las manos en los bolsillos.

—¿Me estás diciendo que puedes apartar de mí a ese perro?

Danny se encogió de hombros.

—Es posible. No lo sabremos hasta que llegue el momento.

Luther asintió.

—¿Y tú qué sacas?

Danny sonrió.

—¿Qué saco?

Luther, sin proponérselo, le devolvió la sonrisa, sintiendo que ahora los dos se cercaban el uno al otro, pero se divertían con ello.

—En este mundo no hay nada de balde excepto la mala suerte.

—Nora —dijo Danny.

Luther dio un paso hacia el coche y cogió la botella de la mano de Danny.

—¿Qué pasa con Nora?

—Me gustaría saber cómo evolucionan las cosas entre mi hermano y ella.

Luther bebió, observando a Danny, y luego soltó una carcajada.

—¿De qué te ríes?

—¿Estás enamorado de la chica de tu hermano y me preguntas de qué me río?

Luther soltó otra risotada. Danny lo imitó.

—Digamos que Nora y yo tenemos una historia común.

—Eso no es ninguna novedad —señaló Luther—. He estado en la misma habitación con vosotros dos una sola vez pero hasta mi difunto tío ciego lo habría visto.

—¿Tan evidente es?

—Para casi todos. No entiendo cómo es posible que el señorito Connor no lo vea. Por lo que se refiere a ella, hay muchas cosas que no ve.

—No, no las ve.

—¿Por qué no vas y le pides la mano a esa chica? No se lo pensará dos veces.

—Ahí te equivocas, créeme.

—Sí que aceptará. ¿Un lazo así...? Joder, eso es amor.

Danny negó con la cabeza.

—¿Alguna vez has conocido a una mujer que actuara con lógica en cuestiones de amor?

—No.

—Pues ahí tienes. —Danny alzó la vista y contempló la casa—. Yo no las entiendo. Cambian de idea a cada minuto, y soy incapaz de adivinar qué piensan.

Luther sonrió y negó con la cabeza.

—De todos modos, espero que os llevéis bien.

Danny levantó la botella.

—Queda un par de dedos. ¿Una última ronda?

—Con mucho gusto. —Luther bebió un trago y, tras devolver la botella, observó a Danny mientras la apuraba—. Mantendré los ojos y los oídos bien abiertos. ¿Qué te parece?

—Bien. Si Eddie te acosa, mantenme informado.

Luther tendió una mano.

—Trato hecho.

Danny le estrechó la mano.

—Me alegro de haberte conocido, Luther.

—Lo mismo digo, Danny.

De vuelta en el edificio de Shawmut Avenue, Luther comprobó una y otra vez las goteras, pero no pasaba nada a través del techo, ni detectó humedad en las paredes. De entrada, desprendió todo el yeso y vio que podía salvarse casi toda la madera de detrás, parte de ella con poco más que esperanza y ternura, pero la esperanza y la ternura tendrían que bastar. Lo mismo ocurría con los suelos y la escalera. En circunstancias normales, con una construcción tan dañada por el abandono y después el fuego y el agua, lo primero que uno haría sería reducirla a la estructura. Pero dado el limitado presupuesto y aquel planteamiento basado en ruegos, préstamos y hurtos, la única solución era rescatar lo rescatable, incluidos los mismísimos clavos. Clayton Tomes, el criado de los Wagenfeld, y él tenían los mismos horarios de trabajo en sus casas de South Boston e incluso libraban el mismo día. Después de una cena con Yvette Giddreaux, Clayton había sido reclutado para el proyecto antes de que se diera cuenta, y ese fin de semana Luther contó por fin con un poco de ayuda. Dedicaron el día a trasladar la madera y el metal y los apliques de latón utilizables a la segunda planta para poder empezar a trabajar en la instalación de cañerías y el tendido eléctrico a la semana siguiente.

Era un trabajo arduo. En medio del polvo, el sudor y el yeso. Usar la palanca, arrancar madera y sacar clavos con el martillo. El tipo de trabajo con el que los hombros se le tensaban a uno en torno al cuello, los cartílagos de las rótulas se le convertían en sal de roca, sentía piedras calientes enterradas en los riñones y los contornos del espinazo corroídos. La clase de trabajo con el que uno acababa sentado en un suelo polvoriento y agachaba la cabeza hacia las rodillas y susurraba «Uf», y mantenía la cabeza gacha y los ojos cerrados un rato más.

No obstante, después de semanas en casa de los Coughlin prácticamente de brazos cruzados, Luther no habría cambiado aquello por nada del mundo. Era un trabajo para las manos y la cabeza y los músculos. Un trabajo mediante el que dejaría una huella de sí mismo cuando se fuera.

El oficio, le había dicho una vez su tío Cornelius, no era más que una palabra elegante para describir lo que ocurría cuando coincidían el trabajo y el amor.

—Mierda. —Clayton, tendido de espaldas en el vestíbulo, miraba el techo dos plantas más arriba—. ¿Te das cuenta de que si a esa mujer se le ha metido en la cabeza tener agua corriente...?

—Se le ha metido en la cabeza.

—... entonces el bajante de aguas residuales, Luther, el bajante por sí solo... tendrá que subir desde el sótano hasta un respiradero en el tejado. Eso son cuatro plantas, muchacho.

—Y una cañería de doce centímetros, además. —Luther se rió—. De hierro forjado.

—¿Y habrá que tender otras cañerías a partir de ésa en cada planta? ¿Quizá dos desde los cuartos de baño? —Clayton tenía los ojos desorbitados—. Luther, eso es un disparate.

—Sí.

—Entonces ¿por qué sonríes?

—¿Y tú? —preguntó Luther.

—¿Y qué me dice de Danny? —preguntó Luther a Nora mientras cruzaban Haymarket.

—¿Qué pasa con él?

—No parece encajar en la familia.

—No sé si Aiden encaja en algún sitio.

—¿Cómo es que unas veces lo llaman Danny y otras Aiden?

Nora se encogió de hombros y dijo:

—Cosas que pasan. Y usted no lo llama «señor Danny», he observado.

—¿Y qué?

—A Connor sí lo llama «señor». Incluso a Joe lo llama «señorito».

—Danny me dijo que no lo llamara así a menos que hubiera alguien presente.

—Se han hecho amigos enseguida, ¿eh?

Mierda, pensó Luther. Esperaba no haber enseñado sus cartas.

—Yo no diría que somos amigos.

—Pero le cae bien. Se le ve en la cara.

—Es distinto. Creo que nunca he conocido a un blanco como él. Aunque tampoco había conocido nunca a una blanca como usted.

—Yo no soy blanca, Luther. Soy irlandesa.

—¿Ah, sí? ¿Y de qué color son los irlandeses?

—Gris patata —dijo ella con una sonrisa.

Luther se echó a reír y se señaló.

—Yo soy marrón papel de lija. Encantado de conocerla.

Nora le hizo una rápida reverencia.

—Es un placer, señor.

Después de una de las cenas dominicales, McKenna insistió en acompañar a Luther a su casa, y éste, que se ponía ya el abrigo en el vestíbulo, no encontró ninguna excusa a tiempo.

—Hace un frío espantoso —comentó McKenna—, y he prometido a Mary Pat que estaría en casa antes de recogerse el ganado. —Se levantó de la mesa y dio un beso en la mejilla a la señora Coughlin—. ¿Me descuelgas el abrigo de la percha, Luther? Gracias, buen chico.

Danny no asistió a esa cena, y Luther, mirando alrededor, vio que nadie prestaba mucha atención.

—Bien, hasta la vista, amigos.

—Buenas noches, Eddie —se despidió Thomas Coughlin—. Buenas noches, Luther.

—Buenas noches, señor —dijo Luther.

Eddie tomó por East Broadway y dobló a la derecha en West Broadway, donde, incluso en una fría noche de domingo, el ambiente era tan bullicioso e impredecible como en Greenwood un viernes por la noche. Se jugaba a los dados en plena calle, las prostitutas se asomaban a las ventanas, se oía la música de las tabernas a todo volumen, y las tabernas eran tantas que resultaba imposible contarlas. Se avanzaba despacio incluso en un coche grande y pesado.

—¿Ohio? —preguntó McKenna.

Luther sonrió.

—Sí, señor. Se acercó cuando dijo Kentucky. Pensé que lo adivinaría aquella misma noche, pero...

—Ah, lo sabía. —McKenna chasqueó los dedos—. Simplemente me equivoqué de orilla del río. ¿De dónde exactamente?

Fuera, el ruido de West Broadway envolvía el coche y las luces se fundían en el parabrisas como helado.

—De las afueras de Columbus, señor.

—¿Habías estado alguna vez en un coche de policía?

—Nunca, señor.

McKenna soltó una sonora carcajada, como si escupiera piedras.

—Ay, Luther, quizá te cueste creerlo, pero antes de que Tom Coughlin y yo fuéramos hermanos de placa, pasamos mucho tiempo al otro lado de la ley. Nos hemos visto en más de un furgón policial y, claro, en no pocos calabozos de borrachos los viernes por la noche. —Señaló alrededor con la mano—. Así son las cosas para los inmigrantes: una juerga tras otra, el continuo tanteo para descubrir las nuevas convenciones. Suponía que tú habías participado en esos mismos rituales.

—Yo no soy inmigrante, señor.

McKenna lo miró.

—¿Cómo dices?

—Yo nací aquí, señor.

—¿Qué quieres decir con eso?

—No quiero decir nada. Sólo que... usted ha dicho que así eran las cosas para los inmigrantes, y puede que sea verdad, pero yo he dicho que no soy...

—¿Qué puede que sea verdad?

—¿Cómo, señor?

—¿Qué puede que sea verdad?

McKenna le sonrió cuando pasaron por debajo de una farola.

—Señor, no sé qué quiere...

—Lo has dicho.

—¿Señor?

—Lo has dicho. Has dicho que la cárcel era para los inmigrantes.

—No, señor, yo no he dicho eso.

McKenna se tiró del lóbulo de la oreja.

—Debo de tener la cabeza llena de cera, pues.

Luther guardó silencio y se limitó a fijar la mirada al frente cuando se detuvieron en un semáforo en el cruce de la calle D con West Broadway.

—¿Tienes algo contra los inmigrantes? —preguntó Eddie McKenna.

—No, señor. No.

—¿Crees que todavía no nos hemos ganado un sitio a la mesa?

—No.

—¿Se supone que debemos esperar a que los hijos de nuestros hijos alcancen ese honor en nuestro nombre?

—Señor, en ningún momento he pretendido...

McKenna blandió un dedo en dirección a Luther y soltó una carcajada.

—Te he pillado, Luther. Te he tomado el pelo.

Le dio una palmada en la rodilla y soltó otra sonora carcajada cuando el semáforo se puso en verde. Siguió por Broadway.

—Ésa sí que ha sido buena, señor. Me ha engañado por completo.

—Y que lo digas —afirmó McKenna, y dio una palmada en el salpicadero. Cruzaron el puente de Broadway—. ¿Te gusta trabajar para los Coughlin?

—Sí, mucho, señor.

—¿Y para los Giddreaux?

—¿Cómo señor?

—Los Giddreaux, hijo. ¿Te crees que no los conozco? Isaiah es una de esas celebridades negroides que corren por aquí, tan superiores ellos. Dicen que goza de la confianza de Du Bois. Aspira a la igualdad entre negros y blancos, ya ves tú, aquí en nuestra hermosa ciudad. ¿No te parece increíble?

—Sí, señor.

—Sería lo nunca visto, sin duda. —Esbozó la más cálida de las sonrisas—. Claro que también hay quienes dirían que los Giddreaux no son amigos de los tuyos, que de hecho son enemigos, que con esos sueños de igualdad os acabarán llevando a una situación nefasta, y la sangre de los negros inundará estas calles. Eso dirían algunos. —Se puso una mano en el pecho—. Algunos. No todos, no todos. Es una lástima que haya tanta discordia en este mundo, ¿no crees?

—Sí, señor.

—Una verdadera lástima. —McKenna cabeceó y chasqueó la lengua cuando doblaba por St. Botolph Street—. ¿Y tu familia?

—¿Señor?

McKenna miraba las puertas de las casas conforme avanzaba lentamente por la calle.

—¿Dejaste familia en Canton?

—En Columbus, señor.

—Eso, Columbus.

—No, señor. Estoy solo en el mundo.

—¿Qué te trajo a Boston, pues?

—Es ésa.

—¿Cómo?

—La casa de los Giddreaux, señor, acaba de pasársela.

McKenna pisó el freno.

—Bien, pues —dijo—. Ya seguiremos hablando.

—Con mucho gusto, señor.

—No cojas frío, Luther. ¡Abrígate!

—Sí, gracias, señor.

Luther se apeó del coche. Lo rodeó por la parte de atrás y, al llegar a la acera, oyó bajarse el cristal de la ventanilla de McKenna.

—¿Leíste sobre esto en algún sitio? —dijo McKenna.

Luther se volvió.

—¿Sobre qué, señor?

—¡Sobre Boston!

McKenna tenía las cejas enarcadas en una expresión alegre.

—Pues no, señor.

McKenna asintió, como si de pronto lo hubiera entendido todo.

—Mil trescientos kilómetros.

—¿Señor?

—La distancia —contestó McKenna—, entre Boston y Columbus.
—Golpeteó con la palma de la mano la puerta del coche—. Buenas noches, Luther.

—Buenas noches, señor.

Luther se quedó de pie en la acera, viendo alejarse a McKenna. Levantó los brazos y se miró las manos: le temblaban, pero no mucho. No demasiado. Dadas las circunstancias.

17

Danny quedó a tomar una copa con Steve Coyle en la taberna Warren a media tarde de un domingo, un día más invernal que otoñal. Steve dejó caer varios comentarios jocosos sobre la barba de Danny y le preguntó por el caso. Danny tuvo que repetirle, entre disculpas, que no podía hablar con un paisano de una investigación en curso.

—Pero soy yo —dijo Steve, y luego levantó una mano—. Es broma, es broma. Lo entiendo. —Dirigió a Danny una sonrisa que era amplia y débil a la vez—. De verdad.

Así que hablaron de los viejos casos y de los viejos tiempos. Danny tomó una copa por cada tres de Steve. Por entonces Steve vivía en el West End, en una habitación sin ventanas de una pensión en un sótano dividido en seis cuartos, que apestaban todos a carbón.

—Todavía no hay agua corriente —explicó Steve—. ¿Te lo puedes creer? Tenemos que salir al cobertizo del jardín trasero como si estuviéramos en 1910. Como si esto fuera el oeste de Massachusetts o una aldea de negros. —Cabeceó—. Y si no estás en la casa antes de las once, el viejales cierra con llave y te deja fuera toda la noche. Menuda vida. —Volvió a mirar a Danny con la sonrisa débil y ancha y bebió un poco más—. Pero en cuanto consiga mi carromato, cambiarán las cosas, te lo aseguro.

El último proyecto de Steve consistía en instalar un carromato de fruta delante del mercado de Faneuil Hall. El hecho de que ya existiera una docena de carromatos similares, propiedad de hombres muy violentos, por no decir directamente brutales, no parecía disuadirlo. El hecho de que los mayoristas de fruta recelaran de los nuevos vendedores hasta el punto de cobrarles una tarifa «inaugural» durante los primeros seis meses, por lo que era imposible cuadrar los números, era algo a lo que Steve restaba importancia considerándolo «habladurías». El hecho de que el ayuntamiento hubiese dejado de dar licencias de venta para esa zona desde hacía dos años tampoco le preocupaba. «Con toda la gente que conozco en el ayuntamiento —había dicho a Danny—, me pagarán ellos a mí para que monte el tenderete.»

Danny se abstuvo de recordarle que, según le había dicho él mismo dos semanas antes, él era la única persona de los viejos tiempos que atendía sus llamadas. Se limitó a asentir y darle ánimos con una sonrisa. ¿Qué más podía hacer?

—¿Otra? —preguntó Steve.

Danny consultó el reloj. Había quedado con Nathan Bishop para cenar a las siete. Negó con la cabeza.

—No puedo.

Steve, que ya había hecho una seña al camarero, ocultó la decepción que asomó a su mirada con su sonrisa demasiado amplia y una risotada.

—Cárgalo a mi cuenta, Kevin.

El camarero frunció el entrecejo y apartó la mano del surtidor.

—Me debes un dólar veinte, Coyle. Y más vale que esta vez lo tengas, borracho.

Steve se palpó los bolsillos.

—Ya pago yo —terció Danny.

—¿Seguro?

—Claro. —Danny salió del reservado y se dirigió a la barra—. Eh, Kevin, ¿tienes un segundo?

El camarero se acercó como si le hiciera un favor.

—¿Qué?

Danny colocó el dólar y cuatro monedas de cinco en la barra.

—Para ti.

—Hoy debe de ser mi cumpleaños.

Cuando fue a coger el dinero, Danny lo agarró de la muñeca y lo atrajo hacia sí de un tirón.

—Sonríe o te rompo el brazo.

—¿Qué?

—Sonríe como si estuviéramos charlando sobre los Sox o te rompo la puta muñeca.

Kevin sonrió, con la mandíbula apretada y los ojos le empezaban a salírsele de las órbitas.

—Si alguna vez vuelves a llamar a mi amigo «borracho», camarero de mierda, te partiré los dientes y te los meteré por el culo.

—Yo...

Danny le retorció la piel del antebrazo.

—No hagas nada más que asentir.

Kevin se mordió el labio inferior y asintió cuatro veces.

—Y su siguiente ronda la paga la casa —añadió Danny, y le soltó la muñeca.

Recorrieron Hanover a la luz declinante del día. Danny quería pasar un momento por su pensión y coger ropa de más abrigo para llevar a su piso franco. Steve dijo que le apetecía pasear por su antiguo barrio. En Prince Street se cruzaron con una muchedumbre que corría hacia Salem Street. Ya en la esquina donde se alzaba el edificio de Danny, vieron a un mar de gente alrededor de un Hudson Super Six negro. Unos cuantos hombres y varios niños se subían y bajaban de los estribos y el capó.

—¿Qué demonios pasa? —preguntó Steve.

—¡Agente Danny! ¡Agente Danny!

La señora DiMassi le hacía señas desesperadamente desde la escalinata. Danny agachó la cabeza por un momento: semanas de trabajo encubierto quizás echados a perder porque una vieja lo había reconocido, con barba y todo, a una distancia de veinte metros. Entre el gentío, Danny vio que el conductor del coche llevaba un sombrero de paja, al igual que el acompañante.

—Se llevan a mi sobrina —dijo la señora DiMassi cuando Steve y él se acercaron a ella—. Se llevan a Arabella.

Danny, viendo el coche desde otro ángulo, identificó a Rayme Finch al volante, tocando la bocina mientras intentaba avanzar.

La multitud no se amilanaba. Todavía no lanzaban nada, pero vociferaban, amenazaban con el puño y maldecían en italiano. Danny vio a dos miembros de la Mano Negra desplazarse por la periferia de la muchedumbre.

—¿Está en el coche? —preguntó Danny.

—En el asiento de atrás —exclamó la señora DiMassi—. Se la llevan.

Danny le dio ánimos con un apretón de mano y empezó a abrirse paso entre el gentío. Finch cruzó una mirada con él y entornó los ojos. Al cabo de diez segundos, Danny supo por su expresión que lo había reconocido. Pero enseguida apareció en su rostro otra expresión muy distinta, no de miedo a la multitud, sino de obstinada determinación, y mantuvo el coche en marcha, avanzando centímetro a centímetro.

Danny recibió un empujón y perdió el equilibrio, pero frenaron su caída dos mujeres de mediana edad y brazos rollizos. Un niño trepó a una farola con una naranja en la mano. Si el niño era medianamente buen lanzador, las cosas podían ponerse feas de un momento a otro.

Danny llegó hasta el coche, y Finch abrió un poco la ventanilla. Arabella, aovillada en el asiento trasero, con los ojos abiertos como platos, tenía los dedos aferrados en torno a un crucifijo y musitaba una oración.

—Déjela salir —dijo Danny.

—Aparte a la gente.

—¿Quiere provocar un disturbio? —preguntó Danny.

—¿Quiere unos cuantos italianos muertos en la calle? —Finch tocó la bocina con un golpe de puño—. Quítelos del medio de una puta vez, Coughlin.

—Esa chica no sabe nada de los anarquistas —aseguró Danny.

—La han visto en compañía de Federico Ficara.

Danny miró a Arabella. Ella le devolvió la mirada con cara de no entender nada salvo la creciente ira de la turba. Danny recibió un codazo en los riñones y quedó comprimido contra el coche.

—¡Steve! —gritó—. ¿Estás ahí?

—A unos tres metros.

—¿Puedes hacerme un poco de hueco?

—Tendré que usar el bastón.

—Por mí no hay inconveniente.

Danny volvió la cabeza al frente, apretó la cara contra el resquicio de la ventanilla y dijo:

—¿Usted la ha visto con Federico?

—Sí.

—¿Cuándo?

—Hace una media hora. Al lado de la panificadora.

—¿La ha visto usted personalmente?

—No. Otro agente. Federico se le ha escabullido, pero hemos identificado a la chica.

Alguien dio un cabezazo a Danny en la espalda. Le lanzó un manotazo y lo alcanzó en el mentón.

—Si se la lleva, y luego ella vuelve al barrio, la asesinarán, ¿me oye? La está condenando a muerte. Suéltela. Deje que me ocupe yo. —Otro cuerpo lo embistió por detrás y un hombre se encaramó al capó—. Aquí apenas puedo respirar.

—Ahora no podemos echarnos atrás —dijo Finch.

Otro hombre se subió al capó y el coche empezó a balancearse.

—¡Finch! Ya le ha hecho una mala jugada metiéndola en el coche. Más de uno pensará que es una informante, sea verdad o no. Pero podemos enmendar la situación si la deja salir ahora, o de lo contrario... —Otro cuerpo se abalanzó sobre Danny—. ¡Por Dios, Finch! Abra la puta puerta.

—Usted y yo vamos a tener que hablar.

—Me parece muy bien. Ya hablaremos. Pero ahora abra la puerta.

Finch le lanzó una última y larga mirada, dándole a entender que aquello no terminaba allí ni remotamente. Luego echó la mano atrás y quitó el seguro de la puerta trasera. Danny cogió el tirador de la puerta y se volvió hacia la gente.

—Ha habido un error. *Ci è stato un errore.* Atrás. *Sostegno! Sostegno!* La chica ya sale. *Sta uscendo.* Atrás. *Sostegno!*

Para su sorpresa, la muchedumbre retrocedió unos pasos. Danny abrió la puerta y sacó a la muchacha, temblorosa, arrastrándola por el asiento. Varias personas lo aclamaron y aplaudieron, y Danny estrechó a Arabella contra sí y se encaminó hacia la acera. Ella llevaba las manos contra el pecho, y Danny notó algo duro y cuadrado bajo sus brazos. La miró a los ojos, pero sólo vio miedo.

Danny sujetó a Arabella con fuerza y dio las gracias con gestos de asentimiento a las personas con las que se cruzaba. Dirigió a Finch una última mirada y señaló la calle, al frente, con la cabeza. Unos cuantos volvieron a prorrumpir en vítores y la gente empezó a dispersarse en torno al coche. Finch avanzó unos metros. La multitud retrocedió aún más y los neumáticos siguieron rodando. En ese momento la primera naranja alcanzó el vehículo. Estaba fría y produjo un sonido más parecido al del impacto de una piedra. La siguió una manzana, después una patata, y a continuación acribilló el coche una lluvia de fruta y hortalizas. Pero prosiguió su firme avance por Salem Street. Unos cuantos granujillas corrieron junto a él, gritando, pero tenían sonrisas en los labios y en el vocerío de la muchedumbre se advertía un tono festivo.

Danny llegó a la acera y la dejó en manos de la señora DiMassi, que la condujo hacia la escalera. Danny vio llegar a la esquina las luces traseras del Hudson de Finch. Steve Coyle permanecía junto a él, enjugándose la cabeza con un pañuelo y contemplando la calle salpicada de fruta medio congelada.

—Esto exige un trago, ¿no?

Entregó a Danny su petaca.

Danny tomó un sorbo pero no dijo nada. Miró a Arabella Mosca acurrucada entre los brazos de su tía. Se preguntó de qué lado estaba a esas alturas.

—Voy a tener que hablar con ella, señora DiMassi.

La señora DiMassi lo miró a la cara.

—Ahora —añadió Danny.

Arabella Mosca era una mujer menuda de grandes ojos almendrados y pelo negro azabache, corto. No hablaba ni una sola palabra de inglés aparte de «hola», «adiós» y «gracias». Se acomodó en el sofá de la sala de estar de su tía, con las manos todavía entre las de la señora DiMassi y el abrigo puesto.

—¿Puede preguntarle qué esconde debajo del abrigo? —pidió Danny a la señora DiMassi.

La señora DiMassi echó una mirada al abrigo de su sobrina y frunció el entrecejo. Señaló con el dedo y le ordenó que se desabrochara el abrigo.

Arabella bajó la barbilla hacia el pecho y movió la cabeza en un vehemente gesto de negación.

—Por favor —insistió Danny.

La señora DiMassi no era de las que piden algo «por favor» a un

318

pariente más joven. En lugar de eso, la abofeteó. Arabella apenas reaccionó. Agachó la cabeza aún más y volvió a negarse. La señora DiMassi se echó hacia atrás en el sofá y levantó el brazo.

Danny se interpuso entre ellas.

—Arabella —instó en un italiano entrecortado—, deportarán a tu marido.

La muchacha separó la barbilla del pecho.

Danny asintió.

—Los hombres de los sombreros de paja. No te quepa duda.

Un aluvión de palabras fluyó a la boca de Arabella, y la señora DiMassi alzó la mano con la palma abierta, ya que Arabella hablaba tan rápido que incluso a ella le costaba seguirla. Se volvió hacia Danny.

—Dice que no pueden hacerlo. Su marido tiene trabajo.

—Es un ilegal —dijo Danny.

—Bah —contestó ella—. Medio barrio es ilegal. ¿Van a deportarlos a todos?

Danny cabeceó.

—Sólo a quienes les molesten. Dígaselo.

La señora DiMassi tendió la mano y la colocó bajo la barbilla de Arabella.

—*Dammi quel che tieni sotto il cappotto, o tuo marito passera' il prossimo Natale a Palermo.*

—No, no, no —dijo Arabella.

La señora DiMassi, otra vez con el brazo en alto, habló tan deprisa como Arabella.

—*Questi Americani ci trattano come cani. Non ti permettero' di umiliarmi dinanzi ad uno di loro. Apri il cappotto, o te lo strappo di dosso!*

Dijera lo que dijese —Danny distinguió «perros americanos» y «no me humilles»—, surtió efecto. Arabella se desabrochó el abrigo y sacó una bolsa de papel blanco. Se la entregó a la señora DiMassi, que se la entregó a Danny.

Danny miró dentro y vio un bloque de papel. Retiró la primera hoja:

Mientras descansáis y os arrodilláis, nosotros trabajamos. Ejecutamos. Esto es el principio, no el final. Nunca el final.

Vuestro dios infantil y vuestra sangre infantil correrán hasta el mar. Vuestro mundo infantil irá detrás.

Danny enseñó el pasquín a Steve y dijo a la señora DiMassi:

—¿Cuándo tenía que distribuirlos?

La señora DiMassi habló a su sobrina. Arabella empezó a negar con la cabeza y de pronto se interrumpió. Susurró una palabra a la señora DiMassi, que se volvió hacia Danny.

—Al ponerse el sol.

Danny miró a Steve.

—¿En cuántas iglesias se celebra misa a última hora?

—¿En el North End? En dos, tal vez tres. ¿Por qué?

Danny señaló el pasquín.

—«Mientras descansáis y os arrodilláis.» ¿Lo entiendes?

Steve negó con la cabeza.

—No.

—La gente descansa el domingo —explicó Danny—. Se arrodilla en la iglesia. Y al final su sangre corre hasta el mar. Tiene que ser una iglesia cerca del puerto.

Steve se acercó al teléfono de la señora DiMassi.

—Voy a avisar. ¿Qué sospechas?

—Sólo encajan dos iglesias. La de Santa Teresa y la de Santo Tomás.

—En la de Santo Tomás no hay misa de noche.

Danny se dirigió hacia la puerta.

—Ya me alcanzarás, ¿no?

Steve, sonriente, con el teléfono al oído, respondió:

—Mi bastón y yo, por supuesto. —Indicó a Danny que se fuera con un gesto y añadió—: Venga, vete ya. Y oye una cosa, Dan.

Danny se detuvo en la puerta.

—¿Sí?

—Dispara primero —dijo—. Y dispara mucho.

La iglesia de Santa Teresa se hallaba en la esquina de Fleet con Atlantic delante del muelle de Lewis. Una de las iglesias más antiguas del North End, era pequeña y empezaba a amenazar ruina. Danny, con la camisa

320

empapada en sudor por la carrera, se dobló por la cintura para recobrar el aliento. Sacó el reloj del bolsillo: las cinco cuarenta y ocho. La misa estaba a punto de acabar. Si, como en Salutation, la bomba estaba en el sótano, lo único que podía hacerse era irrumpir en la iglesia y ordenar a todo el mundo que saliese. Steve había hecho la llamada, así que la brigada de artificieros no tardaría en llegar. Pero si la bomba estaba en el sótano, ¿por qué no había estallado ya? Los feligreses llevaban allí cerca de cuarenta y cinco minutos, tiempo de sobra para hacer volar el suelo bajo sus pies...

Danny la oyó en ese momento, a lo lejos, la primera sirena, el primer coche patrulla que salía de la Cero-Uno, seguido sin duda por otros.

El cruce estaba tranquilo, vacío; sólo unos cuantos coches aparcados delante de la iglesia, todos carracas, poco más que carretas de caballos, aunque un par de ellos se veían muy bien conservados. Danny examinó los tejados al otro lado de la calle, pensando: ¿por qué una iglesia? Incluso para los anarquistas, parecía un suicidio político, sobre todo en el North End. Recordó entonces que el único motivo por el que alguna iglesia del barrio ofrecía misa a esas horas era atender a los obreros considerados tan «esenciales» durante la guerra que no podían permitirse descansar el domingo. «Esenciales» implicaba cierto vínculo, por lejano que fuese, con el ejército: hombres y mujeres que trabajaban con armas, acero, caucho o alcohol industrial. Aquella iglesia, pues, no era sólo una iglesia; era un objetivo militar.

Dentro de la iglesia, docenas de voces entonaban un himno. No le quedaba otra opción: debía sacar a la gente de allí. Ignoraba por qué la bomba no había estallado aún. Quizá faltaba una semana para el atentado. Quizás el terrorista tenía problemas para detonarla; eso pasaba a menudo entre los anarquistas. Había una docena de posibles explicaciones para que no se hubiera producido una explosión, pero todas darían igual si dejaba morir a los asistentes a aquella misa. Debía ponerlos a salvo primero; ya se preocuparía después de las preguntas o el temor a quedar en ridículo. De momento la cuestión era sacarlos de allí.

Se dispuso a cruzar la calle y advirtió entonces que una de las carracas estaba aparcada en doble fila.

Era innecesario. Había muchos huecos a ambos lados de la calle. El único trozo de bordillo ocupado se hallaba justo delante de la iglesia. Y era allí donde había aparcado el coche en doble fila, un viejo cupé Rambler 63, probablemente de 1911 o 1912. Danny se detuvo en medio de la calle, paralizado, sintiendo el sudor pegajoso en el cuello y los brazos. Expulsó el aire de los pulmones y volvió a ponerse en movimiento, ahora más deprisa. Al aproximarse al coche, vio al conductor agachado detrás del volante, con un sombrero oscuro calado hasta las cejas. El sonido de la sirena se hizo más penetrante, y a la primera se unieron varias más. El conductor se enderezó. Tenía la mano izquierda en el volante. Danny no le veía la derecha.

Dentro de la iglesia, concluyó el himno.

El conductor ladeó la cabeza y volvió la cara hacia la calle.

Federico. Ahora sin canas en el pelo, con el bigote afeitado, sus facciones algo más estilizadas debido a los cambios y una expresión más voraz.

Vio a Danny pero no pareció reconocerlo; sólo mostró una vaga curiosidad ante aquel bolchevique corpulento de barba desalineada que cruzaba la calle en el North End.

Se abrieron las puertas de la iglesia.

La primera sirena parecía estar a una manzana de allí. De una tienda a cuatro puertas de la iglesia salió un chico con una gorra de tweed al bies y algo debajo del brazo.

Danny se llevó la mano bajo el abrigo. Federico clavó la mirada en él.

Danny sacó la pistola a la vez que Federico alargaba el brazo hacia el asiento del acompañante.

Los primeros feligreses llegaron a la escalinata de la iglesia.

Danny levantó el brazo y movió la pistola en alto.

—¡Vuelvan a entrar! —ordenó a voz en cuello.

No parecieron entender que les hablaba a ellos. Danny dio un paso a la izquierda, bajó el brazo y descerrajó un tiro contra el parabrisas de Federico.

En la escalinata de la iglesia, varias personas gritaron.

Danny abrió fuego por segunda vez y el parabrisas se hizo añicos.

—¡Vuelvan adentro!

Sintió el silbido de algo caliente por debajo del lóbulo de la oreja. Vio a su derecha el fogonazo blanco de la boca de un arma: era el chico, que le disparaba. La puerta de Federico se abrió; sostenía un cartucho de dinamita, con la mecha encendida. Danny apoyó el codo en la mano, apuntó a la rodilla izquierda de Federico y apretó el gatillo. Federico lanzó un alarido y se desplomó contra el coche. El cartucho de dinamita cayó en el asiento delantero.

Danny, ya más cerca, veía ahora los otros cartuchos amontonados en el asiento trasero, dos o tres pilas atadas.

Un trozo de adoquín saltó de la calzada. Se agachó y devolvió el fuego al muchacho. Éste se echó cuerpo a tierra y se le cayó la gorra, dejando al descubierto una melena de color caramelo; rodó por la acera y se metió bajo un coche. No era un muchacho. Era Tessa. De reojo, percibió un movimiento en el Rambler y disparó de nuevo. La bala dio en el estribo, un fallo lamentable, y a continuación se oyó el chasquido del percutor en la recámara vacía del revólver. Sacó balas del bolsillo y vació los casquillos en la calle. Agachado, corrió hasta una farola y apoyó el hombro en ella mientras recargaba el revólver con las manos trémulas y resonaban los impactos de las balas en los coches cercanos y la farola.

Con voz quejumbrosa y desesperada, Tessa pronunció el nombre de Federico y luego gritó:

—*Scappa, scappa, amore mio! Mettiti in salvo! Scappa!*

Contorsionándose y apoyando la rodilla ilesa en el suelo, Federico abandonó el asiento delantero. Danny se apartó de detrás de la farola y disparó. El primer balazo dio en la puerta, el segundo alcanzó a Federico en el trasero. Nuevamente lanzó un extraño alarido al mismo tiempo que la sangre empezaba a manar y oscurecía los fondillos del pantalón. Se desplomó sobre el asiento y, a rastras, volvió a entrar. Danny los recordó por un momento en el apartamento de Federico, Federico con aquella sonrisa afectuosa y espléndida suya. Apartó la imagen de su mente cuando Tessa emitió un gemido gutural de esperanza rota y disparó sujetando la pistola con las dos manos. Danny se arrojó hacia la izquierda y rodó por la calle. Las balas rebotaron en los adoquines, y siguió rodando hasta llegar a un coche en la acera opuesta. Allí oyó que al revólver de Tessa se le acababan las balas. Federico salió precipitadamente del Rambler. Arqueándose, se dio la vuelta. Apartó la puerta del coche, y Danny le disparó en el vientre. Federico cayó de espaldas dentro del Rambler. La puerta se cerró contra sus piernas.

Danny disparó hacia el lugar donde había visto a Tessa por última vez, pero ella ya no estaba allí. Se alejaba a todo correr de la iglesia, con una mano en la cadera, una mano manchada de rojo. Tenía el rostro bañado en lágrimas y la boca abierta en un grito mudo. Cuando el primer coche patrulla dobló por esquina, Danny la miró por última vez y corrió hacia el coche patrulla con las manos en alto, intentando alejarlo antes de que se acercara demasiado.

La detonación emergió como una burbuja al salir del agua. La primera onda expansiva derribó a Danny. Fue a parar al albañal, donde vio elevarse el Rambler más de un metro en el aire. El coche volvió a caer en el mismo sitio. Los cristales de las ventanillas se hicieron añicos y las ruedas cedieron bajo el peso del coche y parte del techo se abrió como una lata. Fragmentos de piedra caliza se desprendieron de la escalinata de la iglesia y se desperdigaron por el suelo. Las macizas puertas de madera se descolgaron de los goznes. Los vitrales se vinieron abajo. En el aire flotaban los escombros y el polvo blanco. Las llamas salían del coche. Llamas y un humo negro y untuoso. Danny se puso en pie. Sentía hilillos de sangre brotar de sus orejas.

Una cara apareció ante la suya. Le resultaba familiar. La cara pronunció su nombre. Danny levantó las manos, sujetando aún el revólver. El policía —en ese momento Danny recordó su nombre, agente Glen algo más, Glen Patchett— cabeceó: no, quédate el arma.

Danny bajó la pistola y se la guardó bajo el abrigo. Sintió en el rostro el calor del fuego. Vio a Federico allí dentro, ennegrecido y envuelto en llamas, apoyado en la puerta del acompañante, como si durmiese, a punto de dar una vuelta en coche. Al verlo con los ojos cerrados, Danny se acordó de aquella primera noche que cenaron juntos, cuando Federico, aparentemente absorto en la música, cerró los ojos y movió los brazos como si dirigiese los acordes que surgían del gramófono. Los feligreses empezaron a salir de la iglesia por las puertas laterales, y Danny de pronto los oyó como si estuviera en el fondo de un agujero a mil metros de profundidad.

Se volvió hacia Glen.

—Si me oyes, haz una señal con la cabeza.

Patchett lo miró extrañado, pero asintió.

—Pide una orden de busca y captura para una tal Tessa Ficara. Veinte años. Italiana. Uno sesenta y cinco, pelo castaño largo. Sangra por la cadera derecha. ¿Me sigues, Glen? Va vestida de chico. Bombachos de lana, camisa de cuadros, tirantes, zapatos de faena marrones. ¿Queda claro?

Patchett lo anotó todo apresuradamente en su cuaderno y asintió.

—Armada y peligrosa —añadió Danny.

Patchett lo apuntó también.

El canal auditivo izquierdo se le abrió de pronto con un chasquido y le corrió más sangre por el cuello, pero ahora oía y los sonidos eran bruscos y dolorosos. Se llevó una mano al oído.

—¡Mierda!

—¿Ya oyes?

—Sí, Glen. Sí.

—¿Quién es el chicharrón del coche?

—Federico Ficara. Hay órdenes de busca y captura de la policía federal contra ese hombre. Probablemente oíste hablar de él hace un mes en la sesión informativa de la mañana. Un terrorista.

—Un terrorista muerto. ¿Le has dado tú?

—Tres veces —contestó Danny.

Glen miró el polvo blanco y las partículas que les caían en el pelo y la cara.

—Menuda manera de echar a perder un domingo.

Eddie McKenna llegó al lugar de los hechos unos diez minutos después de la explosión. Danny, sentado en medio de los escombros de la escalinata de la iglesia, escuchaba a su padrino hablar con Fenton, el sargento de la brigada de artificieros.

—Por lo que podemos deducir, Eddie, el plan era hacer estallar la dinamita en el coche cuando la gente hubiera salido y se quedara pululando por aquí durante diez minutos, como es costumbre. Pero cuando los italianos han empezado a salir de la iglesia, el hijo de Coughlin, que ves ahí, les ha ordenado a gritos que volvieran a entrar.

Para dejar claro que iba en serio, ha disparado el arma. Así que la gente ha entrado otra vez a toda prisa, y Coughlin se ha liado a tiros con el gilipollas del Rambler. En ese momento ha intervenido un tercero... según los de la brigada táctica, una mujer, ¿puedes creerlo?... y también ella ha abierto fuego contra Coughlin, pero el muchacho no iba a permitir por nada del mundo salir del coche a ese gilipollas. Lo ha volado con sus propias bombas.

—Una ironía exquisita, desde luego —observó McKenna—. A partir de aquí, el asunto queda en manos de las Brigadas Especiales, sargento.

—Dígaselo a los de Táctica.

—Lo haré. Quédese tranquilo. —Apoyó una mano en el hombro de Fenton antes de que se fuera—. En su opinión profesional, sargento, ¿qué habría ocurrido si esa bomba hubiese estallado con los feligreses congregados en la calle?

—Veinte muertos como mínimo, quizá treinta. Los demás, heridos, mutilados, de todo.

—De todo, sin duda —convino McKenna. Se acercó a Danny, cabeceando y sonriente—. ¿Tienes algo, aunque sólo sea un rasguño?

—Parece que no —contestó Danny—. Pero tengo un dolor de mil demonios en los putos oídos.

—Primero Salutation, después tu colaboración en la gripe, y ahora esto. —McKenna se sentó en la escalinata y se tiró de las perneras por las rodillas—. ¿Cuántas veces puede un hombre salvarse de la muerte, chico?

—Por lo visto, estoy poniendo esa pregunta a prueba.

—Dicen que la has herido, a esa zorra de Tessa.

Danny asintió.

—Le he dado en la cadera derecha. Podría ser una de mis balas o una de rebote.

—Tienes una cena dentro de una hora, ¿no? —preguntó McKenna.

Daniel ladeó la cabeza.

—No pretenderás que vaya, ¿verdad?

—¿Y por qué no?

—El tipo con el que he quedado para cenar debe de estar cosiendo a Tessa en este mismo momento.

McKenna cabeceó.

—Esa mujer es un soldado, te lo aseguro. No se dejará llevar por el pánico: no cruzará la ciudad antes del anochecer mientras esté sangrando. Ahora mismo está escondida en algún sitio. —Recorrió con la mirada los edificios en torno a ellos—. Seguramente aún está en este barrio. Esta noche daré orden de que haya más presencia policial en las calles; eso debería inmovilizarla. Al menos no le permitirá llegar muy lejos. Además, tu amigo Nathan no es ni mucho menos el único médico turbio en este juego. Pienso, pues, que la cena debe seguir adelante según lo planeado. Es un riesgo calculado, eso sin duda, pero vale la pena.

Danny examinó el semblante de su padrino para ver si bromeaba.

—Estás muy cerca —prosiguió McKenna—. Bishop te pidió que le enseñaras tus textos. Tú se los diste. Ahora ha quedado para cenar contigo. Me apuesto todo el oro de Irlanda a que Fraina estará allí.

—De eso no podemos estar...

—Lo estamos —afirmó McKenna—. Lo deducimos. ¿Y si se alinean todos los astros y Fraina te lleva a la redacción de *Era revolucionaria*?

—¿Qué me propones? ¿Pretendes que vaya y diga, «eh, ahora que estamos todos a partir un piñón, os importa darme la lista de correo de vuestra organización»? ¿Es eso?

—Róbala —sugirió McKenna.

—¿Cómo?

—Si entras en la redacción, róbala.

Danny se puso en pie, sin haber recobrado del todo el sentido del equilibrio, con un oído aún taponado.

—¿Por qué son tan importantes esas listas?

—Es una manera de mantener la vigilancia.

—La vigilancia.

McKenna asintió.

—Tienes mucho cuento. —Danny bajó los peldaños—. Y ni me acercaré a la redacción. Hemos quedado en un restaurante.

McKenna sonrió.

—Está bien, está bien. Las Brigadas Especiales pondrán a tu disposición ciertas garantías, para asegurarnos de que a esos bolcheviques ni se les ocurre mirarte raro durante un par de días. ¿Así te quedarás más contento?

—¿Qué clase de garantías?

—Conoces a Hamilton, de mi brigada, ¿verdad?

Danny asintió. Jerry Hamilton. Jersey Jerry. Un matón; lo único que lo separaba de la celda de una cárcel era la placa.

—Conozco a Hamilton.

—Bien. Esta noche mantén los ojos bien abiertos y estate alerta.

—¿Para qué?

—Te darás cuenta cuando ocurra, créeme. —McKenna se levantó y se sacudió el polvo blanco de los pantalones. Seguía cayendo continuamente desde la explosión—. Ve a asearte. Te cae sangre por el cuello. Estás cubierto de polvo, en el pelo, en la cara. Pareces uno de esos bosquimanos que salen en los libros ilustrados.

18

Cuando Danny llegó al restaurante, encontró la puerta atrancada y los postigos de las ventanas cerrados.

—No abre los domingos. —Saliendo de un portal oscuro, Nathan Bishop apareció a la luz débil y amarillenta proyectada por la farola más cercana—. Fallo mío.

Danny miró a uno y otro lado de la calle vacía.

—¿Dónde está el camarada Fraina?

—En el otro lugar.

—¿Qué otro lugar?

Nathan arrugó la frente.

—El otro lugar al que vamos.

—Ah.

—Porque éste está cerrado.

—Bien.

—¿Siempre has padecido mongolismo o acabas de contraerlo?

—Siempre.

Nathan le tendió la mano.

—El coche está en la otra acera.

En ese momento Danny lo vio: un Oldsmobile modelo M. Piotr Glaviach, al volante, con la mirada al frente, hizo girar la llave y el ronroneo del potente motor reverberó en la calle.

Nathan, encaminándose hacia el coche, miró por encima del hombro.

—¿Vienes?

Danny confiaba en que los hombres de McKenna estuvieran ocultos en algún sitio, vigilándolos, no emborrachándose en un bar a la vuelta de la esquina hasta decidir acercarse al restaurante y llevar a cabo el plan que tenían previsto. Se lo imaginaba perfectamente: Jersey Jerry y algún que otro gorila con una placa de latón, los dos frente al restaurante a oscuras, uno de ellos verificando la dirección que llevaba anotada en la mano y luego cabeceando con el desconcierto propio de un niño de cinco años.

Danny se bajó de la acera y se dirigió hacia el coche.

Bajo una tenue llovizna, avanzaron unas cuantas travesías y doblaron por Harrison. Piotr Glaviach puso en marcha el limpiaparabrisas, de varillas tan robustas como el resto del coche, y el ruido de su vaivén resonó en el pecho de Danny.

—Muy silencioso, esta noche —dijo Nathan.

Danny miró Harrison Avenue, las aceras vacías.

—Sí. Es que es domingo.

—Me refería a ti.

El restaurante se llamaba Oktober, nombre que aparecía únicamente en la puerta, en letras rojas tan pequeñas que Danny había pasado por delante varias veces durante los últimos dos meses sin enterarse siquiera de su existencia. Dentro había tres mesas, y sólo una puesta. Nathan condujo a Danny hacia ella.

Piotr cerró con llave la puerta delantera y se sentó a su lado, con las grandes manos sobre el regazo como perros dormidos.

Louis Fraina, de pie junto a la pequeña barra, hablaba atropelladamente en ruso por teléfono. Asentía mucho con la cabeza y, enfebrecido, escribía algo en un cuaderno mientras la camarera, una mujer robusta de más de sesenta años, llevaba a Nathan y Danny una botella de vodka y una cesta de pan moreno. Nathan sirvió una copa para cada uno y levantó la suya para brindar. Danny lo imitó.

—Salud —dijo Nathan.

—¿Cómo? ¿No en ruso?

—No, por Dios. ¿Sabes cómo llaman los rusos a los occidentales que hablan en ruso?

Danny movió la cabeza en un gesto de negación.

—Espías. —Nathan rellenó los vasos y pareció leerle el pensamiento a Danny—. ¿Sabes por qué Louis es una excepción?

—¿Por qué?

—Porque es Louis. Prueba el pan. Está bueno.

Junto a la barra, se oyó un exabrupto en ruso, seguido de una carcajada asombrosamente sonora, y acto seguido Louis Fraina colgó. Se acercó a la mesa y se sirvió una copa.

—Buenas noches, caballeros. Me alegro de que hayan podido venir.

—Buenas noches, camarada —saludó Danny.

—El escritor.

Louis Fraina tendió la mano. Danny se la estrechó. Fraina tenía un apretón firme pero no tanto como si pretendiera demostrar algo.

—Encantado de conocerte, camarada.

Fraina se sentó y se sirvió otro vodka.

—Prescindamos del «camarada» por el momento. He leído tus textos, así que no dudo de tu compromiso ideológico.

—De acuerdo.

Fraina sonrió. De tan cerca, emanaba una calidez que no se insinuaba siquiera en sus discursos, ni las pocas veces que Danny lo había visto rodeado de su corte al fondo de la taberna Sowbelly.

—Conque del oeste de Pennsylvania, ¿eh?

—Sí —contestó Danny.

—¿Qué te trajo a Boston?

Arrancó un pedazo de pan moreno de la hogaza y se lo echó a la boca.

—Vivía aquí un tío mío. Cuando llegué, se había ido hacía tiempo. No sé adónde.

—¿Era un revolucionario?

Danny negó con la cabeza.

—Era zapatero.

—O sea que podía escaparse de la lucha con un buen par de zapatos.

Danny inclinó la cabeza y sonrió.

Fraina se recostó en la silla e hizo una señal a la camarera. Ella asintió y desapareció en la parte de atrás.

—Comamos —propuso Fraina—. Hablaremos de la revolución después del postre.

Comieron una ensalada aliñada con aceite y vinagre que Fraina llamó *svejie ovoshy*. Siguieron un *draniki*, un plato a base de patata, y un *zharkoye*, un guiso de ternera con aún más patatas. Por los nombres, Danny no tenía ni la más remota idea de qué esperar, pero estaba todo bastante bueno, mucho mejor de lo que habría sido de prever por el rancho que servían cada noche en la taberna Sowbelly. Aun así, tuvo problemas para concentrarse a lo largo de toda la cena, en parte porque le zumbaban los oídos. Sólo oía la mitad de lo que se decía y respondía a la otra mitad con sonrisas o cabeceos cuando le parecían oportunos. Pero en último extremo no fue la pérdida auditiva la causa de su dificultad para mantener el interés en la conversación. Fue la sensación, demasiado familiar últimamente, de que su corazón no servía para aquel trabajo.

Por el mero hecho de que esa mañana él se había levantado de la cama, ahora un hombre estaba muerto. Si el hombre merecía morir o no —y lo merecía, lo merecía—, no era lo que inquietaba a Danny en ese momento. Su única preocupación era que lo había matado él. Hacía dos horas. Allí, en medio de la calle, lo había abatido a tiros como a un animal. Oía aún aquellos alaridos agudos, veía aún penetrar las balas en el cuerpo de Federico Ficara: la primera en la rodilla, la segunda en el trasero, la tercera en el vientre. Todas dolorosas, pero la primera y la tercera, excepcionalmente dolorosas.

Habían transcurrido sólo dos horas y ya estaba otra vez entregado a su trabajo, y en ese momento su trabajo consistía en sentarse en compañía de dos hombres que pecaban, a lo sumo, de un excesivo apasionamiento, pero difícilmente podía considerárselos delincuentes.

Cuando disparó a Federico en el trasero (y ésa era la bala que más le molestaba, por su indignidad, mientras Federico intentaba abandonar el coche como una presa acorralada en un bosque), se preguntó cómo se originaba una situación así: un tiroteo entre tres personas en una calle urbana, cerca de un coche cargado de dinamita. Ningún dios había concebido jamás una escena así, ni siquiera para sus animales inferiores. ¿Qué creaba a alguien como Federico? ¿A alguien como Tessa? No un dios. El hombre.

Te he matado, pensó Danny. Pero no he matado la raíz del mal.

Se dio cuenta de que Fraina le hablaba.

—¿Perdona?

—He dicho que para un escritor tan exaltado, como persona eres bastante taciturno.

Danny sonrió.

—Prefiero plasmarlo todo en el papel.

Fraina asintió y apartó la mirada del vaso de Danny.

—Me parece bien. —Se retrepó en la silla y encendió un cigarrillo. Apagó el fósforo de un soplido como un niño apagaría una vela, con los labios apretados y expresión resuelta—. ¿Por qué la Sociedad de Obreros Letones?

—No sé si entiendo la pregunta.

—Eres americano —explicó Fraina—. A medio kilómetro, en esta misma ciudad, tienes el Partido Comunista Americano del camarada Reed. Sin embargo, prefieres la compañía de los europeos del este. ¿Estás a disgusto con tu gente?

—No.

Fraina abrió la palma de la mano en dirección a Danny.

—¿Entonces?

—Quiero escribir —dijo Danny—. Los camaradas Reed y Larkin no se distinguen por dar cabida a los recién llegados en su periódico.

—¿Y yo sí?

—Eso dicen —contestó Danny.

—Sinceridad —observó Fraina—. Me gusta. Algunas no están nada mal, por cierto. Me refiero a tus reflexiones.

—Gracias.

—Algunas son... en fin, un tanto alambicadas. Ampulosas, diría yo.

Danny se encogió de hombros.

—Yo hablo con el corazón, camarada Fraina.

—La revolución necesita a personas que hablen con la cabeza. Inteligencia, precisión: eso es lo que más se valora en el partido.

Danny asintió.

—Así que te interesa echar una mano en el periódico, ¿no?

—Me interesa mucho.

—No es un trabajo de gran lucimiento. Escribirías de vez en cuando, sí, pero también tendrías que estar en la imprenta y llenar sobres y mecanografiar nombres y direcciones en esos sobres. ¿Eso puedes hacerlo?

—Por supuesto —respondió Danny.

Fraina se quitó una hebra de tabaco de la lengua y la tiró al cenicero.

—Pásate por la redacción el viernes que viene. Veremos qué tal se te da.

Así de fácil, pensó Danny. Así de fácil.

Al salir del Oktober, iba detrás de Louis Fraina y Piotr Glaviach mientras Nathan Bishop corría por la acera para abrir la puerta de atrás del Oldsmobile modelo M. Fraina tropezó y un disparo reverberó en la calle vacía. Piotr Glaviach tiró a Fraina al suelo y cubrió su cuerpo. Las gafas de Fraina fueron a parar al albañal. El pistolero salió del edificio contiguo con un brazo extendido, y Danny cogió la tapa de un cubo de basura y, de un golpe en la mano, lo desarmó; luego le pegó en la frente a la vez que la pistola, al caer, volvía a dispararse. Empezaron a oírse sirenas. Se aproximaban. Danny golpeó al pistolero por tercera vez con la tapa metálica y el hombre cayó sentado.

Se dio media vuelta al tiempo que Glaviach metía a Fraina de un empujón en el asiento trasero del Oldsmobile modelo M y saltaba al estribo. Nathan Bishop subió de un brinco a la parte delantera e hizo desesperadas señas a Danny.

—¡Vamos!

El pistolero agarró a Danny por los tobillos y lo derribó. Danny cayó en la acera con tal fuerza que rebotó.

Un coche patrulla apareció por Columbus.

—¡Marchaos! —exclamó Danny.

El Oldsmobile modelo M se apartó del bordillo con un chirrido.

—¡Averigua si es un Blanco! —gritó Glaviach desde el estribo cuando el coche patrulla se detuvo junto a la acera delante del restaurante y el Oldsmobile desapareció con un brusco giro a la izquierda.

Los dos primeros agentes en llegar entraron en el restaurante. Apartaron de un empujón a la camarera y a dos hombres que se habían aventurado a salir. Cerraron la puerta a sus espaldas. El siguiente coche patrulla apareció inmediatamente después y, subiéndose al bordillo, paró en seco. Se apeó McKenna, riéndose ya por lo absurdo de la situación, mientras Jersey Jerry Hamilton soltaba los tobillos de Danny. Se pusieron en pie. McKenna y los dos agentes se acercaron y los llevaron a la fuerza al coche patrulla.

—Bastante realista, ¿no te parece? —preguntó McKenna.

Hamilton se frotó varias veces la frente y dio un puñetazo en el brazo a Danny.

—Estoy sangrando, capullo.

—He intentado no darte en la cara —dijo Danny.

—¿No darme...? —Hamilton escupió sangre en la calle—. Debería partirte...

Danny se acercó a él.

—Podría mandarte al hospital ahora mismo. ¿Eso es lo que quieres, matón?

—Eh, ¿por qué se ha creído éste que puede hablarme así?

—Porque puede. —McKenna dio unas palmadas a ambos en los hombros—. En posición, caballeros.

—No, hablo en serio —dijo Danny—. ¿Quieres cruzar unos golpes conmigo?

Hamilton desvió la mirada.

—Hablaba por hablar.

—Ya, hablabas por hablar —repitió Danny.

—Caballeros —dijo McKenna.

Danny y Jerry colocaron las manos en el capó del coche patrulla y McKenna los registró de manera ostentosa.

—Esto es una estupidez —musitó Danny—. Se darán cuenta.

—Tonterías —dijo McKenna—. Eres un hombre de poca fe.

McKenna los esposó y, a empujones, los obligó a entrar en la parte de atrás del coche. Se sentó al volante y se marcharon por Harrison.

En el coche, Hamilton dijo:

—¿Sabes? Si alguna vez te veo fuera de servicio...

—¿Qué harás? —preguntó Danny—. ¿Volverte más estúpido a fuerza de llorar?

McKenna llevó a Danny hasta su piso franco en Roxbury y paró junto al bordillo a media manzana del edificio.

—¿Cómo te encuentras?

La verdad era que Danny tenía ganas de llorar. No por ninguna razón en particular, sino por simple agotamiento general, un agotamiento aplastante. Se frotó la cara con las manos.

—Estoy bien.

—Has acribillado a balazos a un terrorista italiano en circunstancias de extrema tensión hace sólo cuatro horas; acto seguido has ido a una reunión con otro posible terrorista en una misión secreta y...

—Eddie, joder, no son...

—¿Qué has dicho?

—... putos terroristas. Son comunistas. Y les encantaría vernos fracasar, sí, ver cómo el Gobierno entero se derrumba y se hunde en el mar. Eso lo admito. Pero no ponen bombas.

—Eres un ingenuo, chico.

—Pues será eso.

Danny cogió el tirador de la puerta.

—Dan.

McKenna apoyó una mano en su hombro.

Danny esperó.

—Se te ha pedido demasiado en estos dos últimos meses. Estoy de acuerdo, y si no, que baje Dios y lo vea. Pero ya falta menos para que tengas tu placa de oro. Y entonces será todo fantástico.

Danny asintió para que Eddie apartara la mano del hombro. Eddie dejó caer la mano.

—No, no lo será —dijo Danny, y salió del coche.

La tarde del día siguiente, en el confesionario de una iglesia en la que nunca había entrado, Danny se arrodilló y se santiguó.

—Te huele el aliento a alcohol —dijo el sacerdote.

—Eso es porque he estado bebiendo, padre. Lo compartiría con usted, pero me he dejado la botella en casa.

—¿Has venido a confesarte, hijo?

—No lo sé.

—¿Cómo es posible que no lo sepas? Has pecado o no.

—Ayer maté a un hombre a tiros. Delante de una iglesia. Me imagino que ya se habrá enterado.

—Sí, estoy al corriente. Ese hombre era un anarquista. ¿Tú...?

—Sí. Le pegué tres tiros. Aunque le disparé cinco veces —dijo

Danny—, pero fallé dos. La cuestión, padre, es que usted me dirá que hice bien, ¿verdad?

—Eso es Dios quien debe...

—Iba a volar una iglesia, una como ésta.

—Exacto. Hiciste bien.

—Pero está muerto. Yo lo aparté de este mundo. Y no puedo quitarme de encima la sensación...

Siguió un largo silencio, más largo aún por el hecho de que era un silencio de iglesia; olía a incienso y jabón de aceite y lo circundaba terciopelo grueso y madera oscura.

—¿Qué sensación?

—La sensación de que nosotros, el hombre a quien maté y yo, vivimos en el mismo pozo. ¿Lo entiende?

—No. Estás siendo poco claro.

—Disculpe —dijo Danny—. Hay un gran pozo de mierda. ¿Lo entiende? Y es...

—Cuida ese vocabulario.

—... donde la clase dominante y la gente pudiente no vive, ¿entiende? Es a donde tiran todas las consecuencias en las que prefieren no pensar. Y la puta idea...

—Estás en la casa de Dios.

—... la puta idea es, padre... ¿cuál? La idea es que se supone que debemos portarnos bien y marcharnos cuando han acabado con nosotros. Aceptar lo que nos dan y beberlo y comerlo y aplaudirlo y decir «Mmm, más, por favor. Gracias». Y debe saber, padre, que estoy hasta las mismísimas pelotas.

—Sal de esta iglesia ahora mismo.

—Claro. ¿Me acompaña?

—Creo que necesitas dormir la mona.

—Y yo creo que usted necesita salir de este mausoleo en el que está escondido y ver cómo viven de verdad sus feligreses. ¿Lo ha hecho alguna vez últimamente, padre?

—Yo...

—¿Alguna vez en su vida?

—Siéntate, por favor —dijo Louis Fraina.

Eran pasadas las doce de la noche. Tres días después del simulacro de atentado. A eso de las once Piotr Glaviach había telefoneado a Danny para darle la dirección de una panadería en Mattapan. Cuando Danny llegó, Piotr Glaviach se apeó del Oldsmobile modelo M y, con señas, indicó a Danny que entrara detrás de él en un callejón entre la panadería y una sastrería. Danny lo siguió hasta la parte trasera y luego al interior de un almacén. Louis Fraina esperaba en una silla de madera de respaldo recto; tenía otra idéntica justo enfrente.

Danny se sentó allí, tan cerca de aquel hombre menudo de ojos oscuros que habría podido alargar el brazo y tocarle la barba bien recortada. Fraina no apartaba la mirada de Danny. Aquéllos no eran los ojos encendidos de un fanático. Eran los ojos de un animal tan habituado a que le dieran caza que incluso traslucían cierto aburrimiento. Cruzó las piernas por los tobillos y se retrepó en la silla.

—Cuéntame qué pasó cuando nos fuimos.

Danny señaló con el pulgar a sus espaldas.

—Ya se lo he contado a Nathan y al camarada Glaviach.

—Cuéntamelo a mí.

—Por cierto, ¿dónde está Nathan?

—Cuéntame qué pasó —insistió Fraina—. ¿Quién era ese hombre que intentó matarme?

—No llegué a saber su nombre. Ni siquiera hablé con él.

—Sí, parece todo un fantasma.

—Lo intenté —dijo Danny—. La policía se presentó de inmediato. Me pegaron a mí, le pegaron a él, volvieron a pegarme a mí un poco más. Luego nos echaron a los dos a la parte de atrás del coche y nos llevaron a la comisaría.

—¿A cuál?

—A Roxbury Crossing.

—¿Y mi agresor y tú en ningún momento intercambiasteis las cortesías de rigor en el camino?

—Lo intenté. No me contestó. Al final, el poli me mandó cerrar el pico.

—¿Dijo eso? ¿Cierra el pico?

Danny asintió.

—Me amenazó con meterme la porra por el pico.

Un destello asomó a los ojos de Fraina.

—Muy gráfico.

En el suelo había pegotes de harina vieja. La habitación olía a levadura y sudor y azúcar y moho. Grandes latas marrones, algunas de la altura de un hombre, se alineaban contra las paredes, y entre ellas se alzaban pilas de harina y grano. Una bombilla desnuda pendía de una cadena en el centro del almacén y producía manchas de sombra en las que se oían los chillidos de los roedores. Aunque los hornos debían de llevar apagados desde el mediodía, hacía un calor sofocante.

—Fue una cuestión de distancia, ¿no te parece?

Danny se metió una mano en el bolsillo y encontró el botón entre unas monedas. Lo apretó contra la palma de la mano y se inclinó.

—¿Cómo dices, camarada?

—El aspirante a asesino. —Hizo un amplio gesto con la mano—. Ese hombre de quien nadie tiene constancia. Ese hombre que desapareció sin ser visto, ni siquiera por un camarada que, según me consta, estaba en la celda de retención de Roxbury Crossing esa noche. Un veterano de la primera revolución zarista, ese hombre, un auténtico letón como nuestra camarada, Piotr.

El corpulento estonio, apoyado contra la enorme puerta de la cámara de enfriamiento y cruzado de brazos, no dio la menor señal de haber oído su nombre.

—Tampoco te vio a ti —dijo Fraina.

—No me llevaron a la celda de retención —repuso Danny—. Se divirtieron y luego me mandaron en un furgón a Charlestown. Ya se lo conté todo al camarada Bishop.

Fraina sonrió.

—Bien, pues queda aclarado. Todo en orden. —Dio una palmada—. ¿Eh, Piotr? ¿Qué te había dicho?

Glaviach mantuvo la mirada fija en los estantes detrás de la cabeza de Danny.

—Todo en orden.

—Todo en orden —repitió Fraina.

Danny permaneció inmóvil, notando en los pies, en el cuero cabelludo, el calor del lugar.

Fraina se inclinó hacia él y apoyó los codos en las rodillas.

—Sólo que, en fin, ese hombre estaba a dos metros o dos y medio cuando disparó. ¿Cómo es posible fallar a esa distancia?

—¿Por los nervios? —sugirió Danny.

Fraina se acarició la barba y asintió.

—Eso mismo me dije yo en un primer momento. Pero luego me quedé pensando. Íbamos tres personas juntas. Cuatro, si te contamos a ti en retaguardia. ¿Y qué había delante? Un coche de gran tamaño. Así que, explícame, camarada Sante, ¿dónde dieron las balas?

—En el suelo, imagino.

Fraina chasqueó la lengua y negó con la cabeza.

—Por desgracia, no. Lo comprobamos. Lo examinamos todo en un radio de dos manzanas. Fue fácil, porque la policía no lo hizo. No miraron nada. Se dispara un arma dentro de los límites urbanos... ¿Cuántas? ¿Dos veces? Y la policía actúa como si no hubiera sido más que un cruce de insultos.

—Mmm —musitó Danny—. Eso es...

—¿Eres un agente federal?

—¿Camarada?

Fraina se quitó las gafas y se las limpió con un pañuelo.

—¿Del Departamento de Justicia? ¿Inmigración? ¿Buró de Investigación?

—No...

Se levantó y volvió a ponerse las gafas. Miró a Danny.

—¿O de la policía municipal, tal vez? ¿Parte de esa operación encubierta que, según cuentan, arrasa la ciudad? Me he enterado de que entre los anarquistas de Revere hay un nuevo miembro que afirma ser del norte de Italia, pero habla con el acento y la cadencia del sur. —Se situó detrás de la silla de Danny—. ¿Y tú, Daniel? ¿Qué eres?

—Soy Daniel Sante, un minero de Harlansburg, Pennsylvania. No soy poli, camarada. No soy un esbirro del Gobierno. Soy exactamente lo que digo que soy.

Fraina se acuclilló detrás de él. Inclinándose, le susurró al oído:

—¿Qué otra cosa podías decir?

—Ninguna. —Danny se volvió hasta ver el anguloso perfil de Fraina—. Porque es la verdad.

Fraina apoyó las manos en el respaldo de la silla.

—Un hombre intenta asesinarme y da la casualidad de que tiene una puntería pésima. Tú acudes en mi defensa porque da la casualidad de que sales a la calle al mismo tiempo que yo. Da la casualidad de que la policía llega en cuestión de segundos después del tiroteo. Retienen a todo el mundo en el restaurante y, sin embargo, no interrogan a nadie. El asesino, custodiado por la policía, desaparece. A ti te sueltan sin cargos y, en el colmo de la providencia, da la casualidad de que eres un escritor de cierto talento. —Volvió a situarse delante de la silla y se tocó la sien—. ¿Te das cuenta de lo oportunos que son todos esos hechos?

—Pues si lo son, lo son.

—Yo no creo en la suerte, camarada. Creo en la lógica. Y esta historia tuya no tiene la menor lógica. —Se acuclilló delante de Danny—. Ahora vete. Di a tus jefes burgueses que la Sociedad de Obreros Letones es irreprochable y no viola ninguna ley. Diles que no manden a otro chapucero para demostrar lo contrario.

Danny oyó los pasos de alguien que entraba en el almacén a sus espaldas. De más de una persona. Tal vez tres, en total.

—Soy exactamente quien digo ser —insistió Danny—. Estoy entregado a la causa y a la revolución. No voy a marcharme. No voy a negar que soy quien soy ante nadie.

Fraina se irguió.

—Vete.

—No, camarada.

Piotr Glaviach se apartó de la puerta de la cámara impulsándose con el codo. Escondía el otro brazo detrás de la espalda.

—Por última vez —ordenó Fraina—, vete.

—No puedo, camarada. Yo...

Se amartillaron cuatro pistolas. Tres por detrás de él; la cuarta era la de Piotr Glaviach.

—¡De pie! —gritó Glaviach, y su voz resonó en las cerradas paredes de piedra.

Danny se levantó.

Piotr Glaviach se colocó detrás de él. Su sombra se propagó por el suelo ante Danny, y la sombra extendió un brazo.

Fraina miró a Danny con una sonrisa triste.

—Es la única opción que te queda, y podrías perderla de un momento a otro.

Señaló la puerta con el brazo.

—Te equivocas.

—No —dijo Fraina—. No me equivoco. Buenas noches.

Danny no contestó. Pasó a su lado. Las sombras de los cuatro hombres al fondo del almacén se proyectaban en la pared delante de él. Abrió la puerta con una intensa comezón en la base del cráneo y, saliendo de la panadería, se adentró en la noche.

Lo último que hizo Danny en la pensión de Daniel Sante fue afeitarse la barba en el cuarto de baño del primer piso. Se cortó la mayor parte con unas tijeras, metiendo los espesos rizos en una bolsa de papel, y luego se la humedeció con agua caliente y se aplicó una gruesa capa de crema de afeitar. A cada pasada de navaja, se sentía más delgado, más ligero. Después de limpiar el último rastro de crema y eliminar el último pelo escurridizo, sonrió.

Danny y Mark Denton se reunieron con el comisario O'Meara y el alcalde Andrew Peters en el despacho del alcalde la tarde de un sábado. A Danny le pareció que el alcalde era un hombre fuera de lugar, como si no encajase en su despacho, en su enorme escritorio, en su camisa almidonada de cuello alto y traje de tweed. Jugueteaba con el teléfono de su mesa y alineaba una y otra vez el cartapacio con el borde del escritorio. En cuanto tomaron asiento, les sonrió.

—La flor y nata del DPB, sospecho, ¿no, caballeros?

Danny le devolvió la sonrisa.

Stephen O'Meara estaba detrás del escritorio. Antes de pronunciar una sola palabra, ya dominaba la reunión con su presencia.

—El alcalde Peters y yo hemos estudiado el presupuesto del año próximo y hemos visto partidas en las que podríamos apartar un dólar por aquí, un dólar por allá. No bastará, eso se lo aseguro. Pero algo es algo, caballeros, y es más que eso: es un reconocimiento público de que nos tomamos sus quejas en serio. ¿No es así, señor alcalde?

Peters alzó la mirada de su portalápices.

—Ah, sí, por supuesto.

—Hemos consultado con los equipos de sanidad municipal acerca de la posibilidad de iniciar una investigación sobre las condiciones sanitarias en todas las comisarías. Han accedido a empezar en enero del año que viene. —O'Meara miró a Danny a los ojos—. ¿Les parece un comienzo satisfactorio?

Danny miró a Mark y luego otra vez al comisario.

—Mucho, señor.

—Todavía estamos devolviendo préstamos por el proyecto de alcantarillado de Commonwealth Avenue, por no hablar ya de las ampliaciones de las líneas de tranvía, la crisis del combustible doméstico durante la guerra y un considerable déficit de funcionamiento en los colegios públicos de los distritos blancos. Nuestra calificación de solvencia es baja y sigue cayendo a diario. Y ahora el coste de la vida se ha disparado a niveles sin precedentes. Así que nos hacemos cargo de sus preocupaciones, de verdad. Lo digo muy en serio. Pero necesitamos tiempo.

—Y fe —añadió O'Meara—. Sólo un poco más. ¿Estarían ustedes dispuestos, caballeros, a sondear a sus compañeros? ¿A elaborar una lista de quejas y experiencias personales cotidianas en el trabajo? ¿Testimonios personales de cómo incide en su vida doméstica este desequilibrio económico? ¿Estarían ustedes dispuestos a documentar plenamente las condiciones sanitarias en las comisarías y enumerar lo que consideran abusos reiterados de poder en los puestos superiores de la cadena de mando?

—¿Sin miedo a represalias? —preguntó Danny.

—Sin el menor miedo —declaró O'Meara—. Se lo aseguro.

—En ese caso, sí, por supuesto —respondió Denton.

O'Meara asintió.

—Reunámonos de nuevo aquí dentro de un mes. Durante ese tiempo, evitemos expresar quejas en la prensa o agitar el avispero en lo más mínimo. ¿Les parece aceptable?

Danny y Mark asintieron.

El alcalde Peters se puso en pie y les estrechó las manos.

—Puede que lleve poco tiempo en el cargo, caballeros, pero espero poder compensar la confianza que nos demuestran.

O'Meara rodeó el escritorio y señaló las puertas del despacho.

—Cuando abramos esas puertas, estará ahí la prensa. Con los flashes de las cámaras, las preguntas a gritos, y todo lo demás. ¿Participan en alguna misión encubierta en estos momentos?

El propio Danny no pudo creer lo deprisa que afloró la sonrisa a sus labios y lo inexplicablemente orgulloso que se sintió al responder:

—Ya no, señor.

En un reservado al fondo de la taberna Warren, Danny entregó a Eddie McKenna una caja que contenía la ropa y la llave del piso franco de Daniel Sante, varias notas que había tomado y que no había incluido en sus informes y toda la literatura que había estudiado para dar forma a su tapadera.

Eddie señaló el rostro recién afeitado de Danny.

—Así pues, lo dejas.

—Lo dejo.

McKenna hurgó en la caja y luego la apartó.

—¿No existe ninguna posibilidad de que ese hombre cambie de idea? ¿De que despierte después de una plácida noche de sueño y...?

Danny lo obligó a callar con la mirada.

—¿Crees que te habrían matado?

—No. En buena lógica, no. Pero cuando oyes cuatro armas amartillarse a tus espaldas...

McKenna asintió.

—Ante eso el mismísimo Cristo revisaría la consistencia de sus convicciones.

Permanecieron un rato en silencio, ambos absortos en sus copas y sus cavilaciones.

—Podría prepararte una nueva tapadera, trasladarte a otra célula. Hay una en...

—Basta. Por favor. Lo dejo. Ni siquiera sé qué coño nos traíamos entre manos. No sé por qué lo hacíamos.

—No nos corresponde a nosotros plantearnos el porqué de las cosas.

—No me corresponde a mí. Esto es cosa tuya.

McKenna se encogió de hombros.

—¿Qué hacía yo? —Danny posó la mirada en sus propias manos abiertas—. ¿Qué se ha conseguido? Aparte de reunir listas de gente de los sindicatos y bolcheviques inofensivos.

—Los rojos inofensivos no existen.

—¿Qué sentido tenía todo eso?

Eddie McKenna bebió un poco de cerveza de su jarra marrón y volvió a encender el puro, entrecerrando un ojo entre el humo.

—Te hemos perdido.

—¿Qué dices? —preguntó Danny.

—Así es, así es —susurró Eddie.

—No sé de qué estás hablando. Soy yo: Danny.

McKenna alzó la mirada hacia el techo.

—Cuando era pequeño, viví con un tío mío durante una temporada. No recuerdo si era un tío materno o paterno, pero era en todo caso morralla irlandesa. No había en él la menor música, ni amor, ni luz. Pero tenía un perro. Un chucho sarnoso, era, y más tonto que una mata de habas, pero él sí tenía amor, tenía luz. En cuanto me veía subir por la cuesta, empezaba a dar brincos, a menear la cola, a dar brincos por la pura alegría de saber que lo acariciaría, que correría con él, que le rascaría aquella tripa manchada. —Eddie dio una calada al puro y expulsó lentamente el humo—. Un buen día se puso enfermo, el perro. Lombrices. Empezó a estornudar sangre. Llegado un punto mi tío me dijo que lo llevara al mar. Cuando me negué, me sacudió un bofetón. Cuando me eché a llorar, me pegó más fuerte. Así que me lo llevé a la playa. Entré en el mar con él hasta que el agua me llegó a la barbilla y lo solté. Se suponía que debía mantenerlo hundido y contar hasta sesenta, pero era absurdo. Tan débil y triste como estaba, se hundió sin hacer el menor ruido. Volví a la orilla y mi tío me soltó otro bofetón. «¿Por qué?», protesté. Él señaló con el dedo. Y allí estaba, aquel chucho débil y cabeza de adoquín volvía nadando. Nadando hacia mí. Al final llegó a la orilla, empapado. Temblaba, casi no podía respirar. Una maravilla, ese perro, un romántico, un héroe. Y me miró justo en el momento en que mi tío lo partía por la mitad de un hachazo en el lomo.

Se reclinó en el asiento. Cogió el puro del cenicero. Una camarera se llevó media docena de jarras de la mesa contigua. Volvió a la barra y el local quedó en silencio.

—¿Por qué coño me has contado esa historia? —preguntó Danny—. ¿A ti qué coño te pasa?

—Aquí el problema es qué te pasa a ti, chico. Ahora se te ha metido entre ceja y ceja eso de la «justicia». No lo niegues. Te parece una meta alcanzable. Eso piensas. Lo veo.

Danny se inclinó hacia él, y la cerveza se derramó por un lado de la jarra cuando se la apartó de la boca.

—¿Se supone que tengo que sacar una conclusión de la puta historia del perro? ¿Cuál? ¿Que la vida es dura? ¿Que el partido está amañado? ¿Crees que eso es nuevo para mí? ¿Crees que pienso que los sindicatos o los bolcheviques o el CSB tienen la mínima posibilidad de conseguir lo que merecen?

—¿Por qué lo haces, pues? Tu padre, tu hermano, yo... todos estamos preocupados, Danny, muy preocupados. Tu tapadera con Fraina se ha ido a pique porque tú has querido que se fuera a pique.

—No.

—Y sin embargo vas y me dices que ningún gobierno sensato o razonable, ya sea local, estatal o federal, permitirá nunca la sovietización de este país. Jamás. Pero cada día te vas hundiendo más en el lodazal del CSB y te vas alejando de quienes te quieren. ¿Por qué? Eres mi ahijado, Dan. ¿Por qué?

—Los cambios duelen.

—¿Ésa es tu respuesta?

Danny se puso en pie.

—Los cambios duelen, Eddie, pero créeme, se acercan.

—No es verdad.

—No puede ser de otro modo.

Eddie negó con la cabeza.

—Hay luchas, muchacho, y hay locura. Y me temo que pronto descubrirás la diferencia.

19

En la cocina, a última hora de un martes, recién llegada Nora de su jornada en la fábrica de calzado, Luther troceaba verduras para la sopa y ella pelaba patatas.

—¿Tiene alguna chica en su vida? —preguntó Nora.

—¿Eh?

Ella lo miró con aquellos ojos claros, a los que asomaba un destello como el de una cerilla al prender.

—Ya me ha oído. ¿Tiene alguna chica en algún sitio?

Luther negó con la cabeza.

—No, señora.

Ella se echó a reír.

—¿Qué pasa?

—Miente, seguro.

—¿Eh? ¿Por qué lo dice?

—Lo noto en su tono de voz, lo noto.

—¿Qué nota?

Nora soltó una risotada gutural.

—El amor.

—El hecho de que yo ame a una mujer no significa que sea mía.

—Ésa es la mayor verdad que ha dicho en toda la semana. El hecho de que ame a alguien no significa...

Se le apagó la voz y volvió a tararear en susurros mientras pelaba patatas, siendo el tarareo una costumbre suya de la que, sospechaba Luther, no era consciente.

Con la hoja del cuchillo, Luther empujó el apio troceado hasta el borde de la tabla para echarlo en la cazuela. Rodeó a Nora para coger unas zanahorias del colador, que estaba en el fregadero, y se las llevó a la encimera, quitó las hojas antes de colocarlas una al lado de la otra y cortarlas en cuatro en trozos.

—¿Es guapa? —preguntó Nora.

—Es guapa —contestó Luther.

—¿Alta? ¿Baja?

—Tirando a pequeña —respondió Luther—. Como usted.

—Yo soy pequeña, ¿verdad?

Miró a Luther por encima del hombro, sosteniendo el pelapatatas con una mano, y Luther, como le había sucedido antes, percibió en ella una faceta volcánica en los momentos más inocentes. No conocía a muchas mujeres blancas, y a ninguna irlandesa, pero hacía tiempo que tenía la sensación de que Nora era una mujer de armas tomar.

—No es grande —dijo.

Ella le dirigió una larga mirada.

—Nos conocemos desde hace meses, señor Laurence, y hoy en la fábrica he pensado que apenas sé nada de usted.

Luther se rió.

—Quítate que me tiznas, dijo la sartén al cazo.

—¿Esconde usted algo detrás de eso?

—¿Yo? —Luther negó con la cabeza—. Sé que usted es de Irlanda, pero no sé exactamente de dónde.

—¿Conoce usted Irlanda?

—Ni remotamente.

—¿Y entonces qué más da?

—Sé que llegó aquí hace cinco años. Sé que la corteja el señor Connor pero eso no le quita el sueño. Sé...

—¿Cómo dice, muchacho?

Luther había descubierto que cuando los irlandeses decían «muchacho» a un hombre de color, no significaba lo mismo que cuando lo decía un americano blanco. Volvió a reír.

—He puesto el dedo en la llaga, ¿eh, muchacha?

Nora soltó una carcajada. Se llevó el dorso de la mano mojada a los labios con el pelapatatas asomando entre los dedos.

—Repítalo.

—¿El qué?

—El acento irlandés, el acento.

—No sé de qué me está hablando.

Nora se apoyó contra el fregadero y lo miró.

—Ésa es la voz de Eddie McKenna, hasta el mismísimo timbre. Lo es.

Luther se encogió de hombros.

—No está mal, ¿eh?

Nora se puso seria.

—Más le vale que él no lo oiga hablar así.

—¿Cree que estoy loco?

Ella dejó el pelapatatas en la encimera.

—La echa de menos. Lo veo en sus ojos.

—La echo de menos.

—¿Cómo se llama?

Luther movió la cabeza en un gesto de negación.

—Eso de momento preferiría reservármelo, señorita O'Shea.

Nora se limpió las manos en el delantal.

—¿De qué huye, Luther?

—¿Y usted?

Ella sonrió y un destello afloró de nuevo a sus ojos, pero esta vez por las lágrimas.

—De Danny.

Él asintió.

—Lo he visto. Pero también de otra cosa. De algo más lejano.

Ella se volvió otra vez hacia la encimera, cogió la cazuela llena de agua y patatas y la llevó al fregadero.

—En fin, somos una pareja interesante, señor Laurence, ¿no le parece? Empleamos toda nuestra intuición con los demás, nunca con nosotros.

—Siendo así, poca utilidad vamos a sacarle —dijo Luther.

—¿Ha dicho eso? —preguntó Danny desde el teléfono de su pensión—. ¿Que huía de mí?

—Sí.

Luther estaba sentado ante la mesita del teléfono en el vestíbulo de la casa de los Giddreaux.

—¿Lo ha dicho como si estuviera cansada de huir?

—No —contestó Luther—. Como si estuviera acostumbrada.

349

—Ah.

—Lo siento.

—No. Gracias, de verdad. ¿Eddie ya se te ha echado encima?

—Me dio a entender que venía a por mí. Pero no cómo ni cuándo.

—Ya. Pues cuando lo haga...

—Te avisaré.

—¿Qué piensas de ella?

—¿De Nora?

—Sí.

—Pienso que es demasiado mujer para ti.

La carcajada de Danny fue atronadora. Ante tal sonido, uno se sentía como si una bomba hubiese estallado a sus pies.

—Eso piensas, ¿eh?

—Es sólo una opinión.

—Buenas noches, Luther.

—Buenas noches, Danny.

Uno de los secretos de Nora era que fumaba. Luther la había sorprendido poco después de empezar a trabajar en casa de los Coughlin, y desde entonces habían adquirido la costumbre de escaparse a fumar un cigarrillo mientras la señora Ellen Coughlin estaba en el baño, preparándose para la cena, pero mucho antes de que el señor Connor o el capitán Coughlin hubieran vuelto del trabajo.

Una de esas veces, a primerísima hora de una tarde muy fría, Luther le preguntó de nuevo por Danny.

—¿Qué pasa con él?

—Dijiste que huías de él.

—¿Eso dije?

—Sí.

—¿Estaba sobria?

—Aquella vez en la cocina.

—Ah. —Se encogió de hombros y expulsó el humo, sosteniendo el cigarrillo ante la cara—. Bueno, es posible que él haya huido de mí.

—¿Cómo?

A ella le brillaron los ojos, acentuándose la sensación de peligro que transmitía.

—¿Quiere usted saber algo de su amigo Aiden? ¿Algo que nunca adivinaría?

Luther supo que aquél era uno de esos momentos en que el mejor aliado es el silencio.

Nora soltó una bocanada de humo, ésta rápida y vehemente.

—Parece un verdadero rebelde, ¿verdad? Muy independiente y de mentalidad abierta, ¿verdad? —Cabeceó y dio otra calada al cigarrillo—. Pues no lo es. En el fondo, no lo es ni mucho menos. —Miró a Luther, obligándose a sonreír—. En el fondo, fue incapaz de aceptar mi pasado, ese pasado por el que usted demuestra tanta curiosidad. Quería... creo que la palabra exacta era «respetabilidad». Y eso, claro está, yo no podía dárselo.

—Pero yo diría que el señor Connor no es la clase de hombre que...

Ella movió la cabeza en un insistente gesto de negación.

—El señor Connor no sabe nada de mi pasado. Sólo está enterado Danny. Y ya ve que eso nos condenó. —Le dirigió otra sonrisa tensa y aplastó el cigarrillo con la puntera. Recogió la colilla apagada del porche frío y se la guardó en el bolsillo del delantal—. ¿Se ha acabado el interrogatorio por hoy, señor Laurence?

Luther asintió.

—¿Cómo se llama ella? —preguntó Nora.

Él la miró a los ojos.

—Lila.

—Lila —repitió ella, suavizando el tono de voz—. Un nombre bonito.

Un sábado Luther y Clayton Tomes emprendieron la demolición de elementos estructurales del edificio de Shawmut Avenue. Hacía tanto frío que veían su aliento. Aun así, la demolición requería tal esfuerzo —trabajo de palanca y mazo— que al cabo de una hora se habían quedado en camiseta.

Cerca ya del mediodía, se tomaron un descanso para comer los emparedados que les había preparado la señora Giddreaux y beber un par de cervezas.

—Después de esto, ¿qué hacemos? —preguntó Clayton—. ¿Reparar la base del suelo?

Luther asintió y encendió un cigarrillo. Con visible cansancio, echó una bocanada de humo.

—La semana que viene, o la otra, podemos instalar el cableado eléctrico en las paredes y tal vez ocuparnos de alguno de esos bajantes que tanto te entusiasmaban.

—Joder. —Clayton cabeceó y dejó escapar un sonoro bostezo—. ¿Todo este trabajo sólo por un ideal? Iremos al cielo de los charoles, eso seguro.

Luther esbozó una sonrisa pero calló. Ya no se sentía cómodo al pronunciar la palabra «charol», a pesar de que sólo la había usado entre otros hombres de color. Pero tanto Jessie como el Diácono Broscious la empleaban continuamente, y Luther sentía que en cierto modo la había dejado sepultada con ellos en el club Almighty. No podía explicarlo de otra manera; era sólo que ya no le sonaba bien cuando salía de sus labios. Como tantas cosas, suponía, esa sensación pasaría, pero de momento...

—Bueno, ya es hora de...

Se interrumpió cuando vio a McKenna cruzar la puerta de la calle como si fuera el dueño del edificio. El teniente se quedó en el vestíbulo, alzando la mirada hacia la escalera ruinosa.

—Maldita sea —susurró Clayton—. La policía.

—Lo conozco. Es amigo de mi señor. Y se hace pasar por amigo, pero no lo es. No es amigo nuestro, ni por asomo.

Clayton asintió porque ambos se habían cruzado en sus vidas con muchos blancos que encajaban en esa descripción. McKenna entró en la habitación donde estaban trabajando, una habitación grande, contigua a la cocina, probablemente un comedor cincuenta años antes.

La primera palabra de McKenna fue:

—¿Canton?

—Columbus —corrigió Luther.

—Ah, es verdad. —McKenna sonrió a Luther y luego se volvió hacia Clayton—. Creo que no nos conocemos. —Tendió su mano carnosa—. Teniente McKenna, del DPB.

—Clayton Tomes.

Clayton le estrechó la mano. McKenna se la apretó con fuerza y, sin soltarla, con la sonrisa fija en el rostro, miró a Clayton a los ojos y luego a Luther, como si les escrutara el mismísimo corazón.

—Trabajas para la viuda de la calle M, la señora Wagenfeld, ¿no es así?

Clayton asintió.

—Sí, señor.

—Ya me parecía. —McKenna le soltó la mano—. Dicen que tiene una pequeña fortuna en doblones españoles debajo de la carbonera. ¿Es eso verdad, Clayton?

—No sé nada de eso, señor.

—¡Aunque lo supieras no se lo dirías a nadie!

McKenna se echó a reír y dio una palmada a Clayton en la espalda con tal fuerza que éste se vio impulsado un par de pasos al frente.

McKenna se acercó a Luther.

—¿Qué te ha traído por aquí?

—¿Señor? —dijo Luther—. Ya sabe usted que vivo con los Giddreaux. Esto serán las oficinas.

McKenna miró a Clayton con las cejas enarcadas.

—¿Las oficinas? ¿De qué?

—De la delegación de la ANPPN —contestó Luther.

—Ah, magnífico —dijo McKenna. Yo reformé mi propia casa una vez. Un continuo quebradero de cabeza, eso fue. —Apartó una palanca con el pie—. Estáis en la fase de demolición, veo.

—Sí, señor.

—¿Va todo bien?

—Sí, señor.

—Casi habéis acabado, diría yo. Al menos con el suelo. Pero mi pregunta inicial, Luther, no se refería a tu trabajo en este edificio. No. Cuando te he preguntado qué te ha traído «por aquí», me refería al propio Boston. Fíjate, por ejemplo, en Clayton Tomes. Dime, Clayton, hijo, ¿tú de dónde eres?

—Del West End, señor. Allí nací y me crié.

—Exacto —dijo McKenna—. Nuestros negros tienden a ser autóctonos, Luther. Pocos vienen sin una buena razón cuando podrían encontrar a muchos más de los suyos en Nueva York o, como bien sabe Dios, en Chicago o Detroit. ¿Qué te ha traído por aquí, pues?

—Un empleo —respondió Luther.

McKenna asintió.

—¿Has recorrido mil trescientos kilómetros sólo para llevar a Ellen Coughlin a la iglesia? Es raro.

Luther se encogió de hombros.

—Pues quizá sea raro, señor.

—Lo es, lo es —confirmó McKenna—. ¿Una chica?

—¿Señor?

—¿Tienes a una chica por aquí?

—No.

McKenna se frotó la mandíbula, con barba de dos días, y miró otra vez a Clayton, como si también él participase en el juego.

—Verás, me creería que has recorrido mil trescientos kilómetros por un coño. Eso es una historia verosímil. Pero ¿esta otra?

Se quedó mirando a Luther con aquel semblante suyo de despreocupación y franqueza.

Cuando el silencio se alargaba ya más de un minuto, Clayton dijo:

—Luther, lo mejor será que sigamos con lo nuestro.

McKenna volvió la cabeza, como si ésta girara lentamente sobre un pivote, y clavó aquella mirada franca en Clayton Tomes, que de inmediato apartó la vista.

McKenna miró otra vez a Luther.

—No voy a entretenerte más, Luther. Yo mismo debo volver al trabajo. Gracias por recordármelo, Clayton.

Clayton cabeceó tomando conciencia de su propia estupidez.

—De vuelta a la realidad —dijo McKenna con un suspiro de hastío—. De un tiempo a esta parte hay gente embolsándose un buen sueldo que se cree con derecho a morder la mano que le da de comer. ¿Sabéis cuáles son los cimientos del capitalismo, chicos?

—No, señor.

—Ni idea, señor.

—Los cimientos del capitalismo, chicos, son la manufactura o la extracción de recursos con fines comerciales. He ahí los cimientos. Sobre eso se ha levantado este país. Por eso los héroes de este país no son los soldados ni los deportistas, ni siquiera los presidentes. Los héroes son los hombres que construyeron nuestras vías de ferrocarril y nuestros automóviles y nuestras centrales algodoneras y nuestras fábricas.

Ellos mantienen en funcionamiento este país. Los hombres que trabajan para ellos deberían, por lo tanto, estar agradecidos de ser parte del proceso que constituye la sociedad más libre del mundo conocido. —Tendió la mano y dio una palmada a Luther en el hombro—. Pero últimamente no es así. ¿No es increíble?

—No puede decirse que exista un movimiento subversivo entre nosotros los hombres de color, teniente, señor.

McKenna lo miró con los ojos muy abiertos.

—¿En qué mundo has vivido, Luther? Ahora mismo hay en Harlem todo un movimiento izquierdista. Los negros refinados han adquirido cierta formación y empezado a leer a Marx y a Booker T. y a Frederick Douglass y ahora hay hombres como Du Bois y Garvey, y algunos sostendrían que son tan peligrosos como Goldman y Reed y los Trabajadores Industriales del Mundo. —Levantó un dedo—. Eso sostendrían algunos. Algunos incluso afirmarían que la ANPPN no es más que una fachada, Luther, que esconde ideas subversivas y sediciosas. —Dio una palmadita a Luther en la mejilla con la mano enguantada—. Algunos.

Se volvió y observó el techo chamuscado.

—Bueno, aquí tenéis trabajo para rato, muchachos. Os dejo con lo vuestro.

Cruzando las manos a la espalda, atravesó la habitación, y ni Luther ni Clayton respiraron hasta que abandonó el vestíbulo y descendió por la escalinata.

—Ay, ay, ay, Luther —dijo Clayton.

—Sí, ya sé.

—Ni imagino qué le has podido hacer a ese hombre, pero tienes que arreglarlo.

—Yo no le he hecho nada. Él es así, sencillamente.

—Así ¿cómo? ¿Blanco?

Luther asintió.

—Y malo —añadió Luther—. Con esa clase de maldad que devora y devora hasta el día de su muerte.

20

Al abandonar las Brigadas Especiales, Danny volvió a hacer la ronda en su antiguo distrito, el de la Comisaría Cero-Uno de Hanover Street. Le asignaron como compañero a Ned Wilson, quien, a falta de dos meses para cumplir las dos décadas de servicio, estaba ya de vuelta de todo desde hacía cinco años. Ned se pasaba la mayor parte del turno bebiendo o jugando al crap en Costello's. Normalmente Danny y él sólo se veían unos veinte minutos después de fichar y cinco minutos antes de salir. El resto de la jornada Danny podía hacer lo que le viniera en gana. Si practicaba una detención difícil, telefoneaba a Costello's desde una cabina y Ned se reunía con él justo a tiempo arrastrar al caco escalera arriba en la comisaría. Por lo demás, Danny él solo iba de un lado al otro. Recorría toda la ciudad, pasando por tantas comisarías como le era posible en un día: la Cero-Dos en Court Square, la Cero-Cuatro en LaGrange, la Cero-Cinco en el South End y tantas como le fuera posible visitar de las dieciocho comisarías del DPB. De las de West Roxbury, Hyde Park y Jamaica Plain se ocuparía Emmet Strack; de la Cero-Siete en Eastie, Kevin McRae; Mark Denton cubriría Dorchester, Southie y la Uno-Cuatro de Brighton. Danny se encargaría del resto: el centro, el North End, el South End y Roxbury.

El trabajo consistía en reclutar miembros y reunir testimonios. Danny saludó, engatusó, arengó y persuadió a un tercio largo de todos los policías a los que abordó para que escribieran un informe preciso de su semana laboral, el balance de deudas e ingresos y las condiciones de la comisaría donde trabajaban. A las tres semanas de volver a la ronda, había atraído a sesenta y ocho hombres a las reuniones del Club Social de Boston en Fay Hall.

Su etapa en las Brigadas Especiales había estado marcada por un desprecio hacia sí mismo tan agudo que ahora no entendía cómo había podido sobrellevarlo; en cambio, el tiempo dedicado al CSB con la esperanza de crear un sindicato dotado de auténtico poder negociador lo imbuyó de un sentido de misión rayano en lo evangélico.

Aquello, concluyó una tarde cuando volvía a la comisaría con otros tres testimonios nuevos de agentes de la Uno-Cero, era lo que había estado buscando desde el atentado de Salutation Street: el motivo por el que se había salvado.

En su casilla de correspondencia encontró un mensaje de su padre pidiéndole que fuera esa noche a casa después del turno de guardia. Danny sabía que los emplazamientos de su padre casi nunca auguraban nada bueno; aun así, cogió el tranvía de South Boston y atravesó la ciudad bajo una ligera nevada.

Nora abrió la puerta, y Danny se dio cuenta de que no esperaba verlo allí. Se ciñó el jersey de estar por casa y dio un paso atrás con brusquedad.

—Danny.

—Buenas noches.

Apenas la había visto desde la gripe, apenas había visto a nadie de la familia salvo en la cena dominical varias semanas antes, cuando conoció a Luther Laurence.

—Pasa, pasa.

Danny cruzó el umbral y se quitó la bufanda.

—¿Dónde están mi madre y Joe?

—Ya se han acostado —contestó ella—. Date la vuelta.

Él obedeció, y Nora le sacudió la nieve de la espalda y los hombros del abrigo.

—Trae, dámelo.

Danny se despojó del abrigo y percibió el tenue aroma de su perfume, que ella se ponía tan comedidamente. Olía a rosa, con un toque de naranja.

—¿Cómo estás?

Danny le miró los ojos claros y pensó: ahora mismo podría morirme.

—Vamos tirando. ¿Y tú?

—Bien, bien.

Ella le colgó el abrigo en el perchero del recibidor y alisó cuidadosamente la bufanda con la mano. Fue un gesto extraño, y Danny la observó conteniendo la respiración. Nora dejó la bufanda en otro gancho y, al volverse hacia él, bajó la mirada, como si se hubiese visto sorprendida en algo, como, en cierto modo, así era.

Haría cualquier cosa, deseó decir Danny. Cualquier cosa. He sido un imbécil. Primero contigo, después sin ti, y ahora aquí en tu presencia. Un imbécil.

—Yo... —dijo él.

—¿Mmm?

—Se te ve muy bien.

Sus miradas volvieron a cruzarse, la de ella transparente, casi cálida.

—No lo hagas.

—¿Que no haga qué?

—Ya sabes a qué me refiero.

Nora, cogiéndose los codos, bajó la vista al suelo.

—Lo...

—¿Qué?

—Lo siento.

—Lo sé. —Ella asintió—. Ya te has disculpado lo suficiente. Más que suficiente. Querías... —lo miró—... respetabilidad, ¿no?

Dios santo, esa palabra otra vez no, arrojada de nuevo a la cara. Si pudiese eliminar una palabra de su léxico, borrarla para que nunca se le hubiera grabado en la memoria y así nunca hubiera podido utilizarla, sería ésa. Cuando la pronunció, estaba borracho. Borracho y desconcertado por las repentinas y sórdidas revelaciones sobre ella e Irlanda. Sobre Quentin Finn.

Respetabilidad. Y una mierda.

A falta de palabras, Danny abrió las manos.

—Ahora me toca a mí —dijo ella—. Seré yo la respetable.

Él negó con la cabeza.

—No.

Y por la furia que asomó al semblante de Nora, Danny supo que ella una vez más lo había malinterpretado. Había querido decir que la respetabilidad no era un objetivo digno de ella. Pero ella entendió que en su caso era algo inalcanzable.

Antes de que Danny pudiera explicarse, Nora dijo:

—Tu hermano me ha pedido que me case con él.

A Danny se le paró el corazón. Los pulmones. El cerebro. La circulación de la sangre.

—¿Y?

La palabra salió de su garganta como si la ahogase una enredadera.

—Le he dicho que me lo pensaría —contestó ella.

—Nora.

Intentó cogerle el brazo pero ella se apartó.

—Tu padre está en el gabinete.

Se alejó por el pasillo, y Danny supo, una vez más, que le había fallado. Debería haber reaccionado de otra manera. ¿Más deprisa? ¿Más despacio? ¿De un modo menos predecible? ¿Cómo? Si se hubiese puesto de rodillas y le hubiese propuesto él matrimonio, ¿habría hecho Nora algo aparte de huir? Sin embargo, tenía la sensación de que ella esperaba de él algún gesto grandilocuente, aunque sólo fuera para rechazarlo. Y eso de alguna manera habría equilibrado los platillos de la balanza.

La puerta del gabinete de su padre se abrió mientras él permanecía allí inmóvil.

—Aiden.

—Danny —lo corrigió él con los dientes apretados.

En el gabinete de su padre, viendo caer la nieve en la oscuridad detrás de las ventanas, Danny se sentó en uno de los sillones de piel frente al escritorio. Su padre tenía la chimenea encendida y el resplandor del fuego confería a la habitación el color del whisky.

Thomas Coughlin todavía llevaba el uniforme, con la chaqueta abierta por el cuello, los galones de capitán en las hombreras azules. Danny, de paisano, tuvo la sensación de que esos galones se mofaban de él. Su padre le entregó un whisky y se reclinó contra el ángulo del escritorio. Sus ojos azules traspasaron el vaso mientras lo apuraba. Se sirvió una segunda copa de la licorera. Hizo girar el vaso entre las palmas de las manos y observó a su hijo.

—Eddie me ha dicho que te has cambiado de bando.

Danny descubrió de pronto que también él hacía girar el vaso entre las palmas y bajó la mano izquierda junto al muslo.

—Eddie exagera.

—¿En serio? Porque últimamente, Aiden, he tenido motivos para preguntarme si estos bolcheviques no te habrán contagiado. —Su padre miró alrededor con una débil sonrisa y tomó un sorbo de whisky—. Mark Denton es un bolchevique, ya lo sabes. La mitad de los miembros del CSB lo son.

—Por Dios, padre, a mí me parecen simples policías.

—Son bolcheviques. ¿Hablan de huelga, Aiden? ¿De huelga?

—Nadie ha pronunciado esa palabra en mi presencia.

—Aquí existe un principio que debe respetarse, hijo. ¿Eres consciente de ello?

—¿Y qué principio es ése, padre?

—La seguridad pública por encima de cualquier otro ideal para los hombres que llevan la placa.

—Llevar comida a la mesa, padre. Ése es otro ideal.

Su padre, con un gesto, quitó importancia a la frase como si fuera humo.

—¿Has visto el periódico de hoy? Hay disturbios en Montreal. Quieren reducir la ciudad a cenizas. Y no hay policía para proteger la propiedad ni a las personas, ni bomberos para apagar los incendios porque han ido a la huelga. Bien podría ser San Petersburgo.

—Tal vez sólo sea Montreal —dijo Danny—. Tal vez sólo sea Boston.

—No somos simples empleados, Aiden. Somos funcionarios. Protegemos y servimos.

Danny se permitió una sonrisa. No era habitual ver al viejo alterarse innecesariamente y menos que Danny tuviera en sus manos la posibilidad de serenarlo. Apagó el cigarrillo y una risa escapó de sus labios.

—¿Te ríes?

Danny levantó una mano.

—Ay, padre, padre. Esto no será Montreal. De verdad.

Su padre entornó los ojos y cambió de posición en el borde del escritorio.

—¿Y eso por qué?

—¿Qué has oído exactamente?

Su padre alargó el brazo hacia el humidificador y sacó un puro.

—Has plantado cara a Stephen O'Meara, tú, mi hijo. Un Coughlin. Hablaste a destiempo. ¿Ahora vas de comisaría en comisaría recogiendo declaraciones juradas sobre las malas condiciones de trabajo? ¿Estás reclutando a hombres para tu supuesto «sindicato» en horas de trabajo pagadas por el ayuntamiento?

—Él me dio las gracias.

Su padre hizo un alto, con el cortapuros en torno a la base del cigarro.

—¿Quién?

—El comisario O'Meara. Me dio las gracias, padre, y nos pidió a Mark Denton y a mí que consiguiéramos esas declaraciones juradas. Según parece, piensa que resolveremos la situación muy pronto.

—¿O'Meara?

Danny asintió. El rostro severo de su padre se quedó lívido. Aquello lo cogió totalmente por sorpresa. Jamás se lo habría imaginado. Danny se mordisqueó el interior de la mejilla para que no se ensanchara la sonrisa en sus labios.

Te he pillado, deseó decir. Llevo veintisiete años en este planeta y por fin te he pillado.

Mayor fue su sorpresa cuando su padre se separó del escritorio y le tendió la mano. Danny se puso en pie y se la estrechó. Dándole un fuerte apretón, su padre lo atrajo hacia sí y le dio una palmada en la espalda.

—Entonces, hijo mío, estamos orgullosos de ti. Muy orgullosos. —Le soltó la mano, le dio otra palmada en el hombro y volvió a reclinarse contra el escritorio—. Muy orgullosos —repitió su padre con un suspiro—. Es un alivio saber que todo ha terminado, todo este lío.

Danny se sentó.

—Es un alivio también para mí.

Su padre toqueteó el cartapacio en su escritorio y Danny vio regresar a su rostro aquella expresión de fortaleza y astucia suya, como una segunda piel. Se disponía a plantear el siguiente punto en el orden del día.

—¿Qué opinas de la inminente boda de Nora y Connor?

Danny sostuvo la mirada de su padre y, con voz ecuánime, respondió:

—Me parece bien, padre. Me parece muy bien. Hacen buena pareja.

—Así es, así es —dijo su padre—. No te imaginas lo que nos ha costado a tu madre y a mí impedir que Connor se cuele en la habitación de ella por las noches. Son como niños, esos dos.

Rodeó el escritorio y contempló la nieve por la ventana. Danny vio los rostros de ambos reflejados en el cristal. Su padre se fijó también y sonrió.

—Eres la viva imagen de tu tío Paudric. ¿Te lo había dicho alguna vez?

Danny negó con la cabeza.

—El hombre más corpulento de Clonakilty —dijo su padre—. Bebía como un cosaco y entonces perdía totalmente el norte. Una vez un tabernero se negó a servirle. Dios mío, Paudric arrancó la barra que los separaba. Era una barra de roble macizo, Aiden, y cogió y arrancó un pedazo y se sirvió otra pinta. Un hombre legendario, ciertamente. Ah, y las damas lo adoraban. En eso se parece mucho a ti. Todo el mundo adoraba a Paudric cuando estaba sobrio. Igual que a ti. Todo el mundo te adora, ¿no es así, hijo? Las mujeres, los niños, los italianos sarnosos y los perros sarnosos. Nora.

Danny dejó su copa en la mesa.

—¿Qué has dicho?

Su padre se dio media vuelta.

—No estoy ciego, hijo. Puede que vosotros dos os hayáis convencido de algo, y puede que ella quiera a Con de una manera distinta. Y puede que sea de la mejor manera. —Su padre se encogió de hombros—. Pero tú...

—Estás metiéndote en camisa de once varas, padre.

Su padre lo miró, un tanto boquiabierto.

—Te lo digo para que lo sepas —añadió Danny, y percibió la tensión en su propia voz.

Al final su padre asintió. Era un gesto de sabiduría, destinado a hacerle entender que valoraba cierto rasgo de su personalidad a la vez que calibraba los defectos de otro. Cogió el vaso de Danny. Lo acercó a la licorera junto con el suyo y rellenó los dos.

Entregó a Danny su vaso.

—¿Sabes por qué te permití boxear?

—Porque no habrías podido impedírmelo —contestó Danny.

Su padre entrechocó su vaso con el de su hijo.

—Exacto. Ya cuando eras niño, yo sabía que de vez en cuando se te podía empujar en cierta dirección o contener, pero no se te podía moldear. Eso va contra tu naturaleza. Ha sido así desde que diste los primeros pasos. Sabes que te quiero, ¿no, hijo?

Danny miró a su padre a los ojos y asintió. Lo sabía. Siempre lo había sabido. Si uno retiraba los muchos rostros y los muchos corazones que su padre enseñaba al mundo cuando le convenía, el rostro y el corazón que quedaban a la vista eran transparentes.

—Quiero a Con, claro está —prosiguió su padre—. Quiero a todos mis hijos. Pero a ti te quiero de una manera distinta porque te quiero en la derrota.

—¿En la derrota?

Su padre asintió.

—No puedo contar contigo, Aiden. No puedo moldearte. Lo que ha pasado con O'Meara es un claro ejemplo. Esta vez ha salido bien. Pero ha sido una imprudencia. Habría podido costarte la carrera. Y es un paso que yo nunca habría dado ni te habría permitido dar. Y eso es lo que te diferencia a ti de mis otros dos hijos: no puedo prever tu destino.

—¿Y el de Con sí?

—Con será fiscal algún día —respondió su padre—. Sin duda. Alcalde, con toda seguridad. Posiblemente gobernador. Yo había esperado que tú llegases a jefe de policía, pero no es lo tuyo.

—No —coincidió Danny.

—Y la posibilidad de que seas alcalde es una de las ideas más cómicas que se me han pasado por la cabeza.

Danny sonrió.

—Estás empeñado en escribir tu futuro con tu propia pluma —continuó Thomas Coughlin—. Bien. Acepto la derrota. —Sonrió para dar a entender a Danny que sólo hablaba medio en serio—. El futuro de tu hermano, en cambio, es algo que cuido como un jardín. —Sentado aún en el borde del escritorio, irguió la espalda. Tenía los ojos brillantes y húmedos, sin duda un mal augurio—. ¿Nora te ha hablado mucho de Irlanda, de por qué vino aquí?

—¿A mí?

—A ti, sí.

«Sabe algo», pensó Danny.

—No.

—¿Nunca te ha hablado de su pasado?

«Tal vez lo sepa todo.»

Danny negó con la cabeza.

—A mí no.

—Es curioso —dijo su padre.

—¿Curioso?

Su padre se encogió de hombros.

—Según parece, teníais una relación menos íntima de lo que yo imaginaba.

—En camisa de once varas, padre. De once varas.

Su padre respondió con una sonrisa displicente.

—La gente suele hablar de su pasado. Especialmente con los... amigos. Y sin embargo Nora nunca lo hace. ¿No te has fijado?

Danny intentó articular a una respuesta pero sonó el teléfono en el pasillo. Un timbre penetrante y sonoro. Su padre consultó el reloj en la repisa de la chimenea. Eran casi las diez.

—¿Una llamada pasadas las nueve de la noche? —preguntó su padre—. ¿Quién acaba de firmar su sentencia de muerte? Dios santo.

—¿Padre? —Danny oyó a Nora coger el teléfono—. ¿Por qué...?

Nora llamó suavemente a la puerta y Thomas Coughlin dijo:

—Está abierta.

Nora abrió.

—Es Eddie McKenna, señor Coughlin. Dice que es urgente.

Frunciendo el entrecejo, Thomas se apartó de la mesa y salió al pasillo.

Danny, de espaldas a Nora, dijo:

—Espera.

Se levantó de la butaca y se acercó a ella, que seguía en la puerta. Oyeron a su padre coger el teléfono en el entrante frente a la cocina, al final del pasillo, y decir:

—¿Eddie?

—¿Qué? —preguntó Nora—. Por Dios, Danny, estoy cansada.

—Lo sabe —dijo Danny.

—¿Qué? ¿Quién?

—Mi padre. Lo sabe.

—¿Qué? ¿Qué sabe? ¿Danny?

—Lo tuyo con Quentin Finn, creo. Quizá no todo, pero sí algo. Hace un mes Eddie me preguntó si conocía a algún Finn. Pensé que era sólo una coincidencia. Es un nombre bastante corriente. Pero ahora el viejo acaba de...

No vio venir la bofetada. Estaba demasiado cerca, y al mismo tiempo que sentía el golpe en la cara, notó que se le desplazaban los pies hacia atrás. Pese a medir poco más de metro sesenta, Nora casi lo había tirado al suelo.

—Se lo has dicho tú.

Prácticamente le escupió las palabras a la cara.

Hizo ademán de darse la vuelta, pero él la agarró por la muñeca.

—¿Estás loca? —Fue un susurro áspero—. ¿Crees que yo sería capaz de traicionarte? ¿Lo crees, Nora? No apartes la mirada. Mírame. ¿Lo crees?

Ella fijó la vista en él. Sus ojos eran los de un animal acosado: saltaban de un lado a otro de la habitación, buscando refugio, una noche más con vida.

—Danny —susurró—. Danny.

—No puedo permitir que pienses eso de mí —dijo, y se le quebró la voz—. Nora, no puedo.

—No lo creo —contestó ella. Hundió el rostro en el pecho de Danny por un momento—. No lo creo, no. —Se apartó y alzó la vista para mirarlo—. ¿Qué voy a hacer, Danny? ¿Qué voy a hacer?

—No lo sé.

Oyó a su padre colgar el auricular en la horquilla.

—¿Seguro que lo sabe?

—Sabe algo —dijo Danny.

Las pisadas de su padre se acercaron por el pasillo, y Nora se separó de él. Le dirigió una última mirada de desesperación, una mirada perdida, y se volvió.

—Señor Coughlin.

—Nora —contestó él.

—¿Necesita algo? ¿Un té?

—No, hija —contestó con voz trémula a la vez que entraba en el gabinete. Estaba pálido y le temblaban los labios—. Buenas noches, Nora.

—Buenas noches, señor Coughlin.

Thomas cerró la puerta de dos hojas. Se acercó al escritorio con tres largos pasos, apuró su vaso y se sirvió otro de inmediato. Masculló algo para sí.

—¿Qué pasa? —preguntó Danny.

Su padre se volvió, como si lo sorprendiera encontrarlo allí.

—Una hemorragia cerebral. Ha estallado en su cabeza como una bomba.

—¿Padre?

Extendió el brazo con el vaso en la mano y los ojos desorbitados.

—Ha caído desplomado en el suelo del salón y estaba ya entre los ángeles antes de que su mujer llegara siquiera al teléfono. Dios bendito.

—Padre, explícate. ¿De quién...?

—Ha muerto. El comisario Stephen O'Meara ha muerto, Aiden.

Danny apoyó la mano en el respaldo de una butaca.

Su padre recorrió con la mirada las paredes del gabinete como si contuvieran respuestas.

—Dios ayude ahora al departamento.

21

Stephen O'Meara recibió sepultura en el cementerio de Holyhood, en Brookline, una mañana blanca y sin viento. Cuando Danny escrutó el cielo, no encontró pájaros ni sol. Una capa de nieve helada cubría la tierra y las copas de los árboles, tan marmórea como el cielo y el aliento de los asistentes en torno a la tumba. En el aire gélido, el eco de la salva de veintiún fusiles de la Guardia de Honor parecía más bien una segunda descarga de fusilería en otro entierro de menor importancia más allá de los árboles helados.

La viuda de O'Meara, Isabella, se hallaba sentada con sus tres hijas y el alcalde Peters. Las hijas pasaban todas de treinta años y sus maridos ocupaban los asientos a su izquierda, seguidos por los nietos de O'Meara, que tiritaban y no paraban de moverse. Al final de esa larga fila, estaba el nuevo comisario, Edwin Upton Curtis. Era un hombre de baja estatura, con el rostro del color y la textura de la piel de una naranja desechada hacía tiempo y los ojos tan mortecinos como su camisa marrón. En los tiempos en que Danny era casi un niño en pañales, Curtis ocupaba el cargo de alcalde, el más joven en la historia de la ciudad. Ahora no era lo uno ni lo otro —ni joven ni alcalde—, pero en 1896, cuando era un ingenuo republicano de pelo rubio, los capitostes de Boston, en espera de una solución a largo plazo más sólida, lo echaron a las garras de los furiosos líderes del Partido Demócrata. Abandonó la máxima dignidad del ayuntamiento un año después de tomar posesión del puesto y los posteriores cargos que se le asignaron disminuyeron tanto de categoría que dos décadas más tarde, cuando el gobernador saliente McCall lo nombró para el puesto de O'Meara, era funcionario de Aduanas.

—No me puedo creer que haya tenido la desfachatez de presentarse —dijo después Steve Coyle en Fay Hall—. Ese hombre detesta a los irlandeses. Detesta a la policía. Detesta a los católicos. ¿Cómo vamos a recibir un trato justo de ese individuo?

Steve seguía considerándose policía. Seguía asistiendo a las reuniones. No tenía otro sitio adonde ir. Aun así, esa misma pregunta se hacían todos en Fay Hall aquella mañana. Habían colocado un megáfono en un soporte delante de la tribuna para que los hombres pronunciaran palabras de homenaje a su difunto comisario, mientras el resto de los agentes de a pie pululaban junto a las cafeteras y los barriles de cerveza. Los capitanes, tenientes e inspectores celebraban su propio acto conmemorativo en Locke-Ober, en la otra punta de la ciudad, con porcelana fina y cocina francesa, pero la tropa estaba allí en Roxbury, intentando expresar su sensación de pérdida por un hombre al que apenas habían conocido. Sus palabras, pues, perdieron fuerza a medida que cada uno contaba una anécdota acerca de un encuentro casual con el Gran Hombre, un jefe «severo pero justo». Ahora estaba al megáfono Milty McElone, aludiendo una vez más a la obsesión de O'Meara por los uniformes, su capacidad para detectar un botón deslustrado a diez metros en una sala de revista abarrotada.

En la sala, los hombres buscaban a Danny y Mark Denton. El precio del carbón había subido otro centavo en el último mes. Al final de su jornada, los hombres regresaban a habitaciones gélidas con el aire empañado por las vaharadas de aliento condensado que salían de las bocas de sus hijos. Ya se echaba encima la Navidad. Sus mujeres estaban hartas de zurcir, hartas de servir la sopa cada vez más clara, furiosas porque no podían ir a Raymond's, Gilchrist's, o Houghton & Dutton a hacer las compras navideñas. Otras esposas sí podían —las de los conductores de tranvía, los camioneros, los estibadores—, pero ¿por qué no las de los policías?

—Estoy cansado de que me echen de mi propia cama —dijo un agente—. Teniendo en cuenta que sólo duermo allí dos veces por semana, ya es el colmo.

—Son nuestras mujeres —dijo otro—, y son pobres por haberse casado con nosotros.

Los hombres que se acercaban al megáfono empezaron a manifestar sentimientos similares. Las palabras en homenaje a O'Meara fueron quedando de lado. Se veía la escarcha en los cristales de las ventanas y fuera del pabellón se oyó levantarse el viento.

En ese momento se hallaba ante el megáfono Dom Furst, que se arremangaba la guerrera para enseñar a todos el brazo.

—Chicos, éstas son las picaduras que me hizo anoche algún bicho. Saltan a nuestras camas cuando se cansan de cabalgar a lomos de las ratas. ¿Y la respuesta a nuestras quejas es Curtis? ¡Pero si es uno de ellos! —Señaló en dirección a Beacon Hill con el brazo desnudo salpicado de picaduras rojas—. Habrían podido elegir a muchos hombres para sustituir a Stephen O'Meara y dejarnos claro el mensaje «Nos traer sin cuidado». Pero al elegir a Edwin Curtis, alias «Así Te Den Por Culo», lo que nos están diciendo es «Jodeos».

Algunos hombres estamparon las sillas contra las paredes. Algunos lanzaron las tazas de café contra las ventanas.

—Mejor será que intervengamos —propuso Danny a Denton.

—Todo tuyo —contestó Denton.

—Conque nos jodamos, ¿eh? —vociferó Furst—. Pues que se jodan ellos. ¡Eso es lo que yo digo! ¿Me oís? ¡Que se jodan ellos!

Danny seguía abriéndose paso a través del gentío hacia el megáfono cuando todos los presentes entonaron a coro:

—¡Que se jodan! ¡Que se jodan! ¡Que se jodan! ¡Que se jodan!

Saludó a Dom con una sonrisa inclinando la cabeza y se colocó detrás de él junto al megáfono.

—Caballeros —intentó decir Danny, pero el incesante coro ahogó sus palabras.

—¡Caballeros! —repitió.

Vio a Mark Denton entre la multitud que lo miraba ceñudo con una sonrisa ladeada.

Una tercera vez.

—¡Caballeros!

Unos cuantos lo miraron. Los demás entonaban la consigna y lanzaban los puños al aire y se derramaban cerveza y café unos sobre otros.

—¡Callaos! ¡De una puta vez! —ordenó Danny por el megáfono. Respiró hondo y recorrió la sala con la mirada—. Somos vuestros representantes sindicales, ¿no? Mark Denton, Kevin McRae, Doolie Ford y yo. Antes de enloquecer, dejadnos negociar con Curtis.

—¿Cuándo? —gritó alguien desde la multitud.

Danny miró a Mark Denton.

—El día de Navidad —respondió Denton—. Tenemos una reunión en el despacho del alcalde.

—No es posible que esté tomándonos a la ligera —añadió Danny—, si quiere reunirse con nosotros la mañana de Navidad, ¿no os parece, chicos?

—Puede que sea medio judío —bramó alguien, y los presentes prorrumpieron en carcajadas.

—Puede que lo sea —convino Danny—. Pero es un paso firme en la dirección correcta. Un acto de buena fe. Concedamos a ese hombre el beneficio de la duda hasta entonces, ¿de acuerdo?

Danny miró aquel centenar de caras; sólo se habían dejado convencer a medias. «¡Que se jodan!», gritaron unos cuantos otra vez desde el fondo de la sala, y Danny señaló la fotografía de O'Meara que colgaba de la pared a su izquierda. Mientras docenas de ojos seguían su dedo, tomó conciencia de algo que lo aterrorizó y lo emocionó al mismo tiempo.

Esos hombres querían que él los guiara.

A algún sitio. A cualquier sitio.

—¡Ese hombre! —gritó—. ¡A ese gran hombre se le ha dado sepultura hoy mismo!

Se acabó el griterío, la sala quedó en silencio. Todos miraron a Danny, preguntándose adónde quería llegar con eso, adónde pretendía llevarlos. Él mismo no lo sabía.

Bajó la voz.

—Murió con un sueño aún sin realizar.

Varios hombres agacharon la cabeza.

Dios santo, ¿adónde quería ir a parar?

—Ese sueño era nuestro sueño. —Danny estiró el cuello y miró a los presentes—. ¿Dónde está Sean Moore? Sean, te he visto hace un rato. Levanta la mano.

Sean Moore levantó una mano tímidamente.

Danny fijó la mirada en la suya.

—Tú estabas allí aquella noche, Sean. En el bar, aquella noche, antes de su muerte. Estabas conmigo. Conociste a ese hombre. ¿Y qué dijo?

370

Sean miró a los hombres a su alrededor y desplazó el peso del cuerpo de un pie a otro. Dirigió a Danny una débil sonrisa y cabeceó.

—Dijo... —Sean vaciló. Danny recorrió la sala con la mirada—. Dijo: «Una promesa es una promesa.»

La mitad de los presentes aplaudieron. Unos cuantos silbaron.

—Una promesa es una promesa —repitió Danny.

Más aplausos, unas cuantas voces.

—Preguntó si confiábamos en él. ¿Confiamos en él? Porque ése era su sueño tanto como el nuestro.

Paparruchas, Danny lo sabía, pero daban resultado. Vio que los hombres empezaban a erguir la cabeza. La ira dio paso al orgullo.

—Levantó el vaso... —Danny levantó también el suyo. Vio a su padre reflejado en su propio comportamiento: la labia, el recurso a los sentimientos, el dramatismo—. Y dijo: «Por los hombres del Departamento de Policía de Boston, sin par en esta nación». ¿Brindaréis por eso, muchachos?

Brindaron. Lanzaron una ovación.

Danny bajó la voz varias octavas.

—Si Stephen O'Meara sabía que no teníamos par, Edwin Upton Curtis pronto lo sabrá también.

Empezaron a entonar otra vez una consigna, y Danny tardó un momento en reconocer la palabra que pronunciaban porque la habían dividido en dos sílabas y parecía dos palabras. La sangre le subió a la cara tan deprisa que se le antojó fría y nueva.

—¡Cough-lin! ¡Cough-lin!

Encontró el rostro de Mark Denton entre la multitud y vio en él una sonrisa lúgubre, una confirmación de algo, tal vez de sospechas albergadas previamente, del destino.

—¡Cough-lin! ¡Cough-lin! ¡Cough-lin!

—¡Por Stephen O'Meara! —clamó Danny, levantando otra vez su vaso en honor de un fantasma, de una idea—. ¡Y por su sueño!

Cuando se apartó del megáfono, los hombres lo rodearon. Algunos incluso intentaron levantarlo en hombros. Tardó diez minutos en llegar hasta Mark Denton, que le puso otra cerveza en la mano y se inclinó para gritarle algo al oído por encima del bullicio de la multitud.

—Has organizado una buena.

—Gracias —respondió Danny, también a pleno pulmón.

—De nada. —Mark desplegó una sonrisa tensa. Volvió a inclinarse—. ¿Qué pasará si no cumplimos, Dan? ¿Lo has pensado? ¿Qué pasará?

Danny miró a los demás, los rostros sudorosos. Varios alargaban el brazo ante Mark para darle a él una palmada en el hombro, para levantar sus vasos y brindar por él. ¿Que si estaba emocionado? Dios santo, se sentía como debían de sentirse los reyes. Los reyes y los generales y los leones.

—Cumpliremos —respondió a Mark.

—Eso espero, francamente.

Danny tomó una copa con Eddie McKenna en Parker House pocos días después. Por suerte, habían encontrado asiento junto a la chimenea esa noche fría en que un viento negro soplaba racheado y sacudía los marcos de las ventanas.

—¿Alguna novedad respecto al nuevo comisario?

McKenna recorrió el contorno del posavasos con el dedo.

—Bah, es un lacayo de los capitostes de la cabeza a los pies. Una puta de venas hinchadas vestida de virgen. ¿Sabías que fue a por el cardenal O'Connell el año pasado?

—¿Cómo?

McKenna asintió.

—Respaldó un proyecto de ley en la última Convención Republicana para retirar todos los fondos públicos a los colegios religiosos. —Enarcó las cejas—. Como no pueden arrebatarnos nuestro patrimonio, embisten contra nuestra religión. No hay nada sagrado para estos ricachos. Nada.

—Así que las posibilidades de un aumento...

—Ahora mismo ésa sería la última de mis preocupaciones.

Danny se acordó del clamor de los hombres en Fay Hall la otra mañana, entonando su nombre, y contuvo el impulso de dar un puñetazo a algo. Habían estado cerca de conseguirlo. Muy cerca.

—Tengo una reunión con Curtis y el alcalde dentro de tres días.

McKenna movió la cabeza en un gesto de negación.

—Lo único que puede hacerse durante un cambio de régimen es agachar la cabeza.

—¿Y si no puedo agacharla?

—Prepárate para que te abran un nuevo agujero.

Danny y Mark Denton se reunieron para hablar de la estrategia que iban a seguir en la reunión de esa mañana con el alcalde Peters y el comisario Curtis. Se sentaron a una de las mesas al fondo de la taberna Blackstone, en Congress Street. Era un barucho, un establecimiento muy frecuentado por policías, donde sus compañeros, conscientes de que Mark y Danny tenían las llaves de su destino, los dejaron solos.

—Ya no basta con un aumento de doscientos al año —señaló Mark.

—Lo sé —convino Danny. El coste de la vida se había disparado de tal manera en los últimos seis meses que lo único que se conseguiría con esa cifra acordada antes de la guerra sería dejar sus salarios a duras penas por encima del índice de pobreza—. ¿Y si partimos de trescientos?

Mark se frotó la frente.

—Es una cuestión delicada. Podrían acceder a la prensa antes que nosotros y acusarnos de codiciosos. Y desde luego lo de Montreal no ha beneficiado nuestra posición negociadora.

Danny tendió la mano hacia la pila de papeles que Denton había extendido sobre la mesa.

—Pero las cifras están de nuestro lado.

Cogió el artículo sobre los bruscos aumentos en el precio del carbón, el petróleo, la leche y el transporte público que había recortado del *Traveler* la semana anterior.

—Pero ¿cómo vamos a pedir trescientos cuando aún se resisten a conceder los doscientos?

Danny soltó un suspiro y se frotó también la frente.

—Echémoslo sobre la mesa sin más. Cuando se nieguen, podemos bajar a doscientos cincuenta para los veteranos, doscientos diez para los nuevos, y empezar así a crear una escala.

Mark tomó un sorbo de cerveza, la peor de la ciudad pero también la más barata. Se limpió la espuma del labio superior con el dorso de la mano y echó otro vistazo al recorte del *Traveler*.

—Podría salir bien, podría. ¿Y si nos lo rechazan de plano? ¿Nos dicen que no hay dinero, nada, cero?

—Entonces tendremos que sacar el tema del aprovisionamiento en la cooperativa de la policía. Les preguntaremos si les parece bien que los agentes tengan que pagarse los uniformes, los abrigos, las armas, las balas. Les preguntaremos cómo pretenden que un novato de primer año, con un salario de 1905, alimente a sus hijos, si encima ha de correr con los gastos de su propio equipo.

—Me gusta eso de los hijos. —Mark esbozó una sonrisa melancólica—. No dudes en jugar esa baza si nos cruzamos con algún periodista al salir de la reunión y nos ha ido mal.

Danny asintió con la cabeza.

—Otra cosa. Tenemos que reducir en diez horas la semana laboral media y conseguir un plus en las horas extra para misiones especiales. Dentro de un mes viene el presidente, ¿no? Desembarcará al llegar de Francia y recorrerá estas calles. Ya sabemos que pondrán de servicio hasta el último policía al margen de lo que haya trabajado ya esa semana. Exijamos el plus en las horas extra a partir de ese momento.

—Con eso, van a ponerse como fieras.

—Exacto. Y cuando se hayan puesto como fieras, renunciaremos a todas esas reivindicaciones a condición de que nos den simplemente el aumento prometido, más el incremento del coste de la vida.

Mark se detuvo a pensar en ello y dio un sorbo a su cerveza, contemplando la nieve que caía al otro lado de las ventanas cada vez más oscuras a última hora de la tarde.

—También tenemos que arremeter contra las violaciones del reglamento sanitario —apuntó Mark—. La otra noche vi en la Cero-Nueve unas ratas tan grandes que las balas como mucho las aturdirán. Arremeteremos contra eso, contra lo de la cooperativa y las misiones especiales. —Se reclinó en el asiento—. Sí, creo que tienes razón. —Entrechocó su jarra con la de Danny—. Pero ten en cuenta una cosa: no darán el sí mañana. Marearán la perdiz. Después, cuando veamos a la prensa, adoptaremos una actitud conciliadora. Diremos que se ha avanzado un poco. Pero también llamaremos la atención respecto a las reivindicaciones. Diremos que Peters y Curtis son buenos hombres que están haciendo un sincero esfuerzo por ayudarnos con el problema de la cooperativa. Y entonces los periodistas preguntarán...

—¿Cuál es el problema de la cooperativa?

Danny sonrió, captando la idea.

—Eso. Lo mismo con el coste de la vida. «Bueno, sí, sabemos que el alcalde sin duda tiene la esperanza de corregir la disparidad entre lo que ganan los hombres y el precio del carbón.»

—Lo del carbón no está mal —dijo Danny—, pero sigue pareciéndome un poco abstracto. Los niños son nuestro as en la manga.

Mark se rió.

—Le estás cogiendo el tranquillo a esto.

—Soy hijo de mi padre, no nos olvidemos.

Danny levantó su jarra.

Por la mañana se puso su único traje, el que Nora le había elegido durante sus días de cortejo secreto en 1917. Era azul marino, de mil rayas, con la chaqueta cruzada y entallada y, debido al peso que había perdido intentando ofrecer el aspecto de un bolchevique famélico, le quedaba grande. Aun así, en cuanto se tocó con el sombrero y recorrió con los dedos el ala ribeteada para darle la curva que deseaba, se vio elegante, incluso peripuesto. Mientras se toqueteaba el cuello alto y se ensanchaba un poco el nudo de la corbata para camuflar el hueco entre el cuello y la garganta, ensayó ante el espejo expresiones lúgubres, miradas serias. Le preocupaba mostrarse demasiado peripuesto, ofrecer un aspecto casi de dandi. ¿Lo tomarían Curtis y Peters en serio? Se quitó el sombrero y arrugó la frente. Se desabrochó y abrochó la chaqueta varias veces. Decidió que quedaba mejor cerrada. Volvió a ensayar el ceño. Se añadió más macasar en el pelo y volvió a ponerse el sombrero.

Se encaminó hacia la jefatura en Pemberton Square. Hacía una mañana magnífica, fría pero sin viento. El cielo era una franja brillante de acero reluciente y el aire olía a humo de chimenea, nieve fundida, ladrillos calientes y ave asada.

Se encontró con Mark Denton cuando se acercaba por School Street. Se sonrieron, se saludaron con la cabeza y subieron juntos por la cuesta de Beacon Hill.

—¿Nervioso? —preguntó Danny.

—Un poco —contestó Mark—. He dejado a Emma y los niños

solos en casa la mañana de Navidad, así que más vale que sea por algo. ¿Y tú qué tal?

—He decidido no pensar en ello.

—Es lo más prudente.

A la entrada de la jefatura no había nadie, ningún periodista en la escalinata. Ni un alma. Habría sido de esperar que estuviera al menos el chófer del alcalde, o el de Curtis.

—En la parte de atrás —dijo Mark Denton, señalando hacia allí con la cabeza en un gesto enfático—. Estarán todos en la parte de atrás, dándole ya algún que otro tiento a las petacas para celebrar la Navidad.

—Eso será —convino Danny.

Entraron y se quitaron el sombrero y el abrigo. Los esperaba un hombre menudo con traje oscuro y pajarita roja que sostenía un estrecho maletín en el regazo. Unos ojos demasiado grandes para una cara tan pequeña le daban una expresión de permanente sorpresa. No era mayor que Danny, pero tenía el nacimiento del pelo casi por la mitad de la cabeza y el cuero cabelludo al descubierto se le veía aún un tanto rosado, como si la calvicie fuese cosa de la noche anterior.

—Stuart Nichols, secretario personal del comisario Curtis. Acompáñenme si son tan amables.

No les tendió la mano ni los miró a los ojos. Se levantó del banco y subió por la escalera ancha de mármol. Ellos lo siguieron.

—Feliz Navidad —dijo Mark Denton, hablándole a la espalda de Nichols.

Stuart Nichols lanzó una mirada fugaz por encima del hombro y se volvió de inmediato al frente.

Mark miró a Danny, y éste se encogió de hombros.

—También yo te deseo feliz Navidad —dijo Danny.

—Pues muchas gracias, agente. —Denton apenas reprimió una sonrisa, lo que recordó a Danny su época de monaguillo con Connor—. Y además te deseo un próspero Año Nuevo.

Stuart Nichols no los escuchaba o le daba igual. Ya en lo alto de la escalera, los condujo por un pasillo y se detuvo delante de una puerta de cristal esmerilado con el rótulo «COMISARIO DPB» en pan de oro. Abrió la puerta y, tras hacerlos pasar a una pequeña antesala, se situó detrás de un escritorio y cogió el auricular del teléfono.

—Ya han llegado, comisario. Sí, señor.

Colgó.

—Tomen asiento, caballeros.

Mark y Danny se sentaron en el sofá de piel frente al escritorio, y Danny procuró acallar la sensación de que algo no iba bien. Permanecieron allí sentados cinco minutos mientras Nichols abría su maletín, sacaba un cuaderno forrado en piel y anotaba algo con una estilográfica de plata, oyéndose el rasgueo de la plumilla en el papel.

—¿Ha llegado ya el alcalde? —preguntó Mark, pero sonó el teléfono.

Nichols contestó, escuchó y volvió a dejar el auricular en la horquilla.

—Les recibirá ahora.

Volvió a fijar la atención en el cuaderno, y Danny y Mark se acercaron a la puerta de roble que daba al despacho. Mark alargó el brazo hacia el pomo de latón y lo giró. Danny atravesó el umbral del despacho de Curtis detrás de él.

Curtis estaba sentado al otro lado de su escritorio. Sus orejas eran enormes, casi como media cabeza, y los lóbulos pendían como aletas. Tenía la piel rubicunda, salpicada de manchas, y al respirar expulsaba el aire por la nariz con un ronco resoplido. Les lanzó una mirada.

—El hijo del capitán Coughlin, ¿no?

—Sí, señor.

—El que mató al terrorista el mes pasado —asintió, como si él mismo hubiese planeado aquella muerte. Consultó unos papeles extendidos en la mesa—. Se llama Daniel, ¿no?

—Aiden, señor. Pero me llaman Danny.

Curtis respondió con una mueca.

—Tomen asiento, caballeros.

A sus espaldas, una ventana oval abarcaba casi toda la pared. Detrás, se extendía la ciudad, nítida y quieta en la mañana de Navidad, extensiones blancas y ladrillo rojo y adoquines, el puerto proyectándose en el extremo de la masa de tierra como una sartén azul celeste mientras el humo de las chimeneas se elevaba en columnas y se estremecía en el cielo.

—Agente Denton —dijo Curtis—. Sirve en el Distrito Nueve. ¿No es así?

—Sí, señor.

Curtis anotó algo en un cuaderno y mantuvo la mirada fija en el papel mientras Danny se sentaba al lado de Mark.

—¿Y usted, agente Coughlin, en el Distrito Primero?

—Sí, señor.

Otro rasgueo de la pluma.

—¿Viene el alcalde de camino?

Denton dejó el abrigo sobre el brazo derecho de la butaca y su propia rodilla.

—El alcalde está en Maine. —Curtis consultó un papel antes de continuar escribiendo en su cuaderno—. Es Navidad. Está con su familia.

—A ver, señor... —Mark miró a Danny y luego a Curtis—. Teníamos programada una reunión a las diez con usted y el alcalde Peters.

—Es Navidad —repitió Curtis, y abrió un cajón. Revolvió por un momento en él y sacó otra hoja que dejó a su izquierda—. Una fiesta de guardar. El alcalde Peters se merece un día libre, diría yo, en el cumpleaños de nuestro Señor.

—Pero la reunión estaba programada para...

—Agente Denton, me han llamado la atención sobre el hecho de que ha estado usted ausente en varios pases de revista en el turno de noche del Distrito Nueve.

—¿Cómo dice?

Curtis levantó la hoja colocada a su izquierda.

—Éste es el informe de servicio de su comandante de guardia. Ha estado ausente o ha llegado con retraso en nueve pases de revista en igual número de semanas.

Los miró a los ojos por primera vez.

Mark cambió de posición en la silla.

—Señor, no estoy aquí en calidad de agente. Estoy aquí en calidad de principal representante del Club Social de Boston. Y como tal, con el debido respeto, debo aclarar que...

—Eso es una evidente negligencia en el cumplimiento del deber. —Curtis agitó la hoja—. Está claro como el agua, agente. La comunidad espera que los responsables del orden se ganen la paga, y usted no lo ha hecho. ¿Dónde estaba para no asistir en nueve ocasiones al pase de revista?

—Señor, no creo que ése sea el tema que nos ha traído aquí. Vamos a...

—Sin duda es el tema que nos ha traído aquí, agente. Firmó usted un contrato. Juró proteger y servir a los ciudadanos de esta gran comunidad. Juró, agente, cumplir los deberes asignados a usted por el Departamento de Policía de Boston. Uno de esos deberes, explícitamente mencionado en la séptima cláusula de ese contrato, es la asistencia al pase de revista. Sin embargo tengo declaraciones juradas tanto del comandante como del sargento de guardia de la comisaría del Distrito Nueve donde queda constancia de que usted ha optado por no cumplir esa obligación esencial.

—Señor, con el debido respeto, me permito aclarar que en unas cuantas ocasiones no pude asistir al pase de revista a causa de mis obligaciones con el CSB, pero eso...

—Usted no tiene ninguna obligación con el CSB. Usted ha decidido voluntariamente trabajar para esa entidad.

—... pero eso... En cualquier caso, señor, tenía autorización tanto del comandante como del sargento de guardia.

Curtis asintió.

—¿Me permite acabar? —preguntó.

Mark lo miró, tensándose los músculos de sus mejillas y su mandíbula.

—¿Me permite acabar? —repitió Curtis—. ¿Puedo hablar sin temor a que me interrumpa? Porque lo considero una grosería, agente. ¿Considera usted una grosería que lo interrumpan?

—Sí, señor. Por eso...

Curtis levantó una mano.

—Permítame descartar la idea de que tiene algún tipo de autoridad moral, porque desde luego, agente, no la tiene. Como reconocen tanto su comandante como su sargento, pasaron por alto sus retrasos o ausencias en el pase de revista porque ellos también pertenecen a ese club social. Sin embargo, no están autorizados a tomar tal decisión. —Abrió las palmas de las manos—. No forma parte de sus atribuciones. Sólo un capitán o un cargo superior puede hacer esa clase de concesiones.

—Señor, yo...

—Así pues, agente Denton...

—Señor, si...

—No he acabado, agente. ¿Me haría el favor de dejarme hablar? —Curtis se acodó en la mesa y señaló a Mark con el dedo. Le temblaba el rostro salpicado de manchas—. ¿Es cierto o no que ha demostrado una clara indiferencia a sus deberes policiales?

—Señor, tenía la impresión...

—Responda a la pregunta.

—Señor, creo que...

—Sí o no, agente. ¿Piensa que los ciudadanos de Boston quieren oír excusas? He hablado con ellos, señor, y no es eso lo que quieren. ¿Es verdad o no que faltó al pase de revista?

Echó los hombros al frente, apuntándolo aún con el dedo. Danny lo habría considerado cómico si aquello se hubiese producido en cualquier otra situación, cualquier otro día, cualquier otro país. Pero Curtis había acudido a la mesa de negociaciones con algo que no habían previsto en absoluto, algo que se consideraba desfasado y obsoleto en los tiempos modernos: una especie de moralismo fundamentalista que sólo alguien muy fundamentalista podía poseer. Libre de toda duda, se presentaba so capa de inteligencia moral y firme determinación. Lo espantoso era lo pequeño, lo inerme, que uno se sentía ante algo así. ¿Cómo combatir la cólera moralista sin más armas que la lógica y la cordura?

Denton abrió el maletín y sacó las hojas en las que había trabajado durante semanas.

—Señor, si me permite centrar la atención en el aumento que nos prometieron...

—¿Nos? —preguntó Curtis.

—Sí, al Departamento de Policía de Boston.

—¿Se atreve a afirmar que representa a esos hombres excelentes? —Curtis frunció el entrecejo—. He hablado con muchos de ellos desde que ocupé el cargo, y puedo asegurarle que no es voluntad suya considerarlo a usted su líder, agente Denton. Están cansados de que hable por ellos y de que los presente como hombres descontentos. Sin ir más lejos, ayer mismo hablé con un policía de a pie del Distrito Doce, ¿y sabe qué me dijo? Me dijo: «Comisario Curtis, nosotros los de la Uno-Dos estamos orgullosos de servir a nuestra ciudad en una época de necesidad. Ya puede decir a esa gente de los barrios que nunca seremos bolcheviques. Somos agentes de policía».

Mark sacó su propia pluma y su cuaderno.

—Si me da su nombre, señor, gustosamente hablaré con él respecto a cualquier queja que pueda tener conmigo.

Curtis lo descartó con un amplio gesto de la mano.

—He hablado con docenas de hombres, agente Denton, de toda la ciudad. Con varias docenas. Y ninguno, se lo aseguro, es bolchevique.

—Tampoco yo lo soy, señor.

—Agente Coughlin. —Curtis pasó a la siguiente hoja—. Hace poco ha estado en misión especial, según tengo entendido. ¿Investigando células terroristas en la ciudad?

Danny asintió.

—¿Y eso ha dado un resultado positivo?

—Sí, señor.

—¿Sí? —Curtis se tiró de la piel por encima del cuello de la camisa—. He leído los informes de servicio del teniente McKenna. Están plagados de ambigüedades sin la menor base en la realidad. Eso me ha inducido a examinar los expedientes de las misiones anteriores de las Brigadas Especiales del teniente, y tampoco ahí alcanzo a discernir una correlación con la confianza del público. En fin, agente Coughlin, todo eso es exactamente la clase de falsa actividad que, desde mi punto de vista, resta valor a los deberes jurados de un policía. ¿Podría describirme en concreto qué resultados positivos ha dado, en su opinión, el trabajo con esos... cómo se llaman... Obreros Letones, antes de que se descubriese su tapadera?

—La Sociedad de Obreros Letones, señor —precisó Danny—. Y no es fácil determinar los resultados. Actué infiltrado, tratando de acercarme a Louis Fraina, el cabecilla del grupo, conocido subversivo y director de *Era revolucionaria*.

—¿Con qué fin?

—Tenemos motivos para pensar que planean un atentado en esta ciudad.

—¿Cuándo?

—El Primero de Mayo parece la fecha más probable, pero corren rumores de que...

—Rumores —atajó Curtis—. Me permito dudar que exista el menor problema de terrorismo.

—Señor, con el debido respeto, yo...

Curtis asintió media docena de veces.

—Sí, ya, mató usted a uno. Estoy enterado de eso, como sin duda lo estarán también algún día sus tataranietos. Pero era un solo hombre. El único, a mi juicio, que actuaba en Boston. ¿Se proponen ustedes ahuyentar de esta ciudad los negocios? ¿Cree usted que una empresa medianamente sensata se establecerá aquí si se divulga la noticia de que nos hemos embarcado en una operación de gran alcance para sacar a la luz a docenas de sectas terroristas dentro de los límites de la ciudad? Vamos, señores, escaparán a Nueva York. A Filadelfia. A Providence.

—El teniente McKenna y varios miembros del Departamento de Justicia —repuso Danny— creen que se ha fijado el Primero de Mayo para una revuelta nacional.

Curtis mantuvo la mirada fija en la superficie de la mesa. En el posterior silencio, Danny se preguntó si el comisario había oído algo de lo que había dicho.

—Tuvo usted a un par de anarquistas fabricando bombas delante de sus mismas narices, ¿no es así?

Mark lo miró. Danny asintió.

—Aprovechó, pues, esta misión para expiar sus culpas y consiguió matar a uno de ellos.

—Algo así, señor —admitió Danny.

—¿Alberga usted intenciones sanguinarias hacia los subversivos, agente?

—Los violentos no me gustan, pero yo no definiría eso como intenciones sanguinarias —respondió Danny.

Curtis asintió.

—¿Y qué me dice de los subversivos que hay ahora mismo dentro de nuestro propio departamento, hombres que propagan el malestar entre los agentes, hombres que sovietizarían este honorable protectorado del interés público? ¿De los hombres que se reúnen y hablan de huelgas, de anteponer sus intereses mezquinos al bien común?

Mark se puso en pie.

—Vámonos, Dan.

Curtis entrecerró los ojos, dos manchas oscuras de oportunidades perdidas.

—Si no se sientan, los suspenderé de empleo... ahora mismo... y ya presentarán batalla para su reincorporación por mediación de un juez.

Mark se sentó.

—Señor, está usted cometiendo un grave error. Cuando la prensa se entere de...

—Hoy los periodistas se han quedado en casa —interrumpió Curtis.

—¿Cómo?

—En cuanto se les informó ayer por la noche de que el alcalde Peters no asistiría y de que el orden del día tendría muy poco que ver con ese «sindicato» que ustedes llaman club social, decidieron pasar la mañana con sus familias. ¿Tiene usted el número de teléfono particular de alguno de ellos, agente Denton?

Danny se sintió aturdido, y cuando Curtis volvió a fijar la atención en él, lo invadió el calor de las náuseas.

—Agente Coughlin, opino que está usted infravalorado en el servicio de calle. Me gustaría que se uniera al inspector Steven Harris, sargento de Asuntos Internos.

Danny sintió desaparecer el aturdimiento. Movió la cabeza en un gesto de negación.

—No, señor.

—¿Se niega a atender una petición de su comisario? ¿Usted, que se acostó con una terrorista? ¿Una terrorista que, por lo que sabemos, campa aún a sus anchas por nuestras calles?

—En efecto, señor, pero con el debido respeto.

—No hay el menor respeto en negarse a atender la petición de un superior.

—Lamento que lo vea usted así, señor.

Curtis se reclinó en la silla.

—Conque es usted amigo del trabajador, del bolchevique, del subversivo que se hace pasar por «hombre corriente».

—Creo que el Club Social de Boston representa al DPB, señor.

—Pues yo no —dijo Curtis. Tamborileó con los dedos en la superficie de la mesa.

—Eso salta a la vista, señor.

Esta vez fue Danny quien se puso en pie.

Curtis contrajo los labios en una sonrisa de crispación cuando Mark también se levantó. Danny y Mark se pusieron los abrigos y Curtis se recostó contra el respaldo de la silla.

—Se han acabado los tiempos en que este departamento estaba controlado, bajo mano, por hombres como Eduard McKenna y su padre. Han quedado atrás los tiempos en que el departamento capitulaba ante las exigencias de los bolcheviques. Agente Denton, póngase firmes, por favor.

Mark se volvió hacia él y se llevó las manos a la espalda.

—Su nuevo destino es la comisaría del Distrito Quince, en Charlestown. Debe presentarse allí de inmediato. Es decir, este mediodía, agente, para iniciar su servicio en el turno de doce a doce.

Mark sabía exactamente qué significaba eso: le sería imposible convocar reuniones en Fay Hall si estaba enclaustrado en Charlestown desde el mediodía hasta la medianoche.

—Agente Coughlin, firmes. También usted cambiará de destino.

—¿Adónde, señor?

—Una misión especial. De hecho, ya está familiarizado con esa clase de trabajo.

—Sí, señor.

El comisario volvió a echarse atrás y se pasó la mano por el vientre.

—Formará parte del grupo antihuelga hasta nuevo aviso. Cada vez que los obreros dejen plantados a los buenos hombres que pretenden pagarles, usted estará allí para asegurarse de que no se cometen actos violentos. Será cedido en función de la necesidad a otros departamentos de policía de todo el estado. Hasta nuevo aviso, agente Coughlin, será un rompehuelgas.

Curtis apoyó los codos en la mesa y escrutó a Danny, esperando una reacción.

—Como usted diga, señor.

—Bienvenidos al nuevo Departamento de Policía de Boston —dijo Curtis—. Pueden marcharse, caballeros.

Al salir del despacho, Danny estaba sumido en tal estado de estupefacción que creía que nada podía agravarlo, pero entonces vio a quienes esperaban su turno en la antesala:

Trescott, el secretario de actas del CSB.

McRae, el tesorero.

Slatterly, el vicepresidente.

Fenton, el secretario de prensa.

McRae se levantó y preguntó:

—¿Qué demonios pasa aquí? Me han llamado hace media hora para ordenarme que me presentara de inmediato aquí en Pemberton. ¿Dan? ¿Mark?

Mark parecía conmocionado. Apoyó la mano en el brazo de McRae.

—Es un baño de sangre —susurró.

Fuera, en la escalera, encendieron unos cigarrillos y procuraron recobrar la serenidad.

—No pueden hacer una cosa así —dijo Mark.

—Acaban de hacerlo.

—Provisionalmente —afirmó Mark—. Provisionalmente. Llamaré a nuestro abogado, Clarence Rowley. Pondrá el grito en el cielo. Conseguirá un mandamiento judicial.

—¿Qué mandamiento? —preguntó Danny—. No nos han suspendido de empleo, Mark. Sólo nos han cambiado el destino. Tienen autoridad para hacerlo. No hay nada que demandar.

—Cuando se entere la prensa, van a...

Su voz se apagó gradualmente y dio una calada al cigarrillo.

—Puede ser —dijo Danny—. Si es un día de pocas noticias.

—Dios santo —susurró Mark—. Dios santo.

Danny contempló las calles vacías y luego alzó la vista al cielo azul. Un día tan hermoso, tan despejado, con aquel frío tonificante y sin viento.

22

Danny, su padre y Eddie McKenna se reunieron en el gabinete antes de la cena de Navidad. Eddie no se quedaría; tenía que pasar la velada con su propia familia en Telegraph Hill, a unas manzanas de allí. Bebió un largo trago de su copa de coñac.

—Tom, ese hombre ha emprendido una cruzada. Y considera que nosotros somos los infieles. Anoche envió a mi despacho orden de que recicle a todos mis hombres para el control de multitudes y procedimientos antidisturbios. También quiere que se los instruya para el servicio montado. ¿Y ahora arremete contra el club social?

Thomas Coughlin se acercó a él con la licorera del coñac y le rellenó la copa.

—Saldremos de ésta, Eddie. Hemos salido de otras peores.

Eddie asintió, animado por la palmada de Thomas Coughlin en la espalda.

—¿Vuestro hombre, Denton, va a ponerse en contacto con el abogado del CSB? —preguntó Thomas a Danny.

—Con Rowley, sí —contestó Danny.

Thomas, apoyándose en el escritorio, se frotó la nuca y arrugó la frente, clara señal de que estaba devanándose los sesos.

—Ha actuado con astucia. Una cosa sería que os hubiese suspendido de empleo, pero el cambio de destino... por mala impresión que cause... es una carta que puede jugar cómodamente si os volvéis contra él. Y no nos olvidemos: te tiene en un puño con lo de esa terrorista que te tiraste.

Danny volvió a llenarse la copa, advirtiendo que la anterior había volado.

—¿Y cómo se habrá enterado de eso? Creía que no constaba en ningún informe.

Su padre abrió los ojos desmesuradamente.

—De mí no ha salido, si es eso lo que insinúas. ¿Y de ti, Eddie?

—Por lo que he oído, tuviste una agarrada con ciertos agentes de Justicia hace unas semanas —comentó Eddie—. En Salem Street. ¿No sacaste a una chica de un coche?

Danny asintió.

—Fue así como encontré a Federico Ficara.

McKenna se encogió de hombros.

—En el Departamento de Justicia hay más filtraciones que en una tubería vieja. Siempre ha sido así.

—Joder.

Danny dio una palmada en el costado de un sillón de piel.

—Desde el punto de vista del comisario Curtis, ha llegado la hora de la venganza —explicó Thomas—. La hora del resarcimiento, caballeros. Por cada vez que Lomasney y los delegados de las pedanías le dieron por el culo cuando era alcalde. Por cada cargo degradante que le han asignado a lo largo y ancho del estado desde 1897. Por todas las cenas a las que no lo invitaron, todas las fiestas de las que se enteró después de celebrarse. Por cada vez que su señora se abochornó cuando la vieron con él. Pertenece a la aristocracia bostoniana, caballeros. Y hasta hace una semana era un aristócrata caído en desgracia. —Su padre agitó el coñac en la copa y tendió la mano hacia el cenicero para coger su puro—. Eso genera en cualquier hombre un desafortunado sentido de la épica por lo que se refiere a saldar cuentas.

—¿Qué hacemos, pues, Thomas?

—Dejar pasar el tiempo. Agachar la cabeza.

—Eso mismo aconsejé yo al chico.

Eddie sonrió a Danny.

—Hablo en serio. Tú, Eddie, tendrás que tragarte el orgullo los próximos meses. Yo soy capitán: puede llamarme a capítulo por alguna que otra cosa pero piso terreno firme y mi distrito ha registrado una disminución del seis por ciento en delitos violentos desde que ocupé el cargo. Y eso aquí —dijo, y señaló el suelo—, en el Doce, históricamente el distrito no italiano con mayor índice de delincuencia en la ciudad. No puede hacerme gran cosa a menos que yo le dé motivos, y me niego en redondo a dárselos. Tú, en cambio, eres teniente, y no eres precisamente un libro abierto. Te va a apretar las tuercas en serio, muchacho. Te las va apretar de lo lindo.

—¿Así que...?

—Así que si quiere que mantengas los caballos a punto y que tus hombres permanezcan en posición de descanso hasta el nuevo advenimiento de Cristo, obedece sin rechistar. Y tú —dijo a Danny— aléjate del CSB.

—No.

Danny apuró su copa y se puso en pie para rellenarla.

—¿Has oído lo que he...?

—Haré de rompehuelgas sin quejarme. Sacaré brillo a mis botones y lustraré mis zapatos, pero no dejaré en la estacada al CSB.

—En ese caso te hará picadillo.

Alguien llamó suavemente a la puerta.

—¿Thomas?

—Sí, querida.

—La cena estará lista dentro de cinco minutos.

—Gracias, cariño.

Los pasos de Ellen Coughlin se alejaron a la vez que Eddie cogía su abrigo del perchero.

—Menudo Año Nuevo se nos echa encima, caballeros.

—Ánimo, Eddie —dijo Thomas—. Somos las pedanías, y las pedanías controlan esta ciudad. No lo olvides.

—No lo haré, Tom, gracias. Feliz Navidad.

—Feliz Navidad.

—Y a ti también, Dan.

—Feliz Navidad, Eddie. Y un abrazo a Mary Pat.

—Se lo daré, se alegrará, seguro.

Salió del gabinete, y Danny sorprendió a su padre mirándolo a la vez que tomaba otro trago de su copa.

—Curtis te ha dejado con la moral por los suelos, ¿eh que sí, muchacho?

—Me recuperaré.

Los dos guardaron silencio durante un rato. Oyeron que arrastraban sillas y el ruido de fuentes y platos en la mesa del comedor.

—Von Clausewitz dijo que la guerra es política por otros medios.

—Thomas esbozó una sonrisa y tomó un trago—. Siempre he pensado que lo expresó al revés.

Connor había vuelto del trabajo hacía menos de una hora. Tenía asignado un presunto incendio provocado y aún olía a hollín y humo. Una alarma de nivel cuatro, explicó mientras daba las patatas a Joe, dos muertos. Y obviamente para cobrar el seguro, que ascendía a unos cientos más de lo que habrían sacado los dueños en una venta legítima. Estos polacos, concluyó, alzando la vista al techo.

—Tienes que andar con más cuidado —aconsejó su madre—. Ya no vives sólo para ti.

Danny vio ruborizarse a Nora al oírlo, vio a Connor guiñarle un ojo a ella y sonreírle.

—Ya lo sé, mamá. Lo sé. Lo tendré en cuenta. Te lo prometo.

Danny miró a su padre, sentado a su derecha en la cabecera de la mesa. Thomas le dirigió una mirada inexpresiva.

—¿Me he perdido algún anuncio? —preguntó Danny.

—Huy, jo... —Connor se interrumpió y miró a su madre—. Jolín —dijo finalmente, y se volvió primero hacia a Nora y luego otra vez hacia Danny—. Ha dado el sí, Dan. Nora. Ha dado el sí.

Nora levantó la cabeza y miró a Danny a los ojos. Su mirada rebosaba un orgullo y una vanidad que se le antojaron repulsivos.

La falta de convicción se traslucía en su sonrisa.

Danny tomó un sorbo del vaso que se había llevado del gabinete de su padre. Cortó un trozo de su loncha de jamón. Se sintió el centro de todas las miradas. Esperaban que dijese algo. Connor lo observaba, aguardando con la boca abierta. Su madre lo miraba con curiosidad. El tenedor de Joe quedó suspendido encima del plato.

Danny dejó los cubiertos en la mesa. Impostó una sonrisa que a él le pareció amplia y radiante. Demonios, le pareció amplísima. Vio que Joe se relajaba y el desconcierto desaparecía de la expresión de su madre. Se obligó a sonreír también con los ojos y sintió que se le abrían desmesuradamente las órbitas. Levantó el vaso.

—¡Estupendo! —Levantó aún más el vaso—. Mi enhorabuena a los dos. Me alegro mucho por vosotros.

Connor se echó a reír y alzó su copa.

—¡Por Connor y Nora! —prorrumpió Danny.

—¡Por Connor y Nora!

Los demás miembros de la familia levantaron también sus copas y las entrechocaron sobre el centro de la mesa.

Antes del postre, Nora le salió al paso cuando él regresaba del gabinete de su padre con un vaso lleno de whisky.

—Intenté decírtelo —explicó ella—. Ayer llamé tres veces a la pensión.

—No llegué a casa hasta pasadas las seis.

—Ah.

Danny le dio una palmada en el hombro.

—Pero es magnífico. Es extraordinario. No podría estar más contento.

Ella se frotó el hombro.

—Me alegro.

—¿Ya tenéis fecha?

—Hemos pensado en el diecisiete de marzo.

—El día de San Patricio. Perfecto. Cielos, el año que viene por estas mismas fechas... Es posible que por Navidad ya tengas un hijo.

—Es posible.

—¡Y gemelos! —dijo—. ¿No sería increíble?

Apuró el vaso. Ella lo miró a la cara como si buscara algo, pero qué buscaba, él no lo sabía. ¿Qué quedaba por buscar? Las decisiones, obviamente, ya se habían tomado.

—¿Quieres...?

—¿Qué?

—¿Quieres...? No sé qué decir...

—Pues no digas nada.

—¿Preguntar algo? ¿Saber algo?

—No —contestó él—. Voy a por otra copa. ¿Te apetece?

Danny entró en el gabinete y, al coger la licorera, advirtió que contenía mucho menos whisky que horas antes al llegar él.

—Danny.

—No hagas eso.

Se volvió hacia ella con una sonrisa.

—¿Que no haga qué?

—Pronunciar mi nombre.

—¿Por qué no puedo...?

—Como si significara algo —añadió él—. Cambia de tono. ¿De acuerdo? Sólo te pido eso. Cuando lo pronuncies.

Nora se retorció la muñeca con una mano y a continuación dejó caer los dos brazos a los costados.

—Yo...

—¿Qué?

Echó un vigoroso trago del vaso.

—No soporto a los hombres que se compadecen de sí mismos.

Danny se encogió de hombros.

—Vaya, qué irlandés por tu parte.

—Estás borracho.

—Sólo empiezo a estarlo.

—Lo siento.

Él se echó a reír.

—De verdad.

—Permíteme una pregunta. Ya sabes que el viejo está haciendo indagaciones en la madre patria. Te lo dije.

Ella asintió con la mirada fija en la alfombra.

—¿Por eso tantas prisas por casarte?

Ella levantó la cabeza, lo miró a los ojos, pero calló.

—¿De verdad crees que eso te salvará si la familia se entera de que ya estás casada?

—Creo... —Hablaba tan bajo que él apenas la oía—. Creo que si me caso con Connor, tu padre no me repudiará. Hará lo que mejor sabe hacer: lo que más convenga.

—Tanto miedo te da el repudio.

—Me da miedo estar sola —dijo ella—. Volver a pasar hambre. Estar...

Cabeceó.

—¿Qué?

Volvió a fijar la vista en la alfombra.

—Indefensa.

—Vaya, vaya, Nora, la auténtica superviviente, ¿no? —Sonrió—. Viéndote, me dan ganas de vomitar.

—¿Cómo?

—Aquí en la alfombra —añadió él.

Se oyó el susurro de la enagua cuando Nora cruzó el gabinete y se sirvió un whisky irlandés. Se bebió la mitad de un trago y se volvió hacia él.

—¿Quién coño te has creído que eres, muchacho?

—Vaya vocabulario —observó él—. Exquisito.

—Conque viéndome te dan ganas de vomitar, ¿eh, Danny?

—Ahora mismo, sí.

—¿Y eso por qué?

Danny se acercó a ella. Quiso agarrarla por aquel cuello suave y terso y levantarla del suelo. Quiso devorarle el corazón para que éste nunca más pudiera mirarlo a través de aquellos ojos.

—No lo quieres —dijo él.

—Sí lo quiero.

—No como me querías a mí.

—¿Quién ha dicho que te quería?

—Tú misma.

—Eso dices tú.

—Lo dijiste tú.

La cogió por los hombros.

—Suéltame.

—Lo dijiste tú.

—Suéltame. Quítame las manos de encima.

Danny apoyó la frente en su pecho, justo por debajo del cuello. Se sintió más solo que cuando estalló la bomba en la comisaría de Salutation Street, y más harto de sí mismo de lo que jamás habría imaginado.

—Te quiero.

Ella le apartó la cabeza.

—Te quieres a ti mismo, muchacho. Te...

—No...

Ella lo cogió por las orejas y lo miró fijamente.

—Sí. Te quieres a ti mismo. La magnífica música que te envuelve. Yo no tengo oído, Danny. No podría seguir tu ritmo.

Él se enderezó, respiró hondo por la nariz y parpadeó para aclararse los ojos.

—¿Lo quieres? Dímelo.

—Ya aprenderé a quererlo —contestó ella, y se acabó el vaso.

—Conmigo no tenías que aprender.

—Y ya ves cómo acabamos —replicó ella, y salió del gabinete.

Acababan de sentarse otra vez a la mesa para el postre cuando sonó el timbre. Danny sintió que el alcohol le oscurecía la sangre, espesándose en las extremidades, encaramándose peligrosamente a su cerebro con afán de venganza.

Joe fue a abrir. Cuando la puerta de la calle llevaba abierta tanto tiempo que el aire de la noche llegó al comedor, Thomas preguntó:

—¿Quién es, Joe? Cierra.

Oyeron el portazo, oyeron un intercambio de susurros entre Joe y una voz que Danny no reconoció. Era grave y pastosa, las palabras ininteligibles a esa distancia.

—¿Papá?

Joe estaba en el umbral.

Un hombre cruzó la puerta detrás de él. Alto pero cargado de hombros, tenía el rostro alargado, de expresión ávida, oculto tras una barba oscura y apelmazada con remolinos de vello cano en el mentón. Sus ojos oscuros, aunque pequeños, sobresalían un poco de las cuencas. Llevaba el pelo al rape, una sombra blanca. Vestía ropa barata y andrajosa; Danny la olía desde el otro extremo del comedor.

Cuando dirigió a todos una sonrisa, le vieron los pocos dientes que le quedaban, amarillos como una colilla húmeda que se ha secado al sol.

—¿Cómo están ustedes, buena gente temerosa de Dios? Espero que bien.

Thomas Coughlin se levantó.

—¿Qué pasa aquí?

El hombre posó la mirada en Nora.

—¿Y tú cómo estás, cariño?

Nora, con una mano en la taza de té, los ojos fijos e inexpresivos, parecía petrificada en su silla.

El hombre tendió una mano.

—Perdonen la molestia, señores. Usted debe de ser el capitán Coughlin.

Joe se apartó cautamente del aquel hombre, deslizándose junto a la pared hasta llegar al otro extremo de la mesa, cerca de su madre y Connor.

—Soy Thomas Coughlin —dijo—. Y usted se ha presentado en mi casa en Navidad, así que ya puede explicarme qué lo trae por aquí.

El hombre abrió las manos, mostrando las palmas mugrientas.

—Me llamo Quentin Finn. Creo, caballero, que esa mujer sentada a su mesa es mi esposa.

Connor se puso en pie volcando la silla.

—¿Quién demo...?

—Connor —lo interrumpió su padre—. Contrólate, muchacho.

—Sí —prosiguió Quentin—, ésa es ella, tan seguro como que estamos en Navidad. ¿Me has echado de menos, cariño?

Nora abrió la boca pero no le salieron las palabras. Danny vio que partes de ella se encogían, buscaban refugio y se sumían en la impotencia. Aunque siguió moviendo los labios, las palabras se resistían a salir. De pronto se propagó la mentira que había engendrado al llegar a esa ciudad, la mentira que había contado por primera vez cinco años antes en la cocina de esa casa, desnuda y cenicienta, castañeteándole los dientes por el frío, la mentira que había construido a diario desde entonces. Se propagó por toda la sala hasta que la inmundicia creada volvió a cobrar forma y renació como su opuesto: la verdad.

Una verdad horrenda, advirtió Danny. Una verdad que le doblaba la edad como mínimo. ¿Había besado ella aquella boca? ¿Había deslizado su lengua entre aquellos dientes?

—Cariño, te he preguntado si me has echado de menos.

Thomas Coughlin levantó una mano.

—Tendrá que explicarse mejor, señor Finn.

Quentin Finn lo miró con los ojos entornados.

—¿Qué tengo que explicar mejor, caballero? Me casé con esa mujer. Le di mi apellido. Compartí con ella la propiedad de mis tierras en Donegal. Es mi esposa, señor. Y he venido para llevármela a casa.

Nora había permanecido demasiado tiempo callada. Danny lo vio claramente: en los ojos de su madre, en los de Connor. Si en algún momento albergó la menor esperanza de poder negarlo, ese momento había pasado.

—Nora —dijo Connor.

Nora cerró los ojos.

—Chist —respondió ella, y levantó la mano.

—¿Chist? —repitió Connor.

—¿Es eso verdad? —preguntó la madre de Danny—. ¿Nora? Mírame. ¿Es verdad?

Pero Nora se resistió a mirarla. Se resistió a abrir los ojos. Movía repetidamente la mano hacia delante y hacia atrás, como si pudiera obligar al tiempo a retroceder.

Danny no podía evitar sentir una malsana fascinación por aquel hombre aparecido en la puerta. Con ése, quiso decir. ¿Follaste con ése? Sintió el alcohol fluir por su sangre, y supo que una parte mejor de sí mismo se escondía detrás de ese estado, pero en ese momento la única parte a la que tenía acceso era la que había apoyado la cabeza en el pecho de ella y le había dicho que la quería.

A lo que ella había contestado: te quieres a ti mismo.

—Señor Finn, siéntese, por favor.

—Me quedaré de pie, capitán, si no le importa.

—¿Qué espera conseguir esta noche? —preguntó Thomas.

—Espero salir por esa puerta con mi mujer detrás, eso espero.

Asintió. Thomas miró a Nora.

—Levanta la cabeza, muchacha.

Nora abrió los ojos y lo miró.

—¿Es verdad? ¿Este hombre es tu marido?

Nora cruzó una mirada con Danny. ¿Qué había dicho en el gabinete? «No soporto a los hombres que se compadecen de sí mismos.» ¿Quién se compadecía ahora?

Danny bajó la vista.

—Nora —insistió su padre—. Responde, por favor. ¿Es tu marido?

Ella cogió la taza pero le tembló en la mano y la dejó.

—Lo fue.

La madre de Danny se santiguó.

—¡Virgen santa!

Connor dio un puntapié al zócalo.

—Joe —dijo su padre en voz baja—, vete a tu habitación. Y ni te atrevas a rechistar, hijo.

Joe abrió la boca, se lo pensó mejor y se marchó del comedor.

Danny tomó conciencia de que estaba cabeceando y se contuvo. ¿Con éste? Deseó expresarlo a voz en grito. ¿Te casaste con este bufón patético y espeluznante? ¿Y te has atrevido a hablarme con aires de superioridad?

Tomó otro trago mientras Quentin Finn, dando dos pasos de medio lado, entraba en el comedor.

—Nora —continuó Thomas Coughlin—, has dicho que fue tu marido. Supongo, pues, que hubo una anulación. ¿Es así?

Nora volvió a mirar a Danny. En sus ojos se advertía un resplandor que, en otras circunstancias, podría haberse confundido con felicidad.

Danny lanzó otra mirada a Quentin, que se rascaba la barba.

—Nora —insistió Thomas—, ¿conseguiste una anulación? Contesta, muchacha.

Nora negó con la cabeza.

Danny hizo tintinear los cubitos en el vaso.

—Quentin.

Quentin Finn lo miró. Enarcó las cejas.

—Sí, joven, dígame.

—¿Cómo nos ha encontrado?

—Uno tiene sus recursos —respondió Quentin Finn—. Llevo ya un tiempo buscando a esta moza.

Danny asintió.

—Es usted un hombre con recursos, pues.

—Aiden.

Danny ladeó la cabeza para mirar a su padre y luego se volvió de nuevo hacia Quentin.

—Seguir el rastro de una mujer hasta el otro lado del mar, señor Finn, es toda una hazaña. Una hazaña cara.

Quentin sonrió al padre de Danny.

—Veo que el muchacho ha empinado el codo, ¿eh?

Danny encendió un cigarrillo con la vela.

—Como me llame «muchacho» otra vez, amigo, le voy a...

—¡Aiden! —intervino su padre—. Ya basta. —Se volvió hacia Nora—. ¿Tienes algo que decir en tu defensa? ¿Este hombre miente?

—No es mi marido —declaró Nora.

—Él sostiene que sí.

—Ya no.

Thomas se inclinó sobre la mesa.

—En la Irlanda católica no existe el divorcio.

—No he dicho que me haya divorciado, señor Coughlin. Sólo he dicho que ya no es mi marido.

Quentin Finn soltó una carcajada al oírla, un estridente «ja» que desgarró el aire en el comedor.

—Dios santo —susurraba Connor una y otra vez—. Dios santo.

—Anda, cariño, ve y coge tus bártulos.

Nora lo miró. Sus ojos destilaban odio. Y miedo. Asco. Vergüenza.

—Él me compró cuando yo tenía trece años —explicó—. Es mi primo. ¿Se hacen cargo? —Miró a los Coughlin, uno por uno—. Trece años. Como se compra una vaca.

Thomas tendió las manos sobre la mesa hacia ella.

—Una tragedia —musitó—. Pero es tu marido, Nora.

—Joder, capitán, ahí sí que ha dado en el clavo —intervino Finn.

Ellen Coughlin se santiguó y se llevó una mano al pecho.

Thomas mantenía la mirada fija en Nora.

—Señor Finn, si vuelve a decir palabras soeces en mi casa, delante de mi esposa... —Volvió la cabeza y sonrió a Quentin Finn—. Su regreso a casa será mucho más dudoso, se lo aseguro.

Quentin Finn se rascó la barba un poco más.

Thomas tiró de las manos de Nora con delicadeza y se las cubrió con las suyas. A continuación volvió a mirar a Connor, que se sostenía la cabeza apoyando los pómulos en la base de las manos. Luego miró a su mujer, que cabeceaba. Thomas asintió y fijó la vista en Danny.

Danny clavó los ojos en los de su padre, tan claros y azules. Los ojos de un niño de inteligencia irreprochable e intenciones irreprochables.

—Por favor, no me obligue a irme con él —susurró Nora.

Connor dejó escapar un sonido que acaso fuera una risa.

—Por favor, señor Coughlin.

Thomas le acarició el dorso de las manos con las palmas.

—Pero tendrás que irte.

Ella asintió y una lágrima resbaló por su pómulo.

—Pero ¿no ahora? ¿No con él?

—De acuerdo, hija. —Volvió la cabeza—. Señor Finn.

—Sí, capitán.

—Nos constan sus derechos de marido. Y los respetamos.

—Gracias.

—Ahora se marchará y vendrá a verme mañana por la mañana a la comisaría del Distrito Doce, en la calle Cuatro Este. Entonces resolveremos el asunto como es debido.

Quentin Finn negaba ya con la cabeza antes de que Thomas concluyese.

—Oiga, señor, no he cruzado el condenado charco para que me den largas. No. Pienso llevarme a mi esposa ahora mismo, así de claro.

—Aiden.

Danny echó atrás la silla y se levantó.

—Como marido tengo derechos, capitán —dijo Quentin—. Los tengo.

—Y los respetaremos. Pero por esta noche, creo...

—¿Y qué pasa con el hijo de mi mujer, señor? ¿Qué va a pensar de...?

—¿Tiene un hijo?

Connor levantó la cabeza de las manos.

Ellen Coughlin volvió a santiguarse.

—Santa María purísima.

Thomas soltó las manos de Nora.

—Sí, tiene una criatura en casa, así es —dijo Quentin Finn.

—¿Abandonaste a tu propio hijo? —preguntó Thomas.

Danny la observó desviar la mirada, encorvar los hombros. Se apretó los brazos contra el cuerpo: una presa, siempre una presa, escudriñando, tramando, tensándose en preparación para una huida desesperada.

¿Un hijo? Eso no lo había mencionado jamás.

—No es mío —replicó ella—. Es suyo.

—¿Has abandonado a un hijo? —preguntó la madre de Danny—. ¿A un hijo?

—No es mi hijo —declaró Nora, y tendió las manos hacia ella, pero Ellen Coughlin retiró los brazos y los cruzó sobre el regazo—. No es mío, no es mío, no es mío.

Quentin se permitió una sonrisa.

—El chico está perdido sin su madre. Perdido.

—No es mío —dijo ella a Danny. Y luego a Connor—: No lo es.

—No sigas —la interrumpió Connor.

El padre de Danny se levantó y se pasó los dedos entre el pelo, se rascó la nuca y dejó escapar un profundo suspiro.

—Confiábamos en ti —dijo—. Dejamos en tus manos a nuestro hijo. A Joe. ¿Cómo has podido ponernos en una situación así? ¿Cómo has podido engañarnos? Nuestro hijo, Nora. Te confiamos a nuestro hijo.

—Y me he portado bien con él —se defendió Nora, encontrando algo en sí misma que Danny había visto en púgiles, normalmente los de menor estatura, en los últimos asaltos de un combate, algo que iba mucho más allá del tamaño y la fuerza física—. Me he portado bien con él y con usted, señor Coughlin, y me he portado bien con toda su familia.

Thomas la miró primero a ella, luego a Quentin Finn, después otra vez a ella, y por último a Connor.

—Ibas a casarte con mi hijo. Nos habrías avergonzado. Habrías manchado mi nombre. El nombre de esta familia que te ha dado cobijo, que te ha dado de comer, que te ha tratado como si fueras una más. ¿Cómo te has atrevido, mujer? ¿Cómo te has atrevido?

Nora le devolvió la mirada, asomándole las lágrimas.

—¿Cómo me he atrevido? Esta casa es un ataúd para ese niño. —Señaló hacia la habitación de Joe—. Eso es lo que él siente un día tras otro. He cuidado de él porque ni siquiera conoce a su propia madre. Ella...

Ellen Coughlin se levantó de la mesa pero se quedó allí inmóvil, con la mano apoyada en el respaldo de la silla.

—Cierra la boca —ordenó Thomas Coughlin—. Ciérrala, mala mujer.

—Puta —dijo Connor—. Eres una puta inmunda.

—Ay, Dios bendito —dijo Ellen Coughlin—. ¡Basta, basta!

Joe entró en el comedor y los miró a todos.

—¿Qué pasa? —preguntó—. ¿Qué pasa?

—Sal de esta casa ahora mismo —ordenó Thomas a Nora.

Quentin Finn sonrió.

—Padre —terció Danny.

Pero su padre había alcanzado un punto que muchos intuían en él pero pocos habían llegado a ver. Señaló a Danny sin mirarlo.

—Estás borracho. Vete a casa.

—¿Qué pasa? —preguntó Joe con la voz empañada—. ¿A qué viene tanto grito?

—Vete a la cama —prorrumpió Connor.

Ellen Coughlin tendió una mano hacia Joe, pero él no le prestó atención. Miró a Nora.

—¿A qué viene tanto grito?

—Vamos ya, mujer —dijo Quentin Finn.

—No me haga esto —suplicó Nora a Thomas.

—He dicho que cierres esa boca.

—Papá —insistió Joe—, ¿a qué viene tanto grito?

—Oye... —dijo Danny.

Quentin se acercó a la silla de Nora y la obligó a levantarse tirándole del pelo.

Joe lanzó un gemido. Ellen Coughlin gritó.

—Calmaos todos —ordenó Thomas.

—Es mi esposa.

Quentin se la llevó a rastras.

Joe se abalanzó sobre él, pero Connor lo levantó en volandas y Joe le dio puñetazos en el pecho y los hombros. La madre de Danny se dejó caer en la silla y, entre audibles sollozos, rezó a la Virgen. Quentin estrechó a Nora contra sí, apretando su mejilla a la de ella.

—¿Podría alguien recoger sus pertenencias?

El padre de Danny tendió la mano y gritó «¡No!», porque vio a Danny circundar la mesa, ya con el brazo en alto, y estampar el vaso de whisky a Quentin Finn en la nuca.

Alguien más gritó «¡Danny!» —tal vez su madre, tal vez Nora, o incluso podría haber sido Joe—, pero para entonces él ya había hundido los dedos en las cuencas de los ojos de Quentin Finn y, sujetándolo por la cabeza, lo había arrastrado hasta la puerta del comedor. Una mano lo cogió por la espalda pero lo soltó cuando él obligó a Quentin Finn a girar en el pasillo y lo llevó corriendo hasta el otro extremo. Joe no debía de haber echado el pestillo de la puerta de entrada, porque Quentin, de un testarazo, abrió la puerta de par en par y salió despedido hacia la oscuridad de la noche. Cayó de bruces y, resbalando por la escalinata sobre tres centímetros de nieve reciente, fue a parar a la acera, donde surcaban el aire copos gruesos y rápidos. Rebotó en el cemento y Danny se sorprendió al verlo levantarse y, a trompicones, dar unos pasos, haciendo aspavientos con los brazos antes de patinar en la nieve y desplomarse con la pierna izquierda encogida bajo él y atrapada contra el bordillo.

Danny bajó por la escalinata con cuidado porque los peldaños eran de hierro forjado y la nieve estaba blanda y resbaladiza. En la acera se había formado fango allí por donde se había deslizado Quentin, y Danny cruzó una mirada con él cuando lo vio ponerse en pie.

—Vamos a divertirnos: échate a correr —dijo Danny.

Su padre lo agarró por el hombro, obligándolo a darse media vuelta, y Danny vio algo en sus ojos que nunca había visto: incertidumbre, quizás incluso miedo.

—Déjalo —ordenó su padre.

Su madre llegó a la puerta justo en el momento en que Danny levantaba a su padre por el cuello de la camisa y lo arrastraba hasta un árbol.

—¡Danny, por Dios! —exclamó Connor, ahora en lo alto de la escalinata, a la vez que Danny oía el chacoloteo de los zapatos de Quentin Finn en el fango en medio de la calle K.

Danny miró a su padre a la cara y, apoyándolo con suavidad contra el árbol, dijo:

—Déjala recoger sus cosas —dijo.

—Aiden, debes tranquilizarte.

—Déjala llevarse lo que necesite. Esto no es una negociación, padre. ¿Está claro?

Su padre lo miró fijamente a los ojos durante largo rato y al final respondió con un parpadeo que Danny interpretó como asentimiento.

Volvió a dejar a su padre en el suelo. Nora apareció en la puerta, con un arañazo de Quentin Finn en la sien. Lo miró a los ojos y él desvió la vista.

Soltó una carcajada que sorprendió a todos, incluso a él mismo, y se alejó a todo correr por la calle K. Quentin le llevaba una ventaja de dos manzanas, pero Danny atajó por los jardines traseros de la calle K y luego por la calle I y la calle J, saltando por encima de las cercas como si fuera aún un monaguillo, a sabiendas de que el único destino posible de Quentin era la parada del tranvía. Al salir como una flecha de un callejón entre J y H, alcanzó a Quentin y, dándole un empujón en los hombros, lo derribó. Quentin, al caer, se deslizó por la nieve en medio de la calle Cinco Este.

Guirnaldas de luces navideñas pendían sobre la calle y en la mitad de la casas ardían velas tras las ventanas. Quentin intentó arremeter contra Danny, pero éste le asestó una serie de golpes cortos, no muy fuertes, a ambos lados de la cara, que remató con un uno dos al cuerpo que le hundió las costillas a ambos lados. Quentin intentó huir otra vez, pero Danny lo agarró por el abrigo y lo hizo girar varias veces sobre la nieve antes de lanzarlo contra una farola. A continuación, se sentó a horcajadas sobre él y le rompió varios huesos de la cara, la nariz y alguna que otra costilla más.

Quentin se echó a llorar. Quentin suplicó. Quentin dijo «No más, no más». A cada sílaba, escupía gotas de sangre al aire que volvían a caerle en la cara.

Cuando Danny sintió que le dolían los puños, paró. Sentado sobre la cintura de Quentin, se limpió los nudillos en su abrigo. Le restregó la cara con nieve hasta que abrió los ojos.

Danny tomó aire a bocanadas.

—No había perdido los estribos desde que tenía dieciocho años. ¿Puedes creerlo? De verdad. Hace ocho años. Casi nueve...

Suspiró y miró la calle, la nieve, las luces.

—No... les... molestaré —dijo Quentin.

Danny soltó una carcajada.

—¿No me digas?

—Yo... sólo... quiero... a mi mujer.

Danny agarró a Quentin por las orejas y le golpeó varias veces la cabeza contra los adoquines.

—En cuanto te den el alta en el pabellón de beneficencia, coge un barco y márchate de mi país —dijo Danny—. O bien quédate y te acusaré de agredir a un agente de la policía. ¿Ves todas esas ventanas? La mitad de esas casas pertenecen a policías. ¿Quieres buscar pelea con el Departamento de Policía de Boston, Quentin? ¿Pasarte diez años en una cárcel americana?

Quentin desvió la vista hacia la izquierda.

—Mírame.

Quentin mantuvo la mirada fija a su izquierda y vomitó en el cuello del abrigo.

Danny apartó los efluvios con la mano.

—¿Sí o no? ¿Quieres ser acusado de agresión?

—No —contestó Quentin.

—¿Te volverás a tu país en cuanto salgas del hospital?

—Sí, sí.

—Buen chico. —Danny se puso en pie—. Porque si no —lo miró—, te enviaré de vuelta a la vieja Irlanda convertido en un puto lisiado, te lo juro por Dios.

Thomas estaba en la escalinata cuando Danny volvió. Las luces traseras rojas del coche de su padre se encendieron cuando el chófer, Marty Keneally, frenó en un cruce dos manzanas más arriba.

—¿Marty la lleva a algún sitio, pues?

Su padre asintió.

—Le he dicho que no quería saber adónde.

Danny miró las ventanas de su casa.

—¿Cómo van las cosas ahí dentro?

Su padre evaluó las manchas de sangre en la camisa de Danny, sus nudillos despellejados.

—¿Has dejado algo para el conductor de la ambulancia?

Danny apoyó la cadera contra la barandilla negra de hierro.

—Más que suficiente. Ya los he llamado desde la cabina de la calle J.

—Le has metido el temor de Dios en el cuerpo, seguro.

—¿El de Dios? Mucho peor que eso.

Metió la mano en el bolsillo, encontró los Murad y, sacudiendo el paquete, extrajo uno. Ofreció uno a su padre y éste lo aceptó. Danny encendió los dos con su mechero y volvió a recostarse en la barandilla.

—Muchacho, no te había visto en ese estado desde que te encerré en la adolescencia.

Danny expulsó una bocanada de humo en el aire frío, sintiendo que el sudor empezaba a secársele en la parte superior del pecho y el cuello.

—Sí, hacía mucho tiempo.

—¿De verdad me habrías pegado? —preguntó su padre—. ¿Cuando me tenías contra el árbol?

Danny hizo un gesto de indiferencia.

—Es posible. Nunca lo sabremos.

—A tu propio padre.

Danny se rió.

—Tú no tenías ningún reparo en pegarme a mí cuando yo era niño.

—Eso era disciplina.

—Y esto también.

Danny miró a su padre.

Thomas cabeceó ligeramente y expulsó un hilo de humo azul en la noche.

—Yo no sabía que Nora había abandonado a un hijo, padre. No tenía la menor idea.

Su padre asintió.

—Pero tú sí —dijo Danny.

Su padre lo miró, escapándosele el humo por la comisura de los labios.

—Tú has traído a Quentin aquí. Dejaste un rastro de migas y él encontró nuestra puerta.

—Me sobrevaloras —dijo Thomas Coughlin.

Danny probó suerte y lanzó la mentira.

—Me lo ha dicho él, padre.

Su padre aspiró el aire nocturno por la nariz y alzó la vista al cielo.

—Nunca habrías dejado de amarla. Connor tampoco.

—¿Y Joe? ¿Qué me dices de lo que acaba de ver ahí dentro?

—Todos tenemos que crecer alguna vez. —Su padre se encogió de hombros—. No es la maduración de Joe lo que me preocupa. Es la tuya. Pareces un crío.

Danny asintió y tiró la colilla a la calle.

—Pues ya puedes dejar de preocuparte.

23

La tarde de Navidad, a última hora, antes de que los Coughlin se sentaran a cenar, Luther cogió el tranvía de regreso al South End. El día había amanecido con un cielo radiante y un aire diáfano, pero cuando Luther subió al tranvía, el aire se había enturbiado y el cielo se había cubierto de pliegues y caído a tierra. Por alguna razón, las calles, tan grises y tranquilas, estaban hermosas, dando la sensación de que la ciudad se había puesto de fiesta por su cuenta. Pronto empezó a nevar, al principio en copos pequeños y oblicuos como cometas, arrastrados por el viento repentino, pero cuando el tranvía superó la elevación del puente de Broadway, los copos eran ya gruesos como capullos de flor y caían veloces al otro lado de las ventanas en el viento negro. Luther, el único pasajero en la zona de negros, cruzó la mirada sin querer con un hombre sentado en compañía de su novia dos filas más adelante. El hombre parecía cansado pero satisfecho y llevaba sesgada sobre el ojo derecho una gorra plana y barata, lo que le confería cierto aire a medio camino entre el don nadie y el hombre con estilo. Asintió, como si Luther y él compartieran el mismo pensamiento, mientras su novia, acurrucada junto a su pecho, tenía los ojos cerrados.

—Una Navidad como Dios manda, ¿no?

El hombre deslizó el mentón sobre la cabeza de la chica y ensanchó las aletas de la nariz al olerle el pelo.

—Desde luego —contestó Luther, sorprendido de no haber añadido «señor» en un tranvía donde sólo había blancos.

—¿De vuelta a casa?

—Sí.

—¿Con la familia? —El hombre blanco acercó el cigarrillo a los labios de su chica y ella abrió la boca para dar una calada.

—Mujer e hijo —dijo Luther.

El hombre cerró los ojos por un instante y asintió con la cabeza.

—Eso está bien.

—Sí, señor, está bien.

Luther tragó saliva para contener la repentina sensación de soledad que amenazaba con invadirlo.

—Feliz Navidad —dijo el hombre, y apartó el cigarrillo de los labios de la chica para llevárselo a los suyos.

—Igualmente, señor.

En el zaguán de los Giddreaux, se quitó el abrigo y la bufanda y los colgó, mojados y vaheantes, encima del radiador. Oyó voces en el comedor. Se pasó las manos por el pelo salpicado de nieve y luego se secó las palmas en el abrigo.

Cuando abrió la puerta de acceso a la zona principal de la casa, oyó las risas superpuestas y el parloteo superpuesto de varias conversaciones. Le llegó el tintineo de los cubiertos de plata y las copas y olió a pavo asado, y tal vez también a pavo frito, y percibió asimismo cierto aroma a canela, quizá de sidra caliente. Cuatro niños bajaron corriendo hacia él por la escalera, tres de color y uno blanco. Se rieron como locos delante de él cuando llegaron a la planta baja y luego siguieron corriendo a toda prisa por el pasillo hacia la cocina.

Abrió la puerta de dos hojas del comedor y los invitados se volvieron hacia él, en su mayoría mujeres, unos cuantos hombres mayores y dos más o menos de la misma edad que Luther, seguramente, supuso, los hijos de la señora Grouse, la criada de los Giddreaux. En total, poco más de una docena de personas, la mitad blancas, y Luther reconoció a las mujeres que echaban una mano en la ANPPN y se figuró que los hombres serían los maridos.

—Franklin Grouse —se presentó un joven de color, y le estrechó la mano a Luther. Le ofreció un vaso de ponche de huevo—. Debes de ser Luther. Mi madre me ha hablado de ti.

—Encantado de conocerte, Franklin. Feliz Navidad.

Luther levantó su copa de ponche y bebió.

Fue una cena maravillosa. Isaiah había vuelto de Washington la noche anterior y prometido que no hablaría de política hasta después del postre, así que comieron y bebieron y riñeron a los niños cuando alborotaron demasiado, y la conversación pasó de las últimas películas a los libros y las canciones populares, y luego al rumor de que las radios de la guerra iban a convertirse en un artículo de consumo que emitiría noticias y voces y obras de teatro y canciones de todo el mundo, y Luther intentó imaginar cómo podía interpretarse una obra de teatro a través de una caja, pero Isaiah dijo que era de esperar. Entre las líneas telefónicas y el telégrafo, y los biplanos Sopwith Camels, el futuro del mundo estaba en el aire. Los viajes por el aire, las comunicaciones a través del aire, las ideas en el aire. La tierra ya no daba más de sí, el mar tampoco; pero el aire era como una vía de tren que nunca llegaba al mar. Pronto nosotros hablaríamos en español y ellos hablarían en inglés.

—¿Eso le parece bien, señor Giddreaux? —preguntó Franklin Grouse.

Isaiah hizo oscilar la mano de izquierda a derecha, de izquierda a derecha.

—Dependerá del uso que le dé el hombre.

—¿El hombre blanco o el hombre negro? —preguntó Luther, y todos prorrumpieron en carcajadas en torno a la mesa.

Cuanto más contento y más a gusto estaba, más se entristecía. Así podría ser su vida —así debería ser su vida— con Lila, en ese mismo momento, no como invitado sentado a una mesa, sino en la cabecera, y tal vez alguno de esos niños sería el suyo. Sorprendió a la señora Giddreaux sonriéndole, y cuando le respondió a su vez con una sonrisa, ella le guiñó el ojo, y Luther pudo ver una vez más su alma, la gracilidad de su alma, y el resplandor azul que emitía.

Al final de la velada, cuando la mayoría de los invitados se habían ido e Isaiah e Ivette tomaban un coñac con los Parthan, dos viejos amigos de cuando él estudiaba en Morehouse y ella en Atlanta Baptist, Luther se disculpó, subió a la buhardilla con su copa de coñac y salió al balcón. Ya no nevaba, pero una gruesa capa de nieve cubría los tejados. Se oían las sirenas de los barcos en el puerto y las luces de la ciudad formaban una cinta amarilla en la franja más baja del cielo. Cerró los ojos y aspiró la fragancia de la noche y la nieve y el frío, el humo y el hollín y el polvo de los ladrillos. Tuvo la sensación de sorber por la nariz el mismísimo cielo de encima de la curva externa de la tierra. Con los ojos muy cerrados, apartó de su mente la muerte de Jessie y el hondo dolor en su corazón que tenía un solo nombre: Lila. Lo único que deseaba era ese momento, ese aire que retenía en los pulmones, que le llenaba el cuerpo y se henchía dentro de su cabeza.

Pero no le dio resultado: Jessie irrumpió violentamente, volviéndose hacia Luther para decir «Es divertido, ¿no?», y menos de un segundo después fragmentos de su cabeza saltaban por los aires y él se desplomaba. También el Diácono, nada menos que el Diácono, asomó a la superficie en medio de la oleada que siguió a Jessie, y Luther lo vio aferrarse a él, lo oyó decir «Enmienda esto», y sus ojos se salían de las órbitas en esa súplica universal de toda mirada que se resiste a apagarse, al menos a apagarse ese día, mientras Luther le hundía la pistola bajo el mentón y aquellos ojos saltones decían: «No estoy listo para abandonar este mundo. Espera».

Pero Luther no había esperado, y ahora el Diácono estaba en algún sitio con Jessie, y Luther seguía aquí, en la tierra. Bastaba un segundo para que otro se cruzara en tu camino y cambiara tu vida hasta el punto de que ya no había posibilidad de dar marcha atrás. Un segundo.

—¿Por qué no me escribes, mujer? —susurró Luther, dirigiéndose al cielo sin estrellas—. Llevas en tu vientre a mi hijo, y no quiero que crezca sin mí. No quiero que conozca esa sensación. No, no, muchacha —musitó—. Tú eres la única. La única.

Cogió la copa de la repisa de ladrillo y tomó un trago que le abrasó la garganta y le calentó el pecho y le abrió aún más los ojos.

—Lila —susurró, y volvió a beber.

—Lila.

Se lo dijo a la sección de luna amarilla, al cielo negro, al olor de la noche y a los tejados cubiertos de nieve.

—Lila.

Lo lanzó al viento, como una mosca a la que no tenía valor de matar, y deseó que volara hasta Tulsa.

—Luther Laurence, le presento a Helen Grady.

Luther le estrechó la mano a la mujer mayor. Helen Grady tenía un apretón de manos tan firme como el del capitán Coughlin y una complexión también parecida, pelo gris plomo y una mirada audaz.

—A partir de ahora trabajará con usted —informó el capitán.

Luther asintió, observando que ella se limpiaba la mano en el inmaculado delantal en cuanto la retiró.

—Capitán, ¿dónde está...?

—Nora ha dejado de trabajar para nosotros, Luther. Había observado que existía entre ustedes un lazo de afecto, así que le comunico su despido con cierta consideración por la amistad que los unía, pero nunca debe volver a pronunciarse su nombre en esta casa. —El capitán apoyó una mano firme en el hombro de Luther y le dirigió una sonrisa no menos firme—. ¿Queda claro?

—Queda claro —contestó Luther.

Luther encontró a Danny una noche cuando éste regresaba a su pensión. Abandonando el portal donde esperaba, le salió al paso y dijo:

—¿Qué coño has hecho?

Danny se llevó la mano derecha al abrigo y, en ese momento, reconoció a Luther. Bajó la mano.

—¿No saludas? —preguntó Danny—. ¿No me deseas un próspero Año Nuevo o algo así?

Luther guardó silencio.

—Como quieras. —Danny se encogió de hombros—. Para empezar, éste no es el barrio ideal para un hombre de color, ¿o es que no te has dado cuenta?

—Llevo aquí una hora. Me he dado cuenta.

—En segundo lugar —continuó Danny—, ¿a quién se le ocurre hablarle así a un blanco? ¿A un policía? ¿Estás loco o qué?

Luther retrocedió un paso.

—Ella tenía razón.

—¿Qué? ¿Quién?

—Nora. Dijo que eras un farsante. Te las das de rebelde. Haces ver que no te gusta que te llamen «señor», y ahora me dices dónde puede o no puede estar un negro como yo en esta ciudad, me dices cómo debo hablar a su excelencia el blanco en público. ¿Dónde está Nora?

Danny abrió los brazos.

—¿Cómo voy a saberlo? ¿Por qué no vas a verla a la fábrica de calzado? Ya sabes dónde está, ¿no?

—Porque nuestros horarios coinciden.

Luther se acercó a Danny, advirtiendo que la gente empezaba a fijarse en ellos. No podía descartarse que alguien le diera un bastonazo en la cabeza o le pegara un tiro sin más por abordar a un blanco de esa manera en un barrio italiano. En cualquier barrio.

—¿Por qué piensas que he tenido algo que ver con la marcha de Nora?

—Porque ella te quería y tú no eras capaz de vivir con eso.

—Luther, apártate.

—Apártate tú.

—Luther.

Luther ladeó la cabeza.

—Lo digo en serio.

—¿Lo dices en serio? Bastaba con mirar de cerca a esa chica para ver que la inundaba por dentro un mar de dolor. ¿Y tú qué hiciste? ¿Qué? Aumentarlo. Tú y toda tu familia.

—¿Mi familia?

—Como lo oyes.

—Si no te cae bien mi familia, Luther, resuélvelo con mi padre.

—No puedo.

—¿Por qué no?

—Porque necesito el puto empleo.

—Pues en ese caso lo mejor es que te vayas. Espero que aún lo conserves mañana.

Luther retrocedió otro par de pasos.

—¿Qué tal va tu sindicato?

—¿Cómo?

—¿Aquel sueño tuyo de la fraternidad entre los trabajadores? ¿Cómo va?

El rostro de Danny se volvió impenetrable, como si de pronto se hubiera convertido en piedra.

—Vete a casa, Luther.

Luther asintió. Tragó aire. Se dio la vuelta y empezó a caminar.

—¡Eh! —llamó Danny.

Luther miró atrás y lo vio de pie junto a su edificio en el frío de última hora de la tarde.

—¿Por qué has venido hasta aquí? ¿Para reprender a un blanco en público?

Luther negó con la cabeza. Hizo ademán de seguir adelante.

—¡Eh! Te he hecho una pregunta.

—¡Porque ella le da cien vueltas a tu puta familia! —Luther hizo una reverencia en medio de la acera—. ¿Lo has entendido, señorito blanco? Vete a por la soga, cuélgame o lo que sea que hagáis los putos yanquis aquí en el norte. Y si lo haces, sabré que he muerto echándote la verdad en la puta cara. Ella le da cien vueltas a toda tu familia. —Señaló a Danny—. Te da cien vueltas sobre todo a ti.

Danny movió los labios.

Luther dio un paso hacia él.

—¿Qué? ¿Qué has dicho?

Danny apoyó una mano en el picaporte.

—He dicho que seguramente tienes razón.

Accionó el picaporte y entró en el edificio. Luther se quedó solo en la calle cada vez más oscura, entre italianos andrajosos que al pasar le lanzaban miradas asesinas con sus ojos almendrados.

Se rió.

—Joder —dijo—, he puesto el dedo en la llaga. —Sonrió a la anciana enfadada que intentaba pasar a su lado—. ¿No le parece increíble, señora?

Yvette lo llamó nada más cruzar la puerta de la casa. Entró en el salón sin quitarse el abrigo al percibir un tono temeroso en su voz. Pero cuando la vio, Yvette sonreía, como si la hubiera alcanzado un soplo de júbilo divino.

—¡Luther!

—¿Señora?

Luther se desabrochó el abrigo con una mano.

Ella estaba allí de pie, radiante. Isaiah entró por la puerta del comedor, a sus espaldas.

—Buenas noches, Luther —lo saludó.

—Buenas noches, señor Giddreaux.

Isaiah sonreía para sí al tomar asiento en un sillón junto a su taza de té.

—¿Qué pasa? —preguntó Luther—. ¿Qué pasa?

—¿Has tenido un buen año 1918? —quiso saber Isaiah.

Luther apartó la mirada de la sonrisa apenas contenida de Yvette y vio la leve sonrisa de Isaiah.

—Pues... la verdad es que no, señor, 1918 no ha sido un buen año para mí. Un tanto conflictivo, si quiere que le sea sincero.

Isaiah asintió.

—Pues ya se ha terminado. —Lanzó un vistazo al reloj de la repisa de la chimenea: las diez cuarenta y tres—. Hace casi veinticuatro horas. —Miró a su mujer—. Vamos, Yvette, deja ya de martirizarlo. Esto empieza a ser una tortura incluso para mí. —Dirigió una mirada a Luther, como diciendo «Mujeres», y añadió—: Vamos, dásela al chico.

Yvette atravesó la sala hacia él y Luther advirtió por primera vez que hasta ese momento ella tenía las manos detrás de la espalda. Se contoneaba, y la sonrisa se extendía aún, sin control, por toda su cara.

—Esto es para ti.

Se inclinó, le dio un beso en la mejilla y le puso un sobre en la mano. A continuación retrocedió.

Luther miró el sobre: sencillo, de color crema, corriente en todos los sentidos. Vio su propio nombre en el centro. Vio debajo las señas de los Giddreaux. Reconoció la letra: curiosamente apretada y curva al mismo tiempo. Reconoció el matasellos: Tulsa, Okla. Le temblaban las manos.

Miró a Yvette a los ojos.

—¿Y si es una despedida?

Sintió los labios tensos contra los dientes.

—No, no —dijo Yvette—. Ella ya se despidió de ti, hijo. Dijiste que había cerrado su corazón. Los corazones cerrados no escriben cartas a hombres que los aman, Luther. Sencillamente eso no pasa.

Luther asintió, la cabeza tan trémula como el resto del cuerpo. Pensó en la noche de Navidad, en el momento en que lanzó su nombre a la brisa.

—Yo...

Lo miraron.

—Voy arriba a leerla —dijo.

Yvette le dio una palmada en la mano.

412

—Prométeme que no te tirarás por la ventana.

Luther se rió. Fue un sonido agudo, como si se hubiera reventado algo.

—No... no lo haré, señora.

Mientras subía por la escalera lo asaltó el miedo. El miedo a que Yvette se equivocara, a que muchas mujeres se despidiesen por escrito. Pensó en plegar la carta y guardársela en el bolsillo, sin leerla, hasta pasado un tiempo. Hasta sentirse más fuerte, por así decirlo. Pero a la vez que lo pensaba supo que tenía más posibilidades de despertar convertido en un hombre blanco al día siguiente que de despertar con ese sobre todavía cerrado.

Salió al tejado y se detuvo un momento con la cabeza gacha. No rezó, pero a la vez sí rezó. Mantuvo la cabeza baja y cerró los ojos dejando que el miedo lo invadiera, el horror a quedarse sin ella para el resto de su vida.

Por favor, no me hagas daño, pensó, y abrió el sobre con cuidado y, con igual cuidado, extrajo la carta. Por favor. La sostuvo entre los dedos pulgar e índice de las dos manos, dejando que la brisa nocturna le secara los ojos, y por fin la desplegó:

Querido Luther:

Aquí hace frío. Ahora lavo ropa para gente que la manda desde Detroit Avenue en grandes bolsas grises. Es una gentileza que puedo agradecerle a la tía Marta, ya que sé que la gente puede lavarse la ropa de cualquier otra manera. La tía Marta y el tío James han sido mi salvación y sé que el Señor actúa por mediación de ellos. Me han pedido que te dijera que te desean lo mejor...

Luther sonrió, dudando mucho que eso fuera cierto.

... y esperan que estés bien. Tengo una barriga enorme. Según la tía Marta, es niño porque la barriga apunta a la derecha. Yo también lo presiento. Tiene unos pies grandes y da patadas. Se parecerá a ti y necesitará que seas su padre. Debes encontrar la manera de volver a casa.

Lila. Tu mujer.

Luther la leyó otras seis veces antes de poder afirmar con certeza que había tomado aliento. Por muchas veces que cerrara los ojos y los abriera con la esperanza de que ella hubiera añadido «Con amor» al pie, la palabra no aparecía en el papel.

Y sin embargo... «Debes encontrar la manera de volver a casa» y «necesitará que seas su padre» y «Querido Luther» y, lo más importante... «Tu mujer».

Tu mujer.

Volvió a mirar la carta. La desplegó de nuevo. La sostuvo tirante entre los dedos.

Debes encontrar la manera de volver a casa.

Sí, señora.

Querido Luther.

Querida Lila.

Tu mujer.

Tu marido.

BABE RUTH Y LA PELOTA BLANCA

24

El 15 de enero de 1919, a eso de las doce del mediodía, estalló en el North End el depósito de melaza de la compañía Alcohol Industrial de Estados Unidos. Un niño vagabundo, que estaba debajo del depósito, se desintegró, y la melaza inundó el centro de la barriada con olas de tres pisos de altura. Los edificios fueron apartados del medio como por la acción de una mano cruel. El puente de caballete por donde pasaba el ferrocarril, paralelo a Commercial, recibió el impacto de un fragmento de metal del tamaño de un camión. El centro del puente se desplomó. Un cuartel de bomberos fue arrojado al extremo opuesto de una plaza y quedó vuelto del revés. Murió un bombero y una docena resultaron heridos. La causa de la explosión no quedó clara en un primer momento, pero el alcalde Andrew Peters, el primer político que llegó al lugar de la catástrofe, declaró que casi con toda seguridad era un acto terrorista.

Babe Ruth leyó toda la información escrita que le cayó en las manos. Se saltaba todos los párrafos largos donde se empleaban profusamente palabras como «municipal» e «infraestructura», pero por lo demás el suceso le llegó al alma. Lo asombró. ¡Melaza! ¡Casi ocho millones de litros! ¡Olas de quince metros! Las calles del North End, cerradas al tráfico de automóviles, carretas y caballos, arrebataron los zapatos a quienes intentaron caminar por ellas. Las moscas se disputaron las calzadas en enjambres tan oscuros y espesos como manzanas caramelizadas. En la plaza detrás de las cuadras municipales, docenas de caballos quedaron mutilados por los remaches que, con la explosión, salieron despedidos del depósito como balas. Los encontraron hundidos en aquel viscoso cenagal, relinchando angustiosamente, incapaces de levantarse del pegajoso pringue. A media tarde, cuarenta y cinco disparos de escopeta, efectuados por la policía, anunciaron su sacrificio como la traca final de un espectáculo de fuegos de artificio. Los caballos muertos fueron izados con grúas y colocados en camiones de plataforma y transportados a una fábrica de pegamento de Somerville. El cuarto día la melaza se había convertido en mármol negro y los vecinos del barrio caminaban apoyándose en las paredes y las farolas.

Se había confirmado ya la cifra de diecisiete muertos y centenares de heridos. Dios santo, las caras que debieron de poner al volverse y ver enroscarse aquellas olas negras bajo el sol. Babe, sentado en la barra de la heladería Igoe's, en Codman Square, esperaba a su agente, Johnny Igoe. Johnny estaba en la trastienda, acicalándose para su reunión con A. L. Ulmerton, probablemente excediéndose con la brillantina y el agua de colonia. A. L. Ulmerton era el pez gordo de la marca de tabaco Old Gold («¡No toserás nunca más!») y quería hablar con Babe acerca de posibles promociones. Y ahora iban a llegar tarde por culpa de Johnny, que seguía emperifollándose como una corista en la trastienda.

Pero a Babe en realidad no le importaba, porque así tenía tiempo para hojear otros reportajes sobre la inundación y la respuesta inmediata: la campaña contra todos los radicales y subversivos que podrían haber estado implicados. Los agentes del Buró de Investigación y del Departamento de la Policía de Boston habían echado abajo puertas en los cuarteles generales de la Sociedad de Obreros Letones, la delegación en Boston de los Trabajadores Industriales del Mundo y el Ala Izquierda del Partido Socialista de Reed y Larkin. Llenaron las celdas de retención de toda la ciudad y enviaron el excedente a la cárcel de Charles Street.

En el Tribunal Superior del condado de Suffolk, sesenta y cinco presuntos subversivos comparecieron ante el juez Wendell Trout. Éste ordenó a la policía que pusiera en libertad a todos los que no estuvieran acusados formalmente de algún delito, pero firmó dieciocho órdenes de deportación para aquellos incapaces de demostrar la nacionalidad estadounidense. Docenas más fueron retenidos en espera de que el Departamento de Justicia revisase su situación como inmigrantes y sus antecedentes penales, medidas que a Babe le parecieron muy razonables, aunque otros no pensaran lo mismo. Cuando el abogado laboralista James Vahey, candidato demócrata a gobernador del estado en dos ocasiones, adujo ante el magistrado federal que el ingreso en prisión de hombres que no habían sido acusados de ningún delito era anticonstitucional, fue amonestado por la aspereza de su tono, y los procesos se prolongaron hasta febrero.

En el *Traveler* de esa mañana, habían publicado un reportaje fotográfico que ocupaba desde la página cuatro a la siete. Si bien las autoridades no habían confirmado aún si con su amplia red habían atrapado a los terroristas responsables, cosa que enfureció a Babe, su ira fue efímera, ya que quedó aplacada por el delicioso cosquilleo que le recorrió la parte alta de la columna vertebral cuando, maravillado, contempló la absoluta devastación: todo un barrio aplastado, sacudido y asfixiado bajo la capa negra como el hierro de esa masa líquida. A las imágenes del cuartel de bomberos derruido seguían la de los cadáveres amontonados en Commercial como hogazas de pan moreno y otra de dos voluntarios de la Cruz Roja apoyados en una ambulancia, uno de ellos con una mano en la cara y un cigarrillo entre los labios. Había una instantánea de los bomberos en fila para retirar los escombros y llegar hasta sus hombres. Un cerdo muerto en medio de una plaza. Un anciano sentado en una escalinata de una casa, apoyando la cabeza en una mano marrón goteante. Una calle sin salida donde la corriente marrón llegaba a la altura de las aldabas, con piedras y madera y vidrio flotando en la superficie. Y la gente —los policías y los bomberos y la Cruz Roja y los médicos y los inmigrantes con sus chales y sus bombines—, todos con la misma expresión en el rostro: ¿cómo demonios ha sucedido esto?

Últimamente Babe veía a menudo esa expresión en el rostro de la gente. Y por ninguna razón en particular. Era más bien algo generalizado. Era como si todos cruzaran este mundo de locos intentando seguir el ritmo pero sabiendo que eran incapaces de hacerlo, sencillamente incapaces. Así que parte de ellos aguardaba, en un segundo intento, a que el mundo los alcanzara de nuevo por detrás, y entonces simplemente los arrollaba, enviándolos, por fin, al otro mundo.

Una semana después, otra ronda de negociaciones con Harry Frazee.

El despacho de Frazee olía a perfume de burdel y a dinero de toda la vida. El perfume procedía de Kat Lawson, una actriz que protagonizaba uno de la media docena de espectáculos que Frazee tenía en cartel en Boston en esos momentos. Ése en concreto se llamaba *Chico, sé feliz* y era, como todas las producciones de Harry Frazee, una farsa ligera y romántica que se representaba noche tras noche con un lleno total. De hecho, Ruth había ido a ver la obra, dejándose arrastrar por Helen poco después de Año Nuevo pese a que Frazee, fiel a los rumores sobre su herencia judía, no le había regalado entradas. Ruth tuvo que sobrellevar la desconcertante experiencia de estar en la quinta fila con su mujer cogida de la mano mientras veía a otra mujer con la que se había acostado (de hecho tres veces) pavonearse por el escenario en el papel de una inocente mujer de la limpieza que soñaba con llegar a corista. El obstáculo para la realización de ese sueño era el charlatán e inútil de su marido irlandés, Seamus, el «chico» del título. Al final de la obra, la mujer de la limpieza se conforma con ser corista en los escenarios de Nueva Inglaterra y su «chico» acepta los sueños de ella siempre y cuando se restrinjan a un nivel local, e incluso consigue un empleo para él. Helen se puso en pie y aplaudió después del número final, un bis de la pieza «Saca brillo a mi estrella, yo se lo sacaré a tus suelos» con todo el reparto, y Ruth también aplaudió, pese a que estaba seguro de que Kat Lawson le había contagiado ladillas el año anterior. Le parecía mal que una mujer tan pura como Helen ovacionara a una tan corrompida como Kat, y a decir verdad, aún estaba muy molesto porque no le habían regalado las entradas.

Kat Lawson estaba sentada en un sofá de piel bajo un gran cuadro de perros de caza. Tenía una revista en la falda y la polvera abierta para repasarse el carmín. Harry Frazee pensaba que su mujer no estaba al corriente de su lío con otra, pensaba que Kat era una posesión envidiada por Ruth y los demás miembros de los Sox (la mayoría de los cuales se habían acostado con ella al menos una vez). Harry Frazee era un idiota, y como prueba de ello a Ruth le bastó el hecho de que permitiera a su querida quedarse en el despacho durante la negociación de un contrato.

Ruth y Johnny Igoe se sentaron frente al escritorio y esperaron a que Frazee echara a Kat del despacho, pero éste dejó claro que no iba a marcharse al decir:

—¿Puedo pedir que te traigan algo, cariño, antes de que estos caballeros y yo empecemos a hablar de trabajo?

—No.

Kat apretó los labios y cerró la polvera.

Frazee asintió y se sentó detrás de su mesa. Miró a Ruth y Johnny Igoe y se tiró de los puños de la camisa, dispuesto a ir al grano.

—Así pues, tengo entendido...

—Ah, cielo —dijo Kat—. ¿Podrías pedirme una limonada? Gracias, eres un sol.

Una limonada. Era un día de primeros de febrero, el más frío de la semana más fría del invierno hasta la fecha. Tan frío que, según había oído Ruth, los niños patinaban sobre la melaza helada del North End. Y esa mujer quería una limonada.

Harry Frazee, impertérrito, pulsó el botón del intercomunicador y dijo:

—Doris, envía a Chappy a por una limonada, ¿quieres?

Kat esperó a que él retirara el dedo del botón y se recostara contra el respaldo de la silla.

—Ah, y un bocadillo de huevo y cebolla.

Harry Frazee volvió a echarse hacia delante.

—¿Doris? Dile a Chappy que traiga también un bocadillo de huevo y cebolla, por favor.

Miró a Kat, pero ella había vuelto a concentrarse en su revista. Aguardó unos segundos más. Soltó el botón del intercomunicador.

—¿Y bien? —dijo.

—¿Y bien? —repitió Johnny Igoe.

Frazee abrió las manos, esperando, con una ceja enarcada en actitud interrogativa.

—¿Ha vuelto a pensar en nuestro ofrecimiento? —preguntó Johnny.

Frazee cogió el contrato de Ruth, que tenía en la mesa, y lo sostuvo en alto.

—Esto es algo con lo que los dos están familiarizados, supongo. Señor Ruth, firmó usted por siete mil dólares para esta temporada. Eso es así. Se forjó un compromiso entre nosotros. Espero que cumpla su parte.

—En vista del rendimiento de Gidge la temporada pasada —dijo Johnny Igoe—, sus lanzamientos en la Serie Mundial y, si se me permite mencionarlo, el meteórico aumento del coste de la vida desde el final de la guerra, consideramos que lo justo es replantearse el acuerdo. En otras palabras, esos siete mil se quedan un poco cortos.

Frazee dejó escapar un suspiro y volvió a dejar el contrato en la mesa.

—Le di una bonificación al final de la temporada, señor Ruth. No tenía por qué hacerlo y sin embargo lo hice. ¿Y aun así no basta?

Johnny Igoe empezó a enumerar puntos con los dedos.

—Traspasó usted a Lewis y Shore a los Yankees. Cedió a Dutch Leonard al Cleveland. Dejó ir a Whiteman.

Babe se irguió en la silla.

—¿Whiteman se ha ido?

Johnny asintió.

—Está usted forrado, señor Frazee. Todas sus producciones son grandes éxitos, usted...

—¿Y por eso tengo que renegociar un contrato firmado, contraído de buena fe por dos hombres? ¿Qué principios son ésos? ¿Qué ética es ésa, señor Igoe? Por si no ha leído los periódicos, estoy metido en una batalla con Johnson, el presidente de la federación. Estoy luchando para que se nos concedan las medallas de la Serie Mundial que nos corresponden, medallas que nos negaron porque su chico aquí presente se declaró en huelga antes del quinto partido.

—Yo no tuve nada que ver con eso —objetó Babe—. Ni siquiera sabía qué pasaba.

Johnny lo obligó a callar apoyando una mano en su rodilla.

—Cielo, ¿podrías pedirle a Chappy que me traiga también un...? —dijo Kat desde el sofá con su voz aflautada.

—Calla —ordenó Frazee—. Estamos hablando de negocios, cabeza hueca. —Se volvió hacia Ruth mientras Kat encendía un cigarrillo y expulsaba el humo con fuerza entre sus labios carnosos—. Tiene usted un contrato por siete mil dólares. Eso lo convierte en uno de los jugadores mejor pagados de este deporte. ¿Y ahora qué quiere?

En un gesto de exasperación, Frazee señaló con las manos la ventana, la ciudad que se extendía hacia el otro lado, el bullicio de Tremont Street y la zona de los teatros.

—Lo que valgo —contestó Babe, negándose a echarse atrás ante aquel negrero, aquel supuesto Pez Gordo, aquel hombre del teatro.

El jueves anterior en Seattle, treinta y cinco mil trabajadores de los astilleros habían ido a la huelga. Justo cuando el ayuntamiento intentaba resolver el problema, otros veinticinco mil abandonaron sus puestos de trabajo en solidaridad con los huelguistas. La ciudad entera quedó paralizada: sin tranvías, sin vendedores de hielo ni lecheros, sin recogida de basuras, sin limpieza de oficinas ni ascensoristas.

Babe sospechaba que era sólo el principio. Según los periódicos de esa mañana, el juez que llevaba a cabo la investigación sobre el hundimiento del depósito de melaza de la compañía AIEU había llegado a la conclusión de que la explosión no había sido obra de los anarquistas, sino resultado de una negligencia de la empresa y de los deficientes protocolos de inspección impuestos por el ayuntamiento. AIEU, en sus prisas por convertir la destilación de melaza con fines industriales en una explotación comercial, había llenado en exceso el depósito mal construido, sin prever que las altas temperaturas impropias de mediados de enero hincharían la melaza. Como cabía esperar, la dirección de AIEU impugnó airadamente el informe preliminar, aduciendo que los autores, los terroristas, seguían en libertad y, por lo tanto, los costes de la limpieza correspondían al ayuntamiento y los contribuyentes. Eso sí sacaba de quicio a Babe. Esos mandamases, esos negreros. Quizás aquellos tipos de la pelea en el bar del hotel Castle Square unos meses atrás tenían razón: los trabajadores del mundo estaban hartos de decir «sí, señor» y «no, señor». Cuando Ruth miró a Harry Frazee al otro lado de la mesa, se sintió invadido por una poderosa oleada de fraternidad para con sus compañeros los trabajadores de todas partes, para con sus conciudadanos, víctimas como él. Había llegado el momento de pedir cuentas al Gran Capital.

—Quiero que me pague lo que valgo —repitió.

—¿Y eso cuánto es exactamente?

Esta vez fue Babe quien apoyó la mano en la pierna de Johnny.

—Quince por una temporada o treinta por tres.

Frazee soltó una carcajada.

—¿Quiere quince mil dólares por un año?

—O treinta por tres años —confirmó Babe, y asintió.

—¿Y si en lugar de eso lo traspaso a cambio de otro jugador?

Ante eso, algo se tambaleó dentro de Babe. ¿Un traspaso? Dios santo. Todo el mundo sabía que Frazee había hecho buenas migas con el coronel Ruppert y el coronel Huston, los propietarios de los Yankees, pero los Yanquees eran un equipo colista, que nunca había estado siquiera cerca de una final. Y si no eran los Yankees, ¿qué otro equipo? ¿Cleveland? ¿Otra vez Baltimore? ¿Filadelfia? Babe no quería trasladarse. Acababa de alquilar un apartamento en Governor's Square. Tenía un buen montaje: Helen en Sudbury, él en el centro. Era el dueño de esa ciudad; cuando se paseaba por la calle, la gente lo llamaba por su nombre, los niños lo perseguían, las mujeres le hacían ojitos. En cambio, en Nueva York... ese mar lo engulliría. Pero cuando volvió a pensar en sus hermanos los trabajadores, en Seattle, en los pobres muertos flotando en la melaza, supo que estaba en juego algo más que su propio temor.

—Pues traspáseme —repuso.

Las palabras lo sorprendieron. Sin duda sorprendieron a Johnny Igoe y a Harry Frazee. Babe miró a Frazee a la cara, le permitió ver una determinación que parecía, esperaba Babe, el doble de firme por el esfuerzo que le exigía contener el miedo.

—O si no, ¿sabe qué? Igual me retiro —añadió Babe.

—¿Para dedicarse a qué? —Frazee cabeceó y miró al techo.

—Johnny —dijo Babe.

Johnny Igoe se aclaró la garganta otra vez.

—Varias personas se han dirigido a Gidge convencidas de que tiene un gran futuro en el escenario o en el cine.

—Actor —dijo Frazee.

—O boxeador —añadió Johnny Igoe—. También estamos recibiendo muchas ofertas desde ese sector, señor Frazee.

Frazee se echó a reír. Se echó a reír con ganas. Era un sonido breve, semejante a un rebuzno. Puso los ojos en blanco.

—Si me dieran cinco centavos por cada vez que un actor ha intentado enredarme con historias de otras ofertas mientras tenía una obra en cartel... en fin, a estas alturas sería dueño de mi propio país. —Asomó un destello a sus ojos—. Cumplirá su contrato. —Sacó un puro del humidificador de su mesa, cortó el extremo y apuntó con él a Ruth—. Trabajará para mí.

—No por un sueldo de negrero, eso no.

Babe se puso en pie y cogió su abrigo de piel de castor de la percha, en la pared junto a Kat Lawson. También cogió el de Johnny y se lo lanzó a través del despacho. Frazee encendió su puro y lo observó. Babe se puso el abrigo. Se lo abrochó. Acto seguido, se inclinó ante Kat Lawson y le dio un sonoro beso en la morrera.

—Siempre es un placer verte, muñeca.

Kat pareció escandalizarse, como si Babe le hubiera tocado el trasero o algo así.

—Vámonos, Johnny.

Johnny se dirigió hacia la puerta, tan escandalizado en apariencia como Kat.

—Si sale por esa puerta —amenazó Frazee—, nos veremos en los tribunales, Gidge.

—Pues nos veremos en los tribunales. —Babe se encogió de hombros—. Como no nos veremos, Harry, es llevando yo los putos colores de los Red Sox.

En Manhattan, el 22 de febrero, la Brigada de Artificieros del Departamento de Policía de Nueva York y agentes del Servicio Secreto irrumpieron en un apartamento de Lexington Avenue, donde practicaron la detención de catorce radicales españoles del Grupo Pro Prensa y los acusaron de tramar el asesinato del presidente de Estados Unidos. El atentado estaba previsto para el día siguiente en Boston, donde el presidente Wilson desembarcaría a su regreso de París.

El alcalde Peters lo había declarado día festivo para celebrar la llegada del presidente y había tomado las medidas necesarias para organizar un desfile, si bien el recorrido del presidente desde el muelle Commonwealth hasta el hotel Copley Plaza no se conocía porque el Servicio Secreto lo había calificado de información reservada. Tras las detenciones en Nueva York, se ordenó cerrar todas las ventanas de la ciudad y agentes federales armados con rifles se apostaron en las azoteas a lo largo de Summer Street, Beacon, Charles, Arlington, Commonwealth Avenue y Dartmouth Street.

Diversos medios habían situado el desfile «secreto» de Peters en el ayuntamiento, Pemberton Square, Sudbury Square y Washington

Street, pero Ruth se dirigió hacia la Asamblea Legislativa del estado porque parecía que todo el mundo iba hacia allí. No todos los días tenía uno ocasión de ver a un presidente, pero esperaba que si alguien intentaba algún día matarlo a él, los mandamases fueran más eficaces a la hora de mantener ocultos sus movimientos. Al dar las doce, la procesión de vehículos de Wilson avanzó lentamente por Park Street y dobló a la izquierda por Beacon ante el edificio de la Asamblea Legislativa. Al otro lado de la calle, en el césped del Common, una pandilla de sufragistas chaladas quemaban sus ligas y corsés e incluso algún que otro sujetador y gritaban: «¡Sin voto no se es ciudadano! ¡Sin voto no se es ciudadano!», mientras el humo se elevaba de la pira y Wilson mantenía la mirada al frente. Más bajo de lo que Ruth se esperaba, y también más delgado, viajaba en el asiento de atrás de un sedán descapotable y saludaba a la multitud con gestos rígidos: un golpe de muñeca hacia la acera izquierda, otro hacia la derecha, de nuevo a la izquierda, sin posar los ojos en nada salvo las ventanas de los pisos altos y las copas de los árboles. Cosa que probablemente era lo mejor que podía hacer, porque Ruth vio una densa muchedumbre de hombres sucios y toscos contenidos por el cordón policial en la entrada al Common desde Joy Street. Debía de haber miles. Exhibían pancartas que los identificaban como «Manifestación en recuerdo de los huelguistas de la Lawrence» y proferían palabras soeces al presidente y la policía mientras los agentes los obligaban a retroceder a empujones. Ruth se rió cuando las sufragistas se echaron a correr detrás de los vehículos, vociferando aún la consigna del voto, sus piernas desnudas y enrojecidas debido al frío porque también habían prendido fuego a sus calzones. Cruzó la calle y pasó ante la pila de ropa en llamas mientras la procesión recorría Beacon. Demediado ya el Common, oyó los gritos de miedo entre el gentío y, al volverse, vio a los manifestantes de la Lawrence liarse a golpes con la policía, en medio de tambaleos, torpes puñetazos y voces agudas de indignación.

Que me aspen, pensó Ruth. El mundo entero está en huelga.

La procesión llegó ante él, avanzando despacio por Charles Street. La siguió a paso tranquilo entre la multitud mientras serpenteaba en torno al Jardín Público y luego recorría Commonwealth. Aunque firmó unos cuantos autógrafos y estrechó unas cuantas manos, le gustó ver cómo disminuía su celebridad a la luz de una fuerza estelar mucho mayor. Esa tarde la gente tenía un comportamiento menos estridente y pegajoso con él, como si, bajo el intenso sol proyectado por la fama de Wilson, Babe fuera uno más entre tantos. Quizá fuera famoso, pero no era el motivo por el que los rifles apuntaban a sus cabezas desde lo alto. Ésa era una clase de fama malévola. La suya, en cambio, era una fama cordial, una fama corriente.

Pero para cuando Wilson se subió a un podio en Copley Square, Babe ya se aburría. Quizás el presidente fuera poderoso y muy leído y demás, pero desde luego no era un gran orador. Había que ofrecer espectáculo, un poco de salsa por aquí y algún destello por allá, contar algún que otro chiste, hacer pensar a la gente que uno se sentía tan a gusto en su compañía como ellos en la de uno. Pero a Wilson se lo veía cansado allí arriba, viejo, con la voz débil y aflautada, explayándose con un zumbido monótono sobre si la Sociedad de las Naciones esto y el nuevo orden mundial aquello y las grandes responsabilidades que se derivaban de un gran poder y una gran libertad. Pese a todas las grandes palabras y las grandes ideas, Wilson olía a derrota, a algo rancio y cansado y roto sin remedio. Ruth se abrió paso entre la multitud para marcharse y firmó otros dos autógrafos ya en la periferia y luego recorrió Tremont en busca de un filete.

Al llegar a su casa al cabo de unas horas, encontró a Harry Frazee esperándolo en el vestíbulo. El portero volvió a salir a la calle. Ruth se detuvo ante las puertas de latón del ascensor y pulsó el botón.

—Le he visto en el discurso del presidente —dijo Frazee—. No he podido llegar hasta usted por el gentío.

—No cabía un alma más, desde luego —comentó Ruth.

—Ojalá nuestro querido presidente supiese manejar a la prensa como usted, señor Ruth.

Babe contuvo la sonrisa que amenazaba con asomar a su rostro. Ése era un mérito que debía reconocerle a Johnny Igoe: Johnny había enviado a Babe a orfanatos y hospitales y residencias de ancianos, y los periódicos se lo habían tragado. Más de una persona había ido hasta allí en avión desde Los Ángeles sólo para hacer una prueba de pantalla a Babe, y a partir de eso Johnny había exagerado las ofertas procedentes del mundo del cine. En realidad, casi lo único que había apartado a Babe de

427

las primeras páginas de los periódicos esa semana era Wilson. Incluso el atentado contra el primer ministro bávaro quedó en segundo plano cuando se anunció el acuerdo de Babe para protagonizar un corto titulado *El beso de la pasta*. Cuando los periodistas preguntaban si acudiría a los entrenamientos esa primavera, Ruth contestaba siempre lo mismo: «Si el señor Frazee considera que valgo un sueldo justo, allí estaré».

Faltaban tres semanas para iniciarse los entrenamientos de primavera.

Frazee se aclaró la garganta.

—Le pagaré lo que me pide.

Babe se volvió y fijó la mirada en la de Frazee. Éste movió la cabeza en un parco gesto de asentimiento.

—El contrato ya está redactado. Puede firmarlo en mi despacho mañana por la mañana. —Frazee le dirigió una leve sonrisa—. Ha ganado este asalto, señor Ruth. Disfrútelo.

—Vale, Harry.

Frazee se acercó. Olía bien de un modo que Ruth relacionaba con la gente muy rica, la gente que sabía cosas que él nunca sabría, cosas que iban más allá de apretones de manos secretos. Dirigían el mundo, los hombres como Frazee, porque comprendían algo que siempre escaparía a Babe y los hombres como él: el dinero. Ellos planeaban los movimientos del dinero. Eran capaces de predecir el momento en que pasaría de una mano a otra. También sabían otras cosas que Babe ignoraba, sobre libros y arte y la historia del planeta. Pero sobre todo el dinero: eso se lo conocían al dedillo.

Aun así, de vez en cuando uno podía ganarles la partida.

—Páselo bien en los entrenamientos de primavera —dijo Harry Frazee a Babe cuando se abrieron las puertas del ascensor—. Disfrute en Tampa.

—Así lo haré —contestó Babe, imaginándoselo. Las olas de calor, las mujeres lánguidas.

El ascensorista esperó.

Harry Frazee sacó un fajo de billetes sujetos con un clip de oro. Separó varios billetes de veinte cuando el portero abrió la puerta y una mujer que vivía en el sexto, una hermosa dama a quien no faltaban pretendientes, recorrió el vestíbulo de mármol con un taconeo.

—Tengo entendido que necesita dinero.

—Puedo esperar a la firma del nuevo contrato, señor Frazee —dijo Babe.

—Ni hablar, hijo. Si uno de mis hombres está en apuros, mi obligación es sacarlo del pozo.

Babe levantó una mano.

—Tengo dinero de sobra, señor Frazee.

Babe intentó dar un paso atrás, pero tardó demasiado. Harry Frazee le metió el dinero en el bolsillo interior del abrigo a la vista del ascensorista, el portero y también la mujer guapa del sexto.

—Vale usted hasta el último centavo —aseguró Harry Frazee—, y lamentaría mucho que se privara de una comida.

Babe se puso rojo como un tomate y se llevó la mano al interior del abrigo para devolver el dinero.

Frazee se alejó. El portero corrió para darle alcance. Le abrió la puerta, y Frazee lo saludó ladeándose el sombrero y se adentró en la noche.

Ruth cruzó una mirada con la mujer. Ella bajó la cabeza y se metió en el ascensor.

—Era una broma —explicó Ruth, entrando detrás de ella. El ascensorista cerró la puerta y accionó la manivela—. Una simple broma.

Ella sonrió y asintió, pero él se dio cuenta de que lo compadecía.

Cuando llegó a su apartamento, Ruth telefoneó a Kat Lawson. La convenció para quedar con él a tomar una copa en el hotel Buckminster, y tras la cuarta ronda se la llevó a una habitación de arriba y la dejó temblando de un polvo. Al cabo de media hora, volvió a follársela, a cuatro patas, y le susurró al oído el vocabulario más soez que le vino a la mente. Después ella, tendida boca abajo, se durmió, hablando quedamente a alguien en sueños. Él se levantó y se vistió. Al otro lado de la ventana, corría el río Charles y más allá se veían las luces de Cambridge, titilando y observando. Kat roncaba suavemente cuando él se puso el abrigo. Metió la mano en el bolsillo interior, dejó el dinero de Harry Frazee en el tocador y salió de la habitación.

West Camden Street. Baltimore.

Ruth se detuvo en la acera frente a lo que había sido la taberna de su padre. Ahora cerrada, ruinosa, con un anuncio de hojalata de la cerveza Pabst que pendía ladeado detrás de una vidriera polvorienta. Encima de la taberna se hallaba el apartamento donde había vivido con sus padres y su hermana Mamie, que apenas daba sus primeros pasos cuando Ruth fue despachado al Saint Mary.

Su casa, podría decirse.

Pero los recuerdos que Babe conservaba de su casa eran difusos. Se acordaba de que había aprendido a tirar los dados allí fuera, al pie del edificio. Recordaba el omnipresente olor a cerveza tanto en la taberna como en el apartamento; subía por el desagüe del inodoro y la bañera, habitaba en las grietas del suelo y en la pared.

En realidad, su verdadero hogar era el Saint Mary. West Camden Street era una idea. El círculo del bateador en espera.

He venido aquí, pensó Babe, para decirte que lo he conseguido. Soy una celebridad. Este año ganaré diez mil dólares, y Johnny dice que me puede conseguir otros diez en promociones. Mi cara estará en la clase de placas de hojalata que habrías colgado en la vidriera. Pero tú no la habrías colgado, ¿verdad? Te habría podido el orgullo. El orgullo te habría impedido reconocer que tienes un hijo que gana más dinero en un año de lo que tú podías sacar en diez. El hijo que te quitaste de encima e intentaste olvidar. George hijo. ¿Te acuerdas de él?

«No, no me acuerdo. Estoy muerto. Tu madre también. Déjanos en paz.»

Babe movió la cabeza con un gesto de asentimiento.

Me voy a Tampa, George padre. Los entrenamientos de primavera. Había pensado pasarme por aquí para hacerte saber que soy un hombre de provecho.

«¿Un hombre de provecho? Pero si apenas sabes leer. Vas de putas. Te dan una paga de puta por dedicarte a un juego de puta. Un juego. No un trabajo de hombre. Un juego.»

Soy Babe Ruth.

«Eres George Herman Ruth hijo, y ni siquiera ahora te dejaría trabajar detrás de la barra. Te beberías las ganancias, te olvidarías de echar la llave. Aquí nadie quiere oír tus baladronadas, chico, tus cuentos. Vete a jugar por ahí. Esto ya no es tu casa.»

¿Cuándo lo ha sido?

Babe alzó la mirada al edificio. Pensó en escupir en la acera, la misma acera donde había muerto su padre con la cabeza reventada. Pero no lo hizo. Lo enrolló todo —a su padre, su madre, su hermana Mamie, con la que no hablaba desde hacía seis meses, sus hermanos muertos, su vida allí—, lo enrolló todo como una alfombra, y se lo echó al hombro.

Adiós.

«Cuidado no vaya a golpearte la puerta en ese culo gordo al salir.»

Me voy.

«Pues vete.»

Eso hago.

«Ponte en marcha.»

Y así lo hizo. Se llevó las manos a los bolsillos y recorrió la calle hacia el taxi que había dejado esperando en la esquina. Se sintió como si no sólo se marchara de West Camden Street o siquiera de Baltimore. Se alejaba a toda vela de un país entero, de la patria que le había dado su nombre y su personalidad, ahora totalmente desconocida, ahora ceniza extranjera.

El Plant Field, el campo de béisbol de Tampa, estaba rodeado de una pista de carreras que llevaba años en desuso pero aún olía a bosta de caballo cuando los Giants fueron a la ciudad a jugar un partido amistoso contra los Red Sox y la norma de la bola blanca entró en vigor por primera vez.

La aplicación de la norma de la bola blanca cogió a todo el mundo por sorpresa. Ni siquiera el entrenador Barrow sabía que se impondría tan pronto. Según los rumores que circulaban por las ligas, la norma no se aplicaría hasta el primer día del campeonato, pero el árbitro de bateo, Xavier Long, se presentó en la caseta poco antes del partido para anunciar que había llegado el día.

—Por orden del señor Ban Johnson, nada menos. Incluso ha proporcionado el primer saco, eso ha hecho.

Cuando los árbitros vaciaron el primer saco en el círculo del bateador en espera, la mitad de los chicos, Babe incluido, salieron de la caseta para maravillarse ante el brillo lechoso del cuero, la nítida costura roja. Dios santo, era como mirar una pila de ojos nuevos. Estaban tan vivas, tan limpias, tan blancas.

La federación de béisbol había dictaminado previamente que el equipo anfitrión debía proporcionar las bolas para cada partido, pero nunca se especificó en qué estado debían estar dichas bolas. En la medida en que no presentaran muescas muy profundas, podía jugarse con ellas, y se jugaba, hasta que se perdían más allá de una tapia o alguien rompía el revestimiento.

Las bolas blancas, pues, eran algo que Ruth había visto el día inaugural en las primeras entradas, pero al final del primer partido la bola por lo general estaba marrón. Al final de una serie de tres partidos, la bola habría podido desaparecer entre el pelaje de una ardilla.

Pero aquellas bolas grises casi habían matado a dos hombres el año anterior. Honus Sukalowski había recibido un pelotazo en la sien y nunca más había hablado con normalidad. Bobby Kestler se había llevado también un trastazo en la cabeza y no había vuelto a coger un bate. White Owens, el lanzador que había alcanzado a Sukalowski, había abandonado el béisbol movido por el sentimiento de culpabilidad. Tres hombres perdidos en un año, y para colmo durante el año de la guerra.

Situado en posición de exterior izquierdo, Ruth observó la tercera bola del partido lanzada fuera del diamante trazar un arco hacia él como una candela romana, víctima de su propio resplandor. Silbaba cuando la atrapó. Mientras trotaba de regreso a la caseta, sintió en el pecho el roce de los dedos de Dios.

Esto es un deporte distinto.

No te quepa duda.

Ahora es tu deporte, Babe. Todo tuyo.

Lo sé. ¿Has visto lo blanca que es? Es... blanquísima.

Hasta un ciego podría pegarle, Babe.

Lo sé. Un niño ciego. Una niña ciega.

Ya no es el deporte de Cobb, Babe. Es un deporte para un maestro del bate.

Un maestro del bate. Un «maestro», esa palabra me gusta, jefe. Siempre me ha gustado.

Cambia el béisbol, Babe. Cambia el béisbol y libérate.

¿De qué?

Ya lo sabes.

Babe no lo sabía, pero medio lo intuía, así que dijo: «Vale».

—¿Con quién hablas? —preguntó Stuffy McInnis cuando llegó a la caseta.

—Con Dios.

Stuffy escupió tabaco al suelo.

—Dile que quiero a Mary Pickford en el hotel Belleview.

Babe cogió su bate.

—Ya veré qué puedo hacer.

—El martes por la noche.

Babe limpió el bate.

—Bueno, ese día lo tenemos libre.

Stuffy asintió.

—Pongamos a eso de las seis.

Babe se dirigió al cajón del bateador.

—Gidge.

Babe se volvió a mirarlo.

—Llámame Babe, ¿quieres?

—Claro, claro. Dile a Dios que le diga a Mary que traiga a una amiga.

Babe entró en el cajón del bateador.

—¡Y cerveza!

Columbia George Smith ocupaba el montículo por los Giants, y su primer lanzamiento fue bajo y dentro de la zona de bateo. Babe reprimió una risa al ver pasar la bola por encima de la puntera de su pie izquierdo. ¡Dios santo, podía contar los puntos de la costura! Lew McCarty devolvió la bola a Columbia George, y éste hizo un lanzamiento con efecto que pasó rozando los muslos de Babe, camino del *strike*. Babe le había adivinado la intención: Columbia George afinaba la puntería desde abajo, subiendo gradualmente. El siguiente lanzamiento pasaría a la altura del cinturón y dentro por los pelos, y Babe tendría que batear pero fallar si quería que Columbia George lanzase una última bola a toda velocidad. Así que bateó, e incluso intentando no darle, le medio pegó y la bola se fue por encima de la cabeza de McCarty. Babe abandonó el cajón por un momento, y Xavier Long cogió la bola entregada por McCarty y la examinó. La limpió con la mano y luego con la manga y advirtió algo allí que no le gustó, porque la metió en la bolsa que llevaba colgada ante la entrepierna y sacó otra nueva flamante. Se la dio a McCarty y éste se la lanzó a Columbia George.

¡Vaya país!

Babe regresó al cajón. Intentó disimular el júbilo en su mirada. Columbia George inició los movimientos preparatorios y, en efecto, contrajo el rostro en aquella reveladora mueca que hacía cuando se disponía a lanzar con inquina, y Babe respondió con una sonrisa soñolienta.

No fueron vítores lo que oyó cuando abrasó aquella bola blanca nueva enviándola hacia el sol de Tampa.

Ni vítores ni exclamaciones.

Silencio. Un silencio tan absoluto que el único sonido que pudo llenarlo fue el eco del impacto de su bate contra el cuero. Todas las cabezas en Plant Field se volvieron para contemplar aquella bola milagrosa elevarse tan rápida y tan lejos que no tuvo tiempo siquiera de proyectar su sombra.

Cuando fue a caer al otro lado de la tapia del campo derecho, a ciento cincuenta metros del lugar de bateo, rebotó a gran altura en la pista de carreras y siguió rodando.

Después del partido, uno de los periodistas deportivos diría a Babe y al entrenador Barrow que habían medido la distancia y, según los datos definitivos, la bola había recorrido 176 metros antes de detenerse por completo. Ciento setenta y seis. Casi la longitud de dos campos de fútbol.

Pero en ese momento, mientras se elevaba sin sombra hacia el cielo azul y el sol blanco y él dejaba caer el bate y trotaba lentamente por la línea de la primera base, siguiendo la bola con la mirada, deseando que fuera más lejos y más rápido de lo que nada podría haber ido jamás en tan poco tiempo, de lo que nada habría ido ni quizá volvería a ir, Babe vio lo más disparatado que había visto en su vida: vio a su padre sentado encima de la bola. En realidad, cabalgaba sobre ella, sujeto con las manos a las costuras, hincando las rodillas en el cuero, dando un tumbo tras otro en el espacio sobre aquella bola. Aullaba, su padre. Contraía el rostro por el miedo. Le saltaban las lágrimas, unas lágrimas gruesas y calientes, supuso Babe. Hasta que, igual que la bola, se perdió de vista.

Ciento setenta y seis metros, dijeron a Ruth.

Ruth sonrió, representándose a su padre, no a la bola. Desaparecido para siempre. Enterrado entre los juncos espigados. Enterrado en Plant Field, Tampa.

Para no volver nunca más.

25

Si algo podía decir Danny en favor del nuevo comisario, era que al menos cumplía su palabra. Cuando la inundación de melaza asoló el centro de su barrio, Danny pasaba la semana en Haverhill, a sesenta y cinco kilómetros de Boston, manteniendo el orden en una fábrica de cajas en huelga. Una vez sometidos los obreros de allí, lo enviaron otros diez días a una huelga de pescadores en Charlestown. Ésta se extinguió gradualmente cuando la Federación Americana del Trabajo se negó a admitirlos como sección por no considerarlos trabajadores cualificados. A continuación, cedieron a Danny al Departamento de Policía de Lawrence para intervenir en una huelga del sector textil iniciada hacía tres meses que se había cobrado ya dos vidas, incluida la de un organizador sindical a quien habían pegado un tiro en la boca al salir de una barbería.

En todas esas huelgas y las que siguieron a lo largo de la última parte del invierno y principios de la primavera —en una fábrica de relojes de Waltham, entre los maquinistas de Roslindale, en una factoría en Framingham—, Danny tuvo que soportar escupitajos y gritos, epítetos como matón y puta y lacayo y mariquita. Lo arañaron, le dieron puñetazos y bastonazos, le lanzaron huevos, y en una ocasión, en Framingham, lo alcanzaron en el hombro con un ladrillo. En Roslindale, los maquinistas consiguieron su aumento pero no las prestaciones médicas. En Everett, los trabajadores del calzado recibieron la mitad del aumento, pero no pensiones. La huelga de Framingham fue sofocada con la llegada de camiones llenos de nuevos obreros y la intervención de la policía. Después de que ésta realizara la última arremetida y los esquiroles cruzaran las puertas, Danny miró a los hombres que habían dejado a sus espaldas, algunos todavía encogidos en el suelo, otros sentados, unos cuantos alzando el puño en gestos de impotencia y gritos vanos. De pronto se enfrentaban a un nuevo día con mucho menos de lo que habían pedido y mucho menos de lo que habían tenido. Era hora de volver a casa con sus familias y ver qué hacían con su futuro.

Allí vio a un policía local a quien no conocía dar de puntapiés a un huelguista que no se resistía. El agente ya no ponía mucho empeño en los golpes, y el huelguista probablemente ni siquiera estaba consciente. Danny apoyó la mano en el hombro del tipo y éste levantó la porra antes de reconocer el uniforme.

—¿Qué pasa?

—Ya has dejado las cosas claras —dijo Danny—. Es suficiente.

—Nunca es suficiente —repuso el agente, y se alejó.

Danny volvió a Boston en un autobús con los otros policías de la ciudad. Era un día nublado y gris. Retazos de nieve dura se aferraban a la corteza de la tierra como cangrejos.

—¿Esta noche vas a la reunión, Dan? —preguntó Kenny Trescott.

Danny se había olvidado. Desde que Mark Denton rara vez disponía de tiempo para asistir a las reuniones del CSB, Danny se había convertido en el líder del sindicato a todos los efectos. Pero en realidad aquello ya no era un sindicato. Era, fiel a sus raíces y su nombre, un club social.

—Claro —respondió Danny, sabiendo que sería una pérdida de tiempo. Ahora carecían de poder y eran conscientes de ello, pero una esperanza pueril los empujaba a volver, a conversar, a actuar como si su voz contara para algo.

Por eso, o porque no había ningún otro sitio adonde ir.

Miró a Trescott a los ojos y le dio una palmada en el brazo.

—Claro —repitió.

Una tarde en la calle K, el capitán Coughlin, acatarrado, llegó a casa antes de hora y despidió a Luther por ese día.

—Ya me las arreglaré —dijo—. Váyase y disfrute de lo que queda de la tarde.

Era uno de esos días furtivos de finales de invierno en que la primavera asomaba para tantear el terreno. En los albañales corría y borboteaba el agua de la nieve derretida; prismas de sol y pequeños arco iris se formaban en las ventanas y en el lustroso alquitrán negro. Pero Luther no se recreó en el paseo. Fue derecho al South End y llegó a la fábrica de calzado de Nora justo a la hora en que ella acababa su turno. La vio salir compartiendo un cigarrillo con otra chica, y lo primero que le llamó la atención fue su aspecto ceniciento y esquelético.

—Mira quién está aquí —dijo Nora con una sonrisa de oreja a oreja—. Molly, te presento a Luther, un antiguo compañero de trabajo.

Molly saludó a Luther con un gesto y dio una calada al cigarrillo.

—¿Cómo está? —preguntó Nora.

—Estoy bien, chica. —En su afán por disculparse, Luther añadió de inmediato—: No he podido venir antes. Me ha sido imposible, de verdad. Por los turnos, ¿entiende? No me han...

—Luther.

—Y no sabía dónde vivía usted. Y...

—Luther. —Esta vez ella apoyó la mano en su brazo—. Me hago cargo, descuide. De verdad. —Le cogió el cigarrillo de la mano a Molly, un gesto habitual entre amigas, y dio una rápida calada antes de devolverlo—. ¿Me acompaña a casa, señor Laurence?

Luther inclinó la cabeza ligeramente.

—Con mucho gusto, señorita O'Shea.

Nora no vivía en la peor calle de la ciudad, pero poco le faltaba. La pensión estaba en Green Street, en el West End, a un paso de Scollay Square, parte de una manzana de edificios que albergaban básicamente a marineros, donde las habitaciones a menudo se alquilaban por media hora.

Cuando llegaron a su edificio, ella dijo:

—Vaya por la parte de atrás. Es una puerta verde en el callejón. Lo espero allí.

Ella entró, y Luther se encaminó hacia el callejón, muy alerta, aguzando al máximo los cinco sentidos. Sólo eran las cuatro de la tarde, pero en Scollay Square reinaban el bullicio y la agitación: el eco de las voces en las cornisas, el ruido de una botella al romperse, un repentino cacareo seguido de los acordes de un piano desafinado. Luther llegó a la puerta verde, y allí lo esperaba Nora. Se apresuró a entrar y ella cerró la puerta. Luther la siguió por el pasillo hasta su habitación.

En su día debió de ser un armario. Literalmente. Allí sólo cabía una cama de niño y una mesa sin espacio más que para una maceta. En lugar de una maceta, Nora tenía un quinqué, que encendió antes de cerrar la puerta. Se sentó en la cabecera de la cama, y Luther tomó asiento en los pies. La ropa, bien plegada y en orden, estaba en el suelo delante de él y tuvo que ir con cuidado para no pisarla.

—Bien, pues —dijo ella, abarcando la habitación con un gesto como si fuera una mansión—, ya ve que vivo rodeada de un lujo asiático, Luther.

Luther intentó sonreír, pero fue incapaz. Se había criado en la pobreza, pero aquello... aquello era sórdido.

—Ya sabía que la paga de las mujeres en las fábricas no basta para mantenerse.

—No —confirmó ella—. Y ahora van a reducir la jornada, según hemos oído.

—¿Cuándo?

—Pronto.

Nora se encogió de hombros.

—¿Y qué hará?

Nora se mordió la uña del pulgar y volvió a encogerse de hombros, con una expresión extrañamente alegre en los ojos, como si aquello fuese una broma que se traía entre manos.

—Ni idea.

Luther miró alrededor en busca de un hornillo.

—¿Dónde guisa?

Ella cabeceó.

—Cada noche nos sentamos a la mesa de nuestra casera, a las cinco... puntualmente, faltaría más. Por lo general, cenamos remolacha. A veces nos da patatas. El martes pasado incluso comimos carne. No sé qué clase de carne era exactamente, pero le aseguro que era carne.

Fuera se oyó un grito. Era imposible saber si de dolor o de júbilo.

—No voy a permitir esto —dijo Luther.

—¿Cómo?

—No voy a permitir esto —repitió él—. Usted y Clayton son mis únicos amigos en esta ciudad. No lo consentiré. —Cabeceó—. De ninguna manera.

—Luther, usted no puede...

—¿Sabe que maté a un hombre?

Ella dejó de mordisquearse el pulgar y lo miró con los ojos abiertos como platos.

—Por eso vine aquí, señoritinga. Le pegué un tiro a un hombre en la cabeza. Tuve que abandonar a mi mujer, y eso que llevaba a mi hijo en el vientre. Así que he hecho cosas difíciles antes y he pasado por momentos difíciles desde que llegué aquí. Y que me aspen si voy a consentir que nadie, ni siquiera usted, me diga lo que puedo o no puedo hacer. Bien puedo traerle un poco de comida. Y a ver si así cubrimos con algo de carne esos huesos suyos. Eso sí que puedo hacerlo.

Ella lo miró. Fuera, silbidos, bocinazos.

—¿Señoritinga? —dijo ella, y se le escapó la risa a la vez que las lágrimas, y Luther abrazó a la primera mujer blanca que abrazaba en su vida.

Olía a blanco, a almidón. Le notó los huesos mientras ella le humedecía la camisa con su llanto, y odió a los Coughlin. Los odió sin lugar a dudas. Los odió profundamente.

A principios de la primavera, Danny siguió a Nora a su casa desde el trabajo. Se mantuvo a una manzana de distancia todo el camino y ella no volvió la vista atrás en ningún momento. La vio entrar en una pensión cerca de Scollay Square, quizá la peor zona para una mujer. También la más barata. Regresó al North End. Él no tenía la culpa. Si acababa en la indigencia y convertida en una sombra de sí misma, en fin... no debería haber mentido, ¿verdad que no?

Luther recibió una carta de Lila en marzo. Llegó en un sobre de veinte por treinta centímetros y contenía otro sobre, uno blanco y pequeño, que ya había sido abierto, con un artículo de periódico.

Querido Luther:
La tía Marta dice que un bebé en la barriga pone patas arriba la

sesera de una mujer y la hace ver cosas y sentir cosas que no tienen pies ni cabeza. En cualquier caso, de un tiempo a esta parte he visto a un hombre tantas veces que ni puedo contarlas. Tiene una sonrisa de Satanás y conduce un viejo Oakland 8 negro. Lo he visto delante de la casa y en el centro y dos veces enfrente de la estafeta de Correos. Por eso no te escribiré durante un tiempo. El otro día lo sorprendí intentando mirar las cartas que yo llevaba en la mano. Nunca me ha dicho nada salvo hola y buenos días, pero creo saber quién es, Luther. Creo que fue él quien dejó este artículo de periódico en el sobre ante la puerta hace unos días. El otro artículo lo recorté yo misma. Ya verás por qué. Si necesitas ponerte en contacto conmigo, escríbeme por favor a la dirección de la tía Marta. Tengo una barriga enorme y me duelen los pies a todas horas y subir escaleras es un suplicio pero estoy contenta. Por favor, cuídate.

Con todo mi amor,

LILA

Temiendo aún el resto de la carta y el contenido de los recortes de periódico, todavía plegados en su mano, Luther había fijado la mirada en una palabra por encima de las demás: «amor».

Cerró los ojos. Gracias, Lila. Gracias, Señor.

Desdobló el primer recorte. Un breve artículo del *Tulsa Star*.

EL FISCAL RETIRA LOS CARGOS CONTRA UN NEGRO

Richard Poulson, un camarero negro del club Almighty de Greenwood, fue puesto en libertad porque el fiscal Honus Stroudt se abstuvo de presentar cargos a cambio de que el negro Poulson se declarase culpable del uso ilegal de un arma de fuego. El negro Poulson fue el único superviviente del asalto a mano armada perpetrado por Clarence Tell en el club Almighty la noche del 17 de noviembre del año pasado. En el tiroteo resultaron muertos Jackson Broscious y Munroe Dandiford, ambos negros de Greenwood y presuntamente proveedores de narcóticos y prostitutas. Clarence Tell, también negro, fue muerto por el negro Poulson después de que éste recibiera un disparo del negro Tell. Según declaró el fiscal Stroudt, «es evidente que el negro Poulson disparó en defensa propia al ver peligrar su vida y casi pereció a causa de las heridas

infligidas por el negro Tell. El ministerio fiscal se da por satisfecho».
El negro Poulson cumplirá tres años en libertad condicional por manejo ilegal de armas.

Smoke, pues, era un hombre libre. Y gozaba de relativa buena salud. Luther se lo representó por enésima vez: Smoke en el escenario, tendido en el charco creciente de sangre. El brazo estirado, con la nuca expuesta a Luther. Incluso ahora, consciente de lo que le esperaba, dudaba mucho que hubiese sido capaz de apretar el gatillo. El Diácono Broscious había sido otra cosa, otras circunstancias: mirando a Luther a los ojos, soltando su sarta de gilipolleces. Pero ¿habría sido Luther capaz de disparar en la nuca a un hombre que creía moribundo? No. Y sin embargo sabía que probablemente debería haberlo hecho. Volvió el sobre y vio su nombre, nada más, escrito en letras mayúsculas y con caligrafía masculina. Lo abrió y, al ver el segundo recorte, decidió retirar ese «probablemente» de sus pensamientos. Debería haberlo hecho. Sin la menor duda ni lamentación.

El recorte era de una fotografía que había vuelto a publicarse el 22 de enero en el *Tulsa Sun*: describía la gran inundación de melaza bajo el titular: «Catástrofe en una barriada de Boston».

El artículo no tenía nada de especial; era sólo uno más sobre la catástrofe del North End de la que, al parecer, también se hacía eco la prensa del resto del país. El único elemento especial de ese recorte era que cada vez que se mencionaba la palabra «Boston» —un total de nueve veces—, aparecía rodeada de un círculo rojo.

Rayme Finch llevaba una caja a su coche cuando encontró a Thomas Coughlin esperándolo. El coche era propiedad del Estado y, como correspondía a un departamento público escasamente financiado e infravalorado, se caía a pedazos. Había dejado el motor al ralentí, no sólo porque el contacto a menudo fallaba, sino también porque en el fondo albergaba la esperanza de que alguien lo robase. No obstante, si su deseo se cumplía esa mañana, lo lamentaría: el coche, se cayera o no a pedazos, era su único medio de transporte para volver a Washington.

En todo caso, de momento nadie lo robaría, no con un capitán de policía reclinado sobre el capó. Finch saludó al capitán Coughlin con una ligerísima inclinación de cabeza a la vez que depositaba la caja de material de escritorio en el maletero.

—Se muda, veo.

Finch cerró el maletero.

—Eso me temo.

—Una lástima —dijo Thomas Coughlin.

Finch se encogió de hombros.

—Los radicales de Boston han resultado ser algo más dóciles de lo que nos habían contado.

—Salvo por el que mató mi hijo.

—Federico, sí. Ése era un hombre de fe. ¿Y usted qué?

—¿Disculpe?

—¿Cómo va su investigación? Apenas hemos recibido noticias del DPB.

—No había gran cosa que contar. Esos grupos son impenetrables.

Finch asintió.

—Usted me dijo hace unos meses que serían presa fácil.

—A ese respecto la historia dirá de mí que pequé de exceso de confianza, lo reconozco.

—¿Ninguno de sus hombres ha encontrado la menor prueba?

—Pruebas concluyentes, no.

—Cuesta creerlo.

—No veo por qué. No es ningún secreto que somos un departamento de policía atrapado en medio de un cambio de régimen. Si O'Meara, que en paz descanse, no hubiese fallecido... en fin, usted y yo, Rayme, mantendríamos ahora esta agradable conversación viendo zarpar un barco rumbo a Italia con el mismísimo Galleano encadenado en la bodega.

Finch sonrió a su pesar.

—Había oído decir que era usted el sheriff más escurridizo de este escurridizo pueblucho, estas cuatro casas. Por lo visto, no exageraban.

Thomas Coughlin ladeó la cabeza, con el rostro contraído en una expresión de desconcierto.

—Me temo que le informaron mal, agente Finch. Aquí hay más de

443

cuatro casas. De hecho, las hay a miles. —Se tocó el sombrero—. Buen viaje.

Finch, de pie junto al coche, observó al capitán alejarse por la calle. Decidió que era uno de esos hombres cuya mayor virtud residía en ocultar a los demás qué pensaba realmente. Eso lo convertía en un hombre peligroso, sin lugar a dudas, pero también de un valor inestimable.

Volveremos a vernos, capitán. Finch entró en el edificio y subió por la escalera para recoger la última caja en un despacho por lo demás vacío. Tengo la total certeza de que volveremos a vernos.

A mediados de abril, Danny, Mark Denton y Kevin McRae fueron emplazados en el despacho del comisario. El secretario del comisario, Stuart Nichols, los condujo al despacho, que estaba vacío, y los dejó solos.

Se sentaron en unas sillas de respaldo recto frente al enorme escritorio del comisario Curtis y esperaron. Eran las nueve de la noche. Una noche desapacible con alguna que otra granizada.

Al cabo de diez minutos, abandonaron sus sillas. McRae se acercó a una ventana. Mark se desperezó con un discreto bostezo. Danny se paseó de una punta a otra del despacho.

A las nueve y veinte, Danny y Mark estaban ante la ventana mientras Kevin se paseaba. De vez en cuando los tres cruzaban una mirada de exasperación reprimida, pero ninguno habló. A las nueve y veinticinco volvieron a ocupar sus asientos. En ese momento la puerta, a su izquierda, se abrió y entró Edwin Upton Curtis, seguido de Herbert Parker, su principal asesor. Mientras el comisario se encaminaba a su escritorio, Herbert Parker pasó enérgicamente frente a los tres agentes y colocó una hoja en el regazo de cada uno de ellos.

Danny la miró.

—Fírmenla —dijo Curtis.

—¿Qué es? —preguntó Kevin McRae.

—Eso salta a la vista —respondió Herbert Parker, y rodeó el escritorio para situarse detrás de Curtis, donde cruzó los brazos ante el pecho.

—Es su aumento de sueldo —explicó Curtis, y se sentó—. Como ustedes querían.

Danny examinó el papel.

—¿Doscientos al año?

Curtis asintió.

—En cuanto a sus otros deseos, los tendremos en cuenta, pero yo no me haría muchas ilusiones. La mayor parte hacía referencia a lujos, no a necesidades.

Mark Denton pareció perder el habla por un momento. Levantó el papel a la altura de la oreja y luego volvió a bajarlo lentamente a las rodillas.

—Ya no basta con esto.

—¿Cómo dice, agente?

—No basta —repitió Mark—. Usted lo sabe. Doscientos anuales era una cifra de 1913.

—Es lo que ustedes pedían —adujo Parker.

Danny negó con la cabeza.

—Es lo que los policías del CSB pidieron en las negociaciones de 1916. El coste de la vida ha subido...

—¡Qué coste de la vida ni qué ocho cuartos! —repuso Curtis.

—... un setenta y tres por ciento —prosiguió Danny—. En siete meses, señor. Así que, ¿doscientos al año? ¿Sin prestaciones médicas? ¿Sin el menor cambio en las condiciones sanitarias de las comisarías?

—Como ustedes bien saben, he creado comisiones para investigar esos asuntos. Y ahora...

—Esas comisiones están formadas por capitanes de distrito, señor —interrumpió Danny.

—¿Y?

—Y tienen intereses creados, con lo que no encontrarán defectos en las comisarías bajo su mando.

—¿Acaso está poniendo en tela de juicio el honor de sus superiores?

—No.

—¿Está poniendo en tela de juicio el honor de la cadena de mando de este departamento?

Mark Denton se adelantó a Danny:

—Esta propuesta no sirve, señor.

—Y tanto que sirve —afirmó Curtis.

445

—No —insistió Mark Denton—. Creo que necesitamos examinar...

—Esa propuesta va a estar sobre la mesa sólo esta noche —intervino Herbert Parker—. Si no la aceptan, volverán al frío de las calles, donde encontrarán las puertas cerradas y sin picaportes.

—No podemos aceptar esto. —Danny agitó el papel—. Es demasiado poco y demasiado tarde.

Curtis negó con la cabeza.

—Y yo digo que no lo es. El señor Parker dice que no lo es. Así que no lo es.

—¿Porque ustedes lo dicen? —preguntó Kevin McRae.

—Exactamente —contestó Herbert Parker.

Curtis deslizó las palmas de las manos por la superficie del escritorio.

—Les haremos picadillo en la prensa.

Parker asintió.

—Les damos lo que pedían y lo rechazan —añadió Parker.

—No es así —objetó Danny.

—Pero así es como lo presentaremos, hijo.

Esta vez les tocó a Danny, Kevin y Mark cruzar miradas.

Al final, Mark se volvió hacia el comisario Curtis.

—Y una mierda, no hay trato.

Curtis se reclinó en la silla.

—Buenas noches, caballeros.

Luther bajaba por la escalinata de los Coughlin para ir a coger el tranvía cuando vio a Eddie McKenna a unos diez metros en la acera, apoyado en el capó de su Hudson.

—¿Y qué tal van las reformas de aquel magnífico edificio? ¿Avanzan?

McKenna se apartó del coche y se acercó a Luther.

—Sí, teniente —respondió Luther con una sonrisa forzada—. Avanzan la mar de bien.

Y era verdad. Últimamente Clayton y él se habían dejado la piel. Con la ocasional ayuda de hombres de las delegaciones de la ANPPN en toda Nueva Inglaterra, hombres a quienes la señora Giddreaux encontró la manera de trasladar a Boston del sur o el norte los fines de

446

semana y alguna que otra tarde en días laborables, habían acabado las labores de demolición, tendido el cableado en las paredes y por toda la casa, y trabajaban ya en las cañerías del agua corriente que se bifurcaban desde la cocina y los cuartos de baño hacia el bajante principal, una maravilla de barro cocido que habían instalado desde el sótano hasta el tejado un mes antes.

—¿Cuándo crees que lo inaugurarán?

Eso mismo se preguntaba Luther desde hacía un tiempo. Aún quedaba mucha tubería por colocar y esperaba el envío de yeso reforzado con crin de caballo para remozar las paredes.

—No sabría decírselo.

—¿Ya no me llamas «señor»? Normalmente, en atención a mí, te haces más el sureño, Luther, cosa que ya advertí a principios del invierno.

—Puede que esta noche no esté para hacerme el sureño —dijo Luther, percibiendo en aquel hombre un tono distinto al de las veces anteriores.

McKenna se encogió de hombros.

—¿Cuánto tiempo crees que os falta, pues?

—¿Para acabar? Unos meses. Depende de muchas cosas.

—Claro. Pero los Giddreaux deben de estar planeando una auténtica ceremonia de inauguración, un festejo con toda su gente, esas cosas.

—Ya le digo, señor, espero haber acabado a finales del verano, más o menos.

McKenna apoyó el brazo en la barandilla de hierro forjado que bordeaba la escalinata de los Coughlin.

—Necesito que caves un hoyo.

—¿Un hoyo?

McKenna asintió, y la brisa templada de la primavera le agitó los faldones de la gabardina en torno a las piernas.

—En realidad, una cámara. Quiero que te asegures de que quede bien impermeabilizada. Si me permites la osadía, le recomiendo hormigón líquido.

—¿Y dónde quiere que construya esa cámara? ¿En su casa, señor?

McKenna dio un respingo ante la insinuación y esbozó una sonrisa extraña.

—Yo nunca permitiría a alguien de tu calaña entrar en mi casa, Luther, por Dios. —Soltó una leve exclamación ante la sola idea y Luther vio que, en atención a él, McKenna se liberaba del peso de una falsa personalidad, presto a mostrarle por fin sus auténticas profundidades. Con orgullo—. ¿Un tizón en Telegraph Hill? Ja. O sea que no, Luther, la cámara no es para mi casa. Es para esa «delegación» que tan noblemente aspiras a construir.

—¿Quiere que haga una cámara en la ANPPN?

—Sí. Debajo del suelo. Creo que la última vez que estuve allí te faltaba por colocar el suelo de la habitación del fondo en la esquina este. Antes era una cocina, creo.

¿La última vez que estuvo allí?

—¿Y qué? —preguntó Luther.

—Cava el hoyo allí. Del tamaño de un hombre, digamos. Impermeabilízalo y luego cúbrelo con el suelo que quieras, pero asegúrate de que sea fácil levantarlo. No pretendo decirte cómo debes hacer tu trabajo, pero a ese respecto plantéate la posibilidad de usar bisagras, y un tirador apenas visible.

Luther, de pie en la acera, esperaba la explicación final.

—No lo entiendo, teniente.

—¿Sabes quién ha demostrado ser mi fuente de información más irreemplazable en este último par de años? ¿Lo sabes?

—No —contestó Luther.

—Edison. Son magníficos para seguir los movimientos de una persona. —McKenna encendió un puro a medio fumar y, cuando consiguió que tirase, despejó el aire entre ellos—. Tú, por ejemplo, rescindiste tu contrato con la compañía de la luz en Columbus en septiembre. Mis amigos de Edison tardaron un tiempo en averiguar dónde volviste a establecerte, pero al final lo localizamos. En Tulsa, Oklahoma, en octubre. Todavía recibes suministro allí, así que supongo que dejaste a una mujer. ¿Familia, quizás? Eres un fugitivo, Luther. Lo supe desde el momento en que te vi, pero ha sido una satisfacción confirmarlo. Cuando pregunté al Departamento de Policía de Tulsa si había algún delito destacado pendiente de resolver, mencionaron un club en el barrio de los negros donde alguien se lió a tiros y dejó tres muertos. Un buen trabajo para un solo día.

—No sé de qué me habla, señor —contestó Luther.

—Ya, ya. —McKenna asintió—. Según el Departamento de Policía de Tulsa, allí no se toman muchas molestias con los tiroteos entre negros, y menos cuando pueden echar la culpa a uno de los negros muertos. Por lo que a ellos se refiere, es un caso cerrado, con tres charoles en la tumba que nadie echará de menos. Por ese lado, pues, puedes estar tranquilo. —McKenna levantó el dedo índice—. A menos que yo vuelva a telefonear al Departamento de Policía de Tulsa y les pida a modo de favor profesional que interroguen al único superviviente de aquel baño de sangre y, en el transcurso de dicho interrogatorio, mencione que un tal Luther Laurence, antiguo residente de Tulsa, vive aquí en Boston. —Un destello asomó a sus ojos—. Y entonces tendría que preguntarme cuántos escondrijos te quedan.

Luther sintió que todo afán de pelea se replegaba dentro de él y se extinguía. Sencillamente se marchitaba. Sencillamente moría.

—¿Qué quiere?

—Quiero una cámara. —A McKenna le brillaban los ojos—. Ah, y quiero la lista de correo del *Crisis*.

—¿Cómo dice?

—El *Crisis*. El boletín de la Asociación Nacional para el Progreso de los Chimpancés.

—Sé lo que es. ¿De dónde voy a sacar la lista de correo?

—Bueno, Isaiah Giddreaux debe de tener acceso a ella. Debe de haber una copia en algún rincón de ese palacio negro burgués que llamas casa. Encuéntrala.

—¿Y si le construyo la cámara y encuentro la lista de correo?

—No emplees el tono de quien tiene opciones, Luther.

—Bien. ¿Qué quiere usted que meta en esa cámara? —preguntó Luther.

—Si sigues haciendo preguntas —dijo McKenna, y rodeó los hombros de Luther con el brazo—, puede que seas tú quien acabe ahí dentro.

Agotado después de otra inútil reunión del CSB, Danny se dirigió a la estación del tren elevado de Roxbury Crossing, y Steve Coyle se colocó a su lado como Danny preveía. Steve seguía asistiendo a las reuniones, seguía despertando en los demás el deseo de perderlo de vista, seguía hablando de necias ambiciones cada vez más colosales. Danny debía presentarse en su puesto de servicio al cabo de cuatro horas y su única aspiración hubiera sido apoyar la cabeza en la almohada y dormir durante un día o más.

—Ella continúa aquí —dijo Steve mientras subían por la escalera de la estación.

—¿Quién?

—Tessa Ficara —contestó Steve—. No finjas que te has olvidado de ella.

—No finjo nada —replicó Danny, en un tono más brusco de lo que pretendía.

—He estado hablando con cierta gente —se apresuró a añadir Steve—. Gente que está en deuda conmigo de cuando trabajaba en las calles.

Danny se preguntó quiénes podían ser esas personas. Muchos policías tenían la falsa impresión de que la gente se sentía agradecida o en deuda con ellos cuando nada podía estar más lejos de la verdad. A menos que uno les salvara la vida o la cartera, la gente detestaba a los policías. No quería verlos cerca.

—Hablar con según qué gente es un tanto peligroso —respondió—, sobre todo en el North End.

—Ya te lo he dicho —repuso Steve—: mis informantes están en deuda conmigo. Confían en mí. Además, ella no está en el North End. Está aquí, en Roxbury.

El tren entró en la estación con un chirrido de frenos. Se subieron a bordo y se sentaron en el vagón vacío.

—En Roxbury, ¿eh?

—Sí. En algún sitio entre Columbus y Warren Avenue, y trabaja con el mismísimo Galleani en algo grande.

—¿En algo más grande que la extensión de tierra entre Columbus y Warren?

—Oye —dijo Steve cuando salían de un túnel y de pronto, al elevarse la vía, las luces de la ciudad se hundieron bajo sus pies—, cierto individuo en particular se comprometió a conseguirme la dirección exacta por cincuenta pavos.

—¿Por cincuenta pavos?

—¿Por qué repites una y otra vez todo lo que digo?

Danny levantó una mano.

—Estoy cansado. Lo siento. Steve, no tengo cincuenta pavos.

—Lo sé, lo sé.

—Eso es más que la paga de dos semanas.

—He dicho que lo sé, por Dios.

—Podría conseguir tres. Tal vez cuatro.

—Sí, ya. Bueno, lo que sea. Quiero decir que queremos atrapar a ese mal bicho, ¿no?

La verdad era que, desde que mató a Federico, Danny no se había acordado ni una sola vez de Tessa. No sabía por qué, pero así era.

—Si no la cogemos nosotros —dijo Danny—, ya la cogerá alguien. Es un problema federal. Entiéndelo.

—Me andaré con cuidado. No te preocupes.

No era ésa la cuestión, pero desde hacía un tiempo Danny se había ido acostumbrando a que Steve lo malinterpretara todo. Cerrando los ojos, echó la cabeza atrás y la apoyó contra el cristal, en medio del traqueteo y las sacudidas del tren.

—¿Crees que podrás darme pronto esos cuatro pavos? —preguntó Steve.

Danny mantuvo los ojos cerrados, porque temió que Steve viera en ellos su desprecio si los abría. Los mantuvo cerrados y asintió una sola vez con la cabeza.

En la estación de Batterymarch rehusó la propuesta de Steve, que pretendía ir a tomar una copa, y cada uno se fue por su lado. Cuando Danny llegó a Salem Street, empezaron a flotar puntos negros ante sus ojos. Se imaginaba su cama, las sábanas blancas, la almohada fresca...

—¿Qué tal te va, Danny?

Nora cruzó la calle en dirección a él, pasando entre una carreta tirada por un caballo y un automóvil que petardeaba y despedía por el tubo de escape grandes nubes de humo negro como la tinta. Cuando llegó al bordillo de la acera, Danny se detuvo y se volvió de cara hacia ella. Advirtió en su mirada un brillo falso. Vestía una blusa de color claro que a él siempre le había gustado y una falda azul que le dejaba los tobillos al descubierto. El abrigo parecía demasiado fino, incluso para aquel aire templado, y tenía los pómulos muy marcados y los ojos hundidos.

—Nora.

Ella le tendió la mano de una manera que a Danny le resultó cómicamente formal y se la estrechó como si fuera la de un hombre.

—¿Y bien? —dijo ella, todavía con aquel brillo forzado en los ojos.

—¿Y bien? —repitió Danny.

—¿Qué tal te va? —dijo por segunda vez.

—No me quejo —contestó él—. ¿Y a ti?

—De fábula —dijo ella.

—Buena noticia.

—Sí.

Pese a ser ya las ocho de la tarde, las aceras del North End eran un hervidero de gente. Harto de que lo zarandearan, Danny cogió a Nora por el codo y la llevó a una cafetería que estaba casi vacía. Se sentaron junto a una pequeña cristalera que daba a la calle.

Ella se quitó el abrigo a la vez que el dueño salía de la trastienda, ciñéndose el delantal, y miraba a Danny.

—*Due caffe, per favore.*

—*Sí, signore. Venire a destra in su.*

—*Grazie.*

Nora le dirigió una sonrisa vacilante.

—No me acordaba de lo mucho que me gustaba eso.

—¿Qué?

—Tu italiano. Como suena. —Miró alrededor y luego a la calle—. Aquí se te ve como en casa, Danny.

—Es mi casa. —Danny contuvo un bostezo—. Siempre lo ha sido.

—¿Qué me dices de la inundación de melaza? —Se quitó el sombrero y lo dejó en una silla. Se alisó el pelo—. Según dicen, está claro que la culpa fue de la compañía.

Danny asintió.

—Eso parece.

—Todavía apesta.

Así era. Cada ladrillo, alcantarilla y grieta entre los adoquines del North End conservaba alguna prueba residual de la inundación. Cuanto más subían las temperaturas, peor olía. Los insectos y roedores se habían triplicado, y el índice de enfermedades entre los niños se había disparado.

El dueño regresó de la trastienda y colocó los cafés ante ellos.

—*Qui andate, signore, signora.*

—*Grazie cosi tanto, signore.*

—*Siete benvenuti. Siete per avere cosi bello fortunato una moglie, signore.*

El hombre dio una palmada, les dedicó una amplia sonrisa y volvió detrás de la barra.

—¿Qué ha dicho? —preguntó Nora.

—Ha dicho que hace una tarde muy agradable. —Danny echó un terrón de azúcar y revolvió el café—. ¿Qué te trae por aquí?

—He salido a dar un paseo.

—Un largo paseo.

Nora alargó la mano hacia el azucarero, colocado entre ellos.

—¿Cómo sabes tú que el paseo ha sido largo? ¿Significa eso que sabes dónde vivo?

Danny colocó su cajetilla de Murad en la mesa. Dios santo, qué cansado estaba.

—Dejémonos de esto.

—¿De qué?

—De este tira y afloja.

Ella se echó dos terrones al café y añadió leche.

—¿Cómo está Joe?

—Muy bien —contestó Danny, preguntándose si era verdad.

Hacía mucho que no ponía los pies en la casa. Sobre todo debido al trabajo y las reuniones del club social, pero también a algo más, algo que se resistía a identificar.

Ella tomó un sorbo de café y miró por encima de la mesa con su cara demasiado alegre y sus ojos hundidos.

—A estas alturas medio esperaba que me hubieras hecho una visita.

—¿Ah, sí?

Nora asintió, y su rostro empezó a desprenderse de la máscara de falsa alegría.

—¿Por qué iba a hacerlo, Nora?

La expresión alegre volvió a asomar a su cara, pero muy forzada.

—Ah, no sé. Tenía esa esperanza, supongo.

—Esperanza. —Danny asintió—. Por cierto, ¿cómo se llama tu hijo?

Ella jugueteó con la cuchara y pasó los dedos por el mantel a cuadros.

—Se llama Gabriel —musitó—, y no es mi hijo. Ya lo dije.

—Dijiste muchas cosas —replicó Danny—. Y nunca mencionaste a ese hijo que no es tu hijo hasta que Quentin Finn lo sacó a relucir.

Ella alzó los ojos. El brillo los había abandonado. Tampoco se advertía en ellos ira ni aflicción. Parecía haber llegado a un punto más allá de toda expectativa.

—No sé de quién es hijo Gabriel. Simplemente estaba allí el día que Quentin me llevó a la choza que llama su casa. Entonces Gabriel tenía unos ocho años, y un lobo habría estado mejor domesticado. Un niño desconsiderado y cruel, nuestro Gabriel. Quentin es una criatura inferior entre los hombres, eso ya lo has visto, pero Gabriel... ese niño es más malo que Satanás. Se pasaba horas acuclillado delante de la chimenea, mirando el fuego, como si las llamas tuvieran voz, y de pronto salía de la casa sin mediar palabra y cegaba una cabra. Eso a los nueve años. ¿Quieres saber qué hacía a los doce?

Danny no quería saber nada más sobre Gabriel ni sobre Quentin ni sobre el pasado de Nora. Su pasado sucio, bochornoso (y lo era, ¿no?). Ahora era una mujer mancillada, una mujer a la que nunca podría reconocer como suya y mirar a la vez al resto del mundo a los ojos.

Nora tomó otro sorbo de café y lo miró, y él percibió que todo moría entre ellos. Estaban los dos perdidos, comprendió, flotaban hacia nuevas vidas en las que ya nada los uniría. Un día pasarían uno al lado del otro entre el gentío y ambos fingirían no conocerse.

Ella se puso el abrigo, y pese a que ninguno de los dos lo había expresado con palabras, ambos sabían qué había ocurrido. Recogió el sombrero de la silla. El sombrero estaba tan raído como el abrigo, y Danny advirtió que las clavículas se le marcaban nítidamente bajo la piel.

Fijó la mirada en la mesa.

—¿Necesitas dinero?

—¿Qué has dicho? —preguntó ella en un susurro agudo y chirriante.

Danny levantó la cabeza. Nora, con los ojos anegados y los labios apretados contra los dientes, cabeceó.

—¿Nece...?

—No has dicho eso —lo interrumpió Nora—. No lo has dicho. No es posible.

—Yo sólo quería...

—¿Tú? ¿Danny? Dios mío, no lo has dicho.

Alargó un brazo hacia Nora, pero ella dio un paso atrás. Siguió negando con la cabeza y al cabo de un momento salió precipitadamente de la cafetería y desapareció en las concurridas calles.

La dejó ir. La dejó ir. Le había dicho a su padre después de pegar a Quentin Finn que ya estaba listo para madurar. Y era la verdad. Se había cansado de ir contra corriente. Curtis le había enseñado la inutilidad de eso en una sola tarde. El mundo lo construían y conservaban hombres como su padre y los compinches de éste, y Danny contempló las calles del North End por la cristalera y decidió que era, casi siempre, un mundo bueno. Parecía funcionar a pesar de sí mismo. Que otros librasen las nimias y enconadas batallas contra las asperezas de ese mundo. Él ya lo había intentado. Nora, con sus mentiras y su historia sórdida, no era más que otra fantasía de un niño necio. Se marcharía y mentiría a otro hombre, y quizá fuera un hombre rico y ella representaría su falso papel hasta que las mentiras se desvanecieran y dieran paso a la respetabilidad de una matrona.

Danny encontraría a una mujer sin pasado. Una mujer digna de ser vista en público con él. Era un mundo bueno. Él sería merecedor de ese mundo, un adulto, un ciudadano.

Buscó el botón en el bolsillo, pero no lo encontró. Por un momento se apoderó de él un pánico tan intenso que pareció exigirle una acción física. Se irguió en la silla y plantó los pies como si se preparase para saltar. De pronto se acordó de haber visto el botón esa mañana entre unas monedas en su tocador. Así que estaba allí. A salvo. Se reclinó en el asiento y bebió un poco de café, pese a que se había enfriado.

El 29 de abril, en la sección de clasificación de la oficina de Correos de Baltimore, un inspector postal reparó en que un líquido escapaba de un paquete de cartón marrón dirigido al juez Wilfred Enniston, del juzgado de apelación del Distrito Cinco. Al examinar más detenidamente el paquete y descubrir que el líquido había abierto un orificio en el ángulo de la caja, el inspector avisó a la policía de Baltimore, que mandó a su brigada de artificieros y se puso en contacto con el Departamento de Justicia. Al final del día, las autoridades habían hallado treinta y cuatro bombas. Las contenían paquetes dirigidos al fiscal general Mitchell Palmer, al juez Kenesaw Mountain Landis, a John Rockefeller y a otras treinta y una personas. Los treinta y cuatro objetivos ocupaban cargos destacados en la industria o en instituciones públicas cuya actuación incidía en las condiciones de la inmigración.

Esa misma tarde en Boston, Louis Fraina y la Sociedad de Obreros Letones solicitaron permiso para manifestarse desde el Palacio de la Ópera de Dudley Square hasta Franklin Park en celebración del Primero de Mayo.

El permiso les fue denegado.

VERANO ROJO

26

El Primero de Mayo, Luther desayunó en la cafetería Solomon antes de ir a trabajar a casa de los Coughlin. Se marchó a las cinco y media y cuando llegó a Columbus Square, el Hudson negro del teniente Mc-Kenna se apartó del bordillo de la acera opuesta y cambió de sentido lentamente delante de él. No le sorprendió. No le alarmó. En realidad, no le causó impresión alguna.

En la barra del Solomon, cuando leía el *Standard*, un titular atrajo de inmediato su atención: «Los rojos planean asesinatos para el Primero de Mayo». Mientras se comía unos huevos, leyó acerca de las treinta y cuatro bombas descubiertas en la oficina de Correos. La lista de objetivos constaba íntegramente en la segunda página del periódico, y a Luther, aunque no sentía gran admiración por los jueces y los burócratas blancos, se le heló la sangre. Después experimentó una sacudida de furia patriótica, sentimiento que nunca habría sospechado dentro de su alma por un país que en ningún momento había demostrado la menor aceptación o justicia para con los suyos. Sin embargo, se imaginó a esos rojos, en su mayoría extranjeros con acentos tan perceptibles como sus bigotes, dispuestos a actuar violentamente y causar estragos en el país de Luther, y deseó unirse a cualquier turba resuelta a triturarlos, deseó decir a alguien, a cualquiera: dadme un rifle y veréis.

Según el periódico, los rojos planeaban un día de sublevación nacional, y las treinta y cuatro bombas interceptadas conducían a pensar en otro centenar que podían andar por ahí a punto de explotar. La semana anterior habían pegado octavillas en las farolas de punta a punta de la ciudad, y en todas se leían las mismas palabras:

Adelante. Deportadnos. Vosotros, fósiles seniles que gobernáis Estados Unidos lo veréis todo de color rojo. La tormenta está dentro y muy pronto se desatará y os arrollará y aniquilará a fuerza de sangre y fuego. ¡Os dinamitaremos!

En el *Traveler* del día anterior, incluso antes de filtrarse la noticia de las treinta y cuatro bombas, un artículo había reproducido algunas de las incendiarias declaraciones más recientes de los subversivos estadounidenses, incluidos el llamamiento de Jack Reed al «derrocamiento del capitalismo y la imposición del socialismo mediante una dictadura del proletariado» y el discurso contra el reclutamiento pronunciado por Emma Goldman el año anterior, donde instaba a todos los trabajadores a «seguir el ejemplo de Rusia».

¿Seguir el ejemplo de Rusia? Luther pensó: si tanto queréis a Rusia, marchaos allí, joder. Y llevaros vuestras bombas y vuestro aliento a sopa de cebolla con vosotros. Durante unas pocas horas de extraño júbilo, Luther no se sintió negro, ni siquiera sintió que existieran distintos colores de piel. Una cosa se imponía a todas las demás: era norteamericano.

Naturalmente, eso cambió cuando vio a McKenna. El corpulento policía se apeó de su Hudson y sonrió. Sosteniendo en alto un ejemplar del *Standard*, preguntó:

—¿Lo has visto?

—Lo he visto —contestó Luther.

—Nos espera un día complicado, Luther. —Le golpeó en el pecho con el periódico un par de veces—. ¿Dónde está mi lista de correo?

—Los míos no son rojos —repuso Luther.

—Ah, conque ahora son los tuyos, ¿eh?

Joder, quiso decir Luther, siempre lo han sido.

—¿Has construido mi cámara? —preguntó McKenna con voz casi cantarina.

—Estoy en ello.

McKenna asintió.

—No me mentirías, ¿verdad?

Luther negó con la cabeza.

—¿Dónde está mi puta lista?

—En una caja fuerte.

—Sólo te he pedido que me consiguieras una simple lista —dijo McKenna—. ¿Por qué es tan difícil?

Luther se encogió de hombros.

—No sé abrir una caja fuerte.

McKenna asintió, como si eso fuera lógico.

—Me la traerás al salir de casa de los Coughlin; estaré delante del Costello, en el puerto. A las seis.

—No veo cómo va a ser posible. No sé abrir una caja fuerte —insistió Luther.

En realidad, no existía tal caja fuerte. La señora Giddreaux guardaba la lista de correo en un cajón de su escritorio. Ni siquiera estaba cerrado con llave.

McKenna se golpeó el muslo con el periódico, como si se detuviera a pensar en ello.

—Necesitas un poco de inspiración, veo. Me parece bien, Luther. Todos los hombres creativos necesitan una musa.

Luther no tenía ni idea de por dónde iban los tiros, pero no le gustó el tono de su voz: displicente, confiado.

McKenna rodeó los hombros de Luther.

—Enhorabuena.

—¿Por?

Una llama de felicidad se encendió en el rostro de McKenna.

—Por tu boda. Tengo entendido que te casaste en otoño pasado en Tulsa, Oklahoma, con una tal Lila Waters, antes residente en Columbus, Ohio. Una institución extraordinaria, el matrimonio.

Luther calló, pero tuvo la certeza de que el odio se traslucía en sus ojos. Primero el Diácono, ahora el teniente Eddie McKenna del DPB. Fuera a donde fuera, el Señor consideraba oportuno poner demonios en su camino.

—Lo curioso es que cuando empecé a husmear en Columbus, descubrí que existe una orden de detención contra tu reciente esposa.

Luther se echó a reír.

—¿Te parece gracioso?

Luther sonrió.

—Si conociese usted a mi mujer, McKenna, también se reiría.

461

—Seguro, Luther. —McKenna asintió varias veces—. El problema es que esa orden es muy real. Parece que tu mujer y un tal Jefferson Reese... ¿te suena de algo?... robaban a sus señores, una familia llamada Hammond. Por lo visto, llevaban años haciéndolo cuando tu amada se marchó a Tulsa. Pero el señor Reese fue detenido con unos marcos de plata y una pequeña cantidad en efectivo, y le endosó el muerto a tu mujer. Por lo visto, pensó que si tenía una cómplice en la empresa se reduciría su condena. Le cayó de todos modos la pena más larga, y ahora está en la cárcel, pero los cargos contra tu esposa siguen vigentes. Una esposa encinta, tengo entendido. Así que allí está ella... a ver si me acuerdo... en el número diecisiete de la calle Elwood de Tulsa, y dudo mucho que pueda ir muy lejos, con esa hogaza en el horno. —McKenna sonrió y le dio una palmada a Luther en la cara—. ¿Has visto alguna vez la clase de comadronas que contratan en las prisiones de condado?

Luther no se arriesgó a contestar.

Sin dejar de sonreír, McKenna le dio un cachete.

—No son almas muy delicadas, te lo aseguro. Le enseñan a la madre la cara del niño y luego se lo llevan... eso si es negro, quiero decir... y lo entregan directamente al orfanato del condado. Naturalmente, ése no sería el caso si el padre anduviera cerca, pero tú no andas cerca, ¿eh que no? Estás aquí.

—Dígame qué quiere... —dijo Luther.

—Ya te lo he dicho, joder. Te lo he dicho del derecho y del revés. —Lo agarró por la mandíbula y atrajo su cara hacia la suya—. Consigue esa lista y llévamela al Costello esta tarde a las seis. Y nada de excusas. ¿Entendido?

Luther cerró los ojos y asintió. McKenna le soltó la cara y retrocedió.

—Ahora mismo me odias. Lo veo. Pero hoy vamos a saldar cuentas en esta pequeña ciudad nuestra. Hoy los rojos, todos los rojos, incluso los rojos de color, van a recibir sus órdenes de expulsión de esta hermosa urbe. —Abrió los brazos y se encogió de hombros—. Y mañana me darás las gracias, porque volveremos a tener un lugar agradable donde vivir.

Volvió a golpetearse el muslo con el periódico y dirigió a Luther una solemne inclinación de cabeza antes de encaminarse hacia el Hudson.

—Está usted cometiendo un error —dijo Luther.

McKenna lo miró por encima del hombro.

—¿Qué has dicho?

—Está usted cometiendo un error.

McKenna volvió y le asestó un puñetazo en el estómago. El aire escapó de su cuerpo como si nunca fuera a recuperarlo. Cayó de rodillas y abrió la boca, pero la garganta se le había cerrado junto con los pulmones, y durante un aterrador y largo momento no pudo tomar aliento ni expulsarlo. Estaba seguro de que moriría así, de rodillas, con el rostro azul como una víctima de la gripe.

Cuando por fin pudo respirar, el aire pasó por la tráquea como una pala, dolorosamente. La primera exhalación sonó como el chirrido de la rueda de un tren, y a ésta siguió una segunda y una tercera, hasta que empezaron a sonar normales, aunque un tanto agudas.

McKenna se quedó plantado ante él, aguardando.

—¿Qué has dicho? —susurró.

—En la ANPPN no hay ningún rojo —contestó Luther—. Y si lo hay, no es de los que andan tirando petardos por ahí o pegando tiros.

McKenna le golpeó con la palma de la mano a un lado de la cabeza.

—No sé si te he oído bien.

Luther vio su imagen duplicada en los iris de McKenna.

—¿Qué se ha creído? ¿Se ha creído que una pandilla de negros va a adueñarse de estas calles con sus armas? ¿Que vamos a darles a ustedes y a los otros paletos y gilipollas de este país un pretexto para matarnos a todos? ¿Se cree que queremos que nos masacren? —Alzó la vista hacia el hombre, vio que apretaba el puño—. Anda por ahí un hatajo de hijos de puta extranjeros dispuestos a organizar una revolución, McKenna, así que vaya a por ellos. Liquídelos como perros. No siento el menor aprecio por esa gente. Ni yo ni ningún otro negro. Éste también es nuestro país.

McKenna dio un paso atrás y lo contempló con una sonrisa irónica.

—¿Qué has dicho?

Luther escupió al suelo y respiró hondo.

—He dicho que éste también es nuestro país.

—No lo es, hijo. —McKenna movió su enorme cabeza en un gesto de negación—. Nunca lo será.

Dejó allí a Luther y subió a su coche y se apartó de la acera. Luther se levantó y respiró hondo unas cuantas veces hasta que casi se le pasaron las náuseas.

—Sí, lo es —susurró una y otra vez, hasta que vio las luces traseras de McKenna doblar a la derecha por Massachusetts Avenue—. Sí, lo es —dijo una vez más, y escupió en la alcantarilla.

Esa mañana, la División 9 de Roxbury empezó a difundir comunicados dando a conocer que una multitud estaba concentrándose en el Palacio de la Ópera de Dudley. Se solicitaba al resto de las comisarías que enviasen efectivos, y la Unidad Montada se congregó en las caballerizas del DPB y preparó los caballos.

Hombres de todos los distritos de la ciudad se presentaron ante la División 9 bajo el mando del teniente McKenna. Se reunieron en el amplio vestíbulo de la planta baja frente al mostrador del sargento de guardia, y McKenna les habló desde el descansillo de la escalera curva que ascendía al primer piso.

—Henos aquí a los elegidos —dijo, abarcando a todos con una leve sonrisa—. Caballeros, los letones están concentrándose en un acto ilegal delante del Palacio de la Ópera. ¿Qué opinan?

Como nadie sabía si era una pregunta retórica, nadie contestó.

—¿Agente Watson?

—¿Teniente?

—¿Qué opina de ese acto ilegal?

Watson, cuya familia se había cambiado de apellido, abandonando su anterior nombre polaco, algo largo e impronunciable, se cuadró.

—Creo que han elegido un mal día, teniente.

McKenna levantó una mano por encima de los presentes.

—Hemos jurado proteger y servir a los estadounidenses en general y a los bostonianos en particular. Los letones... en fin —soltó una risotada—... los letones no son lo uno ni lo otro, caballeros. Paganos y subversivos, eso son, que han decidido desobedecer las órdenes estrictas del ayuntamiento de no manifestarse y piensan ir por Dudley Street desde el Palacio de la Ópera hasta Upham's Corner en Dorchester. Desde allí pretenden girar a la derecha por Columbia Road y seguir hasta Franklin Park, donde tendrá lugar una concentración en apoyo a sus camaradas, sí, a sus camaradas, de Hungría, Baviera, Grecia y, claro está, Rusia. ¿Hay algún ruso entre nosotros ahora mismo?

—¡No, por Dios! —gritó alguien, y los demás lo repitieron en una ovación.

—¿Algún bolchevique?

—¡No, por Dios!

—¿Algún antiamericano? ¿Uno de esos cabrones sin entrañas, ateos, subversivos, de nariz picuda, soplapollas?

—¡No, por Dios! —exclamaron los hombres entre risas.

McKenna se apoyó en la barandilla y se enjugó la frente con un pañuelo.

—Hace tres días el alcalde de Seattle recibió una bomba por correo. Afortunadamente para él, su criada la cogió antes. La pobre mujer está en el hospital sin manos. Anoche, como sin duda ya saben, el servicio de Correos interceptó treinta y cuatro bombas destinadas a matar al fiscal general de esta gran nación, así como a varios doctos jueces y empresarios. Hoy radicales de todos los colores, pero sobre todo paganos bolcheviques, han prometido «un día nacional de la sublevación» en las principales ciudades de esta magnífica tierra. Caballeros, me permito preguntarles: ¿éste es el tipo de país en el que quieren vivir?

—¡No, por Dios!

Alrededor de Danny, los hombres se movían inquietos.

—¿Quieren salir por la puerta de atrás ahora mismo y entregárselo a una horda de subversivos y pedirles que por favor apaguen la luz a la hora de acostarse?

—¡No, por Dios!

Entrechocaron los hombros, y Danny percibió el olor a sudor y aliento de resaca y un extraño hedor a pelo quemado, un tufo acre de furia y miedo.

—¿O bien, por el contrario, quieren recuperar este país? —vociferó McKenna.

A fuerza de tanto contestar «¡No, por Dios!», unos cuantos volvieron a repetirlo.

McKenna los miró enarcando una ceja.

—He dicho si quieren recuperar este puto país.

—¡Sí, por Dios!

Muchos de esos hombres asistían a las reuniones del CSB con Danny, hombres que hacía sólo unas noches se lamentaban del pésimo trato que recibían de su departamento, hombres que habían expresado su afinidad con los trabajadores de todo el mundo en su lucha contra el Gran Capital. Pero de pronto todo eso se vio barrido por el espíritu de unidad y un objetivo común.

—¡Vamos a ir al Palacio de la Ópera de Dudley ahora mismo —clamó McKenna— y vamos a ordenar a esos subversivos, a esos comunistas y anarquistas y terroristas que se dispersen de una puta vez!

El griterío posterior fue ininteligible, un rugido colectivo de la sangre.

—Vamos a decir, de la manera más tajante: «¡Durante mi ronda, no!». —McKenna se inclinó por encima de la barandilla, alargando el cuello y echando al frente el mentón—. ¿Pueden repetirlo conmigo, caballeros?

—¡Durante mi ronda, no! —vociferaron los hombres.

—Oigámoslo otra vez.

—¡Durante mi ronda, no!

—¿Están conmigo?

—Sí.

—¿Tienen miedo?

—¡No, por Dios!

—¿Son la policía de Boston?

—¡Sí, por Dios!

—¿El cuerpo de policía mejor y más respetado de estos cuarenta y ocho estados?

—¡Sí, por Dios!

McKenna recorrió la multitud con la mirada lentamente, y Danny no vio el menor rastro de humor en su cara, ningún asomo de ironía. Sólo certidumbre. McKenna dejó que se impusiera el silencio, mientras los hombres se movían inquietos, se secaban las palmas de las manos sudorosas en las perneras de los pantalones y las empuñaduras de las porras.

—Pues entonces vamos a ganarnos la paga —dijo McKenna entre dientes.

Los hombres se encaminaron en distintas direcciones todos a la vez. Se empujaron alegremente. Se lanzaron bramidos a la cara, hasta que alguien encontró la salida y enfilaron por el pasillo de atrás y cruzaron la puerta en tropel. Salieron todos por la parte trasera de la comisaría y recorrieron el callejón, algunos golpeando ya las paredes y las tapas metálicas de los cubos de basura con las porras.

Mark Denton encontró a Danny entre la multitud y dijo:

—Me pregunto...

—¿Qué?

—Si vamos a mantener la paz o a ponerle fin.

Danny lo miró.

—Buena pregunta.

Cuando doblaron por la esquina y salieron a Dudley Square, Louis Fraina estaba en lo alto de la escalinata del Palacio de la Ópera, hablando por un megáfono a una multitud de unas doscientas personas.

—... nos dicen que tenemos derecho a...

Bajó el megáfono al verlos llegar por la calle y volvió a levantarlo.

—Y ahora aquí están, el ejército privado de la clase dominante.

Fraina los señaló, y la gente, al volverse, vio los uniformes azules acercarse por la calle hacia ellos.

—Camaradas, recread la vista en lo que hace una sociedad corrupta para preservar la ilusión de sí misma. A esto lo llaman Tierra de la Libertad, pero no hay libertad de expresión, ¿eh que no? No hay libertad de reunión. No hoy, no para nosotros. Nos atuvimos al procedimiento. Presentamos nuestra solicitud conforme al derecho a manifestarnos, pero se nos denegó el permiso. ¿Y por qué? —Fraina miró a la multitud—. Porque nos tienen miedo.

Los letones se dieron media vuelta hacia ellos. En la escalinata, junto a Fraina, Danny vio a Nathan Bishop. Se le antojó más pequeño de lo que lo recordaba. Bishop lo miró a los ojos y a continuación hizo un extraño gesto con la cabeza. Danny le sostuvo la mirada, esforzándose para que en sus ojos se reflejara un orgullo que no sentía. Nathan Bishop entrecerró los ojos al reconocerlo. Y entonces asomó a su semblante una expresión de amargura y después, aún más sorprendente, de abatimiento y desesperación.

Danny bajó la vista.

—Miradlos con sus cascos abombados, con sus porras y sus pistolas. Éstas no son las fuerzas del orden. Son las fuerzas de la opresión. Y tienen miedo, camaradas, están aterrorizados, porque la autoridad moral es nuestra. Tenemos la razón. Somos los trabajadores de esta ciudad y no nos mandarán a casa.

McKenna levantó su propio megáfono cuando llegaron a treinta metros de la multitud.

—Están ustedes violando las ordenanzas municipales que prohíben toda reunión no autorizada.

Fraina alzó su megáfono.

—Sus ordenanzas son una mentira. Su ciudad es una mentira.

—Les ordeno que se dispersen. —La voz de McKenna chasqueó como un látigo en el aire de la mañana—. Si se niegan, serán retirados por la fuerza.

Estaban ya a quince metros y empezaban a desplegarse. En sus rostros se veía una expresión severa y resuelta, y Danny escrutó sus ojos en busca de miedo pero encontró muy poco.

—¡La fuerza es lo único que tienen! —clamó Fraina—. La fuerza es el arma elegida por todos los tiranos desde el origen de los tiempos; la fuerza es la respuesta irracional ante una actuación racional. ¡No hemos quebrantado ninguna ley!

Los letones avanzaron hacia ellos con determinación.

—Están ustedes violando la ordenanza municipal once barra cuatro...

—Están ustedes violándonos a nosotros. Están violando nuestros derechos constitucionales.

—Si no se dispersan, los detendremos. Baje de esa escalinata.

—No estoy más dispuesto a bajar por esta escalera que a...

—Le ordeno...

—No reconozco su autoridad.

—¡Está transgrediendo la ley!

Las dos multitudes se encontraron.

Por un momento, dio la impresión de que nadie sabía qué hacer. Los policías se entremezclaron con los letones, los letones se entremezclaron con los policías, todos revueltos, y pocos de ellos eran conscientes de cómo habían llegado a esa situación. Se oía el arrullo de una paloma en el alféizar de una ventana y en el aire flotaba aún un amago de rocío. Sobre los tejados de Dudley Square se disipaban los últimos restos de la niebla matutina. A tan corta distancia, Danny no distinguía bien a los policías de los letones, y de pronto unos cuantos letones barbudos aparecieron desde la esquina del Palacio de la Ópera blandiendo mangos de hacha. Hombres corpulentos, rusos, a juzgar por su aspecto, en cuyos ojos no se advertía el menor titubeo.

El primero de ellos llegó a la muchedumbre y levantó el mango del hacha.

Fraina grito «¡No!», pero su voz se vio ahogada por el impacto de la madera contra el casco abombado de James Hinman, un agente de la Uno-Cuatro. El casco salió volando por encima de la multitud y quedó suspendido en el cielo. Finalmente fue a parar a la calle y Hinman desapareció.

El letón más cercano a Danny era un italiano delgado con bigote de guías enroscadas y gorra de tweed. Justo cuando el individuo se dio cuenta de lo cerca que estaba de un policía, Danny le asestó un codazo en la boca, y el tipo lo miró como si le hubiese roto el corazón en lugar de los dientes y se desplomó. El siguiente letón embistió a Danny pisando el pecho de su camarada caído. Danny sacó la porra, pero Kevin McRae salió de entre la muchedumbre por detrás del enorme letón y lo agarró del pelo, dirigiéndole a Danny una sonrisa enloquecida a la vez que obligaba a girar al letón y lo lanzaba contra un muro de ladrillo.

Danny intercambió puñetazos durante unos minutos con un ruso pequeño y medio calvo. Pese a su corta estatura, el cabrón sabía pegar, y llevaba nudilleras en ambos puños. Danny se concentró de tal modo en atajar los golpes dirigidos a la cara que dejó desprotegido el cuerpo. Los dos iban y venían por el flanco izquierdo de la muchedumbre, buscando Danny el puñetazo con el que dejar a su contrincante fuera de combate. Era un hombre escurridizo, pero de pronto tropezó en una grieta entre los adoquines y le falló una rodilla. Cayó de espaldas e intentó levantarse cuanto antes, pero Danny le pisó el estómago y le dio un puntapié en la cara, y el hombre se enroscó y vomitó por la comisura de los labios.

Sonaron silbatos cuando la policía montada intentó abrirse paso a través del gentío, pero los caballos se resistían a avanzar. Ahora el caos era absoluto, letones y policías entremezclados, los letones con palos, con trozos de tubería y cachiporras y, Dios santo, con punzones de hielo. Lanzaron piedras y lanzaron puñetazos, y los policías también empezaron a actuar con brutalidad, sacando ojos, mordiendo narices, estampando cabezas contra el suelo. Alguien disparó una pistola, y uno de los caballos se encabritó y desarzonó al jinete. El caballo se ladeó a la derecha y cayó de costado, coceando a todo aquello que le salía al paso.

Dos letones cogieron a Danny por los brazos y uno de ellos le dio un cabezazo a un lado de la cara. Lo llevaron a rastras por la calzada de adoquines, y cuando lo arrojaron contra la reja metálica de una tienda, se le escapó la porra de las manos. Uno de ellos le golpeó con el puño en el ojo derecho. Danny pateó a ciegas y alcanzó un tobillo, levantó la rodilla y la hundió en una entrepierna. El tipo expulsó el aire de los pulmones, y Danny lo lanzó contra la reja y liberó ese brazo a la vez que el otro le hincaba los dientes en el hombro. Danny empezó a dar vueltas con el hombre que lo mordía colgado de él y se abalanzó de espaldas contra un muro de ladrillo. En el acto, dejó de sentir los dientes del individuo en la piel. Avanzó unos cuantos pasos y se abalanzó de nuevo hacia atrás, redoblando la violencia de la embestida. Cuando el tipo se desprendió de él, Danny se volvió y recogió su porra y lo golpeó en la cara, oyendo crujir el pómulo.

Lo remató de una patada en las costillas y se volvió hacia el centro de la calle. Al fondo, un letón, a lomos de un caballo de la policía, cargaba una y otra vez contra la multitud blandiendo un trozo de tubería en dirección a todo casco abombado que veía. Otros varios caballos vagaban sin jinete. En la acera opuesta, dos agentes subieron a Francie Stoddard, sargento de la Uno-Cero, a una plataforma de carga. Stoddard, con la boca muy abierta y el cuello de la camisa desabotonado, intentaba tomar aire apretándose el pecho con la palma de la mano.

Se oyeron disparos en el aire y Paul Welch, un sargento de la Cero-

Seis, giró sobre sus talones y se llevó la mano a la cadera, para desaparecer al instante en el remolino de hombres. Danny oyó unas pisadas y se volvió a tiempo para esquivar a un letón que lo atacaba con un punzón de hielo. Le hundió la porra en el plexo solar. El hombre lo miró con cara de autocompasión y vergüenza. Un salivazo escapó de su boca. Cuando cayó al suelo, Danny cogió el punzón y lo lanzó a la azotea más cercana.

Alguien agarró por la pierna al letón a caballo, y éste, descabalgado, se perdió de vista entre la muchedumbre. El caballo se alejó al galope por Dudley Street en dirección a las vías del tren elevado. Danny sintió que le corría la sangre por la espalda y se le nublaba la vista del ojo derecho a medida que éste se le hinchaba. Tenía la cabeza como si le hubieran hundido clavos a martillazos en el cráneo. Los letones perderían la guerra, eso Danny no lo dudaba, pero estaban ganando aquella batalla por un amplio margen. Había policías abatidos por toda la calle, mientras robustos letones, con su ropa tosca de cosacos, lanzaban gritos triunfales irguiéndose por encima de la muchedumbre.

Danny se abrió paso entre la multitud, agitando la porra, intentando convencerse de que eso no le gustaba, de que no se le henchía el corazón porque era más grande, más fuerte y más rápido que la mayoría y podía tumbar a un hombre de un golpe de puño o de porra. Quitó de en medio a cuatro letones de seis porrazos y sintió que la turba se volvía hacia él. Vio que lo apuntaban con una pistola, vio la boca del cañón y los ojos del joven letón que la blandía, de hecho, un crío, de diecinueve años como mucho. La pistola temblaba, pero eso a Danny no le sirvió de consuelo, porque el chico estaba sólo a cinco metros, y la gente se separó dejando un pasillo entre ambos para permitirle disparar sin obstáculos. Danny no se llevó la mano a su propio revólver; era imposible sacarlo a tiempo.

El dedo del chico perdió color al tensarse sobre el gatillo. El tambor giró. Danny pensó en cerrar los ojos pero de pronto el chico levantó el brazo por encima de la cabeza. Disparó hacia el cielo.

Nathan Bishop se hallaba junto al chico, frotándose la muñeca donde había entrado en contacto con el codo del joven letón. Parecía relativamente indemne pese a la refriega, con el traje un poco arrugado, pero en esencia sin manchas, lo que era mucho decir para un traje de color crema en un mar de tejidos negros y azules y puños en movimiento. Se le había resquebrajado una lente de las gafas. Miró fijamente a Danny a través de la lente intacta, los dos con la respiración entrecortada. Danny sintió alivio, claro está. Y gratitud. Pero mayor aún fue su vergüenza. Vergüenza por encima de todo.

Un caballo pasó al galope entre ellos, temblando su gran cuerpo negro, estremeciéndose en el aire su flanco terso. Otro caballo pasó al galope entre la multitud. Lo siguieron dos más, a la carga con los jinetes aún en la silla. Detrás de ellos apareció un ejército de uniformes azules, todavía bien planchados y limpios, y se vino abajo el muro de gente en torno a Danny, Nathan Bishop y el chico de la pistola. Varios letones habían combatido en la guerra de guerrillas en su país de origen y conocían las ventajas de una retirada. En la precipitada dispersión, Danny perdió de vista a Nathan Bishop. Al cabo de un minuto, la mayoría de los letones se alejaba a todo correr del Palacio de la Ópera, y de pronto Dudley Square estaba salpicada de uniformes azules, y Danny y los otros se miraban como diciendo: ¿De verdad acaba de ocurrir todo esto?

Pero había hombres tirados por la calle y apoyados contra los muros, y los refuerzos usaban la porra con los pocos que no eran hermanos de placa, tanto si se movían como si no. A cierta distancia, más refuerzos y más caballos cortaron el paso a un pequeño grupo de manifestantes, al parecer los últimos en marcharse. Los agentes tenían cortes en la cabeza y las rodillas, y heridas sangrantes en los hombros y las manos y los muslos, y contusiones tumefactas y ojos morados y brazos rotos y labios hinchados. Danny vio a Mark Denton intentar ponerse en pie, y se acercó a él y le tendió la mano. Mark se levantó, apoyó el peso del cuerpo en el pie derecho e hizo una mueca.

—¿Roto? —preguntó Danny.

—Torcido, creo.

Mark rodeó con el brazo el hombro de Danny y se encaminaron hacia la plataforma de carga al otro lado de la calle, Mark sorbiendo el oxígeno del aire con respiración sibilante.

—¿Seguro?

—Podría ser un esguince —respondió Mark—. Joder, Dan, he perdido el casco.

Tenía un corte en el nacimiento del pelo cubierto de sangre ennegrecida y se apretaba las costillas con el brazo libre. Danny lo apoyó contra la plataforma y vio a dos policías arrodillados junto al sargento Francie Stoddard. Uno de ellos lo miró a los ojos y cabeceó.

—¿Qué pasa? —preguntó Danny.

—Se ha muerto. Se ha ido —contestó el policía.

—¿Qué dices? —intervino Mark—. No. ¿Cómo es posible...?

—Se ha llevado las manos al pecho —explicó el policía—. Justo en medio de todo el jaleo. Se ha llevado las manos al pecho y se ha puesto rojo y ha empezado a ahogarse. Así, sin más. Lo hemos traído hasta aquí, pero... —El policía se encogió de hombros—. Un puto ataque al corazón. ¿Te lo puedes creer? ¿Aquí? ¿En medio de esto?

El policía dirigió la mirada hacia la calle.

Su compañero sostenía aún la mano de Stoddard.

—Al pobre desgraciado le faltaba menos de un año para cumplir los treinta de servicio, ¿y se va así? —El policía lloraba—. ¿Se va así, por culpa de ésos?

—Dios santo —susurró Mark, y tocó el empeine del zapato de Stoddard.

Habían trabajado juntos durante cinco años en la Divisón 10 de Roxbury Crossing.

—Welch está herido de bala en el muslo —dijo el primer policía—. Y Armstrong en la mano. ¡Esos hijos de puta nos han atacado con punzones de hielo!

—Alguien va a pagar por esto —sentenció Mark.

—De eso no te quepa duda —repuso el policía lloroso—. Ya puedes jurarlo.

Danny apartó la vista del cadáver de Stoddard. Llegaban ambulancias por Dudley Street. Al otro lado de la plaza, un policía se levantó del suelo con las piernas flaqueantes, se enjugó la sangre de los ojos y volvió a desplomarse. Danny vio a un agente vaciar un cubo de basura sobre un letón caído y luego echar el cubo sobre el cuerpo para más seguridad. Fue el traje de color crema lo que impulsó a Danny a moverse. Se dirigió hacia ellos cuando el policía le asestaba tal patada que, al hacerlo, levantó el otro pie del suelo.

El rostro de Nathan Bishop parecía una ciruela aplastada. Sus dientes estaban desparramados por el suelo junto al mentón. Tenía una oreja medio arrancada. Los dedos de las dos manos apuntaban en direcciones antinaturales.

Danny apoyó la mano en el hombro del policía. Era Henry Temple, un matón de las Brigadas Especiales.

—Creo que ya le has dado suficiente —dijo Danny.

Temple miró a Danny por un momento como si buscara una respuesta adecuada. A continuación hizo un gesto de indiferencia y se marchó.

Pasaron dos auxiliares médicos, y Danny dijo:

—Aquí tenemos a uno.

Uno de los auxiliares hizo una mueca.

—Si no lleva placa, tendrá suerte si lo atendemos antes de que se ponga el sol.

Se alejaron.

Nathan Bishop abrió el ojo izquierdo. La esclerótica contrastaba con los estragos de su cara.

Danny hizo ademán de hablar. Quería decir algo. Quería decir «Lo siento». Quería decir «Perdóname». Sin embargo, no dijo nada.

A pesar de que Nathan tenía los labios partidos por varios sitios, se dibujó en ellos una amarga sonrisa.

—Yo me llamo Nathan Bishop —farfulló—. ¿Y tú?

Volvió a cerrar el ojo, y Danny agachó la cabeza.

Luther tenía una hora para comer y se apresuró a cruzar el puente de Dover Street y volver a casa de los Giddreaux en St. Botolph, por entonces la delegación en funciones de la ANPPN en Boston. La señora Giddreaux trabajaba allí con otra docena de mujeres prácticamente a diario, y *Crisis* se imprimía en el mismo sótano de la casa y luego se enviaba por correo al resto del país. Al llegar, Luther encontró la casa vacía, como había previsto: cuando hacía buen tiempo, las chicas se llevaban el almuerzo a Union Park, a unas manzanas de allí, y aquél era uno de los mejores días, hasta el momento, de una primavera en general cruda. Entró en el despacho de la señora Giddreaux. Se sentó detrás del escritorio. Abrió el cajón. Sacó el cuaderno y lo dejó en el escritorio, y allí seguía media hora después cuando la señora Giddreaux entró por la puerta.

Colgó el abrigo y la bufanda.

—Luther, cariño, ¿qué haces aquí?

Luther tocó el cuaderno con la punta del dedo.

—Si no le doy esta lista a cierto policía, hará que detengan a mi esposa y que le quiten el bebé en cuanto nazca.

La sonrisa de la señora Giddreaux quedó helada en su rostro y después desapareció.

—¿Cómo dices?

Luther se lo repitió.

La señora Giddreaux se sentó en la silla frente a él.

—Cuéntamelo todo.

Luther se lo contó todo salvo lo de la cámara que había construido bajo las tablas del suelo de la cocina en Shawmut Avenue. Hasta que no supiera para qué la quería McKenna, no la mencionaría. Mientras hablaba, el rostro amable y anciano de la señora Giddreaux perdió la amabilidad y también la edad. Pasó a ser tan terso y tan inexpresivo como una lápida.

Cuando Luther acabó, ella dijo:

—¿Nunca le has dado nada que pudiera usar contra nosotros? ¿Nunca nos has traicionado?

Luther le devolvió la mirada, boquiabierto.

—Contéstame, Luther. Esto no es un juego de niños.

—No —respondió Luther—. Nunca le he dado nada.

—Aquí hay algo que no encaja.

Luther guardó silencio.

—Ahora no te tendría acogotado si antes no te hubiese revolcado un poco en el lodo con él. La policía no actúa así. Te habría obligado a colocar algo aquí o en el edificio nuevo, algo ilegal.

Luther negó con la cabeza.

Ella lo miró, respirando acompasadamente.

Luther volvió a negar con la cabeza.

—Luther.

Luther le contó lo de la cámara.

Ella lo miró tan confusa y dolida que Luther deseó saltar por la ventana.

—¿Por qué no nos lo dijiste en cuanto te abordó por primera vez?

—No lo sé —respondió Luther.

Ella cabeceó.

—¿Es que no confías en nadie, hijo? ¿En nadie?

Luther permaneció callado.

La señora Giddreaux cogió el teléfono de su escritorio y hundió la horquilla una vez, se remetió el pelo detrás de la oreja y se llevó el auricular al oído.

—¿Edna? Cariño, manda a la planta baja a todas las mecanógrafas que tengas a mano. Instálalas en el salón y el comedor. ¿Me has oído? Ahora mismo. Y diles que lleven las máquinas de escribir. Ah, Edna, y tienes ahí listines de teléfono, ¿verdad? No, no quiero los de Boston. ¿Tienes el de Filadelfia? Bien. Envíalo también.

Colgó y se golpeteó los labios con los dedos. Cuando volvió a mirar a Luther, en sus ojos había desaparecido la ira y ahora brillaba el entusiasmo. De pronto su semblante volvió a ensombrecerse y dejó de mover los dedos.

—¿Qué pasa? —preguntó Luther.

—Independientemente de lo que le lleves esta noche, puede que te detenga o te pegue un tiro.

—¿Por qué iba a hacer una cosa así? —preguntó Luther.

Ella lo miró con los ojos muy abiertos.

—Porque puede. Empecemos por ahí —dijo con un leve cabeceo—. Lo hará, Luther, porque le has conseguido la lista. Así no podrás contarlo desde la cárcel.

—¿Y si no se la llevo?

—Entonces te matará sin más —contestó ella en voz baja—. Te pegará un tiro por la espalda. No, tienes que llevársela.

Suspiró.

Luther no había ido más allá del «te matará».

—Tendré que hacer unas cuantas llamadas. De entrada, al doctor Du Bois. —Ahora se tamborileaba en la barbilla con los dedos—. Y al Departamento Jurídico de Nueva York; también al Departamento Jurídico de Tulsa.

—¿Tulsa?

Ella lo miró, como si acabara de acordarse de que él seguía en el despacho.

476

—Si esto estalla, Luther, y un policía va a detener a tu mujer, tendremos ya a un abogado esperando en las puertas de la cárcel del condado antes de que llegue. ¿Con quién crees que estás tratando?

—Es que yo, yo, yo...

—Tú, tú, tú —dijo la señora Giddreaux, y luego le dirigió una sonrisa parca, un poco decepcionada—. Luther, tienes buen corazón. No has traicionado a los tuyos. Te has quedado aquí esperándome cuando un hombre peor se habría marchado con ese cuaderno. Y te lo agradezco, hijo. Pero eres aún muy joven, Luther, un crío. Si hubieses confiado en nosotros hace cuatro meses, ahora no estarías metido en este lío, y tampoco nosotros. —Alargó el brazo por encima del escritorio y le dio una palmada en la mano—. No pasa nada, de verdad. Nadie nace enseñado.

Lo condujo al salón mientras una docena de mujeres entraban cargadas con máquinas de escribir, sus muñecas tensas por el peso. La mitad eran negras, la otra mitad blancas, universitarias en su mayor parte, casi todas de familias adineradas, y éstas miraron a Luther con un poco de miedo y un poco de algo en lo que él prefirió no pensar demasiado.

—Chicas, la mitad quedaos aquí y la otra mitad en esa sala de ahí. ¿Quién tiene el listín de teléfono?

Una de las muchachas lo tenía encima de la máquina de escribir e inclinó los brazos para enseñárselo a la señora Giddreaux.

—Llévatelo, Carol.

—¿Qué tenemos de hacer con él, señora Giddreaux?

La señora Giddreaux lanzó a la chica una mirada severa.

—Se dice qué tenemos «que» hacer, Regina.

—¿Qué tenemos que hacer con él, señora Giddreaux? —repitió Regina con un tartamudeo.

La señora Giddreaux sonrió a Luther.

—Vamos a dividirlo en doce partes, chicas, y vamos a mecanografiarlo de principio a fin.

Los policías que podían andar por su propio pie regresaron a la Cero-Nueve y fueron atendidos por los auxiliares médicos en el sótano. Antes de irse del Palacio de la Ópera de Dudley, Danny había visto a los conductores de una ambulancia echar a Nathan Bishop y a otros cinco radicales heridos a la parte de atrás como peces lanzados al hielo, cerrar de un portazo y marcharse. En el sótano, le desinfectaron y cosieron el hombro a Danny y le dieron una bolsa de hielo para el ojo, si bien ya era demasiado tarde para aliviar la hinchazón. Media docena de hombres que creían estar bien no lo estaban, y los ayudaron a subir otra vez por la escalera y salir a la calle, donde las ambulancias los trasladaron al Hospital General de Massachusetts. Un equipo de Intendencia se presentó con uniformes nuevos que se distribuyeron entre los hombres después de recordarles el capitán Vance con cierto bochorno que el coste de dichos uniformes, como siempre, se les deduciría de la paga, pero, dadas las circunstancias, vería si por una vez era posible conseguir un descuento.

Cuando se reunieron en el sótano, el teniente Eddie McKenna ocupó el estrado. Tenía una brecha en la garganta, curada y desinfectada pero sin vendar, y el cuello de la camisa ennegrecido por la sangre seca. Cuando habló, su voz era poco más que un susurro, y los hombres tuvieron que echarse hacia delante en las sillas plegables.

—Hoy, caballeros, hemos perdido a uno de los nuestros. Un auténtico policía, un poli entre los polis. Ha sido una pérdida para nosotros y lo ha sido también para el mundo. —Agachó la cabeza por un momento—. Hoy se han llevado a uno de los nuestros, pero no se han llevado nuestro honor. —Fijó en ellos sus ojos claros con una expresión fría—. No se han llevado nuestro honor. No se han llevado nuestra hombría. Sólo se han llevado a uno de nuestros hermanos.

»Esta noche volveremos a su territorio. El capitán Vance y yo nos pondremos al frente. Buscamos en concreto a cuatro hombres: Louis Fraina, Wychek Olafski, Pyotr Rastorov y Luigi Brancona. Tenemos fotografías de Fraina y Olafski y retratos a lápiz de los otros dos. Pero no acabaremos ahí. Someteremos, sin cuartel, a nuestro enemigo común. Todos ustedes saben cómo es ese enemigo. Viste un uniforme tan evidente como el nuestro. El nuestro es azul; el suyo de una tela tosca, y a eso se une una barba enmarañada y un gorro de lana. Además, tiene el fuego del fanático en la mirada. Vamos a salir a esas calles y a traerlos aquí. De eso no tenemos la menor duda —añadió, y miró a los presentes—. Sólo tenemos determinación. —Se agarró al atril y los recorrió lentamente con la mirada de izquierda a derecha—. Esta noche, hermanos, no hay rangos. No hay distinción entre un agente en su primer año y un inspector con placa de oro y dos décadas de servicio. Porque esta noche estamos todos unidos por el rojo de nuestra sangre y el azul de nuestra indumentaria profesional. No se equivoquen, somos soldados. Y como dijo el poeta: «Oh extranjero, informa a Esparta que aquí yacemos todavía obedientes a sus leyes». Que ésta sea su bendición, caballeros. Que éste sea su toque de clarín.

Se bajó del estrado y les dirigió un saludo militar. Los hombres, todos a una, se levantaron y devolvieron el saludo. Danny comparó esa reacción con la mezcla caótica de ira y miedo de la mañana, y no encontró nada de eso. Conforme a los deseos de McKenna, los agentes se habían convertido en espartanos, en hombres utilizables, y se habían fundido de tal modo con su sentido del deber que ya no era posible distinguirlos de él.

27

Cuando el primer destacamento de agentes se presentó ante la puerta de *La era revolucionaria*, Louis Fraina los esperaba en compañía de dos abogados. Lo esposaron y trasladaron al furgón en Humboldt Avenue y los abogados no se separaron de él.

A esas horas los periódicos vespertinos habían salido ya a la calle y la indignación por el ataque a la policía de esa mañana había ido en aumento durante la cena mientras las farolas empezaban a despedir su resplandor amarillo. Danny y un destacamento de otros diecinueve agentes se apearon de los vehículos en la esquina de Warren y St. James. Por orden de Stan Billups, el sargento al mando, se desplegaron y ocuparon las calles en grupos de cuatro. Danny recorrió unas cuantas manzanas hacia el sur por Warren con Matt March, Bill Hardy y un hombre de la Uno-Dos, un tal Dan Jeffries, a quien no conocía. Inexplicablemente, Jeffries manifestó gran entusiasmo al conocer a otro hombre con el mismo nombre de pila, como si eso fuera un buen augurio. En la acera había media docena de hombres en traje de faena, con gorras de tweed y tirantes raídos, probablemente estibadores que habían leído los periódicos vespertinos mientras empinaban el codo.

—Dadles duro a esos bolcheviques —gritó uno de ellos, y el resto los vitoreó.

Siguió un incómodo silencio, el silencio de unos desconocidos a quienes alguien presenta en una fiesta a la que ninguno de ellos tenía grandes deseos de asistir, y de pronto tres hombres salieron de una cafetería unas cuantas puertas más adelante. Dos llevaban gafas e iban cargados de libros. Los tres vestían la ropa tosca de los inmigrantes eslavos. Danny lo vio venir antes de que ocurriese.

Uno de los eslavos miró por encima del hombro.

Dos de los hombres de la acera los señalaron. Matt March exclamó:

—¡Eh, vosotros tres!

No hizo falta más.

Los tres hombres echaron a correr. Los estibadores salieron en su persecución, y Hardy y Jeffries los siguieron. A media manzana de allí, los eslavos fueron alcanzados y derribados.

Jeffries y Hardy llegaron a la pila de hombres, y éste sacó a rastras a uno de los estibadores. Luego la luz de la farola se reflejó en su porra cuando descargó un golpe en la cabeza a uno de los eslavos.

—¡Eh! —exclamó Danny, pero Matt March lo cogió del brazo.

—Dan, espera.

—¿Qué?

March lo miró fríamente.

—Esto es por Stoddard.

Danny se zafó.

—No sabemos si son bolcheviques.

—No sabemos que no lo son.

March hizo girar la porra y sonrió a Danny.

Danny cabeceó y se alejó por la calle.

—Estás siendo muy estrecho de miras, agente —gritó March.

Cuando alcanzó a los estibadores, éstos ya se iban. Dos de las víctimas se alejaban a rastras por la calle mientras la tercera yacía en los adoquines, el pelo oscurecido por la sangre, la muñeca rota contra el pecho.

—Dios mío —exclamó Danny.

—Vaya —dijo Hardy.

—¿Qué coño hacéis? Llamad a una ambulancia.

—Que se joda —dijo Jeffries, y escupió al eslavo—. Y que se jodan sus amigos. ¿Quieres una ambulancia? Busca una cabina y pídela tú mismo.

El sargento Billups apareció por el otro extremo de la calle. Habló con March, miró a Danny a los ojos y luego se acercó a él. Los estibadores habían desaparecido. A una o dos manzanas de allí se oyeron gritos y ruidos de cristales rotos.

Billups miró al hombre en el suelo y luego a Danny.

—¿Algún problema, Dan?

—Sólo quiero una ambulancia para este hombre.

Billups echó otro vistazo al herido.

—Yo lo veo bien, agente.

—No lo está.

Billups se detuvo junto al hombre.

—¿Te duele, encanto?

El hombre no contestó, sólo se apretó aún más la muñeca rota contra el cuerpo.

Billups le pisó el tobillo con el tacón. Su víctima se retorció y gimió con los dientes apretados.

—No te oigo, Boris. ¿Qué has dicho?

Danny tendió la mano hacia el brazo de Billups y éste se la apartó bruscamente.

Crujió un hueso y el hombre dejó escapar un profundo suspiro de incredulidad.

—¿Ahora ya estás mejor, cariño?

Billups apartó el pie del tobillo del hombre. El eslavo rodó por los adoquines y ahogó un grito. Billups rodeó a Danny por los hombros con el brazo y lo alejó unos cuantos pasos.

—Oiga, sargento, le aseguro que lo entiendo. Hemos salido a romper alguna que otra cabeza. Yo incluido. Pero las cabezas de los culpables, ¿no le parece? Ni siquiera...

—Ya me he enterado de que esta tarde también buscabas ayuda y consuelo para el enemigo, Dan. Así que escucha —dijo Billups con una sonrisa—, puede que seas el hijo de Tommy Coughlin y que eso te dé ciertas licencias, ¿vale? Pero si sigues comportándote como un rojillo soplapollas, por muy hijo que seas de Tommy Coughlin, me lo tomaré como un asunto personal. —Golpeteó la guerrera de Danny con la porra—. Estoy dándote una orden directa: vuelve a esa calle y haz daño a algún mamón subversivo, o apártate de mi vista.

Cuando Danny se volvió, Jeffries estaba allí, riéndose quedamente. Pasó a su lado y luego recorrió la calle dejando atrás a Hardy. Cuando llegó a donde estaba March, éste se encogió de hombros, y Danny siguió adelante. Dobló por la esquina y vio tres furgones al final de la manzana. Otros agentes se llevaban a rastras por la acera a cualquiera con bigote o gorro de lana y lo arrojaban a los furgones.

Vagó sin rumbo por las calles, se cruzó con los agentes y sus nuevos hermanos de la clase obrera arremetiendo contra una docena de hombres que salían de una reunión de la Organización Fraternal Socialista de Lower Roxbury. La turba tenía a los hombres arrinconados contra las puertas del edificio. Los hombres se defendían, pero de pronto se abrieron las puertas detrás de ellos y algunos cayeron hacia atrás y otros intentaron mantener a raya a la turba con sólo aspavientos de los brazos. La puerta izquierda fue arrancada de los goznes, y la turba pasó por encima de los hombres caídos e irrumpió en el edificio. Danny lo observó todo con el ojo ileso y supo que no podía hacer nada para impedirlo. Nada en absoluto. Aquella terrible mezquindad de los hombres era superior a él, superior a cualquier cosa.

Luther fue a Costello, en el muelle de Commercial, y esperó en la calle porque era un establecimiento sólo para blancos. Se quedó allí largo rato. Una hora.

Ni rastro de McKenna.

En la mano derecha sostenía una bolsa de papel con fruta que se había llevado de casa de los Coughlin para dársela a Nora, eso si McKenna no decidía pegarle un tiro o detenerlo esa misma noche. Bajo el brazo llevaba la «lista» mecanografiada, donde constaban los nombres de cincuenta mil abonados de la compañía telefónica de Filadelfia.

Dos horas.

Ni rastro de McKenna.

Luther se marchó del muelle y se alejó en dirección a Scollay Square. Quizá McKenna había resultado herido en el cumplimiento de su deber. Quizás había sufrido un ataque al corazón. Quizá lo había liquidado a tiros algún matón con una cuenta pendiente.

Luther silbó y se hizo ilusiones.

Danny erró por las calles hasta que se encontró en Eustis Street en dirección a Washington. Una vez allí, decidió girar a la derecha y atravesar la ciudad hasta el North End. No tenía la menor intención de pasar por la Cero-Uno para fichar al acabar el turno. No pensaba quitarse el uniforme. Atravesó Roxbury en el cálido aire nocturno que olía más a verano que a primavera, y en todas partes vio los efectos del imperio de la ley:

todo aquel con aspecto de bolchevique o anarquista, eslavo, italiano o judío descubría el precio de dicha apariencia. Yacían contra los bordillos, las escalinatas, apoyados contra las farolas; en el cemento y el alquitrán, su sangre, sus dientes. En la siguiente travesía, un hombre llegó a todo correr al cruce y un coche patrulla lo embistió. Voló por el aire, intentando aferrarse a la nada. Cuando aterrizó, los tres policías que habían salido del coche le sujetaron el brazo contra el suelo mientras el agente que se había quedado al volante le pisaba la mano con las ruedas.

Danny se planteó volver a su habitación de Salem Street y sentarse a solas con el cañón de su revólver reglamentario apoyado en los dientes inferiores, el metal en la lengua. En la guerra habían muerto personas a millones. Sin más motivo que unos bienes raíces. Y ahora, en las calles del mundo, proseguía la misma batalla. Hoy, Boston. Mañana, algún otro lugar. Los pobres luchando contra los pobres. Como siempre habían hecho. Como siempre se los había alentado a hacer. Y eso nunca cambiaría. Al final se dio cuenta. Nunca cambiaría.

Alzó la vista hacia el cielo negro, hacia el salpicón de puntos brillantes. Sólo eran eso. Eso, y nada más. Y si detrás de esos puntos se escondía un Dios, había mentido. Había prometido a los dóciles que heredarían la tierra. Pues no. Sólo heredarían la pequeña parcela que fertilizasen.

Ahí estaba la broma.

Vio a Nathan Bishop mirándolo con la cara machacada y preguntándole cómo se llamaba, la vergüenza que había sentido, el horror de sí mismo. Se apoyó en una farola. No puedo seguir haciendo esto, dijo al cielo. Ese hombre era mi hermano, si no de sangre sí al menos de corazón y filosofía. Me salvó la vida y ni siquiera pude proporcionarle atención médica adecuada. Soy un mierda. No puedo dar ni un puto paso más.

En la acera de enfrente, otra muchedumbre de policías y obreros provocó a un pequeño grupo de vecinos. Al menos esta turba mostró cierta misericordia, permitiendo a una mujer embarazada apartarse de las otras víctimas y marcharse indemne. Ella se alejó apresuradamente por la acera, con los hombros encorvados, el pelo cubierto por una mantilla oscura, y Danny volvió a pensar en regresar a su habitación de Salem Street, en el arma que llevaba enfundada, en la botella de whisky.

La mujer lo adelantó y dobló por la esquina. Danny reparó en que por detrás no parecía embarazada. Tenía el andar de una joven, de alguien que aún no cargaba con el peso del trabajo o los niños o los deseos marchitos. Era...

Tessa.

Danny estaba ya cruzando la calle antes de que el nombre acudiera siquiera a su mente.

Tessa.

Ignoraba cómo lo supo, pero lo supo. Cruzó la calle y la siguió, manteniéndose a una manzana de distancia, y cuanto más observaba su andar de aplomada languidez, más convencido estaba. Pasó ante una cabina, luego ante otra, pero en ningún momento se le ocurrió abrir y telefonear para pedir ayuda. De todos modos, no había nadie en las comisarías; estaban todos en las calles buscando venganza. Se quitó el casco y el abrigo y se los metió bajo el brazo derecho, tapando la pistola, y volvió a cruzar la calle. Cuando ella llegó a Shawmut Avenue, miró hacia atrás, pero él no estaba allí, y por tanto no lo descubrió. Pero él sí pudo confirmar su sospecha: era Tessa. La misma piel morena, la misma boca perfilada que sobresalía como una repisa sobre la barbilla.

Tessa dobló a la derecha por Shawmut, y él se rezagó un momento, a sabiendas de que aquélla era una vía ancha y si llegaba a la esquina demasiado pronto, ella tendría que estar ciega para no verlo. Contó hasta cinco y se echó a andar de nuevo. Llegó a la esquina y la vio en la siguiente travesía, doblando por Hammond Street.

Tres hombres en el asiento de atrás de un automóvil la miraban mientras los del asiento delantero lo miraban a él. Fijándose en su pantalón azul, el abrigo azul bajo el brazo, aminoraron la marcha. Todos tenían pobladas barbas. Todos llevaban gorras de lana. Los hombres del asiento trasero del coche descapotable iban provistos de palos. En el asiento delantero, el acompañante entornó los ojos y Danny lo reconoció: Pyotr Glaviach, el descomunal estonio capaz de beber más que los parroquianos de cualquier taberna y probablemente también vencerlos a todos en una pelea. Pyotr Glaviach, el veterano de la más cruel guerra letona en su país. El hombre que había considerado a Danny su compañero en el reparto de octavillas, su camarada, su hermano de armas contra la opresión capitalista.

Danny había descubierto que a veces la violencia o la amenaza de violencia ralentizaba el mundo, que todo le llegaba a uno como a través del agua. Pero también había ocasiones en que la violencia se movía más deprisa que el tictac de un reloj, y ésta era una de esas ocasiones. En cuanto Glaviach y él se reconocieron mutuamente, el coche se detuvo y los hombres salieron en el acto. Cuando Danny intentó desenfundar la pistola, la culata se le enganchó en el abrigo. Glaviach le inmovilizó los brazos a los costados con los suyos. Levantó a Danny en volandas y lo estampó contra una pared de piedra al otro lado de la acera.

Un palo lo alcanzó en el ojo morado.

—Di algo.

Glaviach le escupió en la cara y lo estrujó aún más.

A Danny no le quedaba aire para hablar, así que escupió a la cara peluda del hombre corpulento y, cuando su flema alcanzó los ojos del otro individuo, vio que contenía ya algo de sangre.

Glaviach dio un testarazo a Danny en la nariz. Una luz amarilla estalló en su cabeza y los hombres que lo rodeaban quedaron envueltos en sombra, como si el cielo se hubiera venido abajo. Alguien volvió a pegarle en la cabeza con un palo.

—¿Sabes qué le ha pasado hoy a nuestro camarada Nathan? —Glaviach sacudió a Danny como si no pesara más que un niño—. Ha perdido la oreja. Quizá la vista de un ojo. Eso ha perdido. ¿Y tú qué vas a perder?

Unas manos le quitaron la pistola, y él poco podía hacer porque tenía los brazos adormecidos. Le cayó una lluvia de puñetazos en el torso, la espalda y el cuello. Sin embargo, conservaba una calma absoluta. Sintió la presencia de la Muerte en la calle con él y la Muerte tenía una voz arrulladora. La Muerte le dijo: tranquilo. Ha llegado la hora. Le arrancaron el bolsillo del pantalón y la calderilla cayó en la acera. También el botón. Con una irracional sensación de pérdida, Danny lo vio rodar hasta el bordillo y caer por la alcantarilla.

Nora, pensó. Maldita sea. Nora.

Cuando acabaron, Pyotr Glaviach encontró el revólver reglamentario de Danny en el albañal. Lo cogió y lo dejó caer sobre el pecho del policía inconsciente. Pyotr se acordó de todos los hombres —catorce— a quienes había matado, cara a cara, a lo largo de los años. Esa cifra no incluía a toda una unidad de la guardia zarista que habían acorralado en el centro de un trigal en llamas. Aún olía el hedor siete años después, aún los oía gritar como recién nacidos mientras el fuego les llegaba al pelo, los ojos. Uno nunca podía desprenderse de ese olor, ni de esos sonidos. Nada de eso podía deshacerse. Ni eliminarse. Estaba cansado de matar. Por eso había ido a América. Por lo cansado que estaba. Una muerte siempre llevaba a otra.

Escupió al policía traidor un par de veces más y luego sus camaradas y él regresaron al automóvil y se marcharon.

Luther había aprendido a entrar y salir a hurtadillas de la pensión de Nora. Había descubierto que uno hacía más ruido cuanto más sigiloso pretendía ser. Por eso, a la hora de escuchar desde detrás de la puerta para comprobar si se oía algo en el pasillo al otro lado, ponía toda su atención, pero en cuanto se aseguraba de que fuera no había nadie, accionaba el pomo deprisa y con suavidad y salía al pasillo. Cerraba la puerta e incluso antes de oír el chasquido del cerrojo ya había abierto la puerta del callejón. Para entonces, ya no había peligro: un negro saliendo de un edificio de Scollay Square no era el problema; pero un negro saliendo de la habitación de una mujer blanca en cualquier edificio... eso podía costarle la vida.

La noche de ese primero de mayo dejó la bolsa de fruta en la habitación de Nora después de pasar con ella alrededor de media hora, viendo cómo se le cerraban los ojos una y otra vez hasta que ya no volvió a abrirlos. Aquello le preocupaba; ahora que le habían reducido el horario, estaba más cansada, no menos, y sabía que eso tenía que ver con su dieta. Había algo de lo que no comía lo suficiente, y como él no era médico, no sabía qué era. Pero se la veía siempre cansada. Cansada y cada vez más cenicienta, con los dientes ya un poco sueltos. Por eso Luther esta vez le llevó fruta de casa de los Coughlin. Creía recordar que la fruta iba bien para los dientes y la piel. Cómo lo sabía o por qué, no lo recordaba, pero le parecía que tenía sentido.

La dejó dormida y se marchó por el callejón. Al llegar al final, vio a Danny avanzar hacia él por Green Street con paso tambaleante. No a Danny en realidad. Sino una versión de él. Un Danny que había sido disparado con un cañón contra un bloque de hielo. Un Danny cubierto de sangre, andando hacia él. O intentándolo. Porque más bien daba tumbos.

Luther le salió al paso en medio de la calle justo cuando Danny caía sobre una rodilla.

—Eh, eh —susurró Luther—. Soy yo. Luther.

Danny lo miró, con la cara maltrecha, como si hubieran probado en ella un mazo. Tenía un ojo morado. Ése era el que presentaba mejor aspecto. El otro, de tan cerrado como estaba debido a la hinchazón, parecía suturado. Los labios le habían aumentado al doble de su tamaño normal. Luther quiso hacer un comentario jocoso al respecto pero intuyó que no era el momento adecuado.

—¿Y bien? —Danny levantó una mano como para anunciar el inicio de un partido—. ¿Sigues enfadado conmigo?

Eso, desde luego, era algo que nadie había conseguido arrebatarle: el desenfado. Pese a estar hecho trizas y de rodillas en medio de una calle inmunda en el inmundo barrio de Scollay Square, hablaba con toda naturalidad, como si aquellas cosas le ocurrieran una vez por semana.

—En este preciso momento, no —contestó Luther—, aunque en general, sí.

—Pues ya puedes ponerte en la cola —dijo Danny, y vomitó sangre en la calle.

A Luther no le gustó el sonido ni el aspecto de aquello. Agarró a Danny de la mano y empezó a tirar de él para levantarlo.

—Eh, no, no —protestó Danny—. Eso no. Déjame quedarme aquí un rato de rodillas. Mejor dicho, déjame arrastrarme. Voy a arrastrarme hasta ese bordillo, Luther. Voy a arrastrarme hasta allí.

Danny, fiel a su palabra, se arrastró desde el centro de la calle hasta la acera. Cuando llegó, se arrastró unos metros más y se quedó tendido. Luther se sentó a su lado. Al final, Danny consiguió incorporarse. Se aferró a las rodillas como si fueran lo único que le impedía caer al abismo.

—Joder —dijo al fin—. Estoy hecho un cromo. —Sonrió entre los labios agrietados a la vez que un silbido agudo precedía cada aliento—. ¿No tendrás un pañuelo por casualidad?

Luther metió la mano en el bolsillo y sacó uno. Se lo dio.

—Gracias.

—No hay de qué —contestó Luther, y algo en la frase les resultó cómico a los dos simultáneamente.

Se echaron a reír en la noche templada.

Danny se limpió la sangre de la cara hasta que el pañuelo quedó inservible.

—He venido a ver a Nora. Tengo algo que decirle.

Luther le rodeó los hombros con el brazo, cosa que nunca se había atrevido a hacer con un blanco hasta ese momento, pero que parecía lo más normal dadas las circunstancias.

—Ella necesita dormir, y tú necesitas dormir.

—Necesito verla.

—Vomita un poco más de sangre y cuéntamelo otra vez.

—No, en serio.

Luther se inclinó sobre él.

—¿Sabes cómo suena tu respiración?

Danny negó con la cabeza.

—Como un puto canario —dijo Luther—. Como un canario con perdigones en el pecho. Te estás muriendo.

Danny volvió a negar con la cabeza. Luego se dobló e intentó expulsar el aire de los pulmones. No salió nada. Lo intentó otra vez. Tampoco salió nada, aparte de un sonido. El sonido que Luther había descrito, el silbido agudo de un pájaro desesperado.

—¿A qué distancia está el Hospital General? —Danny se dobló otra vez y vomitó más de sangre en el albañal—. Estoy demasiado jodido para recordar.

—A unas seis manzanas —contestó Luther.

—Eso. Largas manzanas. —Danny hizo una mueca a la vez que se echaba a reír y escupió más sangre en la acera—. Creo que tengo las costillas rotas.

—¿Cuáles?

—Todas —respondió Danny—. Esto de aquí me duele a rabiar, Luther.

—Lo sé. —Luther se volvió y, agachado, se colocó detrás de Danny—. Puedo levantarte.

—Te lo agradecería.

—¿A la de tres?

—Vale.

—Una, dos y tres.

Luther apoyó el hombro en la espalda del corpulento policía y empujó con fuerza, y Danny dejó escapar una sucesión de sonoros lamentos y un agudo alarido, pero al final se puso en pie. Tambaleante, pero en pie.

Luther se situó bajo el brazo izquierdo de Danny, sosteniéndolo con el hombro.

—El Hospital General estará a rebosar —dijo Danny—. Joder. Todos los hospitales. Mis chicos de azul están llenando todos los servicios de urgencias de la ciudad.

—¿Llenándolos de qué?

—De rusos, en especial. De judíos.

—Hay un dispensario para negros en la esquina de Barton y Chambers —sugirió Luther—. ¿Tienes algún inconveniente en que te atienda un médico negro?

—Me conformo con una china tuerta, siempre y cuando sea capaz de quitarme el dolor.

—Seguro que sí —dijo Luther, y se pusieron en marcha—. Puedes sentarte en la cama y decirles que no te llamen «señor», que eres un tipo corriente, y todo ese cuento.

—Eres un capullo. —Danny se rió, y otra bocanada de sangre asomó a sus labios—. ¿Y tú qué hacías por aquí?

—No te preocupes por eso.

Danny se balanceó de tal modo que casi se cayeron los dos al suelo.

—Pues sí me preocupo. —Levantó una mano y se detuvieron. Danny respiró hondo—. ¿Nora está bien?

—No, no está bien. No sé qué os ha hecho, pero ya ha pagado la deuda.

—Ah. —Danny ladeó la cabeza hacia él—. ¿Te gusta?

Luther captó la mirada.

—¿Si me gusta en qué sentido?

—En ese sentido.

—Por Dios, no. Claro que no.

490

Una sonrisa ensangrentada.

—¿Seguro?

—¿Quieres que te suelte o qué? Claro que estoy seguro. Tú tienes tus gustos y yo los míos.

—¿Y Nora no es de tu gusto?

—No lo es ninguna mujer blanca. Con esas pecas. Esos culos pequeños. Esos huesitos. Y ese pelo extraño. —Luther hizo una mueca y cabeceó—. No es lo mío. Ni hablar.

Danny miró a Luther con un ojo a la funerala y el otro hinchado.

—¿Y entonces...?

—Pues entonces —dijo Luther, de pronto exasperado— es mi amiga. La cuido.

—¿Por qué?

Dirigió a Danny una mirada cauta y prolongada.

—Porque nadie más quiere el puesto.

La sonrisa de Danny se desplegó en sus labios agrietados y negruzcos.

—Entonces de acuerdo.

—¿Quién te ha dejado en este estado? Con lo grande que eres, han debido de ser unos cuantos.

—Unos bolcheviques. En Roxbury, a unas veinte manzanas. Un largo paseo. Probablemente me lo he ganado a pulso. —Danny tomó aire con inhalaciones cortas. Inclinó la cabeza a un lado y vomitó. Luther apartó los pies para que no le manchara los zapatos ni los bajos del pantalón, postura un tanto incómoda, con Danny inclinado y parcialmente caído sobre su espalda. Lo bueno era que el vómito no era ni la mitad de rojo de lo que Luther se temía. Cuando Danny acabó, se limpió la boca con la manga—. Ya está.

Recorrieron a trompicones otra manzana hasta que Danny necesitó descansar de nuevo. Luther lo apoyó contra una farola, y Danny se quedó allí, recostado, con los ojos cerrados y el rostro sudoroso. Al cabo de un rato, abrió el ojo bueno y miró el cielo como si buscara algo en él.

—Menudo año que he tenido, Luther, puedes creerme.

Luther rememoró su propio año y se echó a reír, a reír con ganas. Hasta doblarse por la cintura. Un año atrás... joder. Desde entonces había pasado toda una vida.

—¿De qué te ríes? —preguntó Danny.

Luther levantó una mano.

—De ti y de mí.

—¿Qué se supone que hay que hacer cuando todo aquello sobre lo que has construido tu vida resulta ser una puta mentira? —preguntó Danny.

—Construir una vida nueva, supongo.

Danny enarcó una ceja.

—¿Qué pasa? ¿Que quieres compasión porque estás desangrándote? —Luther volvió a acercarse a Danny, apoyado en la farola como si ésta fuera el último amigo que le quedaba en el mundo—. Yo eso no puedo dártelo. Lo que sea que está acabando contigo, échalo. A Dios le da igual. A todo el mundo le da igual. Lo que sea que tengas que hacer para recomponerte, para librarte del dolor, hazlo, eso te digo.

La sonrisa de Danny era una grieta entre unos labios medio negros.

—Así de fácil, ¿eh?

—No hay nada fácil. —Luther cabeceó—. Aunque sencillo, sí.

—Ojalá fuera tan...

—Has hecho a pie veinte manzanas, vomitando sangre, para llegar hasta un sitio y una persona. ¿Necesitas más verdad que ésa en tu vida, blanquito? —Luther soltó una carcajada seca y corta—. No la encontrarás en este mundo.

Danny calló. Miró a Luther con su ojo bueno y Luther le devolvió la mirada. A continuación, se despegó de la farola y extendió el brazo. Luther se colocó debajo de él y así recorrieron el resto del camino hasta el dispensario.

28

Danny pasó la noche en el dispensario. Apenas recordaba cuándo se
marchó Luther. Pero sí recordaba que le dejó unos papeles en la mesilla de noche.

—He intentado dárselos a tu tío. Pero no se ha presentado a la
cita.

—Hoy ha estado muy ocupado.

—Ya, bueno, pues asegúrate de que los recibe, ¿quieres? ¿Encon-
trarías quizás una manera de quitármelo de encima como dijiste
una vez?

—Claro.

Danny le tendió la mano y Luther se la estrechó. Luego Danny se
alejó flotando hacia un mundo en blanco y negro donde estaba todo
cubierto por los escombros de una explosión.

En cierto momento despertó y encontró a un médico de color sentado junto a su cama. El médico, un joven de aspecto afable y dedos
estilizados de pianista, confirmó que tenía siete costillas fracturadas y
fisuras graves en las otras. Una de las costillas rotas había provocado
una incisión en un vaso sanguíneo, razón por la que se habían visto
obligados a abrirlo para suturar. Eso explicaba los vómitos de sangre,
de lo que se desprendía que probablemente Luther le había salvado la
vida. Envolvieron el torso a Danny con una apretada venda de espara-
drapo y le explicaron que había padecido una contusión y orinaría
sangre durante unos días a causa de los golpes propinados por los rusos en los riñones. Danny dio las gracias al médico, arrastrando las
palabras por el contenido del gota a gota, fuera lo que fuese, y perdió
el conocimiento.

Por la mañana, al despertar, estaban sentados junto a la cama su padre y Connor. Su padre le sostenía una mano con las dos suyas y sonreía con ternura.

—Mira quién se ha despertado.

Con plegó el periódico, sonrió a Danny y cabeceó.

—¿Quién te ha hecho esto, muchacho?

Danny se incorporó un poco en la cama y sus costillas se quejaron.

—¿Cómo me habéis encontrado?

—Un negro... según él, es un médico de aquí... llamó a jefatura con tu número de placa, y dijo que otro negro te había traído aquí hecho papilla. La verdad es que es todo un espectáculo, verte en un sitio así.

En la cama contigua, detrás de su padre, yacía un anciano con la pierna escayolada y en alto. Tenía la mirada fija en el techo.

—¿Qué ha pasado? —preguntó Connor.

—Me atacó un grupo de letones —contestó Danny—. El negro que me trajo fue Luther. Probablemente me salvó la vida.

El viejo en la cama de al lado se rascó la pierna por encima del yeso.

—Tenemos las celdas de retención llenas a rebosar de letones y comunistas —informó su padre—. Tendrás que ir a echar un vistazo. Encuentra a los hombres y nosotros buscaremos un buen descampado oscuro antes de procesarlos.

—¿Agua? —pidió Danny.

Con encontró una jarra en el alféizar, llenó un vaso y se lo acercó.

—Ni siquiera tenemos que procesarlos, no sé si me entiendes.

—No es difícil entenderte, padre. —Danny bebió—. No los vi.

—¿Cómo?

—Se abalanzaron sobre mí muy deprisa, me taparon la cabeza con el abrigo y se pusieron manos a la obra.

—¿Cómo es posible que no vieras...?

—Estaba siguiendo a Tessa Ficara.

—¿Está aquí? —preguntó su padre.

—Anoche sí.

—Dios mío, muchacho, ¿por qué no pediste refuerzos?

—Estabais muy ocupados con vuestra fiesta en Roxbury, ¿recuerdas?

Su padre se acarició el mentón.

—¿La perdiste?

—Gracias por el agua, Con.

Sonrió a su hermano.

Connor dejó escapar una risotada.

—Estás hecho un guiñapo, hermano, sinceramente.

—Sí, la perdí. Dobló por Hammond Street, y aparecieron los rusos. ¿Qué quieres hacer, pues, padre?

—Hablaremos con Finch y el BI. Daré orden de que unos agentes peinen Hammond y los alrededores, y esperemos que haya suerte. Pero dudo que siga por allí después de lo de anoche. —Su padre levantó el *Morning Standard*—. Noticia de primera plana, hijo.

Danny se incorporó del todo en la cama y las costillas protestaron aún más. Parpadeó por el dolor y miró el titular: «La policía declara la guerra a los rojos».

—¿Dónde está mamá?

—En casa —contestó su padre—. No puedes darle estos disgustos. Primero Salutation. Ahora esto. Es un sobreesfuerzo para su corazón, de verdad.

—¿Y Nora? ¿Lo sabe?

Su padre ladeó la cabeza.

—¿Por qué iba a saberlo? Ya no tenemos contacto con ella.

—Me gustaría que lo supiera.

Thomas Coughlin miró a Connor y luego otra vez a Danny.

—Aiden, no pronuncies su nombre. No la menciones en mi presencia.

—Eso me es imposible, padre —dijo Danny.

—¿Cómo dices? —Esta vez intervino Connor, situándose detrás de su padre—. Nos mintió, Dan. Me humilló. Dios santo.

Danny dejó escapar un suspiro.

—¿Durante cuánto tiempo formó parte de la familia?

—La tratamos como a un miembro más —contestó su padre—, y ya ves cómo nos lo ha pagado. No quiero volver a hablar del tema, Aiden.

Danny cabeceó.

—Eso lo dirás tú. Para mí no es así. —Apartó la sábana. Bajó las piernas al suelo con la esperanza de que ninguno de los dos se diera cuenta del esfuerzo que le representaba. ¡Dios bendito! Sintió un estallido de dolor en el pecho—. Con, dame el pantalón, ¿quieres?

Connor se lo acercó, con el rostro sombrío y expresión de perplejidad.

Danny se enfundó el pantalón y encontró la camisa colgada al pie de la cama. Se la puso, deslizándose primero una manga y después la otra con cuidado, y miró pensativamente a su padre y su hermano.

—Oíd, hasta ahora he jugado según vuestras reglas. Pero ya no puedo seguir haciéndolo. Sencillamente, no puedo.

—No puedes ¿qué? —preguntó su padre—. Estás diciendo tonterías.

Miró al anciano negro con la pierna rota como para pedirle su opinión, pero el hombre tenía los ojos cerrados.

Danny se encogió de hombros.

—Pues serán tonterías. ¿Sabes de qué me di cuenta ayer? ¿De qué me di cuenta por fin? En mi puta vida no hay una sola cosa...

—¡Ese vocabulario!

—... que tenga sentido, padre. Ni una sola. Excepto ella.

Su padre se quedó lívido.

—Acércame los zapatos, Con, ¿quieres?

Connor negó con la cabeza.

—Cógelos tú mismo, Dan.

Abrió las manos en un gesto que reflejaba tal sentimiento de dolor impotente y traición que a Danny le llegó al alma.

—Con.

Connor negó con la cabeza.

—No.

—Con, escúchame.

—No tengo nada que escuchar, joder. ¿Serías capaz de hacer una cosa así? ¿Me la harías a mí? Serías...

Connor dejó caer las manos y se le anegaron los ojos de lágrimas. Dirigió a Danny otro gesto de negación. A Danny y al hospital entero. Se dio media vuelta y salió por la puerta.

Danny encontró los zapatos tras un silencio y los dejó en el suelo.

—¿Vas a partirle el corazón a tu hermano? ¿A tu madre? —preguntó su padre—. ¿A mí?

Danny lo miró mientras se calzaba los zapatos.

—Esto no tiene que ver con vosotros, padre. No puedo vivir mi vida para vosotros.

—Ah. —Su padre se llevó la mano al corazón—. Bueno, no te reprocho tus placeres terrenales, muchacho, eso te lo aseguro.

Danny sonrió.

Su padre no sonrió.

—Así que has tomado postura contra la familia. Eres un individuo, Aiden. Dueño de tu vida. ¿Estás contento?

Danny no contestó.

Su padre se levantó y se puso la gorra de capitán. Sujetándola por los lados, se la ajustó.

—Esa gran idea romántica de hacer uno las cosas a su aire, tan propia de tu generación... ¿crees que eres el primero?

—No. Ni el primero ni el último.

—Probablemente —coincidió su padre—, pero sí te quedarás solo.

—Pues me quedaré solo.

Su padre apretó los labios y asintió.

—Adiós, Aiden.

—Adiós, padre.

Danny le tendió la mano, pero su padre no hizo ademán de estrechársela.

Danny se encogió de hombros y la bajó. Alargó el brazo hacia atrás y cogió los papeles que Luther le había dado la noche anterior. Se los lanzó a su padre al pecho. Éste los cogió y los examinó.

—La lista de la ANPPN que quería McKenna.

Su padre lo miró por un momento con los ojos muy abiertos.

—¿Y yo para qué la quiero?

—Devuélvela, pues.

Thomas se permitió una parca sonrisa y se metió las hojas bajo el brazo.

—Todo se ha reducido siempre a las listas de correo, ¿verdad? —preguntó Danny.

Su padre calló.

—Las vendéis —afirmó Danny—. ¿A las empresas, supongo?

Su padre lo miró a los ojos.

497

—Un hombre tiene derecho a conocer el talante de los hombres que trabajan para él.

—Para poder despedirlos antes de que se afilien a un sindicato, ¿no? —Danny movió la cabeza en un gesto de asentimiento, confirmando sus sospechas—. Habéis vendido a los vuestros.

—Juro por mi vida que no hay ni un solo nombre irlandés en ninguna de las listas.

—No me refería a los irlandeses —repuso Danny.

Su padre alzó la vista al techo, como si hubiera telarañas que debían limpiarse. Apretó los labios y a continuación miró a su hijo con un ligero temblor en el mentón. Guardó silencio.

—¿Quién os consiguió la lista de los letones cuando yo quedé fuera de juego?

—Por una de esas casualidades de la vida —la voz de su padre era apenas un susurro—, eso lo resolvimos ayer en la redada.

Danny asintió.

—Ah.

—¿Algo más, hijo?

—Pues mira, sí —contestó Danny—. Luther me salvó la vida.

—¿Y debo subirle la paga?

—No —dijo Danny—. Quítale a tu perro de encima.

—¿Mi perro?

—El tío Eddie.

—No sé nada de eso.

—Quítaselo de encima igualmente. Me salvó la vida, padre.

Su padre se volvió hacia el anciano tendido en la cama contigua. Le tocó la escayola y le guiñó el ojo cuando el hombre abrió los suyos.

—Pronto estará correteando como un chaval, se lo aseguro.

—Sí, señor.

—Sin duda.

Thomas dirigió al hombre una cordial sonrisa. Posó la mirada más allá de Danny y de las ventanas a sus espaldas. Asintió una vez y salió por la misma puerta que Connor.

Danny encontró su abrigo en una percha en la pared y se lo puso.

—¿Ése era tu padre? —preguntó el anciano.

Danny asintió.

—Yo no me acercaría a él por un tiempo.

—Parece que no tengo otra opción —contestó Danny.

—Uy, volverá. Los hombres como él siempre vuelven. Tan seguro como que el tiempo pasa —vaticinó el anciano—. Y además, siempre ganan.

Danny acabó de abrocharse el abrigo.

—Ya no hay nada que ganar —declaró.

—No es así como él lo ve. —El anciano le dirigió una triste sonrisa. Cerró los ojos—. Por eso seguirá ganando. Sí, señor.

Tras abandonar el dispensario, Danny visitó cuatro hospitales hasta encontrar el centro donde habían ingresado a Nathan Bishop. Éste, como Danny, había preferido no quedarse, aunque Nathan se había escabullido de dos policías armados para irse.

El médico que lo había atendido antes de su huida observó el uniforme hecho jirones de Danny, las manchas negras de sangre, y dijo:

—Si ha venido para darle una segunda paliza, deberían haberle informado de que...

—Se ha ido. Lo sé.

—Perdió una oreja —dijo el médico.

—También me había enterado de eso. ¿Y qué tal estaba del ojo?

—No sabría decirle. Se marchó antes de que pudiese hacer un diagnóstico fiable.

—¿Adónde?

El médico consultó su reloj y volvió a guardárselo en el bolsillo.

—Tengo pacientes.

—¿Adónde ha ido?

Un suspiro.

—Lejos de la ciudad, sospecho. Ya se lo he dicho a los dos agentes que supuestamente lo vigilaban. Después de descolgarse por la ventana del lavabo, pudo haber ido a cualquier sitio, pero en el tiempo que pasé con él, llegué a la conclusión de que no le veía el menor sentido a sacrificar cinco o seis años de su vida en una cárcel de Boston.

El médico, con las manos en los bolsillos, dio media vuelta y se fue.

Danny se marchó del hospital. Aún le dolía a rabiar y avanzó lentamente por Huntington Avenue hacia la parada del tranvía.

Fue en busca de Nora esa misma noche, y la encontró cuando volvía a su pensión del trabajo. La esperaba de pie, apoyado en la base de la escalinata, no porque le doliera sentarse sino porque le dolía volver a levantarse. Ella se acercó por la calle en la penumbra, teñida de amarillo por la débil luz de las farolas, y cada vez que su cara pasaba de la oscuridad a la luz vaporosa, él tomaba aire.

De pronto ella lo vio.

—Virgen santa, ¿qué te ha pasado?

—¿En qué parte del cuerpo?

Una gruesa venda le sobresalía en la frente y tenía los dos ojos morados.

—En todas.

Lo miró con una expresión quizá divertida, quizás horrorizada.

—¿No te has enterado?

Danny ladeó la cabeza, reparando en que ella tampoco presentaba muy buen aspecto. Tenía la piel de la cara tensa y suelta a la vez y los ojos demasiados abiertos y vacuos.

—He oído que hubo un enfrentamiento entre la policía y los bolcheviques, pero no...

Ya delante de él, alzó la mano, como para tocarle el ojo hinchado, pero se contuvo y su brazo quedó suspendido en el aire. Retrocedió un paso.

—Perdí el botón —dijo él.

—¿Qué botón?

—El ojo del oso.

Ella inclinó la cabeza, confusa.

—De Nantasket. ¿Te acuerdas?

—¿El oso de peluche? ¿El de la habitación?

Él asintió.

—¿Guardaste el ojo?

—Bueno, era un botón, pero sí. Aún lo tenía. Lo llevaba siempre en el bolsillo.

Danny advirtió que ella no sabía qué hacer con semejante información.

—Aquella noche que viniste a verme... —dijo él.

Ella se cruzó de brazos.

—Te dejé ir porque...

Nora esperó.

—Porque fui débil —explicó él.

—¿Y eso te impidió cuidar de una amiga?

—No somos amigos, Nora.

—¿Entonces qué somos, Danny?

De pie en la acera, con la vista baja, estaba tan tensa que Danny le vio la piel erizada y los tendones del cuello muy marcados.

—Mírame. Por favor —pidió Danny.

Ella mantuvo la cabeza gacha.

—Mírame —repitió él.

Sus miradas se cruzaron.

—Cuando nos miramos así, como ahora mismo, no sé qué es, pero la palabra «amistad» se queda un poco corta, ¿no te parece?

—Vaya, Danny, siempre has tenido mucha labia —dijo ella, cabeceando—. Tendrían que haberle puesto tu nombre a la piedra de la elocuencia del castillo de Blarney.

—No, Nora —dijo él—. No le quites importancia. Es importante.

—¿Qué haces aquí? —susurró ella—. Dios mío, Danny. ¿Por qué? Ya tengo un marido, ¿o es que no te has enterado? Y tú siempre has sido un niño con cuerpo de hombre. Saltas de una cosa a la otra. Tú...

—¿Tienes un marido?

Danny soltó una carcajada.

—Se ríe —anunció ella a la calle con un sonoro suspiro.

—Sí. —Danny se irguió. Apoyó una mano en el pecho de ella justo por debajo del cuello. Dejó ahí los dedos, posados con delicadeza, e intentó reprimir la sonrisa al ver aumentar el enfado de ella—. Yo sólo... Nora, sólo... O sea, nosotros dos... aspirábamos a tanta respetabilidad... ¿no era ésa la palabra?

—Cuando rompiste conmigo —dijo ella con expresión pétrea, pero Danny vio una luz asomar a sus ojos—, yo necesitaba estabilidad. Necesitaba...

Eso provocó dentro de él un rugido, una explosión que no pudo contener, surgida del centro mismo de su cuerpo, e incluso al sentir que se abría paso virulentamente entre sus costillas, le complació más que nada en mucho tiempo.

—¿Estabilidad?

—Sí. —Nora le golpeó el pecho con el puño—. Quería ser una buena chica americana, una ciudadana como es debido.

—Pues te salió redondo.

—Para ya de reír.

—No puedo.

—¿Por qué?

Y finalmente la risa asomó a la voz de Nora.

—Pues porque, porque... —La cogió por los hombros y por fin cesó la erupción interior. Le acarició los brazos y le cogió las manos y esta vez ella se lo permitió—. Porque durante el tiempo que estuviste con Connor querías estar conmigo.

—Qué soberbio eres, Danny Coughlin.

Danny tiró de las manos de Nora y se agachó hasta que sus rostros quedaron a la misma altura.

—Y yo quería estar contigo. Y los dos hemos perdido mucho tiempo, Nora, intentando ser... —miró el cielo con frustración—... lo que sea que intentábamos ser.

—Estoy casada.

—Me importa un comino. Todo me importa un comino, excepto esto, Nora. El aquí. El ahora.

Ella negó con la cabeza.

—Tu familia te repudiará igual que me repudió a mí.

—¿Y qué?

—Que tú los quieres.

—Sí. Sí, es verdad. —Danny se encogió de hombros—. Pero te necesito, Nora. —Apoyó la frente en la de ella—. Te necesito.

Lo repitió en un susurro, con la cabeza contra la suya.

—Perderás todo tu mundo —musitó ella con la voz empañada.

—Ya lo he perdido de todos modos.

Nora dejó escapar la risa, ahogada y llorosa.

—No podemos casarnos por la Iglesia.

—También he acabado con eso —dijo él.

Se quedaron allí largo rato, y las calles olían a la lluvia de última hora de la tarde.

—Estás llorando —dijo ella—. Noto tus lágrimas.

Él apartó la frente e intentó hablar, pero no pudo, así que sonrió, y las lágrimas resbalaron por su mentón.

Ella se echó atrás y cogió una lágrima con el dedo.

—¿Esto no es dolor? —preguntó, y se la llevó a la boca.

—No —contestó Danny, y volvió a apoyar la frente en la suya—. Esto no es dolor.

Luther volvió a su casa después de una jornada en la residencia de los Coughlin, donde, por segunda vez desde que trabajaba allí, el capitán lo había invitado a pasar a su gabinete.

—Tome asiento, tome asiento —dijo el capitán a la vez que se quitaba el abrigo del uniforme y lo colgaba en el perchero detrás del escritorio.

Luther se sentó. El capitán rodeó el escritorio con dos vasos de whisky y le dio uno a Luther.

—Me he enterado de lo que ha hecho por Aiden. Quisiera darle las gracias por salvarle la vida a mi hijo.

Entrechocó el pesado vaso con el de Luther.

—No fue nada, señor —respondió Luther.

—Scollay Square.

—¿Señor?

—Scollay Square. Allí es donde encontró a Aiden, ¿no?

—Esto... sí, señor, así es.

—¿Qué hacía por allí? No tiene amigos en el West End, ¿verdad?

—No, señor.

—Y vive en el South End. Por lo que sé, trabaja allí, así que...

El capitán hizo girar el vaso entre las manos y esperó.

—En fin, ya sabe por qué van muchos hombres a Scollay Square, señor.

—Intentó esbozar una sonrisa de complicidad.

—Lo sé —contestó el capitán Coughlin—. Lo sé, Luther. Pero incluso Scollay Square tiene sus principios raciales. ¿Debo suponer que estuvo usted en el local de Mama Hennigan, pues? Es el único sitio en la plaza, por lo que sé, que acepta a hombres de color.

—Sí, señor —respondió Luther, aunque sabía que acababa de caer en una trampa.

El capitán alargó el brazo hacia el humidificador, sacó dos puros, cortó los extremos y le entregó uno a Luther. Encendió primero el de éste y luego el suyo.

—Según he sabido, mi amigo Eddie le ha hecho pasar algún que otro mal rato.

—Esto... señor, no sé si yo lo... —dijo Luther.

—Me lo ha contado Aiden —lo interrumpió el capitán.

—Ah.

—He hablado con Eddie en su nombre. Estoy en deuda con usted por salvar a mi hijo.

—Gracias, señor.

—Le prometo que ya no le molestará más.

—Se lo agradezco sinceramente, señor. Gracias de nuevo.

El capitán levantó el vaso y Luther lo imitó, y ambos bebieron un trago del excelente whisky irlandés.

El capitán echó el brazo atrás y sacó un sobre blanco con el que se golpeteó el muslo.

—Y Helen Grady es una buena criada, ¿no?

—Ah, sí, señor.

—¿No hay ninguna duda acerca de su competencia o su ética en el trabajo?

—Ni la más mínima, señor.

Helen mantenía una actitud tan fría y distante con Luther como en el día de su llegada hacía cinco meses, pero eso sí: se dejaba la piel trabajando.

—Me alegro de oírlo. —El capitán entregó a Luther el sobre—. Porque en adelante hará el trabajo de dos.

Luther abrió el sobre y vio dentro el pequeño fajo de billetes.

—Ahí dentro está la paga de dos semanas en concepto de indemnización. Clausuramos el local de Mama Hennigan hace una semana por incumplimiento de las ordenanzas municipales. La única persona que conoce usted en Scollay Square es una que antes estaba a mi servicio. Eso explica la comida que ha desaparecido de mi despensa en los últimos meses, un robo del que Helen Grady viene informándome desde hace semanas. —Observó a Luther por encima del vaso de whisky mientras bebía—. ¿Ha estado usted robando comida en mi casa, Luther? ¿Es consciente de que podría pegarle un tiro aquí mismo?

Luther no contestó. Alargó el brazo y dejó el vaso en el borde del escritorio. Se puso en pie. Tendió la mano. El capitán se la miró por un momento y acto seguido dejó el puro en el cenicero y le dio un apretón.

—Adiós, Luther —dijo con tono amable.

—Adiós, capitán.

Cuando regresó a la casa de St. Botolph, estaba vacía. Una nota lo esperaba en la mesa de la cocina.

> Luther:
> Hemos salido a hacer buenas obras (esperamos). Ha llegado esto para usted. Tiene un plato en la nevera.
>
> Isaiah

Debajo de la nota había un gran sobre amarillo con su nombre escrito de puño de su mujer. Después de lo sucedido la última vez que abrió un sobre, tardó un momento en cogerlo.

—Bah, mierda —dijo por fin, y al pronunciar una palabra malsonante en la cocina de Yvette sintió una extraña culpabilidad.

Lo abrió con cuidado y extrajo dos trozos de cartón unidos, atados con cuerda. Debajo de la cuerda había una nota plegada. Luther la leyó y le temblaron las manos cuando la dejó en la mesa y deshizo el nudo para retirar el cartón superior y ver lo que escondía.

Se quedó allí largo rato. En algún momento lloró a pesar de que nunca, en toda su vida, había conocido una alegría así.

En Scollay Square, se adentró en el callejón que discurría paralelo al edificio de Nora y entró por la puerta verde de la parte de atrás, que pocas veces cerraban con llave, y esa noche no era una de ellas. Se dirigió rápidamente hacia la habitación, y lo que oyó fue lo último que esperaba oír al otro lado de la puerta: risas.

Oyó susurros y «chist, chist», y volvió a llamar.

—¿Quién es?

—Luther —contestó, y se aclaró la garganta.

Se abrió la puerta, y allí estaba Danny, el cabello oscuro cayéndole enmarañado sobre la frente, con un tirante suelto y los primeros tres botones de la camisa abiertos. Detrás de él, Nora, sonrojada, se atusó el pelo y se arregló el vestido. Danny tenía una amplia sonrisa en los labios, y Luther no tuvo que adivinar qué había interrumpido.

—Ya volveré en otro momento —dijo.

—¿Cómo? No, no. —Danny echó una ojeada atrás para asegurarse de que Nora estaba suficientemente tapada y a continuación abrió la puerta de par en par—. Vamos, pasa, pasa.

Luther entró en la reducida habitación, sintiéndose de pronto ridículo. No podía explicar qué hacía allí, por qué se había levantado sin más de la mesa de la cocina en el South End y corrido hasta allí con aquel sobre enorme bajo el brazo.

Nora se acercó a él, con la mano extendida, los pies descalzos. Tenía en la cara el rubor del sexo interrumpido, pero también otro rubor aún más profundo, éste de franqueza y amor.

—Gracias —dijo ella, cogiéndole la mano y luego inclinándose y acercando la mejilla a la de él—. Gracias por salvarlo. Y por salvarme.

Y en ese momento Luther se sintió como si estuviera en casa por primera vez desde que se marchó de Tulsa.

—¿Una copa? —ofreció Danny.

—Claro, claro —contestó Luther.

Danny se acercó a la minúscula mesa donde Luther había dejado la fruta el día anterior. Ahora había una botella y cuatro vasos baratos. Llenó tres de whisky y entregó a Luther el suyo.

—Acabamos de enamorarnos —anunció Danny, y levantó su vaso.

—¿Ah, sí? —Luther se rió—. Por fin habéis arreglado las cosas, ¿eh?

—Ya estábamos enamorados —corrigió Nora—. Por fin lo hemos aceptado.

—Bien —dijo Luther—, eso sí que es una buena noticia.

Nora se rió y la sonrisa de Danny se ensanchó. Levantaron los vasos y bebieron.

—¿Qué llevas bajo el brazo? —preguntó Danny.

—Ah, esto, sí.

Luther dejó el vaso en la pequeña mesa y abrió el sobre. Sólo de sacar el cartón, le temblaban las manos. Sosteniéndolo, se lo ofreció a Nora.

—No sabría explicar por qué he venido. Porque quería que vieras esto. Es sólo...

Se encogió de hombros.

Nora tendió la mano y le dio un apretón en el brazo.

—Has hecho bien.

—Me parecía importante enseñárselo a alguien. Enseñártelo a ti.

Danny dejó el vaso y se colocó junto a Nora. Ella levantó el cartón superior y lo contempló con los ojos como platos. Nora deslizó el brazo bajo el de Danny y acercó la mejilla a su hombro.

—Es una monada —susurró Danny.

Luther asintió.

—Es mi hijo —afirmó mientras una llamarada de rubor le teñía el rostro—. Es mi bebé.

29

Steve Coyle estaba borracho pero recién bañado cuando, en su calidad de juez de paz, ofició la boda de Danny Coughlin y Nora O'Shea el 3 de junio de 1919.

La noche anterior había estallado una bomba ante la casa del fiscal general Palmer en Washington, D.C. La detonación cogió por sorpresa al terrorista, que se hallaba todavía a unos metros de la puerta de Palmer. Si bien se recuperó por fin la cabeza del individuo en una azotea a cuatro manzanas de allí, nunca se encontraron las piernas ni los brazos. Los intentos de identificarlo mediante la cabeza fueron infructuosos. La explosión destruyó la fachada de la casa de Palmer e hizo añicos las ventanas que daban a la calle. El salón, la sala de estar, el zaguán y el comedor desaparecieron. Palmer estaba en la cocina, en la parte de atrás, y lo encontró bajo los escombros, milagrosamente ileso, el secretario de la Marina, Franklin Roosevelt, que vivía en la casa de enfrente. Si bien la cabeza chamuscada del terrorista no bastó para identificarlo, sí quedó claro que era anarquista por los panfletos que se vieron flotar en la calle R momentos después del atentado y que pronto se adhirieron a las aceras y edificios en un área de tres manzanas a la redonda. Bajo el titular «Hablemos claro», el mensaje era prácticamente idéntico a los que habían aparecido pegados a las farolas de Boston siete semanas antes:

> No nos habéis dejado otra opción. Tendrá que haber un baño de sangre. Destruiremos y liberaremos al mundo de vuestras instituciones tiránicas. Larga vida a la revolución social. Abajo la tiranía.
>
> Los combatientes anarquistas

El fiscal general Palmer, descrito en el *Washington Post* como «conmocionado pero sin amilanarse», prometió redoblar sus esfuerzos y reafirmarse en su determinación. Recomendó a todos los rojos en territorio estadounidense que se dieran por avisados. «Éste será un verano de descontento —anunció Palmer—, pero no para este país. Sólo para sus enemigos.»

El banquete de boda de Nora y Danny se celebró en la azotea de la pensión de Danny. Los policías que asistieron eran de bajo rango. La mayoría miembros activos del CSB. Algunos llevaron a sus mujeres, otros a sus novias. Danny les presentó a Luther como «el hombre que me salvó la vida». Si bien eso bastó para la mayoría de ellos, Luther advirtió que unos cuantos parecían reacios a perder de vista sus carteras o a sus mujeres estando Luther cerca.

Pero lo pasaron bien. Uno de los vecinos del edificio, un joven italiano, tocó el violín hasta que Luther temió que se le cayera el brazo, y más tarde esa velada lo acompañó un policía con un acordeón. Abundaron la comida y el vino y el whisky y las botellas de cerveza Pickwick Ale en cubos de hielo. Los blancos bailaron y rieron y brindaron y volvieron a brindar y acabaron brindando al cielo sobre sus cabezas y la tierra bajo sus pies cuando una y otra se teñían de azul con la llegada de la noche.

A eso de las doce, Danny lo encontró sentado en el antepecho y tomó asiento a su lado, borracho y risueño.

—La novia está un poco molesta porque no la has sacado a bailar.

Luther se echó a reír.

—¿Qué pasa?

—Un negro bailando con una blanca en una azotea. Ya. Claro.

—Claro no, clarísimo —dijo Danny, arrastrando un poco las palabras—. La propia Nora me lo ha pedido. Si quieres que la novia esté triste por tu culpa el día de su boda, tú verás.

Luther lo miró.

—Hay límites, Danny. Límites que no se traspasan ni siquiera aquí.

—A la mierda los límites —repuso Danny.

—Para ti es fácil decirlo. Muy fácil.

—Bien, bien.

Se miraron por un momento.

—¿Qué? —preguntó Danny por fin.

—Pides mucho —contestó Luther.

Danny sacó una cajetilla de Murad y ofreció un cigarrillo a Luther. Luther lo aceptó. Danny se lo encendió a él primero. A continuación expulsó lentamente un hilo de humo azul.

—Tengo entendido que la mayoría de los cargos ejecutivos de la ANPPN están ocupados por mujeres blancas.

Luther no tenía ni idea de adónde quería ir a parar.

—Hay algo de verdad en eso, sí, pero el doctor Du Bois se propone cambiarlo. Los cambios son lentos.

—Ya —dijo Danny. Bebió un sorbo de la botella de whisky que tenía a sus pies y se la pasó a Luther—. ¿Crees que soy como esas mujeres blancas?

Luther se fijó en que uno de los amigos policías de Danny lo observaba llevarse la botella a los labios y tomaba nota para no beber de allí el resto de la noche.

—¿Es así, Luther? ¿Crees que intento demostrar algo? ¿Alardear de que soy un blanco de mente abierta?

—No sé qué estás haciendo.

Luther le devolvió la botella.

Danny echó otro trago.

—No hago nada, joder, salvo intentar que mi amigo baile con mi mujer en el día de su boda, porque ella me lo ha pedido.

—Danny. —Luther sintió fluir en su sangre el cosquilleo del alcohol—. Las cosas son como son.

—¿Cómo son?

Danny enarcó una ceja.

Luther asintió.

—Como siempre han sido. Y no cambian simplemente porque tú quieras.

Nora atravesó la azotea en dirección a ellos, también un poco achispada a juzgar por su balanceo, con una copa de champán en una mano flácida y un cigarrillo en la otra.

Antes de que Luther pudiera hablar, Danny dijo:

—Luther no quiere bailar.

Nora hizo un mohín. Llevaba un vestido de muselina de color perla con hilo de plata. Aunque se le había arrugado la falda y alborotado un tanto el pelo, aún tenía esa mirada y esa cara que inducían a Luther a pensar en la paz, a pensar en un hogar.

—Creo que voy a llorar. —Tenía los ojos radiantes, la expresión alegre por el alcohol—. Bua bua.

Luther se rió. Notó que mucha gente los miraba, como él se temía.

Cogió a Nora de la mano poniendo los ojos en blanco y ella lo obligó a levantarse de un tirón, y el violinista y el acordeonista empezaron a tocar. Ella lo llevó al centro de la azotea bajo la media luna, su mano cálida en la de él. Luther colocó la otra mano en la parte baja de su espalda y sintió el calor que emanaba su piel y de sus mejillas y el latido de su cuello. Olía a alcohol y a jazmín y a esa blancura innegable en la que él había reparado la primera vez que la abrazó, como si el rocío nunca hubiese tocado su piel. Un olor a papel, a almidón.

—Es un mundo extraño, ¿no te parece? —preguntó ella.

—Y que lo digas.

Por efecto de la bebida, hablaba con un acento irlandés más marcado.

—Siento que te hayas quedado sin trabajo.

—Yo no. Ya tengo otro.

—¿Ah, sí?

Luther asintió.

—En los apartaderos de ganado. Empiezo pasado mañana.

Luther levantó el brazo; ella describió un remolino bajo él y luego volvió a arrimarse a su pecho.

—Eres el mejor amigo que he tenido.

Giró de nuevo, liviana como el verano.

Luther soltó una carcajada.

—Estás bebida, muchacha.

—Lo estoy —confirmó ella alegremente—. Pero aun así eres de la familia, Luther. Para mí. —Señaló a Danny con la barbilla—. Y para él también. ¿Y nosotros somos ya de la familia para ti, Luther?

Luther la miró a la cara y el resto de la azotea se desvaneció. Una mujer extraña. Un hombre extraño. Un mundo extraño.

—Claro, hermana —contestó—. Claro.

511

El día de la boda de su primogénito, Thomas, al llegar al trabajo, se encontró al agente Rayme Finch esperándolo en la antesala frente al mostrador del sargento de guardia.

—¿Ha venido a presentar una reclamación?

Finch se puso en pie con el canotier en la mano.

—¿Me concede un momento?

Thomas lo condujo hasta su despacho a través de la sala de revista. Se quitó el abrigo y la gorra, los colgó en el perchero junto a los archivadores y ofreció a Finch un café.

—Gracias.

Thomas pulsó el botón del intercomunicador.

—Stan, dos cafés, por favor. —Miró a Finch—. Bienvenido otra vez. ¿Piensa quedarse mucho tiempo?

Finch se encogió de hombros en un gesto evasivo.

Thomas se quitó la bufanda y la dejó en el perchero encima del abrigo. Luego apartó de su cartapacio, hacia el lado izquierdo del escritorio, la pila de informes sobre los incidentes de la noche anterior. Stan Beck entró con los cafés y se marchó. Thomas deslizó una taza por encima de la mesa hacia Finch.

—¿Leche, azúcar?

—Ni lo uno ni lo otro.

Finch aceptó la taza con un gesto de asentimiento.

Thomas se sirvió leche.

—¿Qué lo trae por aquí?

—Según me han informado, tienen ustedes una amplia red de hombres asistiendo a reuniones de varios grupos radicales en la ciudad, incluso algunos infiltrados muy clandestinos. —Finch sopló el café y bebió un mínimo sorbo; luego se lamió—. Me han informado asimismo de que, muy contrariamente a lo que usted me indujo a pensar, están confeccionando listas.

Thomas ocupó su silla y bebió un poco de café.

—Quizá su ambición sea superior a su «información», muchacho.

Finch esbozó una leve sonrisa.

—Me gustaría tener acceso a esas listas.

—¿Acceso?

—Copias.

—Ah.

—¿Hay algún problema?

Thomas se reclinó en su asiento y apoyó los talones en la mesa.

—En estos momentos no veo que la cooperación entre agencias represente alguna ventaja para el Departamento de Policía de Boston.

—Tal vez tenga usted un punto de vista un tanto restringido.

—Lo dudo. —Thomas sonrió—. Pero siempre estoy abierto a nuevas perspectivas.

Finch frotó una cerilla contra el borde del escritorio de Thomas y se encendió un cigarrillo.

—Pensemos en lo que sucedería si se filtrara la noticia de que un grupo de desaprensivos del Departamento de Policía de Boston ha estado vendiendo las listas de correo y de miembros de organizaciones radicales conocidas a empresas en lugar de compartirlas con el Gobierno federal.

—Permítame corregirle un pequeño error.

—Es información fidedigna.

Thomas cruzó las manos ante el abdomen.

—El error que ha cometido, hijo, está en el uso de la palabra «desaprensivo». No somos eso ni mucho menos. De hecho, si usted me señalara con el dedo, a mí o a cualquiera de las personas con las que trato en esta ciudad, sepa, agente Finch, que sin duda se encontraría con una docena de dedos que lo señalarían a usted, al señor Hoover, al fiscal general Palmer y a esa agencia suya tan en pañales y tan pobremente financiada. —Thomas cogió la taza—. Le recomiendo cautela, pues, a la hora de lanzar amenazas en mi hermosa ciudad.

Finch cruzó las piernas y echó la ceniza en el cenicero junto a su silla.

—Capto el mensaje.

—Considere mi alma debidamente reconfortada.

—Tengo entendido que su hijo, el que mató al terrorista, ya no sirve a su causa.

Thomas asintió.

—Ahora es sindicalista, hasta la médula.

—Pero tiene usted otro hijo. Abogado, según he sabido.

—Cuidado con lo que dice de la familia, agente Finch. —Thomas se frotó la nuca—. Está andando por una cuerda floja en un circo en llamas.

Finch alzó la mano.

—Usted escúcheme. Comparta sus listas con nosotros. No digo que no puedan sacar de ellas todo el provecho posible bajo mano. Pero si las comparten con nosotros, me aseguraré de que a su hijo el abogado le caigan en las manos casos suculentos en los próximos meses.

Thomas negó con la cabeza.

—Es propiedad del fiscal.

—¿Silas Pendergast? —Finch movió la cabeza en un gesto de negación—. Está vendido a las pedanías y todo el mundo sabe que lo tiene usted bajo su yugo, capitán.

Thomas abrió las manos.

—Explíquese.

—Las sospechas iniciales de que la explosión del depósito de melaza fue un atentado terrorista nos han favorecido. Dicho en pocas palabras, este país está harto de terrorismo.

—Pero la explosión no fue un atentado terrorista.

—La rabia ha quedado. —Finch se rió—. Nosotros somos los primeros sorprendidos. Pensamos que aquel juicio precipitado respecto a las causas de la inundación de la melaza sería nuestra perdición. Pues ha sido todo lo contrario. La gente no quiere la verdad; quiere certidumbre. —Se encogió de hombros—. O una ilusión de certidumbre.

—Y usted y el señor Palmer sacarán partido muy gustosamente a esa necesidad.

Finch aplastó la colilla.

—Mi misión actual consiste en la deportación de todo radical que maquine contra mi país. La idea generalizada acerca de este asunto es que la deportación es única y exclusivamente competencia federal. No obstante, el fiscal general Palmer, el señor Hoover y yo mismo hemos comprendido recientemente que las autoridades estatales y locales pueden participar de manera más activa en la deportación. ¿Le gustaría saber cómo?

Thomas miró al techo.

—Supongo que conforme a las leyes antisindicalistas estatales.

Finch lo miró fijamente.

—¿Y cómo ha llegado a esa conclusión?

—Yo no he llegado a ninguna parte. Es elemental sentido común, amigo mío. Las leyes están en los códigos, llevan años ahí.

—¿No se plantearía tal vez trabajar en Washington?

Thomas golpeteó el cristal de la ventana con los nudillos.

—¿Ve eso de ahí fuera, agente Finch? ¿Ve la calle? ¿A la gente?

—Sí.

—Tardé quince años en encontrarlo, los que pasé en Irlanda más un mes en el mar. Es mi hogar. Y un hombre capaz de abandonar su hogar es un hombre que lo abandonaría todo.

Finch tamborileó con los dedos sobre el canotier que tenía en la rodilla.

—Es usted un bicho raro.

—Exacto. —Abrió una mano en dirección a Finch—. Estábamos hablando de las leyes antisindicalistas.

—Han abierto una puerta al proceso de deportación que hasta la fecha suponíamos cerrada.

—Local.

—Y estatal, sí.

—Así que están reuniendo efectivos.

Finch asintió con la cabeza.

—Y nos gustaría que su hijo formase parte de ella.

—¿Connor?

—Sí.

Thomas bebió un poco de café.

—¿En qué medida?

—Trabajaría con un abogado del Departamento de Justicia o el ayuntamiento...

—No. Estará al frente de los casos en Boston o no hará nada.

—Es joven.

—Mayor que su señor Hoover.

Finch echó una ojeada alrededor, indeciso.

—Si su hijo se sube a este tren, le prometo que el viaje durará toda su vida.

515

—Ya —dijo Thomas—, pero yo quiero que se suba en el primer vagón, no en el último. La vista sería mucho mejor, ¿no le parece?

—¿Alguna otra cosa?

—Sí. Lo llamará a Washington para contratarlo. Asegúrese de que haya un fotógrafo presente.

—Y a cambio el equipo del fiscal general Palmer tendrá acceso a las listas que sus hombres están elaborando.

—Previa solicitud específica sujeta a mi aprobación, sí.

Thomas observó a Finch mientras reflexionaba al respecto, como si tuviera alguna opción.

—Aceptable.

Thomas se puso en pie. Alargó el brazo por encima del escritorio. Finch se levantó y le estrechó la mano.

—Tenemos un trato, pues.

—Tenemos un contrato, agente Finch. —Thomas le dio un firme apretón de manos—. Considérelo inviolable.

Luther había observado que posiblemente Boston se diferenciaba del Medio Oeste en muchos aspectos —de entrada, la gente hablaba de una manera extraña, además en la ciudad todos se vestían, incluso los niños, como si fueran a salir a cenar y al teatro a diario—, pero un apartadero era un apartadero. El mismo barro, el mismo hedor, el mismo ruido. Y el mismo trabajo para los negros: en el peldaño más bajo. El amigo de Isaiah, Walter Grange, llevaba quince años allí y había ascendido al cargo de encargado de los corrales, pero cualquier blanco con quince años de antigüedad habría llegado a jefe de sección.

Walter esperaba a Luther cuando éste se apeó del tranvía en lo alto de Market Street, en Brighton. Walter era un hombre menudo con enormes patillas en forma de hacha para compensar, suponía Luther, todo el pelo que había perdido en la cabeza. Tenía el pecho ancho, como un barril de manzanas, y las piernas cortas como huesos de la suerte, y mientras conducía a Luther por Market Street, balanceaba los gruesos brazos en armonía con las caderas.

—El señor Giddreaux me dijo que era usted del Medio Oeste.

Luther asintió.

—Entonces ya habrá visto antes sitios así.

—He trabajado en apartaderos de Cincinnati —contestó Luther.

—Pues no sé cómo será el de Cincinnati, pero el de Brighton es una auténtica ciudad de ganado. Casi todo lo que se ve aquí en Market son comercios relacionados con las vacas.

Señaló el hotel de los Ganaderos en la esquina de Market y Washington y su competidor, el hotel Escudo de Armas del Apartadero, en la acera de enfrente, e hizo un gesto en dirección a las envasadoras y las fábricas de conservas y las tres carnicerías y las numerosas pensiones y albergues para los trabajadores y vendedores.

—Uno se acostumbra a la pestilencia —dijo—. Yo ya ni la huelo.

Luther había dejado de percibirla en Cincinnati, pero ahora le costaba recordar cómo lo había conseguido. Las chimeneas escupían espirales negras hacia el cielo y el cielo las devolvía hacia abajo. El aire untuoso apestaba a sangre y grasa y carne chamuscada. A sustancias químicas y estiércol y paja y barro. Market Street iniciaba un tramo llano en el cruce con Faneuil Street, y era allí donde empezaban los apartaderos de ganado, extendiéndose manzanas y manzanas a ambos lados de la calle, atravesados por las vías del ferrocarril. El olor a estiércol era cada vez mayor, aumentando como una espesa marea, y altas cercas rematadas con una alambrada brotaban del suelo, y de pronto el mundo se llenó de polvo y ruido: silbatos y relinchos, mugidos y balidos. Walter Grange abrió con una llave una verja de madera e hizo pasar a Luther. Bajo sus pies, el suelo se volvió oscuro y lodoso.

—Hay mucha gente con intereses en los apartaderos —explicó Walter—. Están los pequeños rancheros y los grandes ganaderos. Están los compradores por encargo y los tratantes y los comisionistas y los prestamistas. Están los representantes del ferrocarril y los telegrafistas y los analistas de mercado y los vaqueros y los cuidadores y los transportistas que se llevan el ganado una vez vendido. Están los envasadores listos para comprar por la mañana y trasladar a esas vacas del corral al matadero para venderlas en forma de bistec a la mañana siguiente. Están los que trabajan para los servicios de información sobre el mercado y están los porteros y los empleados de los apartaderos y los empleados de los corrales y los pesadores y más empresas comisionistas de las que puedes aborrecer. Y eso sin hablar de los obreros no especializados. —Enarcó una ceja mirando a Luther—. Tú serías uno de ellos.

Luther miró alrededor. Cincinnati una vez más, pero debía de haberlo olvidado en gran medida, haberlo apartado de su memoria. Los apartaderos eran enormes. Kilómetros de pasadizos embarrados entre corrales de madera llenos de animales resoplando. Vacas, cerdos, ovejas, corderos. Corrían hombres en todas direcciones, algunos con botas de caucho y petos de faena, pero otros en traje y pajarita y canotier, y aún otros con camisas de cuadros y sombreros de vaquero. ¡Sombreros de vaquero en Boston! Pasó ante una báscula de la altura de su casa de Columbus, prácticamente de la misma anchura también, y vio a un hombre subir allí a una vaquilla de aspecto aturdido y hacer una señal con la mano a otro situado junto a la báscula con papel y lápiz.

—Estamos haciendo una selección completa, George.

—Perdona, Lionel. Adelante.

El hombre llevó otra vaca y luego una tercera y aún otra más a la báscula, y Luther se preguntó cuánto peso aceptaría el aparato, si sería capaz de pesar todo un barco y sus pasajeros.

Se había rezagado, y apretó el paso para alcanzar a Walter cuando éste dobló a la derecha por un pasadizo entre aún más corrales. Cuando Luther llegó hasta él, Walter dijo:

—El encargado asume la responsabilidad de todo el ganado que baja de los trenes en su turno. Ése soy yo. Lo llevamos a los corrales de paso, y allí lo dejamos, le damos de comer, lo mantenemos limpio hasta que se vende, y entonces se presenta un hombre con un contrato de venta y se lo entregamos.

Se detuvo en la siguiente esquina y entregó una pala a Luther.

Luther la miró con una amarga sonrisa.

—Sí, ya me acuerdo de esto.

—Entonces puedo ahorrarme la saliva. Nosotros nos ocupamos de los corrales desde el diecinueve hasta el cincuenta y siete. ¿Entendido?

Luther asintió.

—Cada vez que yo vacíe uno, debes limpiarlo y reabastecerlo de paja y agua. Al final del día, tres veces por semana, vas allí —señaló—, y limpias también eso.

Luther siguió su dedo y vio el edificio rectangular y marrón en el extremo oeste del apartadero. No hacía falta saber lo que era para intuir su malévola finalidad. Ningún edificio así de rectangular, austero y funcional podía arrancar una sonrisa a nadie.

—El matadero —dijo Luther.

—¿Tienes algún problema con eso, hijo?

Luther negó con la cabeza.

—Es un trabajo.

Walter Grange asintió con un suspiro y le dio una palmada en la espalda.

—Es un trabajo.

Dos días después de la boda de Danny y Nora, Connor se reunió con el fiscal general Palmer en su casa de Washington D.C. Las ventanas estaba tapiadas, las habitaciones de la parte delantera habían desaparecido, los techos se habían hundido; la escalera, poco más allá del vestíbulo de entrada, había quedado partida, indiscernible ahora la mitad inferior del resto de los escombros y suspendida la parte superior por encima de la entrada. La policía de Washington y los agentes federales habían instalado un puesto de mando en lo que antiguamente fue el salón, y se movían a sus anchas por la casa cuando el criado de Mitchell Palmer guió a Connor al despacho en la parte de atrás.

Lo esperaban allí tres hombres. Al de mayor edad y peso lo identificó al instante: Mitchell Palmer. Era redondo sin llegar a corpulento; los labios, la parte más gruesa de él, brotaban de su cara como una rosa. Estrechó la mano a Connor, le dio las gracias por estar allí y le presentó a un delgado agente del BI llamado Rayme Finch y a John Hoover, un abogado del Departamento de Justicia de ojos oscuros y pelo moreno.

Connor tuvo que pasar por encima de unos libros para tomar asiento. Con la explosión, se habían caído de los estantes, y la librería empotrada presentaba considerables grietas. El yeso y la pintura se habían desprendido del techo, y en los cristales de la ventana a espaldas de Mitchell Palmer se veían dos pequeñas fisuras.

Palmer le siguió la mirada.

—Ya ve lo que son capaces de hacer esos radicales.

—Sí, señor.

—Pero no les daré la satisfacción de marcharme, eso se lo aseguro.

—Muy valiente por su parte, señor.

Palmer hizo girar un poco su silla de un lado a otro mientras Hoover y Finch ocupaban las suyas a ambos lados.

—Señor Coughlin, ¿está usted contento con el rumbo que está tomando nuestro país?

Connor se representó a Danny y su ramera bailando el día de su boda, durmiendo en su inmunda cama.

—No, señor Palmer.

—¿Y eso por qué?

—Parece que estemos entregando las llaves del país.

—Bien dicho, joven Coughlin. ¿Estaría usted dispuesto a poner fin a esa costumbre?

—Con mucho gusto, señor Palmer.

Palmer hizo girar la silla hasta que pudo ver las ventanas resquebrajadas.

—Los tiempos corrientes exigen leyes corrientes. ¿Considera usted corrientes estos tiempos?

Connor negó con la cabeza.

—Yo diría que no, señor Palmer.

—¿Los tiempos excepcionales, pues...?

—Requieren medidas excepcionales.

—Eso mismo. ¿Señor Hoover?

John Hoover se tiró de la pernera del pantalón por la rodilla y se inclinó al frente.

—El fiscal general se ha propuesto erradicar el mal de entre nosotros. Con ese objetivo, me ha pedido que encabece una nueva sección del Buró de Investigación, que en adelante se conocerá como la División de Inteligencia General o DIG. Nuestra misión, como el nombre indica, es reunir información contra los radicales, los comunistas y los bolcheviques, los anarquistas y los galleanistas. En resumidas cuentas, todos los enemigos de una sociedad libre y justa. ¿Y usted?

—¿Perdón, señor Hoover?

—¿Y usted? —Hoover lo miró con los ojos desorbitados—. ¿Y usted?

—No sé si... —dijo Connor.

—¿Y usted, Coughlin? Usted, caballero, ¿qué es?

—No me cuento entre ninguno de esos —contestó Connor, y él mismo se sorprendió por la dureza de su voz.

—Pues únase a nosotros, señor Coughlin.

Mitchell Palmer se volvió de espaldas a la ventana y tendió la mano por encima del escritorio.

Connor se puso en pie y se la estrechó.

—Será un honor, señor Palmer.

—Bienvenido a nuestra mesa, hijo.

Luther estaba enyesando las paredes de la planta baja del edificio de Shawmut Avenue con Clayton Tomes cuando oyeron cerrarse tres puertas de un coche y vieron a McKenna y dos policías de paisano salir del Hudson negro y subir por la escalera del edificio.

Tan pronto como McKenna entró, Luther vio en sus ojos algo que iba más allá de la corrupción habitual, el desdén habitual. Vio algo tan desquiciado por la ira que debería haber estado en una mazmorra, encadenado y enjaulado.

Los dos policías que lo acompañaban ocuparon los extremos de la habitación. Uno de ellos llevaba una caja de herramientas. A juzgar por la manera en que hundía el hombro, pesaba mucho. La dejó en el suelo cerca de la puerta de la cocina.

McKenna se quitó el sombrero y saludó con él a Clayton.

—Encantado de volver a verte, hijo.

—Igualmente.

McKenna se detuvo junto a Luther y miró el cubo de yeso que lo separaba de él.

—Luther, ¿te molestaría que te hiciera una pregunta un tanto extraña?

Ya veo cómo Danny o el capitán han resuelto el problema, pensó Luther.

—No, señor.

—Siento curiosidad por saber adónde se remonta tu ascendencia —dijo McKenna—. ¿África? ¿Haití? ¿O Australia? Podrías ser uno de esos aborígenes, ¿no? ¿Lo sabes, hijo?

—¿Cómo dice, señor?

—¿De dónde eres?

—De América. De aquí, de Estados Unidos.

McKenna cabeceó.

—Vives aquí ahora. Pero ¿de dónde vinieron los tuyos, hijo? Te lo estoy preguntando. ¿Lo sabes?

Luther se rindió.

—No, señor.

—Pues yo sí. —Le dio un apretón en el hombro a Luther—. Cuando uno sabe lo que anda buscando, siempre es posible averiguar el lugar de procedencia de una persona. Tu abuelo, Luther, basándonos en esa nariz tuya y ese pelo de rizos muy apretados y esos labios como un neumático de camión, era del África subsahariana. Probablemente de Rhodesia, diría yo. Pero tu piel más clara y esas pecas en los pómulos son, tan claro como que Dios existe, antillanas. Así que tu bisabuelo era del árbol de los monos y tu bisabuela del árbol de la isla, y encontraron su lugar como esclavos del Nuevo Mundo y engendraron a tu abuelo, que engendró a tu padre, que te engendró a ti. Pero ese Nuevo Mundo ahora no es exactamente América, ¿no? Eres como un país dentro del país, eso te lo aseguro, pero no el país en sí. Eres un no americano que nació en América y nunca, jamás, será americano.

—¿Y eso por qué?

Luther fijó la mirada en los ojos sin alma de aquel hombre.

—Porque eres un charol, hijo. Un negroide. Miel negra en la tierra de la leche blanca. En otras palabras, Luther, deberías haberte quedado en tu tierra.

—Nadie me consultó.

—Pues entonces tenías que haberte resistido más —replicó McKenna—. Porque tu verdadero lugar en el mundo, Luther, es el puto rincón de donde viniste.

—El señor Marcus Garvey dice más o menos lo mismo —repuso Luther.

—¿Conque me comparas con Garvey, eh? —dijo McKenna con una sonrisa un tanto ensoñadora y un gesto de indiferencia—. No me molesta. ¿Te gusta trabajar para los Coughlin?

—Me gustaba.

Uno de los policías se paseó con aire despreocupado hasta situarse justo detrás de Luther.

—Es verdad —dijo McKenna—. Me olvidaba: te dejaron ir. Mataste a un montón de gente en Tulsa, abandonaste a tu mujer y tu hijo, viniste aquí a trabajar para un capitán de la policía, y lo echaste a perder. Si fueras un gato, diría que estás muy cerca de tu última vida.

Luther sintió la mirada de Clayton. Debía de haberse enterado de lo de Tulsa por las habladurías. Pero nunca habría adivinado que su nuevo amigo podía estar implicado. Luther quiso explicárselo, pero no podía apartar la mirada de McKenna.

—¿Qué quiere que haga ahora? —preguntó Luther—. A eso se reduce todo, a obligarme a hacer algo, ¿no?

McKenna brindó por eso con una petaca.

—¿Avanza?

—¿Qué? —dijo Luther.

—El edificio, las reformas.

McKenna cogió una palanca del suelo.

—Supongo.

—Ya casi está acabado, diría yo. Al menos en esta planta. —Rompió dos ventanas con la palanca—. ¿Eso ayuda?

Unos cuantos cristales cayeron al suelo, y Luther se preguntó por qué algunas personas encontraban tanto placer en alimentar el odio.

El policía colocado detrás de Luther dejó escapar una risa ahogada. Se situó junto a él y le acarició el pecho con la porra. Tenía las mejillas curtidas por el viento y su cara recordó a Luther a un nabo abandonado demasiado tiempo en el campo. Olía a whisky.

El otro policía cruzó la sala con la caja de herramientas y la dejó entre Luther y McKenna.

—Tú y yo éramos dos hombres con un acuerdo. Dos hombres —dijo McKenna, inclinándose tanto hacia Luther que éste olió el whisky en su aliento y su loción barata para el afeitado—. Y tú acudiste corriendo a Tommy Coughlin y a su hijo, ese mocoso con demasiados privilegios. Pensaste que así te salvarías, y sin embargo, Dios santo, lo único que has conseguido es condenarte.

Abofeteó a Luther con tal fuerza que éste giró sobre sí mismo y cayó de costado.

—¡En pie!

Luther se levantó.

—¿Cómo te has atrevido a decir cosas de mí que no debías? —McKenna asestó a Luther tal puntapié en la espinilla que Luther tuvo que afirmar la otra pierna para no caerse—. ¿Pediste una dispensa especial a los regios Coughlin respecto a mí?

McKenna sacó su revólver reglamentario y lo apoyó en la frente de Luther.

—Soy Edward McKenna, del Departamento de Policía de Boston, no otro. No soy lacayo de nadie. Soy Edward McKenna, teniente, y tú has incumplido tu parte.

Luther alzó la mirada. El cañón negro salía de la cabeza de Luther y llegaba a la mano de McKenna como una excrecencia.

—Sí, señor.

—A mí no me vengas con «sí, señor».

McKenna dio un culatazo a Luther en la cabeza.

A Luther se le doblaron las piernas pero consiguió erguirse de nuevo antes de que las rodillas entraran en contacto con el suelo.

—Sí, señor —repitió.

McKenna alargó el brazo y colocó el cañón otra vez entre los ojos de Luther. Amartilló el arma. La desamartilló. Volvió a amartillarla. Dirigió a Luther una sonrisa de oreja a oreja, enseñando los dientes ambarinos.

Luther estaba extenuado, sumido en un cansancio físico y anímico. Vio a Clayton sudar de miedo, y lo entendió, se identificó con ese sentimiento. Pero de momento no podía ocuparse de eso. Todavía no. Ahora el miedo no era su problema. Lo era el hastío. Estaba harto de huir y harto de todo ese juego que había empezado cuando dio sus primeros pasos. Harto de policías, harto del poder y harto de este mundo.

—Lo que vaya a hacer, hágalo, McKenna. Hágalo de una puta vez.

McKenna asintió. McKenna sonrió. McKenna enfundó el arma.

El cañón había dejado una señal en la frente a Luther, y él mismo notaba la marca. Le escocía. Dio un paso atrás y resistió el impulso de tocarse.

—Ay, hijo, me has puesto en evidencia ante los Coughlin, y eso es algo que un hombre con mis ambiciones no tolera. —Abrió los brazos—. Simplemente no lo tolera.

—Lo comprendo.

—Ay, si bastara con comprenderlo. Pero no es así. Tendrás que pagarlo. —McKenna señaló la caja de herramientas—. Pondrás eso en la cámara que construiste, si eres tan amable.

Luther imaginó a su madre viéndolo desde el cielo, su corazón afligido por lo que había hecho su único hijo de su vida.

—¿Qué hay dentro?

—Cosas malas —contestó McKenna—. Cosas muy, muy malas. Quiero que lo sepas, Luther. Quiero que sepas que lo que haces es algo terrible y causará un daño inconmensurable a las personas que aprecias. Quiero que seas consciente de que tú mismo te lo has buscado y de que ni tú ni tu mujer tenéis escapatoria, eso te lo aseguro.

Cuando McKenna le apuntaba a la cabeza con el revólver, Luther había comprendido una verdad por encima de todas: McKenna lo mataría antes de que aquello acabase. Lo mataría y se olvidaría de todo. Dejaría en paz a Lila por la sencilla razón de que enredarse en una persecución de una negra a mil quinientos kilómetros de distancia era absurdo si el verdadero objeto de su ira estaba ya muerto. Así que Luther también sabía eso: sin Luther, sus seres queridos no corrían peligro.

—No pienso traicionar a mi gente —dijo a McKenna—. No pienso colocar nada en las oficinas de la ANPPN. A la mierda con eso y a la mierda usted.

Clayton dejó escapar un silbido de incredulidad.

McKenna, en cambio, reaccionó como si lo esperase.

—¿Va en serio?

—Muy en serio. —Luther miró la caja de herramientas. Miró otra vez a McKenna—. No pienso...

McKenna se llevó una mano a la oreja, como para oírlo mejor, sacó el revólver del cinto y disparó a Clayton Tomes en el pecho.

Clayton levantó una mano, con la palma hacia fuera. Observó la espiral de humo que salía del agujero en su mono de trabajo. El humo dio paso a un chorro de líquido denso y oscuro, y Clayton colocó la mano ahuecada bajo él. Se volvió y caminó con cuidado hacia una de las latas de yeso en las que Luther y él se habían sentado mientras comían y fumaban y charlaban. Tocó la lata con la mano antes de sentarse.

—¿Qué demonios...? —dijo, y apoyó la cabeza contra la pared.

McKenna cruzó las manos ante la entrepierna y se golpeteó el muslo con el cañón del revólver.

—¿Qué decías, Luther?

A Luther le temblaban los labios y unas lágrimas calientes le rodaban por la cara. El aire olía a pólvora. Un viento invernal sacudía las paredes.

—¿A usted qué coño le pasa? —susurró Luther—. ¿Qué coño...?

McKenna volvió a disparar. Clayton abrió los ojos desorbitadamente, y un leve y húmedo chasquido de incredulidad escapó de sus labios. El orificio de la bala apareció justo por debajo de la nuez. Hizo una mueca, como si hubiese comido algo que no le había sentado bien y tendió la mano hacia Luther. A continuación, puso los ojos en blanco por el esfuerzo y bajó la mano hasta apoyarla en el regazo. Cerró los ojos. Respiró con inhalaciones superficiales por un momento y luego dejó de emitir sonido alguno.

McKenna bebió otro sorbo de la petaca.

—¿Luther? Mírame.

Luther tenía la mirada fija en Clayton. Hacía un momento estaban hablando de los acabados que faltaban. Hacía un momento estaban comiéndose unos bocadillos. Las lágrimas le entraron en la boca.

—¿Por qué ha hecho eso? Él no deseaba mal a nadie. Nunca...

—Porque tú no mandas en esta feria. Mando yo. —McKenna ladeó la cabeza y clavó una mirada penetrante en Luther—. Tú eres el mono de la feria. ¿Está claro?

McKenna metió el cañón del revólver en la boca a Luther. Caliente aún, le quemó la lengua. Le entraron arcadas. McKenna lo amartilló.

—No era americano. No era miembro de ninguna definición aceptable de la raza humana. Era mano de obra. Era un reposapiés. Era una bestia de carga, eso, sólo eso. Lo he liquidado para dejar clara una cosa, Luther: antes lloraría por un reposapiés que por la muerte de uno de los tuyos. ¿Te has creído que voy a quedarme de brazos cruzados mientras Giddreaux y ese orangután vestido, Du Bois, pretenden mezclarse con nuestra raza? ¿Estás mal de la cabeza, muchacho? —Sacó la pistola de la boca de Luther y señaló las paredes con ella—. Este edificio es una afrenta contra todos los valores por los que merece la pena morir en este país. Dentro de veinte años la gente se asombrará al oír que os permitimos vivir en libertad, que os pagamos un sueldo. Que os permitimos conversar con nosotros o tocar nuestra comida. —Se enfundó el revólver, agarró a Luther por los hombros y le dio un apretón—. Yo moriré gustosamente por mis ideales. ¿Y tú?

Luther calló. No se le ocurrió nada que decir. Deseaba acercarse a Clayton y cogerle la mano. Pensó que, pese a estar muerto, así se sentiría menos solo.

—Si le cuentas esto a alguien, mataré a Yvette Giddreaux cualquier mediodía cuando salga a comer al Union Park. Si no haces exactamente lo que yo te diga, sea lo que sea y sea cuando sea, mataré a un negro de esta ciudad cada semana. Sabrás que he sido yo porque les dispararé en el ojo izquierdo para que se presenten ante su dios negro medio ciegos. Y tú llevarás sus muertes en la conciencia, Luther Laurence. Tú y sólo tú. ¿Hemos llegado a un acuerdo?

Soltó a Luther y dio un paso atrás.

—¿Sí o no?

Luther asintió.

—Buen negro —dijo McKenna con un gesto de asentimiento—. Y ahora el agente Hamilton, el agente Temple y yo mismo vamos a quedarnos contigo hasta que... ¿Me escuchas?

El cuerpo de Clayton cayó de la lata de yeso. Quedó tendido en el suelo, con un brazo apuntando hacia la puerta. Luther volvió la cabeza.

—Nos quedaremos aquí contigo hasta la noche. Di que lo has entendido, Luther.

—Lo he entendido —contestó Luther.

—¿No es estupendo? —McKenna rodeó a Luther con el brazo—. ¿No es fantástico?

Desplazó a Luther a un lado hasta que quedaron los dos de cara a Clayton.

—Vamos a enterrarlo en el jardín de atrás —informó McKenna—. Y vamos a poner la caja de herramientas en la cámara. Y vamos a inventar una historia aceptable para que le cuentes a la señorita Amy Wagenfeld cuando te envíe a un investigador, cosa que sin duda hará, porque tú habrás sido el último en ver al señor Tomes antes de fugarse de nuestra hermosa ciudad, probablemente con una blanca menor de edad. Y en cuanto hayamos hecho eso, esperaremos el anuncio de la ceremonia de inauguración. Y me telefonearás en cuanto sepas esa fecha o de lo contrario...

—Usted... usted...

—Sí, mataré a un negro —dijo McKenna, cogiéndole la cabeza con la mano y obligándolo a asentir—. ¿Hay alguna parte de todo esto que deba repetirte?

Luther lo miró a los ojos.

—No.

—Magnífico. —Soltó a Luther y se quitó el abrigo—. Muchachos, quitaos los abrigos, los dos. Vamos a echar una mano a Luther con este yeso, ¿de acuerdo? No vamos a dejarlo que lo haga todo él, lógicamente.

30

La casa de la calle K se marchitó. Las habitaciones se encogieron y los techos parecieron combarse y el silencio que ocupó el lugar de Nora se convirtió en un reproche. Siguió así a lo largo de toda la primavera y se hizo aún más profundo cuando los Coughlin se enteraron de que Danny había tomado a Nora por esposa. La madre de Joe se enclaustró en su habitación con migrañas, y a Connor, en las raras ocasiones en que no estaba trabajando —y últimamente trabajaba las veinticuatro horas del día—, le olía el aliento a alcohol y estaba tan irritable que Joe lo eludía cuando coincidían en la misma habitación. Su padre estaba aún peor: de pronto Joe alzaba la vista y lo encontraba mirándolo con unos ojos vidriosos, como si llevara así durante un rato. La tercera vez que sucedió, en la cocina, Joe preguntó:

—¿Qué pasa?

Su padre parpadeó.

—¿Cómo dices, hijo?

—Me estabas mirando.

—A mí no me hables en ese tono, hijo.

Joe bajó la vista. Posiblemente jamás en la vida había sostenido la mirada a su padre durante tanto tiempo.

—Sí, padre.

—Ay, eres igual que él —exclamó su padre, y abrió el periódico de la mañana, oyéndose el sonoro crujido del papel.

Joe no se molestó en preguntar a su padre a quién se refería. Desde la boda, el nombre de Danny se había añadido al de Nora en la lista de temas de los que no se hablaba. Pese a sus doce años, Joe era muy consciente de que esa lista, que existía ya mucho antes de nacer él, contenía la clave de la mayoría de los misterios del clan de los Coughlin. Nunca se hablaba de dicha lista, porque uno de los elementos de la lista era la propia lista, pero Joe comprendía que la lista incluía, en primer lugar y por encima de todas las cosas, todo aquello que pudiera ser causa de vergüenza para la familia: parientes que se habían exhibido en estado de ebriedad públicamente en repetidas ocasiones (el tío Mike); que habían contraído matrimonio fuera de la Iglesia (el primo Ed); que habían cometido delitos (el primo Eoin, que estaba en California); o que habían dado a luz fuera del matrimonio (la tía no sé cuántos de Vancouver, desterrada de la familia hasta tal punto que Joe ni siquiera sabía su nombre, su existencia comparable a la de una pequeña espiral de humo que penetra en una habitación antes de que a alguien se le ocurra cerrar la puerta). El sexo, comprendía Joe, encabezaba la lista en letras mayúsculas. Cualquier cosa relacionada con él. Cualquier insinuación de que la gente pensase siquiera en él, por no hablar ya de practicarlo.

Nunca se hablaba de dinero. Tampoco de las rarezas de la opinión pública ni de las costumbres modernas, consideradas ambas anticatólicas y antiirlandesas por definición. La lista incluía docenas de cosas, pero uno nunca sabía cuáles eran hasta que mencionaba una y entonces comprendía, por una única mirada, que se había adentrado en un campo de minas.

Lo que Joe más echaba de menos con la ausencia de Danny era que a su hermano mayor esa lista le importaba un comino. No creía en ella. Sacaba el tema del sufragio femenino en la mesa, hablaba ampliamente sobre la polémica del largo de la falda femenina, preguntaba a su padre qué pensaba acerca del aumento de linchamientos de negros en el sur, se preguntaba en voz alta por qué la Iglesia había tardado mil ochocientos años en decidir que María era virgen.

—Basta ya —había exclamado su madre al oír eso con los ojos anegados en lágrimas.

—Fíjate en lo que has conseguido —reprochó su padre.

Fue toda una hazaña: de un solo tiro había abarcado dos de los temas prioritarios de la lista, el sexo y las deficiencias de la Iglesia.

—Lo siento, madre —se disculpó Danny, y guiñó el ojo a Joe.

Dios mío, cómo echaba de menos Joe ese guiño.

Danny se había presentado en Las Puertas del Cielo dos días después de la boda. Joe lo vio cuando salía del edificio con sus compañeros de clase, Danny de paisano y apoyado en la reja de hierro forjado. Joe mantuvo la compostura, aunque una larga y húmeda oleada de calor lo recorrió desde la garganta hasta los tobillos. Cruzó la verja con sus amigos y se volvió con toda la naturalidad posible hacia su hermano.

—¿Te invito a un francfurt, hermano?

Danny nunca lo había llamado «hermano». Siempre había sido «hermanito». Eso lo cambiaba todo: Joe se sintió como si midiera dos palmos más y, sin embargo, parte de él deseó de inmediato que todo volviera a ser como antes.

—Claro.

Recorrieron West Broadway hasta el puesto de Sol, en la esquina de la calle C. Sol había añadido recientemente el francfurt a su carta. Durante la guerra se había negado a hacerlo porque esas salchichas sonaban demasiado alemanas y, al igual que la mayoría de los restaurantes durante la guerra, se había tomado la molestia de cambiar el nombre de los francfurt por el de «salchichas de la libertad» en el tablón del menú. Pero ahora que los alemanes habían sido derrotados y el barrio de South Boston no albergaba grandes resentimientos contra ellos, la mayoría de las cafeterías de la ciudad intentaban no quedarse atrás en lo referente a esta nueva moda que Joe & Nemo había contribuido a popularizar en la ciudad, pese a que, en su día, indujo a muchos a poner en duda el patriotismo del establecimiento.

Danny compró dos para cada uno y se sentaron en un banco de piedra delante del puesto. Se los comieron acompañados de unos refrescos mientras veían pasar por West Broadway coches y caballos y más coches y caballos y el aire olía al verano que se avecinaba.

—Te has enterado —dijo Danny.

Joe asintió.

—Te has casado con Nora.

—Eso mismo. —Dio un bocado a su francfurt y enarcó una ceja. De pronto se echó a reír antes de masticar—. Me hubiese gustado que vinieras.

—¿Sí?

—Nos hubiese gustado a los dos.

531

—Ya.

—Pero los viejos jamás lo habrían permitido.

—Lo sé.

—¿De verdad?

Joe se encogió de hombros.

—Ya se les pasará.

Danny negó con la cabeza.

—No, hermano, no se les pasará.

A Joe le entraron ganas de llorar, pero en lugar de eso sonrió, tragó un trozo de salchicha y dio un sorbo al refresco.

—Sí que se les pasará. Ya lo verás.

Danny le acarició la cara. Joe no supo qué hacer, porque eso nunca había sucedido. Ellos se daban puñetazos en el hombro. Se hincaban el dedo en las costillas. Pero eso no lo hacían. Danny lo miró con ternura.

—Estarás un tiempo solo en esa casa, hermano.

—¿Puedo ir a verte? —Joe oyó que se le quebraba la voz y al fijar la mirada en su francfurt se alegró de que no cayeran lágrimas en él—. ¿A ti y a Nora?

—Claro. Pero si se enteran, te echaran los perros.

—Ya me los han echado antes —replicó Joe—. Muchas veces. Pronto yo mismo empezaré a ladrar.

Danny se rió al oírlo, su carcajada también un ladrido.

—Eres un chico fantástico, Joe.

Joe asintió y notó el calor en la cara.

—¿Por qué me has dejado, pues?

Danny le levantó el mentón con el dedo.

—Yo no te he dejado. ¿Qué acabo de decirte? Puedes venir cuando quieras.

—Ya, ya.

—Joe, Joe, te lo digo muy en serio, joder. Eres mi hermano. Yo no he dejado a la familia. La familia me ha dejado a mí. Por Nora.

—Papá y Con dijeron que eres un bolchevique.

—¿Cómo? ¿A ti?

Joe movió la cabeza en un gesto de negación.

—Los oí hablar una noche. —Sonrió—. Me entero de todo lo que se dice allí. Es una casa vieja. Dijeron que te has contagiado. Dijeron que eras amigo de los espaguetis y los negros y que has perdido el norte. Estaban muy borrachos.

—¿Cómo lo sabes?

—Al final se pusieron a cantar.

—¿No me digas? *¿Danny Boy?*

Joe asintió.

—Y *Kilgary Mountain* y *She Moved Through the Fair.*

—Eso no se oye muy a menudo.

—Sólo cuando papá está como una verdadera cuba.

Danny se echó a reír y le rodeó los hombros con el brazo. Joe se meció.

—¿Te has contagiado, Dan?

Dan le dio un beso en la frente. Un beso. Joe se preguntó si el borracho era él.

—Sí, supongo que sí, hermano.

—¿Eres amigo de los italianos?

Danny se encogió de hombros.

—No tengo nada contra ellos. ¿Y tú?

—A mí me caen bien. Me gusta el North End. Como a ti.

Danny le dio un suave puñetazo en la rodilla.

—Muy bien, pues.

—Pero Con los odia.

—Ya, es que Con lleva mucho odio dentro.

Joe se comió el resto del segundo francfurt.

—¿Por qué?

Danny se encogió de hombros.

—Quizá porque cuando ve algo que lo confunde, tiene la necesidad de una respuesta inmediata. Y si la respuesta no está justo delante de él, se agarra a cualquier cosa y convierte eso en respuesta. —Volvió a encogerse de hombros—. Pero la verdad es que no lo sé. Algo corroe a Con desde el día en que nació.

Permanecieron en silencio durante un rato. Joe, sentado en el borde del banco de piedra, balanceaba los pies. Un vendedor ambulante que volvía a casa después de una jornada en Haymarket Square se detuvo junto al bordillo. Respirando cansadamente por la nariz, se

533

apeó del carromato, se acercó a los cuartos delanteros del caballo y le levantó la pata izquierda. El caballo resopló suavemente y espantó las moscas con la cola, y el hombre lo calmó con un susurro mientras le quitaba un guijarro del casco y lo tiraba a la calle. Le bajó la pata al caballo, le acarició la oreja y le musitó algo. El caballo resopló un poco más cuando el hombre volvió a subir al carromato con ojos sombríos y somnolientos. El vendedor lanzó un ligero silbido y el caballo reanudó la marcha por la calle con su chacoloteo. Cuando soltó una pila de bosta por detrás y volvió la cabeza con orgullo para contemplar su creación, Joe sintió que asomaba una sonrisa a su rostro que no pudo explicar.

Danny, que miraba también, exclamó:

—Diantre, es grande como un sombrero.

—Grande como una cesta de pan —corrigió Joe.

—Creo que tienes razón —dijo Danny, y los dos se echaron a reír.

Permanecieron así mientras la luz adquiría una coloración anaranjada por detrás de las casas de vecindad dispuestas a lo largo del canal de Fort Point y en el aire flotaban el olor de la marea, el aroma empalagoso de la Refinería de Azúcar de América y los efluvios de la Compañía Cervecera de Boston. Unos hombres cruzaban el puente de Broadway en grupos y otros salían de la empresa Gillette, la Distribuidora de Hielo de Boston y la Fábrica de Reciclaje del Residuo de Algodón, y la mayoría entraba en tabernas. Poco después los vendedores de lotería del barrio entraban y salían como flechas de esas mismas tabernas, y al otro lado del canal sonó otro silbato para anunciar el final de la jornada. Joe deseó quedarse allí para siempre, pese a llevar aún el uniforme de la escuela, allí con su hermano en un banco de piedra de West Broadway mientras el día declinaba alrededor.

—En esta vida puedes tener dos familias, Joe, la familia en la que naciste y la que tú te creas.

—Dos familias —repitió Joe, observándolo.

Danny asintió.

—Tu primera familia es tu familia de sangre, y siempre le eres leal. Eso significa algo. Pero hay otro familia, y ésa es la que encuentras fuera. A veces incluso por azar. Y es tan de tu sangre como tu primera familia. Quizás incluso más, ya que ellos no tienen la obligación de cuidar de ti ni de quererte. Lo hacen porque quieren.

—¿Eso ha pasado con Luther y tú? ¿Sois como una familia porque queréis?

Danny ladeó la cabeza.

—Pensaba más bien en Nora y yo, pero ahora que lo dices, supongo que eso también incluye a Luther.

—Dos familias —dijo Joe.

—Con suerte.

Joe se detuvo a pensar por un momento y se sintió como si dentro de él el suelo se hubiese convertido en líquido, como si pudiese irse flotando.

—¿Y nosotros qué somos? —preguntó Joe.

—Lo mejor. —Danny sonrió—. Somos lo uno y lo otro.

En casa, la situación fue de mal en peor. Connor, cuando hablaba, despotricaba contra los anarquistas, los bolcheviques, los galleanistas y las razas inmundas que constituían su núcleo. Los judíos los financiaban, y los eslavos y los espaguetis les hacían el trabajo sucio. Estaban enardeciendo a los negros del sur y envenenando las mentes de los obreros blancos en el este. Habían intentado matar a su jefe, el fiscal general de Estados Unidos de América, dos veces. Hablaban de sindicalismo y de los derechos del trabajador, pero lo que en realidad deseaban era violencia a escala nacional y despotismo. En cuanto abordaba el tema, no había quien lo parase, y prácticamente entraba en combustión cuando la conversación se desviaba hacia la posibilidad de una huelga de la policía.

Fue un rumor repetido en casa de los Coughlin todo el verano, y si bien el nombre de Danny nunca se pronunciaba, Joe supo que él tenía algo que ver. El Club Social de Boston, dijo su padre a Connor, estaba en conversaciones con la Federación Americana del Trabajo, con Samuel Gompers, sobre la incorporación del CSB como sección. Serían los primeros policías del país afiliados a un sindicato obrero nacional. Podían alterar la historia, dijo su padre, y se cubrió los ojos con la mano.

Ese verano su padre envejeció cinco años. Se consumió. Le salieron unas ojeras oscuras como la tinta. Su pelo incoloro se volvió gris.

Joe sabía que lo habían despojado de parte de su poder y que el culpable era el comisario Curtis, nombre que su padre escupía con impotente virulencia. Sabía asimismo que su padre estaba cansado de luchar y que la ruptura de Danny con la familia había sido un golpe mucho peor de lo que admitía.

El último día de colegio, cuando Joe regresó a casa, encontró a su padre y Connor en la cocina. Connor, recién llegado de Washington, había bebido ya alguna copa de más. La botella de whisky estaba en la mesa, y el corcho junto a ella.

—Si lo hacen, será sedición.

—Vamos, muchacho, no exageremos.

—Son agentes de la ley, padre, la primera línea de la defensa nacional. El mero hecho de hablar de la posibilidad de abandonar sus puestos de trabajo ya es traición. Es lo mismo que si una sección del ejército abandona el campo de batalla.

—Es un poco distinto.

El padre de Joe parecía agotado.

Connor alzó la vista cuando Joe entró, y ése era el punto donde normalmente terminaban tales conversaciones, pero esta vez Connor siguió, con la mirada extraviada y sombría.

—Habría que detenerlos a todos. Ahora mismo. Presentarse en la siguiente reunión del CSB y acordonar el edificio con una cadena.

—¿Y luego qué? ¿Ejecutarlos?

La sonrisa de su padre, últimamente tan infrecuente, volvió por un momento, pero muy fugaz.

Connor se encogió de hombros y se sirvió más whisky.

—No hablas en serio.

En ese momento su padre también advirtió la presencia de Joe, que dejaba la mochila en la encimera.

—Ejecutamos a los soldados que abandonan el frente —prosiguió Connor.

Su padre echó una ojeada a la botella de whisky pero no hizo ademán de cogerla.

—Si bien discrepo del plan de acción de esos hombres, su queja es legítima. Están mal pagados...

—Pues que se busquen otro trabajo.

—... las condiciones sanitarias de sus dependencias son antihigié-
nicas, por decir poco, y sus jornadas son peligrosamente largas.

—Simpatizas con ellos.

—Entiendo su planteamiento.

—No son trabajadores textiles —repuso Connor—. Son personal
de emergencia.

—Es tu hermano.

—Ya no. Es un bolchevique y un traidor.

—Por el amor de Dios —exclamó su padre—. Estás diciendo dis-
parates.

—Si Danny es uno de los cabecillas de esto y van a la huelga, se
merecerá lo que le pase.

Al decirlo, miró a Joe e hizo arremolinarse el whisky dentro del
vaso. Joe vio en el rostro de su hermano desprecio y miedo y un orgullo lleno de amargura.

—¿Tienes algo que decir, chaval?

Connor bebió un trago.

Joe se lo pensó. Quería decir algo elocuente en defensa de Danny.
Algo memorable. Pero no se le ocurrió nada, así que al final pronunció
las siguientes palabras:

—Eres un mierda.

Nadie se movió. Era como si todos se hubieran vuelto de porcelana,
y la cocina también. Hasta que de pronto Connor tiró su vaso al fregadero y arremetió. Su padre le apoyó una mano en el pecho, pero Connor lo sorteó lo justo para hacer ademán de agarrar a Joe por el pelo.
Joe, revolviéndose, lo esquivó pero cayó al suelo, y Connor consiguió
darle un puntapié antes de que su padre lo apartara de un empujón.

—No —dijo Connor—. ¡No! ¿Has oído lo que me ha dicho?

Joe, en el suelo, aún sentía el roce de los dedos de su hermano en
el pelo. Connor señaló a Joe por encima del hombro de su padre.

—Mequetrefe, nuestro padre alguna vez se irá a trabajar, y tú tienes que dormir aquí, así que ya verás.

Joe se levantó del suelo y contempló la rabia de su hermano, la
contempló abiertamente y se dio cuenta de que no le impresionaba ni
le daba miedo.

—¿Crees que Danny debería ser ejecutado? —preguntó.

Su padre lo señaló con el dedo.

—Cállate, Joe.

—¿De verdad piensas eso, Con?

—¡He dicho que te calles!

—Haz caso a tu padre, niño.

Connor empezaba a sonreír.

—Jódete —dijo Joe.

Joe tuvo tiempo de ver a Connor abrir los ojos desmesuradamente, pero no llegó a ver a su padre volverse hacia él, porque su padre era un hombre de una agilidad pasmosa, más rápido que Danny, más rápido que Connor, y muchísimo más rápido que él. Cuando su padre le cruzó la cara de un revés, Joe no había tenido tiempo siquiera de echarse atrás. Salió lanzado por el aire, y cuando cayó, su padre estaba ya ante él, agarrándolo por los hombros con las dos manos. Lo levantó en volandas y lo estampó contra la pared hasta tenerlo cara a cara, quedando sus pies a medio metro del suelo.

A su padre se le salían los ojos de las órbitas y Joe advirtió lo enrojecidos que los tenía. Hizo rechinar los dientes y expulsó el aire por la nariz y un bucle de aquel pelo ahora gris le cayó sobre la frente. Hundió los dedos en los hombros de Joe y lo apretó aún más contra la pared, como si intentara empotrarlo en ella.

—¿Has dicho esa palabra en mi casa? ¿En mi casa?

Joe supo que no le convenía contestar.

—¿En mi casa? —repitió su padre en un sonoro susurro—. Te doy de comer, te visto, te mando a una buena escuela, ¿y hablas así aquí dentro? ¿Como si vinieras del arroyo? —Volvió a estamparlo contra la pared—. Debería cortarte la lengua.

—Padre —dijo Connor—. Padre.

—¿En la casa de tu madre?

—Padre —repitió Connor.

Su padre ladeó la cabeza, observando a Joe con aquellos ojos enrojecidos. Apartó una mano del hombro de Joe y la cerró en torno a su garganta.

—Por Dios, padre.

Su padre lo levantó aún más, tanto que Joe tuvo que bajar la vista para contemplar su rostro encendido.

—Te vas a pasar el resto del día con un jabón de la colada metido en la boca —dijo su padre—, pero antes quiero que te quede clara una cosa, Joseph: yo te traje a este mundo y te aseguro que puedo sacarte de él. Di «Sí, señor».

Aunque le costaba hablar con una mano en torno a la garganta, Joe consiguió decir:

—Sí, señor.

Connor hizo ademán de apoyar la mano en el hombro de su padre pero se detuvo, dejándola suspendida en el aire. Joe, viendo los ojos de su padre, advirtió que éste presentía la mano en el aire detrás de él y deseó que Connor retrocediera. Era imposible saber qué sería capaz de hacer su padre si esa mano lo tocaba.

Connor bajó la mano, se la metió en el bolsillo y dio un paso atrás.

Su padre parpadeó y tomó aire por la nariz.

—Y en cuanto a ti —dijo, volviéndose para mirar a Connor—, no quiero volver a oírte hablar nunca más de traición ni de mi departamento de policía. Nunca más. ¿Queda claro?

—Sí, señor.

Connor se miró los zapatos.

—¿Eh... abogado? —Luego miró a Joe—. ¿Qué tal respiras, hijo?

Sintiendo las lágrimas resbalarle por la cara, Joe contestó con voz ronca:

—Bien, padre.

Su padre lo bajó un poco hasta que quedaron cara a cara.

—Si vuelves a pronunciar esa palabra en esta casa, no volverás a respirar así de bien. Ni mucho menos, Joseph. ¿Tienes algún problema para entender lo que he querido decir, hijo?

—No, padre.

Su padre levantó el brazo que le quedaba libre y cerró el puño. Joe vio ese puño a quince centímetros de su cara. Su padre le dejó mirarlo, mirar el anillo, mirar las cicatrices blancas, mirar el nudillo que nunca se había curado del todo y era del doble del tamaño normal. Su padre asintió una vez y luego lo depositó en el suelo.

—Me dais asco los dos.

Se acercó a la mesa, tapó bruscamente la botella de whisky y salió de la cocina con ella bajo el brazo.

Cuando salió por la ventana de su habitación con un poco de ropa en una funda de almohada y se alejó en la oscuridad de la noche de South Boston, Joe todavía tenía el sabor del jabón en la boca y le escocía el trasero por la azotaina impasible, desprovista de la menor emoción, que su padre le había dado después de regresar de su gabinete media hora después. Hacía calor, y avanzando bajo el resplandor amarillo de las farolas, olía el mar al final de la calle. Nunca había visto las calles a esas horas. Estaban tan silenciosas que oía sus propios pasos e imaginaba que su eco era un ser vivo, que se escabullía de su casa, lo último que los demás recordaban haber oído antes de convertirse esos pasos en parte de una leyenda.

—¿Cómo que se ha ido? —preguntó Danny—. ¿Cuándo?

—Anoche —contestó su padre—. Se marchó... no sé a qué hora.

Su padre esperaba en la escalinata cuando Danny llegó a la pensión, y lo primero que éste advirtió fue que había perdido peso y lo segundo que tenía el pelo más blanco.

—¿Ya no te presentas en tu comisaría, muchacho?

—No tengo comisaría, padre. Curtis me manda a todas las misiones antihuelga de mierda que encuentra. Ayer pasé el día en Malden.

—¿Los zapateros?

Danny asintió.

Su padre esbozó una sonrisa atribulada.

—¿Es que últimamente todo el mundo va a la huelga?

—¿No tienes razones para pensar que lo han secuestrado o algo así? —preguntó Danny.

—No, no.

—Entonces tenía algún motivo para escaparse.

Su padre se encogió de hombros.

—Dentro de su cabeza, no lo dudo.

Danny apoyó un pie en un peldaño y se desabrochó el abrigo. Llevaba todo el día muerto de calor.

—Déjame adivinarlo: usaste la vara sin contemplaciones.

Su padre lo miró, entornando los ojos bajo el sol poniente.

—Contigo tampoco me anduve con contemplaciones y ya ves en el resultado.

Danny esperó. Su padre levantó la mano.

—Reconozco que me pasé un poco de la raya.

—¿Qué hizo el chico?

—Dijo «jódete».

—¿Delante de nuestra madre?

Su padre negó con la cabeza.

—Delante de mí.

Danny cabeceó.

—Es una palabra, padre.

—Es la palabra, Aiden. La palabra de las calles, de los pobres más ordinarios. Uno convierte su casa en un santuario, y nadie debe arrastrar las calles al interior de un santuario.

Danny suspiró.

—¿Qué hiciste?

Esta vez fue su padre quien cabeceó.

—Ahora tu hermano anda por esas calles. He enviado a unos cuantos hombres en su busca, hombres competentes, hombres habituados a trabajar con chicos fugitivos, que se han escapado de su casa o de la escuela, pero en verano es más difícil, por la de niños que hay en la calle, por la de niños que hay trabajando a todas horas, y es imposible distinguirlos.

—¿Por qué has venido a verme a mí?

—Lo sabes perfectamente —contestó su padre—. Joe te venera. Sospecho que podría haber venido aquí.

Danny negó con la cabeza.

—Si hubiese venido, no me habría encontrado. He estado trabajando setenta y dos horas seguidas. Ésta es mi primera hora libre.

—¿Y ella...?

Su padre ladeó la cabeza y alzó la vista hacia la fachada del edificio.

—¿Quién?

—Ya sabes quién.

—Di su nombre.

—No seas infantil.

—Di su nombre.

Su padre puso los ojos en blanco.

—Nora. ¿Contento? ¿Lo ha visto Nora?

—Vamos a preguntárselo.

Su padre se tensó y permaneció inmóvil cuando Danny pasó por delante de él escalinata arriba hasta la puerta de entrada. Abrió con la llave y se volvió a mirar al viejo.

—¿Vamos a buscar a Joe o no?

Poniéndose en pie, su padre se sacudió los fondillos del pantalón y se arregló las rayas de las perneras. Se volvió con su gorra de capitán bajo el brazo.

—Esto no cambia nada entre nosotros —advirtió.

—Dios nos libre.

Danny agitó una mano ante el corazón, y su padre reaccionó con una mueca. A continuación, empujó la puerta y entró. La escalera estaba pegajosa por el calor y ascendieron despacio, Danny con la sensación de que, después de tres días de patrulla antihuelga, fácilmente podría tumbarse en un rellano y echarse una siesta.

—¿Has vuelto a tener noticias de Finch? —preguntó.

—Recibo alguna que otra llamada —contestó su padre—. Está otra vez en Washington.

—¿Le has dicho que he visto a Tessa?

—Se lo mencioné. No pareció muy interesado. En realidad es a Galleani a quien quiere, y ese viejo italiano tiene la inteligencia de instruirlos aquí y mandarlos a otro estado a cometer sus fechorías.

Danny percibió la amargura en su propia sonrisa.

—Es una terrorista. Está fabricando bombas en nuestra ciudad, y a saber en qué más anda metida. Pero ¿tienen cosas más importantes que hacer?

Su padre se encogió de hombros.

—Así son las cosas, hijo. Si no hubiesen puesto toda la carne en el asador al responsabilizar a los terroristas de aquella explosión en el depósito de melaza, probablemente las cosas serían distintas. Pero pusieron toda la carne en el asador, y acabaron con melaza hasta en las cejas. Ahora Boston es causa de bochorno para ellos, y tú y tus chicos del CSB no estáis contribuyendo a mejorar la situación.

—Ah, claro. La culpa es nuestra.

—No te hagas el mártir. Yo no he dicho que toda la culpa sea vuestra. Sólo digo que en ciertos pasillos de las fuerzas del orden federales no ven a nuestro querido departamento con muy buenos ojos. Y eso se debe en parte a la histeria medio desatada en torno a la explosión del depósito, y en parte al temor de que avergoncéis a la nación con una huelga.

—Nadie ha hablado todavía de huelga, padre.

—Todavía. —Su padre se detuvo en el descansillo del segundo piso—. Dios mío, aquí hace más calor que en el culo de una rata de pantano. —Miró la ventana del rellano, el grueso cristal cubierto de hollín y un residuo untuoso—. Estoy en una segunda planta, y ni siquiera veo mi ciudad.

—Tu ciudad.

Danny se rió. Su padre le dirigió una parca sonrisa.

—Es mi ciudad, Aiden. Fuimos hombres como Eddie y yo quienes construimos este departamento, no los comisarios, no O'Meara, por mucho respeto que me inspirase, y desde luego no Curtis. Yo. Y lo mismo que puede decirse de la policía puede decirse de la ciudad. —Se enjugó la frente con un pañuelo—. Puede que tu padre emprenda la retirada temporalmente, pero estoy haciendo acopio de fuerzas para volver, muchacho. No te quepa duda.

Subieron los últimos dos pisos en silencio. Al llegar a la habitación de Danny, su padre respiró hondo varias veces mientras Danny introducía la llave en la cerradura.

Nora abrió la puerta antes de que él hiciese girar la llave. Sonrió. Vio quién estaba con él y una expresión cenicienta asomó a sus ojos claros.

—¿Qué pasa aquí? —preguntó ella.

—Busco a Joe —respondió el capitán.

Nora mantuvo la mirada fija en Danny, como si no lo hubiese oído.

—¿Lo has traído tú aquí?

—Ha venido él —contestó Danny.

—Tengo tantos deseos de estar aquí como tú...

—Puta —dijo Nora a Danny—. Creo que ésa fue la última palabra que oí de la boca de este hombre. Creo que escupió en su propio suelo para subrayarla.

—Joe ha desaparecido —informó Danny.

En un primer momento, ella no se inmutó. Fijó en Danny una

mirada fría y colérica que, si bien abarcaba a su padre, también iba dirigida a él por haber llevado a ese hombre hasta su puerta. Apartó la vista de él y la posó en su padre.

—¿Qué le ha dicho para hacerlo huir? —preguntó ella.

—Yo sólo quiero saber si el chico ha pasado por aquí.

—Y yo quiero saber por qué ha huido.

—Tuvimos una breve desavenencia —respondió el padre.

—Ya. —Ella ladeó la cabeza—. Ya sé cómo resuelve usted sus desavenencias con el pequeño Joe. ¿Intervino la vara?

Su padre se volvió hacia Danny.

—Lo que estoy dispuesto a soportar por una situación que considero indigna tiene un límite.

—Por Dios —exclamó Danny—. Los dos. Joe ha desaparecido. ¿Nora?

Ella tensó la mandíbula, y aunque la expresión ceniciente permaneció en sus ojos, se apartó de la puerta para dejar pasar a Danny y su padre.

Danny se quitó el abrigo de inmediato y se desprendió los tirantes de los hombros. Su padre echó una ojeada a la habitación, las cortinas nuevas, la colcha nueva, las flores en el jarrón de la mesa junto a la ventana.

Nora se quedó junto al pie de la cama con su uniforme de la fábrica: un mono a rayas con una blusa beige debajo. Se sujetaba la muñeca izquierda con la mano derecha. Danny sirvió tres whiskies y dio un vaso a cada uno. Su padre enarcó un poco las cejas al ver a Nora tomar una bebida alcohólica fuerte.

—Y también fumo —dijo ella, y Danny vio a su padre apretar los labios en un gesto que identificó como una sonrisa contenida.

Los dos parecieron competir por apurar la bebida, vaciándola su padre un sorbo por delante de Nora, y acto seguido los dos tendieron sus vasos y Danny los rellenó. Su padre se llevó el suyo a la mesa junto a la ventana, dejó la gorra y se sentó. Nora dijo:

—Según la señora DiMassi, este mediodía ha pasado por aquí un niño.

—¿Cómo? —exclamó su padre.

—No ha dado su nombre. La señora DiMassi ha dicho que llamaba a nuestro timbre y miraba hacia nuestra ventana, y cuando ella ha salido a la puerta, se ha escapado.

—¿Algo más?

Nora bebió más whisky.

—Ha dicho que era el vivo retrato de Danny.

Danny vio que la tensión desaparecía de los hombros y el cuello de su padre mientras tomaba otro sorbo de su copa. Al cabo de un momento se aclaró la garganta.

—Gracias, Nora.

—No tiene por qué dármelas, señor Coughlin. Quiero a ese chico. Pero a cambio podría usted hacerme un favor.

El capitán buscó su pañuelo en el bolsillo del abrigo y lo sacó.

—Por supuesto. Tú dirás.

—Acábese la copa, si es tan amable, y márchese de aquí.

31

Al cabo de dos días, un sábado de junio, Thomas Coughlin salió de su casa de la calle K camino de Carson Beach para asistir a una cita de la que dependía el futuro de la ciudad. A pesar de que llevaba el traje más ligero que tenía, azul y blanco de sirsaca, y una camisa de manga corta, sentía el calor en la piel a través de la ropa. Acarreaba una cartera de cuero que a cada paso que daba se le antojaba más pesada. Ya estaba un poco mayor para las funciones de recaudador, pero no confiaba en nadie más para ese cometido. Corrían tiempos difíciles en las pedanías, donde el viento podía cambiar de dirección sin previo aviso. Su querido estado de Massachusetts se hallaba en ese momento bajo el mandato de un gobernador republicano, un oriundo de Vermont sin el menor aprecio por las costumbres y la historia locales. El comisario de policía era un resentido, un hombre de mente estrecha, que aborrecía a los irlandeses, aborrecía a los católicos y, por consiguiente, aborrecía las pedanías, las grandes pedanías en manos demócratas que habían construido esa ciudad. Era un hombre que sólo entendía su propio aborrecimiento; no entendía el compromiso, el patrocinio, la manera de hacer las cosas que se había establecido en esa ciudad a lo largo de setenta años y que a la vez la había definido desde entonces. El alcalde Peters era la viva imagen de la ineficacia, un hombre que ganó las elecciones sólo porque los delegados de las pedanías bajaron la guardia y la rivalidad entre los dos principales y auténticos candidatos a la alcaldía, Curley y Gallivan, se recrudeció de tal modo que acabó abriéndose un tercer flanco, y Peters cosechó la recompensa en noviembre. Desde su victoria, no había hecho nada digno de mención, nada en absoluto, y sus concejales habían saqueado la tesorería tan desvergonzadamente que era sólo cuestión de tiempo para que la corrupción llegara a los titulares de los periódicos y diera origen al enemigo declarado de la política desde los albores de la humanidad: el conocimiento de la verdad.

Deteniéndose a la sombra de un gran olmo al final de la calle K, Thomas se quitó la chaqueta, se aflojó la corbata y dejó la cartera a sus pies. Tenía el mar a sólo quince metros, y aunque soplaba una brisa apagada y pegajosa, la playa estaba llena. Sintió las miradas posadas en él, los ojos de aquellos que lo reconocían pero no se atrevían a acercarse, y eso le produjo satisfacción suficiente para cerrar los ojos a la sombra por un momento e imaginar una brisa más fresca. Muchos años antes había dejado claro a la gente del barrio que él era su benefactor, su amigo, su protector. Si necesitaban algo, les bastaba con ponerse en contacto con Thomas Coughlin, y él se ocuparía. Pero nunca —jamás— en sábado. Los sábados tenían que dejar en paz a Tommy Coughlin para que atendiera a su familia, a sus queridos hijos y su querida esposa.

Por entonces lo llamaban Tommy Cuatro Manos, apelativo que, según creían algunos, hacía alusión al hecho de que tenía las manos en muchos bolsillos, pero en realidad se lo había ganado al detener a Boxy Russo y otros tres matones de la banda de Tips Moran cuando los sorprendió saliendo por la puerta de atrás de una peletería judía de Washington Street. Por esas fechas era un policía de a pie, y después de reducirlos («¡Sin duda habrá necesitado cuatro manos para luchar contra cuatro hombres!», dijo Butter O'Malley más tarde, cuando acabó de ficharlos en la comisaría), los ató en parejas y esperó a los furgones. No opusieron mucha resistencia cuando Coughlin apareció sigilosamente y dio un golpe de porra en la nuca a Boxy Russo. El muy inepto había dejado caer su extremo de la caja fuerte, y por tanto los otros se vieron obligados a hacer lo mismo, y el resultado final fue cuatro pies aplastados y dos tobillos rotos.

Sonrió al recordarlo. Por entonces corrían tiempos más sencillos. Buenos tiempos. Era joven y fuerte, ¿y acaso no era el hombre más rápido del cuerpo? Eddie McKenna y él vigilaban los muelles de Charlestown y el North End y South Boston, y no había lugar más violento para un policía. Tampoco más rico, en cuanto los peces gordos comprendieron que aquel par no iba a dejarse intimidar, así que más les

547

valía llegar a un arreglo. Al fin y al cabo, Boston era una ciudad portuaria, y todo lo que alterara el acceso a aquellos muelles era malo para el negocio. Y el alma de todo negocio, como sabía Thomas Coughlin desde su adolescencia en Clonakilty, en County Cork, residía en llegar a un arreglo.

Cuando abrió los ojos, se le llenaron del brillo azul del mar y se puso otra vez en marcha, encaminándose por el rompeolas hacia Carson Beach. Aquel verano empezaba a antojársele una pesadilla, incluso pasando por alto el calor. La disensión entre los hombres del cuerpo que podía conducir a una huelga de su querido departamento. Danny en medio de todo ello. Danny, además, perdido como hijo. Y por una ramera que él mismo, con la mejor voluntad, había acogido cuando ella no era más que un saco trémulo de carne gris y dientes sueltos. Aunque, claro, aquella mujer era de Donegal, y eso debería haberle bastado como advertencia. Los de Donegal no eran de fiar; tenían fama de mentir y fomentar la discordia. Y ahora Joe, desaparecido ya desde hacía dos días, en algún lugar de la ciudad, escapando a todo intento de rescatarlo. Se parecía demasiado a Danny, eso saltaba a la vista, y demasiado al propio hermano de Thomas, Liam, un hombre que había intentado abrir el mundo en canal y así había acabado él: abierto en canal. Había muerto, Liam, hacía ya veintiocho años, desangrado en un callejón detrás de una taberna de Cork City, con los bolsillos vacíos, a manos de un asaltante desconocido. La razón había sido una disputa o una deuda de juego, siendo ambas posibilidades, en opinión de Thomas, casi lo mismo desde el punto de vista de la relación entre el riesgo y la recompensa. Él quería a Liam, su hermano gemelo, como quería a Danny, como quería a Joe: con desconcierto y admiración e inutilidad. Luchaban contra molinos de viento sin atenerse a razones, vivían a través del corazón. Igual que había hecho Liam, igual que había hecho el padre de Thomas, un hombre que tragó de la botella hasta que la botella se lo tragó a él.

Thomas vio a Patrick Donnegan y Claude Mesplede sentados en la pequeña pérgola que daba al mar. Un poco más allá había un muelle de pescadores verde, prácticamente vacío a esa hora del mediodía. Levantó una mano y ellos le devolvieron el saludo mientras avanzaba dificultosamente por la arena entre las familias que huían del calor de sus casas al calor de aquella arena. Nunca había comprendido ese fenómeno: tumbarse junto al agua, llevar a toda la familia para abandonarse a aquel acto de ociosidad masiva. Parecía algo propio de los romanos, tostarse bajo los dioses solares. Los hombres no estaban destinados al ocio más que los caballos. El ocio propiciaba un desasosiego del pensamiento, la aceptación de posibilidades amorales y la filosofía del relativismo. Thomas se habría liado a puntapiés con esos hombres si hubiese podido, los habría echado a patadas de la arena y puesto a trabajar.

Patrick Donnegan y Claude Mesplede lo observaron acercarse con una sonrisa en el rostro. Vaya un par, siempre tan risueños. Donnegan era el delegado de la Sexta Pedanía y Mesplede era su concejal, puestos que ocupaban desde hacía dieciocho años, sobreviviendo a alcaldes, gobernadores, capitanes, comisarios de policía y presidentes. Instalados en el seno de la ciudad, allí donde a nadie se le ocurriría ir a mirar, la dirigían junto con otros delegados de pedanías y concejales y congresistas y asesores lo bastante listos para asegurarse una posición en las comisiones clave que controlaban los muelles y las tabernas y la concesión de obras y la recalificación de terrenos. Si uno controlaba eso, controlaba la delincuencia y controlaba la aplicación de la ley y, por tanto, controlaba todo lo que nadaba en un mismo mar, es decir, todo lo que posibilitaba la marcha de una ciudad: los tribunales, las comisarías, las pedanías, el juego, las mujeres, los comercios, los sindicatos, las elecciones. Esto último, naturalmente, era el generador, el huevo en el que se incubaba la gallina que, a su vez, incubaba más huevos en los que se incubaban más gallinas, y así hasta el infinito.

Si bien este proceso era de una simplicidad infantil, la mayoría de los hombres no lo comprenderían, ni aun después de cien años en este mundo, porque no querían entenderlo.

Thomas entró en la pérgola y se apoyó en la pared interior. La madera estaba caliente y los rayos del sol alcanzaron el centro de su frente como una bala alcanza un halcón.

—¿Qué tal la familia, Thomas?

Thomas le entregó la cartera.

—De maravilla, Patrick. De maravilla. ¿Y tu señora?

—En plena forma, Thomas. Buscando un arquitecto para la casa que vamos a construir en Marblehead. —Donnegan abrió la cartera y echó un vistazo dentro.

—¿Y los tuyos, Claude?

—Mi hijo mayor, André, ya tiene el título de abogado.

—Magnífico. ¿Para ejercer aquí?

—En Nueva York. Estudió en Columbia.

—Estarás muy orgulloso.

—Lo estoy, Thomas, gracias.

Donnegan dejó de hurgar en la cartera.

—¿Están todas las listas que pedimos?

—Y más. Hemos incluido la de la ANPPN a modo de extra.

—Vaya, haces milagros.

Thomas se encogió de hombros.

—Ha sido sobre todo gracias a Eddie.

Claude le entregó un maletín. Thomas lo abrió y miró los dos grandes fajos de billetes en su interior, ambos bien empaquetados con papel y cinta adhesiva. Tenía un ojo experto por lo que se refería a esas transacciones, y supo por el grosor que los pagos a Eddie y él eran aún mayores de lo que les habían prometido. Se volvió hacia Claude enarcando una ceja.

—Se ha incorporado otra empresa —explicó Claude—. Y la participación en los beneficios ha aumentado en proporción.

—¿Damos un paseo, Thomas? —propuso Patrick—. Hace un calor de mil demonios.

—Buena idea.

Se quitaron las chaquetas y se encaminaron hacia el muelle. A mediodía no había nadie salvo unos cuantos pescadores que parecían más interesados en las cervezas a sus pies que en cualquier pez que pudieran atrapar al otro lado de la barandilla.

Se apoyaron en la barandilla y contemplaron el Atlántico. Claude Mesplede se lió un cigarrillo y, ahuecando una mano, lo encendió con una cerilla que luego lanzó al mar.

—Hemos hecho la lista de tabernas que se convertirán en pensiones.

Thomas Coughlin asintió.

—¿No hay ningún eslabón débil?

—Ni uno solo.

—¿Ningún historial delictivo del que preocuparse?

—Ninguno.

Asintió. Se llevó la mano al bolsillo interior de la chaqueta y sacó un puro. Cortó la punta y acercó una cerilla.

—¿Y todos tienen sótanos?

—En efecto.

—Entonces está todo en orden.

Dio una lenta calada al puro.

—Hay un problema con los muelles.

—No en mis distritos.

—Los muelles canadienses.

Miró a Donnegan y luego a Mesplede.

—Estamos en ello —dijo Donnegan.

—Pues acelerad.

—Thomas.

Se volvió hacia Mesplede y preguntó:

—¿Sabes lo que pasará si no controlamos el punto de entrada y el punto de contacto?

—Sí.

—¿De verdad?

—He dicho que sí.

—Los irlandeses chiflados y los italianos chiflados se organizarán —prosiguió Thomas—. Ya no serán perros rabiosos en las calles, Claude. Formarán unidades. Controlarán a los estibadores y a los camioneros, lo que significa que controlarán el transporte. Estarán en situación de imponer condiciones.

—Eso no ocurrirá.

Thomas contempló pensativamente la punta del puro. Lo levantó al viento y vio cómo se desprendía la ceniza y se avivaba el ascua. Cuando apareció el brillo rojo, volvió a hablar.

—Si se hacen con el control, decantarán la balanza. Nos controlarán a nosotros. A su antojo. Tú eres nuestro contacto con los amigos de Canadá, Claude.

—Y tú eres nuestro contacto en el DPB, Thomas, y me han llegado rumores de una huelga.

—No cambies de tema.

—Es el tema.

Thomas lo miró, y Claude tiró la ceniza al mar y dio otra ávida calada. Cabeceó ante su propia ira y se volvió de espaldas al mar.

—¿Estás diciéndome que no habrá huelga? ¿Puedes garantizármelo? Porque según se vio el Primero de Mayo, tenéis un departamento de policías desmandados. Se enzarzan en una pelea de bandas, ¿y nos dices que puedes controlarlos?

—El año pasado te estuve persiguiendo continuamente para que le hablaras de esto al alcalde, ¿y qué pasó?

—No me cargues a mí el muerto, Tommy.

—No te lo cargo a ti, Claude. Hablo del alcalde.

Claude miró a Donnegan, soltó una exclamación de desagrado y lanzó la colilla al mar.

—Peters no es un alcalde. Tú ya lo sabes. Se pasa el día encerrado con su concubina de catorce años, que es, para colmo, su prima. Entretanto sus hombres, oportunistas todos ellos, podrían abochornar al gabinete de bandidos de Ulysses Grant. Aun así, la difícil situación de tus hombres podría haber despertado cierta solidaridad, pero ellos lo echaron todo a perder.

—¿Cuándo?

—En abril. Les ofrecieron el aumento de doscientos al año y lo rechazaron.

—Por Dios —replicó Thomas—. El coste de la vida ha subido un setenta y tres por ciento. Un setenta y tres.

—Conozco el dato.

—Esos doscientos anuales eran una cifra anterior a la guerra. El nivel de pobreza está en ciento cincuenta al año, y muchos policías ganan menos de eso. Es la policía, Claude, y trabajan por un sueldo inferior al de los negros y las mujeres.

Claude asintió y, apoyando una mano en el hombro de Thomas, le dio un suave apretón.

—No puedo discutir contigo. Pero la idea en el ayuntamiento y en el despacho del comisario es que las quejas de tus hombres pueden dejarse de lado porque son personal de emergencia. No pueden afiliarse a un sindicato y desde luego no pueden ir a la huelga.

—Pero el caso es que sí pueden.

—No, Thomas —replicó Claude con una mirada fría en sus ojos claros—. No pueden. Patrick ha estado recorriendo las pedanías, haciendo una encuesta informal, por decirlo de alguna manera. ¿Eh, Patrick?

Patrick abrió las palmas de las manos por encima de la barandilla.

—Tom, la cosa está así: he hablado con nuestros electores, y si la policía se atreve a declararse en huelga, la ciudad dará rienda suelta a su ira... por el desempleo, el alto coste de la vida, la guerra, los negros que vienen del sur para ocupar puestos de trabajo... por tener que levantarse cada mañana, y la volcará en la propia ciudad.

—Esta ciudad se sublevará —añadió Claude—. Igual que Montreal. ¿Y sabes qué ocurre cuando la gente se ve obligada a descubrir la turba que lleva dentro? No le gusta. Quiere que lo pague alguien. En las urnas, Tom. Siempre en las urnas.

Thomas suspiró y dio una calada a su puro. En el mar, a lo lejos, apareció un pequeño yate en su campo visual. Distinguió tres siluetas en el puente mientras nubes espesas y oscuras empezaban a acumularse al sur y avanzar hacia el sol.

—Si tus chicos van a la huelga —dijo Patrick Donnegan—, saldrán ganando las grandes empresas. Utilizarán la huelga como arma para cargarse los sindicatos, a los irlandeses, a los demócratas, para joder a todo aquel que haya pensado siquiera en un jornal decente por una jornada decente en este país. Si les permites convertir esto en lo que son capaces de convertirlo, la clase obrera retrocederá treinta años por tu culpa.

Thomas respondió con una sonrisa.

—No todo depende de mí. Tal vez si O'Meara, que en paz descanse, siguiera entre nosotros, yo podría incidir más en el resultado, pero con Curtis... Ese sapo sería capaz de arrasar esta ciudad hasta los cimientos por joder a las pedanías y a los hombres que están al frente.

—Tu hijo... —empezó a decir Claude.

Thomas se volvió, y el puro que sujetaba entre los dientes quedó señalando la nariz de Claude.

—¿Qué?

—Tu hijo está confabulado con el CSB. Es todo un orador, según hemos oído, como su padre.

Thomas se quitó el puro de entre los labios.

—A la familia no la tocamos, Claude. Es una regla.

—Eso quizás en los buenos tiempos —repuso Claude—. Pero tu hijo está metido en esto, Tommy. Hasta el cuello. Y por lo que sé, su popularidad aumenta a diario y su retórica es cada vez más incendiaria. Si pudieras hablar con él, quizá...

Claude se encogió de hombros.

—Ya no tenemos esa clase de relación. Nos hemos distanciado.

Claude, asimilando la información, alzó la vista a la vez que se succionaba el labio inferior.

—Pues entonces tendrás que arreglarlo. Alguien ha de disuadir a esos chicos de cometer una estupidez. Yo me ocuparé del alcalde y sus esbirros. Patrick se ocupará de la opinión pública. Incluso veré qué puedo hacer para conseguir uno o dos artículos favorables en la prensa. Pero, Thomas, tienes que coger por banda a tu hijo.

Thomas miró a Patrick. Éste asintió.

—Ahora no queremos arrojar el guante, ¿eh que no, Thomas?

Thomas prefirió no contestar a eso. Volvió a llevarse el puro a los labios y los tres se apoyaron de nuevo en la barandilla y contemplaron el mar.

Patrick Donnegan miró el yate mientras las nubes lo alcanzaban y una sombra lo cubría.

—He pensado en comprarme uno de ésos. Más pequeño, claro.

Claude se echó a reír.

—¿Qué pasa?

—Estás construyéndote una casa en el agua. ¿Para qué quieres un barco?

—Para contemplar mi casa desde él —contestó Patrick.

Thomas sonrió a pesar de su talante sombrío y Claude volvió a reírse.

—Es adicto a los barcos, me temo.

Patrick se encogió de hombros.

—Soy aficionado a los barcos, chicos. Lo admito. Creo en los barcos, sí. Pero en los barcos pequeños. Un barco pequeño y una casa grande. En cambio, ésos... quieren barcos del tamaño de un país. No saben dónde está el límite.

En el yate, las tres siluetas reaccionaron con repentina rapidez y movimientos bruscos al descargar las nubes sobre ellos.

Claude dio una palmada y luego se frotó las manos.

—En fin, mejor será que no nos pille —dijo—. Se avecina lluvia, señores.

—Y que lo digas —convino Patrick a la vez que se alejaban del embarcadero—. Se huele en el aire, sí.

En el camino de regreso a casa, llovía a cántaros, una tromba negra caída del cielo. Hombre poco aficionado al sol intenso, se sintió tonificado, pese a que las gotas, calientes como el sudor, no hacían más que espesar la humedad. En las últimas manzanas aflojó la marcha, como si paseara por una feria, y echó atrás la cabeza para recibir la lluvia en la cara. Al llegar, se dirigió hacia la parte de atrás de la casa por el camino lateral para echar un vistazo a sus flores, que parecían tan contentas como él de disfrutar por fin de un poco de agua. La puerta trasera daba a la cocina, y Ellen se sobresaltó cuando entró con el mismo aspecto que algo recién salido del arca.

—¡Por Dios, Thomas!

—Por Dios, tú lo has dicho, cariño mío.

Le sonrió, intentando recordar la última vez que lo había hecho. Ella le devolvió la sonrisa, y él intentó recordar también la última vez que veía ese gesto en sus labios.

—Estás calado hasta los huesos.

—Lo necesitaba.

—Ven, siéntate. Te traeré una toalla.

—Estoy bien, cariño.

Ella regresó del armario de la ropa blanca con una toalla.

—Tengo noticias de Joe —dijo Ellen con los ojos brillantes y empañados.

—Dios bendito —exclamó él—, suéltalo ya, Ellen.

Ella le cubrió la cabeza con la toalla y se la frotó enérgicamente.

—Ha aparecido en casa de Aiden —dijo, como si su hijo fuera un gato extraviado.

Antes de fugarse Joe, ella se había enclaustrado en su habitación, sin ánimos para nada por la boda de Danny. Pero cuando Joe se escapó de casa, Ellen abandonó su encierro y le dio por dedicarse a limpiar con desesperación, diciéndole a Thomas que volvía a ser la de siempre y que le hiciera el favor de encontrar a su hijo de inmediato. Cuando no estaba limpiando, se paseaba de un lado a otro. O hacía calceta. Y entretanto le preguntaba a su marido, una y otra vez, qué hacía para localizar a Joe. Lo decía tal y como lo diría una madre preocupada, sí, pero como lo diría una madre preocupada a un inquilino. Thomas había perdido todo vínculo con ella a lo largo de años, y ahora se conformaba con cierta calidez que asomaba de vez en cuando a su voz pero raramente a sus ojos, porque los ojos no se le iluminaban por nada, de hecho parecían ligeramente vueltos hacia arriba, como si conversase consigo misma y con nadie más. Thomas no conocía a esa mujer. Tenía la relativa certeza de que la amaba, por el tiempo, por el desgaste, pero el tiempo también los había despojado al uno del otro, circunstancia propiciada por una relación basada sólo en sí misma y en nada más, no muy distinta de la de un tabernero y su parroquiano más asiduo. En esos casos, uno quería a otro por costumbre y a falta de opciones más interesantes.

Sin embargo, en lo que se refería a su matrimonio, él era el responsable. De eso estaba relativamente seguro. Ella era una niña cuando se casaron, y él la había tratado como tal hasta que despertó una mañana, ya ni recordaba cuántos años hacía, deseando encontrar en su lugar a una mujer. Pero ahora ya era tarde para eso. Demasiado tarde. Así que la amaba en el recuerdo. La amaba con una versión de sí mismo que él había dejado atrás hacía mucho tiempo pero ella no. Y ella lo amaba a él, o eso suponía Thomas (si es que en realidad lo amaba, cosa que él ya no sabía), porque le consentía las ilusiones.

Qué cansado estoy, pensó mientras ella le retiraba la toalla de la cabeza. No obstante, dijo:

—¿Está en casa de Aiden?

—Sí. Aiden ha llamado por teléfono.

—¿Cuándo?

—No hace mucho. —Ella lo besó en la frente, otra circunstancia poco común que puso a prueba su memoria reciente—. Está a salvo, Thomas. —Se enderezó—. ¿Un té?

—¿Aiden va a traerlo a casa, Ellen? ¿A nuestro hijo?

—Ha dicho que Joe quería quedarse a dormir y Aiden tenía una reunión.

—Una reunión.

Ella abrió la alacena para sacar unas tazas de té.

—Ha dicho que lo traería mañana por la mañana.

Thomas se dirigió al teléfono de la entrada y marcó el número de la casa de Marty Kenneally, en la calle Cuatro Oeste. Dejó el maletín bajo la consola del teléfono. Marty contestó al tercer timbrazo, vociferando por el teléfono como de costumbre.

—*Aló? Aló? Aló?*

—Marty, soy el capitán Coughlin.

—¿Es usted, capitán? —gritó Marty, a pesar de que, como Thomas sabía, nunca lo llamaba nadie más.

—Soy yo, Marty. Necesito que me traigas el coche.

—Con esta lluvia, derrapará, capitán.

—No te he preguntado si derrapará, Marty, ¿verdad que no? Tráelo dentro de diez minutos.

—Sí, capitán —vociferó Marty, y Thomas colgó.

Cuando volvió a la cocina, el agua ya casi hervía. Se quitó la camisa y se secó los brazos y el torso con la toalla. Advirtió lo blanco que tenía el vello del pecho, y ante eso lo asaltó una triste y fugaz imagen de su propia lápida, pero la apartó de su mente al notar lo liso que conservaba el abdomen y los marcados tendones de sus bíceps. Con la posible excepción de su hijo mayor, no temía enfrentarse con los puños a ningún hombre, ni siquiera a esas alturas, a su avanzada edad.

«Estás en la tumba, Liam, desde hace casi tres décadas, pero yo aún me mantengo firme.»

Ellen dio la espalda a los fogones y vio su pecho desnudo. Desvió la mirada, y Thomas, suspirando, alzó la vista al techo.

—Por Dios, mujer, soy yo. Tu marido.

—Tápate, Thomas. Los vecinos.

¿Los vecinos? Ella apenas los conocía. Y entre los que conocía, la mayor parte no estaba a la altura de los valores a los que ella se aferraba.

Dios mío, pensó Thomas mientras iba a su dormitorio y se ponía una camisa y pantalones limpios, ¿cómo han podido dos personas perderse mutuamente de vista en la misma casa?

Había mantenido a una querida durante un tiempo. A lo largo de unos seis años, la tuvo instalada en el Parker House y gastó dinero a manos llenas, pero ella siempre lo recibía con una copa al verlo cruzar la puerta y lo miraba a los ojos cuando hablaban e incluso cuando hacían el amor. Un día, en otoño de 1909, ella se enamoró de un botones, y los dos abandonaron la ciudad para iniciar una nueva vida en Baltimore. Ella se llamaba Dee Dee Goodwin, y cuando él apoyaba la cabeza en sus senos desnudos, se sentía capaz de decir cualquier cosa, de cerrar los ojos y ser cualquier cosa.

Su esposa le dio el té cuando regresó a la cocina y él se lo bebió allí de pie.

—¿Vas a volver a salir? ¿Un sábado?

Él asintió.

—Creía que hoy te quedarías en casa. Que nos quedaríamos los dos juntos en casa, Thomas.

¿Para hacer qué?, quiso preguntar él. Hablarás de las últimas noticias que te han llegado sobre parientes de la vieja Irlanda a quienes no vemos desde hace años y luego, cuando yo despegue los labios, te levantarás de un salto y te pondrás a limpiar. Y después cenaremos en silencio y tú te retirarás a tu habitación.

—Voy a buscar a Joe —anunció él.

—Pero Aiden ha dicho...

—Me trae sin cuidado lo que haya dicho Aiden. Es mi hijo. Voy a traerlo a casa.

—Voy a lavar sus sábanas —dijo ella.

Él asintió y se anudó la corbata. Fuera la lluvia había cesado. Aunque su olor impregnaba aún la casa y las gotas caían de las hojas de los árboles en el jardín trasero, vio que clareaba.

Se inclinó y besó a su mujer en la mejilla.

—Volveré con nuestro hijo.

Ella asintió.

—No te has acabado el té.

Él cogió la taza y la apuró. Volvió a dejarla en la mesa. Cogió el canotier del sombrerero y se lo puso.

—Estás muy guapo —dijo ella.

—Y tú sigues siendo la chica más bonita nacida en el condado de Kerry.

Ella le dirigió una sonrisa y asintió tristemente con la cabeza.

Cuando él cruzaba la puerta de la cocina, ella lo llamó.

—Thomas.

Él se volvió.

—¿Mmm?

—No seas muy severo con el chico.

Thomas entornó los ojos y, consciente de ello, intentó compensarlo con una sonrisa.

—Sólo me alegro de que esté a salvo.

Ellen asintió, y de pronto él advirtió que ella lo reconocía, como si viera de nuevo al Thomas de otros tiempos, como si aún pudieran salvarse. Él le sostuvo la mirada, y su sonrisa se ensanchó y sintió un revuelo de esperanza en el pecho.

—Sólo te pido que no le hagas daño —dijo ella en tono vivaz, y volvió a su taza.

Nora frustró sus planes. Cuando él estaba ante el portal del edificio, ella abrió la ventana del cuarto piso y le habló a voces.

—Quiere quedarse a dormir aquí, señor Coughlin.

Thomas se sintió ridículo vociferando desde la escalinata ante el desfile de italianos que pasaba por la acera y la calzada a sus espaldas, en medio de aquel aire que olía a excrementos y fruta podrida y aguas residuales.

—Quiero a mi hijo.

—Y yo ya se lo he dicho: su hijo quiere quedarse a dormir.

—Déjame hablar con él.

Ella negó con la cabeza y Thomas se imaginó que la sacaba de aquella ventana tirándole del pelo.

—Nora.

—Voy a cerrar la ventana.

—Soy capitán de policía.

—Ya sé lo que es.

—Puedo subir.

—Eso sí sería un espectáculo —dijo ella—. Todo el mundo hablaría del jaleo que armaría, sin duda.

Menuda justiciera estaba hecha, la muy zorra.

—¿Dónde está Aiden?

—En una reunión.

—¿De qué clase?

—¿Y usted qué cree? —preguntó ella—. Que pase usted un buen día, señor Coughlin.

Cerró la ventana con brusquedad.

Thomas se alejó de la escalinata abriéndose paso entre la multitud de italianos apestosos y Marty le abrió la puerta del coche. A continuación rodeó el automóvil y se sentó al volante.

—¿Y ahora adónde vamos, capitán? ¿A casa?

Thomas negó con la cabeza.

—A Roxbury.

—Sí, capitán. ¿A la Cero-Nueve?

Thomas volvió a negar con la cabeza.

—A Intercolonial Hall, Marty.

Marty quitó el embrague y el coche se sacudió y se caló. Pisó el acelerador y arrancó de nuevo.

—Eso es la sede del CSB, capitán.

—Sé perfectamente lo que es, Marty. Y ahora cállate y llévame allí.

—Que levante la mano todo aquel en esta sala que nos haya oído hablar o pronunciar siquiera la palabra «huelga» —dijo Danny.

Había allí más de mil hombres y ni uno solo alzó la mano.

—¿De dónde ha salido la palabra, pues? —prosiguió Danny—. ¿Cómo es que de pronto los periódicos insinúan que ése es nuestro plan? —Contempló aquel mar de hombres y su mirada se posó en Thomas, al fondo—. ¿Quién tiene interés en hacer pensar a toda la ciudad que vamos a ir a la huelga?

Varios hombres se volvieron a mirar a Thomas Coughlin. Él sonrió y saludó con la mano, y una carcajada colectiva recorrió la sala.

Sin embargo, Danny no se reía. Danny estaba enardecido en el estrado. Thomas no pudo contener una sensación de orgullo al ver a

560

su hijo allí arriba. Como Thomas siempre supo que sucedería, Danny había encontrado un lugar en el mundo como líder de hombres. Sólo que ése no era el campo de batalla que Thomas habría elegido para él.

—No quieren pagarnos —prosiguió Danny—. No quieren dar de comer a nuestras familias. No quieren que proporcionemos un techo o una educación aceptables a nuestros hijos. ¿Y qué ocurre cuando nos quejamos? ¿Nos tratan como a hombres? ¿Negocian con nosotros? No. Inician una campaña de rumores para presentarnos como comunistas y subversivos. Asustan al público con la idea de que iremos a la huelga para poder decir, si al final se llega a ese punto, «Ya os habíamos avisado». Nos piden que nos desangremos por ellos, caballeros, y cuando lo hacemos, nos dan unos vendajes baratos y nos suben la paga cinco centavos.

La sala rugió al oírlo, y Thomas reparó en que ahora nadie reía. Miró a su hijo y pensó: ¡así se habla!

—Ellos sólo ganarán si caemos en sus trampas —continuó Danny—. Si empezamos a creernos, aunque sea sólo por un segundo, sus mentiras. Que estamos equivocados de algún modo. Que reivindicar nuestros derechos humanos básicos es de algún modo subversivo. Nos pagan por debajo del índice de pobreza, caballeros. No ese mismo índice ni un poco por encima, sino por debajo. Sostienen que no podemos crear un sindicato ni afiliarnos a la Asociación Federal del Trabajo porque somos personal municipal «indispensable». Pero si somos indispensables, ¿por qué nos tratan como si no lo fuéramos? Un conductor de tranvía, sin ir más lejos, debe de ser el doble de indispensable, porque gana el doble que nosotros. Puede dar de comer a su familia y no trabaja quince días seguidos. No hace turnos de setenta y dos horas. Tampoco le disparan, por lo que he podido comprobar.

Ahora los hombres sí rieron, y Danny se permitió una sonrisa.

—No lo apuñalan ni recibe puñetazos ni palizas por parte de vándalos como le ocurrió la semana pasada a Carl McClary en Fields Corner. ¿No es así? No recibe balazos como Paul Welch durante los disturbios del Primero de Mayo. No arriesga su vida a cada minuto, como hicimos todos en la epidemia de gripe. ¿No es así?

—¡Sí! —gritaron los hombres, y levantaron los puños.

—Hacemos todo el trabajo sucio de la ciudad, caballeros, y no pedimos un trato especial, no pedimos más que justicia, igualdad. —Danny miró alrededor—. Decencia. Que nos traten como a hombres. No como a caballos, ni a perros. Como a hombres.

Estaban todos en silencio. No se oía en la sala el menor sonido, ni siquiera una tos.

—Como sabéis, la Federación Americana del Trabajo sigue la arraigada política de no admitir a los sindicatos de la policía como sección. Como también sabéis, nuestro representante Mark Denton ha hecho sucesivas proposiciones a Samuel Gompers, de la FAT, y el año pasado, varias veces, recibió una respuesta negativa. —Danny miró a Denton, sentado en el escenario detrás de él, y sonrió. Se volvió otra vez hacia los asistentes—. Hasta hoy.

Sus palabras tardaron un momento en ser asimiladas. El propio Thomas tuvo que repetírselas varias veces en la cabeza antes de interiorizar su trascendencia. Los hombres empezaron a mirarse unos a otros, empezaron a parlotear entre ellos. El zumbido se propagó por la sala.

—¿Me habéis oído? —Danny desplegó una sonrisa de oreja a oreja—. La FAT ha modificado su política para acoger al DPB, caballeros. Nos admiten como sección. El lunes por la mañana se enviarán a todas las comisarías las hojas de recogida de firmas para presentar la petición —anunció Danny con voz atronadora—. Ahora pertenecemos al mayor sindicato nacional de Estados Unidos de América.

Los hombres se pusieron en pie, volcando las sillas, y la sala prorrumpió en una ovación.

Thomas vio a su hijo en el estrado abrazar a Mark Denton, los vio a los dos volverse hacia la multitud e intentar estrechar las manos tendidas de cientos de hombres, vio la sonrisa amplia y audaz en el rostro de Danny, atrapado él mismo en su propia fascinación, como era prácticamente inevitable, dadas las circunstancias. Y Thomas pensó:

He traído al mundo a un hombre peligroso.

En la calle, llovía otra vez, pero ahora levemente, algo entre bruma y llovizna. Mientras los hombres abandonaban la sala, Danny y Mark Denton aceptaban las felicitaciones, los apretones de mano y las palmadas en el hombro.

Algunos guiñaban el ojo a Thomas o lo saludaban con el sombrero, y él devolvía el gesto porque sabía que no lo veían como al Enemigo, consciente de que era demasiado escurridizo para que lo descubrieran en ningún bando. Desconfiaban de él por principio, eso era un hecho, pero advirtió destellos de admiración en sus ojos, de admiración y un poco de miedo, pero no odio.

Él era un gigante en el DPB, sí, pero lo llevaba con discreción. Al fin y al cabo, las exhibiciones de vanidad eran propias de dioses menores.

Danny, por supuesto, se negó a acompañarlo en un coche con chófer, así que Thomas mandó a Marty al North End, y Danny y él cruzaron la ciudad en el tren elevado. Tuvieron que apearse en la estación de Batterymarch porque el puente destruido en la inundación de melaza seguía en obras.

Mientras se dirigían a pie a la pensión, Thomas dijo:

—¿Cómo está Joe? ¿Te ha dicho algo?

—Alguien le sacudió un poco. Me dijo que lo atracaron. —Danny encendió un cigarrillo y le ofreció el paquete a su padre. Su padre cogió uno mientras se adentraban en la tenue bruma—. No sé si creerle, pero ¿qué le vas a hacer? Se mantiene en sus trece. —Danny lo miró—. Ha pasado un par de noches durmiendo en la calle. Sólo con eso cualquier niño se vendría abajo.

Recorrieron otra manzana.

—Veo que estás hecho todo un Séneca —comentó Thomas—. Estás imponente allí arriba, si me permites decirlo.

Danny le dirigió una sonrisa irónica.

—Gracias.

—Conque estáis afiliados a un sindicato nacional, ¿eh?

—Dejémoslo.

—¿Qué?

—Ese tema —contestó Danny.

—La FAT ha dejado en la estacada a más de un sindicato en ciernes al surgir las presiones.

—He dicho que mejor será que lo dejemos, padre.

—De acuerdo, de acuerdo —accedió Thomas.

—Gracias.

—Nada más lejos de mis intenciones que hacerte cambiar de idea después de una noche tan triunfal.

—Padre, he dicho que basta.

—¿Y yo qué estoy haciendo?

—Lo sabes muy bien.

—No, muchacho. Dímelo tú.

Su hijo volvió la cabeza con una mirada de exasperación que gradualmente dio paso a una sonrisa. Danny era el único de sus tres hijos capaz de percibir su ironía. Los tres podían ser graciosos —era un rasgo de familia que probablemente se remontaba varias generaciones atrás—, pero el humor de Joe era el humor de un listillo y el de Connor era más amplio, rayano en el vodevil, las raras veces que se lo permitía. Danny era capaz también de esas dos clases de humor, pero, más importante aún, poseía la capacidad de Thomas para apreciar lo discretamente absurdo. A decir verdad, era capaz de reírse de sí mismo. Sobre todo en los momentos más difíciles. Ése era el lazo entre ellos que ninguna diferencia de opinión rompería jamás. A lo largo de los años, Thomas había oído a menudo decir a muchos padres y madres que no preferían a ninguno de sus hijos. Vaya falsedad. Una falsedad pura y simple. El corazón era el corazón, y tenía sus predilecciones al margen de la cabeza. Nadie se sorprendería de saber cuál era el hijo preferido de Thomas. Aiden, por supuesto. Porque el muchacho lo entendía, hasta lo más hondo, y siempre lo había entendido. Cosa que no siempre había beneficiado a Thomas, pero también él había entendido siempre a Aiden, y eso mantenía equilibrada la balanza, ¿o no?

—Te pegaría un tiro si tuviera la pistola.

—Fallarías —contestó Thomas—. Te he visto disparar, muchacho.

Por segunda vez en sólo dos días, se encontró ante la presencia hostil de Nora. Ésta no le ofreció una copa ni asiento. Danny y ella se retiraron a un rincón de la habitación, y Thomas se acercó a su hijo menor, que estaba sentado a la mesa junto a la ventana.

El chico lo observó mientras se acercaba, y Thomas experimentó una repentina conmoción al detectar una inexpresividad nueva en la mirada de Joe, como si le hubieran extraído algo. Tenía un ojo morado y una costra oscura encima de la oreja derecha, y aún se le veían, advirtió Thomas no sin cierto pesar, el círculo rojo en el cuello donde él mismo le había apretado con los dedos y la hinchazón del labio donde le había golpeado el anillo.

—Joseph —dijo cuando se detuvo a su lado.

Joe le devolvió la mirada.

Thomas se arrodilló junto a su hijo y le tocó la cara con las manos y le besó la frente y le besó el pelo y lo estrechó contra su pecho.

—Dios mío, Joseph —dijo, y cerró los ojos y sintió que todo el miedo acumulado en su corazón durante esos últimos dos días estallaba y se propagaba por su sangre y sus músculos y sus huesos. Acercó los labios al oído de su hijo y susurró—: Te quiero, Joe.

Joe se tensó entre sus brazos.

Thomas soltó a su hijo, se echó hacia atrás y le acarició las mejillas.

—He estado muy preocupado.

—Sí, padre —musitó Joe.

Thomas buscó señales del niño que conocía, pero quien le devolvía la mirada era un extraño.

—¿Qué te ha pasado, muchacho? ¿Estás bien?

—Estoy bien, padre. Me atracaron, sólo eso. Unos chicos cerca de los apartaderos.

Por un momento la idea de que la sangre de su sangre recibiese una paliza espoleó su ira, y estuvo a punto de abofetear al niño por darle semejante susto y quitarle el sueño esas últimas noches. Pero se contuvo y el impulso pasó.

—¿Eso es todo? ¿Te atracaron?

—Sí, padre.

¡Dios santo, qué frialdad destilaba aquel niño! Era la frialdad de su madre durante uno de sus «estados». La frialdad de Connor cuando las cosas no iban como él quería. Eso no lo había heredado de los Coughlin, de esa rama de la familia, sin duda.

—¿Conocías a alguno de esos chicos?

Joe negó con la cabeza.

—¿Y eso es todo? No pasó nada más.

Joe negó otra vez con la cabeza.

—He venido para llevarte a casa, Joseph.

—Sí, padre.

Joe se levantó y pasó por su lado en dirección a la puerta. No se advertía en él la autocompasión de un niño, ni angustia, ni júbilo, ni emoción alguna.

«Algo ha muerto dentro de él», pensó Thomas.

Volvió a percibir la frialdad de su propio hijo y se preguntó si era él el culpable, si era eso lo que hacía a quienes amaba: proteger sus cuerpos a la vez que apagaba sus corazones.

Dirigió a Danny y Nora una sonrisa con expresión de aplomo.

—Bien, pues, nos vamos.

Nora le lanzó tal mirada de odio y desprecio, que ni el mismísimo Thomas se la hubiese lanzado al peor violador negro de su distrito. Le abrasó los órganos del cuerpo.

Nora acarició la cara a Joe y le dio un beso en la frente.

—Adiós, Joey.

—Adiós.

—Vamos —dijo Danny en voz baja—. Os acompaño abajo.

Cuando llegaron a la calle, Marty Kenneally salió del coche y abrió la puerta de Thomas. Joe entró. Danny metió la cabeza en el coche, se despidió de su hermano y luego se quedó en la acera con Thomas. Éste sintió la noche cálida alrededor. La ciudad y las calles olían a la lluvia de esa tarde estival. Le encantaba ese olor. Tendió la mano.

Danny se la estrechó.

—Irán a por ti.

—¿Quiénes? —preguntó Danny.

—Los que nadie ve nunca —contestó su padre.

—¿Por el sindicato?

Su padre asintió.

—¿Por qué si no?

Danny dejó caer la mano y se rió.

—Que vengan.

Thomas negó con la cabeza.

—Ni se te ocurra decir eso. Ni se te ocurra tentar así a los dioses. Nunca, Aiden. Nunca, muchacho.

Danny hizo un gesto de indiferencia.

—Que se vayan a la mierda. ¿Qué pueden hacerme?

Thomas apoyó el pie en el borde del estribo.

—¿Crees que te basta con tener un buen corazón y una buena causa? No me da ningún miedo luchar con un hombre de buen corazón, Aiden, porque ese hombre no ve los distintos sesgos.

—¿Qué sesgos?

—Ahí lo tienes, con eso me das la razón.

—Si intentas asustarme, te...

—Intento salvarte, necio. ¿Eres tan ingenuo como para creer aún en una pelea justa? ¿Es que ser hijo mío no te ha servido para aprender nada? Saben tu nombre. Han tomado nota de tu existencia.

—Pues que presenten batalla. Y cuando vengan...

—No los verás venir —lo interrumpió su padre—. Nadie los ve. Eso es lo que intento decirte. Si buscas pelea con ellos... hijo, más te vale estar preparado para dejarte la sangre.

Hizo un gesto de exasperación y dejó a su hijo ante el portal.

—Buenas noches, padre.

Marty rodeó el coche para abrirle la puerta, y Thomas se apoyó en ella y volvió a mirar a su hijo. Tan fuerte. Tan orgulloso. Tan inconsciente.

—Tessa.

—¿Qué? —preguntó Danny.

Apoyado en la puerta del coche, Thomas miró a su hijo.

—Utilizarán a Tessa para acabar contigo.

Danny guardó silencio por un momento.

—¿Tessa?

Thomas dio unas palmadas a la puerta.

—Eso es lo que yo haría.

Se despidió de su hijo tocándose el sombrero, subió al coche con Joe y ordenó a Marty que los llevara a casa.

BABE RUTH Y LA ASTENIA ESTIVAL

32

Fue un verano de locura. Impredecible. Cada vez que Babe creía que empezaba a entender algo, se le escapaba y salía corriendo como un cerdo de granja al oler el hacha. La bomba que estalló en la casa del fiscal general, paros y huelgas por todas partes, disturbios raciales, primero en Washington y luego en Chicago. Los negros de Chicago llegaron al punto de defenderse, convirtiendo un disturbio racial en una guerra racial y metiendo el miedo en el cuerpo a todo el país.

No es que todo fuera mal. Tampoco era eso. Para empezar, ¿quién habría adivinado lo que haría Babe con la bola blanca? Nadie. Había tenido un mes de mayo bochornoso, intentando batear con demasiada potencia, demasiado a menudo, y aún le pedían que lanzase en un partido de cada cinco, así que su promedio tocó fondo: 0,180. Dios santo. No caía tan bajo, a 0,180, desde sus tiempos en el equipo de Baltimore. Pero de pronto el entrenador Barrow lo eximió de los lanzamientos hasta nueva orden, y Babe mejoró mínimamente su sincronización, se obligó a iniciar el golpe un poco antes pero también un poco más despacio, sin revolucionarlo a plena potencia hasta la mitad del recorrido.

Y junio fue glorioso.

Pero ¿julio? Julio fue volcánico.

El mes llegó con un escalofrío cuando corrió la voz de que los malditos subversivos y bolcheviques habían planeado otra carnicería a nivel nacional para el Día de la Independencia. Todos los organismos federales de Boston fueron acordonados por el ejército, y en la ciudad de Nueva York el cuerpo entero de la policía fue enviado a proteger los edificios públicos. Pero al final del día no había ocurrido nada aparte de la protesta del Sindicato de Pescadores de Nueva Inglaterra, y en cualquier caso eso a Babe le importaba un carajo, porque él nunca comía nada que no caminara con sus propias patas.

Al día siguiente, se anotó dos *home runs* en un único partido. Dos *home runs*, enviando la puta bola al cielo con el bate. Nunca lo había conseguido hasta entonces. Al cabo de una semana, marcó el undécimo de la temporada mandándola al horizonte de Chicago, y hasta los hinchas de los White Sox lo vitorearon. El año anterior había encabezado la liga con un recuento final de once. Ese año, con once justo empezaba a calentar, y los hinchas lo sabían. A mediados de mes, en Cleveland, anotó el segundo *home run* del partido en la novena, una hazaña impresionante por sí sola, otro doble, pero en esta ocasión fue además el *grand slam* que dio la victoria. Los hinchas del equipo local no lo abuchearon. Babe no podía creérselo. Acababa de ponerle el último clavo al puto ataúd y hundirlo hasta el suelo de la funeraria, y aun así, la gente en las gradas se puso en pie como una sola masa jubilosa y aturdida y entonó su nombre mientras él corría de una base a otra. Cuando llegó a la última, el público continuaba de pie, lanzando el puño al aire y coreando su nombre.

Babe.

Babe.

Babe...

En Detroit, tres días después, Babe devolvió un lanzamiento con el marcador en 0-2, visto y no visto, y se anotó el *home run* más largo de la historia de Detroit. Los periódicos, siempre a uno o dos pasos por detrás de la hinchada, se dieron cuenta por fin. El récord de *home runs* en una sola temporada en la liga de béisbol nacional, establecido en 1902 por Socks Seybold, estaba en dieciséis. Babe, camino de la tercera semana de aquel extraordinario julio, ya tenía catorce en su haber. Y ahora volvía a Boston, al querido, muy querido estadio de Fenway. Lo siento, Socks, espero que hayas hecho algo más para que la gente te recuerde, porque voy a quitarte ese pequeño récord tuyo, envolver mi puro con él y prenderle fuego.

Anotó el decimoquinto en el primer partido en casa, contra los Yankees, envió la bola por el aire hasta la última grada de la tribuna del campo derecho, vio a los hinchas en esas localidades baratas pelearse por ella como si fuese comida o un empleo mientras él avanzaba al trote por la línea de la primera base y reparaba en lo lleno que estaba el campo. Había asistido al menos el doble de público que a la Serie Mundial del año anterior. En ese momento ocupaban el tercer lugar de la tabla, el tercero e iban en descenso. Nadie se hacía ilusiones de llevarse el campeonato ese año, de modo que lo único que atraía a los hinchas al campo eran Ruth y sus *home runs*.

Y los atraía, que si los atraía. Ni siquiera cuando perdieron con Detroit unos días después, pareció importarle a nadie, porque Babe anotó la decimosexta bola larga del año. Dieciséis. Ahora el pobre Socks Seybold tenía compañía en el podio. Esa semana los trabajadores de los tranvías y los trenes elevados habían abandonado sus puestos (y Babe pensó, por segunda vez ese año, que el mundo entero estaba abandonando sus putos puestos de trabajo), pero al día siguiente las gradas se llenaron igualmente cuando Babe fue a por el número mágico, el diecisiete, contra los generosísimos Tigers.

Lo percibió ya dentro de la caseta. Ossie Vitt estaba al bate y Scott en espera, pero Babe bateaba en tercer lugar, y el público lo sabía. Lanzó un vistazo desde la caseta mientras limpiaba el bate con un paño, vio la mitad de las miradas del estadio puestas en él, con la esperanza de alcanzar a ver a un dios, y volvió a agacharse, sintiendo que todo su cuerpo se quedaba frío. Frío como un helado. Era la clase de frío que, imaginaba, uno sentía justo después de morir pero antes de ponerlo en el ataúd, cuando alguna parte del cuerpo se creía que aún respiraba. Tardó un segundo en tomar conciencia de lo que había visto. De lo que había causado semejante efecto en él. De lo que había despojado sus miembros y su alma tan completamente de la seguridad en sí mismos que cuando vio que Ossie Vitt era eliminado al quedarse corto en un golpe y fue a ocupar su posición en el círculo, temió no ser capaz de batear otra bola en toda la temporada.

Luther.

Babe lanzó otra mirada de soslayo desde el círculo, recorriendo con los ojos la fila justo por detrás de la caseta. La primera fila. La fila de la gente con dinero. Era imposible que un negro ocupara uno de esos asientos. Nunca había sucedido antes, y no había razón para pensar que pudiera suceder ahora. Una extraña ilusión óptica, pues, una mala jugada de la mente. Tal vez cierta presión hacía mella en Babe, presión que no había advertido hasta ese momento. Absurdo, ciertamente, si uno se paraba a pensar que...

Allí estaba él. Tan claro como que era verano, tan seguro como que era de noche. Luther Laurence. Las mismas cicatrices dispersas en la cara. Los mismos ojos de párpados caídos, la misma mirada hosca, y esa mirada estaba puesta en Ruth cuando se dibujó en ella una sonrisa, un nimio destello de complicidad, y Luther se llevó los dedos al ala del sombrero y se lo inclinó en un saludo a Ruth.

Ruth intentó devolverle la sonrisa, pero no le obedecieron los músculos faciales. En ese momento, Scott respondía con un globo corto a la derecha. Oyó que anunciaban su nombre por megafonía. Se encaminó hacia el cajón del bateador, sintiendo la mirada de complicidad de Luther a cada paso. Se colocó en su puesto y devolvió la primera bola directamente al guante del lanzador.

—O sea que ese tal Clayton Tomes era amigo tuyo, ¿no?

Danny captó la atención del vendedor de cacahuetes y alzó dos dedos.

Luther asintió.

—Lo era. Pero debía de ser un culo inquieto. A mí no me dijo nada, simplemente cogió y se largó.

—Ya —dijo Danny—. Me crucé con él alguna que otra vez y no me pareció esa clase de persona. Me pareció más bien un chico amable, casi un niño.

Las bolsas aceitosas de papel marrón llegaron volando por el aire, y Danny atrapó la primera pero dejó pasar la segunda, que rebotó en la frente de Luther y le cayó en el regazo.

—Pensaba que eras todo un jugador de béisbol.

Danny entregó una moneda de cinco centavos al espectador que tenía al lado y ésta pasó de mano en mano a lo largo de la fila hasta el vendedor de cacahuetes.

—Tengo muchas cosas en la cabeza.

Luther sacó el primer cacahuete caliente de la bolsa y, con un golpe de muñeca, se lo tiró a Danny. El cacahuete lo alcanzó en la nuez y le cayó por dentro de la camisa.

—¿Qué ha dicho la señora Wagenfeld?

—Simplemente lo ha atribuido a una de esas cosas que hacéis vosotros los morenos —contestó Danny, hurgándose bajo la camisa—. Contrató a otro criado de inmediato.

—¿Negro?

—No. Supongo que después de salir rana Clayton y tú, la nueva teoría dominante en el barrio es que conviene tirar a lo blanco.

—Como en este estadio, ¿no?

Danny se rió. Ese día debían de verse veinticinco mil caras en Fenway, y ninguna, aparte de la de Luther, era más oscura que la bola. Los equipos cambiaban de campo después de quedar descalificado Ruth por un golpe bajo cazado al vuelo por el lanzador, y el gordo trotó hacia la izquierda con sus pasos de bailarina y los hombros encorvados como si esperase un golpe por la espalda. Luther sabía que Ruth lo había visto, y que verlo lo había alterado. La vergüenza le había salpicado la cara como un manguerazo. Luther casi lo compadeció, pero recordó entonces el partido de Ohio, la forma en que aquellos blancos habían empañado la elemental belleza de aquel deporte, y pensó: si no quieres sentir vergüenza, blanco, no actúes de una manera vergonzosa.

—¿Puedo hacer algo por ti? —preguntó Danny.

—¿Respecto a qué? —dijo Luther.

—Respecto a lo que te corroe desde principios del verano. No soy yo el único que lo ha notado. A Nora también le preocupa.

Luther se encogió de hombros.

—No tengo nada que contar.

—Soy poli, ya lo sabes.

Echó las cáscaras a Luther.

Luther se las sacudió de los muslos.

—De momento.

Danny respondió a eso con una sombría risotada.

—Eso es verdad.

El bateador de Detroit mandó una bola a las nubes hacia la izquierda y rebotó sonoramente en el marcador. Ruth calculó mal el tiempo, la bola se le escapó del guante y tuvo que perseguirla a trompicones por la hierba. Cuando por fin la recuperó y la lanzó al diamante, lo que no habría pasado de un sencillo se había convertido en un triple y el equipo rival se anotó una carrera.

—¿De verdad jugaste con él? —preguntó Danny.

—¿Te crees que lo imaginé? —contestó Luther.

—No, sólo me preguntaba si es como ese rollo de los cactus que cuentas una y otra vez.

—Cactos.

—Eso.

Luther miró hacia la izquierda y observó a Ruth enjugarse el sudor de la cara con la camisola.

—Sí, jugué con él. Con él y con algunos de esos que están ahí y también con unos cuantos jugadores de los Cubs.

—¿Y ganasteis?

Luther negó con la cabeza.

—Con esa clase de gente no se puede ganar. Si dicen que el cielo es verde y consiguen que sus compinches les den la razón, y lo dicen unas cuantas veces más hasta que se lo creen del todo, ¿cómo vas a discutirlo? —Se encogió de hombros—. En adelante, el cielo es verde.

—Cualquiera diría que hablas del comisario, de la alcaldía.

—La ciudad entera piensa que vais a la huelga. Os llaman bolcheviques.

—No vamos a la huelga. Sólo pretendemos recibir un trato justo.

Luther se rió.

—¿En este mundo?

—El mundo está cambiando, Luther. El hombre humilde ya no agacha la cabeza como antes.

—El mundo no está cambiando —replicó Luther—. Ni cambiará nunca. Te dicen que el cielo es verde hasta que al final tú dices: «Ah, ¿conque el cielo es verde?». Y entonces ellos son los dueños del cielo, Danny, y de todo lo que hay debajo.

—Y yo que me creía cínico.

—No es cinismo, es lucidez —dijo Luther—. ¿Qué me dices de Chicago? Mataron a pedradas al chaval negro porque se metió en su lado del lago, en sus aguas. Sus aguas, Danny. La ciudad entera va a quedar reducida a cenizas porque se creen los dueños del agua. Y tienen razón. Lo son.

—Sin embargo, los negros están contraatacando —repuso Danny.

—¿Y eso de qué va a servir? —preguntó Luther—. Ayer, seis negros acribillaron a tiros a cuatro blancos en el Cinturón Negro. ¿Te has enterado?

—Sí —contestó Danny con un gesto de asentimiento.

—Ahora sólo se oye que los seis negros masacraron a los cuatro blancos. Esos blancos tenían una puta ametralladora en el coche. Una ametralladora, y disparaban contra los negros. Y sin embargo de eso nadie dice nada. Sólo hablan de la sangre de los blancos que corre por culpa de unos negros enloquecidos. Son los dueños del agua, Danny, y el cielo es verde. Y no se hable más.

—Eso no lo puedo aceptar.

—Porque eres buena persona. Pero no basta con ser bueno.

—Ya te pareces a mi padre.

—Siempre es mejor que parecerse al mío. —Luther miró a Danny, el policía grande y corpulento que seguramente no recordaba la última vez que el mundo le había fallado—. Dices que no vais a ir a la huelga. Pues muy bien. Pero la ciudad entera, incluidos los barrios negros, piensa que sí. Esos de los que esperáis recibir un trato justo os llevan dos pasos de ventaja, y para ellos no es una cuestión de dinero. Es una cuestión de que habéis olvidado cuál es vuestro lugar y os habéis pasado de la raya. No lo consentirán.

—Puede que no tengan otra opción —dijo Danny.

—No es una cuestión de opciones —replicó Luther—. No es una cuestión de derechos ni de trato justo ni de ninguna de esas tonterías. Creéis que van de farol y que los vais a poner en evidencia. El problema es que no van de farol.

Luther se recostó en el asiento y Danny lo imitó. Se acabaron los cacahuetes y en la quinta entrada se tomaron unas cervezas y unos perritos calientes y esperaron a ver si Ruth batía el récord de *home runs* de la liga. Pero no lo consiguió. Pegó mal a cuatro bolas y cometió dos errores. En conjunto, un juego anormal en él, y algunos seguidores se preguntaron en voz alta si había pillado alguna enfermedad o simplemente estaba resacoso.

Al salir de Fenway, Luther sintió que se le aceleraba el corazón. Venía pasándole todo el verano, en general sin ninguna razón concreta. Se le cerraba la garganta y tenía la sensación de que se le inundaba el pecho de algo parecido al agua tibia, y de pronto pum pum pum pum, el corazón se enloquecía.

Mientras paseaban por Massachusetts Avenue miró a Danny y vio que éste lo observaba atentamente.

—Cuando quieras —dijo Danny.

Luther se detuvo por un momento. Agotado. Extenuado por el peso. Miró a Danny.

—Tendría que confiarte algo muy grave, más grave de lo que te haya confiado nadie en su vida.

—Tú cuidaste de Nora cuando nadie más quiso hacerlo. Eso para mí es más importante incluso que haberme salvado la vida. Tú querías a mi mujer, Luther, cuando yo, en mi estupidez, no fui capaz. Si necesitas algo de mí —Danny se llevó la palma de la mano al pecho—, sea lo que sea, cuenta con ello.

Al cabo de una hora, de pie sobre el montículo que era la tumba de Clayton Tomes en el jardín del edificio de Shawmut Avenue, Danny dijo:

—Tenías razón. Esto es grave, joder. Gravísimo.

En la casa, se sentaron en el suelo vacío. Ya quedaba poco por hacer, aparte de algunos acabados y la pintura. Luther se lo contó todo, hasta el último detalle, incluso que el mes anterior había reventado el candado de la caja de herramientas que le había entregado McKenna. Había tardado veinte minutos, y le bastó con una mirada para entenderlo todo.

Con razón pesaba tanto.

Pistolas.

Las examinó todas, una por una, y aunque no eran nuevas, le parecieron bien engrasadas y en excelente estado. Y estaban cargadas. Doce en total. Una docena de armas cargadas que la policía de Boston encontraría el día que decidiese llevar a cabo una redada en el local de la ANPPN, haciendo ver así que la organización era un ejército preparándose para una guerra racial.

Danny guardó silencio durante un buen rato y bebió de su petaca. Luego se la entregó a Luther.

—Te matará hagas lo que hagas.

—Lo sé —contestó Luther—. Pero quien me preocupa es Yvette. Es como una madre para mí. Y me lo imagino perfectamente, lo hará porque sí. Ya me entiendes. Porque es lo que él llama una negra burguesa. La matará por diversión. Como mínimo, la mandará a la cárcel. Eso seguro. Para eso son las armas.

Danny asintió.

—Ya sé que ese hombre es como de tu familia —dijo Luther.

Danny levantó una mano. Cerró los ojos y se meció suavemente.

—¿Mató a ese chico? ¿Sin ningún motivo?

—Sin más motivo que ser negro y estar vivo.

Danny abrió los ojos desmesuradamente.

—Hagamos lo que hagamos a partir de ahora... ya me entiendes.

Luther asintió.

—Nos lo llevaremos a la tumba.

El primer gran caso federal de Connor atañía a un obrero metalúrgico llamado Massimo Pardi. Pardi se había puesto en pie en una reunión del Sindicato Metalúrgico de Roslindale, Sección 12, y declarado que más valía que mejoraran de inmediato las condiciones de seguridad en la Fundición de Bay State o la compañía «podía acabar fundida hasta los cimientos». Lo aclamaron y luego otros cuatro hombres —Brian Sullivan, Robert Minton, Duka Skinner y Luis Ferriere— lo pasearon en hombros por la sala. Esa acción y esos hombres sellaron el destino de Pardi: 1+4 = sindicalismo. Así de simple.

Connor solicitó la deportación de Massimo Pardi en los tribunales del distrito y expuso el caso ante el juez basándose en que Pardi había violado la Ley de Espionaje y Sedición según las leyes antisindicalistas del estado y, por consiguiente, debía ser deportado a Calabria, donde un magistrado local decidiría si convenía aplicar alguna otra pena.

Incluso Connor se sorprendió cuando el juez coincidió con él.

Pero no se sorprendió ya en la siguiente ocasión, ni en la otra.

Connor por fin comprendió algo, algo que, esperaba, le resultaría útil mientras se dedicara al ejercicio del derecho: las mejores argumentaciones eran aquellas que carecían de emoción o retórica incendiaria. Había que ceñirse al imperio de la ley, eludir la polémica, apoyarse en la jurisprudencia y dejar que la parte contraria decidiese si deseaba enfrentarse a la sensatez de esas leyes en la apelación. Fue toda una revelación. Mientras la parte contraria soltaba sapos y culebras y levantaba el puño ante jueces cada vez más exasperados, Connor señalaba tranquilamente los rigores lógicos de la justicia. Y veía en los ojos de los jueces que eso no les gustaba, que no querían darle la razón. Sus blandos corazones salían en defensa de los acusados, pero sus intelectos distinguían la verdad en cuanto la veían.

El caso de Massimo Pardi llegaría a ser, en retrospectiva, emblemático. El obrero metalúrgico, el muy bocazas, fue condenado a un año de cárcel (habiendo cumplido ya tres meses), y se solicitó la orden de deportación de inmediato. Si la expulsión física del país se producía antes de cumplirse la condena, Estados Unidos le conmutaría gentilmente la pena restante en cuanto llegase a aguas internacionales. De lo contrario, cumpliría los nueve meses. Por supuesto, Connor sintió cierta lástima por aquel hombre. Pardi parecía, en conjunto, un individuo inofensivo, un hombre trabajador que tenía previsto casarse en otoño. Difícilmente una amenaza para el país. Pero lo que representaba —la primerísima parada hacia el terrorismo— sí era ofensivo. Mitchell Palmer y Estados Unidos habían decidido que era necesario transmitir un mensaje al mundo: ya no viviremos con miedo a vosotros; seréis vosotros quienes viviréis con miedo a nosotros. Y ese mensaje fue enviado con calma, con contundencia y de manera constante.

Ese verano durante unos pocos meses, Connor se olvidó de su ira.

Después de Detroit, llegaron a Boston los White Sox de Chicago, y Ruth salió una noche con unos cuantos de ellos, viejos amigos de su época en las divisiones inferiores, y le contaron que se había restaurado el orden en la ciudad: el ejército por fin había parado los pies a los negros y los había hecho callar para siempre. Habían pensado que aquello nunca acabaría, dijeron. Cuatro días de tiroteo, pillajes, incendios, y todo porque uno de esos negros se bañó donde no debía. Y los blancos no lo habían apedreado. Sólo habían lanzado piedras al agua para ahuyentarlo. No era culpa de ellos si no sabía nadar bien.

Quince blancos muertos. Increíble. Quince. Es posible que los negros tuvieran algún motivo de queja legítimo, pero ¿matar a quince blancos? El mundo estaba patas arriba.

Para Babe, desde luego lo estaba. Después del partido en que vio a Luther, era incapaz de darle bien a una sola bola. No conseguía pegar a las bolas rápidas, ni a las bolas con efecto, no habría podido pegarles ni que se las lanzaran con una cuerda a quince kilómetros por hora. Entró en la peor pájara de su carrera. Y ahora que habían puesto en su sitio a los negros de Washington y Chicago, los anarquistas parecían haberse tranquilizado y el país podía tomarse un respiro, los agitadores y la agitación surgieron del lugar más insospechado: la policía.

¡La policía, por el amor de Dios!

Cada día de la pájara de Ruth traía nuevos indicios de que las cosas iban de mal en peor y de que la ciudad de Boston iba a reventar por las costuras. Los periódicos difundieron rumores de una huelga solidaria a cuyo lado la de Seattle parecería un partido amistoso. En Seattle habían sido los funcionarios, sí, pero basureros y empleados del transporte público. En Boston, según se decía, habían reclutado a los bomberos. Si policías y bomberos abandonaban sus puestos de trabajo... ¡Virgen santa, la ciudad quedaría reducida a ceniza y escombros!

Babe se veía asiduamente con Kat Lawson en el hotel Buckminster, y una noche la dejó allí dormida y entró en el bar antes de irse. Chick Gandil, primer base de los White Sox, estaba en la barra con un par de tipos, y Babe se encaminó hacia ellos, pero vio algo en la mirada de Chick que de inmediato lo disuadió. Tomó asiento en el otro extremo de la barra, pidió un whisky doble y reconoció a los dos hombres con quienes hablaba Chick: Sport Sullivan y Abe Attell, recaderos de Arnold Rothstein.

Y Babe pensó: Uy, de ahí no puede salir nada bueno.

Más o menos cuando acababa de llegarle el tercer whisky a Babe, Sport Sullivan y Abe Attell descolgaron las chaquetas del respaldo de sus sillas y salieron por la puerta. Chick Gandil se llevó su whisky a la otra punta de la barra y se dejó caer en el taburete al lado de Babe con un sonoro suspiro.

—Gidge.

—Babe.

—Ah, es verdad. Babe. ¿Cómo te va?

—No ando en compañía de cretinos, así me va.

—¿Quiénes son los cretinos?

Babe miró a Gandil.

—Ya sabes quiénes son los cretinos. Sport Sullivan, el capullo de Abe Attell... Ésos son dos cretinos que trabajan para Rothstein, y Rothstein es el cretino más grande de todos los cretinos. ¿Qué coño haces hablando con un par de cretinos como ésos, Chick?

—Vaya, mamá, la próxima vez te pediré permiso.

—Están tan sucios como el río Turbio, Gandil. Lo sabes tú, y lo sabe cualquiera con dos ojos en la cara. Si te ven con un par de dandis amariconados como ésos, ¿quién se va a creer que no te untan?

—¿Por qué te crees que he quedado con ellos aquí? —preguntó Chick—. Esto no es Chicago. Es una ciudad agradable y tranquila. Y nadie se enterará, Babe, siempre y cuando mantengas cerrados esos labios de negro tuyos. —Gandil sonrió, apuró el whisky y dejó el vaso en la barra—. Me doy el piro, amigo mío. Sigue bateando hasta la valla. Este mes tienes que pegarle a alguna, ¿eh?

Dio a Babe una palmada en la espalda, soltó una carcajada y salió del bar.

Labios de negro. Joder.

Babe pidió otra copa.

La policía hablaba de huelgas, los jugadores hablaban con notorios amañadores, su búsqueda del récord de *home runs* se quedó atascada en el dieciséis porque el azar quiso que viera a un negro al que había conocido en Ohio.

¿Acaso ya no había nada sagrado?

LA HUELGA DE LA POLICÍA DE BOSTON

33

Danny se encontró con Ralph Raphelson en la sede de la Unión Central de Boston el primer jueves de agosto. Por su gran estatura, Raphelson era uno de los pocos hombres ante quienes Danny tenía que levantar la vista al estrecharle la mano. Flaco como un palo de escoba, rubio, con un cabello ralo que retrocedía en su escarpado cráneo a marchas forzadas, señaló a Danny una silla y se sentó en la suya tras su escritorio. Detrás de las ventanas, nubes de color beige descargaban una lluvia caliente como el caldo y las calles olían a guiso de verduras.

—Empecemos por lo obvio —propuso Ralph Raphelson—. Si siente el impulso de dejar caer algún comentario o alguna broma molesta en relación con mi nombre, haga el favor de soltarlo ahora.

Danny se detuvo a pensarlo ostensiblemente y por fin dijo:

—Pues no. Empecemos.

—Muy agradecido. —Raphelson abrió las palmas de las manos—. ¿Qué podemos hacer por el Departamento de Policía de Boston esta mañana, agente Coughlin?

—Represento al Club Social de Boston —dijo Danny—. Somos el brazo sindical de...

—Sé quién es usted, agente. —Raphelson dio una ligera palmada en el cartapacio—. Y conozco bien el CSB. Permítame que le quite un peso de encima: queremos ayudarlos.

Danny asintió.

—Señor Raphelson...

—Háblame de tú.

—Verás, si sabes quién soy, sabrás ya que he hablado con varios de vuestros grupos afiliados.

—Ah, sí, lo sé. Me consta que eres bastante convincente.

Danny pensó: ¿lo soy? Se sacudió la lluvia de la chaqueta.

—Si no dan el brazo a torcer y nos vemos obligados a ir a la huelga, ¿nos apoyaría la Unión Central de Boston?

—¿Verbalmente? Por supuesto.

—¿Y físicamente?

—Estás hablando de una huelga de solidaridad.

Danny lo miró a los ojos.

—Exacto.

Raphelson se frotó el mentón con el dorso de la mano.

—¿Sabes a cuántos hombres representa la Unión Central de Boston?

—He oído que a algo menos de ochenta mil.

—Algo más —dijo Raphelson—. Acabamos de incorporar una sección de fontaneros de West Roxbury.

—Pues entonces algo más.

—¿Has visto alguna vez a ocho hombres coincidir en algo?

—Pocas.

—Y nosotros tenemos a ochenta mil: bomberos, fontaneros, telefonistas, maquinistas, transportistas, caldereros y empleados del transporte público. ¿Pretendes que los convenza de que vayan a la huelga en apoyo de hombres que les han dado con la porra cuando eran ellos los huelguistas?

—Sí.

—¿Por qué?

—¿Por qué no?

Ante esto asomó una sonrisa a los ojos de Raphelson, aunque no llegó a los labios.

—¿Por qué no? —repitió Danny—. ¿El salario de alguno de esos hombres se ha mantenido al mismo nivel que el coste de la vida? ¿Alguno de ellos puede alimentar a sus familias y a la vez encontrar tiempo para leer un cuento a sus hijos a la hora de irse a dormir? No, Ralph. No los tratan como a trabajadores. Los tratan como a esclavos.

Ralph entrelazó las manos detrás de la cabeza y observó pensativamente a Danny.

—Se te da muy bien la retórica emotiva, Coughlin. Pero que muy bien.

—Gracias.

—No era un cumplido. Debo ocuparme de cuestiones prácticas. Una vez concluida la perorata sobre la dignidad esencial de la clase obrera, ¿quién puede decir que mis ochenta mil hombres tendrán un empleo al que volver? ¿Has visto las últimas cifras de desempleo? ¿Por qué esos parados no van a ocupar los puestos de trabajo de mis hombres? ¿Y si se alarga vuestra huelga? ¿Quién va a alimentar a las familias si por fin los hombres tienen tiempo para leer esos cuentos? A sus hijos les ruge el estómago de hambre pero, aleluya, escuchan cuentos de hadas. Y tú dices: «¿Por qué no?». Hay ochenta mil razones y sus familias por las que no.

El despacho estaba fresco y a oscuras, con las persianas medio abiertas al día encapotado, sin más luz que la que procedía de una pequeña lámpara de escritorio junto al codo de Raphelson. Danny lo miró a los ojos y esperó a que siguiera, percibiendo en él una expectación contenida.

Raphelson suspiró.

—Y sin embargo, lo reconozco, me interesa.

Danny se echó adelante en la silla.

—Ahora, pues, soy yo quien pregunta por qué.

Raphelson ajustó la persiana hasta que las lamas dejaron entrar un poco más de claridad del húmedo día.

—El sindicalismo está alcanzando un momento decisivo. Hemos avanzado unos pocos pasos en las últimas dos décadas, sobre todo porque cogimos al Gran Capital por sorpresa en algunas de las ciudades más importantes. Pero últimamente el Gran Capital ha espabilado. Se han apropiado del lenguaje para limitar el debate. Ya no eres un trabajador en lucha por sus derechos. Eres un bolchevique. Eres un «subversivo». ¿No te gusta la semana laboral de ochenta horas? Pues eres un anarquista. Sólo los comunistas esperan una paga por invalidez. —Señaló la ventana con un golpe de muñeca—. No sólo a los niños les gustan los cuentos de hadas, Coughlin. Nos gustan a todos. Nos gustan sencillos y reconfortantes. Y ahora mismo eso es lo que está haciendo el Gran Capital con la clase obrera: le está contando un cuento mejor. —Apartó la mirada de la ventana y sonrió a Danny—. Quizás al final tengamos ocasión de reescribirlo.

—Eso no estaría mal —comentó Danny.

Raphelson tendió un largo brazo por encima del escritorio.

—Estaremos en contacto.

Danny le estrechó la mano.

—Gracias.

—No me las des todavía, pero como tú has dicho —Raphelson miró la lluvia—, «¿por qué no?».

El comisario Edwin Upton Curtis dio cinco centavos de propina al recadero de la imprenta y se llevó las cajas a su escritorio. Había cuatro, cada una del tamaño de un ladrillo. Colocó una en el centro del cartapacio y retiró la tapa de cartón para examinar el contenido. Parecían invitaciones de boda, y se tragó una reflexión triste y amarga acerca de su única hija, Marie, regordeta y de mirada mortecina desde su nacimiento, ahora camino de la soltería con una complacencia que a él se le antojaba sórdida.

Cogió la primera hoja de la caja. La letra, funcional pero enérgica, no estaba mal, y el papel de carta, tupido, era de color carne. La dejó otra vez en la pila y decidió mandar al impresor una carta personal de agradecimiento, un elogio por tan excelente trabajo pese a las presiones de un encargo urgente.

Herbert Parker entró desde el despacho contiguo y se reunió con su amigo ante el escritorio sin mediar palabra. Ambos contemplaron la pila de hojas sobre el cartapacio.

Para:_____

Agente de policía de Boston

Por la autoridad que me confiere el cargo de comisario de policía, le comunico que queda usted despedido del Departamento de Policía de Boston. Dicho despido se hará efectivo a la recepción de este aviso. La causa y las razones del despido son las siguientes:

Especificaciones: _____

Con el debido respeto,
Edwin Upton Çurtis

—¿A quién se lo has encargado?

—¿El impresor?

—Sí.

—Freeman e Hijos, de School Street.

—Freeman. ¿Judío?

—Escocés, creo.

—Trabaja bien.

—¿Verdad?

Fay Hall. Hasta los topes. Todos los hombres del departamento que no estaban de guardia e incluso algunos que sí, apestando la sala a lluvia tibia y a varias décadas de sudor, olor corporal y humo de tabaco acumulados, hasta el punto de que cubrían las paredes como una capa de pintura más.

Mark Denton, en un rincón del escenario, charlaba con Frank McCarthy, el organizador recién llegado de la sección en Nueva Inglaterra de la Federación Americana del Trabajo. Danny, en el rincón opuesto de la sala, hablaba con Tim Rose, un agente de a pie de la Cero-Dos que pateaba las calles en torno al ayuntamiento y Newspaper Row, el barrio de la prensa.

—¿Quién te lo ha dicho?

—El propio Wes Freeman.

—¿El padre?

—No, el hijo. El padre es un borrachín, adicto a la ginebra. Ahora el negocio lo lleva el hijo.

—¿Mil notificaciones de despido?

Tim cabeceó.

—Quinientas notificaciones de despido y quinientas suspensiones de empleo.

—Ya impresas.

Tim asintió.

—Y entregadas al inútil de Curtis en persona a las ocho en punto de esta mañana.

Sin darse cuenta, Danny se pellizcó el mentón y asintió al mismo tiempo, otro hábito heredado de su padre. Se detuvo y dirigió a Tom una sonrisa, confiando en que transmitiera aplomo.

—Bien, pues supongo que se han quitado el guante de seda, ¿eh?

—Eso parece. —Tim señaló con la barbilla a Mark Denton y Frank McCarthy—. ¿Quién es ese figurón que está con Denton?

—El organizador de la FAT.

Tim lo miró con los ojos como platos.

—¿Ha traído el acuerdo de sección?

—Ha traído el acuerdo de sección, Tim.

—Supongo que nosotros también nos hemos quitado el guante de seda, ¿eh, Dan?

Una sonrisa se extendió por la cara de Tim.

—Exacto.

Danny le dio una palmada en el hombro a la vez que Mark Denton cogía el megáfono del suelo y se acercaba al atril.

Danny se acercó al escenario, y Mark Denton se arrodilló en el borde para que Danny le contara al oído lo de las notificaciones de despido y suspensión de empleo.

—¿Seguro?

—Absolutamente. Han llegado a su despacho a las ocho de la mañana. Información fehaciente.

Mark cabeceó.

—Serás un vicepresidente estupendo.

Danny dio un paso atrás.

—¿Qué dices?

Denton le dirigió una sonrisa pícara y se acercó al atril.

—Caballeros, gracias por venir. Este hombre a mi izquierda es Frank McCarthy. Es su representante de la FAT en Nueva Inglaterra. Y ha venido para traernos algo.

Cuando McCarthy se colocó ante el atril y cogió el megáfono, Kevin McRae y varios agentes de lo que estaba a punto de convertirse en el desaparecido CSB fueron deteniéndose fila a fila para repartir las papeletas de voto. Los hombres se las pasaron unos a otros con los ojos haciéndoles chiribitas.

—Caballeros del Departamento de Policía de Boston —dijo McCarthy—, una vez que se hayan declarado a favor o en contra en sus papeletas, quedará decidido si siguen siendo el Club Social de Boston o si acceden a constituirse en sección, tal y como he venido a proponerles, y se convierten en el Sindicato de Policías de Boston número

16807 de la Federación Americana del Trabajo. Con cierta tristeza, no me cabe duda, dirán adiós a la idea y al nombre del Club Social de Boston, pero a cambio se incorporarán a una fraternidad con dos millones de miembros. Dos millones, caballeros, piénsenlo. Nunca más volverán a sentirse solos. Nunca más se sentirán débiles o a merced de sus jefes. Hasta el mismísimo alcalde temerá darles órdenes.

—¡Ya lo teme! —gritó alguien, y todos los presentes prorrumpieron en risas.

Risas nerviosas, pensó Danny, al tomar conciencia aquellos hombres de la trascendencia de lo que se disponían a hacer. Después de aquel día no había vuelta de hoja. Dejarían atrás todo un mundo, uno en el que no se respetaban sus derechos, eso era cierto, pero al menos esa falta de respeto era previsible. En ese mundo pisaban suelo firme. Este nuevo suelo, en cambio, era muy distinto. Era suelo ignoto. Y por mucho que McCarthy hablara de fraternidad, era un suelo solitario. Solitario porque era desconocido, porque no tenían puntos de referencia. Las posibilidades de caer en desgracia y acabar en un desastre se cernían por todas partes, y todos los presentes las intuían.

Devolvieron las papeletas pasándoselas de fila en fila. Don Slatterly reunió las pilas entregadas por los hombres que las recogían como si pasaran el cepillo en misa y llevaron las mil cuatrocientas a Danny, a quien le flojeaban un poco las rodillas y no le llegaba el color a la cara.

Danny cogió el montón y Slatterly dijo:

—Pesa, ¿eh?

Danny esbozó una sonrisa trémula y asintió.

—Caballeros —dijo Frank McCarthy—, ¿declaran todos haber respondido a la pregunta de la papeleta con sinceridad y puesto su nombre? Levanten la mano.

Todos la levantaron.

—Para que el joven agente, aquí en el escenario, no tenga que contarlas ahora mismo, ¿serían tan amables de levantar la mano aquellos que han votado a favor de aceptar esta sección y unirse a la FAT? Que se levanten todos los que hayan votado «sí».

Danny alzó la vista, apartándola de la pila que sostenía en sus manos, mientras mil cuatrocientas sillas se echaban hacia atrás y mil cuatrocientos hombres se ponían de pie.

McCarthy alzó el megáfono.

—Bienvenidos a la Federación Americana del Trabajo, caballeros.

Al oír la voz colectiva que estalló en Fay Hall, Danny sintió una sacudida en la columna, a la altura del pecho, y una luz blanca se propagó por su cerebro. Mark Denton le cogió la pila de papeletas de las manos y las lanzó por encima de sus cabezas. Quedaron suspendidas en el aire y luego empezaron a caer mientras Mark lo levantaba del suelo y le daba un beso en la mejilla y lo abrazaba con tal fuerza que le protestaron los huesos.

—¡Lo hemos conseguido! —A Mark se le bañó el rostro en lágrimas—. ¡Lo hemos conseguido, joder!

Entre la lluvia de papeletas, Danny vio a los hombres volcar sillas y abrazarse y gritar y llorar. Le agarró la cabeza a Mark y, hundiéndole los dedos en el pelo, se la sacudió, vociferando con todos los demás.

Cuando Mark lo soltó, los hombres se abalanzaron sobre ellos. Subieron en tropel al escenario y algunos resbalaron con las papeletas. Uno cogió el documento del acuerdo de sección que sostenía McCarthy y corrió con él por el escenario. Placaron a Danny, que de pronto se vio alzado en el aire y empezó a deslizarse sobre un mar de manos, zarandeado y riéndose e impotente, y un pensamiento asomó a su mente antes de que pudiera reprimirlo: ¿Y si nos equivocamos?

Después de la reunión, Steve Coyle se acercó a Danny en la calle. A pesar de su euforia —lo habían elegido vicepresidente del Sindicato de la Policía de Boston 16807 por unanimidad hacía menos de una hora—, sintió la ya consabida irritación ante la presencia de Steve. Ya nunca estaba sobrio, y tenía una manera extraña de mirar fijamente a los ojos, como si buscara en el otro su antigua vida.

—Ha vuelto —dijo a Danny.

—¿Quién?

—Tessa. Al North End.

Sacó la petaca del bolsillo de una chaqueta hecha jirones. Le costó quitar el tapón. Tuvo que mirarlo con los ojos entornados y respirar hondo antes de agarrarlo.

—¿Has comido hoy? —preguntó Danny.

—¿Me has oído? —dijo Steve—. Tessa ha vuelto al North End.

—Ya te he oído. ¿Te lo ha dicho tu informante?

—Sí.

Danny apoyó la mano en el hombro de su viejo amigo.

—Déjame que te invite a comer. Una sopa.

—No necesito una puta sopa. Tessa ha vuelto a sus antiguos barrios debido a la huelga.

—No vamos a la huelga. Sólo nos hemos unido a la FAT.

Steve siguió hablando como si no lo hubiese oído.

—Están volviendo todos. Todos los subversivos de la costa este están dispuestos a jugársela y venir aquí. Piensan que cuando vayamos a la huelga...

«Vayamos a la huelga», observó Danny.

—... esto será jauja. Otro San Petersburgo. Van a preparar el terreno y...

—¿Dónde está? —preguntó Danny, procurando mantener a raya su enfado—. Exactamente.

—Mi informante se niega a decirlo.

—¿Se niega? ¿O se niega a decirlo de balde?

—De balde, claro.

—¿Y cuánto quiere esta vez? Tu informante.

Steve miró hacia la acera.

—Veinte.

—Esta vez sólo la paga de una semana, ¿eh?

Steve ladeó la cabeza.

—Ya sabes, Coughlin, si no te interesa encontrarla, no hay problema.

Danny se encogió de hombros.

—Ahora mismo tengo otras cosas en la cabeza, Steve. Hazte cargo.

Steve movió la cabeza en un gesto de asentimiento repetidas veces.

—Un hombre importante —dijo, y se alejó por la calle.

A la mañana siguiente, al enterarse de la incorporación del CSB a la Federación Americana del Trabajo por decisión unánime, Edwin Upton Curtis dictó una orden de emergencia suspendiendo las licencias de todos los comandantes de división, capitanes, tenientes y sargentos. Emplazó al superintendente Crowley en su despacho y, de pie frente a la ventana, lo dejó en posición de firmes ante su escritorio durante medio minuto antes de volverse hacia él.

—Me han dicho que anoche eligieron los cargos del nuevo sindicato.

Crowley asintió.

—Eso tengo entendido, sí, señor.

—Necesitaré sus nombres.

—Sí, señor. Se los conseguiré de inmediato.

—Y los de quienes se encargaron de la recogida de firmas en las comisarías.

—¿Señor?

Curtis enarcó las cejas, una herramienta siempre eficaz de sus ya lejanos tiempos en la alcaldía.

—La semana pasada se repartieron en las comisarías, según tengo entendido, hojas de recogida de firmas para comprobar cuántos hombres estaban interesados en aceptar la incorporación a la sección de la FAT. ¿Me equivoco?

—No, señor.

—Quiero los nombres de quienes llevaron esas hojas de recogida de firmas a las comisarías.

—Eso puede llevarme un poco más de tiempo, señor.

—Lleve el tiempo que lleve. Ya puede marcharse.

Crowley giró sobre los talones y se encaminó hacia la puerta.

—Superintendente Crowley.

—Sí, señor.

Crowley se volvió otra vez hacia él.

—Confío en que no tenga usted simpatías en ese terreno.

Crowley fijó la mirada en un punto a pocos palmos por encima de la cabeza de Edwin Upton Curtis.

—En absoluto, señor.

—Míreme a los ojos, si no le importa.

Crowley obedeció.

—¿Cuántas abstenciones?

—¿Señor?

—En la votación de anoche, hombre.

—Ninguna, creo.

Curtis asintió.

—¿Cuántos votos en contra?

—Ninguno, creo.

Edwin Upton Curtis sintió una opresión en el pecho, quizá la vieja angina, y lo invadió una profunda tristeza. Las cosas nunca deberían haber llegado a ese punto. Nunca. Se había comportado como un amigo con aquellos hombres. Les había ofrecido un aumento justo. Habría creado comisiones para analizar sus quejas. Pero querían más. Siempre querían más. Como niños en una fiesta de cumpleaños, indiferentes a sus regalos.

Ni uno solo. Ni un solo voto en contra.

Mano blanda, niño mimado. Bolcheviques.

—Eso es todo, superintendente.

Nora se apartó de Danny hecha un ovillo, dejó escapar un sonoro gemido y hundió la frente en la almohada, como si quisiera traspasarla.

Danny le acarició la espalda con la palma de la mano.

—Bien, ¿no?

Ella soltó una ronca carcajada contra la almohada y luego volvió la cara hacia él.

—¿Puedo decir «joder» en tu presencia?

—Creo que acabas de decirlo.

—¿No te has ofendido?

—¿Ofenderme? Déjame fumar un cigarrillo y estaré listo para volver a empezar. Mírate. Dios mío.

—¿Qué?

—Eres... —Deslizó la mano desde el talón del pie, por la pantorrilla, el trasero y otra vez la espalda—. Preciosa, joder.

—Ahora has dicho tú «joder».

—Yo digo «joder» a todas horas. —Le besó el hombro y detrás de la oreja—. A propósito, ¿por qué quieres decir «joder»? Y encima con ese acento irlandés.

Ella le hincó los dientes en el cuello.

—Quería decir que nunca había jodido con un vicepresidente.

—¿Acaso te has limitado a los tesoreros?

Ella le pegó en el pecho con la palma de la mano.

—¿No estás orgulloso, muchacho?

Él se incorporó, cogió la cajetilla de Murad de la mesilla de noche y se encendió uno.

—¿Te digo la verdad?

—Claro.

—Es... un honor para mí —explicó—. Cuando dijeron mi nombre en la votación... en serio, cariño, no sospechaba ni remotamente que yo era candidato.

—¿Ah, no?

Ella le recorrió el abdomen con la lengua. Le quitó el cigarrillo y dio una calada antes de devolvérselo.

—Ni remotamente —repitió Danny—. Hasta que Denton me lo insinuó antes de la primera votación. Joder, conseguí un cargo al que ni siquiera sabía que me presentaba. Fue demencial.

Ella volvió a sentarse encima de él. A Danny le encantó sentir su peso.

—Es un honor para ti pero ¿no te sientes orgulloso, pues?

—Estoy asustado —contestó Danny.

Nora se echó a reír y volvió a cogerle el cigarrillo.

—Aiden, Aiden —susurró ella—. A ti nada te asusta.

—Eso no es verdad. Me asusto continuamente. Tú me asustas.

Ella le puso el cigarrillo entre los labios.

—Te asusto ahora, ¿eh que sí?

—Me aterrorizas. —Le acarició la cara y el pelo—. Me asusta la idea de decepcionarte.

Ella le besó la mano.

—Tú nunca me decepcionarás.

—Eso mismo piensan mis compañeros.

—¿Y qué es lo que te asusta?

—Que estéis todos equivocados.

El 11 de agosto, mientras la lluvia tibia corría a raudales por la ventana de su despacho, el comisario Edwin Upton Curtis redactó una enmienda al reglamento del Departamento de Policía de Boston. Esta enmienda a la Disposición 35, Apartado 19, rezaba en parte:

Ningún miembro del cuerpo podrá afiliarse a una organización, club u organismo compuesto de actuales o antiguos miembros del cuerpo, inscrito en o perteneciente a una organización, club u organismo ajeno al departamento.

El comisario Curtis, al concluir lo que acabaría conociéndose como la Disposición 35, se volvió hacia Herbert Parker y le mostró el texto.

Parker lo leyó y lamentó que no fuera más severo. Pero corrían tiempos revueltos en el país. Había que dorar la píldora incluso a los sindicatos, esos bolcheviques y enemigos declarados del libre comercio. De momento. De momento.

—Fírmalo, Edwin.

Curtis había esperado una reacción algo más efusiva, pero firmó de todos modos y luego suspiró mirando los cristales empañados de las ventanas.

—Detesto la lluvia.

—La lluvia de verano es la peor, Edwin, sí.

Al cabo de una hora, Curtis comunicó a la prensa la enmienda recién firmada.

Thomas y los otros diecisiete capitanes se reunieron en la antesala del despacho del superintendente Crowley en Pemberton Square. Se dispusieron en círculo y se sacudieron las gotas de lluvia de las chaquetas y los sombreros. Tosieron y se quejaron de sus chóferes y del tráfico y del pésimo tiempo.

Thomas se encontró junto a Don Eastman, al mando de la División 3 de Beacon Hill. Eastman, concentrado en arreglarse los puños húmedos de la camisa, dijo en voz baja:

—He oído que van a poner un anuncio en la prensa.

—No creas todos los rumores que oyes.

—Para pedir sustitutos, Thomas. Una milicia permanente de voluntarios armados.

—Rumores, ya te digo.

—Rumores o no, Thomas, si los hombres van a la huelga, veremos una lluvia fecal como nunca antes. Ni uno solo de los presentes en esta sala se librará de la mierda.

—Eso si no lo echan a patadas de la ciudad —dijo Bernard King, el capitán de la División 14, aplastando una colilla en el suelo de mármol.

—Mantened la calma —instó Thomas en voz baja.

Se abrió la puerta del despacho de Crowley y salió el corpulento superintendente que, con un gesto apático, les indicó que lo siguieran por el pasillo.

Ellos obedecieron, algunos sorbiéndose la nariz por la lluvia, y Crowley entró en una sala de reuniones al final del pasillo. La falange de capitanes lo imitó y todos tomaron asiento en torno a una mesa larga situada en el centro. No había cafeteras ni teteras en los aparadores, ni trozos de pastel ni bandejas de dulces, ninguna de las gentilezas a las que se habían acostumbrado en esa clase de reuniones. De hecho, no había camareros ni subalternos de ningún tipo en la sala. Estaban sólo el superintendente Michael Crowley y sus dieciocho capitanes. No había siquiera un secretario para levantar acta.

Crowley se hallaba de pie ante el ventanal, empañado por la lluvia y la humedad. Los contornos de los altos edificios se alzaban desdibujados y trémulos a sus espaldas como si fueran a desvanecerse. Crowley, que había interrumpido sus vacaciones anuales en Hyannis, tenía el rostro enrojecido por el sol y cuando hablaba se le veían los dientes más blancos.

—La Disposición Treinta y cinco, que acaba de añadirse al código del departamento, declara ilegal la pertenencia a todo sindicato nacional. Eso significa que los mil cuatrocientos hombres que se afiliaron a la FAT podrían ser despedidos. —Se pellizcó la piel entre los ojos y el puente de la nariz y levantó la mano para contener las preguntas—. Hace tres años cambiamos la porra larga por la cachiporra, más corta. Sin embargo, casi todos los agentes conservan aquellas porras para usarlas con el uniforme de gala. A partir de hoy, todos los capitanes confiscarán esas porras. Esperamos tenerlas todas en nuestro poder este fin de semana.

Dios mío, pensó Thomas. Se están preparando para armar a la milicia.

—En las dieciocho comisarías, se repartieron hojas de firmas a favor de la FAT. Deben ustedes identificar al agente encargado de recoger esas firmas. —Crowley les dio la espalda y miró por la ventana, ahora opaca por la humedad—. El comandante me enviará al final del día una lista de los agentes a los que debo entrevistar personalmente en relación con el abandono del deber. Me han dicho que esa lista podía incluir hasta veinte nombres.

Se volvió y apoyó las manos en la silla. Un hombre corpulento de rostro blando que no podía esconder el agotamiento reflejado en sus ojeras, Michael Crowley, según se decía, era un agente de a pie adornado por error con las galas del alto mando. Un policía hasta la médula que había ascendido en el escalafón y conocía los nombres no sólo de todos los agentes de las dieciocho comisarías, sino también los de los conserjes que vaciaban las papeleras y fregaban los suelos. De joven, siendo aún sargento, había resuelto el Caso del Asesinato del Maletero, una noticia de primera plana donde las hubiera, y la posterior publicidad le propició una meteórica carrera —casi inevitablemente, se señaló— hacia los más altos cargos del departamento. Incluso Thomas, por cínico que pudiera ser con respecto a las motivaciones del animal humano, reconocía sin reservas que Michael Crowley sentía el mismo afecto por todos y cada uno de sus hombres.

Sus miradas se cruzaron.

—Soy el primero en admitir que los hombres plantean quejas legítimas. Pero un objeto en movimiento no puede traspasar una pared de masa y densidad mayores. Es imposible. Y de ahora en adelante el comisario Curtis es esa pared. Si siguen arrojando guantes, llegaremos a un punto sin retorno.

—Con el debido respeto, Michael —intervino Don Eastman—, ¿qué esperas que hagamos nosotros al respecto?

—Hablad con ellos —respondió Crowley—, con vuestros hombres, cara a cara. Convencedlos de que no les espera siquiera una victoria pírrica si ponen al comisario en una posición que él considere insostenible. Esto ya no tiene que ver sólo con Boston.

Billy Coogan, un cero a la izquierda, restó importancia a eso con un gesto.

—Vamos, Michael, sí es asunto únicamente de Boston. Al final todo esto quedará en agua de borrajas.

Crowley le dirigió una amarga sonrisa.

—Me temo que te equivocas, Billy. Según dicen, la policía de Londres y Liverpool ha tomado buena nota de nuestro malestar. Liverpool ha ardido, ¿o es que no te has enterado? Necesitaron buques de la armada inglesa... buques de guerra, Billy... para acallar a la multitud. Nos han llegado noticias de que en Jersey City y en Washington D.C. se han iniciado negociaciones con la FAT. Y aquí mismo, en Brockton, en Springfield y en New Bedford, en Lawrence y en Worcester, los departamentos de policía están a la espera para ver qué hacemos. Así pues, Billy, con el debido respeto, es mucho más que un problema de Boston. Todo el mundo está pendiente. —Se dejó caer en la silla—. Ha habido más de dos mil huelgas en este país a lo largo de este año, caballeros. Fijaos en esa cifra: son diez al día. ¿Queréis saber cuántas han acabado bien para los huelguistas?

Nadie contestó. Crowley asintió ante su silencio y se masajeó la frente con los dedos.

—Hablad con vuestros hombres. Parad este tren antes de que se quemen los frenos. Paradlo antes de que no pueda pararlo nadie y nos quedemos todos atrapados dentro.

En Washington, Rayme Finch y John Hoover desayunaron juntos en el café White Palace, en la esquina de la Novena con la D, no lejos de Pennsylvania Avenue. Se reunían allí una vez por semana a menos que Finch no estuviera en la ciudad por razones de trabajo, y cada vez que lo hacían, Hoover encontraba alguna pega a la comida o a la bebida y la devolvía. Esta vez fue el té. No estaba lo bastante cargado para su gusto. Cuando la camarera volvió con otra tetera, la hizo esperar mientras se servía la taza, añadía la cantidad de leche justa para enturbiar el líquido y daba un breve sorbo.

—Aceptable.

Hoover le indicó que se fuera con el dorso de la mano y ella le lanzó una mirada de odio antes de irse.

Finch estaba casi seguro de que Hoover era marica. Bebía con el meñique estirado, era en general remilgado y quisquilloso, vivía con su madre: todos los indicios. Aunque con Hoover nunca se sabía. Si Finch hubiese descubierto que se follaba a ponis por la boca con la cara pintada de negro y cantando espirituales, no se habría sorprendido. Ya nada sorprendía a Finch. Desde que estaba en el Buró, había aprendido una cosa sobre la especie humana que estaba por encima de todas las demás: éramos todos unos enfermos. Enfermos de la cabeza. Enfermos del corazón. Enfermos del alma.

—Boston —dijo Hoover, y se revolvió el té.

—¿Qué pasa, John?

—La policía no ha aprendido nada de lo sucedido en Montreal, en Liverpool.

—Por lo visto, no. ¿De verdad crees que irán a la huelga?

—Son en su mayor parte irlandeses —contestó Hoover, encogiéndose de hombros en un gesto delicado—, una raza que nunca permitirá que la prudencia o la razón nuble su juicio. Una y otra vez a lo largo de la historia, los irlandeses han ido derechos al apocalipsis a fuerza de fanfarronadas. No tengo ninguna razón para pensar que en Boston actuarán de otra manera.

Finch tomó un sorbo de café.

—Es una excelente ocasión para que Galleani arme jaleo, si van a la huelga.

Hoover asintió.

—Galleani y todos esos subversivos de tres al cuarto que hay en la zona. Por no hablar de la delincuencia común y corriente, que hará su agosto.

—¿Deberíamos intervenir?

Hoover lo miró con aquellos ojos penetrantes e inescrutables.

—¿Para qué? Esto podría ser peor que Seattle. Peor de lo que se ha visto en este país hasta el momento. Y si la opinión pública se ve obligada a poner en duda la capacidad de esta nación para mantener el orden a nivel local y estatal, ¿a quién acudirá?

Finch se permitió una sonrisa. Al margen de lo que se dijera acerca de John, aquella mente escurridiza y perversa suya era extraordinaria. Si no pisaba a quien no debía durante su ascenso, no habría quien lo parara.

—Al Gobierno federal —dijo Finch.

Hoover asintió.

—Nos están asfaltando el camino, señor Finch. Sólo tenemos que esperar a que el suelo se seque y entonces podremos poner la directa.

34

Danny estaba al teléfono en la sala de revista, hablando con Dipsy Figgis, de la Uno-Dos, sobre la necesidad de conseguir más sillas para la reunión de esa noche, cuando entró Kevin McRae con un papel en la mano y visiblemente aturdido, como quien ha visto algo que nunca se hubiese esperado, un pariente muerto hacía mucho tiempo, quizás, o un canguro en su sótano.

—¿Kevin?

Kevin miró a Danny como si intentara identificarlo.

—¿Qué pasa? —preguntó Danny.

McRae se acercó a él, tendiéndole la mano con el papel entre los dedos.

—Estoy suspendido de empleo y sueldo, Dan. —Con los ojos desorbitados, se pasó el papel por la cabeza como si fuera una toalla—. Suspendido de empleo, joder. ¿Te lo puedes creer? Según Curtis, todos iremos a juicio acusados de negligencia en el cumplimiento del deber.

—¿Todos? —preguntó Danny—. ¿A cuántos hombres han suspendido de empleo?

—A diecinueve, me han dicho. Diecinueve. —Miró a Danny con cara de niño perdido en un mercado en sábado—. ¿Y ahora qué coño voy a hacer? —Agitó el papel en la sala de revista y bajó la voz, hasta hablar casi en un susurro—. Esto era mi vida.

Todos los agentes del incipiente Sindicato de la Policía de Boston-FAT estaban suspendidos de empleo excepto Danny. Todos los hombres que habían participado en la recogida de firmas a favor de la incorporación a la FAT estaban también suspendidos de empleo. Excepto Danny.

Telefoneó a su padre.

—¿Y yo por qué no?

—¿Y tú qué crees?

—No lo sé. Por eso te llamo, padre.

Oyó el tintineo de los cubitos de hielo en un vaso mientras su padre lanzaba un suspiro y tomaba un trago.

—Te he ido detrás toda la vida para que jugaras al ajedrez.

—También me has ido detrás toda la vida para que tocara el piano.

—Eso era cosa de tu madre. Yo sólo apoyaba la idea. Sin embargo, el ajedrez, Aiden, ahora te habría sido de ayuda. —Otro suspiro—. Mucho más que tocar un rag al piano. ¿Qué piensan los hombres?

—¿De qué?

—De por qué te has librado. Están todos a punto de presentarse ante Curtis para su despido, y tú, el vicepresidente del sindicato, sigues libre como un pájaro. Si estuvieras en su piel, ¿qué sospecharías?

Danny, de pie al teléfono que la señora DiMassi tenía en una consola del vestíbulo, lamentó no disponer de una copa mientras oía a su padre rellenar su vaso y añadir unos cubitos.

—¿Si estuviera en su piel? Pensaría que conservo mi puesto porque soy hijo tuyo.

—Que es precisamente lo que Curtis quiere que piensen.

Danny apoyó la cabeza en la pared y cerró los ojos, oyó a su padre encender un puro, dar una calada y expulsar el humo, dar otra calada y expulsar el humo, hasta que prendió.

—Conque ésa es la jugada —dijo Danny—. La disensión entre la tropa. Divide y vencerás.

Su padre soltó una carcajada.

—No, hijo, ésa no es la jugada. Eso sólo es el principio. Aiden, mira que eres tonto. De verdad te quiero, pero por lo visto no te eduqué bien. ¿Cómo crees que va a reaccionar la prensa cuando descubra que sólo uno de los altos cargos electos del sindicato no ha sido suspendido de empleo? En primer lugar dirán que es prueba de que el comisario es un hombre razonable y el ayuntamiento es obviamente imparcial y que los diecinueve hombres suspendidos deben de haber hecho algo porque el propio vicepresidente no ha sido suspendido.

—Pero entonces verán que es una estratagema —repuso Danny,

viendo esperanzas por primera vez en aquel día negro—, que no soy más que un símbolo de imparcialidad y...

—Eres un pedazo de idiota —interrumpió su padre, y Danny oyó el taconazo en el suelo cuando bajó los pies del escritorio—. Un pedazo de idiota. La prensa sentirá curiosidad, Aiden. Indagará. Y pronto descubrirá el hecho de que eres hijo de un capitán de distrito. Y se pasarán todo un día hablando de eso antes de decidirse a investigar más. Y tarde o temprano un gacetillero honrado se tropezará con un sargento de guardia en apariencia inocuo que mencionará, con toda naturalidad, algo acerca del «incidente». Y él preguntará: «¿Qué incidente?». Y el sargento le dirá: «No sé de qué me está hablando». Y entonces el periodista se pondrá a indagar en serio, hijo mío. Y todos sabemos que tus últimas aventuras no saldrán muy airosas de un escrutinio. Curtis te ha elegido como chivo expiatorio, hijo, y las bestias del bosque han empezado ya a olfatear tu rastro.

—¿Y qué se supone que debe hacer este pedazo de idiota, padre?

—Capitular.

—Eso no puedo hacerlo.

—Sí puedes. Sólo que todavía no ves los distintos sesgos. Ya te llegará la oportunidad, te lo prometo. No tienen tanto miedo a tu sindicato como tú crees, pero sí tienen miedo, eso te lo aseguro. Usa eso. Con respecto a la incorporación a la FAT, Aiden, nunca cederán. No pueden. Pero si juegas bien esa baza, cederán en otras cuestiones.

—Padre, si renunciamos a la incorporación a la FAT, habremos corrompido todo aquello por lo que...

—Saca las conclusiones que quieras de mis reflexiones —dijo su padre—. Buenas noches, hijo, y que los dioses te sean propicios.

El alcalde Andrew J. Peters creía implícitamente en la primacía de un único principio: las cosas se resuelven por sí solas.

Demasiados hombres malgastaban demasiado tiempo y energía valiosos en la falacia de que podían controlar su destino cuando, de hecho, el mundo seguiría enredándose y desenredándose tanto si ellos formaban parte de él como si no. Para muestra, esa atroz guerra extranjera, prueba de la locura de tomar decisiones precipitadas. O en realidad de tomar cualquier clase de decisiones. Pensemos, decía Andrew Peters a Starr a última hora de tardes como ésa, en lo distintos que serían los resultados si tras la muerte de Francisco Fernando, ni austriacos ni serbios hubiesen agitado los sables. Pensemos asimismo el poco sentido que tenía ya de entrada que Gavrilo Princip, ese necio desesperado, asesinara al archiduque. ¡Pensémoslo! Todas esas vidas perdidas, toda esa tierra calcinada, ¿y con qué fin? Si se hubiesen impuesto mentes más frías, si los hombres hubiesen tenido la templanza necesaria para contenerse hasta que sus compatriotas se olvidaran de todo y se concentraran en otras ideas y otras vidas, qué bien iría el mundo hoy día.

Porque fue esa guerra lo que había envenenado las cabezas de tantísimos jóvenes, inculcándoles ideas de autodeterminación. Ese verano, ex combatientes negros habían sido los principales agitadores en los disturbios civiles que habían culminado con la matanza de su propia gente en Washington, Omaha y, más atrozmente, en Chicago. No era que Peters justificara el comportamiento de los blancos que los habían matado. Ni mucho menos. Pero, en vista de que los negros pretendían poner el mundo patas arriba, era fácil entender cómo había ocurrido. A la gente no le gustaban los cambios. No le gustaba vivir en un mundo patas arriba. Quería bebidas frescas los días de calor y comer a sus horas.

—Autodeterminación —murmuró en la terraza mientras Starr, tumbada a su lado, boca abajo en una hamaca, se movió un poco.

—¿Qué dices, papi?

Él se inclinó en su hamaca, le besó el hombro y pensó en desabrocharse la bragueta. Pero las nubes eran bajas y cada vez más negras y el mar se había oscurecido, como por efecto del vino y la aflicción.

—Nada, cariño.

Starr cerró los ojos. Una niña hermosa. ¡Hermosa! Mejillas que le recordaban a manzanas a punto de reventar de tan maduras. Un culo en consonancia. Y el resto del cuerpo tan lozano y firme que Andrew J. Peters, alcalde de la gran ciudad de Boston, al penetrarla se sentía a veces como un antiguo griego o romano. Starr Faithful, «estrella fiel», qué nombre tan idóneo. Su amante, su prima. Que cumplía catorce años ese verano, y sin embargo más madura y lasciva de lo que sería jamás Martha.

Yacía desnuda ante él, edénica, y cuando la primera gota de lluvia le cayó en la espalda y salpicó, él se quitó el canotier y le tapó el culo con él, y ella, riendo, dijo que le gustaba la lluvia. Volvió la cabeza y tendió la mano hacia la cinturilla del pantalón de Peters y añadió que, de hecho, le encantaba la lluvia. En ese momento él vio asomar a los ojos de ella algo tan oscuro y triste como el mar. Un pensamiento. No, más que un pensamiento, una duda. Eso lo inquietó: ella no debía albergar dudas; las concubinas de los emperadores romanos, de eso estaba bastante seguro, no las tenían, y mientras le permitía que le desabrochara el cinturón, lo acometió una sensación de pérdida, indefinida pero aguda. El pantalón le cayó en torno a los tobillos y decidió que más valía volver a la ciudad y ver si podía hacer entrar en razón a unos y otros.

Contempló el mar. Tan infinito.

—Al fin y al cabo, soy el alcalde.

Starr le sonrió.

—Ya lo sé, papi, y eres el mejor de todos.

La vista para los diecinueve agentes suspendidos de empleo se celebró el día 26 de agosto en el despacho del comisario Curtis en Pemberton Square. Danny asistió, como también Herbert Parker, mano derecha de Curtis. Clarence Rowley y James Vahey se hallaban ante Curtis en tanto abogados de oficio en representación de los diecinueve acusados. Se permitió la entrada a cuatro periodistas, enviados, respectivamente, del *Globe, Transcript, Herald* y el *Standard*. Y a nadie más. En administraciones anteriores, componían el consejo procesal tres capitanes y el comisario; en el actual régimen de Curtis, en cambio, no había más juez que él.

—Observarán —dijo Curtis a los periodistas— que he permitido la asistencia del único agente no suspendido de empleo perteneciente al sindicato ilegal de policías vinculado a la FAT, para que nadie vaya a salir con que este «sindicato» carecía de representación. Observarán asimismo que los acusados cuentan con la defensa de dos respetables abogados, el señor Vahey y el señor Rowley, ambos con extraordinaria experiencia en la representación de los intereses de los trabajadores. Por mi parte, no he traído abogado.

—Con el debido respeto, comisario —intervino Danny—, a usted no lo acusan de nada.

Uno de los periodistas asintió con vehemencia ante el comentario y se apresuró a escribir en su bloc. Curtis posó su mirada mortecina en Danny y luego la dirigió hacia los diecinueve hombres sentados frente a él en inestables sillas de madera.

—Ustedes han sido acusados de negligencia en el cumplimiento del deber, el peor delito que puede cometer un agente de policía. Más concretamente, han sido acusados de violar la Disposición Treinta y Cinco del Código de Conducta de la Policía de Boston, según la cual ningún agente puede afiliarse a una organización que no forme parte del Departamento de Policía de Boston.

—Si nos atenemos a eso, comisario —adujo Clarence Rowley—, ninguno de estos hombres podría pertenecer a un grupo de veteranos o, ya puestos, a la Orden Fraternal de los Alces.

Dos periodistas y un agente se rieron burlonamente.

Curtis cogió un vaso de agua.

—Aún no he acabado, señor Rowley. Si no le importa, esto no es un juzgado de lo penal. Esto es un juicio interno del Departamento de Policía de Boston, y si va a discutir la legalidad de la Disposición Treinta y Cinco, tendrá que presentar demanda ante el Tribunal Superior de Suffolk. Aquí no se plantea la validez de la Disposición Treinta y Cinco, sino el posible incumplimiento de dicha disposición por parte de estos hombres. —Curtis recorrió a los presentes con la mirada—. Agente Denton, firmes.

Mark Denton, uniformado, se puso en pie y se colocó el casco bajo el brazo.

—Agente Denton, ¿es usted miembro del Sindicato de la Policía de Boston Número dieciséis mil ochocientos siete de la Federación Americana del Trabajo?

—Lo soy, señor.

—¿No es, de hecho, el presidente de dicho sindicato?

—Lo soy, señor. Y estoy orgulloso de ello.

—Su orgullo no viene al caso ante este consejo.

—¿Consejo? —preguntó Mark Denton, mirando a izquierda y derecha.

Curtis tomó un sorbo de agua.

—¿Y no recogió firmas en su comisaría para la incorporación a la antedicha Federación Americana del Trabajo?

—Con el mismo antedicho orgullo, señor —repuso Denton.

—Puede sentarse, agente —indicó Curtis—. Agente Kevin McRae, firmes...

Prosiguió así durante más de dos horas, formulando las mismas monótonas preguntas con el mismo tono monótono, y los policías contestaron con diversos grados de irritación, desprecio o fatalismo.

Cuando le llegó el turno a la defensa, James Vahey tomó la palabra. Representante desde hacía tiempo de la asociación de Empleados de Tranvías y Trenes Eléctricos de América, era ya famoso antes de nacer Danny, y fue un golpe de efecto de Mark Denton unirlo a la lucha hacía sólo dos semanas a instancias de Samuel Gompers. Avanzó con la agilidad de un atleta desde el fondo y dirigió una leve y confiada sonrisa a los diecinueve hombres antes de volverse hacia Curtis.

—Si bien coincido en que no estamos aquí para discutir la legalidad de la Disposición Treinta y Cinco, considero revelador que el propio comisario, autor de dicha disposición, reconozca su imprecisión. Si el propio comisario no cree firmemente en la validez de su disposición, ¿qué debemos pensar? Pues qué vamos a pensar: sencillamente que es la mayor intromisión en la libertad personal de un hombre...

Curtis golpeó con el mazo varias veces.

—... y el intento más extremo de restringir su libertad de acción que he visto en mi vida.

Curtis volvió a levantar el mazo, pero Vahey lo señaló directamente a la cara.

—Señor comisario, usted ha negado a estos hombres sus derechos humanos más básicos como trabajadores. Se ha negado sistemáticamente a aumentarles la paga a un nivel por encima del índice de pobreza, a proporcionarles instalaciones seguras e higiénicas donde trabajar y dormir, y les ha exigido que hagan turnos de trabajo de tal duración que no sólo se pone en peligro su propia seguridad, sino también la de la población civil. Y ahora se sienta ahí, delante de nosotros, como único juez, y pretende tergiversar su propia responsabilidad jurada para con estos hombres. Es un acto vil, señor comisario, un acto vil. Nada de lo que usted ha dicho hoy ha puesto en duda el compromiso de estos hombres con los habitantes de esta gran ciudad. Estos hombres no han abandonado sus puestos. No han dejado de responder a la llamada del deber. Nunca, ni una sola vez, han dejado de defender la ley, de proteger y servir al pueblo de Boston. Si tuviera usted pruebas de lo contrario, las habría utilizado ya, de eso no me cabe duda. La única falta... y que conste en acta que uso el término irónicamente... la única falta que puede achacarse a estos hombres es que no han acatado la prohibición de afiliarse a un sindicato nacional impuesta por usted. Sólo eso. Y dado que basta con un calendario para comprobar que promulgó usted la Disposición Treinta y Cinco con una urgencia dudosa, estoy convencido de que cualquier juez de este país considerará que esa disposición no es más que una maniobra descarada para restringir los derechos de estos hombres, tal y como la vemos nosotros ahora aquí. —Se volvió hacia los policías y los periodistas, al fondo, resplandeciente con su traje y su porte y su pelo cano—. No voy a defender a estos hombres porque no hay nada que defender. No es el patriotismo ni el americanismo de ellos lo que debe ponerse en duda en este despacho —rugió Vahey—. ¡Es el suyo, señor comisario!

Curtis descargó repetidos golpes de mazo mientras Parker exigía orden a gritos y los hombres silbaban y aplaudían y se ponían en pie.

Danny recordó lo que Ralph Raphelson había dicho sobre la retórica emotiva, y aun cuando él mismo se conmovió y se dejó llevar por el discurso de Vahey tanto como el que más, se preguntó si había conseguido algo aparte de avivar las llamas.

Cuando Vahey volvió a su asiento, los hombres se sentaron. Ahora le tocaba a Danny. Se situó frente a Curtis, que tenía el rostro enrojecido.

—Lo plantearé de una manera muy sencilla. Aquí la cuestión, me parece, es si la incorporación a la FAT mermará la eficiencia del cuerpo de policía. Comisario Curtis, afirmo con toda convicción que hasta ahora no ha sido así. Un simple estudio del registro de detenciones, la entrega de citaciones y el índice general de delincuencia en los dieciocho distritos dará fe de ello. Y declaro asimismo, también con plena convicción, que las cosas continuarán así. En primer lugar y por encima de todo, somos policías y hemos jurado proteger la ley y mantener la paz. Eso no cambiará, se lo aseguro, no en nuestro turno.

Los hombres aplaudieron cuando Danny volvió a su asiento. Curtis se puso en pie detrás de su escritorio. Se lo veía tembloroso, con una palidez extrema, el nudo de la corbata flojo en el cuello, mechones de pelo en punta hacia un lado.

—Tendré en cuenta todas las observaciones y testimonios —declaró, agarrado al borde de la mesa—. Buenos días, caballeros.

Y dicho esto, Herbert Parker y él abandonaron el despacho.

SE BUSCAN HOMBRES FÍSICAMENTE CAPACITADOS
El Departamento de Policía de Boston necesita reclutas para el Cuerpo de Policías Voluntarios que encabezará el ex superintendente de policía William Pierce. Sólo hombres blancos. Se valorará experiencia en la guerra y/o aptitud atlética demostrada. Los interesados deberán presentar su solicitud en el Arsenal del Estado de 9 a 17 horas, L-V.

Luther dejó el periódico en el banco donde lo había encontrado. Un cuerpo de policías voluntarios. Daba la impresión de que se proponían armar a un montón de blancos demasiado inútiles para conservar un empleo normal o tan desesperados por demostrar su hombría que estaban dispuestos a abandonar el trabajo que ya tenían. En cualquier caso, una mala combinación. Imaginó el mismo anuncio pidiendo hombres negros para ocupar esos puestos y soltó una sonora carcajada, sonido que le sorprendió. Y no sólo a él: un blanco sentado cerca, de pronto tenso, se puso en pie y se alejó.

Luther había pasado uno de sus contados días libres deambulando por la ciudad porque tenía los nervios a flor de piel. Un niño a quien nunca había visto lo esperaba en Tulsa. Su hijo. Lila, ablandándose respecto a él día a día (o eso esperaba Luther), también lo aguardaba. Antes creía que el mundo era una fiesta constante en espera de que él llegara, y en esa fiesta había hombres interesantes y mujeres hermosas, y todos irían llenando de algún modo partes de él, cada uno a su manera, hasta que no quedase ningún espacio vacío y Luther se sintiera entero por primera vez desde que su padre abandonó a la familia. Ahora comprendía que las cosas no eran así. Había conocido a Danny y Nora y sentido por ellos un afecto tan profundo que aún lo sorprendía. Y bien sabía Dios que quería a los Giddreaux, que había encontrado en ellos a los abuelos con quienes a menudo había soñado. Así y todo, en último extremo daba igual, porque su corazón y sus esperanzas y su amor estaban en Greenwood. ¿Y esa fiesta? Nunca tendría lugar. Porque, aun cuando se celebrara, Luther prefería estar en casa. Con su mujer. Con su hijo.

Desmond.

Así lo había llamado Lila, nombre que Luther recordaba vagamente haber aceptado antes de su conflicto con el Diácono. Desmond Laurence, como se llamaba el abuelo de Lila, un hombre que le había enseñado la Biblia sentándola en su regazo y que probablemente también le había inculcado ese temple, suponía Luther, porque de algún sitio tenía que haber salido.

Desmond.

Un nombre contundente. Luther había aprendido a querer ese nombre a lo largo de los meses de verano, a quererlo hasta el punto de que se le saltaban las lágrimas. Él había traído a Desmond al mundo y algún día Desmond haría grandes cosas.

Si Luther pudiera volver con él. Con ella. Con los dos.

Un hombre, si tenía suerte, avanzaba hacia un objetivo durante toda su vida. Se construía una vida, y aunque trabajase para el hombre blanco, sí, también trabajaba para su mujer, para sus hijos, para el sueño de que la vida de éstos fuese mejor porque él había formado parte de ella. Eso, comprendió Luther por fin, era lo que no había sido capaz de recordar en Tulsa y lo que su padre nunca había sabido. Un hombre debía actuar en beneficio de sus seres queridos. Así de sencillo. Tan claro como eso.

Luther se había visto tan absorbido, tan trastornado por la elemental necesidad de moverse —hacia cualquier parte, en cualquier momento, de cualquier modo— que había olvidado que el movimiento debía tener una finalidad.

Ahora lo sabía. Ahora lo sabía.

Y no podía hacer nada al respecto. Aun cuando se ocupara de McKenna (y no era una posibilidad nada fácil), no podía moverse en dirección a su familia porque Smoke lo esperaba. Y tampoco podía convencer a Lila para que se moviera en dirección a él (lo había intentado varias veces desde la Navidad), porque para ella Greenwood era su casa y además temía —muy comprensiblemente— que si cogía los bártulos y se marchaba, Smoke mandase a alguien tras sus pasos.

Tengo los nervios a flor de piel, pensó Luther por enésima vez ese día, a flor de piel, joder.

Cogió el periódico del banco y se levantó. En la otra acera de Washington Street, delante de la tienda de saldos Kresge, dos hombres lo observaban. Vestían trajes de sirsaca y sombreros claros, y eran los dos pequeños, de aspecto timorato, y habrían resultado cómicos —mozos de almacén vestidos para aparentar respetabilidad—, a no ser por las anchas pistoleras marrones que llevaban al cinto, con las empuñaduras de sus armas a la vista. Mozos de almacén armados. Otras tiendas habían contratado a detectives privados, y los bancos habían exigido la presencia de policías del estado, pero los comercios más pequeños debían conformarse con adiestrar a sus propios empleados en el manejo de las armas. Fenómeno aún más imprevisible que esa fuerza de policías voluntarios, en cierto modo, porque, suponía Luther, o al menos lo esperaba, los voluntarios recibirían como mínimo un poco más de preparación y estarían bajo el mando de alguien. Estos vigilantes contratados, en cambio —estos dependientes y chicos de los recados y mozos de cuadra e hijos y yernos de joyeros y peleteros y panaderos—, ahora se veían por toda la ciudad, y tenían miedo. Estaban aterrorizados. Nerviosos. Y armados.

Luther no pudo evitarlo: vio que lo observaban y caminó hacia ellos, cruzando la calle pese que no había sido ésa su intención inicial, andando con un ligero balanceo, una pizca del garbo de los negros, con un asomo de sonrisa en los ojos. Los dos hombrecillos cruzaron una mirada, y uno de ellos se secó el sudor de la mano en la pernera del pantalón justo por debajo de la pistola.

—Bonito día, ¿eh?

Luther llegó a la acera.

Ninguno de los dos hombres respondió.

—Un cielo azul magnífico —prosiguió Luther—. No se veía un aire tan limpio desde hacía una semana. Deberían disfrutarlo.

Los dos permanecieron en silencio y Luther los saludó con el sombrero y siguió por la acera. Había sido una estupidez, sobre todo porque acababa de pensar en Desmond, en Lila, en empezar a ser un hombre más responsable. Pero algo en los hombres blancos armados, estaba seguro de ello, sacaría siempre lo peor de él.

Y a juzgar por el ambiente de la ciudad, estaban a punto de aparecer muchos más. Pasó por delante de la tercera tienda de campaña del Servicio de Ayuda de Emergencia con la que se cruzaba ese día, vio dentro a unas cuantas enfermeras colocar mesas y mover camas rodantes de un lado a otro. A primera hora de esa tarde, había cruzado el West End hasta Scollay Square y cada tres manzanas, poco más o menos, había ido topándose con ambulancias agrupadas, en espera de lo que empezaba a parecer inevitable. Miró el *Herald* en su mano, el editorial publicado en la mitad superior de la primera plana:

> Pocas veces esta comunidad ha estado más tensa que en el día de hoy por la situación en el departamento de policía. Se avecina un gran cambio. Daremos un gran paso hacia la «sovietización», o hacia el sometimiento al poder ruso si, con uno u otro pretexto, aceptamos que un cuerpo de la ley y el orden se ponga al servicio de intereses concretos.

Pobre Danny, pensó Luther. Pobre desdichado, con esa honradez suya y en tal situación de inferioridad.

James Jackson Storrow era el hombre más rico de Boston. Al ser nombrado presidente de General Motors, reorganizó la fábrica de arriba abajo sin que ello supusiera la pérdida de un solo empleo ni la confianza de un solo accionista. Fundador de la Cámara de Comercio de Boston, había presidido la Comisión para el Coste de la Vida en los tiempos anteriores a la Gran Guerra. En ese conflicto de desgaste y desesperación, había sido nombrado administrador del combustible por Woodrow Wilson y se había cuidado de que en los hogares de Nueva Inglaterra nunca faltara carbón ni petróleo, empleando a veces su propio crédito personal para asegurarse de que los envíos salían a tiempo de los depósitos.

Había oído decir que llevaba el poder con naturalidad, pero la verdad era que para él el poder, en cualquiera de sus formas, no era más que una manifestación desmedida del espíritu egomaníaco. Como todos los egomaníacos eran inseguros hasta lo más hondo de su alma timorata, esgrimían ese «poder» brutalmente para que el mundo no los desenmascarase.

Corrían días terribles, para quienes tenían poder y quienes no lo tenían, y un nuevo frente de esa absurda batalla se abría aquí en la ciudad, la ciudad que él amaba más que cualquier otra, y este frente era posiblemente el peor desde octubre de 1917.

Storrow recibió al alcalde Peters en la sala de billar de su casa en Louisburg Square, advirtiendo lo bronceado que estaba el alcalde en cuanto entró. Para Storrow, eso confirmó la sospecha que albergaba desde hacía tiempo: Peters era un hombre frívolo, poco apto para su cargo ya en circunstancias normales, y escandalosamente inepto en el clima actual.

Un tipo afable, eso sí, como lo eran muchos hombres frívolos. Se acercó a Storrow con una sonrisa radiante y entusiasta y andar brioso.

—Señor Storrow, ha sido muy amable al recibirme.

—El honor es mío, señor alcalde.

El alcalde le dio un apretón inesperadamente firme, y Storrow observó una claridad en sus ojos azules que lo llevó a preguntarse si había algo más en aquel hombre de lo que él presuponía. Sorpréndame, señor alcalde, sorpréndame.

—Ya sabe para qué he venido —dijo Peters.

—Para hablar de la situación con la policía, imagino.

—Exacto.

Storrow condujo al alcalde a un par de butacas de piel color cereza. Las separaba una mesa con dos licoreras y dos copas: una contenía coñac; la otra, agua. Señaló las licoreras, ofreciéndoselas al alcalde.

Peters asintió en un gesto de agradecimiento y se sirvió un vaso de agua.

Storrow cruzó las piernas y volvió a examinar al alcalde. Señaló su copa, y Peters la llenó de agua y los dos se reclinaron en sus asientos.

—En su opinión, ¿cómo puedo ayudar?

—Es usted el hombre más respetado de la ciudad —respondió Peters—. Es también muy apreciado, por todo lo que hizo para mantener calientes los hogares durante la guerra. Necesito que usted y los hombres de la Cámara de Comercio que usted elija formen una comisión destinada a estudiar las reivindicaciones de los policías y los argumentos en contra que ha dado el comisario Curtis para decidir cuáles tienen su razón de ser y cuáles, en último extremo, deberían aceptarse.

—¿Tendría esa comisión poder decisorio o simplemente recomendaría?

—Según las ordenanzas municipales, a menos que existan pruebas de temeridad por parte del comisario, él tiene la última palabra en todo lo referente a la policía. Ni el gobernador Coolidge ni yo podemos imponernos a él.

—Es decir, tendríamos un poder limitado.

—Poder para recomendar sólo, así, es, señor Sturrow. Pero dada la estima que usted se ha granjeado, no sólo en este estado, sino en toda la región, y también a nivel nacional, estoy seguro de que su recomendación se tendrá en cuenta con el debido respeto.

—¿Cuándo formaría yo esa comisión?

—Cuanto antes. Mañana mismo.

Storrow se bebió el agua y quitó el tapón de la licorera de coñac. Señaló a Peters, y el alcalde inclinó la copa vacía hacia él y Storrow le sirvió.

—En lo que se refiere al sindicato de policías, no veo cómo podemos consentir la incorporación a la Federación Americana del Trabajo.

—Lo que usted diga, señor.

—Quiero reunirme con los representantes sindicales de inmediato. Mañana por la tarde. ¿Puede organizarlo?

—Hecho.

—En cuanto al comisario Curtis, ¿qué opinión tiene usted de él, señor alcalde?

—Está dominado por la ira.

Storrow asintió.

—Así lo recuerdo yo. Ocupó la alcaldía cuando yo era supervisor en Harvard. Coincidimos unas cuantas veces. Sólo recuerdo la ira. Por contenida que estuviese, era extrema y rezumaba autodesprecio. Cuando un hombre así recupera la autoridad después de tanto tiempo en el dique seco, me preocupa, señor alcalde.

—También a mí —convino Peters.

—Hombres así tocan la lira mientras arde la ciudad. —Storrow sintió que un largo suspiro escapaba de su pecho, lo oyó salir por la boca y expandirse por la sala como si fuera resultado de tantas décadas de ocasiones malgastadas y locura que seguiría circulando por la sala cuando él volviera a entrar al día siguiente—. A hombres así les gustan las cenizas.

La tarde siguiente, Danny, Mark Denton y Kevin McRae se reunieron con James J. Storrow en una habitación del hotel Parker House. Llevaron consigo informes detallados de las condiciones sanitarias e higiénicas de las dieciocho comisarías, declaraciones firmadas de más de veinte agentes que describían minuciosamente su jornada o semana media, y análisis de los índices salariales de otras treinta profesiones locales —incluidos los conserjes del ayuntamiento, los conductores de tranvías y los estibadores—, junto a los cuales su paga resultaba insignificante. Lo extendieron todo ante James J. Storrow y los otros tres hombres de negocios que constituían la comisión y se sentaron mientras ellos examinaban el material, pasándose hojas de especial interés e intercalando gestos de sorpresa, gruñidos de consternación y expresiones de apatía, hasta tal punto que Danny temió haber cargado demasiado las tintas.

Storrow hizo ademán de coger de la pila la declaración de otro agente y de pronto lo apartó todo a un lado.

—Ya he visto suficiente —dijo en voz baja—. Más que suficiente. Con razón se sienten ustedes abandonados por la ciudad a la que protegen. —Miró a los otros tres hombres, y los tres lo imitaron y miraron a Danny, Mark Denton y Kevin McRae con gestos de asentimiento y repentina compasión—. Esto es una vergüenza, caballeros, y no toda la culpa es del comisario Curtis. Esto ocurrió en los tiempos del comisario O'Meara, y también bajo la mirada de los alcaldes Curley y Fitzgerald. —Storrow se levantó y rodeó el escritorio. Tendiendo la mano, dio un apretón primero a Mark Denton, después a Danny y por último a Kevin McRae—. Mis más sinceras disculpas.

—Gracias, señor Storrow.

Storrow se reclinó contra la mesa.

—¿Y ahora qué hacemos, caballeros?

—Sólo queremos lo que nos corresponde —contestó Mark Denton.

—¿Y qué les corresponde?

—Para empezar, señor Storrow —intervino Danny—, un aumento de trescientos anuales. El fin de las horas extra y misiones especiales sin compensaciones comparables a las de esas otras treinta profesiones mencionadas en nuestro informe.

—¿Y?

—Y —prosiguió Kevin McRae— se acabó la política de economato que nos obliga a pagar nuestros uniformes y nuestro equipo. También pedimos comisarías limpias, camas limpias, lavabos utilizables y la desparasitación de los dormitorios.

Storrow asintió. Miró a los otros hombres, aunque era evidente que en realidad sólo contaba su palabra. Se volvió otra vez hacia los policías.

—Coincido.

—¿Perdón? —dijo Danny.

Una sonrisa asomó a los ojos de Storrow.

—He dicho que coincido, agente. De hecho, defenderé su punto de vista y recomendaré que sus quejas sean atendidas tal y como ustedes las plantean.

¿Así de fácil?, fue lo primero que pensó Danny.

Y a continuación se dijo: ahora vendrá el «pero».

—Pero —prosiguió Storrow— sólo tengo el poder de recomendar. No puedo imponer un cambio. Eso sólo puede hacerlo el comisario Curtis.

—Con el debido respeto, señor Storrow —intervino Mark Denton—, el comisario Curtis está decidiendo si va a despedir o no a diecinueve de nosotros.

—Estoy enterado de eso —contestó Storrow—, pero no creo que lo haga. Sería el colmo de la imprudencia. Lo crean o no, caballeros, la ciudad está con ustedes. Pero desde luego nadie es partidario de la huelga. Si me permiten ocuparme de esto, bien podría ser que recibieran todo lo que exigen. La decisión final recae en el comisario, pero es un hombre razonable.

Danny cabeceó.

—Eso aún está por ver, señor Storrow.

Storrow respondió con una sonrisa muy distante, casi tímida.

—Sea como sea, la ciudad, el alcalde, el gobernador y todos los hombres bien pensantes verán la luz y la lógica con la misma claridad que yo las veo ahora, se lo prometo. En cuanto pueda redactar y enviar mi informe, se hará justicia. Pido paciencia, caballeros. Pido prudencia.

—Cuento con ello, señor Storrow —aseguró Mark Denton.

Storrow volvió a colocarse detrás de su escritorio y empezó a remover los papeles.

—Pero tendrán que renunciar a su vínculo con la Federación Americana del Trabajo.

Así que era eso. Danny de buena gana habría tirado la mesa por la ventana. Y tirado detrás a todos los presentes.

—¿Y a merced de quién nos pondríamos esta vez, señor Storrow?

—No lo entiendo.

Danny se levantó.

—Señor Storrow, todos nosotros lo respetamos. Pero ya hemos aceptado antes medidas parciales, y todas han quedado en nada. Estamos en el nivel salarial de 1903 porque los hombres que nos precedieron siguieron la zanahoria colgada del palo durante doce años hasta reclamar sus derechos en 1915. En su día aceptamos el compromiso de la ciudad de que si bien no podía compensarnos justamente durante la guerra, lo enmendaría después. ¿Y qué ha pasado? Seguimos cobrando el salario de 1903. ¿Y qué ha pasado? Nunca se nos ha compensado adecuadamente después de la guerra. Nuestras comisarías siguen siendo pozos negros, y nuestros hombres siguen trabajando más de lo debido. El comisario Curtis ha declarado a la prensa que está formando «comisiones», sin mencionar que esas «comisiones» las constituyen sus propios hombres, hombres que basan sus opiniones en prejuicios. Ya hemos depositado antes nuestra fe en esta ciudad, señor Storrow, incontables veces, y siempre nos han dejado en la estacada. ¿Y ahora pretende usted que renunciemos a la única organización que nos ha dado verdadera esperanza y verdadero poder de negociación?

Storrow apoyó las dos manos en la mesa y miró fijamente a Danny.

—Sí, agente, eso pretendo. Puede usted usar la FAT como baza.

Eso se lo digo a las claras aquí y ahora. Es la jugada más inteligente; no la descarten todavía. Pero le aseguro, hijo, que tendrá que renunciar. Y si deciden ir a la huelga, yo seré el primero en esta ciudad que se opondrá a ustedes y se cerciorará de que nunca más lleven una placa. —Se inclinó—. Creo en su causa, agente. Lucharé por ustedes. Pero no me acorralen, ni a mí ni a esta comisión, porque no sobrevivirán a la respuesta.

Detrás de él, las ventanas daban a un cielo del más puro color azul. Un día de verano perfecto en la primera semana de septiembre, suficiente para que todos olvidaran las lúgubres lluvias de agosto, la sensación que entonces tenían de que nunca más luciría el sol.

Los tres policías se pusieron en pie, se despidieron de James J. Storrow y los otros hombres de la comisión, y se marcharon.

Danny, Nora y Luther jugaban a corazones sobre una vieja sábana colocada entre dos chimeneas de hierro en la azotea del edificio de Danny. Era última hora de la tarde, y pese al agotamiento del día, estaban allí arriba —Luther desprendiendo aún el olor de los apartaderos, Nora el de la fábrica—, con dos botellas de vino y una baraja de naipes, porque había pocos sitios donde podían reunirse en público un blanco y un negro, y menos aún si se hallaban en compañía de una mujer y bebían vino con ella. Cuando estaban así, los tres juntos, Danny tenía la sensación de que derrotaban al mundo en algo.

—¿Y ése quién es? —preguntó Luther arrastrando las palabras por efecto del vino.

Danny le siguió la mirada y vio a James Jackson Storrow cruzar la azotea en dirección a él. Intentó ponerse en pie, y Nora lo sujetó por la muñeca al verlo tambalearse.

—Una italiana muy amable me ha dicho que lo buscara aquí —explicó Storrow. Miró a los tres, la sábana rota con los naipes esparcidos sobre ella, las botellas de vino—. Perdonen la intromisión.

—No se preocupe —contestó Danny mientras Luther se levantaba y tendía una mano a Nora para ayudarla. Ésta la aceptó. Luther tiró de Nora para ponerla en pie y ella luego se alisó el vestido.

—Señor Storrow, le presento a mi mujer, Nora, y éste es mi amigo, Luther.

Storrow les estrechó la mano como si esos encuentros tuvieran lugar a diario en Beacon Hill.

—Encantado de conocerlos a los dos. —Los saludó con una inclinación de cabeza—. ¿Le importa que me lleve a su marido un momento, señora Coughlin?

—Claro que no. Pero tenga cuidado con él: le flojean un poco las piernas.

Storrow le dirigió una amplia sonrisa.

—Ya lo veo. No es problema.

Se tocó el sombrero a modo de despedida y siguió a Danny por la azotea hasta el borde de la fachada este, desde donde ambos contemplaron el puerto.

—¿Considera usted sus iguales a los negros, agente Coughlin?

—Si ellos no se quejan —respondió Danny—, yo tampoco.

—¿Y tampoco le preocupa que su mujer se muestre ebria en público?

Danny mantuvo la mirada en el puerto.

—No estamos en público, señor Storrow, y si lo estuviéramos, me importaría un carajo. Es mi esposa. Eso significa mucho más para mí que el público. —Se volvió hacia Storrow—. O que cualquiera, a decir verdad.

—Me parece bien.

Storrow se colocó una pipa entre los labios y se tomó un momento para encenderla.

—¿Cómo me ha encontrado, señor Storrow?

—No ha sido difícil.

—¿Y qué lo trae por aquí?

—Su presidente, el señor Denton, no estaba en casa.

—Ya.

Storrow dio una calada a su pipa.

—Su mujer posee un espíritu de la carne que emana de ella por todos los poros.

—¿Un «espíritu de la carne»?

Storrow asintió.

—Exacto. Entiendo que esté cautivado por ella. —Volvió a aspirar el humo de la pipa—. En cuanto al negro, aún no lo tengo calado.

—¿Cuál es la razón de su visita, señor Storrow?

Storrow se volvió y quedaron cara a cara.

—Es muy posible que Mark Denton esté en su casa. No lo he comprobado. He venido a verlo directamente a usted, agente Coughlin, porque posee a la vez pasión y templanza, y sus hombres, presumo, lo perciben. El agente Denton me pareció un hombre inteligente, pero sus dotes de persuasión no están a la altura de las suyas.

—¿A quién quiere que persuada, señor Storrow, y de qué?

—De lo mismo que yo, agente: una solución pacífica. —Apoyó una mano en el brazo de Danny—. Hable con sus hombres. Podemos poner fin a esto, hijo. Usted y yo. Mañana por la noche entregaré mi informe a la prensa. Recomendaré la aceptación de todas sus reivindicaciones. Todas menos una.

Danny asintió.

—La incorporación a la FAT.

—Exacto.

—De modo que volvemos a quedarnos con las manos vacías, sin nada más que promesas.

—Pero son mis promesas, hijo. Con todo el peso del alcalde y el gobernador y la Cámara de Comercio detrás.

Nora soltó una estridente carcajada, y Danny, al mirar al otro lado de la azotea, la vio lanzar los naipes a Luther y a éste levantar las manos en un fingido ademán de defensa. Danny sonrió. Había descubierto en los últimos meses que el método preferido de Luther para mostrar su afecto a Nora era la broma, un afecto que ella devolvía de igual modo.

Danny siguió mirándolos.

—En este país disuelven sindicatos a diario, señor Storrow. Nos dicen con quién tenemos derecho a asociarnos y con quién no. Cuando ellos nos necesitan a nosotros, todo es una cuestión de familia. Cuando los necesitamos nosotros a ellos, todo es una cuestión de trabajo. ¿Ve a mi mujer? ¿A mi amigo? ¿A mí? Somos marginados, señor Storrow, y cada uno por separado probablemente nos ahogaríamos. Juntos, en cambio, somos un sindicato. ¿Cuánto tardará en entrarle eso en la cabeza al Gran Capital?

—Nunca le entrará en la cabeza —dijo Storrow—. Cree que está librando una lucha más amplia, agente, y es posible que así sea. Pero es una lucha tan vieja como el tiempo, y no acabará nunca. Nadie enarbolará la bandera blanca, ni aceptará la derrota. ¿De verdad cree que Lenin era muy distinto de J. P. Morgan? ¿Que usted, si le concedieran poder absoluto, actuaría de manera muy distinta? ¿Sabe cuál es la principal diferencia entre los hombres y los dioses?

—No.

—Los dioses no creen que pueden convertirse en hombres.

Danny se volvió y lo miró a los ojos, sin decir nada.

—Si se empeña en la incorporación a la FAT, toda esperanza que haya albergado de un destino mejor se irá a pique.

Danny miró otra vez a Nora y Luther.

—¿Tengo su palabra de que si convenzo a mis hombres de la conveniencia de retirarnos de la FAT, el ayuntamiento nos concederá lo que pedimos?

—Tiene mi palabra y la del alcalde y la del gobernador.

—Para mí es su palabra la que cuenta. —Danny tendió la mano—. Convenceré de ello a mis hombres.

Storrow le dio un firme apretón.

—Sonría, joven Coughlin: vamos a salvar a esta ciudad, usted y yo.

—Eso estaría bien, ¿verdad?

Danny los convenció. En Fay Hall, a las nueve de la mañana del día siguiente. Después de la votación, que se ganó por una escasa diferencia de 406 votos a favor por 377 en contra, Sid Polk preguntó:

—¿Y si vuelven a jugárnosla?

—No lo harán.

—¿Cómo lo sabes?

—No lo sé —contestó Danny—. Pero llegados a este punto, no le veo la lógica.

—¿Y si esto no tiene nada que ver con la lógica? —preguntó alguien.

Danny levantó las manos pues no se le ocurrió una respuesta.

A última hora de la tarde del domingo, Calvin Coolidge, Andrew Peters y James Storrow fueron en coche a la casa del comisario Curtis en Nahant. El comisario los recibió en la terraza trasera que daba al mar bajo un cielo amarillento.

Momentos después de iniciarse la reunión, Storrow vio varias cosas con toda claridad. La primera era que Coolidge no sentía el menor respeto por Peters, y éste, por eso mismo, lo aborrecía. Cada vez que Peters abría la boca para hacer un comentario, Coolidge lo interrumpía.

La segunda, y más preocupante, era que el paso del tiempo no había servido para atenuar la imagen de autodesprecio y misantropía tan arraigada en Edwin Upton Curtis que teñía su piel como un virus.

—Comisario Curtis, hemos... —dijo Peters.

—... venido —atajó Coolidge— para informarle de que es posible que el señor Storrow haya encontrado una solución a nuestra crisis.

—Y que... —dijo Peters.

—... si tuviera usted a bien escuchar nuestros razonamientos, seguro que llegará a la conclusión de que hemos llegado todos a un acuerdo aceptable.

Coolidge se reclinó en la tumbona.

—James —dijo Curtis—, ¿qué tal te han ido las cosas desde la última vez que nos vimos?

—Muy bien, Edwin. ¿Y a ti?

—El señor Storrow y yo nos vimos por última vez en una fabulosa fiesta de lady Dewar en Louisburg Square. Una noche legendaria, ¿verdad, James?

Storrow no se habría acordado de esa noche ni aunque la vida le fuera en ello. Lady Dewar había muerto hacía más de una década. Desde el punto de vista de la alta sociedad, era una persona aceptable, pero ni mucho menos la élite.

—Sí, Edwin, fue una ocasión memorable.

—Entonces yo era alcalde, claro —explicó Curtis a Peters.

—Y un buen alcalde, comisario.

Peters miró a Coolidge como si le sorprendiese que el gobernador le hubiera permitido acabar una frase.

Pero fue una frase poco acertada. Una sombra asomó por un momento a los ojos pequeños de Curtis, que tergiversó el despreocupado cumplido de Peters hasta convertirlo en un insulto. Al llamarlo «comisario», el alcalde en activo le había recordado lo que Curtis ya no era.

Dios santo, pensó Storrow, esta ciudad podría quedar reducida a cenizas por culpa del narcisismo y un insignificante paso en falso.

Curtis lo miró fijamente.

—¿Crees que los hombres tienen verdaderos motivos de queja, James?

Storrow buscó la pipa tomándose su tiempo. Tuvo que usar tres cerillas para encenderla a causa de la brisa marina y después cruzó las piernas.

—Creo que así es, Edwin, sí, pero aclaremos primero que tú heredaste esas quejas de la administración anterior. Nadie cree que seas la causa de esas quejas ni que no hayas intentado resolverlas de una manera honorable.

Curtis asintió.

—Les ofrecí un aumento. Lo rechazaron de plano.

Porque llegó con dieciséis años de retraso, pensó Storrow.

—Nombré varias comisiones para analizar sus condiciones de trabajo.

Nombradas a dedo y llenas de aduladores, pensó Storrow.

—Ahora es una cuestión de respeto. De respeto al cargo. De respeto al país.

—Sólo si tú quieres que sea así, Edwin. —Storrow descruzó las piernas y se inclinó hacia delante—. Los hombres te respetan, comisario. De verdad. Y respetan a este estado. Creo que mi informe lo demostrará.

—Tu informe —dijo Curtis—. ¿Y qué pasa con mi informe? ¿Cuándo se oirá mi voz?

Santo cielo, era como pelearse por los juguetes en una guardería.

—Comisario Curtis —intervino el gobernador—, todos nos hacemos cargo de su posición. No conviene que se sienta más obligado a atender las descaradas exigencias de trabajadores de lo que...

—¿Obligado? —dijo Curtis—. No es que me sienta obligado, me están extorsionando. No es más que eso, pura y llanamente: una extorsión.

—Sea lo que sea —dijo Peters—, creemos que la mejor vía...

—... es dejar de lado los sentimientos personales en estos momentos —concluyó Coolidge.

—Esto no es personal. —Curtis alargó el cuello y adoptó una mueca de víctima—. Esto es un asunto público. Es una cuestión de principios. Esto tiene que ver con Seattle, caballeros. Y con San Petersburgo. Y con Liverpool. Si los dejamos ganar aquí, sin duda nos sovietizarán. Los principios defendidos por Jefferson y Franklin y Washington...

—Por favor, Edwin. —Storrow no pudo contenerse—. Es posible que yo sea el mediador de un acuerdo que nos permitirá volver a pisar firme, tanto a nivel local como nacional.

Edwin Curtis dio una palmada.

—Pues a mí personalmente me encantaría oírlo.

—El alcalde y el ayuntamiento han encontrado los fondos para aumentar la paga de la policía a un nivel justo para 1919 y mantenerlo de aquí en adelante. Es lo justo, Edwin, no una gran capitulación, te lo aseguro. También hemos asignado partidas a la mejora de las condiciones de trabajo en las comisarías. Tenemos un presupuesto muy ajustado y otros funcionarios no recibirán los fondos municipales con los que contaban, pero hemos procurado reducir al mínimo los perjuicios para la mayoría. Todo será para un mayor bien común.

Curtis asintió con los labios blancos.

—Eso crees.

—Así es, Edwin.

Storrow mantenía la voz baja y un tono cálido.

—Esos hombres se afiliaron a un sindicato nacional contra mis órdenes expresas, en manifiesto desacato a la normativa de este departamento de policía. Esa afiliación es una afrenta al país.

Storrow recordó la maravillosa primavera de su primer año en Harvard, cuando se unió al equipo de boxeo y experimentó una violencia de una pureza que jamás habría imaginado si no hubiese repartido y recibido golpes todos los martes y jueves por la tarde. Al final sus padres se enteraron y eso acabó con su carrera pugilística, pero cómo habría deseado calzarse los guantes en ese preciso momento y aplastarle la nariz a Curtis.

—¿Es ése el mayor escollo para ti, Edwin? ¿La incorporación a la FAT?

Curtis levantó las manos.

—¡Claro que sí!

—¿Y si, pongamos por caso, los hombres accedieran a retirarse de la FAT?

Curtis entornó los ojos.

—¿Lo han hecho?

—Si lo hicieran —dijo Storrow lentamente—, ¿entonces qué?

—Lo tomaría en consideración —contestó Curtis.

—¿En función de qué? —preguntó Peters.

Storrow le lanzó una mirada confiando en que fuera lo bastante severa y Peters bajó la vista.

—En función, señor alcalde, de la situación global.

La mirada de Curtis se volvió introspectiva, cosa que Storrow había visto a menudo en las negociaciones financieras: la autocompasión disfrazada de actitud reflexiva.

—Edwin —dijo—, los hombres se retirarán de la Federación Americana del Trabajo. Cederán. La cuestión es: ¿cederás tú también?

La brisa del mar agitó el toldo de lona encima de la puerta y las pestañas delanteras chasquearon.

—Esos diecinueve hombres deben ser sancionados pero no castigados —dijo el gobernador Coolidge—. Prudencia, comisario, sólo le pedimos eso.

—Sentido común —terció Peters.

Olas suaves rompían contra las rocas.

Storrow sorprendió a Curtis mirándolo, como si esperara su última súplica. Se puso en pie y tendió la mano al hombrecillo. Curtis respondió con un húmedo apretón de dedos.

—Tienes toda mi confianza —dijo Storrow.

Curtis le dirigió una sonrisa lúgubre.

—Eso es alentador, James. Lo tomaré en consideración, puedes estar seguro de ello.

Esa misma tarde, en un incidente que habría acarreado un profundo bochorno al Departamento de Policía de Boston si hubiera llegado a oídos de la prensa, se presentó un destacamento policial en la nueva sede de la ANPPN en Shawmut Avenue. El teniente Eddie McKenna, provisto de una orden de registro, excavó el suelo de la cocina y el jardín trasero.

Rodeado de los invitados que asistían a la ceremonia de inauguración, no encontró nada.

Ni siquiera una caja de herramientas.

Esa noche se entregó el Informe Storrow a los periódicos.

El lunes por la mañana se publicaron fragmentos, y los editoriales de los cuatro principales diarios declararon a James J. Storrow el salvador de la ciudad. Llegaron equipos para desmontar las tiendas de campaña de los hospitales de emergencia plantadas por toda la ciudad, y se mandó a casa a los conductores de las ambulancias de reserva. Los presidentes de Jordan Marsh y Filene's ordenaron el cese del adiestramiento de empleados en el manejo de las armas y se confiscaron todas las armas proporcionadas por las empresas. Las divisiones de la Milicia del Estado y de la Caballería nacional, congregadas en Concord, pasaron de estar en alerta roja a alerta azul.

A las tres y media de la tarde, el ayuntamiento de Boston aprobó la resolución de poner el nombre de James J. Storrow a un edificio o una vía pública.

A las cuatro, el alcalde Andrew Peters, al salir de su despacho en el ayuntamiento, se encontró con una multitud que lo esperaba. La gente lo aclamó.

A las cinco y cuarenta y cinco, los policías de las dieciocho comisarías se reunieron para la revista vespertina. Fue entonces cuando el sargento de guardia de cada comisaría informó a los hombres de que el comisario Curtis había ordenado el cese inmediato de los diecinueve hombres suspendidos de empleo la semana anterior.

En Fay Hall, a las once de esa noche, los miembros del Sindicato de la Policía de Boston, en una votación, se reafirmaron en su incorporación a la Federación Americana del Trabajo.

A las once y cinco, votaron a favor de ir a la huelga. Se acordó que dicha acción se iniciaría en la revista vespertina del día siguiente, un martes, y en ese momento mil cuatrocientos policías abandonarían sus puestos.

La votación fue unánime.

35

En su cocina vacía, Eddie McKenna añadió a un vaso de leche caliente dos dedos de whisky irlandés Power's y se lo bebió mientras comía el pollo con puré de patatas que le había dejado Mary Pat en el fogón. En la cocina palpitaba el silencio, y la única iluminación procedía de una lamparilla de gas encima de la mesa por detrás de él. Eddie comía ante el fregadero, como siempre hacía cuando se quedaba solo. Mary Pat había ido a una reunión de la Sociedad para el Control y la Vigilancia, también llamada Sociedad de Nueva Inglaterra para la Erradicación del Vicio. Eddie, que ni siquiera creía en la necesidad de poner nombres a los perros, nunca entendería que le pusieran a una organización no un nombre, sino dos. Pero al menos así, ahora que Edward Junior estudiaba en Rutgers y Beth se había marchado a un convento, Mary Pat lo dejaba en paz, y la sola idea de todas esas viejas frígidas reunidas para despotricar contra los borrachos y las sufragistas le arrancó una sonrisa en la cocina oscura de Telegraph Hill.

Acabó de comer. Dejó el plato en el fregadero y el vaso vacío al lado. Cogió la botella de whisky, se sirvió un vaso lleno y se llevó la botella y el vaso escalera arriba. Por lo que se refería al tiempo, era una noche excelente. Buena para salir a la azotea y dedicar un rato a la meditación, porque, a excepción del tiempo, todo había salido de puta pena. Medio esperaba que el sindicato de policías bolcheviques fuera realmente a la huelga, y así el descalabro de la ANPPN de esa tarde no saldría en primera plana. Vaya una jugada le había gastado aquel negro. Luther Laurence, Luther Laurence, Luther Laurence. El nombre resonaba en su cabeza como la definición misma de la burla y del desprecio destilados.

«Uy, Luther, Luther. Vas a tener sobrados motivos para lamentar el día que saliste del coño viejo y cansado de tu madre. Eso te lo juro, muchacho.»

En la azotea, las estrellas flotaban borrosas sobre él, como si las hubiese dibujado una mano vacilante. Jirones de nubes se deslizaban entre jirones de humo de la Fábrica de Reciclaje del Residuo de Algodón. Desde allí se veían las luces de la Refinería de Azúcar Americana, una monstruosidad con una superficie de cuatro manzanas que generaba sin cesar pegajosas sustancias contaminantes y roedores tan grandes que podían ensillarse para montarlos, y se percibía el olor a petróleo del canal de Fort Point. Aun así, no podía evitar el placer que le daba estar allí y ver el barrio donde Tommy Coughlin y él habían trabajado de jóvenes en su nuevo país. Se habían conocido en el barco, dos polizones descubiertos en extremos opuestos del buque el segundo día en alta mar y obligados a trabajar como esclavos en la cocina. Por la noche, encadenados a las patas de un fregadero del tamaño de un abrevadero, habían intercambiado historias de la Vieja Irlanda. Tommy había dejado atrás a un padre borracho y a un hermano gemelo enfermizo en una choza de aparcero en el sur de Cork. Eddie no había dejado atrás nada aparte de un orfanato en Sligo. No llegó a conocer a su padre, y su madre había muerto a causa de las fiebres cuando él tenía ocho años. Así que allí estaban, dos chicos astutos, apenas adolescentes, pero llenos de energía, eso desde luego, llenos de ambición.

Tommy, con su deslumbrante sonrisa de oreja a oreja y ojos chispeantes, resultó ser un tanto más ambicioso que Eddie. Mientras que Eddie sin lugar a dudas se ganaba bien la vida en su país de adopción, Thomas Coughlin había medrado. Una familia perfecta, una vida perfecta, y el fruto de los chanchullos de toda una vida acumulado en la caja fuerte de su despacho en tal cantidad que habría dejado en ridículo a Midas. Un hombre que lucía su poder cual si fuera un traje blanco en una noche negra como boca de lobo.

Al principio la división del poder no había sido tan evidente. Cuando entraron en la policía, pasaron por la academia, hicieron sus primeras rondas, nada diferenciaba especialmente a un joven del otro. Pero en algún momento, después de sus primeros años en el cuerpo, Tommy manifestó un intelecto furtivo en tanto que Eddie mantuvo una actitud entre engatusadora y amenazante, con su cintura cada vez más ancha; Tommy el Perfecto, en cambio, se conservaba esbelto y sagaz. De pronto, pasó exámenes, ascendió, actuó con guante de seda.

—Ya te alcanzaré, Tommy —susurró Eddie, aunque sabía que no era verdad. Él carecía de la cabeza para los negocios y la política que tenía Tommy. Y aun cuando hubiese llegado a adquirir tales dotes, ya le había pasado el momento. No, tendría que conformarse...

La puerta de su cobertizo estaba entreabierta. Muy poco, pero entreabierta. Se acercó y la abrió del todo. En apariencia seguía todo tal como lo había dejado: una escoba y unas herramientas de jardinería a un lado; dos de sus carteras desgastadas a la derecha. Las empujó hacia el rincón y alargó el brazo hasta que encontró el borde de la tabla del suelo. La levantó, intentando no recordar que había hecho casi exactamente lo mismo en Shawmut Avenue, entre todos aquellos negroides peripuestos que, por detrás de su actitud estoica, se desternillaban de risa.

Debajo de las tablas del suelo estaban los fardos. Él siempre prefería pensar en ellos así. Que Thomas ponga su dinero en el banco o lo invierta en bienes raíces o lo esconda en la caja fuerte empotrada de su despacho. A Eddie le gustaban sus fardos y le gustaba tenerlos allí arriba, donde podía sentarse después de unas cuantas copas y tocarlos, olerlos. En cuanto había demasiados —problema con el que se tropezaba gustosamente más o menos cada tres años—, los llevaba a una caja de seguridad del First National, en Uphams Corner. Hasta entonces, se sentaba con ellos. Allí estaban en ese momento, sí, todos en su sitio como bichos en una alfombra, tal como los había dejado. Encajó de nuevo la tabla. Se puso en pie. Cerró la puerta del cobertizo hasta oír el chasquido de la cerradura.

Se detuvo en medio de la azotea. Ladeó la cabeza.

En el otro extremo de la azotea, vio un contorno rectangular contra el antepecho. De unos treinta centímetros de largo y la mitad de alto.

«¿Y eso qué es?»

Eddie bebió un trago de su vaso de Power's y miró alrededor en la azotea a oscuras. Aguzó el oído. No como aguzaría el oído la mayoría de la gente, sino como un policía después de veinte años persiguiendo a memos por callejones oscuros y edificios oscuros. El aire que sólo poco antes olía a petróleo y al canal de Fort Point, olía ahora a su propia piel húmeda y a la gravilla bajo sus pies. En el puerto, un barco hizo sonar su sirena. En el parque, alguien rió. No muy lejos, se cerró una ventana. Un automóvil pasó por la calle G con un chirrido del cambio de marchas.

No brillaba la luna, y la luz de la farola quedaba una planta por debajo.

Eddie siguió aguzando el oído. Cuando sus ojos se acostumbraron a la noche, tuvo la certeza de que el contorno rectangular no era una ilusión óptica, no le había engañado la vista por efecto de la oscuridad. Estaba allí, sin lugar a dudas, y sabía de sobra qué era.

Una caja de herramientas.

La caja de herramientas, la que le había dado a Luther Laurence, la que contenía las pistolas que él había afanado de los depósitos de pruebas de varias comisarías en la última década.

Eddie dejó la botella de Power's en la gravilla y desenfundó el revólver del calibre 38. Lo amartilló.

—¿Estás ahí? —Sostuvo el arma a la altura de la oreja y escrutó la oscuridad—. ¿Estás ahí, hijo?

Otro minuto de silencio. Otro minuto en el que permaneció inmóvil.

Y siguió sin oírse nada más que los sonidos del barrio y la quietud de la azotea ante él. Bajó su revólver reglamentario. Se golpeteó con él el muslo mientras cruzaba la azotea y alargaba el brazo hacia la caja de herramientas. Allí había más luz; llegaba el resplandor de las farolas del parque y las de Old Harbor Street y de las fábricas dispuestas a lo largo del oscuro canal hasta Telegraph Hill. Cabían pocas dudas de que era la caja de herramientas que le había dado a Luther: las mismas marcas en la pintura, las mismas huellas de desgaste en el asa. La miró y tomó otro trago y reparó en la cantidad de gente que paseaba por el parque. Una cosa insólita a esas horas de la noche, pero era viernes, y quizás el primer viernes en todo un mes que no se echaba a perder por un aguacero.

Fue el recuerdo de la lluvia lo que lo indujo a echar un vistazo a los canalones por encima del antepecho. Vio que uno se había soltado de sus abrazaderas y sobresalía de los ladrillos, ladeado a la derecha e inclinado hacia abajo. Ya estaba abriendo la caja de herramientas cuando recordó que sólo contenía pistolas, y se dijo que había sido una temeridad abrirla antes de llamar a los artificieros. No obstante, se abrió sin percances, y Eddie McKenna enfundó el revólver y se quedó mirando lo último que esperaba encontrar en esa caja de herramientas en particular.

Herramientas.

Varios destornilladores, un martillo, tres llaves de tubo, dos alicates, una pequeña sierra.

Una mano le tocó la espalda casi con delicadeza. Apenas la notó. Como hombre corpulento que era, poco acostumbrado al contacto físico, habría pensado que se requería más fuerza para levantarlo del suelo. Pero estaba ya inclinado, con los pies demasiado juntos, una mano apoyada en la rodilla, un vaso de whisky en la otra. Notó en el pecho una ráfaga fría cuando entró en el espacio entre su casa y la de los Anderson, y oyó el aleteo de su propia ropa en el aire nocturno. Abrió la boca, pensando que debía gritar, y la ventana de la cocina pasó ante sus ojos como un ascensor. Un viento le llenó los oídos en una noche sin viento. El vaso de whisky fue lo primero que se estrelló contra los adoquines, seguido de su cabeza. Fue un sonido desagradable, y después de éste se oyó otro, un chasquido al partírsele la columna.

Alzó la vista hacia las paredes de su casa hasta posar la mirada en el borde de la azotea y le pareció ver a alguien mirándolo desde arriba, pero no habría podido asegurarlo. Se fijó en el trozo de canalón que se había desprendido del ladrillo y se recordó que debía añadirlo a la lista de reparaciones pendientes de la casa. Una larga lista, ésa. Interminable.

—Encontramos un destornillador encima del antepecho, capitán.

Thomas Coughlin apartó la vista del cadáver de Eddie McKenna y miró hacia arriba.

—¿Qué es eso?

El inspector Chris Gleason asintió.

—Según parece, se había asomado para retirar una abrazadera vieja de ese canalón. Estaba partida en dos. Intentaba desatornillarla del ladrillo y... —El inspector Gleason se encogió de hombros—. Lo siento, capitán.

Thomas señaló los cristales rotos junto a la mano izquierda de Eddie.

—Tenía un vaso en la mano, inspector.

—Sí, capitán.

—En la mano. —Thomas volvió a mirar hacia la azotea—. ¿Está diciéndome que desatornillaba una abrazadera y bebía al mismo tiempo?

—Arriba hemos encontrado una botella. Power & Son. Whisky irlandés.

—Conozco su marca preferida, inspector. Aun así, no puede explicarme por qué tenía un vaso en una mano y...

—Era diestro, capitán, ¿no?

Thomas miró a Gleason a los ojos.

—¿Y qué?

—Tenía el vaso en la mano izquierda. —Gleason se quitó el canotier y se alisó el cabello—. Capitán, ya sabe que no quiero discutir con usted. No por esto. Este hombre era una leyenda. Si pensara por un momento que hay por medio juego sucio, removería este barrio hasta que no quedara piedra sobre piedra. Pero ni un solo vecino ha oído nada. El parque estaba lleno de gente, y nadie ha visto nada salvo a un hombre solo en una azotea. No hay indicios de forcejeo, ni de heridas defensivas. Ni siquiera ha gritado, capitán.

Thomas desechó los argumentos y asintió al mismo tiempo. Cerró los ojos por un momento y se acuclilló junto a su más viejo amigo. Se acordó de cuando eran dos muchachos, sucios después del viaje por mar, cuando huían de sus captores. Fue Eddie quien abrió los candados que los mantenían encadenados al fregadero de la cocina. Lo hizo la última noche, y cuando sus carceleros, dos tripulantes llamados Laurette y Rivers, fueron a buscarlos por la mañana, ya se habían mezclado con los pasajeros de tercera clase. En el momento en que Laurette los localizó y empezó a señalar y gritar, habían bajado ya la pasarela y Tommy Coughlin y Eddie McKenna se echaron a correr a toda velocidad entre filas de piernas y maletas y pesadas cajas de embalaje que se mecían en el aire. Esquivaron a marinos y agentes de Aduanas y policías y el sonido penetrante de los silbidos con que pretendían darles el alto. Como en señal de bienvenida. Como para decir: este país es vuestro, chicos, pero tenéis que apoderaros de él.

Thomas miró a Gleason por encima del hombro.

—Déjenos, inspector.

—Sí, capitán.

En cuanto los pasos de Gleason se alejaron del callejón, Thomas cogió la mano derecha de Eddie en la suya. Miró las cicatrices en los nudillos, el dedo medio sin la última falange a causa de una reyerta a navajazos en un callejón en 1903. Se llevó la mano de su amigo a los labios y la besó. La sujetó con fuerza y se la apretó contra la mejilla.

—Nos apoderamos de él, Eddie, ¿eh que sí?

Cerró los ojos y se mordió el labio inferior por un momento.

Volvió a abrir los ojos. Acercó la mano libre a la cara de Eddie y le cerró los párpados con el pulgar.

—Y tanto que nos apoderamos, muchacho, y tanto.

36

Cinco minutos antes de la revista en cada turno, George Strivakis, el sargento de guardia de la Cero-Uno, en Hanover Street, tocaba un gong colgado en la entrada de la comisaría para anunciar a los hombres la hora de presentarse. Cuando abrió la puerta a última hora de la tarde del martes, 9 de septiembre, se olvidó de su pequeña cojera al ver la multitud congregada en la calle. Sólo después de tocar el gong varias veces con fuerza, levantó la cabeza del todo y asimiló la dimensión de la muchedumbre.

Había al menos quinientas personas delante de él. La multitud seguía creciendo conforme hombres, mujeres y granujillas se añadían procedentes de todas las calles. Las azoteas al otro lado de Hanover se llenaron, en su mayoría de niños, unos cuantos de ellos ya mayores, con las miradas endurecidas de los miembros de las bandas. Lo primero que llamó la atención al sargento George Strivakis fue el silencio. Salvo por el roce de los pies, algún que otro tintineo de llaves o monedas, nadie decía palabra. Sin embargo, se percibía la energía en sus ojos. Hasta el último hombre, mujer y niño, mostraban todos la misma carga contenida, la mirada de los perros callejeros al ponerse el sol una noche de luna llena.

George Strivakis apartó la vista de las últimas filas de la multitud y la fijó en los hombres de delante. Dios santo. Todos policías. Vestidos de paisano. Volvió a tocar el gong y después rompió el silencio con una áspera orden:

—¡Agentes, preséntense!

Fue Danny Coughlin quien dio un paso al frente. Subió por la escalinata y dirigió al sargento un seco saludo militar. Strivakis se lo devolvió. Danny siempre le había caído bien. Sabía desde hacía tiempo que carecía del tacto político necesario para llegar al rango de capitán, pero en sus adentros esperaba que algún día ocupase el cargo de inspector jefe como Crowley. Algo se encogió en su interior al contemplar a aquel joven tan prometedor a punto de participar en un motín.

—No lo hagas, hijo —susurró.

Danny fijó la mirada en un punto justo por encima del hombro derecho de Strivakis.

—Sargento —dijo—, la policía de Boston está en huelga.

Dicho esto, el silencio dio paso a una clamorosa ovación y los sombreros volaron por el aire.

Los huelguistas entraron en la comisaría y bajaron en fila al depósito del material reglamentario. El capitán Hoffman había añadido a cuatro hombres más tras el mostrador, y los huelguistas, por turno, entregaron los objetos propiedad del departamento.

Danny se detuvo ante el sargento Mal Ellenburg, quien, pese a su distinguida carrera, no había logrado superar el lastre de su ascendencia alemana durante los años de la guerra. Allí arrinconado desde 1916, se había convertido en un adorno más, la clase de policía que a menudo olvidaba dónde había dejado el revólver.

Danny dejó su propio revólver en el mostrador entre los dos, y Mal lo anotó en la hoja de su portapapeles antes de dejarlo abajo en un cubo. Tras el revólver, Danny entregó el manual del departamento, la chapa de la gorra, las llaves de la taquilla y las cabinas de teléfono, y la porra. Mal lo anotó todo y lo echó todo en distintos cubos. Fijó la vista en Danny y esperó.

Danny le devolvió la mirada.

Mal tendió la mano.

Danny lo miró a la cara.

Mal cerró la mano y volvió a abrirla.

—Tienes que pedirla, Mal.

—Por Dios, Dan.

Danny apretó los dientes para que no le temblaran los labios.

Mal apartó la vista. Cuando volvió a fijarla en Danny, apoyó el codo en el mostrador y, con la mano abierta ante el pecho de Danny, dijo:

—Por favor, agente Coughlin, entregue su placa.

Danny se echó atrás la chaqueta y dejó a la vista la placa prendida de la camisa. Se la desabrochó y retiró el alfiler de la tela. Volvió a cerrar el prendedor y depositó la placa en la palma de la mano de Mal Ellenburg.

—Volveré a buscarla —dijo Danny.

Los huelguistas se reunieron en el vestíbulo. Oían a la multitud en la calle y, a juzgar por el volumen, Danny supuso que se había duplicado. Algo embistió dos veces la puerta. De pronto ésta se abrió de par en par y entraron diez hombres, que volvieron a cerrar de un portazo. Aunque en su mayor parte eran jóvenes, había unos cuantos mayores que parecían llevar la guerra grabada en los ojos; les habían lanzado fruta y huevos.

Relevos. Voluntarios. Esquiroles.

Danny apoyó el dorso de la mano en el pecho de Kevin McRae para indicarle que había que dejar entrar a esos hombres sin estorbarlos ni prestarles atención. Los huelguistas se apartaron mientras los relevos pasaban entre ellos y subían por la escalera de la comisaría.

Fuera, la muchedumbre rugía y se estremecía como un vendaval.

Dentro, se oía en el arsenal de la primera planta el chasquido de las correderas: estaban cargando las armas y repartiendo el material antidisturbios, preparándose para la refriega.

Danny respiró hondo y abrió la puerta.

El ruido llegaba de todas partes: de abajo en la calle y de arriba en las azoteas. La muchedumbre no se había duplicado; se había triplicado. Allí había fácilmente mil quinientas personas, y por sus caras no era fácil saber quién estaba a favor de ellos y quién en contra, porque esas caras se habían convertido en máscaras grotescas de júbilo o indignación, y los gritos de «¡Os queremos, chicos!» se mezclaban con la consigna «¡A la mierda, polis!» y las lamentaciones «¿Por qué? ¿Por qué?» y «¿Quién nos protegerá?». Los aplausos se habrían impuesto de no haber sido por el abucheo y el lanzamiento de fruta y huevos, estampándose la mayoría de los proyectiles contra la pared. Se oían insistentes bocinazos, y Danny distinguió un camión detrás de la muchedumbre. Por su aspecto, cabía suponer que los hombres eran relevos, ya que se los veía asustados. Al bajar y fundirse con la multitud, Danny escudriñó a la gente tan bien como pudo, viendo las toscas pancartas, tanto de apoyo como de censura. Había rostros italianos e irlandeses, jóvenes y viejos. Bolcheviques y anarquistas se mezclaban con los rostros petulantes de la Mano Negra. No muy lejos de ellos, Danny reconoció a unos cuantos miembros de los Gusties, la mayor banda callejera de Boston. Si aquello hubiese sido Southie, el territorio de los Gusties, no le habría extrañado, pero al ver que habían cruzado la ciudad y desplegado a sus miembros, se preguntó si podía contestar con sinceridad a los gritos de «¿Quién nos protegerá?» con algo más que un «No lo sé».

Un hombre robusto salió de entre el gentío y golpeó a Kevin McRae de pleno en la cara con el puño. A Danny lo separaban de él una docena de personas. Mientras se abría paso entre ellas, oyó vociferar al hombre robusto:

—¿Te acuerdas de mí, McRae? Me rompiste el puto brazo al detenerme. ¿Qué vas a hacer ahora?

Cuando Danny llegó hasta Kevin, aquel individuo se había marchado ya, pero otros siguieron su ejemplo, otros que se habían presentado sólo para devolver las palizas que habían recibido a manos de aquellos polis que ya no lo eran, aquellos ex polis.

Ex polis. Dios bendito.

Danny ayudó a Kevin a levantarse a la vez que la muchedumbre se abalanzaba hacia delante y retrocedía. Los hombres del camión habían desmontado y forcejeaban por avanzar hacia la comisaría. Alguien arrojó un ladrillo y un esquirol se desplomó. Sonó un silbato y las puertas de la comisaría se abrieron. En lo alto de la escalinata aparecieron Strivakis y Ellenburg, rodeados de otros sargentos y tenientes, media docena de voluntarios con el rostro empalidecido.

Cuando Danny vio a los esquiroles pugnar por abrirse paso hacia la escalinata y a Strivakis y Ellenburg blandir las porras para despejar el camino, instintivamente se había echado a correr hacia allí para ayudarlos, para unirse a ellos. Otro ladrillo pasó volando entre la multitud y dio de refilón a Strivakis en la cabeza. Ellenburg sujetó a su compañero antes de que cayera, y los dos empezaron a repartir golpes de porra con renovada furia, Strivakis con sangre en la cara y el cuello. Danny dio un paso hacia ellos, pero Kevin lo retuvo.

—Ya no es nuestra lucha, Dan.

Danny lo miró.

Kevin, con los dientes ensangrentados, jadeante, repitió:

—Ya no es nuestra lucha.

Los esquiroles llegaron a la puerta al mismo tiempo que Danny y Kevin acababan de atravesar la multitud, y Strivakis, después de repartir unos cuantos golpes de porra más entre el gentío, cerró de un portazo. La turba aporreó las puertas. Unos cuantos hombres volcaron el camión que había trasladado a los reclutas y alguien encendió el contenido de un tonel.

Ex policías, pensó Danny.

Al menos de momento.

Santo cielo.

Ex policías.

Sentado ante su escritorio, el comisario Curtis tenía el revólver a la derecha del cartapacio.

—Ha empezado, pues.

El alcalde Peters asintió.

—Así es, comisario.

El guardaespaldas de Curtis permanecía detrás de él con los brazos cruzados ante el pecho. Otro esperaba ante la puerta. Ninguno pertenecía al departamento, porque Curtis no se fiaba ya de ningún agente. Eran de Pinkerton. El que estaba detrás de Curtis parecía entrado ya en años y reumático, como si fueran a desprendérsele las extremidades al menor movimiento brusco. El de la puerta era obeso. Ninguno de los dos, concluyó Peters, parecía en condiciones físicas para proteger con su cuerpo, de modo que sólo podían hacer una cosa: disparar.

—Tenemos que llamar a la Milicia del Estado —dijo Peters.

Curtis negó con la cabeza.

—No.

—No es una decisión que le corresponda a usted, me temo.

Curtis se reclinó en la silla y alzó la vista hacia el techo.

—Tampoco a usted, señor alcalde. Le corresponde al gobernador. Acabo de hablar con él por teléfono no hace ni cinco minutos y lo ha dejado muy claro: no debemos involucrar a la Milicia en esta coyuntura.

—¿Qué coyuntura preferirían ustedes? —preguntó Peters—. ¿Escombros?

—Según el gobernador Coolidge, incontables estudios demuestran que en un caso como éste los disturbios nunca empiezan la primera noche. La turba necesita un día entero para movilizarse.

—Dado que muy pocas ciudades han presenciado el abandono laboral de todo el departamento de policía —refutó Peters, intentando mantener la voz bajo control—, me pregunto cuántos de esos «incontables» estudios hacen al caso en nuestra actual situación, comisario.

—Señor alcalde —contestó Curtis, mirando a su guardaespaldas, como si esperase que inmovilizara a Peters en el suelo con una llave—, tendrá que expresar su preocupación al gobernador.

Andrew Peters se levantó y cogió el canotier de la esquina del escritorio.

—Si se equivoca, comisario, no se moleste en venir a trabajar mañana.

Abandonó el despacho, intentando pasar por alto el temblor de sus piernas.

—¡Luther!

Luther se detuvo en la esquina de Winter y Tremont Street y miró alrededor para ver de dónde procedía la voz. Resultaba difícil saber quién lo había llamado porque la muchedumbre iba invadiendo las calles a medida que los rayos del sol en los muros de ladrillos rojos eran cada vez más oblicuos y el verdor del Common se oscurecía. En el Common, aquí y allá, grupos de hombres jugaban a los dados sin esconderse, y las pocas mujeres que quedaban aún en la calle apretaban el paso, en su mayoría ciñéndose el abrigo o cerrándose el cuello.

Definitivamente se acercan malos tiempos, decidió Luther al volverse para tomar por Tremont en dirección a casa de los Giddreaux.

—¡Luther! ¡Luther Laurence!

Volvió a detenerse y se le secó la garganta cuando oyó su verdadero apellido. Un rostro negro familiar apareció entre dos caras blancas, separándose de la multitud como un pequeño globo. Luther lo reconoció, pero, inquieto, tardó aún unos segundos en identificarlo con toda certeza cuando el hombre se apartó de los dos blancos y se acercó por la acera alegremente con una mano en alto por encima del hombro. Chocó los cinco con Luther y le dio un firme apretón.

—¡Pero si es el mismísimo Luther Laurence!

Abrazó a Luther.

—Byron —dijo Luther al soltarlo.

El Viejo Byron Jackson. Su antiguo jefe en el hotel Tulsa, máximo representante del Sindicato de Botones Negros. Un hombre justo con el bote. El Viejo Byron, que desplegaba la más radiante de las sonrisas para los blancos y los maldecía con el mayor veneno concebible en cuanto le daban la espalda. El Viejo Byron, que vivía solo en un apartamento sobre la ferretería en Admiral y nunca hablaba de la mujer y la hija del daguerrotipo en su cómoda vacía. Sí, el Viejo Byron era de los buenos.

—Esto está muy al norte para ti, ¿no?

—Es verdad —contestó el Viejo Byron—. Para ti también, Luther. Por mis muertos, no esperaba encontrarte aquí. Según los rumores...

El Viejo Byron contempló a la multitud.

—¿Qué? —preguntó Luther.

El Viejo Byron se inclinó y fijó la mirada en la acera.

—Según los rumores, estabas muerto, hijo.

Luther señaló hacia Tremont con la mano y el Viejo Byron se colocó a su par mientras se encaminaban hacia Scollay Square, alejándose de casa de los Giddreaux y el South End. En medio de la multitud cada vez más numerosa, avanzaban despacio.

—No estoy muerto —dijo Luther—. Sólo me trasladé a Boston.

—¿Por qué hay tanta gente aquí? —preguntó el Viejo Byron.

—La policía ha empezado una huelga.

—¡No es posible!

—Pues sí —contestó Luther.

—Leí que podía ocurrir —dijo el Viejo Byron—, pero nunca lo habría creído. Eso será malo para los nuestros, ¿verdad, Luther?

Luther negó con la cabeza.

—No lo creo. Aquí no hay muchos linchamientos, pero nunca se sabe qué ocurrirá si alguien se olvida de atar al perro.

—Incluso al perro más tranquilo, ¿no?

—A ésos sobre todo. —Luther sonrió—. ¿Y qué te ha traído hasta aquí, Byron?

—Mi hermano —contestó el Viejo Byron—. Tiene cáncer. Lo está devorando vivo.

Luther lo miró y vio hundirse sus hombros bajo el peso.

—¿Tiene alguna posibilidad?

El Viejo Byron negó con la cabeza.

—Lo tiene en los huesos.

Luther apoyó una mano en su espalda.

—Lo siento.

—Gracias, hijo.

—¿Está ingresado?

El Viejo Byron hizo un gesto de negación con la cabeza.

—En casa. —Señaló a la izquierda con el pulgar—. En el West End.

—¿Eres su único pariente?

—Tengo una hermana. Vive en Texarkana. No puede viajar por motivos de salud.

—Lo siento —repitió Luther, sin saber qué más podía decir, y el Viejo Byron se encogió de hombros.

—¿Qué se le va a hacer?

A su izquierda alguien gritó, y Luther vio a una mujer con la nariz ensangrentada, el rostro contraído, como si esperase otro puñetazo del hombre que le arrancó el collar y se echó a correr hacia el Common. Alguien se rió. Un niño se encaramó a una farola, sacó un martillo del cinturón y destrozó la lámpara.

—Esto está poniéndose cada vez más feo —comentó el Viejo Byron.

—Sí.

Luther se planteó dar media vuelta, ya que casi todo el mundo parecía ir en dirección a Court Square y luego seguir hacia Scollay Square, pero al volver la vista atrás no vio ni un solo hueco. Había sólo hombros y cabezas, un hatajo de marineros borrachos en medio, con los ojos enrojecidos y las caras llenas de acné. Una pared en movimiento, obligándolos a avanzar. Luther lamentó haber metido al Viejo Byron en aquello, por sospechar de él, aunque sólo fuese por un momento, que no era simplemente un viejo a punto de perder a su hermano. Alargó el cuello por encima del gentío para buscar una salida, y justo enfrente, en la esquina de City Hall Avenue, unos cuantos hombres arrojaron piedras contra el escaparate del estanco Big Chief, con un estruendo como el de media docena de detonaciones de fusil. El cristal se hizo añicos que quedaron suspendidos en su sitio por un instante, resquebrajándose en la brisa húmeda y finalmente viniéndose abajo.

Un fragmento de cristal fue a parar al ojo de un hombre de baja estatura. Apenas había tenido tiempo de llevarse la mano al ojo cuando una muchedumbre lo arrolló para entrar en el estanco. Los que no consiguieron acceder rompieron el escaparate contiguo, éste de una panadería, y barras de pan y magdalenas salieron volando y aterrizaron entre la gente.

El Viejo Byron, con los ojos desorbitados, parecía asustado, y Luther le rodeó los hombros con el brazo e intentó apaciguar su miedo hablando de trivialidades.

—¿Cómo se llama tu hermano?

El Viejo Byron ladeó la cabeza como si no entendiera la pregunta.

—He dicho cómo...

—Carnell —respondió el Viejo Byron—. Sí. —Dirigió a Luther una sonrisa trémula y asintió—. Se llama Carnell.

Luther le devolvió la sonrisa. Esperaba que fuera una sonrisa reconfortante, y mantuvo el brazo en torno al Viejo Byron pese al temor a la navaja o la pistola que ahora sabía ya que aquel hombre llevaba encima.

Fue ese «Sí» lo que lo puso sobre aviso. Fue la manera en que el Viejo Byron lo dijo, como si se lo confirmase a sí mismo, respondiendo a una pregunta en un examen para el que se había preparado en exceso.

Estalló otro escaparate, esta vez a su derecha. Y luego otro más. Un hombre blanco y gordo los apartó a la izquierda de un empujón y se precipitó hacia la sombrerería Peter Rabbit. Seguían rompiéndose lunas: Complementos de Caballero Sal Myer, Zapatería Lewis, Prendas de Vestir Princeton, Punto y Confección Drake. Explosiones secas y estridentes. Destellos de cristal en las paredes, crujidos bajo los pies, escupitajos al aire. A unos cuantos metros por delante de ellos, un soldado golpeó en la cabeza a un marinero con la pata de una silla, la madera teñida ya de sangre.

«Carnell. Sí. Se llama Carnell.»

Luther retiró el brazo de los hombros del Viejo Byron.

—¿A qué se dedica Cornell? —preguntó Luther cuando un marinero con cortes en los brazos por los cristales rotos de un escaparate pasó entre ellos, manchando de sangre todo lo que tocaba.

—Luther, tenemos que salir de aquí.

—¿A qué se dedica Cornell? —repitió Luther.

—Es envasador de carne —contestó el Viejo Byron.

—Cornell es envasador de carne.

—Sí —respondió Byron a voz en grito—. Luther, tenemos que librarnos de esto.

—¿No habías dicho que se llamaba Carnell? —dijo Luther.

El Viejo Byron abrió la boca pero no habló. Dirigió a Luther una mirada desvalida, casi desesperada, moviendo ligeramente los labios en busca de palabras.

Luther cabeceó lentamente.

—Viejo Byron —dijo—. Viejo Byron.

—Puedo explicarlo.

El Viejo Byron forzó una triste sonrisa.

Luther asintió, como si se dispusiera a escuchar, y de pronto lo empujó contra el grupo más cercano a su derecha y giró sobre sus talones rápidamente entre dos hombres más blancos que el papel, muertos de miedo. Se deslizó entre otros dos hombres de espaldas el uno al otro. Alguien rompió otro escaparate, y luego unos cuantos individuos dispararon al aire. Una de las balas, al caer, hirió en el brazo a un hombre junto a Luther; el herido soltó un grito de dolor y empezó a sangrar. Luther llegó a la otra acera y resbaló en los cristales rotos. Estuvo a punto de caer, pero recobró el equilibrio en el último momento y se aventuró a echar una mirada atrás al otro lado de la calle. Avistó al Viejo Byron, arrimado contra una pared de ladrillo, mirando a uno y otro lado, mientras un individuo sacaba medio cerdo arrastrándolo entre los cristales rotos del escaparate de una carnicería. Con mucho esfuerzo, consiguió dejarlo en la acera, donde encajó varios puñetazos en la cabeza de tres hombres que siguieron pegándole hasta mandarlo al otro lado del escaparate. Se apropiaron del cerdo ensangrentado y se lo llevaron a hombros por Tremont.

Carnell, y una mierda.

Luther pisó con cuidado los cristales e intentó mantenerse en la periferia de la muchedumbre, pero en cuestión de minutos se vio empujado de nuevo al centro. No era ya un grupo de gente, era un enjambre viviente y pensante que daba órdenes a las abejas que contenía, se aseguraba de que todas permanecieran alborotadas, descontentas y voraces. Luther se caló más el sombrero y mantuvo la cabeza gacha.

Docenas de personas, todas con cortes a causa de los cristales, gemían y se lamentaban. El enjambre se excitaba aún más al verlas y oírlas. Todo hombre con un sombrero de paja se veía despojado de él y la gente se mataba a palos por barras de pan y chaquetas y zapatos robados, destrozando en muchos casos aquello de lo que pretendían adueñarse. Los grupos de marineros y soldados eran escuadrones enemigos errantes, separándose de pronto de la manada para arremeter contra sus rivales. Luther vio que metían a una mujer en un portal, vio a varios hombres rodearla. La oyó gritar pero no consiguió acercarse a ella, inmovilizado por muros de hombros, cabezas y torsos como vagones de mercancías en los apartaderos. Oyó gritar otra vez a la mujer y las risas y los abucheos de los hombres, y contemplando ese espantoso mar de caras blancas despojadas de sus máscaras cotidianas, deseó quemarlos a todos en una gran hoguera.

Cuando llegaron a Scollay Square, debían de ser unos cuatro mil. Allí, Tremont se ensanchaba, y Luther consiguió por fin apartarse nuevamente del centro, abrirse paso hasta la acera. En ese momento oyó a alguien decir: «Ese negro tiene su propio sombrero», y siguió avanzando hasta encontrarse con otro muro de hombres que salían de una licorería arrasada, apurando una botella, rompiéndola contra la acera y descorchando después la siguiente. Unos cuantos cretinos con aspecto de retrasados mentales echaron abajo las puertas del casino Waldron, y Luther oyó el espectáculo de variedades interrumpirse en seco. Varios hombres salieron de inmediato empujando un piano, con el pianista tumbado encima boca abajo; uno de los cretinos iba sentado sobre su culo, montándolo como si fuera un caballo.

Se volvió a la derecha, y el Viejo Byron Jackson le asestó una puñalada en el bíceps. Luther cayó de espaldas contra la pared del casino Waldron. El Viejo Byron arremetió otra vez con una expresión salvaje y aterrorizada en el semblante. Luther le lanzó una patada y se apartó de la pared cuando el Viejo Byron se abalanzó sobre él con la navaja y erró, saltando chispas de la hoja al entrar en contacto con el ladrillo. Luther le dio un puñetazo en la oreja, mandándolo de cabeza contra la pared.

—¿Por qué coño lo haces? —preguntó.

—Tengo deudas —contestó el Viejo Byron, y encorvándose, lo embistió.

Luther chocó contra la espalda de alguien al esquivar la estocada. El hombre con el que había tropezado lo agarró por la camisa y lo obligó a volverse de cara a él. Luther se zafó de las manos de aquel individuo y lanzó una patada atrás; oyó el golpe del pie contra alguna parte del Viejo Byron Jackson y su resoplido. El blanco le dio un puñetazo en la mejilla, pero Luther ya se lo esperaba y se dejó llevar por el impulso en medio del gentío que aún se arremolinaba delante de la licorería. Se abrió camino entre ellos y subió al teclado del piano de un brinco. Oyó unos cuantos vítores cuando saltó desde las teclas por encima del pianista y el hombre que montaba sobre él. Aterrizó al otro lado sin perder el equilibrio y, tras percibir la sorpresa de un hombre al ver salir de la nada a aquel negro, se adentró en la multitud.

La turbamulta siguió avanzando. Invadieron Faneuil Hall, y soltaron a unas cuantas vacas de sus corrales, y alguien volcó un carromato de frutas y verduras y le prendió fuego delante del dueño, que, con la cabeza ensangrentada, se hincó de rodillas y se mesó los cabellos. Más adelante, una repentina descarga, varias pistolas disparadas por encima de la muchedumbre, y a continuación un grito desesperado:

—¡Somos policías de paisano! Depongan su actitud en el acto.

Más disparos de advertencia y la multitud empezó a vociferar en respuesta:

—¡Muerte a los policías! ¡Muerte a los policías!

—¡Muerte a los esquiroles!

—¡Muerte a los policías!

—¡Muerte a los esquiroles!

—¡Muerte a los policías!

—¡Retrocedan o tiraremos a matar! ¡Retrocedan!

Debían de hablar en serio, porque Luther sintió que la corriente cambiaba de dirección y se vio obligado a girar sobre los talones en medio del enjambre que volvía por donde había venido. Más detonaciones. Otro carromato incendiado, los destellos amarillos y rojos reflejados en los adoquines broncíneos y el ladrillo rojo. Luther entrevió su propia sombra desplazarse entre esos colores junto con todas las demás sombras. Unos alaridos llenaron el cielo. El chasquido de un hueso roto, un grito penetrante, el estallido de una luna, sirenas de bomberos resonando con tal insistencia que Luther ya casi ni las oía.

Y de repente empezó a llover, un denso aguacero, golpeteando y silbando, envolviendo en vapor las cabezas destocadas. Al principio, Luther albergó la esperanza de que la lluvia dispersara a la muchedumbre, pero si acaso atrajo aún a más gente. Zarandeado por el enjambre, Luther se dejó arrastrar mientras destruían otras diez tiendas, tres restaurantes, irrumpían en el Beech Hall durante un combate de boxeo y dejaban sin conocimiento a golpes a los púgiles. Y repartían golpes también entre el público.

En Washington Street, los principales grandes almacenes —Filene's, White's, Chandler's y Jordan Marsh— se habían preparado en previsión del ataque. Los hombres que montaban guardia ante Jordan Marsh los vieron venir a dos manzanas de distancia y salieron a la calzada con pistolas y escopetas. Ni siquiera mediaron palabra. Se plantaron en medio de Washington Street, como mínimo quince hombres, y abrieron fuego. El enjambre se agachó y a continuación dio otro par de pasos al frente, pero los hombres de Jordan Marsh arremetieron contra ellos, atronando la calle con sus armas, y el tumulto cambió nuevamente de rumbo. Luther oyó gritos de terror. Los hombres de Jordan Marsh siguieron disparando y el enjambre retrocedió a todo correr de vuelta a Scollay Square.

A esas alturas, era ya un zoo entero fuera de las jaulas. Todo el mundo bebía y aullaba bajo la lluvia. Chicas aturdidas del espectáculo de variedades, despojadas de sus borlas, erraban con los pechos desnudos. Coches volcados y hogueras en las aceras. Lápidas arrancadas del cementerio de Old Granary y apoyadas contra paredes y vallas. Una pareja follando encima de un Modelo T volcado. Dos hombres peleando a puño descubierto en medio de Tremont Street mientras los apostantes formaban un corrillo en torno a ellos y las esquirlas de cristal manchadas de sangre y mojadas crujían bajo sus pies. Cuatro soldados llevaron a rastras a un marinero inconsciente hasta el parachoques trasero de uno de los coches tumbados y se mearon encima de él entre los vítores de la multitud. Una mujer apareció en la ventana de un piso alto y pidió ayuda a gritos. La multitud la vitoreó también a ella, antes de que una mano se cerrase en torno a su cara y la apartase de la ventana. La gente vitoreó un poco más.

Luther se miró la mancha de sangre en la manga y se examinó la herida comprobando que no era profunda. Vio a un hombre sin sentido apoyado en el bordillo con una botella de whisky entre las piernas. Se agachó y cogió la botella. Se echó un poco en el brazo y bebió un trago. Vio estallar otro escaparate y oyó más gritos y gemidos, pero al final todo ruido quedó ahogado por los vítores maliciosos de ese enjambre triunfal.

¿Esto?, deseó gritar. ¿A esto rendí pleitesía? ¿A ustedes? ¿Y me hacían sentirme inferior porque yo no era como ustedes? ¿A ustedes he estado diciendo «sí, señor», «no, señor»? ¿A ustedes, que son unos putos... animales?

Bebió otro trago y, al recorrer la muchedumbre con la mirada, avistó al Viejo Byron Jackson al otro lado de la calle, de pie frente a la fachada enjalbegada de una tienda, en su día una librería, abandonada desde hacía varios años, quizás el único escaparate que quedaba entero en Scollay Square. El Viejo Byron miró por Tremont en dirección equivocada, y Luther, echando atrás la cabeza, apuró la botella, la tiró al suelo a sus pies y empezó a cruzar la calle.

Rostros vidriados, blancos, desenmascarados se cernían en torno a él, ebrios de alcohol, ebrios de poder y anarquía, pero ebrios también de algo más. Algo innombrable hasta ese momento, algo que siempre habían llevado dentro, siempre escondido.

La inconsciencia.

No era más que eso. Hacían cosas en su vida cotidiana y les ponían otros nombres, nombres bonitos: idealismo, deber cívico, honor, metas. Pero allí estaba ahora la verdad, justo ante sus ojos. Todo lo hacían por la sencilla razón de que querían hacerlo. Querían dejarse arrastrar por la ira y querían violar y querían destruir todo lo que fuera posible sencillamente porque podía destruirse.

A la mierda todos, pensó Luther, y a la mierda esto. Llegó hasta el Viejo Byron Jackson y lo agarró por la entrepierna y por el pelo.

Me voy a casa.

Entre los aullidos del Viejo Byron, Luther lo levantó por encima de su cabeza con un balanceo y lo lanzó contra la luna del escaparate.

—Una pelea de negros —anunció alguien a voz en cuello.

El Viejo Byron aterrizó en el suelo vacío y los fragmentos de cristal cayeron sobre él y alrededor de él. Intentó protegerse con los brazos pero el vidrio lo alcanzó de todos modos: una esquirla le cortó la mejilla, otra se llevó por delante la cara exterior del muslo.

—¿Vas a matarlo, muchacho?

Luther se volvió y miró a los tres blancos a su izquierda. Estaban como cubas.

—Podría ser —contestó.

Entró en la tienda sembrada de vidrios rotos saltando por encima del escaparate.

—¿Qué clase de deudas?

El Viejo Byron tomó aire y lo expulsó entre los dientes con un silbido. Sujetándose el muslo con las manos, dejó escapar un suave gemido.

—Te he hecho una pregunta.

Detrás de él, uno de los blancos se rió.

—¿Habéis oído? Le ha «hecho una pregunta» —remedó el blanco con exagerado acento sureño.

—¿Qué clase de deudas?

—¿Y tú qué crees?

El Viejo Byron apoyó la cabeza en los cristales y arqueó la espalda.

—Le das, supongo.

—Le he dado toda la vida. Opio, no heroína —contestó el Viejo Byron—. ¿Quién te piensas que se la pasaba a Jessie Tell, idiota?

Luther le pisó el tobillo al Viejo Byron, y el viejo hizo rechinar los dientes.

—No pronuncies su nombre —ordenó Luther—. Era amigo mío. Tú no lo eres.

—¡Eh, charol! —exclamó uno de los blancos—. ¿Vas a matarlo o qué?

Luther negó con la cabeza y oyó a los hombres lamentarse y marcharse.

—Pero no voy a salvarte, Viejo Byron. Si te mueres, te mueres.

¿Has venido hasta aquí para matar a uno de los tuyos por esa mierda que te metes en el cuerpo?

Luther escupió en los cristales rotos.

El Viejo Byron escupió sangre a Luther, pero cayó en su propia camisa.

—Siempre me caíste gordo, Luther. Te crees muy especial.

Luther se encogió de hombros.

—Soy especial. Cada día que paso en este mundo y no soy tú y no soy eso... —señaló con el pulgar a sus espaldas—... soy especial, tienes toda la razón. Ya no me dan miedo, tú ya no me das miedo, mi propio color de piel tampoco me da miedo. A la mierda todo para siempre.

El Viejo Byron miró al techo.

—Me caes aún más gordo.

—Bien. —Luther sonrió. Se agachó junto al Viejo Byron—. Sospecho que vivirás, viejo. Métete otra vez en ese tren y vuelve a Tulsa. ¿Me has oído? Y cuando te bajes, vete derecho a ver a Smoke y dile que has fallado. Dile que ya da igual, porque en adelante no le costará mucho encontrarme. —Luther acercó tanto la cara al Viejo Byron Jackson que podría haberlo besado—. Dile a Smoke que voy a por él. —Lo abofeteó con fuerza en la mejilla ilesa—. Vuelvo a casa, Viejo Byron. Díselo a Smoke. Y si no se lo dices... —Luther se encogió de hombros—. Pues ya se lo diré yo.

Se puso en pie y, pisando los cristales rotos, atravesó el escaparate. No volvió la vista atrás para mirar al Viejo Byron. Se abrió paso entre la multitud de blancos enardecidos y el griterío y la lluvia y el zumbido del enjambre y supo que había puesto fin a todas las mentiras en las que se había permitido creer, todas las mentiras conforme a las que había vivido, a todas las mentiras.

Scollay Square, Court Square, el North End. Newspaper Row. Roxbury Crossing. Pope's Hill. Codman y Eggleston Square. Había avisos en toda la ciudad, pero en ningún distrito tantos como en el de Thomas Coughlin. South Boston estaba en plena erupción.

Los incontrolados habían vaciado las tiendas de todo Broadway y tirado el género a la calle. Thomas no le vio ni pizca de lógica a eso: uno al menos usaba el producto de su saqueo. Desde el centro del puerto hasta Andrew Square, desde el canal de Fort Point hasta Farragut Road, no quedaba intacto un solo escaparate de un solo comercio. Centenares de casas habían corrido la misma suerte. En East y West Broadway campaba a su aire lo peor del populacho: eran ya diez mil personas y seguían en aumento. Se habían producido violaciones —violaciones, pensó Thomas con los dientes apretados— en público, tres en West Broadway, una en la Cuatro Este, otra en uno de los muelles contiguos a Northern Avenue.

Y continuaban llegando avisos:

El dueño de la cafetería Mully's había quedado inconsciente de una paliza cuando todos los clientes decidieron de común acuerdo no pagar la cuenta. El pobre desdichado estaba ahora en el dispensario de Haymarket con la nariz rota, un tímpano perforado y media docena de dientes menos.

En el cruce de Broadway con la calle E, unos bromistas empujaron una calesa robada contra el escaparate de la panadería O'Donnell's. Como eso no fue diversión suficiente, le prendieron fuego. Con ello, redujeron a cenizas la panadería y los sueños de diecisiete años de Declan O'Donnell. La lechería Budnick: destruida. Connor & O'Keefe's: en ruinas. De punta a punta de Broadway, mercerías, sastrerías, casas de empeños, tiendas de comestibles, incluso un establecimiento de venta de bicicletas: todo había desaparecido. Todo incendiado o arrasado hasta no quedar piedra sobre piedra.

Niños y niñas, en su mayoría menores que Joe, lanzaron huevos y piedras desde la azotea del mercado Mohican, y los pocos agentes que Thomas pudo permitirse enviar informaron de que se sentían incapaces de disparar contra niños. Los bomberos que acudieron se expresaron en los mismos términos.

Y el último informe: un tranvía tuvo que detenerse en la travesía de Broadway con Dorchester Street a causa de las mercancías apiladas en el cruce. La multitud añadió cajas, toneles y colchones a la pila, y luego alguien llevó gasolina y una caja de cerillas. Los viajeros del tranvía se vieron obligados a huir junto con el conductor y casi todos recibieron golpes cuando la muchedumbre se apresuró a subir al vehículo, arrancó los asientos de las abrazaderas de metal y los lanzó por las ventanillas.

¿A qué venía esa adicción por los cristales rotos? Eso era lo que Thomas deseaba saber. ¿Cómo iba a detenerse semejante locura? Tenía bajo su mando sólo a veintidós policías, en su mayor parte sargentos y tenientes, casi todos de más de cuarenta años, más un contingente de voluntarios asustados e inservibles.

—¿Capitán Coughlin?

Al alzar la vista vio de pie en la puerta a Mike Eigen, un sargento recién ascendido.

—Por Dios, sargento, ¿y ahora qué?

—Alguien ha mandado un contingente de la policía de Metro Park a patrullar por el South End.

Thomas se puso en pie.

—Nadie me ha informado.

—No sé de dónde procede la orden, capitán, pero han quedado inmovilizados.

—¿Cómo?

Eigen asintió.

—En la iglesia de San Agustín. Están abatiendo a agentes.

—¿A tiros?

Eigen negó con la cabeza.

—A pedradas, capitán.

Una iglesia. Policías hermanos apedreados. En una iglesia. En su distrito.

Thomas Coughlin no se dio cuenta de que había volcado su escritorio hasta que lo oyó chocar contra el suelo. El sargento Eigen dio un paso atrás.

—Basta ya —exclamó Thomas—. Por Dios, basta ya.

Thomas cogió el cinto de la pistolera que colgaba cada mañana en el perchero.

El sargento Eigen lo observó abrochárselo.

—Eso digo yo, capitán.

Thomas alargó el brazo hacia el cajón interior izquierdo del escritorio volcado. Lo sacó y lo dejó sobre los dos cajones superiores. Extrajo una caja de munición calibre 32 y se la metió en el bolsillo. Encontró una de cartuchos de escopeta y se la guardó en el otro bolsillo. Miró al sargento Eigen.

—¿Qué hace aún aquí?

—¿Capitán?

—Reúna a todos los hombres que quedan en pie en este mausoleo. Tenemos que acudir a una refriega. —Thomas enarcó las cejas—. Y no vamos a andarnos con chiquitas, sargento.

Eigen respondió al instante con un saludo militar y una ancha sonrisa se dibujó en su semblante.

Thomas le devolvió la sonrisa al mismo tiempo que retiraba su escopeta del soporte sobre el archivador.

—Sin dilación, hijo.

Eigen se alejó corriendo mientras Thomas cargaba la escopeta, disfrutando con el sonido de los cartuchos al deslizarse y entrar en la recámara. Eso le devolvió el ánimo por primera vez desde el inicio de la huelga a las cinco cuarenta y cinco. En el suelo había una foto de Danny en el día de su graduación en la academia, mientras el propio Thomas le prendía la placa en el pecho. Su fotografía preferida.

La pisó al encaminarse hacia la puerta, incapaz de negar la satisfacción que lo invadió al oír crujir el cristal.

—¿No quieres proteger nuestra ciudad, hijo? —preguntó—. Bien. Lo haré yo.

Cuando se apearon de los coches patrulla frente a San Agustín, la muchedumbre se volvió hacia ellos. Thomas veía a los agentes de Metro Park intentar contener a la multitud con las porras y las pistolas desenfundadas, pero estaban ensangrentados, y los montones de piedras sobre la escalinata de caliza blanca daban fe de la enconada batalla que aquellos agentes iban perdiendo.

Lo que Thomas sabía de la turba era bastante elemental: cualquier cambio de dirección la obligaba a perder el rumbo, aunque sólo fuera por unos segundos. Si uno se adueñaba de esos segundos, se adueñaba de la turba. Si se adueñaban ellos, se adueñaban de uno.

Se bajó del coche y el hombre más cercano a él, un Gustie apodado Phil Scanlon «el Pispa», se echó a reír y dijo:

—Vaya, capitán Cough...

Thomas le partió la cara de un culatazo. Phil *el Pispa* se desplomó como un caballo tras recibir un balazo en la cabeza. Thomas apoyó la boca de la escopeta en el hombro del Gustie a sus espaldas, Sparks *el Cabezón*. Thomas apuntó el cañón hacia el cielo y disparó. El Cabezón perdió el oído del lado izquierdo. Se tambaleó, vidriándosele al instante los ojos, y Thomas dijo a Eigen:

—Haga los honores, sargento.

Eigen golpeó a Sparks *el Cabezón* en plena cara con el revólver reglamentario, y ahí se acabó el Cabezón por esa noche.

Thomas apuntó la escopeta al suelo y disparó.

La multitud retrocedió.

—Soy el capitán Thomas Coughlin —vociferó, y aplastó la rodilla de un pisotón a Phil *el Pispa*.

Como no consiguió el sonido que buscaba, lo intentó de nuevo. Esta vez oyó el grato crujido del hueso y después el previsible alarido. Hizo una señal con el brazo y los once hombres que había conseguido reunir se desplegaron en torno a la multitud.

—Soy el capitán Thomas Coughlin —repitió—, y que nadie se lleve a engaño: venimos a derramar sangre. —Recorrió los rostros de la turba con la mirada—. Vuestra sangre. —Se volvió hacia los agentes de la policía de Metro Park, aún en la escalinata de la iglesia. Eran diez, y parecían haberse encogido—. Apunten sus armas o dejen de considerarse agentes de la ley.

La multitud retrocedió otro paso cuando los hombres de Metro Park levantaron las armas.

—¡Amartíllenlas! —ordenó Thomas a pleno pulmón.

Los agentes obedecieron, y la muchedumbre retrocedió unos pasos.

—Como vea a alguien levantar la mano con una piedra —vociferó Thomas—, tiraremos a matar.

Avanzó cinco pasos y apoyó la escopeta en el pecho de un hombre con una piedra en la mano. El hombre soltó la piedra y se orinó en la pierna izquierda. Thomas se planteó la posibilidad de mostrar clemencia y la descartó de inmediato debido al clima reinante. Le abrió la frente de un culatazo al meón y pasó por encima de él.

—Corred, miserables. —Los recorrió con la mirada—. ¡Corred!

Nadie se movió —estaban demasiado estupefactos—, y Thomas se volvió hacia Eigen, hacia los hombres en la periferia, hacia los agentes de Metro Park.

—Fuego a discreción.

Los agentes de Metro Park lo miraron.

Thomas alzó la vista al cielo en un gesto de exasperación. Desenfundó su revólver reglamentario, lo levantó por encima de la cabeza y disparó seis veces.

Los hombres lo entendieron. Empezaron a descargar sus armas en el aire y la muchedumbre estalló y se dispersó como las gotas de un balde de agua roto. Corrieron calle arriba. Corrieron y corrieron, adentrándose como flechas en los callejones y las calles adyacentes, tropezando contra los coches volcados, desplomándose en la acera, pisándose unos a otros, arrojándose al interior de las tiendas a través de los escaparates y cayendo sobre los cristales que ellos mismos habían hecho añicos una hora antes.

Thomas, con un golpe de muñeca, vació los casquillos en la calle. Dejó la escopeta a sus pies y volvió a cargar el revólver. En el aire flotaban el olor penetrante de la pólvora y el eco de las detonaciones. La multitud continuaba su desesperada huida. Thomas enfundó el revólver y volvió a cargar la escopeta. Aquel largo verano de impotencia y confusión se borró de su corazón. Se sintió otra vez como un joven de veinticinco años.

Unas ruedas chirriaron detrás de él. Thomas se volvió en el momento en que un Buick negro y cuatro coches patrulla se detenían bajo la llovizna que empezaba a caer. El superintendente Michael Crowley se apeó del Buick. Portaba su propia escopeta y el revólver en una hombrera. Lucía un vendaje en la frente y tenía manchado de huevo y trozos de cáscara el elegante traje oscuro.

Thomas le sonrió y Crowley le respondió con una sonrisa cansina.

—Ya era hora de imponer un poco de ley y orden, ¿no, capitán?

—Desde luego, superintendente.

Avanzaron por el centro de la calle mientras los demás hombres se situaban detrás de ellos.

—Como en los viejos tiempos, ¿eh, Tommy? —dijo Crowley cuando empezaron a avistar a otra muchedumbre recién concentrada en Andrew Square, dos manzanas por delante.

—Precisamente en eso estaba pensando, Michael.

—¿Y cuando desalojemos a esos de ahí?

«Cuando» los desalojemos. No «si» los desalojamos. Eso a Thomas le gustó.

—Recuperaremos Broadway.

Crowley dio una palmada a Thomas en el hombro.

—¡Cómo echaba esto de menos!

—Yo también, Michael, yo también.

El chófer del alcalde Peters, Horace Russell, condujo el Rolly Royce Silver Ghost bordeando la zona del conflicto, sin adentrarse en ninguna calle tan llena de escombros o gente que después hubiesen tenido dificultades para volver a salir. Y fue así como, mientras el populacho se alborotaba, su alcalde lo observaba de lejos, pero no tan de lejos como para no oír sus terribles gritos de guerra, sus alaridos y risas agudas, el susto ante los disparos repentinos, el incesante ruido de cristales rotos.

Al dejar atrás Scolley Square, creyó haber visto lo peor, pero luego vio el North End, y no mucho después, South Boston. Comprendió que se habían hecho realidad pesadillas tan atroces que ni siquiera se había atrevido a soñarlas.

Los votantes habían puesto en sus manos una ciudad con una reputación incomparable. La Atenas de América, cuna de la Revolución americana y de dos presidentes, sede de más universidades que ninguna otra ciudad de la nación, el centro del universo.

Y bajo su mandato se desmoronaba ladrillo a ladrillo.

Volvieron a cruzar el puente de Broadway, dejando atrás las llamas y el vocerío de South Boston. Andrew Peters pidió a Horace Russell que lo llevara al teléfono más cercano. Encontraron uno en el hotel Castle Square en el South End, que esa noche era de momento el único barrio tranquilo por el que habían pasado.

Observado sin el menor disimulo por los botones y el director, el alcalde Peters llamó al Arsenal del Estado. Tras identificarse ante el soldado que atendió, le pidió que le pasara con el comandante Dallup sin pérdida de tiempo.

—Dallup al habla.

—Comandante, soy el alcalde Peters.

—Sí, señor.

—¿Está usted en estos momentos al mando del cuerpo motorizado y del primer escuadrón de caballería?

—Así es, señor. Bajo el mando del general Stevens y el coronel
Dalton, señor.

—¿Y dónde están ahora?

—Con el gobernador Coolidge en la Asamblea Legislativa, creo.

—En tal caso, es usted el oficial de más alto rango de servicio, comandante. Sus hombres deben permanecer en el arsenal y listos. No
deben marcharse a casa. ¿Queda claro?

—Sí, señor.

—Iré a pasar revista y le daré sus instrucciones de despliegue.

—Sí, señor.

—Esta noche tendrá que sofocar algún que otro disturbio, comandante.

—Será un placer, señor.

Cuando Peters llegó al arsenal al cabo de un cuarto de hora, vio salir
a un soldado del edificio y enfilar Commonwealth en dirección a
Brighton.

—¡Soldado! —Salió del coche y levantó una mano—. ¿Adónde va?

El soldado lo miró.

—¿Quién coño es usted?

—Soy el alcalde de Boston.

El soldado se cuadró de inmediato y saludó.

—Mis disculpas, señor.

Peters devolvió el saludo.

—¿Adónde va, hijo?

—A casa. Vivo aquí a la vuelta...

—Tiene usted órdenes de permanecer listo.

El soldado asintió.

—Pero el general Stevens ha dado contraorden.

—Vuelva a entrar —exigió Peters.

Cuando el soldado abrió la puerta, otros se disponían a salir, pero
el primer desertor los obligó a retroceder diciendo:

—El alcalde, el alcalde.

Peters entró con paso firme y avistó a un hombre con el haz de

657

hojas de roble de comandante junto a la escalera que conducía a las oficinas.

—¡Comandante Dallup!

—¡Señor!

—¿Qué significa esto?

Peters abarcó con un gesto el arsenal, a los hombres con el cuello desabrochado, sin armas, en posición de descanso.

—Señor, si me permite explicárselo.

—¡Adelante!

A Peters le sorprendió el tono de su propia voz, potente, dura como el pedernal.

Sin embargo, antes de que el comandante Dallup pudiera decir nada, se oyó una voz atronadora en lo alto de la escalera.

—¡Estos hombres se van a casa! —En el descansillo, por encima de ellos, se hallaba el gobernador Coolidge—. Alcalde Peters, usted no tiene nada que hacer aquí. Váyase también a casa.

Mientras Coolidge descendía por la escalera, escoltado por el general Stevens y el coronel Dalton, Peters subió apresuradamente. Los cuatro hombres coincidieron hacia la mitad.

—La ciudad entera se ha alzado.

—Eso no es verdad.

—La he recorrido, gobernador, y le, le, le … —Peters detestaba ese tartamudeo que lo asaltaba cuando se ponía nervioso, pero esta vez no se detuvo por eso—. Le aseguro, señor Coolidge, que esto no es un hecho aislado. Son decenas de miles de hombres y están…

—No es un alzamiento —insistió Coolidge.

—¡Sí lo es! En South Boston, en North End, en Scollay Square. Vaya a verlo usted mismo, si no me cree.

—Lo he visto.

—¿Desde dónde?

—Desde la Asamblea Legislativa.

—¿La Asamblea Legislativa? —repitió Peters, ahora a pleno pulmón, y su voz incluso a él mismo se le antojó la de un niño. Mejor dicho, de una niña—. No hay disturbios en Beacon Hill, gobernador. Están produciéndose en…

—Ya basta.

Coolidge levantó una mano.

—¿Ya basta? —exclamó Peters.

—Váyase a casa, señor alcalde. Váyase a casa.

Fue el tono lo que colmó la paciencia de Andrew Peters, el tono que un padre reservaba para un niño mimado en plena rabieta sin sentido.

Entonces el alcalde Andrew Peters hizo algo que, tenía la casi total certeza, no había ocurrido nunca en la política de Boston: asestó un puñetazo al gobernador en plena cara.

Estando como estaba un peldaño por debajo, tuvo que saltar para hacerlo, y además Coolidge era alto, así que no fue un gran puñetazo. Pero alcanzó al gobernador cerca del ojo izquierdo.

Coolidge quedó atónito, inmóvil. Peters, de tan complacido, decidió pegarle otra vez.

El general y el coronel lo sujetaron por los brazos y varios soldados corrieron escalera arriba, pero en esos contados segundos, Peters logró hacer blanco unas pocas veces más con su manoteo.

Curiosamente, el gobernador en ningún momento retrocedió ni levantó las manos para defenderse.

Varios soldados llevaron al alcalde Andrew Peters al pie de la escalera y lo dejaron en el suelo.

Peters pensó en subir otra vez.

Pero al final señaló al gobernador Coolidge con el dedo.

—Esto quedará en su conciencia.

—Pero correrá de su cargo, señor alcalde. —Coolidge se permitió una leve sonrisa—. Correrá de su cargo, señor Peters.

37

El miércoles por la mañana, a las siete y media, Horace Russell llevó al alcalde Peters al ayuntamiento. Sin hogueras ni griterío ni oscuridad, las calles habían perdido su aire espectral, pero la descarnada huella del paso de la turbamulta se veía por doquier. Prácticamente no quedaba intacto un solo escaparate, ni en Washington ni en Tremont ni en ninguna de sus travesías. Cascarones vacíos donde antes hubo comercios. Chasis de automóviles carbonizados. Tanta basura y escombros en las calles que Peters imaginó que ése era el aspecto de una ciudad después de prolongados combates y bombardeos esporádicos.

En el Boston Common, vio a hombres que yacían en el estupor de la ebriedad o jugaban sin tapujos a los dados. Al otro lado de Tremont, unas cuantas personas tapiaban sus escaparates. Delante de algunas tiendas, se paseaban hombres con escopetas y rifles. Los cables de teléfono colgaban, seccionados, de los postes. Los indicadores de las calles habían desaparecido. La gran mayoría de las farolas de gas estaban rotas.

Peters se llevó una mano a los ojos, porque sentía una abrumadora necesidad de llorar. Por su cabeza fluía un torrente de palabras tan continuo que tardó un momento en darse cuenta de que salían por su boca en un susurro: «Esto no tenía que haber sucedido, esto no tenía que haber sucedido, esto no tenía que haber sucedido...».

El impulso de llorar se convirtió en algo más frío cuando llegaron al ayuntamiento. Subió a su despacho y telefoneó de inmediato a la jefatura de policía.

Contestó Curtis personalmente, cansado, su voz una sombra de sí misma.

—Sí.

—Comisario, soy el alcalde Peters.

—Llama para pedir mi dimisión, supongo.

—Llamo para que me dé una evaluación de daños. Empecemos por ahí.

Curtis suspiró.

—Ciento veintinueve detenciones. Cinco alborotadores heridos de bala, ninguno grave. Quinientas sesenta y dos personas atendidas en el dispensario de Haymarket, una tercera parte en relación con cortes a causa de los cristales rotos. Noventa y cuatro atracos denunciados. Sesenta y siete agresiones. Seis violaciones.

—¿Seis?

—Denunciadas, sí.

—¿Y cuántas calcula usted que se han producido realmente?

Otro suspiro.

—Basándome en los informes sin confirmar del North End y South Boston, yo diría que docenas. Treinta, pongamos.

—Treinta. —Peters sintió de nuevo la necesidad de llorar, pero esta vez no lo asaltó como una oleada abrumadora, sino que fue sólo una sensación punzante en el fondo de los ojos—. ¿Daños materiales?

—Ascenderá a cientos de miles.

—Sí, cientos de miles, eso mismo pensaba yo.

—La mayor parte causados a pequeños comercios. Los bancos y grandes almacenes...

—Contrataron servicios de seguridad privados, lo sé.

—Ahora los bomberos ya no irán a la huelga.

—¿Cómo?

—Los bomberos —repitió Curtis—. La huelga de solidaridad. Mi enlace en el departamento me ha dicho que están tan indignados por el sinfín de falsas alarmas atendidas anoche que se han vuelto contra los huelguistas.

—¿De qué nos sirve esa información ahora, comisario?

—No dimitiré —anunció Curtis.

Vaya desfachatez la de este hombre, pensó el alcalde. Qué poca vergüenza. La ciudad asediada por el populacho y no piensa más que en su cargo y su orgullo.

—No hará falta —replicó Peters—. Lo retiro yo del puesto.

—No puede.

—Sí puedo. A usted que le gustan tanto los reglamentos, comisario, hágame el favor de consultar la sección seis, capítulo veintitrés de las ordenanzas municipales de 1885. Cuando haya acabado, recoja las cosas de su mesa. Su sustituto llegará a las nueve.

Peters colgó. Esperaba sentir una satisfacción mayor, pero uno de los aspectos más desalentadores de todo aquel asunto era el hecho mismo de que la única victoria posible, en un principio, era evitar la huelga. Una vez desencadenada, nadie, y menos él, podía atribuirse el menor logro. Llamó a su secretaria, Martha Pooley, y ésta entró en el despacho con la lista de nombres y números de teléfono que él había pedido. Empezó por el coronel Sullivan de la Milicia Nacional. Cuando contestó, Peters se saltó las formalidades.

—Coronel Sullivan. Le habla su alcalde. Voy a darle una orden directa que no admite contraorden. ¿Comprendido?

—Sí, señor alcalde.

—Reúna a toda la Milicia del Estado en la zona de Boston. Voy a poner bajo su mando el Décimo Regimiento, el Primer Escuadrón de Caballería, el Primer Cuerpo Motorizado y el Cuerpo de Ambulancias. ¿Existe alguna razón que le impida cumplir con ese deber, coronel?

—Ninguna en absoluto.

—Pues póngase en marcha.

—Sí, señor alcalde.

Peters colgó y marcó de inmediato el número particular del general Charles Cole, ex comandante de la LII División Yanqui y uno de los principales miembros de la Comisión de Storrow.

—General Cole.

—Señor alcalde.

—¿Estaría usted dispuesto a prestar un servicio a su ciudad ejerciendo el cargo de comisario de policía?

—Sería un honor.

—Le mandaré un coche. ¿A qué hora estará listo, general?

—Ya estoy vestido, señor alcalde.

El gobernador Coolidge celebró una conferencia de prensa a las diez. Informó de que, además de contar con los regimientos solicitados por el alcalde Peters, había pedido al general de brigada Nelson Bryant que tomara el mando de la respuesta del estado a la crisis. El general Bryant había accedido y se pondría al frente de los regimientos undécimo, duodécimo y decimoquinto de la Milicia del Estado, así como de una compañía de ametralladoras.

Los voluntarios siguieron afluyendo a la Cámara de Comercio para recibir sus placas, uniformes y armas. La mayoría, observó, eran ex oficiales de la División Yanqui de Massachusetts y se habían distinguido en el servicio durante la Gran Guerra. También observó que 150 estudiantes de Harvard, incluido el equipo de fútbol al completo, habían prestado juramento para entrar a formar parte del departamento de la policía voluntaria.

—Estamos en buenas manos, caballeros.

Cuando se le preguntó por qué no se había llamado a la Milicia del Estado la noche anterior, el gobernador Coolidge contestó:

—Ayer me convencieron de que dejara a las autoridades municipales al frente de la seguridad pública. Desde entonces he dudado del acierto de haber depositado mi confianza en otros.

Cuando un periodista preguntó al gobernador a qué se debía el hematoma debajo de su ojo izquierdo, el gobernador Coolidge anunció que la conferencia de prensa había concluido y abandonó la sala.

Danny estaba con Nora en la azotea de su edificio mirando hacia el North End. Durante uno de los peores momentos de los disturbios, un grupo de hombres había cortado Salem Street amontonando neumáticos de camión, rociándolos de gasolina y prendiéndolos. Danny veía uno desde allí arriba, derretido en la calle y todavía humeante, y percibía su hedor. La multitud había ido creciendo toda la noche, inquieta, convulsa. A eso de las diez, había dejado de errar y empezado a desahogarse. Danny había observado desde su ventana. Impotente.

Para cuando amainó a eso de las dos, las calles estaban tan arrasadas y ultrajadas como después de la inundación de melaza. Las víctimas —de agresiones, atracos, palizas inmotivadas, violaciones— elevaron sus voces desde las calles y desde las ventanas de las casas de vecindad y pensiones. Gemidos, lamentaciones y llantos. Los gritos de aquellos elegidos por la violencia arbitraria, a quienes sólo quedaba la certidumbre de que nunca recibirían justicia en este mundo.

Y la culpa la tenía Danny.

Nora le dijo que no era así, pero él vio que no estaba del todo convencida. Ella había ido cambiando a lo largo de la noche; la duda había asomado a sus ojos. Con respecto a la decisión que él había tomado, con respecto a él. Cuando por fin se acostaron esa noche, los labios de ella se posaron en su mejilla, fríos, y vacilantes. En lugar de poner un brazo encima del pecho de Danny y una pierna sobre la de él, como era su costumbre, se durmió mirando hacia el otro lado. Le rozaba la espalda con la suya, así que no era un rechazo total, pero él lo sintió igualmente.

Ahora, de pie ambos en la azotea con su café, contemplando los estragos en la calle bajo la luz gris de una mañana encapotada, Nora apoyó la mano en la parte baja de la espalda de Danny. Fue un contacto ligerísimo y la retiró en el acto. Cuando Danny se volvió, Nora se mordisqueaba el borde del pulgar y tenía los ojos empañados.

—Hoy no vayas a trabajar —dijo él.

Ella negó con la cabeza pero no dijo nada.

—Nora.

Ella dejó de mordisquearse el pulgar y cogió la taza de café del antepecho. Lo miró con los ojos muy abiertos e inexpresivos, inescrutables.

—No vayas a...

—Sí voy a ir —dijo ella.

Él cabeceó.

—Es demasiado peligroso. No quiero que andes por esas calles.

Ella movió los hombros en un gesto casi imperceptible.

—Es mi trabajo. No quiero que me despidan.

—No te despedirán.

Nora volvió a encogerse apenas de hombros.

—¿Y si te equivocas? ¿De qué vamos a vivir?

—Esto pronto acabará.

Ella movió la cabeza en un gesto de negación.

—Sí acabará —insistió Danny—. En cuanto la ciudad comprenda que no nos quedaba más remedio y que...

Ella se volvió hacia él.

—La ciudad os odiará, Danny. —Abarcó las calles con un ademán—. Nunca os perdonará esto.

—¿Nos hemos equivocado, pues?

Lo asaltó una profunda sensación de aislamiento, teñida de una desolación y desesperanza que nunca había experimentado.

—No —dijo ella—. No. —Se acercó a él y le acarició la mejilla. El roce de sus dedos en la piel fue como una salvación—. No, no, no. —Le sacudió la cara hasta que él fijo la mirada en la suya—. No os habéis equivocado. Habéis hecho lo único que podíais hacer. Es sólo que...

Volvió a desviar la mirada.

—¿Qué?

—Se las han ingeniado para que la única opción que os quedaba os condenara con toda seguridad. —Lo besó; él percibió la sal de sus lágrimas—. Te quiero. Creo en lo que has hecho.

—Pero piensas que estamos condenados.

Nora apartó lentamente las manos de su cara y las dejó caer a los lados.

—Creo...

Una creciente frialdad apareció en el semblante de Nora ante la mirada de Danny, actitud que empezaba a descubrir en ella: su necesidad de afrontar las crisis con distanciamiento. Levantó la mirada y ya no tenía los ojos húmedos.

—Creo que muy posiblemente te has quedado sin trabajo. —Le dirigió una sonrisa tensa y triste—. Así que yo no puedo perder el mío, ¿no te parece?

La acompañó a la fábrica.

Alrededor, ceniza gris y el crujido constante de cristales. Jirones de ropa ensangrentada, tartas aplastadas contra los adoquines entre trozos de ladrillo y madera chamuscada. Tiendas ennegrecidas. Carretas y coches volcados, todos quemados. Dos mitades de una falda en la alcantarilla, mojadas y manchadas de hollín.

Por lo que vieron al salir del North End, ésa era la tónica general: en todas partes había más de lo mismo y, ya en Scollay Square, los destrozos eran de mayor alcance y magnitud. Danny intentó atraer a Nora hacia sí, pero ella prefirió caminar sola. De vez en cuando le tocaba la mano y le lanzaba una mirada de íntimo pesar, y al repechar Bowdoin

Street apoyó la cabeza en su hombro por un momento, pero no habló. Él tampoco. No había nada que decir.

Después de dejarla en el trabajo, Danny volvió al North End y se unió al piquete delante de la Comisaría Cero-Uno. A lo largo de última hora de la mañana y primera hora de la tarde, recorrieron una y otra vez Hanover Street. Algunos transeúntes los saludaron con palabras de apoyo y otros gritándoles «¡Qué vergüenza!», pero la mayoría callaba. Pasaban por el borde de la acera con la vista baja o miraban a través de Danny y los demás hombres como si fueran espectros.

Los esquiroles fueron llegando durante todo el día. Danny había dado orden de que se les permitiera la entrada siempre y cuando circundaran el piquete en lugar de atravesarlo. Salvo por una tensa agarrada y unos cuantos abucheos, los esquiroles entraron en la Comisaría Cero-Uno sin percances.

En todo Hanover se oían los martillazos de los hombres que tapiaban los escaparates con tablones mientras otros barrían los cristales y rescataban de los escombros todo el género que la turba había pasado por alto. Un zapatero al que Danny conocía, Giuseppe Balari, se quedó largo rato contemplando su tienda asolada. Había apilado madera contra la puerta y dispuesto las herramientas, pero en el momento de empezar a cubrir el escaparate, dejó el martillo en la acera y permaneció allí inmóvil, con las manos a los lados y las palmas hacia arriba. Así estuvo durante diez minutos.

Cuando se volvió, Danny no consiguió bajar la vista a tiempo, y su mirada y la de Giuseppe se cruzaron. Con los ojos puestos en Danny desde la otra acera, formó con los labios las palabras: ¿por qué?

Danny cabeceó, un gesto de impotencia, volvió la cara al frente y dio otra vuelta por delante de la comisaría. Cuando miró de nuevo, Giuseppe había colocado un tablón contra el marco del escaparate y empezado a martillar.

A mediodía, varias grúas salieron a despejar las calles. Con las cajas llenas de escombros, traqueteaban y tintineaban sobre los adoquines, y los conductores se veían a obligados a detenerse una y otra vez para recoger los fragmentos que caían a la calle. No mucho después, un

Packard Single Six paró junto a la acera cerca del piquete y Ralph Raphelson asomó la cabeza por la ventanilla de atrás.

—¿Tienes un momento, agente?

Danny bajó la pancarta y la dejó apoyada contra una farola. Subió al asiento de atrás con Raphelson. Éste le dedicó una sonrisa incómoda y guardó silencio. Danny miró por la ventanilla a los hombres que caminaban en círculo, los escaparates tapiados a uno y otro lado de Hanover.

—La votación sobre la huelga de solidaridad se ha aplazado —comunicó Raphelson.

La primera reacción de Danny fue de frío aturdimiento.

—¿Aplazado?

Raphelson asintió.

—¿Hasta cuándo?

Raphelson miró por la ventanilla.

—Es difícil saberlo. Tenemos problemas para ponernos en contacto con varios delegados.

—¿No se puede votar sin ellos?

Raphelson movió la cabeza en un gesto de negación.

—Todos los delegados deben estar presentes. Eso es sagrado.

—¿Y cuánto tiempo se tardará en reunirlos a todos?

—No sabría decirlo.

Danny se volvió en el asiento.

—¿Cuánto tiempo?

—Podría ser a lo largo del día de hoy. Podría ser mañana.

El aturdimiento de Danny dio paso a un repentino miedo.

—Pero no más.

Raphelson no contestó.

—Ralph —dijo Danny—. Ralph.

Raphelson se volvió y lo miró.

—Mañana a más tardar —dijo Danny—. ¿Verdad?

—No puedo garantizarte nada.

Danny se reclinó en el asiento.

—Dios mío —susurró—. Dios mío.

En la habitación de Luther, Isaiah y él metieron en la maleta la ropa recién lavada que les había subido la señora Grouse. Isaiah, inveterado viajero, enseñó a Luther a enrollar las prendas en lugar de plegarlas, y las fueron colocando en la maleta.

—Así tendrás un poco más de espacio —dijo Isaiah— y no se te arrugará tanto la ropa. Pero hay que enrollarla muy bien. Mira.

Luther observó a Isaiah, luego juntó las perneras de un pantalón y empezó a enrollarlas desde los bajos.

—Aprieta un poco más.

Luther extendió el pantalón y lió la primera vuelta comprimiendo la tela el doble que antes y siguió enrollando con las manos muy cerradas.

—Ya empiezas a cogerle el truco.

Luther atenazó bien la tela entre los dedos.

—¿Y ella cómo lo llevará?

—Ya se le pasará, seguro. —Isaiah puso una camisa en la cama y la abrochó. La dobló y, tras alisar los pliegues, la enrolló. Cuando acabó, se volvió, la puso en la maleta y una vez más deslizó la palma de la mano por encima—. Ya se le pasará.

Bajaron por la escalera y dejaron la maleta en el suelo. Encontraron a Yvette en el salón. Ella alzó la vista de la edición vespertina de *The Examiner*. Le brillaban los ojos.

—Puede que manden a la Milicia del Estado a los focos de conflicto.

Luther asintió.

Isaiah ocupó su sillón de costumbre junto a la chimenea.

—Supongo que los disturbios casi han terminado.

—Eso espero. —Yvette dobló el periódico y lo dejó en la mesita lateral. Se arregló el vestido en las rodillas—. Luther, ¿me servirías una taza de té?

Luther se acercó al aparador donde estaba el servicio de té y echó un terrón de azúcar y una cucharadita de leche en la taza antes de añadir el té. Colocó la taza en el platillo y se la llevó a la señora Giddreaux. Ella le dio las gracias con una sonrisa y una inclinación de cabeza.

—¿Dónde estabas? —preguntó.

—Arriba.

—Ahora no. —Bebió un sorbo de té—. Durante la gran inauguración. Cuando cortamos la cinta.

Luther volvió al aparador y sirvió otra taza de té.

—¿Señor Giddreaux?

Isaiah levantó una mano.

—Gracias, pero no, hijo, no me apetece.

Luther asintió, añadió un terrón de azúcar y se sentó delante de la señora Giddreaux.

—Me entretuvieron. Lo siento.

—Hay que ver cómo se enfadó ese policía grandullón. Fue como si supiera exactamente dónde debía buscar. Y sin embargo no encontró nada.

—Qué raro —observó Luther.

La señora Giddreaux bebió otro sorbo de té.

—Por suerte para nosotros.

—Supongo que así son las cosas.

—Y ahora te vas a Tulsa.

—Allí tengo a mi mujer y mi hijo, señora Giddreaux. Ya sabe que no me iría si no fuera por una razón de peso.

Ella sonrió y se miró el regazo.

—Quizá nos escribas.

En ese punto Luther casi se vino abajo, casi cayó de rodillas.

—Señora Giddreaux, sabe que le escribiré. Lo sabe de sobra.

Ella le levantó el ánimo con sus hermosos ojos.

—Hazlo, hijo mío, hazlo.

Cuando ella volvió a bajar la vista, Luther cruzó una mirada con Isaiah y asintió.

—Si me permite...

La señora Giddreaux volvió a mirarlo.

—Todavía tengo un asunto pendiente con aquellos amigos blancos míos.

—¿Qué clase de asunto?

—Una despedida como Dios manda —contestó Luther—. Si pudiera quedarme un par de noches más, me facilitaría las cosas.

Ella se echó al frente en su sillón.

—¿Estás siendo condescendiente con una anciana?

—Eso nunca, señora.

Ella lo señaló con el dedo en un lento gesto admonitorio.

—Parece que no hayas roto nunca un plato.

—No suelo hacerlo —replicó Luther—, y menos ante la perspectiva de que en ese plato pueda haber un trozo de ese pollo asado que usted guisa.

—¿Basta con eso?

—Creo que sí.

La señora Giddreaux se levantó y se arregló la falda. Se volvió hacia la cocina.

—Hay que pelar unas patatas y lavar las judías, jovencito. No te entretengas.

Luther la siguió a la cocina.

—Ni se me ocurriría.

Se ponía el sol cuando la turba salió de nuevo a las calles. En algunas zonas —South Boston y Charlestown— se repitió el mismo caos aleatorio, pero en otras, especialmente en Roxbury y el South End, adquirió un cariz político. Cuando Andrew Peters se enteró, pidió a Horace Russell que lo llevara en coche a Columbus Avenue. El general Cole no quería dejarlo salir sin escolta militar, pero Peters lo convenció de que no le sucedería nada. Se había pasado toda la noche anterior en las calles y era mucho más fácil moverse con un automóvil que con tres.

Horace Russell detuvo el coche en el cruce de Arlington y Columbus. La multitud se hallaba a una travesía de distancia, y Peters salió del coche y recorrió media manzana. En el camino pasó junto a tres toneles llenos de brea, con antorchas hincadas. Esa imagen, como salida de la Edad Media, avivó su miedo.

Las pancartas eran aún peores. Mientras que las pocas que había visto la noche anterior eran en su mayor parte ordinarias variaciones de «A LA MIERDA LA POLICÍA» O «A LA MIERDA LOS ESQUIROLES», estas otras habían sido minuciosamente preparadas con letras rojas de un color tan vivo como la sangre. Varias estaban en ruso, pero las demás se entendían con toda claridad:

¡LA REVOLUCIÓN YA!
¡ACABEMOS CON LA TIRANÍA DEL ESTADO!
¡MUERTE AL CAPITALISMO! ¡MUERTE A LOS NEGREROS!
¡DERROQUEMOS LA MONARQUÍA CAPITALISTA!

... y la que menos gustó de todas al alcalde Andrew J. Peters...

Volvió a toda prisa al coche e indicó a Horace Russell que lo llevara derecho a ver al general Cole.

Previamente informado, el general Cole recibió la noticia sin mayor sorpresa.

—Ya tenemos noticia de que en Scollay Square la multitud presenta una actitud cada vez más política. South Boston también es un polvorín. No creo que logren contenerlos con cuarenta policías, como hicieron anoche. Acabo de mandar un destacamento de voluntarios a las dos zonas para ver si consiguen sofocar los disturbios. Además, deben volver con información concreta sobre el número de alborotadores y el alcance de la influencia bolchevique.

—Arda Boston, arda —susurró Peters.

—No llegaremos a ese punto, señor alcalde. Se lo aseguro. ¡Pero si hasta el equipo de fútbol de Harvard está armado y esperando órdenes! He ahí a unos excelentes jóvenes. Y me mantengo en contacto permanente con el comandante Sullivan y el mando de la Milicia del Estado. Están a la vuelta de la esquina, señor alcalde, listos para actuar.

Peters asintió, buscando consuelo en eso, por pequeño que fuera. Cuatro regimientos enteros, más una unidad de ametralladoras, el cuerpo motorizado y el de ambulancias.

—Iré a ver al comandante Sullivan ahora —dijo Peters.

—Tenga cuidado ahí fuera, señor alcalde. Se acerca la noche.

Peters abandonó el despacho que hasta el día anterior había ocupado Edwin Curtis. Subió por la cuesta hasta el edificio de la Asamblea Legislativa y, al verlos, le dio un vuelco el corazón: ¡Dios santo, un ejército! Bajo el gran arco al fondo del edificio, el Primer Escuadrón de Caballería desfilaba en sus monturas incesantemente de un lado al otro, resonando el chacoloteo de los cascos contra los adoquines como disparos amortiguados. En los jardines delanteros que daban a Beacon Street, los Regimientos Duodécimo y Decimoquinto estaban formados en posición de descanso. Al otro lado de la calle, en lo alto del

Common, los Regimientos Décimo y Undécimo permanecían firmes. Si bien Peters nunca había deseado llegar hasta ese punto, se le podía perdonar la efusión de orgullo que despertó en él la imagen del poder del estado de Massachusetts. Eso era la antítesis de la turba. Eso era una fuerza calculada, sometida al imperio de la ley, capaz de contención y de violencia por igual. Eso era el puño bajo el guante de seda de la democracia, y era magnífico.

Aceptó sus saludos al pasar entre ellos y subir por la escalinata del edificio de la Asamblea Legislativa. Sentía el cuerpo ya por completo ingrávido al cruzar el gran vestíbulo de mármol y recibir indicaciones para llegar hasta el comandante Sullivan, que se encontraba en la parte de atrás con el Primero de Caballería. Sullivan había instalado su puesto de mando bajo el arco; en la mesa larga frente a él, los teléfonos y las radios de campaña sonaban a un ritmo frenético. Los oficiales atendían las llamadas, tomaban nota y entregaban los papeles al comandante Sullivan. Éste reparó en que el alcalde se acercaba y enseguida volvió a centrar la atención en el último parte.

Saludó a Andrew Peters.

—Señor alcalde, llega justo a tiempo.

—¿Para qué?

—Los policías voluntarios que ha mandado el general Cole a Scollay Square han caído en una emboscada. Se ha producido un tiroteo y hay varios heridos.

—Santo cielo.

El comandante Sullivan asintió.

—No durarán, señor alcalde. No sé si aguantarán más de cinco minutos, a decir verdad.

Había llegado la hora, pues.

—¿Sus hombres están listos?

—Puede verlo con sus propios ojos, señor alcalde.

—¿La caballería? —preguntó Peters.

—No hay manera más rápida de dispersar a una multitud y hacerse con el dominio de una situación, señor alcalde.

A Peters le chocó lo absurdo de todo aquello: una acción militar decimonónica en la América del siglo xx. Absurdo y, sin embargo, por alguna razón, oportuno.

Peters dio la orden:

—Salve a los voluntarios, comandante.

—Con mucho gusto, señor.

El comandante Sullivan se despidió con un enérgico saludo y un joven capitán le acercó el caballo. Sullivan metió el pie en el estribo sin siquiera mirarlo y saltó con elegancia a lomos del animal. El capitán subió a la montura situada detrás de la de Sullivan y alzó un clarín a la altura del hombro.

—Primer Escuadrón de Caballería, bajo mi mando cabalgaremos hacia Scollay Square, en el cruce de Cornhill y Sudbury. Rescataremos a los policías voluntarios y restableceremos el orden. No deben disparar contra la gente a menos que sea inevitable. Repito: absolutamente inevitable. ¿Entendido?

—¡Sí señor! —contestaron a coro los hombres con voz firme.

—¡En ese caso, caballeros, en formación!

Los caballos se dispusieron en filas tan rectas y precisas como el filo de una navaja.

Peters pensó: Un momento. Sin prisas. Calma. Pensémoslo bien.

—¡A la carga!

Sonó el clarín, y el caballo del comandante Sullivan atravesó el pórtico como una bala de cañón. El resto de la caballería siguió su ejemplo y el alcalde Peters, sin darse cuenta, corrió junto a ellos. Se sintió como un niño en su primer desfile, pero aquello era mejor que cualquier desfile, y ya no era un niño sino un guía de hombres, un hombre digno de un saludo militar hecho sin ironía.

Casi lo aplastó un caballo con su flanco cuando doblaban al llegar a la verja de la Asamblea Legislativa. Torcieron rápidamente a la derecha y, al llegar a Beacon, tomaron a la izquierda y se alejaron a todo galope. Peters nunca había oído nada semejante al sonido de esos cascos contra los adoquines. Era como si el cielo hubiese descargado rocas a centenares, a miles, y de pronto fisuras y grietas blancas aparecieron en las ventanas del primer tramo de Beacon, y todo el barrio de Beacon Hill se estremeció por la gloriosa furia de las bestias y sus jinetes.

Para cuando doblaron a la izquierda en Cambridge Street y enfilaron hacia Scollay Square, la totalidad del escuadrón había dejado atrás al alcalde Peters, pero éste siguió corriendo, acelerándose por efecto de la pronunciada pendiente de Beacon, y cuando llegó a Cambridge, los vio de nuevo, a una manzana, con los sables en alto, el clarín anunciando su llegada. Y un poco más adelante, la muchedumbre. Un mar enorme y compacto que se extendía en todas direcciones.

¡Cómo habría deseado Peters haber nacido con unas piernas dos veces más rápidas, tener alas, al contemplar esas majestuosas bestias zainas y sus magníficos jinetes abrir una brecha entre la multitud! Mientras separaban las aguas de aquel mar compacto, Andrew Peters siguió corriendo y el mar cobró definición, se convirtió primero en cabezas y luego en caras. También los sonidos eran ya más nítidos. Voces, gritos, algún chillido que no parecía humano, los golpes y silbidos del metal, el primer disparo.

Luego el segundo.

Luego el tercero.

Andrew Peters llegó a Scollay Square a tiempo de ver a un caballo y su jinete caer en el escaparate de una farmacia quemada. Una mujer yacía en tierra con sangre manándole de las orejas y la huella de un casco en el centro de la frente. Los sables sajaban brazos y piernas. Un hombre con la cara ensangrentada apartó a su alcalde de un empujón. Un policía voluntario, aovillado en la acera con las manos en el costado, lloraba, casi desdentado por completo. Los caballos caracoleaban ferozmente, pisando y atronando el suelo con sus grandes patas, y los jinetes blandían los sables.

Un caballo, tras desplomarse de costado, coceó y relinchó. Alrededor la gente cayó, la gente recibió coces, la gente gritó. El caballo seguía coceando. El jinete apoyó los pies con firmeza en el estribo y el caballo se alzó entre la muchedumbre, los ojos blancos, grandes como huevos y desorbitados por el pánico. Plantando las patas delanteras, lanzó coces con las traseras y luego volvió a desplomarse con un gemido de confusión y abandono.

Justo delante del alcalde Peters, un policía voluntario, con la cara contraída por el miedo, apuntó su arma, un rifle Springfield. Andrew Peters vio lo que iba a suceder una décima de segundo antes de que sucediese, vio al otro hombre con el bombín negro y el bastón, aparentemente aturdido, como si hubiese recibido un golpe en la cabeza, pero sosteniendo aún el bastón, tambaleante. Y Andrew Peters exclamó:

—¡No!

Pero la bala salió del rifle del voluntario y penetró en el pecho del hombre aturdido del bastón. Lo traspasó y, al salir de su cuerpo, se incrustó en el hombro de otro individuo, que giró sobre los talones y cayó al suelo. El voluntario y Andrew Peters observaron al hombre del bastón doblado por la cintura, inmóvil. Permaneció así durante unos segundos y por fin soltó el bastón y se precipitó hacia delante. Sacudió la pierna y luego exhaló una bocanada de sangre negra y se quedó quieto.

Andrew Peters sintió que aquel espantoso verano se condensaba en ese instante. Todos los sueños de paz, de alcanzar una solución mutuamente beneficiosa, todo el trabajo duro y la buena voluntad, toda la esperanza...

El alcalde de la gran ciudad de Boston agachó la cabeza y lloró.

38

Thomas confiaba en que la labor que habían llevado a cabo la noche anterior Crowley y él, secundados por su banda variopinta, hubiese transmitido un mensaje claro, pero no fue así. Habían roto cabezas, eso desde luego. Habían arremetido con ferocidad y sin miedo contra la multitud de Andrew Square y luego se habían enfrentado a otra en West Broadway, dispersándola. Dos veteranos y treinta y dos muchachos con diversos grados de experiencia y diversos niveles de miedo. ¡Treinta y cuatro contra miles! Cuando por fin Thomas llegó a casa, tardó horas en conciliar el sueño.

Pero la turba volvía a la carga. Dos veces más numerosa. Y a diferencia de la noche anterior, estaba organizada. Los bolcheviques y los anarquistas se habían mezclado con ellos, repartiendo armas y retórica en igual medida. Los Gusties y diversos matones del estado y de fuera del estado, agrupados en cuadrillas, se dedicaban a reventar cajas fuertes por todo Broadway. Caos, sí, pero ya no a ciegas.

Thomas había recibido una llamada del propio alcalde pidiéndole que se abstuviera de actuar hasta la llegada de la Milicia del Estado. Al preguntar Thomas cuándo creía Su Excelencia que iba a llegar esa ayuda, el alcalde contestó que había surgido un imprevisto en Scollay Square pero los soldados llegarían en breve.

En breve.

La anarquía se había adueñado de West Broadway. En ese mismo momento, los ciudadanos a quienes Thomas había jurado proteger eran las víctimas. Y los únicos salvadores posibles llegarían... en breve.

Thomas se pasó una mano por los ojos y a continuación levantó el auricular de la horquilla del teléfono y pidió al telefonista que lo pusiera con su casa. Contestó Connor.

—¿Todo bien? —preguntó Thomas.

—¿Aquí? —respondió Connor—. Sí. ¿Cómo están las calles?

—Mal —dijo Thomas—. No salgas.

—¿Necesitas otro hombre? Puedo echar una mano, padre.

Thomas cerró los ojos por un momento, deseando querer más a ese hijo.

—A estas alturas un hombre no cambiará nada, Con. Ya no viene de ahí.

—Ese puto Danny.

—Con —dijo Thomas—, ¿cuántas veces he de decirte que me desagrada ese vocabulario? ¿Es que a ese respecto no te entra nada en esa mollera tan dura tuya, hijo?

—Perdona, padre. Perdona. —El profundo suspiro de Connor se oyó al otro lado de la línea—. Es que yo... Danny ha sido el causante de todo esto. Ha sido Danny, padre. La ciudad está destruyéndose...

—No todo es culpa de Danny. Él es un solo hombre.

—Ya —repuso Connor—, pero se suponía que era de la familia.

Eso removió algo en Thomas. Ése «se suponía». ¿A eso acaba reducido el orgullo de uno en su propio vástago? ¿Era ése el final del camino que empezaba cuando uno sostenía en brazos a su primogénito, recién salido del vientre materno, y se permitía soñar con su futuro? ¿Era ése el precio de amar a ciegas y demasiado?

—Es de la familia —afirmó Thomas—. Es de nuestra sangre, Con.

—Para ti, quizá.

Dios mío. Ése era el precio. Sin duda lo era. Del amor. De la familia.

—¿Dónde está tu madre? —preguntó.

—En la cama.

No era de extrañar: un avestruz siempre buscaba la pila de arena más cercana.

—¿Y dónde está Joe?

—También en la cama.

Thomas bajó los pies del ángulo de la mesa.

—Son las nueve.

—Sí, lleva todo el día enfermo.

—¿Qué le pasa?

—No lo sé. Un resfriado, tal vez.

Thomas cabeceó. Joe era como Aiden: nada lo tumbaba. Antes que acostarse en una noche como ésa habría preferido arrancarse los ojos.

—Ve a ver qué hace.

—¿Qué?

—Con, ve a ver qué hace.

—Bien, bien.

Connor dejó el auricular y Thomas oyó las pisadas en el pasillo y luego un chirrido cuando abrió la puerta de la habitación de Joe. Silencio. Después las pisadas de Connor acercándose al teléfono. Thomas habló en cuanto lo oyó coger el auricular.

—Se ha ido, ¿no?

—Dios mío, padre.

—¿Cuándo lo has visto por última vez?

—Hará una hora. Oye, no puede haberse...

—Búscalo —ordenó Thomas, sorprendido de que las palabras le hubieran salido en forma de frío susurro en lugar de grito acalorado—. ¿Me has entendido, Con? ¿Ha quedado claro?

—Sí, padre.

—Busca a tu hermano —repitió Thomas—. Ahora mismo.

Allá por el mes de junio, la primera vez que Joe se fugó de la casa en la calle K, se encontró con Teeny Watkins, un chico que había estudiado primero y segundo en Las Puertas del Cielo con él antes de colgar los libros para mantener a su madre y sus tres hermanas. Teeny era vendedor de periódicos, y durante esos tres días en la calle, Joe soñó con llegar a serlo también él. Los vendedores de periódicos formaban estrechos grupos en función del periódico que repartían. Las peleas de bandas eran habituales. Si se podía dar crédito a Teeny, también lo era entrar a robar en las casas en nombre de bandas de adultos como los Gusties, ya que los vendedores de periódicos tendían a ser menudos y podían colarse por ventanas inaccesibles a los adultos.

En compañía de los vendedores de periódicos, Joe descubrió un mundo más animado, más ruidoso. Conoció Newspaper Row, al final de Washington Street, y todas sus tabernas y sus peleas a gritos. Correteó con su banda recién hallada por las inmediaciones de Scollay Square y West Broadway, e imaginó que cruzaría esos límites y se convertiría en parte de ese mundo nocturno.

Sin embargo, al tercer día, Teeny entregó a Joe una lata de gasolina y una caja de cerillas y le dijo que prendiese fuego a un puesto del *Traveler* en Dover Street. Cuando Joe se negó, Teeny no discutió. Se limitó a coger la lata y la caja de cerillas. Acto seguido, dio una paliza a Joe delante de los demás vendedores de periódicos, muchos de los cuales hicieron apuestas. En la paliza no hubo furia, ni emoción. Cada vez que Joe miraba a Teeny a los ojos mientras éste le asestaba un puñetazo tras otro en la cara, saltaba a la vista que podía matarlo a golpes si quería. Ése, comprendió Joe, era el único desenlace por el que apostaban los demás chicos. Teeny, en cambio, parecía indiferente a si lo mataba o no.

Tardó meses en recuperarse de la frialdad de aquella paliza. En comparación, la propia paliza casi era lo de menos. Pero ahora, sabiendo que la ciudad bullía —e incluso ardía— de una manera que podía no volver a darse en toda su vida, el dolor o la lección de aquel día se desvaneció y dio paso a su deseo del mundo nocturno y su posible lugar en él.

En cuanto salió de casa, recorrió dos manzanas y tomó por la calle H en dirección al ruido. Lo había oído durante toda la noche anterior desde su habitación: el alboroto en West Broadway, aun mayor que de costumbre. En West Broadway estaban las tabernas, las innumerables pensiones, los garitos de juego, los trileros en las esquinas, los silbidos a las mujeres que se asomaban a las ventanas de habitaciones iluminadas en tonos rojos y anaranjados y mostaza oscuro. East Broadway atravesaba City Point, la parte respetable de South Boston, la sección donde vivía Joe. Pero bastaba sólo con cruzar East Broadway y bajar por la cuesta hasta llegar al cruce de East y West Broadway con Dorchester Street. Allí estaba el resto de South Boston, la mayor parte, y no era ni tranquilo ni respetable ni bien cuidado. Vibraba y prorrumpía en carcajadas y disputas y gritos y cantos ruidosos y desafinados. Siguiendo recto por West Broadway se llegaba al puente; siguiendo recto por Dorchester Street, se llegaba a Andrew Square. Allí nadie tenía automóvil, y mucho menos chófer, como su padre. Nadie era propietario de su casa; allí todo el mundo vivía de alquiler. Y lo único más raro que un coche era un jardín. Boston propiamente dicho disponía de Scollay Square para su desahogo; en South Boston esa función la cumplía West Broadway. No tan magnífico, no tan vivamente iluminado, pero con la misma densidad de marineros y ladrones y hombres empinando el codo.

Ahora, a las nueve de la noche, parecía un carnaval. Joe se abrió paso por el centro de la calle, donde hombres bebían sin disimulo de la botella y había que andar con cuidado para no pisar algunas de las mantas donde se jugaba a los dados. Un voceador anunció: «¡Chicas guapas para todos los gustos!», y al ver a Joe, añadió: «¡Se aceptan clientes de todas las edades! ¡Siempre y cuando la tengas tiesa y no estés tieso, puedes entrar! ¡Una fila de chicas guapas para tu disfrute!». Un borracho tropezó con él. Joe cayó al suelo, y el tipo lo miró de soslayo por encima del hombro y siguió adelante tambaleándose. Joe se sacudió el polvo. Olió humo en el aire a la vez que un grupo de hombres pasaban a toda prisa cargando una cómoda con ropa apilada encima. Un hombre de cada tres empuñaba un rifle. Otros llevaban escopetas. Recorrió otra media manzana y esquivó una pelea a puñetazos entre dos mujeres, y empezó a pensar que tal vez ésa no era la mejor noche para explorar West Broadway. Los grandes almacenes McCory's ardían ante él, y la gente alrededor aclamaba las llamas y el humo. Joe oyó un estruendo y, al alzar la vista, vio caer un cuerpo desde la ventana de un segundo piso. Retrocedió. El cuerpo se estrelló contra la calle y se partió en varios trozos, y la multitud se rió. Un maniquí. La cabeza de cerámica se había agrietado y una oreja se había roto en pedazos. Joe levantó la mirada a tiempo de ver el segundo maniquí salir volando por la misma ventana. Ése cayó de pie y se tronchó por la cintura. Alguien arrancó la cabeza al primer maniquí y la arrojó contra la gente.

Joe decidió que definitivamente había llegado el momento de regresar a casa. Dio media vuelta y un hombre menudo, con gafas, el pelo mojado y los dientes marrones se plantó ante él, cortándole el paso.

—Pareces todo un deportista, pequeño John. ¿Eres un deportista?

—No me llamo John.

—¿Qué más da un nombre que otro? Eso digo yo. ¿Eres un deportista, pues? ¿Lo eres? ¿Lo eres? —El individuo apoyó una mano en su hombro—. Porque, pequeño John, al fondo de ese callejón tenemos algunas de las mejores apuestas deportivas del mundo.

Joe encogió el hombro para apartarse de su mano.

—¿Perros?

—Perros, sí —contestó el hombre—. Tenemos perros que pelean con perros. Y gallos que pelean con gallos. Y perros que pelean con ratas, con diez a la vez.

Joe dio un paso a la izquierda y el hombre se desplazó también.

—¿No te gustan las ratas? —El hombre soltó una carcajada estridente—. Razón de más para que las veas morir. —Señaló—. Al fondo de ese callejón.

—No. —Joe rechazó la invitación—. No pienso...

—Haces bien. ¿Para qué pensar? —El hombre se abalanzó hacia delante y Joe percibió olor a vino y huevo en su aliento—. Vamos, pequeño John. Ven por aquí.

El hombre hizo ademán de cogerlo por la muñeca. Joe vio un resquicio y, apretando a correr, intentó sortear al individuo. Éste lo agarró por el hombro, pero Joe se zafó y siguió caminando a toda prisa. Miró hacia atrás; el hombre lo seguía.

—Vaya, conque eres un dandi, pequeño John. Eres lord John, ¿no? Mis más sinceras disculpas, por Dios. ¿Es que no somos de tu cultivado gusto, Su Excelencia?

El hombre trotaba delante de él y se balanceaba de un lado al otro, como animado ante la perspectiva de una nueva diversión.

—Vamos, pequeño John, seamos amigos.

El hombre trató de agarrarlo otra vez, y Joe saltó a la derecha y echó a correr de nuevo hacia delante. Se volvió lo justo para levantar las palmas de las manos e indicar a aquel sujeto que no quería problemas. Luego se dio la vuelta y aceleró el paso, con la esperanza de que el tipo se cansara del juego y concentrara su energía en otro más incauto.

—Tienes el pelo bonito, pequeño John. Como el de algunos gatos que he visto, sí, señor.

Joe oyó que de pronto el hombre corría detrás de él, unas pisadas torpes y enloquecidas. De un brinco subió a la acera y, agachándose, pasó a toda prisa entre las faldas de dos mujeres altas que fumaban puros. Hicieron aspavientos y dejaron escapar agudas risotadas. Miró atrás por encima del hombro para verlas, pero ellas ya habían puesto su atención en el voceador de dientes marrones que aún lo perseguía.

—Déjalo en paz, cretino.

—No os metáis donde no os llaman, señoras, o volveré con la navaja.

Las mujeres se rieron.

—Ya hemos visto tu navaja, Rory, y desde luego, da vergüenza lo pequeña que es.

Joe se precipitó de nuevo hacia el centro de la calzada.

Rory correteó a su lado.

—¿Me permite que le limpie los zapatos, milord? ¿Me permite que le abra la cama?

—Déjalo tranquilo, marica —gritó una de las mujeres, pero Joe, por el tono de voz, se dio cuenta de que habían perdido interés.

Siguió adelante braceando briosamente, simulando que no veía a Rory, quien, junto a él, emitía sonidos simiescos e imitaba su movimiento de brazos. Joe mantuvo la mirada al frente, como un chico con un destino fijo, mientras se adentraba en la multitud cada vez más densa.

Rory le acarició la cara, y Joe le asestó un puñetazo.

Le dio a un lado de la cabeza y el tipo parpadeó. Varios hombres que pasaban por la acera se rieron. Joe echó a correr y las risas lo siguieron por la calle.

—¿Puedo servirte en algo? —preguntó Rory a voz en grito, trotando detrás de él—. ¿Puedo ayudarte con tus penas? Parecen pesarte mucho.

Viendo que lo tenía cada vez más cerca, Joe rodeó rápidamente una carreta volcada y pasó entre un grupo de hombres. Dejó atrás a dos individuos armados con escopetas y cruzó las puertas de una taberna. Apartándose a la izquierda, se quedó mirando las puertas. Después de tomar aire a bocanadas varias veces, miró alrededor. Muchos de los hombres allí presentes vestían camisas de faena y tirantes, y en su mayoría lucían bigotes con las guías hacia arriba y bombines negros. Ellos lo miraron a él. En algún lugar al fondo de la taberna, más allá del gentío y el humo, Joe oyó gruñidos y gemidos y supo que había interrumpido algún tipo de espectáculo. Abrió la boca para decir que lo perseguían. Al hacerlo, cruzó una mirada con el camarero, y éste, señalándolo desde detrás de la barra, dijo:

—Echad de aquí a ese puto niño.

Dos manos lo agarraron por los brazos y, levantándolo del suelo, lo llevaron en volandas y lo lanzaron por la puerta. Voló por encima de la acera y rodó por la calzada. Sintió escozor en las rodillas y la mano derecha en el esfuerzo por frenarse. Y por fin quedó inmóvil. Alguien pasó por encima de él y siguió de largo. Allí tendido, con náuseas, oyó que Rory, enseñando sus dientes marrones, le decía:

—Bien, permítame, Su Excelencia.

Rory cogió a Joe por el pelo. Joe le lanzó manotazos a los brazos, y Rory lo sujetó aún con más fuerza.

Levantó a Joe varios centímetros del suelo. Joe sintió un dolor penetrante en el cuero cabelludo y vio las muelas negras de Rory, que le sonreía. Cuando eructó, volvió a oler a vino y huevo.

—Tienes las uñas bien cortadas y, desde luego, vas bien vestido, pequeño lord John. Eres todo un figurín.

—Mi padre es... —dijo Joe.

Rory le apretó la mandíbula con la mano.

—En mí encontrarás a un nuevo padre, así que te conviene ahorrar energías, Su Excelencia.

Retiró la mano, y Joe le asestó un puntapié. Alcanzó a Rory primero en la rodilla y notó que aflojaba la mano en el pelo. Con todas sus fuerzas, descargó otra patada, y esta vez le dio en la cara interna del muslo. Apuntaba a la entrepierna, pero no acertó. Aun así, el golpe bastó para que Rory dejase escapar un silbido y, con una mueca de dolor, le soltara el pelo.

Fue entonces cuando apareció la navaja.

Joe se agachó y, a cuatro patas, pasó entre las piernas de Rory. Ya al otro lado, siguió gateando entre la espesa muchedumbre: entre un par de perneras oscuras y luego otro par de color tostado, después dos polainas bicolores seguidas de unas botas de faena marrones manchadas de barro seco. No volvió la vista atrás. Continuó adelante a cuatro patas, sintiéndose como un cangrejo, correteando a izquierda, derecha, izquierda, derecha, reduciéndose cada vez más el espacio entre los pares de piernas, disminuyendo el oxígeno en el aire a medida que se adentraba a rastras en el centro de la turbamulta.

A las nueve y cuarto, Thomas recibió una llamada del general Cole, el comisario en funciones.

—¿Está usted en contacto con el capitán Morton, de la Sexta? —preguntó el general Cole.

—En contacto permanente, general.

—¿A cuántos hombres tiene bajo su mando?

—Cien, señor. La mayoría voluntarios.

—¿Y usted, capitán?

—Más o menos los mismos, general.

—Vamos a enviar al Décimo Regimiento de la Milicia del Estado al puente de Broadway. El capitán Morton y usted deben empujar a la muchedumbre por West Broadway hacia el puente. ¿Entendido, capitán?

—Sí, general.

—Allí los acorralaremos. Empezaremos a practicar detenciones y a llevarlos a camiones. Les bastará con ver eso para que la mayoría se disperse.

—Estoy de acuerdo.

—Nos encontraremos en el puente a las veintidós horas, capitán. ¿Cree que tendrá tiempo para conducirlos hacia mi red?

—Estaba esperando sus órdenes, general.

—Pues ya las tiene, capitán. Hasta dentro de un rato.

Colgó, y Thomas llamó al sargento Eigen. Cuando éste se puso al aparato, Thomas dijo:

—Reúna a los hombres de inmediato.

Colgó y telefoneó al capitán Morton.

—¿Estás listo, Vincent?

—Listo e impaciente, Thomas.

—Los mandaremos hacia vosotros.

—Estaremos esperando —contestó Morton.

—Nos vemos en el puente.

—Nos vemos en el puente.

Thomas repitió el mismo ritual de la noche anterior, poniéndose la pistolera, llenándose los bolsillos de munición, cargando la Remington. Luego salió de su despacho en dirección a la sala de revista.

Estaban todos allí reunidos: sus hombres, los agentes de Metro Park rescatados la noche anterior y sesenta y seis voluntarios. Estos últimos le daban qué pensar. No eran los veteranos de guerra de cierta edad quienes le preocupaban, sino los jóvenes cachorros, sobre todo el contingente de Harvard. No le gustaba la expresión de sus miradas, aquel brillo en los ojos propio de quienes iban de jarana, a participar en una broma de fraternidad. Dos de ellos, sentados en una mesa al fondo, no dejaron de cuchichear y reírse mientras él explicaba sus órdenes.

—... y cuando lleguemos a West Broadway, nos acercaremos a ellos por el flanco. Formaremos un cordón de un lado al otro de la calle y no romperemos ese cordón por nada. Los empujaremos hacia el oeste, siempre hacia el oeste, en dirección al puente. No se entretengan en intentar obligar a moverse a todos, uno por uno. Algunos se quedarán atrás. Siempre y cuando no planteen una amenaza directa, déjenlos; sigan empujando.

Uno de los jugadores de fútbol de Harvard dio un codazo al otro y los dos soltaron una risotada.

Thomas se bajó de la tarima y siguió hablando mientras se encaminaba hacia ellos.

—Si lanzan objetos y los alcanza alguno, no hagan caso. Sigan empujando. Si abren fuego contra nosotros, yo daré la orden de responder. Sólo yo. No deben devolver los disparos hasta que oigan mi orden.

Los chicos de Harvard lo observaron acercarse con sonrisas radiantes en los labios.

—Cuando lleguemos a la calle D —prosiguió Thomas—, se unirán a nosotros los hombres del Distrito Seis. Allí formaremos una tenaza y encauzaremos lo que quede de la multitud hacia el puente de Broadway. En ese punto, no dejaremos a ningún rezagado. Todo el mundo deberá subirse al carro.

Llegó junto a los chicos de Harvard. Éstos lo miraron con las cejas enarcadas. Uno era rubio de ojos azules; el otro, de pelo castaño, llevaba gafas y tenía la frente salpicada de acné. Sus amigos, sentados contra la pared del fondo, esperaron a ver qué ocurría.

—¿Cómo te llamas, hijo? —preguntó Thomas al rubio.

—Chas Hudson, capitán.

—¿Y tu amigo?

—Benjamin Lorne —contestó el de pelo castaño—. Estoy aquí mismo.

Thomas le dirigió un gesto de asentimiento y se volvió otra vez hacia Chas.

—¿Sabes qué pasa cuando no te tomas en serio una batalla, hijo?

Chas alzó la vista al techo.

—Me temo que va a contármelo, capitán.

Thomas soltó tal bofetón a Benjamin Lorne que éste se cayó de la mesa y las gafas salieron volando hasta la última fila. Se quedó en el suelo, de rodillas, con un hilillo de sangre resbalándole desde los labios.

Chas abrió la boca, pero Thomas, cogiéndole la mandíbula con la mano y apretando, le impidió hablar.

—Lo que pasa, hijo, es que el hombre que tienes al lado suele resultar herido. —Thomas lanzó una mirada a los amigotes estudiantes de Chas mientras éste gorgoteaba—. Esta noche sois agentes de la ley. ¿Queda claro?

Los ocho asintieron en respuesta.

Volvió a poner la atención en Chas.

—Me trae sin cuidado quién sea tu familia, hijo. Si esta noche cometes un error, te pegaré un tiro en el corazón.

Lo empujó contra la pared y le soltó el mentón.

Thomas se volvió hacia el resto de los hombres.

—¿Alguna pregunta?

Todo fue bien hasta que llegaron a la calle F. Les tiraron huevos y piedras, pero en general la muchedumbre avanzó a paso uniforme por West Broadway. Cuando uno se resistía, recibía un golpe de porra y captaba el mensaje, y la muchedumbre volvía a ponerse en marcha. Varios se desprendieron de los rifles tirándolos en la acera, y los policías y voluntarios los recogían a su paso. Al cabo de unas cinco manzanas, cada hombre llevaba un rifle de más, y Thomas les ordenó detenerse el tiempo suficiente para descargarlos. La multitud también se paró, y Thomas detectó varios rostros que acaso tuvieran planes para esos rifles, así que ordenó a sus hombres que los partieran contra los adoquines. Al ver eso, la muchedumbre se puso de nuevo en movimiento, y lo hizo con fluidez, y Thomas empezó a sentir el mismo aplomo que había experimentado la noche anterior al barrer Andrew Square con Crowley.

Sin embargo, en la calle F se toparon con la sección radicalizada: los portadores de pancartas, los arengadores, los bolcheviques, los anarquistas. Varios eran activistas, y estalló una refriega en la esquina de la calle F con Broadway cuando una docena de voluntarios en la retaguardia se vieron desbordados y luego acorralados por los subversivos impíos. Casi todos esgrimían trozos de tubería, pero de pronto Thomas reparó en un hombre de barba muy poblada que levantaba una pistola y sacó su propio revólver, dio un paso al frente y disparó.

La bala alcanzó en el hombro al individuo, que, tras girar, se desplomó. Thomas apuntó con el revólver al hombre que estaba a su lado a la vez que los demás bolcheviques se quedaban paralizados. Thomas miró a sus hombres mientras se desplegaban en abanico junto a él y pronunció una sola palabra:

—¡Apunten!

Los cañones de los rifles se alzaron al instante formando una línea, como en una coreografía, y los bolcheviques dieron media vuelta y pusieron pies en polvorosa. Varios voluntarios tenían cortes y sangraban, pero ninguno estaba herido de gravedad, y Thomas les concedió un minuto para que se examinaran en busca de daños mayores mientras el sargento Eigen echaba un vistazo al hombre al que Thomas había disparado.

—Vivirá, capitán.

Thomas asintió.

—Entonces déjelo donde está.

A partir de ese punto, a lo largo de las siguientes dos manzanas, la muchedumbre corrió ante ellos y no tuvieron que afrontar más desafíos. El atasco se inició cuando llegaron a la calle D, donde estaba la comisaría del Distrito Seis. El capitán Morton y sus hombres habían empujado desde los lados y ahora toda la multitud se apretujaba y arremolinaba entre las calles D y A, a un paso del puente de Broadway. Thomas vio a Morton en el lado norte de Broadway. Cruzaron una mirada, y Thomas señaló el sur; Morton asintió. Thomas y sus hombres se desplegaron por el lado sur de la calle mientras Morton y los suyos ocupaban el norte; ahora unos y otros empujaron de verdad. Empujaron con toda su alma. Formaron una cerca con los rifles y, valiéndose del acero y de su propia furia y su miedo, obligaron a avanzar y avanzar a todo el rebaño. Durante varias manzanas fue como intentar meter a una manada de leones en una ratonera. Thomas perdió la cuenta del número de veces que le escupieron o arañaron y le fue imposible distinguir los fluidos que le corrían por la cara y el cuello. No obstante, encontró una razón para permitirse una sonrisa en medio de todo aquello al ver al antes ufano Chas Hudson con la nariz rota y un ojo más negro que una cobra.

En cambio, las caras de la muchedumbre no le despertaron el menor júbilo. Su gente, los rostros más cercanos a él, tan irlandeses como la patata y el sentimentalismo etílico, todos contraídos en máscaras repulsivas y brutales de cólera y autocompasión. Como si tuviesen derecho a hacer aquello. Como si el país les debiera más de lo que había dado a Thomas cuando desembarcó, es decir, nada más que una nueva oportunidad. Deseó mandarlos a empujones de regreso a Irlanda, de regreso a los amorosos brazos de los británicos, de regreso a sus campos fríos y sus tabernas hediondas y sus mujeres desdentadas. ¿Qué les había dado ese país gris aparte de melancolía y alcoholismo y el humor negro de los derrotados a perpetuidad? Así que se trasladaron allí, una de las pocas ciudades del mundo en que la gente como ellos recibía un trato justo, ¿y actuaban como americanos? ¿Actuaban con respeto y agradecimiento? No. Actuaban como lo que eran: los negros de Europa. ¿Cómo se atrevían? Cuando aquello terminase, Thomas y los buenos irlandeses como él necesitarían otra década para deshacer todo el daño que esa turba había causado en dos días. Malditos seáis todos vosotros, pensó mientras seguían empujándolos. Malditos seáis por mancillar nuestra raza una vez más.

Poco más allá de la calle A, notó que la resistencia cedía. Allí Broadway se ensanchaba, abriéndose como una cuenca donde confluía con el canal de Fort Point. Un poco más lejos estaba el puente de Broadway, y a Thomas le dio un leve vuelco el corazón al ver a los soldados en formación sobre el puente y los camiones cruzar y entrar en la plaza. Se permitió la segunda sonrisa de la noche. Fue entonces cuando un balazo alcanzó al sargento Eigen en el estómago. El sonido quedó flotando en el aire mientras aparecía en el rostro de Eigen una expresión de sorpresa mezclada con la creciente conciencia de lo ocurrido. De pronto se desplomó. Thomas y el teniente Stone fueron los primeros en llegar a él. Otra bala dio en un desagüe a su izquierda y los hombres devolvieron los disparos, la descarga simultánea de una docena de rifles, mientras Thomas y Stone levantaban a Eigen y lo llevaban hacia la acera.

Fue entonces cuando vio a Joe. El niño corría por el lado norte de la calle en dirección al puente, y Thomas reconoció también al hombre que lo perseguía, un antiguo chulo y voceador llamado Rory Droon, un pervertido y un violador, persiguiendo a su hijo. Con la ayuda de Stone, Thomas llevó a Eigen a la acera, y lo colocaron allí, con la espalda apoyada contra la pared.

—¿Me muero, capitán? —preguntó Eigen.

—No, hijo, pero vas a pasar un mal rato.

Thomas escrutó la multitud buscando a su hijo. No localizó a Joe, pero de pronto vio a Connor, avanzando por la calle hacia el puente, esquivando a quienes podía y abriéndose paso a codazos entre los demás, y Thomas sintió un repentino orgullo por su hijo mediano que lo sorprendió porque no recordaba la última vez que le había invadido ese sentimiento.

—Cógelo —susurró.

—¿Cómo dice, señor? —preguntó Stone.

—Quédese con el sargento Eigen —ordenó Thomas—. Restañe la hemorragia.

—Sí, capitán.

—Volveré —dijo Thomas, y se adentró en la muchedumbre.

El fuego de las armas había espoleado a la multitud. Connor no sabía de dónde venían las balas, sólo sabía que venían, rebotando en las farolas y en los ladrillos y en los letreros de las calles. Se preguntó si era así cómo se sentían los hombres en la guerra, durante una batalla, si experimentaban esa sensación de caos absoluto, de que su propia muerte pasaba volando por su lado, topando contra algo duro y volviendo a pasar cerca por segunda vez. La gente corría en todas direcciones, chocaban entre sí, se torcían los tobillos, se empujaban y arañaban y gemían aterrorizados. Ante él, un par cayeron, abatidos por una bala o una pedrada o simplemente porque habían tropezado, y Connor dio un salto por encima de ellos, salvando el obstáculo. En ese momento vio a Joe junto al puente y al tipejo mugriento agarrarlo por el pelo. Connor esquivó a un hombre que blandía un trozo de tubería sin amenazar a nadie en particular, luego rodeó a una mujer arrodillada, y justo el tipejo mugriento se volvía hacia Connor, éste le asestó un puñetazo en plena cara. Por el propio impulso de la carrera, remató el puñetazo cayendo sobre el individuo y derribándolo. Se incorporó como pudo y agarró al sujeto por el cuello y volvió a levantar el puño, pero el hombre estaba grogui, totalmente inconsciente, y un charco de sangre se formaba en la acera donde se había golpeado la cabeza. Connor se puso en pie y buscó a Joe. Lo vio hecho un ovillo, allí donde había caído al derribarlo Connor junto con su atacante. Se acercó a su hermano pequeño y le dio la vuelta. Joe lo miró con los ojos desorbitados.

—¿Estás bien?

—Sí, sí.

—Ven.

Connor se agachó y Joe le echó los brazos al cuello. Connor lo levantó.

—¡Fuego a discreción!

Connor dio media vuelta y vio a los soldados de la Milicia del Estado salir del puente, con los fusiles listos para disparar. La multitud apuntó sus rifles hacia ellos. Unos cuantos policías voluntarios, uno de ellos con el ojo morado y la nariz rota, también levantaron sus armas. Todo el mundo encañonaba a todo el mundo, como si no hubiera bandos, sólo dianas a las que disparar.

—Cierra los ojos, Joe. Cierra los ojos.

Apretó la cabeza de Joe contra su hombro, y todas las armas parecieron disparar al mismo tiempo. Las nubes blancas salidas de los cañones salpicaron el aire. De repente un agudo chillido. Un miembro de la Milicia del Estado agarrándose el cuello. Una mano ensangrentada en alto. Connor corrió hacia un coche volcado al principio del puente con Joe en brazos a la vez que sonaba una nueva descarga de fusilería. Saltaron chispas en el flanco del coche por el impacto de las balas, acompañadas de un martilleo semejante al ruido de unas pesadas monedas lanzadas a un cuenco de metal, y Connor apretó aún más la cara de Joe contra su hombro. Una bala pasó silbando a su derecha e hirió a un hombre en la rodilla. El herido se desplomó. Connor se volvió. Casi había llegado a la parte delantera del coche cuando los disparos alcanzaron la ventanilla. Los vidrios rotos surcaron el aire de la noche como aguanieve o granizo, translúcidos, una lluvia plateada brotando de toda aquella negrura.

Connor descubrió de pronto que estaba tumbado de espaldas. No recordaba haber resbalado. Simplemente se encontró en el suelo. El silbido de las balas era ya menos frecuente, la gente chillaba y gemía, llamaba a otros a gritos. Olió la pólvora y el humo en el aire y por alguna razón le llegó un tenue aroma a carne asada. Oyó a Joe que pronunciaba su nombre, primero en susurros, luego a pleno pulmón, su voz quebrada por el horror y la pena. Tendió la mano y sintió cerrarse la de Joe en torno a ella, pero Joe no paraba de gritar.

A continuación, la voz de su padre, mandando callar a Joe.

—Joseph, estoy aquí. Calla.

—¿Padre? —dijo Connor.

—Connor —respondió su padre.

—¿Quién ha apagado las luces?

—Dios mío —susurró su padre.

—No veo nada, padre.

—Lo sé, hijo.

—¿Por qué no veo?

—Vamos a llevarte al hospital, hijo. Inmediatamente. Te lo juro.

—Padre.

Sintió la mano de su padre en el pecho.

—No te muevas, hijo. No te muevas.

39

A la mañana siguiente, la Milicia del Estado colocó una ametralladora en un trípode en el extremo norte de West Broadway, en South Boston. Plantaron otra en el cruce de West Broadway con la calle G y una tercera en Broadway con Dorchester. El Décimo Regimiento patrullaba las calles. El Undécimo Regimiento se apostó en las azoteas.

Repitieron la táctica en el North End: en Scollay Square y a lo largo de Atlantic Avenue. El general Cole bloqueó el acceso a todas las calles que confluían en Scollay Square e instaló un puesto de control en el puente de Broadway. Se practicaba la detención inmediata de toda persona encontrada en esas calles sin una razón válida para estar allí.

La ciudad permaneció tranquila a lo largo del día, las calles vacías.

El gobernador Coolidge celebró una rueda de prensa. Aunque expresó su pesar por las nueve muertes confirmadas y los centenares de heridos, declaró que la culpa era de la propia turba. De la turba y los policías que abandonaron sus puestos. A continuación, el gobernador afirmó que si bien el alcalde había intentado defender la ciudad durante la terrible crisis, era evidente que no estaba preparado para tal emergencia. Por lo tanto, a partir de ese momento el estado y el propio gobernador asumirían el control de la situación. Con ese fin, su máxima prioridad era restituir en su legítimo cargo de comisario a Edwin Upton Curtis.

Curtis apareció junto a él en el estrado y anunció que el Departamento de Policía de la gran ciudad de Boston, actuando de común acuerdo con la Milicia del Estado, no toleraría más disturbios.

—Se respetará la ley o las consecuencias serán extremas. Esto no es Rusia. Recurriremos a todas las medidas de fuerza a nuestro alcance para garantizar la democracia a los ciudadanos. La anarquía terminará hoy.

Un periodista del *Transcript* se puso en pie y levantó la mano.

—Gobernador Coolidge, no sé si lo he entendido bien. ¿Opina usted que el alcalde Peters es responsable del caos de las dos últimas noches?

Coolidge negó con la cabeza.

—La responsabilidad recae en la turba. La responsabilidad recae en los policías que cometieron un grave delito de negligencia en el cumplimiento del deber. El alcalde Peters no es responsable de nada. Digo sólo que estos acontecimientos lo cogieron desprevenido y, por eso mismo, en las etapas iniciales de los disturbios no fue del todo eficaz.

—Pero, gobernador —dijo el periodista—, nos han llegado noticias de que fue el alcalde Peters quien quiso llamar a la Milicia del Estado una hora después de iniciarse la huelga de la policía y usted, señor gobernador, y el comisario Curtis, vetaron la propuesta.

—Esa información es incorrecta —contestó Coolidge.

—Pero, gobernador...

—Esa información es incorrecta —repitió Coolidge—. La rueda de prensa ha terminado.

Thomas Coughlin tenía cogida la mano de su hijo, que lloraba. Connor no emitía sonido alguno, pero las lágrimas resbalaban por debajo de las gruesas vendas blancas que le cubrían los ojos y rodaban por su mentón hasta mojar el cuello del camisón de hospital.

Su madre miraba por la ventana del Hospital General, temblorosa, con los ojos secos.

Joe estaba sentado en una silla al otro lado de la cama. No había pronunciado una sola palabra desde que metieron a Connor en la ambulancia la noche anterior.

Thomas le acarició la mejilla a Connor.

—Va todo bien —susurró.

—¿Cómo bien? —replicó Connor—. Estoy ciego.

—Lo sé, lo sé, hijo. Pero lo superaremos.

Connor volvió la cabeza e intentó retirar la mano, pero Thomas la mantuvo firmemente sujeta.

—Con —dijo Thomas, percibiendo la impotencia en su propia voz—, es un golpe terrible. De eso no cabe duda. Pero no sucumbas al pecado de la desesperación, hijo. Es el peor de todos los pecados. Dios te ayudará a superarlo. Sólo te pide fortaleza.

—¿Fortaleza? —Connor soltó una risotada entre las lágrimas—. Pero si estoy ciego.

Junto a la ventana, Ellen se santiguó.

—Ciego —susurró Connor.

Thomas no supo qué decir. Tal vez era ése precisamente el verdadero precio de tener una familia: no poder evitar el dolor de los seres queridos. No poder absorberlo de la sangre, el corazón, la cabeza. Uno los sostenía en brazos, les ponía un nombre, les daba de comer y hacía planes para ellos, sin tener plena conciencia de que el mundo estaba ahí fuera, esperando para hincar los dientes.

Danny entró en la habitación y se quedó paralizado.

Thomas no se había detenido a pensarlo, pero se dio cuenta al instante de lo que Danny vio en sus ojos: le echaban la culpa a él.

Claro que se la echaban a él, ¿a quién si no?

Incluso Joe, que había idolatrado a Danny durante tanto tiempo, lo miró confuso y resentido.

Thomas no se anduvo con rodeos.

—Tu hermano perdió la vista anoche. —Se llevó la mano de Connor a los labios y la besó—. En los disturbios.

—¿Dan? —preguntó Connor—. ¿Eres tú?

—Soy yo, Con.

—Estoy ciego, Dan.

—Lo sé.

—No te culpo, Dan. No te culpo.

Danny bajó la cabeza y le temblaron los hombros. Joe desvió la mirada.

—No te culpo —repitió Connor.

Ellen se apartó de la ventana y cruzó la habitación hacia Danny. Le apoyó la mano en el hombro. Danny levantó la cabeza. Ellen lo miró a los ojos a la vez que Danny bajaba las manos a los lados y abría las palmas.

Ellen lo abofeteó.

694

Danny contrajo el semblante y Ellen lo abofeteó otra vez.

—Fuera de aquí —susurró—. Fuera de aquí..., bolchevique. —Señaló a Connor—. Eso es obra tuya. Tuya. Fuera de aquí.

Danny miró a Joe, pero Joe apartó la vista.

Miró a Thomas. Thomas le sostuvo la mirada. Al cabo de un momento, cabeceó y se volvió.

Esa noche, la Milicia del Estado disparó contra cuatro hombres en Jamaica Plain. Uno murió. El Décimo Regimiento desalojó a los jugadores de dados del Boston Common, obligándolos a subir por Tremont Street a punta de bayoneta. Se congregó una multitud. Hubo disparos de advertencia. Un hombre recibió un balazo en el pecho mientras intentaba rescatar a un jugador de dados. Falleció a causa de la herida más tarde esa misma noche.

El resto de la ciudad permanecía en calma.

Danny pasó los siguientes dos días recabando apoyo. Le aseguraron personalmente que el Sindicato de Teléfonos y Telégrafos estaba dispuesto a abandonar sus puestos de trabajo al primer aviso. El Sindicato de Camareros le garantizó lo mismo, al igual que los Sindicatos Hebreos Unidos y el Sindicato del Carmen y el Sindicato de Electricistas. Los bomberos, en cambio, se negaban a reunirse con él e incluso a devolverle las llamadas.

—He venido a despedirme —dijo Luther.

Nora se apartó de la puerta.

—Pasa, pasa.

Luther entró.

—¿Está Danny?

—No. Ha ido a una reunión en Roxbury.

Luher advirtió que Nora llevaba puesto el abrigo.

—¿Vas allí?

—Sí. Preveo que no irá bien.

—Permíteme que te acompañe, pues.

Nora sonrió.

—Por mí, encantada.

De camino al tren elevado, fueron objeto de muchas miradas, una mujer blanca y un hombre negro paseando por el North End. Luther se planteó caminar a un paso por detrás de ella, para dar la impresión de que era su criado o algo así, pero entonces recordó por qué regresaba a Tulsa, qué había visto en aquella turba, y se mantuvo a la par de ella, con la cabeza bien alta, los ojos diáfanos y la mirada al frente.

—Así que vuelves —dijo Nora.

—Sí. Tengo que hacerlo. Echo de menos a mi mujer. Quiero ver a mi hijo.

—Pero será peligroso.

—¿Y qué no lo es en estos tiempos? —contestó Luther.

Ante eso, ella esbozó una sonrisa.

—Ahí tienes razón.

En el tren elevado, Luther sintió que tensaba las piernas sin querer cuando cruzaron el puente de caballete afectado durante la inundación de melaza. Hacía tiempo que lo habían reparado y reforzado, pero dudaba que fuera a sentirse seguro otra vez al atravesarlo.

¡Vaya un año! Si vivía una docena de vidas, ¿volvería a ver otros doce meses como esos últimos? Había ido a Boston porque peligraba su seguridad, pero ahora sólo de pensarlo tuvo que reprimir la risa. Empezando por Eddie McKenna, siguiendo con los disturbios del Primero de Mayo y acabando con la huelga de todo el Departamento de Policía, Boston había sido la ciudad menos segura por la que había pasado en su vida. La Atenas de América... y un huevo. Por la manera en que esos yanquis chiflados se habían comportado desde su llegada, Luther más bien la llamaría el Manicomio de América.

Sorprendió a Nora sonriéndole desde la sección para blancos del vagón y la saludó tocándose el sombrero. Ella le devolvió un saludo en broma. Vaya un hallazgo, esa mujer. Si Danny no encontraba la manera de pifiarla, llegaría a ser un viejo feliz con esa mujer a su lado. No era que Danny pareciese dispuesto a pifiarla, sino sólo que a fin de cuentas era un hombre, y nadie sabía mejor que el propio Luther hasta qué punto un hombre podía meter la pata cuando lo que creía desear entraba en contradicción con lo que sabía que necesitaba.

El vagón atravesaba un cascarón de ciudad, una ciudad fantasma de ceniza y esquirlas de cristal. No había nadie en las calles salvo la

Milicia del Estado. Toda la ira de los últimos dos días había sido embotellada y encorchada. Las ametralladoras podían tener ese efecto, Luther no lo dudaba, pero se preguntó si aquello no era algo más que una simple respuesta al despliegue de poder. Tal vez al final la necesidad de aplazar la verdad —nosotros somos la turba— era más fuerte que el éxtasis de ceder a ella. Quizá todo el mundo despertó esa mañana avergonzado, cansado, incapaz de hacer frente a otra noche sin sentido. Quizá contemplaron esas ametralladoras y un suspiro de alivio escapó de sus corazones. Papá ya estaba en casa. Ya no debían temer que los hubiera dejado solos, que los hubiera abandonado para siempre.

Se apearon del tren en Roxbury Crossing y se encaminaron hacia Fay Hall.

—¿Cómo han reaccionado los Giddreaux ante tu marcha?

Luther se encogió de hombros.

—Lo han entendido. Sospecho que Yvette me había cogido algo más de cariño del que preveía, así que es difícil, pero lo entienden.

—¿Te marchas hoy?

—Mañana —respondió Luther.

—Escríbenos.

—Sí, señora. Tenéis que venir a vernos.

—Ya se lo diré a Danny. No sé qué vamos a hacer, Luther. Te aseguro que no lo sé.

Luther la miró, vio un ligero temblor en su barbilla.

—¿Crees que no recuperarán su empleo?

—No lo sé. No lo sé.

En Fay Hall, decidieron mediante votación si seguir o no con la Federación Americana del Trabajo. El resultado fue favorable: 1.388 contra 14. En una segunda votación decidieron continuar con la huelga. Ésta estuvo un poco más reñida. Levantando la voz desde el público, algunos preguntaron a Danny si la Unión Central de Trabajadores cumpliría la promesa de la huelga por solidaridad. Otro agente comentó que los bomberos, según había oído, se echaban atrás. Estaban furiosos por el sinfín de falsas alarmas atendidas durante los disturbios, y el Departamento de Bomberos de Boston había hecho todo un alarde de publicidad solicitando voluntarios para sustituir a los actuales empleados. El número de aspirantes fue el doble de lo previsto.

Danny había dejado dos mensajes en la oficina de Ralph Raphelson, pidiéndole que acudiera a Fay Hall, pero aún no había sabido nada de él. Se acercó al atril.

—La Unión Central de Trabajadores aún está intentando reunir a todos sus delegados. En cuanto lo hagan, votarán. No tengo ninguna razón para pensar que el resultado de la votación no será el que preveían. Escuchad, la prensa nos está crucificando. Lo entiendo. Los disturbios nos perjudican.

—También nos están crucificando desde los púlpitos —dijo Francis Leonard a voz en cuello—. Deberías oír lo que han dicho de nosotros en la misa de esta mañana.

Danny levantó una mano.

—Lo sé, lo sé. Pero aun así, al final, podemos ganar. Basta con mantenernos unidos y seguir firmes en nuestra determinación. El gobernador y el alcalde temen todavía la huelga por solidaridad y aún contamos con el apoyo de la FAT. Todavía podemos ganar.

Danny no sabía hasta qué punto se creía sus propias palabras, pero de pronto sintió un rayo de esperanza cuando vio a Nora y Luther entrar por el fondo de la sala. Nora lo saludó con la mano y le dedicó una radiante sonrisa. Él se la devolvió.

A continuación, mientras se iban hacia su derecha, Ralph Raphelson ocupó el espacio que ellos habían dejado vacío. Se quitó el sombrero y miró a Danny a los ojos.

Movió la cabeza en un gesto de negación.

Danny se sintió como si hubiera recibido un golpe en el espinazo con un trozo de tubería y una puñalada en el estómago con una navaja fría como el hielo.

Raphelson se puso el sombrero y se dio media vuelta para marcharse, pero Danny no iba a dejarlo escapar así como así, en ese momento no, esa noche no.

—Caballeros, si son tan amables, denle una cálida bienvenida a Ralph Raphelson, de la Unión Central de Trabajadores de Boston.

Raphelson se volvió con una mueca en la cara al mismo tiempo que los hombres lo veían y prorrumpían en un aplauso.

—Ralph —lo llamó Danny, e hizo un gesto con el brazo—, ven aquí y cuenta a los hombres lo que ha planeado la Unión Central de Trabajadores de Boston.

Raphelson recorrió el pasillo con una forzada sonrisa de malestar y andar tenso. Tras subirse al estrado, le dio la mano a Danny y susurró:

—Me las pagarás por esto, Coughlin.

—¿Ah, sí? —Danny le estrechó la mano con fuerza, estrujándole los huesos, y desplegó una amplia sonrisa—. Ojalá te mueras asfixiado.

Le soltó la mano y se retiró al fondo del estrado mientras Raphelson se acercaba al atril y Mark se colocaba al lado de Danny.

—¿Pretende dejarnos en la estacada?

—Ya nos ha dejado en la estacada.

—Es peor que eso —dijo Mark.

Danny, al volverse, vio que Mark tenía los ojos empañados y bolsas oscuras debajo.

—Por Dios, ¿qué puede haber peor que eso?

—Esto es un telegrama enviado por Samuel Gompers al gobernador Coolidge esta mañana. Coolidge lo ha mandado a la prensa. Sólo tienes que leer la parte marcada con un círculo.

Danny recorrió la hoja con la mirada hasta encontrar la frase rodeada con un círculo en lápiz:

Si bien creemos que la policía de Boston recibió un trato injusto, y que tanto usted como el comisario Curtis negaron a sus miembros sus derechos como trabajadores, la postura de la Federación Americana del Trabajo ha sido siempre la de disuadir de ir a la huelga a todos los empleados de la administración.

Para entonces, los hombres abucheaban a Raphelson, la mayoría de pie. Varias sillas se volcaron.

Danny dejó caer al suelo la copia del telegrama.

—Estamos acabados.

—Todavía hay esperanza, Dan.

—¿De qué? —Danny lo miró—. La Federación Americana del Trabajo y la Unión Central de Trabajadores nos han traicionado el mismo día. ¿Qué esperanza queda, joder?

—Aún es posible que recuperemos nuestros empleos.

Varios hombres corrieron al estrado y Ralph Raphelson retrocedió unos cuantos pasos.

—Nunca nos devolverán nuestros empleos —dijo Danny—. Jamás.

El viaje de vuelta al North End en el tren elevado fue triste. Luther nunca había visto a Danny de un humor tan lúgubre. Lo cubría como un manto. Sentado al lado de Luther, miraba con severidad a los pasajeros que manifestaban extrañeza al verlos. En el asiento contiguo, Nora le frotaba la mano nerviosamente, como para tranquilizarlo, pero en realidad era para tranquilizarse ella misma, como bien sabía Luther.

Luther conocía a Danny lo suficiente para saber que sólo un loco se enfrentaría a él en una lucha justa. Era demasiado grande, demasiado temerario, demasiado inmune al dolor. Así que jamás cometería la estupidez de poner en tela de juicio la fuerza de Danny, pero hasta ese momento nunca lo había tenido tan cerca como para percibir la capacidad de violencia que habitaba en él como en una segunda piel.

Los otros hombres del vagón dejaron de observarlo con extrañeza. Dejaron de observarlo por completo. Danny, inmóvil, recorría el vagón con la mirada, sin parpadear, sus ojos ensombrecidos, esperando la menor excusa para que el resto de él entrara en erupción.

Se apearon en North End y subieron por Hanover hacia Salem Street. Había anochecido durante el viaje, pero las calles estaban casi vacías debido a la presencia de la Milicia del Estado. Hacia la mitad de Hanover, cuando pasaban por delante del Prado, alguien llamó a Danny por su nombre. Era una voz ronca y débil. Se volvieron y Nora dejó escapar un leve chillido al ver salir de las sombras del Prado a un hombre con un agujero humeante en el abrigo.

—Dios mío, Steve —exclamó Danny, y lo cogió al caer en sus brazos—. Nora, cariño, ¿puedes ir a buscar a un guardia y decirle que han herido a un policía?

—No soy policía —dijo Steve.

—Sí eres policía, sí lo eres.

Dejó a Steve en el suelo mientras Nora se alejaba corriendo por la calle.

—Steve, Steve.

Steve abrió los ojos. El agujero en su pecho aún humeaba.

—Después de tanto tiempo preguntando por ahí, acabo de toparme con ella. Me he asomado a un callejón entre Stillman y Cooper, ¿sabes? He echado una ojeada, y allí estaba. Tessa. Tal cual.

Con un parpadeo, cerró los ojos. Danny le sacó el faldón de la camisa, arrancó un trozo, lo arrugó y lo apretó con él el agujero.

Steve abrió de nuevo los ojos.

—Ahora mismo tiene que estar... en la calle, Dan. Ahora mismo.

Sonó el silbato de un guardia, y Danny vio a Nora que corría por la calle de regreso hacia ellos. Se volvió hacia Luther.

—Pon la mano aquí. Aprieta.

Siguiendo sus instrucciones, Luther presionó con la base de la mano el rebujo de tela y vio que se enrojecía.

Danny se puso en pie.

—¡Espera! ¿Adónde vas?

—A buscar a la persona que ha hecho esto. Di a los guardias que ha sido una mujer llamada Tessa Ficara. ¿Te acordarás del nombre?

—Sí, sí. Tessa Ficara.

Danny se echó a correr a través del Prado.

La encontró bajando por una escalera de incendios. Él estaba en la puerta trasera de una mercería al otro lado del callejón, y Tessa salió a la escalera de incendios por una ventana del segundo piso y descendió al descansillo inferior. Levantó la escalera hasta desprender los ganchos y luego, sujetándola con cuidado, la descolgó hasta la calle. Cuando se volvió para iniciar el descenso, Danny sacó el revólver y cruzó el callejón. En el momento en que ella abandonaba el último peldaño y pisaba la acera, él apoyó el arma en su cuello.

—Mantén las manos en la escalera y no te vuelvas.

—Agente Danny —dijo ella.

Hizo ademán de volverse, y él la abofeteó con la mano libre.

—¿Qué te he dicho? Las manos en la escalera y no te vuelvas.

—Como tú quieras.

Él le palpó primero los bolsillos del abrigo y luego los pliegues del vestido.

—¿Te gusta? —preguntó ella—. ¿Te gusta tocarme?

—¿Quieres que te suelte otra bofetada? —repuso él.

—Si tienes que pegarme, pégame más fuerte.

Danny detectó un bulto duro junto a su entrepierna y notó que ella se tensaba.

—Supongo que no te ha salido una polla, Tessa.

Tendió la mano hacia la pierna y la metió bajo el vestido y el viso. Sacó la Derringer de la cinturilla de los calzones y se la guardó en el bolsillo.

—¿Satisfecho? —preguntó ella.

—Ni mucho menos.

—¿Y tu polla qué tal, Danny? —dijo ella, deformando la palabra «polla» como si la pronunciara por primera vez.

Aunque él sabía, por propia experiencia, que no era así.

—Levanta la pierna derecha —ordenó él.

Ella obedeció.

—¿La tienes dura?

Llevaba un botín con cordones de color gris plomo, tacón cubano y empeine de velvetón. Danny lo recorrió con la mano de arriba abajo y alrededor.

—Ahora la otra.

Tessa bajó la pierna derecha. Al levantar la izquierda, apretó el culo contra él.

—Uy, sí. Muy dura.

Danny encontró la navaja en el botín izquierdo. Era pequeña y fina, pero, no le cabía la menor duda, estaba muy afilada. La sacó junto con su tosca funda y se la guardó con la pistola.

—¿Quieres que baje la pierna o prefieres follarme aquí de pie?

Danny vio su aliento en el aire frío.

—Follar contigo no entra dentro de mis planes esta noche, zorra.

Volvió a recorrerle el cuerpo con la mano y oyó su respiración lenta y acompasada. Llevaba un sombrero de ala ancha de crepé con una cinta roja atada en forma de lazo en la parte delantera. Se lo quitó y, apartándose de ella, palpó el ala con los dedos. Descubrió dos cuchillas de afeitar escondidas bajo la seda y las tiró al suelo del callejón junto con el sombrero.

—Me has ensuciado el sombrero —protestó Tessa—. Pobre sombrero.

Danny apoyó la mano en su espalda y le quitó todas las horquillas del pelo hasta que la melena se le desparramó por el cuello y la espalda. Las tiró y volvió a echarse atrás.

—Date la vuelta.

—Sí, mi amo.

Se volvió, se reclinó contra la escalera y cruzó las manos ante la cintura. Sonrió y a Danny le entraron ganas de abofetearla de nuevo.

—¿Crees que vas a detenerme ahora?

Danny sacó unas esposas del bolsillo y las sostuvo suspendidas de un dedo.

Ella asintió, aún sonriente.

—Ya no eres policía, Danny. Estoy al corriente de esas cosas.

—Es una detención ciudadana —replicó él.

—Si me detienes, me colgaré.

Esta vez le tocó a él encogerse de hombros.

—Me parece muy bien.

—Y la criatura en mi vientre también morirá.

—¿Conque te han vuelto a dejar preñada?

—Sí.

Ella lo miró fijamente, con aquellos ojos tan grandes y oscuros como siempre. Se pasó una mano por la barriga.

—Hay una vida dentro de mí.

—Ya —dijo Danny—. Cuéntame otra, encanto.

—No es necesario. Llévame a la cárcel y el médico de allí confirmará que estoy embarazada. Te lo prometo: me colgaré. Y una criatura morirá en mi vientre.

Danny cerró las esposas en torno a sus muñecas y luego tiró de ellas hasta que el cuerpo de Tessa chocó contra él y sus caras casi se tocaron.

—No juegues conmigo, puta. Ya me gastaste una mala pasada, y eso no volverá a ocurrir mientras vivas.

—Lo sé —dijo ella, y él pudo saborear su aliento—. Soy una revolucionaria, Danny, y yo...

—Eres una puta terrorista. Una fabricante de bombas. —Agarrando la cadena de las esposas, tiró aún con más fuerza—. Acabas de pegarle un tiro a un hombre que se ha pasado los últimos nueve meses buscando trabajo. Es del «pueblo». Otro trabajador más que intentaba salir adelante y tú le has pegado un tiro.

—Ex agente Danny —dijo ella con el tono de una anciana hablando a un niño—, las bajas forman parte de la guerra. Y si no, pregúntaselo a mi difunto marido.

De pronto el metal apareció entre sus manos y penetró en el cuerpo de Danny. Traspasó su carne, alcanzó el hueso y lo perforó. Danny sintió que le ardía la cadera y la punzada de dolor le recorrió el muslo y le llegó a la rodilla.

La apartó de un empujón. Tessa tropezó y lo miró con el pelo alborotado, caído ante la cara, y los labios húmedos de saliva.

Danny se miró el cuchillo que le asomaba de la cadera. De repente le falló la pierna y se desplomó en el callejón. Sentado en el suelo, vio la sangre resbalarle por el muslo. Levantó su revólver calibre 45 y apuntó.

El cuerpo se le sacudía a cada punzada de dolor, un dolor como no había conocido nunca antes, ni siquiera cuando se le perforó el pulmón.

—Estoy esperando un hijo —repitió ella, y dio un paso al frente.

Danny tomó aire entre dientes.

Tessa tendió las manos, y Danny le disparó una vez en la barbilla y otra entre los pechos. Ella cayó en el callejón y se agitó como un pescado. Los tacones golpetearon los adoquines por un momento; luego intentó incorporarse y tomó una sonora bocanada de aire mientras la sangre se derramaba por su abrigo. Danny la vio poner los ojos en blanco y al instante su cabeza chocó contra el suelo del callejón y dejó de moverse. Se encendieron luces en las ventanas.

Justo cuando Danny se disponía a tumbarse, sintió un impacto en el muslo. Oyó la detonación de la pistola medio segundo antes de que la siguiente bala lo alcanzara en el lado derecho del pecho. Intentó levantar su revólver. Alzó la cabeza y vio a un hombre de pie en la escalera de incendios y el fogonazo de su pistola. Una bala se incrustó en los adoquines. Danny seguía intentando levantar el revólver, pero el brazo no le obedecía, y el siguiente balazo le dio en la mano izquierda. Se preguntó una y otra vez: pero ¿quién coño es ése?

Se apoyó en los codos y dejó caer el arma de la mano derecha. Deseó morir cualquier otro día menos aquél. Aquel día eran ya demasiadas las derrotas, demasiada la desesperación, y habría preferido dejar el mundo teniendo fe en algo.

El hombre de la escalera de incendios se acodó en la barandilla y apuntó.

Danny cerró los ojos.

Oyó un grito, en realidad un bramido, y se preguntó si era su propia voz. Un ruido metálico, un grito más agudo. Abrió los ojos y vio al hombre caer por el aire, y su cabeza estrellarse contra los adoquines con un sonoro crujido, y su cuerpo doblarse por la mitad.

Luther oyó el primer disparo cuando ya había dejado atrás el callejón. Se quedó inmóvil en la acera y no oyó nada durante casi un minuto. Se disponía a alejarse cuando oyó el segundo disparo, un estampido seco, y otro inmediatamente después. Retrocedió al trote hasta el callejón. Se habían encendido unas cuantas luces, y distinguió dos siluetas tendidas en medio del callejón, una de ellas intentando levantar un revólver del suelo. Danny.

Había otro hombre de pie en la escalera de incendios. Llevaba un bombín negro y tenía a Danny encañonado con su arma. Luther vio el ladrillo al lado de un cubo de basura. En un primer momento, incluso al alargar el brazo para cogerlo, pensó que podía ser una rata, pero la rata no se movió, y cerró la mano alrededor y comprobó que, en efecto, era un ladrillo.

Cuando Danny se apoyó en los codos, Luther vio la inminente ejecución, la sintió en el pecho, y dejó escapar el grito más potente del que fue capaz, un «Aaaaahhhh» absurdo con el que pareció vaciársele de sangre el corazón y el alma.

El hombre de la escalera de incendios alzó la vista, y Luther tenía ya el brazo en alto. Sintió hierba bajo sus pies, el olor de un campo a finales de agosto, el aroma del cuero y el polvo y el sudor, vio al jugador que intentaba llegar a la base, vencer a su brazo, que intentaba darle una lección. Los pies de Luther se despegaron del suelo y su brazo se convirtió en una catapulta. Vio el guante del *catcher* que esperaba, y el aire crepitó cuando el ladrillo salió de su mano. El ladrillo llegó arriba a una velocidad pasmosa, como si hubiese salido del horno del fabricante sin más finalidad que ésa. Un ladrillo ambicioso.

Alcanzó a aquel hijo de puta a un lado del ridículo sombrero. Le aplastó el sombrero y media cabeza. El hombre se tambaleó. Se inclinó. Cayó de la escalera, intentando agarrarse, intentando mantener los pies en ella, pero ya sin esperanza. Sencillamente cayó. Cayó en picado, gritando como una niña, y aterrizó de cabeza.

Danny sonrió. La sangre manaba de él como si pretendiese apagar un fuego, y al muy capullo le daba por sonreír.

—Ya me has salvado la vida dos veces.

—Calla.

Nora llegó a todo correr por el callejón, taconeando contra los adoquines. Se arrodilló junto a su marido.

—Una compresa, cariño —indicó Danny—. Tu pañuelo. No te preocupes por la pierna. El pecho, el pecho, el pecho.

Ella le apretó el orificio del pecho con el pañuelo y Luther se quitó la chaqueta y la aplicó en el orificio mayor de la pierna. Los dos, arrodillados a su lado, presionaron en el pecho con todo su peso.

—Danny, no me dejes.

—No me voy —dijo Danny—. Fuerte. Te quiero.

Nora tenía el rostro bañado en lágrimas.

—Sí, sí, eres fuerte.

—Luther.

—¿Sí?

Una sirena ululó en la noche, seguida de otra.

—Vaya un lanzamiento.

—Calla.

—Deberías... —Danny sonrió y la sangre borbotó en sus labios—... ser jugador de béisbol o algo así.

BABE SE VA AL SUR

40

Luther regresó a Tulsa a finales de septiembre durante una intensa ola de calor. Soplaba una brisa húmeda que levantaba el polvo y teñía la ciudad de color tostado. Había pasado una temporada en East St. Louis con su tío Hollis, tiempo suficiente para dejarse barba. Tampoco se cortó el pelo, y cambió el bombín por un maltrecho sombrero de soldado de caballería con el ala blanda y la copa apolillada. Incluso permitió que el tío Hollis lo cebara hasta que por primera vez en su vida echó un poco de tripa e incluso algo de papada. Cuando se bajó del vagón de mercancías en Tulsa, parecía un vagabundo. Y de eso se trataba. Un vagabundo con un morral.

Casi siempre que miraba el morral, se le escapaba la risa. No podía evitarlo. Contenía en el fondo fajos de billetes, fruto de la codicia de otro hombre, de los tejemanejes de otro hombre. Años de corrupción apilados y atados desprendían ahora el olor del futuro de otra persona.

Llevó el morral a un campo de hierbajos al norte de la vía y lo enterró con una pala que se había llevado de East St. Louis. Luego volvió a cruzar las vías de Santa Fe, entró en Greenwood y tomó por Admiral, donde se concentraba el hampa. Tardó cuatro horas en localizar a Smoke saliendo de un salón de billar que no existía hacía un año, cuando Luther se marchó de la ciudad. El establecimiento se llamaba Poulson's, y Luther tardó un momento en recordar que ése era el apellido real de Smoke. Si hubiese caído en la cuenta antes, tal vez no habría perdido cuatro horas paseándose por Admiral.

Tres hombres acompañaban a Smoke, y permanecieron cerca de él hasta llegar a un Maxwell de color rojo cereza. Uno de ellos abrió la puerta trasera, Smoke subió de un salto, y se marcharon. Luther regresó al campo de hierbajos, desenterró el morral, cogió lo que necesitaba y volvió a esconderlo. Regresó a Greenwood, pasó de largo hasta llegar a las afueras y allí encontró lo que buscaba: la chatarrería Deval, cuyo dueño, el anciano Latimer Deval, había hecho algún trabajillo para el tío James. Luther no conocía al viejo Deval personalmente, pero cuando vivía allí, pasaba a menudo por delante de la chatarrería y sabía que Deval siempre tenía alguna que otra carraca en venta en el jardín delantero.

Compró a Deval un Franklin Tourer de 1910 por trescientos dólares, sin apenas mediar palabra, intercambiándose sólo el dinero y la llave. Luther volvió en el coche a Admiral y aparcó a una manzana del salón Poulson's.

Los siguió a lo largo de la semana siguiente. En ningún momento se acercó a su casa de Elwood, pese a lo mucho que le dolía estar así de cerca después de tanto tiempo. Pero sabía que si veía a Lila o a su hijo, se vendría abajo y correría hacia ellos, tendría que abrazarlos y olerlos y bañarlos en sus lágrimas. Entonces sin duda sería hombre muerto. Así pues, cada noche iba con su Franklin hasta un solar invadido por los matorrales y dormía allí, y a la mañana siguiente volvía a ponerse manos a la obra, estudiando la rutina de Smoke.

Smoke almorzaba todos los días en el mismo restaurante, pero variaba de establecimiento a la hora de la cena: unas noches iba al Torchy's, otras a Alma's Chop House, otra a Riley's, un club de jazz, sustituto del Club Almighty. Luther se preguntó en qué pensaría Smoke mientras engullía su cena ante el escenario donde casi había muerto desangrado. Podían decirse muchas cosas sobre aquel hombre, pero desde luego poseía una complexión robusta.

Al cabo de una semana, Luther tuvo la relativa certeza de conocer bien la rutina de Smoke, porque era un hombre de hábitos fijos. Aunque cenara en un lugar distinto cada noche, siempre llegaba puntualmente a las seis. Los martes y los jueves iba a la casa de su querida en el quinto infierno, una vieja choza de aparcero, y sus hombres esperaban en el jardín mientras él se dedicaba a lo suyo y salía dos horas después, remetiéndose la camisa. Vivía encima de su propio salón de billar, y sus tres guardaespaldas lo acompañaban hasta el interior del edificio y después salían, se metían en el coche y no regresaban hasta la mañana siguiente, a las cinco y media.

En cuanto Luther estableció la rutina a partir del mediodía —almuerzo a las doce y media, recaudación y distribución de mercancía—, decidió que había encontrado su vía de acceso. Fue a una ferretería y compró un pomo, una cerradura y la placa de un ojo de cerradura idénticos a los de la puerta del apartamento de Smoke. Se pasó varias tardes en el coche aprendiendo a introducir un clip por el ojo de la cerradura, y en cuanto consiguió abrirla diez de diez veces en menos de veinte segundos, empezó a practicar por las noches, aparcado junto a los matorrales oscuros, sin siquiera la luz de la luna para guiarlo, hasta que consiguió forzar la cerradura a ciegas.

Un jueves por la noche, cuando Luther sabía que Smoke y sus hombres estaban en la choza de la querida, cruzó Admiral en la creciente oscuridad y entró por la puerta más deprisa que si hubiese robado una base. Se encontró con una escalera que olía a jabón de aceite y, al subir por ella, se halló ante una segunda puerta, también cerrada con llave. El cilindro de la cerradura era distinto, así que tardó unos dos minutos en descubrir el truco. De pronto la puerta se abrió y Luther entró. Se volvió y, agachándose junto a la puerta, buscó hasta descubrir un pelo negro caído en el umbral. Lo cogió, volvió a ponerlo a la altura de la cerradura y cerró la puerta.

Esa mañana se había bañado en el río, castañeteándole los dientes por el frío mientras se cubría con jabón marrón hasta el último centímetro del apestoso cuerpo. A continuación sacó del morral, en el asiento delantero del coche, la ropa nueva que había comprado en East St. Louis y se la puso. En ese momento se felicitó por haberlo hecho, ya que había supuesto acertadamente que Smoke viviría en un apartamento tan impecable como su indumentaria. El sitio, en efecto, estaba limpio como una patena. Y casi no tenía muebles. Tampoco había nada en las paredes, y sólo una alfombrilla en el salón. Una mesa de centro vacía, un gramófono sin una mota de polvo ni la menor mancha.

Luther encontró el armario del pasillo, reparó en varios de los abrigos que había visto llevar a Smoke durante la última semana colgados ordenadamente en perchas de madera. La percha vacía esperaba el tres cuartos azul con el cuello de piel que Smoke lucía ese mismo día. Luther se metió entre la ropa, cerró la puerta y esperó.

Pasó alrededor de una hora, pero se le antojaron cinco. Oyó pisadas en la escalera, las de cuatro pares de pies, y sacó el reloj, pero en aquella oscuridad no vio las agujas, así que volvió a guardárselo en el chaleco y cayó en la cuenta de que contenía la respiración. Exhaló lentamente al oír girar la llave en la cerradura. La puerta se abrió y un hombre dijo:

—¿Necesitará algo más, señor Poulson?

—Nada, Red. Hasta mañana.

—Hasta mañana.

Se cerró la puerta, y Luther levantó la pistola. Por un espantoso instante lo atenazó un terror abrumador, un deseo de cerrar los ojos y dejar atrás ese momento, de apartar a Smoke de un empujón cuando abriera la puerta y huir despavoridamente.

Pero ya era tarde para eso, porque Smoke fue derecho al armario y la puerta se abrió, y Luther no tuvo más remedio que plantar el cañón del arma en la punta de la nariz de Smoke.

—Haz el menor ruido y te mataré aquí mismo.

Smoke levantó los brazos, con el tres cuartos todavía puesto.

—Retrocede unos pasos. Mantén esos brazos en alto.

Luther salió al pasillo.

Smoke entrecerró los ojos.

—¿Rústico?

Luther asintió.

—Has cambiado un poco. Nunca te habría reconocido por la calle con esa barba.

—No me has reconocido.

Smoke respondió enarcando las cejas ligeramente.

—A la cocina —ordenó Luther—. Tú primero. Cruza las manos encima de la cabeza.

Obedeciendo, Smoke recorrió el pasillo y entró en la cocina. Había una mesa pequeña con un mantel a cuadros rojos y blancos y dos sillas de madera. Luther señaló una silla a Smoke y ocupó la de enfrente.

—Ya puedes bajar las manos. Ponlas en la mesa.

Smoke descruzó los dedos y colocó las palmas en la mesa.

—¿El Viejo Byron ha venido a verte?

Smoke asintió.

—Dijo que lo lanzaste contra un escaparate.

—¿Te dijo que yo vendría a por ti?

—Lo mencionó, sí.

—¿Por eso los tres guardaespaldas?

—Por eso —contestó Smoke—, y por ciertos rivales en los negocios de genio demasiado vivo.

Luther metió la mano en el bolsillo de su abrigo y sacó una bolsa de papel marrón que dejó en la mesa. Observó a Smoke fijar la vista en ella y dejó que se preguntara qué contenía.

—¿Qué te pareció lo de Chicago? —quiso saber Luther.

Smoke ladeó la cabeza.

—¿Los disturbios?

Luther asintió.

—Me pareció que fue una verdadera lástima que matáramos sólo a quince blancos.

—¿Y lo de Washington?

—¿Adónde quieres ir a parar?

—Tú sígueme el juego... señor Poulson.

Smoke levantó una ceja.

—¿Washington? Lo mismo. Aunque lamento que los negros no se defendieran. Los de Chicago sí tenían coraje.

—En mis viajes he pasado por East St. Louis. Dos veces.

—¿Ah, sí? ¿Cómo está?

—Reducido a cenizas —respondió Luther.

Smoke tamborileó con los dedos en la mesa.

—No has venido aquí a matarme, ¿verdad?

—No. —Luther inclinó la bolsa y cayó un fajo de billetes, bien sujetos con una goma elástica roja—. Ahí hay mil dólares. Es la mitad de lo que considero que te debo.

—¿Por no matarme?

Luther negó con la cabeza. Bajó la pistola, la dejó en la mesa y la deslizó por encima del mantel. Apartó la mano de ella. Se reclinó en la silla.

—Por no matarme tú a mí.

Smoke no cogió la pistola de inmediato. Ladeando la cabeza, la miró y luego, con la cabeza inclinada al otro lado, observó a Luther pensativamente.

—A mi modo de ver, los nuestros deben dejar de matarse entre sí —afirmó Luther—. Ya bastantes matan los blancos. No quiero participar más en eso. Si quieres seguir formando parte de algo así, mátame y te quedarás con esos mil dólares. Si no, recibirás dos mil. Si me quieres muerto, me tienes aquí sentado, delante de ti, diciéndote que aprietes el puto gatillo.

Smoke tenía la pistola en la mano. Luther no lo había visto siquiera parpadear, pero la pistola apuntaba directamente al ojo derecho de Luther. Smoke echó atrás el percutor.

—Quizá me confundas con alguien que tiene alma —dijo.

—Quizá.

—Y quizá no me creas capaz de pegarte un tiro en el ojo y luego de ir a darle a tu mujer por el culo, degollarla al correrme y después prepararme una sopa con ese criajo tuyo.

Luther guardó silencio.

Smoke le acarició la mejilla con el cañón. Se pasó la pistola a la mano derecha e, hincando la mira en la cara de Luther, le abrió un tajo en la carne.

—No tendrás trato alguno con jugadores, bebedores ni drogadictos —ordenó—. Te mantendrás al margen de la vida nocturna de Greenwood. Totalmente. Nunca entrarás en un sitio donde puedas tropezarte conmigo. Y si alguna vez abandonas a ese hijo tuyo porque la vida sencilla es demasiado sencilla para ti, te descuartizaré, trozo a trozo, en un silo de grano durante una semana antes de dejarte morir. ¿Tienes algo que objetar a alguna parte de este trato... señor Laurence?

—Nada —contestó Luther.

—Deja mis otros dos mil en el salón de billar mañana por la tarde. Dáselos a un tal Rodney. Es el que reparte las bolas a los clientes. Antes de las dos. ¿Entendido?

—No son dos mil. Son mil.

Smoke volvió a fijar la mirada en él, entrecerrando los párpados.

—Dos mil, pues —dijo Luther.

Smoke soltó el percutor y devolvió la pistola a Luther. Éste la cogió y se la guardó en el abrigo.

—Ahora lárgate de mi casa, Luther; lárgate de una puta vez.

Luther se puso en pie.

Cuando llegó a la puerta de la cocina, Smoke dijo:

—¿Te das cuenta de que, en toda tu vida, no volverás a tener tanta suerte?

—Sí.

Smoke encendió un cigarrillo.

—Pues entonces no vuelvas a pecar, gilipollas.

Luther subió por la escalinata de la casa de Elwood. Advirtió que las barandillas necesitaban una capa de pintura y decidió que eso sería el primer punto en el orden del día a la mañana siguiente.

Pero hoy...

No existía palabra alguna para expresarlo, pensó, al apartar la mosquitera y encontrar la puerta abierta. Era una sensación indescriptible. Habían pasado diez meses desde la horrible noche de su marcha. Diez meses viajando en ferrocarriles y escondiéndose e intentando ser otra persona en una ciudad desconocida en el norte. Diez meses viviendo sin lo único bueno que había hecho en la vida.

La casa estaba vacía. Se quedó de pie en el pequeño salón y miró hacia la puerta de atrás a través de la cocina. La vio abierta y oyó el chirrido de un tendedero al desplazarse el cable, decidió que también debía reparar eso, engrasar un poco esa polea. Atravesó la sala, entró en la cocina y allí olió a bebé, olió a leche, olió a algo que aún estaba formándose.

Salió por la escalera de atrás cuando ella se agachaba para coger del canasto otra prenda mojada. De pronto levantó la cabeza y miró. Llevaba una blusa azul oscuro encima de una falda amarilla descolorida de andar por casa, una de sus preferidas. Desmond, sentado a sus pies, chupeteaba una cuchara y contemplaba la hierba.

Ella susurró su nombre. Susurró «Luther».

El antiguo pesar reapareció en sus ojos, toda la aflicción y el dolor por lo que él le había hecho, todo el miedo y la preocupación. ¿Podría volver a abrirle su corazón? ¿Podría depositar de nuevo su fe en él?

Luther deseó con todas sus fuerzas que ella viera las cosas de otro modo. Le lanzó una mirada a través del jardín para hacerle llegar todo su amor, todo su empeño, todo su corazón.

Ella sonrió.

Cielo santo, qué sonrisa.

Ella tendió la mano.

Luther cruzó el jardín. Se arrodilló, le cogió la mano y se la besó. Le rodeó la cintura con los brazos y lloró en su blusa. Lila se puso de rodillas y lo besó, también llorando, también riendo, los dos juntos un espectáculo, sollozando y riendo y abrazándose y besándose y saboreando las lágrimas del otro.

Desmond empezó a llorar. A gimotear de hecho, con un sonido tan penetrante que Luther tuvo la sensación de que le hundían un clavo en la oreja.

Lila se apartó de él.

—¿Y bien?

—Y bien ¿qué?

—Hazlo callar —dijo ella.

Luther miró a la pequeña criatura que gimoteaba sentada en la hierba, con los ojos enrojecidos y mocos en la nariz. Alargó los brazos, lo levantó y se lo apoyó en el hombro. Estaba caliente. Caliente como una tetera envuelta en un paño de cocina. Luther ignoraba que un cuerpo pudiera emanar tanto calor.

—¿Está bien? —preguntó a Lila—. Se lo nota caliente.

—Está perfectamente —contestó ella—. Es un bebé que ha estado al sol.

Luther lo sostuvo ante él. Vio algo de Lila en aquellos ojos y algo de Luther en aquella nariz. Vio a su propia madre en la mandíbula, a su padre en las orejas. Le besó la cabeza. Le besó la nariz. El bebé siguió gimoteando.

—Desmond —dijo él, y besó a su hijo en los labios—. Desmond, soy tu padre.

Desmond no quería saber nada. Gimoteó y berreó y sollozó como si se acabara el mundo. Luther se lo apoyó otra vez en el hombro y lo abrazó con fuerza. Le frotó la espalda. Lo arrulló al oído. Lo besó tantas veces que perdió la cuenta.

Lila acarició a Luther la cabeza y se inclinó para recibir también ella un beso.

Y Luther encontró por fin la palabra para aquel día...

Plenitud.

trabajo, Steve Coyle recibió un funeral con todos los honores de un agente. El comisario Curtis puso a Stephen Coyle como ejemplo de policía de la «vieja guardia», aquellos que anteponían el deber a todo lo demás. Curtis en ningún momento hizo alusión al hecho de que hacía casi un año que Coyle había sido excluido del servicio en el DPB. Prometió, por otra parte, crear una comisión para estudiar la posibilidad de asignar a Coyle a título póstumo prestaciones médicas gratuitas, de las que se beneficiaría cualquier familiar cercano que tuviese.

En los primeros días posteriores a la muerte de Tessa Ficara, los periódicos insistieron en la ironía de que un agente de policía en huelga, en menos de un año, hubiese puesto fin a la vida de dos de los terroristas más buscados del país, así como de un tercero, un ferviente galleanista llamado Bartolomeo Stellina, el hombre a quien Luther había matado de un ladrillazo. A pesar de que se veía a los huelguistas con la misma animadversión antes reservada a los alemanes (con quienes a menudo se los comparaba), las historias sobre las hazañas heroicas del agente Coughlin devolvieron las simpatías del público a los huelguistas. Quizás, opinaban, si volvían a ocupar sus puestos de inmediato, algunos de ellos, al menos los que contaban con un historial distinguido comparable al del agente Coughlin, podían ser readmitidos.

Sin embargo, al día siguiente, el *Post* informó de que acaso el agente Coughlin hubiera tenido una relación previa con los Ficara, y la edición vespertina del *Transcript*, citando fuentes anónimas del Buró de Investigación, publicó que el agente Coughlin y los Ficara habían vivido durante un tiempo en la misma planta del mismo edificio del North End. A la mañana siguiente, el *Globe* sacó un artículo con declaraciones de varios inquilinos del edificio que describían la relación entre el agente Coughlin y los Ficara como muy cercana, tanto de hecho que su relación con Tessa Ficara tal vez había entrado en terrenos indecorosos; incluso se planteó la posibilidad de que él le hubiera pagado por sus favores. Con esa duda en mente, de pronto la circunstancia de que el agente abatiera al marido de Tessa Ficcara a tiros apareció a los ojos de la gente como algo más que un acto de servicio. La opinión pública se volvió completamente contra el agente Coughlin, el policía sucio, y sus «camaradas» huelguistas. Eso puso fin a toda alusión a la posibilidad de que los huelguistas volvieran a sus puestos de trabajo.

Podía dejar de correr. Podía dejar de buscar otra cosa. No quería nada más. Aquello era la medida exacta de todas las esperanzas que había albergado desde su nacimiento.

Desmond dejó de gimotear, apagándose sin más como una cerilla al viento. Luther miró el canasto a sus pies, medio lleno aún de ropa mojada.

—Tendamos esta colada —propuso.

Lila cogió una blusa de la pila.

—Ah, conque vas a echar una mano, ¿eh?

—Si me das unas cuantas pinzas, lo haré.

Ella le entregó un puñado y él, apoyándose a Desmond en la cadera, ayudó a su mujer a tender. En el aire húmedo flotaba el zumbido de las cigarras. El cielo se veía bajo, liso y radiante. Luther rió.

—¿De qué te ríes? —preguntó Lila.

—De todo —contestó él.

En su primera noche en el hospital, Danny pasó nueve horas en la mesa de operaciones. El navajazo en la pierna le había lacerado la arteria femoral. La bala en el pecho había dado en un hueso y algunas de las astillas del hueso se habían incrustado en el pulmón derecho. En la mano izquierda, la bala había penetrado por la palma y, al menos de momento, tenía los dedos inutilizados. Había salido de la ambulancia con menos de un litro de sangre en el cuerpo.

Despertó del coma al sexto día y, cuando llevaba despierto media hora, sintió como si de pronto se prendiera fuego en el lado izquierdo de su cerebro. Perdió la visión del ojo izquierdo e intentó explicarle al médico que le estaba pasando algo, algo raro, como si tuviese el pelo en llamas, y empezó a temblarle todo el cuerpo, era algo incontrolable, aquel violento temblor. Vomitó. Los auxiliares lo sujetaron y le introdujeron un trozo de cuero en la boca. El vendaje del pecho se rasgó y la sangre volvió a manar de la herida. Para entonces el fuego se había extendido por todo el cráneo. Vomitó de nuevo, y para que no se asfixiara le sacaron el trozo de cuero de la boca y lo pusieron de costado.

Cuando despertó al cabo de unos días, no podía hablar bien y tenía todo el lado izquierdo dormido.

—Ha sufrido un derrame —informó el médico.

—Tengo veintisiete años —dijo Danny, pero los sonidos que formó fueron: «dedo fefiziede anos».

El médico asintió, como si hubiese hablado con toda claridad.

—Son pocas las personas de veintisiete años que reciben una puñalada y luego, para rematar la faena, tres disparos. Si fuese usted mucho mayor, seguramente no habría sobrevivido. A decir verdad, no sé cómo lo ha conseguido.

—Nora.

—Está fuera. ¿De verdad quiere que lo vea en su actual estado?

—E mi mué.

El médico movió la cabeza en un gesto de asentimiento.

Cuando salió de la habitación, Danny oyó las palabras tal como habían salido de su boca. En ese momento pudo formarlas en la cabeza —«es mi mujer»—, pero lo que había salido —«e mi mué»— era horrendo, humillante. Se le saltaron las lágrimas, lágrimas calientes, de miedo y vergüenza, y se las enjugó con la mano derecha, la mano ilesa.

Nora entró en la habitación. Estaba muy pálida, muy asustada. Se sentó en la silla al lado de la cama, le cogió la mano derecha y se la llevó a la mejilla.

—Te quiero.

Danny apretó los dientes, concentrándose a pesar del dolor de cabeza taladrante, concentrándose, obligando a las palabras a salir correctamente de sus labios.

—Quiero.

No estuvo mal. En realidad, lo que dijo fue «Quieo». Pero no andaba lejos.

—El médico ha dicho que te costará hablar durante un tiempo. Puede que también te cueste caminar, ¿entiendes? Pero eres joven y muy fuerte, y yo estaré a tu lado. Yo estaré a tu lado. Todo irá bien, Danny.

Cómo se esfuerza en no llorar, pensó él.

—Quieo —repitió.

Nora se rió. Una risa ahogada por el llanto contenido. Se secó los ojos. Apoyó la cabeza en su hombro. Danny sintió el calor de ella en su cara.

Si algo bueno tuvieron las heridas de Danny, fue que no vio un solo periódico en tres semanas. De haberlos leído, se habría enterado de que al día siguiente del tiroteo en el callejón, el comisario Curtis declaró vacantes oficialmente todos los puestos de los agentes de policía en huelga. Contó con el apoyo del gobernador Coolidge. El presidente Wilson se sumó a las críticas calificando las acciones de los policías que abandonaban sus puestos de «crimen contra la civilización».

Los anuncios para reemplazar a los agentes del cuerpo de policía incluían condiciones nuevas e índices salariales en consonancia con las exigencias iniciales de los huelguistas. El sueldo base sería a partir de ese momento de mil cuatrocientos dólares al año. Los uniformes, las insignias y los revólveres reglamentarios se suministrarían sin coste alguno. Dos semanas después de los disturbios equipos de limpieza municipales, fontaneros, electricistas y carpinteros oficiales empezaron a llegar a todas las comisarías para limpiarlas y reformarlas hasta satisfacer las normativas de seguridad y sanidad a nivel estatal.

El gobernador Coolidge redactó un telegrama para Samuel Gompers de la FAT. Antes de enviar el telegrama a Gompers, lo entregó a la prensa, y todos los diarios lo publicaron en primera plana a la mañana siguiente. El telegrama también se distribuyó a través de las agencias de prensa y saldría en más de setenta periódicos de todo el país en el plazo de dos días. El gobernador Coolidge declaró: «Nadie, en ningún lugar, en ningún momento, tiene derecho a ir a la huelga si así pone en peligro la seguridad pública».

Al cabo de una semana, esas palabras habían convertido al señor Coolidge en un héroe nacional y algunos sugirieron que debía contemplar la posibilidad de presentarse a la presidencia al año siguiente.

Andrew Peters desapareció de la vida pública. Su ineficacia se consideró, sino exactamente un delito, sin duda un acto de inconsciencia. El hecho de que no solicitara la intervención de la Milicia del Estado la primera noche de la huelga representó una imperdonable negligencia en el cumplimiento del deber, y la opinión pública llegó a la conclusión de que sólo gracias a la agilidad mental y la férrea determinación del gobernador Coolidge y el injustamente difamado comisario Curtis, la ciudad se había salvado de sí misma.

Mientras el resto del cuerpo de policía veía peligrar sus puestos de

La cobertura nacional de los dos días de disturbios entró en el ámbito del mito. Varios periódicos mencionaron metralletas dirigidas contra multitudes inocentes, se calculó en centenares el número de víctimas mortales, en millones los daños materiales. La cifra real de muertos ascendió a nueve, y los daños materiales a poco menos de un millón de dólares, pero el público no quiso saber nada de eso. Los huelguistas eran bolcheviques, y la huelga había desencadenado la guerra civil en Boston.

Cuando Danny abandonó el hospital a mediados de octubre, arrastraba aún el pie izquierdo y le costaba levantar cualquier cosa más pesada que una taza de té con la mano izquierda. Sin embargo, había recobrado plenamente el habla. Habría podido salir del hospital dos semanas antes, a no ser por una sepsis en una de las heridas. Entró en estado de shock, y por segunda vez ese mes un sacerdote le administró los últimos sacramentos.

Después de la campaña de difamación en la prensa, Nora se vio obligada a abandonar el edificio de Salem Street y tuvo que trasladar sus escasas pertenencias a una pensión del West End. Fue allí a donde regresaron cuando a Danny le dieron el alta. Ella había elegido el West End porque Danny haría la rehabilitación en el Hospital General, y desde el apartamento podía irse a pie en unos minutos. Danny subió por la escalera hasta el primer piso, y Nora y él entraron en la mísera habitación con una sola ventana gris que daba a un callejón.

—No podemos pagar nada mejor —explicó Nora.

—Está bien.

—Intenté limpiar la mugre del exterior del cristal de la ventana, pero por más que restregué...

Él la rodeó con el brazo ileso.

—Está bien, cariño. No nos quedaremos aquí mucho tiempo.

Una noche de noviembre Danny yacía en cama con su mujer después de conseguir hacer el amor por primera vez desde que resultó herido.

—Aquí nunca conseguiré un empleo.

—No es imposible.

Él la miró.

Nora sonrió y alzó la vista al techo. Le dio una ligera palmada en el pecho.

—¿Ves lo que te pasa por acostarte con una terrorista, muchacho?

Él se rió. Era una suerte poder bromear sobre algo tan sórdido.

Su familia lo había visitado en el hospital dos veces cuando aún estaba en coma. Su padre había ido una vez después del derrame cerebral para decirle que siempre lo querrían, naturalmente, pero nunca volverían a admitirlo en su casa. Danny asintió y le estrechó la mano a su padre y esperó cinco minutos después de su marcha para llorar.

—Cuando acabe la rehabilitación, nada nos retendrá aquí.

—No.

—¿Te interesa una aventura?

Ella deslizó el brazo sobre su pecho.

—Me interesa cualquier cosa.

Tessa había abortado el día anterior a su muerte. O eso dijo el forense a Danny. Éste nunca sabría si el forense mintió para ahorrarle el sentimiento de culpabilidad, pero prefirió creerle porque la alternativa, temía, podría ser la gota que colmara el vaso de su resistencia.

Cuando conoció a Tessa, ella estaba de parto. Cuando volvió a cruzarse con ella en mayo, había fingido estar embarazada. Y ahora, al morir, volvía a estar embarazada. Era como si hubiese tenido una necesidad incontenible de dar forma a su ira en carne y hueso, de asegurarse de que la sobreviviría y se transmitiría de generación en generación. Danny jamás entendería esa necesidad, ni nada relacionado con Tessa.

A veces, de noche, lo despertaba el eco frío de su risa resonándole en los oídos.

Llegó un paquete de Luther. Contenía dos mil dólares —el salario de dos años— y un retrato formal de Luther, Lila y Desmond sentados ante una chimenea. Vestían a la última moda; Luther incluso llevaba un frac y camisa con cuello de paloma.

—Es muy guapa —comentó Nora—. Y el niño no digamos.

La nota de Luther era breve:

Queridos Danny y Nora:

Ya estoy en casa. Soy feliz. Espero que con esto os alcance. Si necesitáis más, enviadme un telegrama y os lo mandaré de inmediato.

Vuestro amigo,

LUTHER

Danny abrió el paquete y enseñó los billetes a Nora.

—¡Santo cielo! —dijo ella, y dejó escapar una exclamación a medio camino entre la risa y el llanto—. ¿De dónde lo ha sacado?

—Puedo imaginármelo —contestó Danny.

—¿Y?

—No te conviene saberlo —contestó él—. Créeme.

El diez de enero, bajo una ligera nevada, Thomas Coughlin salió de su comisaría. Los nuevos reclutas respondían más deprisa de lo previsto. En su mayor eran hombres inteligentes. Y bien dispuestos. La Milicia del Estado patrullaba aún por las calles, pero habían empezado a desmovilizar unidades. Al cabo de un mes se habrían ido todos y el reestablecido Departamento de Policía de Boston las sustituiría.

Thomas se encaminó a pie hacia su casa. En la esquina lo esperaba su hijo apoyado en una farola.

—¿Te puedes creer que los Sox han traspasado a Ruth? —preguntó Danny.

Thomas se encogió de hombros.

—Nunca he seguido ese deporte.

—A Nueva York —añadió Danny.

—Tu hermano pequeño se ha llevado un gran disgusto por ello, claro está. No le veía tan fuera de sí desde...

Su padre no tuvo que terminar la frase. Hirió a Danny igualmente.

—¿Cómo está Con?

Su padre ladeó la mano a uno y otro lado.

—Tiene días buenos y días malos. Está aprendiendo a leer con los dedos. En una escuela en Back Bay enseñan a hacerlo. Si no lo venciera la amargura, quizás estaría bien.

—¿Y a ti te vence?

—A mí no me vence nada, Aiden. —El aliento de su padre se tiñó de blanco en el aire frío—. Soy un hombre.

Danny guardó silencio.

—En fin, tienes buen aspecto, así que seguiré mi camino —dijo su padre.

—Nos vamos de la ciudad, padre.

—¿Os vais...?

Danny asintió.

—De hecho, nos vamos del estado. Al oeste.

Su padre parecía atónito.

—Tu casa está aquí.

Danny negó con la cabeza.

—Ya no.

Tal vez su padre pensara que Danny viviría en el exilio pero cerca. Así Thomas Coughlin podía alimentar la ilusión de que la familia seguía intacta. Pero en cuanto Danny se marchase, se abriría un agujero para el que ni siquiera Thomas podía estar preparado.

—Ya lo tenéis todo listo, supongo.

—Sí. Nos iremos a Nueva York unos días antes de que entre en vigor la ley Volstead. No hemos tenido una luna de miel como Dios manda.

Su padre asintió. Mantuvo la cabeza gacha, cayéndole la nieve en el pelo.

—Adiós, padre.

Danny se puso en marcha y pasó ante su padre. Éste lo agarró del brazo.

—Escríbeme.

—¿Me contestarás?

—No. Pero quiero saber...

—Siendo así, no escribiré.

Su padre tensó el rostro, movió la cabeza en un parco gesto de asentimiento y le soltó el brazo.

Danny se alejó por la calle, bajo la nieve cada vez más espesa, casi ocultas ya las huellas que había dejado su padre.

—¡Aiden!

Danny se volvió, y apenas lo vio en medio de aquel remolino blan-

724

co que los separaba. Los copos se adherían a sus pestañas y parpadeó para quitárselos.

—Te contestaré —gritó su padre.

Una repentina ráfaga de viento sacudió los coches de la calle.

—De acuerdo, pues —contestó Danny.

—Cuídate, hijo.

—Tú también.

Su padre levantó una mano y Danny le devolvió el gesto. Acto seguido, los dos se dieron media vuelta y avanzaron en direcciones opuestas a través de la nieve.

En el tren a Nueva York todo el mundo estaba borracho. Incluso los mozos. Eran las doce del mediodía y la gente le daba al champán, le daba al whisky de centeno, y una orquesta tocaba en el cuarto vagón, y la orquesta estaba borracha. No había nadie sentado en su asiento. Todos se abrazaban y se besaban y bailaban. Ahora la Prohibición imperaba en el país. La ley entraría en vigor al cabo de cuatro días, el dieciséis de ese mes.

Babe Ruth tenía un vagón privado en el tren, y al principio intentó mantenerse al margen de la juerga. Leyó por encima una copia del contrato que debía firmar oficialmente al final del día en los despachos de los coroneles en el estadio de Polo Grounds. Ahora era un Yanquee. El traspaso se había anunciado hacía diez días, pese a que Ruth no lo veía venir. Se pasó dos días borracho para superar la depresión. No obstante, Johnny Igoe lo encontró y lo obligó a despejarse. Le explicó que ahora era el jugador mejor pagado en la historia del béisbol. Le enseñó los periódicos de Nueva York uno detrás de otro: todos proclamando su regocijo, su éxtasis por fichar al más temido bateador en el terreno de juego.

—Ya te has adueñado de la ciudad, Babe, y ni siquiera has llegado.

Eso dio una nueva perspectiva al asunto. Babe al principio temía que Nueva York fuese una ciudad demasiado grande, demasiado ruidosa, demasiado imponente. Lo engulliría. Ahora se daba cuenta de que era todo lo contrario: él era demasiado grande para Boston. Demasiado ruidoso. Demasiado imponente. Allí él no tenía cabida. Aquello era demasiado pequeño, demasiado provinciano. Nueva York era el único escenario con espacio suficiente para el Bambino. Nueva York y sólo Nueva York. No engulliría a Babe. Babe lo engulliría a él.

Yo soy Babe Ruth. Soy más grande y mejor y más fuerte y más popular que nadie. Que nadie.

Una mujer borracha se topó contra su puerta y la oyó reír, y con el simple sonido tuvo una erección.

¿Qué coño hacía él allí solo cuando podía estar con su público, de charla, firmando autógrafos, proporcionándoles una anécdota que contar a sus nietos?

Abandonó el compartimento. Fue derecho al bar, se abrió paso entre los borrachos que bailaban, viendo a una nena subida a una mesa levantar las piernas como en un espectáculo de variedades. Se acercó a la barra y pidió un whisky doble.

—¿Por qué nos has dejado, Babe?

Al darse la vuelta, vio al borracho a su lado, un individuo bajo con una novia alta, ambos como una cuba.

—No os he dejado —contestó Babe—. Harry Frazee me ha traspasado. Yo no he tenido voz ni voto en el asunto. Soy un mandado.

—¿Volverás algún día, pues? —preguntó el hombre—. ¿Acabarás tu contrato y volverás con nosotros?

—Claro —mintió Babe—. Ésa es la idea, muchacho.

El hombre le dio una palmada en la espalda.

—Gracias, Babe.

—Gracias a ti —contestó Ruth, y guiñó un ojo a la novia.

Apuró el whisky y pidió otro.

Acabó entablando conversación con un tipo corpulento y su mujer irlandesa. Dio la casualidad de que el tipo corpulento había sido uno de los policías en huelga. Iba camino de Nueva York para disfrutar de una breve luna de miel antes de desplazarse al oeste para ver a un amigo.

—¿Qué pretendían ustedes? —preguntó Ruth.

—Simplemente queríamos un trato justo —contestó el ex policía.

—Pero las cosas no funcionan así —dijo Babe, echando el ojo a su mujer, una auténtica monada, y con un acento de lo más seductor—. Fíjense en mí. Soy el mejor jugador de béisbol del mundo y no tengo

726

voz ni voto a la hora de traspasarme. No tengo poder. Los que extienden los cheques escriben las normas.

El ex policía sonrió. Fue una sonrisa compungida y distante.

—Existen reglas distintas para las distintas clases de gente, señor Ruth.

—Sí, por supuesto. ¿Cuándo no ha sido así?

Tomaron unas cuantas copas más y Ruth tuvo que reconocer que nunca había visto a una pareja tan enamorada. Apenas se tocaban, y tampoco se los veía embobados, ni se hablaban con voces infantiles llamándose «tesoro» y esas cosas. Aun así, era como si se extendiera entre ellos una cuerda invisible pero eléctrica, y esa cuerda los unía más que si fueran siameses. La cuerda no sólo era eléctrica; era serena. Despedía un resplandor cálido y apacible. Sincero.

Ruth se entristeció. Nunca había sentido esa clase de amor, ni siquiera en los primeros tiempos con Helen. Nunca había albergado ese sentimiento hacia otro ser humano. Jamás.

Paz. Sinceridad. Hogar.

Dios santo, ¿acaso era posible?

Al parecer, sí, porque aquellos dos lo tenían. En un momento dado, la señora tocó con el dedo la mano del ex policía. La tocó ligeramente y una sola vez. Y él la miró y ella sonrió, enseñando los dientes superiores alineados sobre el labio inferior. Dios santo, a Babe aquella mirada le partió el corazón. ¿Alguien lo había mirado a él así?

No.

¿Alguien lo miraría así?

No.

No se animó hasta pasado un rato al salir de la estación de tren y despedirse de la pareja cuando ésta se dirigía a la cola de la parada de taxis. Parecía que la espera sería larga en aquel día frío, pero eso a Babe no tenía por qué preocuparle. Los coroneles le habían mandado un coche, un Stuttgart negro con un chófer que levantó una mano para saludar a Babe al acercarse a él.

—¡Es Babe Ruth! —exclamó alguien, y varias personas lo señalaron y llamaron.

En la Quinta Avenida, media docena de coches tocaron la bocina.

Ruth se volvió para mirar a la pareja en la parada de taxis. Desde luego hacía frío. Por un momento pensó en llamarlos, ofrecerse a llevarlos al hotel. Pero ni siquiera miraban en dirección a él. Manhattan lo aclamaba, a bocinazos, con gritos de «hurra», pero esa pareja no oía nada. Estaban absortos el uno en el otro, ella arrebujada en el abrigo del ex policía para protegerse del viento. Babe volvió a entristecerse, a sentirse abandonado. Temió haberse perdido de algún modo la parte más esencial de la vida. Temió que eso que había perdido nunca, jamás, formaría parte de su mundo. Apartó la mirada de la pareja y decidió que podían esperar un taxi. Estarían perfectamente.

Subió al coche y bajó la ventanilla para saludar a sus nuevos admiradores mientras el chófer ponía el coche en marcha. Volstead estaba a punto de llegar, pero a él no le afectaría mucho. Según contaban, el Gobierno no había contratado ni de lejos los efectivos necesarios para imponer la ley, y a Babe y a personas como él se les concederían ciertas licencias. Como siempre había sido. Así eran las cosas, al fin y al cabo.

Babe volvió a subir la ventanilla cuando el coche aceleró.

—Chófer, ¿cómo te llamas?

—George, señor Ruth.

—¡Vaya, qué gracia! Yo también me llamo así. Pero tú llámame Babe. ¿Vale, George?

—Por supuesto, Babe. Es un placer conocerlo, señor.

—Bah, soy sólo un jugador de béisbol, George. Apenas sé leer.

—Pero sí sabe pegarle a la bola, señor. Le pega y la manda a kilómetros de distancia. Quiero ser el primero en decirle esto: «Bienvenido a Nueva York, Babe».

—Pues muchas gracias, George. Encantado de estar aquí. Va a ser un buen año, lo presiento.

—Una buena década —convino George.

—Ya puedes jurarlo.

Una buena década. Así sería. Babe miró por la ventanilla, contempló Nueva York con todo su bullicio y esplendor, todas sus luces y letreros y torres de piedra caliza. Qué día. Qué ciudad. Qué tiempos para estar vivo.

TÍTULOS PUBLICADOS

1. Andrea Camilleri
   La muerte de Amalia Sacerdote

2. W. R. Burnett
   La jungla de asfalto

3. Ross Macdonald
   El martillo azul

4. Philip Kerr
   Unos por otros

5. Ian Rankin
   La música del adiós

6. James Hadley Chase
   Eva

7. Donald E. Westlake
   Un diamante al rojo vivo

8. James Sallis
   Drive

9. Maj Sjöwall / Per Wahlöö
   El policía que ríe